KNAUR

Über die Autorin:
Isabel Morland wurde 1963 in Bamberg geboren und wuchs in einer literaturbegeisterten Familie auf. Nach verschiedenen selbständigen Tätigkeiten und Auslandsaufenthalten studierte sie Kommunikationswissenschaften. Sie arbeitet freiberuflich als Trainerin und Coach. Sie brachte zunächst ihre vier Töchter zur Welt, bevor sie, angeregt durch die vielen Reisen, zu ihrer ursprünglichen Leidenschaft, dem Schreiben, zurückkehrte.
Diverse ausgedehnte Aufenthalte auf entlegene und verlassene schottische Inseln inspirierten sie zu einem Romanzyklus über die faszinierende Landschaft und Lebensweise der Menschen auf den Hebriden. Seelisch in Schottland verwurzelt, lebt sie mit ihrer Familie in ihrer fränkischen Heimat. Neben ihrer Liebe zum Schreiben hält sie als Hobbyfotografin die Stimmungen der Landschaften ihrer Erzählungen fest.

ISABEL MORLAND

Die Rückkehr der Wale

ROMAN

KNAUR

Besuchen Sie uns im Internet:
www.knaur.de

FSC
www.fsc.org
MIX
Papier aus verantwortungsvollen Quellen
FSC® C083411

Originalausgabe November 2017

Ein Imprint der Verlagsgruppe
Droemer Knaur GmbH & Co. KG, München

Redaktion: Dr. Clarissa Czöppan
Covergestaltung: ZERO Werbeagentur, München
Coverabbildung: FinePic® / shutterstock
Abbildung im Innenteil: yainkin / Shutterstock.com
Satz: Adobe InDesign im Verlag
Druck und Bindung: CPI books GmbH, Leck
ISBN 978-3-426-52180-9

2 4 5 3 1

Meinen wunderbaren Töchtern
Svenja, Helen, Cassandra und Finja
In Liebe

Die Jagdlaute der Orcas waren verstummt. Stille erfüllte den Atlantik. Mit der Stille kam die Einsamkeit. Und mit der Einsamkeit der Tod. Das Walkalb trieb zwischen den Felsenriffen. Schemenhaft, mehr ein Gefühl der Sehnsucht als ein konkreter Gedanke, tauchten Erinnerungen auf. An die Mutterkuh. An den Geschmack von Milch. An die Nähe zu den anderen Tieren. An die schützende Gemeinschaft. Aber all das war Vergangenheit. Das Vertraute verhallte wieder und war schließlich nur noch ein entferntes Raunen.

Seit dem Sonnenaufgang hatten die Verfolger das Jungtier durch ihm fremde Gewässer gejagt, bis hin zu dem Riff, welches vorübergehend Sicherheit geboten hatte. Mittlerweile aber wurde die Bucht dem Tier zum Verhängnis. Das merkwürdige An- und Abschwellen der Gewässer störte seinen Orientierungssinn. Das Vibrieren der Gezeiten breitete sich von den Ohrknorpeln entlang des Rückgrats über seinen Körper aus, wanderte zurück in sein Gehirn und legte sich wie ein Nebelschleier über das Bewusstsein. Sogar das Wasser fühlte sich anders an als in der Endlosigkeit des Meeres, wo der Golfstrom den Minkwalen den Weg in die nördlichen Gefilde wies, den Heringsschwärmen hinterher. In dem Insellabyrinth vor der schottischen Küste jedoch bestimmten Ebbe und Flut über das Geschick des Tieres.

Das Walkalb tauchte an die Oberfläche, um zu atmen. Eine Fontäne aus Blas schoss zischend aus seinem Nasenloch. Dann ließ es sich mit einem Flossenschlag zur Seite kippen. Sein sirrender, langgezogener Klagelaut verhallte in den Tiefen des Meeres.

Die Sonne stand eine Handbreit über dem Horizont und hüllte das Halbrund der Bucht in sanftes Licht. Der Sand schimmerte golden. Der Tag versank im Meer. Dies war die Stunde, die er so liebte. Zwischen Land und Meer herrschte Frieden. Die Ellbogen auf die Knie gestützt, den Oberkörper vornübergebeugt, saß er auf einem mächtigen, vom Kommen und Gehen der Gezeiten glattgewaschenen Stück Treibholz und schnitzte. Geübt führte seine Hand das Messer. Das Flechtband, an dem er arbeitete, ähnelte der Verzierung auf der Figur, die er um den Hals trug. Ein aus Walrosszahn gefertigter Krieger, den er von seinem Vater geerbt hatte, dieser wiederum von seinen Vätern und Vorvätern. Eines fernen Tages würde es an ihm sein, die Figur gemäß der Tradition an seinen Sohn weiterzugeben, damit das Vermächtnis überdauerte.

Er schob die Wollmütze in den Nacken, seine Lippen schmeckten klare, salzige Luft. Draußen, über dem Meer, zogen rauchrote Wolkenberge wie schwelende Fackeln über den Himmel. Sein Blick wanderte über den Horizont bis zu der Stelle, an der sich die Sonne in die Tiefe stürzte. Nicht mehr lange, und der Rand des rotglühenden Feuerballs würde die Fluten berühren. Beinahe meinte er, ein leises Zischen zu hören, während die Vereinigung der Elemente ihrem Höhepunkt zustrebte und sich die Fluten des Atlantiks im Widerschein des Lichts rosa färbten.

Der Wind zerrte an seiner Jacke, das Messer steckte mit der Klinge in dem Holz neben ihm, seine Hände ruhten im Schoß. Für einen Moment gab es nichts zu tun oder zu entscheiden. Eine tiefe innere Ruhe erfüllte ihn, die Gesetze der Zeit verloren ihre Gültigkeit. Vor seinem inneren Auge sah er die Jahrtausende vorbeiziehen. Sowohl die, welche bereits vergangen waren, als auch die, welche kommen würden. In die Großartigkeit des Anblicks rund um ihn herum versunken, saß er da und betrachtete den Sonnenuntergang. Unvermittelt ergriff ihn ein Frösteln. Aus dem Frieden erwuchs Unwohlsein. Irgendwo auf der Höhe seiner Brust meinte er, einen kalten Hauch zu spüren. Es fühlte sich an, als würde sich ein Eissplitter in sein Herz bohren. Er wusste wohl, was das zu bedeuten hatte. Aufmerksam lauschte er in sich hinein, in der Hoffnung, dass er sich vielleicht getäuscht hatte, doch wie erwartet verstärkte sich das Gefühl. Er presste die Lippen zusammen, hob die Hand vor die Augen und spähte über den Atlantik. Der Wind trieb ihm Sandkörner ins Gesicht, seine Brust wurde eng. Mit der Präzision eines Seismographen fing er Emotionen ein, die eindeutig nicht zu ihm gehörten und sich dennoch mit seinen eigenen Empfindungen vermischten.

In der Nähe waren Felsen. Er erhob sich und kletterte hinauf, um zu erkennen, ob jemand da draußen auf dem Meer in Not war. Mit zusammengekniffenen Augen suchte er die Wellentäler ab. Nichts. Was auch immer auf dem Meer vor sich ging, entzog sich seinem Blick. Doch dicht unter der Oberfläche baute sich etwas auf, das fühlte er. Ein gewaltiger Sog, der ihn zu verschlingen drohte. Adrenalin schoss durch seine Adern, seine Muskeln spannten sich an. Und dann bekam das unsichtbar in der Tiefe Brodelnde einen Namen. Angst.

Das Walkalb driftete im Wasser, die Augen halb geschlossen. Seinem Feind hatte es nichts mehr entgegenzusetzen. Die Aussicht auf den Tod war lähmend. Teilnahmslos nahm es wahr, wie das schwindende Licht auf den Schaumkronen tanzte. Die seichten Gewässer lockten es näher und näher an das Ufer, wo die Wellen in sanften Schwüngen auf das Land aufliefen. Der nasse Sand glitzerte im Licht der Abendsonne, die Dämmerung verlieh den schroffen Felsen sanftere Konturen, das Bild bestach durch makellose, trügerische Schönheit.

Aller Wahrscheinlichkeit nach hätten die Orcas dem Walbaby ein rasches Ende bereitet. Die geschützte Bucht hingegen hielt ein langes, qualvolles Sterben bereit.

Der Druck in seiner Brust wuchs. Er schloss die Augen und ließ die Luft keuchend aus seinen Lungen entweichen. Dann straffte er den Rücken und startete den Motor. Die Reifen des Jeeps stoben über den Sand auf den Feldweg zu, der jenseits des Wollgrasteppichs in die Küstenstraße mündete. Von da aus eine Meile bis zum Hafen. In Gedanken sah er den dunklen Punkt dicht unterhalb der Wasseroberfläche vor sich. Er vermutete, dass es sich um einen Jungwal handelte. Ein klammes Gefühl kroch seine Wirbelsäule hinunter bis zu den Zehen, jeder Nerv seines Körpers signalisierte, dass der Lebenswille des Tieres von Minute zu Minute schwand. Die Zeit lief ihm davon. Entschlossen trat er auf das Gaspedal und jagte den Jeep über die holprige Piste.

Das Boot lag am Ende der Mole. Er parkte den Jeep mitten im Halteverbot, neben einem Haufen Reusen und Netzen, und sprang auf den Anleger. Die Sohlen seiner Turnschuhe quietschten auf dem glitschigen Holz. Mit einem gezielten Sprung landete er auf dem Deck des Kutters. Minuten später hatte er das Dingi aus der Verankerung gelöst. Mit einem satten Klatschen landete es auf dem Wasser. Er zog die Gurte der Schwimmweste fest, ließ sich mit einem geübten Schwung in das Beiboot fallen und startete den Motor.

Die Bewegungen wurden immer einförmiger.

Kreis um Kreis um Kreis.

Ohne Anfang. Ohne Ende.

Von einem unbestimmten, inneren Drang geleitet.

Die Sonne zerfloss im Meer. Die Elemente wurden eins.

Kein Oben. Kein Unten.

Teilnahmslosigkeit in den Empfindungen. Die Angst wich. Ein geraunte Versprechen.

Nicht mehr lange …

Als er die Bucht erreichte, schaltete er den Motor ab. Das Sonar des Wals war empfindlich. Er durfte nicht riskieren, das Tier zu erschrecken und schlimmstenfalls weiter Richtung Strand zu treiben. Gleichmäßig tauchten die Ruderblätter ins Wasser, das Dingi glitt auf den matt glänzenden Leib zu. Im Näherkommen erkannte er eine glatte, unverletzte Rückenflosse. Der gebogenen Form nach zu urteilen, war es ein Mädchen.

Er steuerte das Boot in ausreichender Entfernung um das Kalb herum, so dass er sich zwischen Tier und Strand befand. Er löste ein Ruder aus der Dolle und hob es hoch über den Kopf. Entschlossen holte er aus. Das Ruderblatt klatschte auf die Wellen. Einmal, zweimal, dreimal. Konzentrische Kreise breiteten sich wie von unsichtbarer Hand gezogen über das Wasser aus.

Schließlich ließ er das Ruder wieder sinken. Geduldig wartete er. Ließ zu, dass die Verbindung zwischen ihnen stärker wurde und sein Geist mit der Seele des Tieres verschmolz. Ein schwaches, aber gleichmäßiges Vibrieren, als würde sich ein Stromkreis schließen. Gespannt blickte er zu dem Walbaby hinüber. Es legte eine Flosse an den Körper, ein trübes Auge erwiderte seinen Blick. Beinahe meinte er, einen Anflug von Interesse zu erkennen.

Einen Wimpernschlag später setzten die monotonen Schwimmbewegungen wieder ein. Die Rückenflosse schnitt wie ein Zirkel ein gleichförmiges Rund in das Meer. *Verdammt …* Fluchend warf er das Ruder in das Dingi zurück.

Jetzt blieb ihm keine andere Wahl. Der Plan war verwegen. Ihm war wohl bewusst, was er damit riskierte. Das Tier war erschöpft, schlimmstenfalls würde er es zu Tode ängstigen. Aber was sollte er sonst tun? Sein Blick wurde grimmig, entschlossen drehte er den Sprithahn der Tankbelüftung auf. Dann zog er den Choke und gab Gas. Das Boot schoss quer durch die Bucht. Kurz vor dem Wal drehte er bei. Das Dröhnen des Motors traf wie ein Paukenschlag auf das Sonar, der Stresspegel des Tieres musste enorm sein.

Immer enger zog er die Bögen, zwischen dem Halbrund der Bucht und dem Wal verlaufend, eine imaginäre Mauer aus Lärm. Der Schweiß stand ihm auf der Stirn. Durch die Tiefe der eingegangenen Verbindung übertrugen sich die Empfindungen des Tieres unmittelbar auf seinen eigenen Körper. Er spürte die Panik des Wals, als wäre es seine eigene. Eine Faust bohrte sich in seinen Magen, er schnappte nach Luft, während die Angst auf den Höhepunkt zusteuerte. Dann, gerade als er meinte, es nicht länger aushalten zu können, sah er ein paar Meter vom Dingi entfernt Blas aus dem Atemloch schießen. *Na los …*, flüsterte er in Gedanken, *worauf wartest du?* Der Blick des Tieres traf ihn, voll Befremden darüber, Gedankenströme von diesem merkwürdig orangefarben, höchst unelegant auf den Wellen hüpfenden Ding zu empfangen, welches ihm so einen höllischen Schrecken eingejagt hatte. Eine ganze Weile passierte nichts. Die Sekunden verstrichen. Dann drehte das Tier den Kopf und begann, eine Serie klagender Laute von sich zu geben. Es rief nach seiner Mutter.

Genau darauf hatte er gewartet. Er stellte den Motor ab. Erleichtert wischte er sich den Schweiß von der Stirn. Jetzt hieß es abwarten und auf die Weisheit des Ozeans vertrauen. Die Nachricht würde sich schnell verbreiten. Er schloss die Augen. Die Verbindung zwischen ihm und dem Kalb war atemberaubend. So stark, dass er sie durch jede seiner Zellen strömen spürte. Regungslos saß er in dem winzigen Dingi und hielt stumme Zwiesprache mit dem Tier. Er spürte, wie es ihm vertraute. So sehr, dass es sich jetzt, da der mörderische Lärm sich gelegt hatte, in der Nähe des Bootes wohler fühlte als alleine auf dem Meer.

Die Dämmerung zog herauf. Wie lange er schon ausgeharrt hatte, konnte er nicht sagen, aber die ersten Abendsterne erhellten mit ihrem Flimmern den Himmel. Er spürte, wie seine Knochen in der klammen Seeluft steif wurden. Gerne hätte er das Dingi gegen sein bequemes Bett eingetauscht, doch dazu fühlte er sich zu sehr durch das Vertrauen des Jungtiers zum Bleiben verpflichtet. Gleichmäßig schwappten die Wellen gegen den Gummirand des Bootes. Ansonsten war es still. Und dann spürte er sie kommen. Seine Augen hatten sich so weit an die Dunkelheit gewöhnt, dass er sehen konnte, wie sich gewaltige Schatten aus den Wellen erhoben und im nächsten Moment klatschend unter der Wasseroberfläche verschwanden. Als Nächstes setzten die Gesänge ein, die in den Tiefen zu hören waren und in Brannan widerhallten. Eine eigenartige Abfolge von Lauten, uralte, archaische Klänge. Ein atemberaubender Chor der Meere, der ihn mit Ehrfurcht erfüllte. Er schluckte, als er das Ausmaß der Verbundenheit zwischen ihm und den Tieren erkannte. Ihm war, als würde seine Seele auf eine Reise zurück an ihren Ursprung geschickt. Ein Zittern lief durch seinen Körper, die Erinnerung an diejenigen, von denen er abstammte, überwältigte ihn. Nie würde er verleugnen können, wer er war. Wie die Wale wurde auch er immer wieder an seinen Ursprung zurückgeführt.

Ein heftiges Schaukeln erfasste das Dingi, die mächtigen Leiber brachten das Wasser zum Brodeln. Er krallte die Finger um die Halteschlaufen und hoffte inständig, dass er nicht von der Schwimmweste würde Gebrauch machen müssen. Der Atlantik war um einiges eisiger als die kühle Nachtluft. Gerade als er sich geistig darauf vorbereit hatte, springen zu müssen, endete der Spuk, so plötzlich, wie er begonnen hatte. Verblüfft starrte er auf die Wasseroberfläche, in der sich silbern der Mond spiegelte. Als hätten sie seine Bedrängnis gespürt, hörten die Tiere auf, wie Geschosse aus dem Wasser zu schnellen, und beschränkten sich darauf, in ruhigen Zügen das Dingi zu umkreisen oder darunter hindurchzutauchen.

Mit einem Ausatmen lehnte er sich zurück, wobei er feststellte, dass nicht nur er erleichtert war, sondern vor allem der Jungwal. Er bückte sich, griff nach einer Handlampe und schaltete sie ein. Das Licht reichte gerade aus, um zu erkennen, wie der Körper des Walbabys neben einem Muttertier ins Wasser tauchte und immer wieder an die Oberfläche zurückkehrte, um zu atmen. Ein Lächeln umspielte seine Mundwinkel. Mehr brauchte er nicht zu sehen, um zu wissen, was da vor sich ging. Die wachsende Zufriedenheit, die sich von dem Kleinen auf ihn übertrug, ließ keine Zweifel offen. Die Walmutter spritzte ihrem Baby Milch ins Maul. Seine Hand glitt zu seinem Bauch. Das Grummeln seines Magens erinnerte ihn daran, dass die letzte Mahlzeit lange her war. Sobald er zu Hause war, würde er sich um seine eigenen Bedürfnisse kümmern.

Das Baby war nun satt und kräftig genug, um in den offenen Atlantik zurückzukehren. Er hielt die Lampe ein wenig dichter an die Wellen. Von dem kleinen Körper schien ein Leuchten auszugehen. Ein ungeahntes Glücksgefühl erfüllte ihn, während er beobachtete, wie vier große Rückenflossen sowie eine kleine sich in gerader Linie vom Dingi entfernten. Ein letztes Peitschen von Schwanzflossen, Gischt spritzte auf, dann verschluckte die Dunkelheit ihre Silhouetten. Sein Herz wurde leicht, als er die freudige Erregung spürte, mit der sie Kurs Richtung Süden nahmen, den Fischschwärmen hinterher, ihrem Instinkt und ihrer Bestimmung folgend.

Der Nordostwind trieb tiefhängende Wolken über einen zornigen Himmel. Vom Atlantik her rollten Brecher auf die Küste zu. Taransay und die blauen Berge von Harris lagen im Nebel. Die Luft war erfüllt vom Tosen des Windes. Kayla Gillan, die wegen eines Streits mit ihrem Mann Dalziel ungeachtet des Wetters einen Strandspaziergang unternahm, spürte den Sprühregen wie Nadelstiche auf dem Gesicht. Der Wind fuhr mit Macht in ihr langes schwarzes Haar und zerrte an den üppigen Locken. Hochgewachsen war sie, und sie hatte es sich zur Gewohnheit gemacht, mit energischen Schritten und schwingenden Armen über die golden glitzernden Sandflächen zu schreiten. Einer der Vorteile ihres kräftigen Körperbaus, der sie zwar weniger elegant wirken ließ als ihre feingliedrige Schwester Ally, sich aber für die Arbeit auf der Croft, dem Inselgehöft, als nützlich erwies.

Ihr Blick wanderte über die menschenleere Bucht. Sand, so weit das Auge reichte. Die Weite von Tràigh Losgaintir, wie der Strand von Luskentyre von den Einheimischen genannt wurde, war Balsam für ihre Seele. Schwer atmend blieb sie stehen und spürte das Prickeln der Seeluft auf ihren Wangen. Noch immer war sie viel zu aufgebracht, um Dalziel unter die Augen zu treten. Sie fühlte das Klopfen ihres Herzens wie Trommelschläge gegen ihre Rippen hämmern. Dass er seine Anschuldigungen inzwischen wohl bereuen dürfte, dämpfte ihren Zorn nicht einmal annähernd.

Sie hob den Kopf, kniff die ausdrucksvollen, keltisch blauen Augen zusammen und sah zum Horizont. Draußen, über dem Atlantik, riss der Himmel auf. Ein Streifen Licht fiel durch rauchgraue Wolken, die Strahlen der untergehenden Sonne zauberten funkelnde Lichtreflexe auf die Wellenkämme. Das Wasser der Bucht leuchtete wie glattpolierter Türkis. Sie fuhr sich mit der Zunge über die Lippen und schmeckte das Salz auf ihrer Haut. Manchmal erschien es ihr als ein Privileg, hier, auf den Äußeren Hebriden zu leben, wo die Natur unberührt war wie vor hunderten von Jahren, die Traditionen lebendig und Gälisch die Muttersprache eines Großteils der Bevölkerung. *Havbredey,* Inseln am Rand des Meeres … wie passend der alte nordische Name doch war, sinnierte sie. Es hätte ebenso gut Inseln am Rand der Welt heißen können, wenn man in Betracht zog, wie einsam und mühselig sich das Leben hier oft gestaltete. Dies war einer der Nachteile, den man in Kauf nehmen musste, wenn man auf Harris wohnte. Die Unwägbarkeit des Wetters ein weiterer.

Der kühle Nordostwind ließ sie frösteln. Zu dem monotonen Rollen der Brecher fügte sich das Kreischen der Seevögel. Die Konturen der Berge verblassten zu einem fahlen Grau. Trotz der Kälte beschloss sie, ihren Marsch fortzusetzen. Die Wellen schwappten gegen ihre Gummistiefel, ein knapp daumenbreiter, bis nach Seilebost am anderen Ende der Bucht reichender Wasserfilm bedeckte die endlosen Flächen. Ihre Füße drangen schwer in den nassen Sand ein, der Nylonstoff ihrer Regenjacke blähte sich im Sturm. Ihre Gedanken kreisten um den Streit von eben. Verzweifelt um Selbstbeherrschung ringend, ballte sie die Hände in den Taschen zu Fäusten.

All die Jahre, in denen sie auf Dalziel eingeredet hatte. All die Auseinandersetzungen. All die Nächte, in denen sie ihm beim Schein der Küchenlampe am Esstisch gegenübergesessen und ihn beschworen hatte, Iain, Dalziels Sohn aus erster Ehe, ihren

Stiefsohn, nicht mit dem Maßstab zu messen, den die Gillans seit Generationen auf ihre Söhne anlegten. Iain war ein guter Junge, aber so anders, als es von einem Gillan erwartet wurde. Weicher und sensibler vor allem. Ehrgeiz und Empfindsamkeit waren bei ihm stark ausgeprägt und verliehen seinem Charakter etwas seltsam Widersprüchliches. Dazu war er über das gewöhnliche Maß hinaus intelligent und überraschend weltoffen für jemanden, der die Insel kaum jemals verlassen hatte. Zu Recht erhoffte er sich mehr von der Zukunft, als was der Fischfang und die wenig ertragreiche Croft mit ihren zweihundert Schafen und den paar Hühnern zu bieten hatten.

Dalziel sah die Dinge anders. Iain war sein einziger Sohn und somit sein Nachfolger. Iain würde die Croft übernehmen, ob es dem Jungen passte oder nicht. Obwohl Kayla Dalziels Standpunkt nachvollziehen konnte, hatte sie nie aufgehört, Iain zu ermutigen, eigene Wege zu gehen. Sie fand es verkehrt, dem Jungen Einschränkungen aufzuerlegen. Iain hatte das Zeug, um zu studieren. Warum sollte er aus seiner Intelligenz nicht etwas machen?

Doch all die hitzigen Diskussionen hatten nichts genutzt. Dalziel war stur geblieben. Von Iains Träumen hatte er nichts hören wollen. Nun war es zu spät. Iain war weg. Wie es aussah für immer, wenn Dalziel nicht endlich zur Vernunft kam. Erbittert wischte sich Kayla mit der Handkante eine Träne von der Wange. Sie hätte aus der Haut fahren mögen vor angestautem Ärger über Dalziels Halsstarrigkeit. Zornig stapfte sie durch den Sand. Das hochspritzende Wasser durchnässte den Stoff ihrer Jeans. Sie wollte nicht weinen, aber die Tränen ließen sich nicht länger zurückhalten. Überwältigt von ihren Gefühlen blieb sie stehen und schlug die Hände vor das Gesicht, während die Stimme in ihr, die sie verzweifelt versuchte hatte zu ignorieren, lauter wurde. War der Bruch zwischen Iain und Dalziel ihre Schuld? Zumindest zum Teil? Hätte sie Dalziels Meinung respektieren und Iains Erziehung ausschließlich in Dalziels Hände legen sollen? Hatte sie den Jungen zu sehr ermuntert, groß zu denken, obwohl sie wusste, dass sie in ihrer angespannten finanziellen Situation auf Iains Arbeitskraft angewiesen waren und sich das teure Studium nicht leisten konnten? Ihre Brust wurde eng, sie war sich nicht mehr sicher, was sie denken sollte.

Dabei war Iains Wohl beileibe nicht ihre einzige Sorge. Schwerer wog die Frage, wie es jetzt weitergehen sollte. Ohne Iains gutmütiges, fröhliches Wesen war die Stimmung zu Hause düsterer denn je. Noch hielt sie an ihrer Ehe fest, ob aus Liebe oder aus Pflichtgefühl, vermochte sie nicht zu sagen. Sie seufzte. Die Zweifel nagten an ihr wie die Mäuse an den jungen Karotten in ihrem Gemüsegarten. Ihr war bewusst, dass sie die Vergangenheit nicht ändern konnte, doch sollte sie deshalb akzeptieren, dass sich die Aussicht auf die nächsten Jahre ähnlich trostlos gestaltete wie das Wetter? Zum ersten Mal in all den Jahren war sie sich nicht mehr sicher. Vielleicht war es an der Zeit, einen Schlussstrich zu ziehen.

Sie blickte über das Meer. Die Hügel von Taransay erhoben sich schemenhaft vor einem wolkenverhangenen Himmel, die herannahende Flut brandete mit Macht gegen den Strand. Sie hob die Hand vor die Augen. Ein Fleck in den Wellen erregte ihre Aufmerksamkeit. Angestrengt blickte sie in die grauen Wellentäler. Ein kugelrunder Kopf tauchte aus dem Wasser und verschwand umgehend wieder. Gleich darauf erschien einige Meter entfernt ein weiteres Paar schwarzer Knopfaugen über der Wasseroberfläche und schien sie neugierig zu betrachten. Unwillkürlich hielt sie den Atem an. Es waren Kegelrobben, fünf oder sechs an der Zahl. Der Wind trug ihr rollendes Bellen an ihr Ohr. Dass die Tiere bis nach Luskentyre heraufkamen, war ungewöhnlich. Normalerweise ließen sie sich hier nicht blicken. Ihre Kolonie lebte im Süden, auf Shillay, einer der Inseln im Sund vor Harris. Shillay war der alte nordische Name für Seehund. Und von den Nordmännern stammten die Sagen über die Selkies, das Seehundvolk. Gedankenverloren sah Kayla den Tieren zu, wie sie in den Wellen spielten, das feuchtglänzende Fell schimmernd wie Silber.

Unwillkürlich wanderten ihre Gedanken zurück zu den Geschichten, die ihre Mutter ihr an langen Winterabenden erzählt hatte, während das Rattern des Webstuhls das Haus erfüllt hatte. Geschichten von übernatürlichen Geschöpfen, von Brownies, winzigen, meist gutmütigen Feen, die in den grünen Tälern jenseits der Hügel lebten. Von den Blauen Männern des Minchs, Wassergeistern, die in den zerklüfteten unterirdischen Höhlen und Tunnels vor den Inseln wohnten und Schiffe zum Kentern brachten. Von Kelpies, Gestaltwandlern, die in Menschengestalt Spaziergänger überfielen, sich dann zurück in Wasserpferde verwandelten und ihre Opfer ertränkten. Und von Selkies natürlich, jenen sagenumwobenen Kreaturen, halb Mensch und halb Seehund.

Von allen Geschichten waren ihr die von den Seehundmenschen immer am liebsten gewesen. Manche, wie die von Neil Mac Coddrum und seiner Selkiebraut, hatte sie so oft gehört, dass sie sie beinahe Wort für Wort wiedergeben konnte.

Vor langer Zeit lebte ein einsamer Fischer an der rauhen schottischen Küste. Sein Name war Neil Mac Coddrum. Eines frühen Morgens, als er mit seinem Boot vom Meer zurückkehrte, hörte er ein Singen, schöner als alles, was er je zuvor gehört hatte. Er suchte den Strand ab, um herauszufinden, wer da sang. In einer mondbeschienenen Bucht fand er, was vor ihm noch niemand erblickt hatte. Zwölf Selkiefrauen, die ihr Fell abgeworfen und sich in Menschen verwandelt hatten, spielten ausgelassen zwischen den Felsen. Verzaubert von ihrer Schönheit, konnte Neil kein Auge von ihnen wenden. Als sie ihn entdeckten, stürzten sie sich in die wogenden Fluten und verschwanden. Neil glaubte, alles nur geträumt zu haben, doch plötzlich stieß sein Fuß gegen etwas Weiches. Es war ein Seehundfell. Sicher kann ich es für einen guten Preis verkaufen, *dachte er und hob es auf. Mit dem Fell unter dem Arm machte er sich auf den Heimweg, als auf einmal Schritte hinter ihm zu hören waren. Als er sich umdrehte, stand hinter ihm eine überirdisch schöne Frau und weinte Tränen, so bitter, dass es ihm tief ins Herz schnitt. Bitte gib mir mein Fell zurück, schluchzte sie, denn sonst kann ich nicht zu den Meinen zurückkehren. Aber Neil blieb stur. Anstatt ihr das Fell zurückzugeben, bat er sie, seine Frau zu werden und in seinem Haus zu leben. Dafür, so versprach er, würde er ihr so viel frischen Fisch fangen, wie sie nur essen konnte, und sie glücklich machen. Da ihr keine Wahl blieb, ging sie mit ihm. Sie gewöhnte sich an das Leben an Land und gebar ihm sieben Kinder, doch in langen Vollmondnächten klang ihr anrührender, klagender Gesang über das Meer. Sie konnte einfach nicht vergessen, wer sie war und woher sie stammte. Tag und Nacht sehnte sie sich nach ihren Artgenossen. Manchmal beobachtete eines der Kinder die Mutter, wie sie sehnsuchtsvoll zum Fenster hinaus aufs Meer blickte. Dann fragten sie ihre Mutter, was sie so traurig werden ließ. Jedes Mal antwortete die Seehundfrau, dass sie nur geträumt habe. Eines Tages aber, als sie alleine mit dem jüngsten Sohn zu Hause war, geschah es, dass sie eine Gruppe von Robben bei den Felsen entdeckte. Sie weinte bitterlich vor Kummer. Als der Sohn sie nach dem Grund für ihre Traurigkeit fragte, antwortete sie ihm, dass sie eine Selkie sei und ihre Heimat der Atlantik. Da Neil aber ihr Fell versteckt halte, könne sie nie wieder nach Hause zurückkehren. Der Junge bekam Mitleid mit ihr. Er kannte das Versteck im Kamin, wo sich das Fell befand, und brachte es seiner Mutter. Sie küsste und herzte ihren Sohn und versprach, ihn immer zu lieben. Dann warf sie sich das Fell über und verschwand im Meer. Als Neil zurückkehrte und erfuhr, was passiert war, brach ihm das Herz vor Kummer entzwei, denn er hatte seine Selkiefrau über alles geliebt. Der arme Neil sah seine Frau nie wieder, aber in manchen Mondnächten konnte er sie singen hören, so rein und klar, dass es ihn zu Tränen rührte. Dann fand er Trost darin zu wissen, dass sie glücklich war bei den Ihren.*

So oder so ähnlich ging die Geschichte … Kayla blickte nachdenklich zu den Robben hinüber. Es gab Familien, hatte ihre Mutter behauptet, hier auf den Hebriden, sowie auf den Shetlands und den Orkneys, in deren Adern noch heute Selkieblut floss.

So tief war Kayla in Gedanken versunken, dass sie gar nicht bemerkte, wie eine besonders heftige Welle heranrollte und donnernde Gischt über den Strand versprühte. Geschickt machte sie einen Satz zu Seite. Als ihr bewusst wurde, welche Richtung ihre Gedanken genommen hatten, schüttelte sie amüsiert den Kopf. Was war nur in sie gefahren? Ihre Fantasie ging mit ihr durch. Bei den Tieren hier in der Bucht handelte es sich um Kegelrobben, nicht um magische Gestalten. So viel stand fest. Sie runzelte besorgt die Stirn. Blieb zu hoffen, dass die Tiere schlau genug waren zu verschwinden, bevor Dalziel Gelegenheit haben würde, sein Gewehr zu holen. Dalziel hasste Robben. Sie machten ihm die Lachse streitig und waren, in seinen Augen, wie eine Rattenplage.

Achselzuckend wandte Kayla den Blick ab. Sie rieb sich die Hände, ihre Finger waren klamm von der eisigen Luft. Entschlossen, Wind und Wetter die Stirn zu bieten, stapfte sie weiter. Ihre Lungen brannten von der Kälte, sie presste die Hände in ihre stechenden Seiten, verringerte aber nicht das Tempo. Wenn nötig würde sie meilenweit laufen. So lange jedenfalls, bis der Impuls, Dalziel mit bloßen Händen zu erwürgen, nachließ.

Im Moment bezweifelte sie entschieden, dass dies je der Fall sein würde. Dafür war er diesmal zu weit gegangen. Mochte er seinen Frust über den Streit ruhig in Whisky ertränken, es war ihr egal. Notfalls würde sie die Nacht im Wohnzimmer verbringen, während er das Schlafzimmer mit seinem Whiskyatem verpestete. Im Grunde genommen war es ihr nur recht, wenn er bei ihrer Rückkehr schon schlief. Wozu reden? Auf eine Entschuldigung seinerseits brauchte sie ohnehin nicht zu hoffen, so viel stand fest. Sie fluchte leise vor sich hin. Irgendwann würde der elende Stolz der Gillan-Männer sie in den Wahnsinn treiben. Wenn Dalziel nicht bald das Ruder herumriss und einlenkte, würde es zu spät sein. Er würde Iain verlieren.

Erneut drang das Heulen der Robben an ihr Ohr. *Dàn nan ròn*, Lied der Seehunde, so lautete der gälische Ausdruck für ihren erschreckend menschlich klingenden Gesang, der den Zuhörer sowohl anrührte, als auch zu Tode erschreckte. Dem Volksglauben nach war der *Dàn nan ròn* ein Omen. Wer ihn hörte, würde bald ertrinken, sei es auf hoher See oder im Meer der eigenen Gefühle, so gewaltig rüttelte das Lied der Seehunde an der Seele. Nun, Angst vor dem nahen Tode verspürte Kayla keineswegs, dennoch wurde auch sie urplötzlich von einer seltsamen Wehmut erfüllt. Gedankenverloren blickte sie über das Meer. Dass die Tiere ihr gefolgt waren, wunderte sie nicht. Robben waren neugierige Wesen. Dass sie allerdings so ausdauernd heulten, war ungewöhnlich …

Mitten in ihren Überlegungen fuhr ihr eine Sturmbö von hinten in die Kniekehlen, so dass sie Mühe hatte, auf den Beinen zu bleiben. Der Stoff der Jeans klebte unangenehm nass und kühl an ihren Oberschenkeln, also beschloss sie, es gut sein zu lassen und umzukehren. Jede Faser ihres Körpers schmerzte von dem Gewaltmarsch, aber immerhin hatte sie sich so weit abgekühlt, dass ihre Wut über Dalziel versiegt war. Stattdessen machte sich eine Mischung aus Resignation und Trauer in ihr breit, ein wahrlich schlechter Tausch, wie sie feststellte. Bei dem Gedanken daran, wie einsam und leer das Haus ihr nach Iains Abreise erschien, traten ihr erneut Tränen in die Augen. Achtlos wischte sie sie beiseite und zwang sich, den Blick nach vorne zu richten. Jede Medaille hat mindestens zwei Seiten, hieß es immer, oder nicht? Für die Zukunft würde es vielleicht sogar etwas Gutes haben, dass sie und Dalziel gezwungen waren, nun zu zweit, ohne Iain, weiterzumachen. Irgendwie würden sie sich zusammenraufen. Wenn er es ihr auch oft verdammt schwermachte, ihm nahe zu sein, stand eines außer Frage: Dalziel brauchte sie. Mehr, als ihm bewusst war.

Vom Bellen der Robben begleitet, stapfte sie den einsamen Strand entlang zurück. An dem Dünenpfad angekommen, der von der Bucht hinauf zu ihrem Haus führte, blieb sie stehen. Nachdenklich stemmte sie die Hände in die Hüften und musterte die Tiere mit einer Mischung aus Verwunderung und Faszination. Graue Köpfe mit sanften, ausdrucksvollen Augen blickten sie vom Wasser aus an. Sofort kamen ihr wieder die Geschichten ihrer Mutter ins Gedächtnis. Der Sage nach waren männliche Selkies bildschöne, enigmatische Geschöpfe mit olivenfarbenem Teint, kantigen, klar geschnittenen Gesichtszügen, dunklen Augen und schulterlangem pechschwarzen Haar. Von ihnen gingen großes Charisma und Verführungskraft aus. Außergewöhnliche Liebhaber waren sie und nahmen sich der unglücklichen Fischersfrauen an, um nach wenigen Monden ins Meer zurückzukehren, während die Frau an Land blieb und vor Kummer verging. *Sieben Tränen bei Flut ins Meer vergossen …* Mehr brauchte es nicht, um einen Selkiemann anzulocken. *Ha!* Kayla lächelte grimmig, dies zumindest hatte sie bei ihrem Spaziergang erfüllt. Wenn sie jetzt einen Wunsch äußern und einen Gefährten herbeisehnen würde, der sie in ihrer Einsamkeit tröstete, würde es dann in Erfüllung gehen?

Grimmig presste sie die Lippen aufeinander. Wie albern. Sie benahm sich wie ein abergläubisches Weib, statt wie eine erwachsene, verheiratete Croftersfrau. Eine Närrin war sie! Dennoch konnte sie ihre schottischen Gene nicht verleugnen, und die Legenden waren darin fest verwurzelt. Wer weiß, vielleicht war es gar nicht so verrückt, an Wunder zu glauben? Vielleicht hätte sie nie aufhören sollen damit. Sie runzelte die Stirn. Im Grunde war das der eigentliche Fehler in ihrem Leben: Die Realität hatte sie viel zu fest im Griff. Was würde wohl passieren, wenn sie den Mut fände, dem Mythos Leben einzuhauchen?

Sie warf einen letzten Blick auf die Robben, dann kehrte sie dem Meer den Rücken zu. Frierend stellte sie fest, dass es spät geworden war. Die Sonne war fast im Meer versunken. Die Umrisse der Dünen verschwammen in der Dunkelheit, aber aus den Fenstern ihres Hauses leuchtete von weitem das Licht. Bei dem Gedanken, in welchem Zustand sich ihr Ehemann inzwischen vermutlich befand, wurde ihr Herz schwer. Es würde Mut kosten herauszufinden, ob ihre Ehe Bestand haben konnte. Sie warf den Kopf in den Nacken und blickte in den sturmgepeitschten Himmel. Ein dumpfer Schrei löste sich aus ihrer Kehle und verhallte zwischen den Klippen. Ohne dass sie es verhindern konnte, füllten sich ihre Augen mit Tränen. Eine zornige, ungehalten über die Dünen auf das Meer zujagende Böe riss sie ihr von den Wangen. Das Salz ihrer Tränen vermischte sich mit dem Salz des Meeres.

Am nächsten Morgen saß Kayla in der Küche, den Kopf in die Hände gestützt, und starrte aus dem Fenster. Nach der Nacht auf dem Sofa fühlte sie sich wie gerädert. Der Streit mit Dalziel hatte sie bis in ihre Träume verfolgt. Nichtsdestotrotz war sie heute Morgen mit den Hühnern aufgestanden, in der Hoffnung, ein vernünftiges Wort mit Dalziel wechseln zu können. Doch die Mühe hätte sie sich sparen können. Dalziel war wie üblich stur geblieben. Beim Frühstück hatte er sich hinter seiner Zeitung verschanzt. Den Kaffee hatte er heiß und schwarz hinuntergekippt, das Essen kaum angerührt. Kayla verzog das Gesicht, zu müde, um sich Gedanken darüber zu machen, was wohl in ihrem Mann vorgehen mochte. Am liebsten hätte sie sich in ihr Bett verkochen und die Decke über den Kopf gezogen. Aber das kam leider nicht in Frage. Sie hatte ihrer Freundin Sandra Reid versprochen, sie im Laden abzulösen.

Sandra, die ursprünglich aus München stammte, war vor fünf Jahren auf einer Wandertour mit dem Rucksack über die Insel gezogen. Dabei hatte sie sich in Tormod Reid, einen Urschotten, verliebt und war auf der Insel hängengeblieben. Vor drei Jahren hatte Sandra die Leitung vom The Cauldron, also Der Kessel, übernommen und unter ihrer Regie hatte sich das Post Office mit dem klangvollen Namen in einen florierenden Laden verwandelt. Nach hymnischen Kritiken auf den einschlägigen Reiseportalen kamen die deutschen Touristen in

Scharen, um sich Insider-Tipps von der freundlichen Posthalterin mit dem Münchner Dialekt am äußersten Rand der Welt zu holen.

Was den heutigen Tag betraf, so hatte sich Sandra vorgenommen, die wöchentliche Fahrt zum Großhandel in Stornoway mit einem Termin beim Arzt zu verbinden, welcher, wie sie mehrfach betonte, keinesfalls Aufschub duldete. Kayla mochte müde sein bis zum Umfallen, doch Sandra hängen zu lassen, stand außer Frage. Also biss sie die Zähne zusammen, verdrängte den Gedanken an Schlaf und erhob sich, um ihre Kaffeetasse in die Spüle zu stellen. Ihr Blick glitt über die Arbeitsplatte, wo Dalziels Teller stand und sie anklagend anblickte, ein stummes Abbild davon, wie es um ihre Ehe bestellt war. Er hatte kaum einen Bissen zu sich genommen. Auf dem weißen Geschirr mit dem hübschen blauen Blumenmuster klebte eine unappetitliche Masse, welche einmal ein Rührei gewesen war. Daneben lag, grau und fettglänzend, der gebratene Speck. Normalerweise war Dalziel ein guter Esser, doch nach dem gestrigen Streit hielt ihn sein Starrsinn so fest im Griff, dass er seine Wut auf Gott und die Welt mit Essensstreik bekundete. Zögernd griff sie nach dem Teller. Obwohl es ihr widerstrebte, Lebensmittel wegzuwerfen, nahm sie Dalziels Frühstück und kippte es in den Müll. Sie bedachte den Eimer mit einem vorwurfsvollen Blick. Was für eine Verschwendung! Aber bitte schön, wenn Dalziel es so wollte … Dabei hätte er es bitter nötig gehabt, etwas Kräftigendes in den Magen zu bekommen. Bei dem Gedanken daran, wie erschreckend fahl er heute Morgen unter der gebräunten Haut gewirkt hatte, spürte sie ein bleiernes Gewicht auf ihren Schultern. Sie machte sich Sorgen um ihn. Die Arbeit an den Zäunen war kräftezehrend. Hoffentlich dachte Dalziel daran, dass im Kühlschrank Brotpudding für ihn bereitstand. Dalziel war ein großer, gut gebauter Mann, doch seitdem er die Vierzig überschritten hatte, wies ihn sein Körper regelmäßig in die Schranken. Sie seufzte. Wenn Dalziel nicht lernte, besser auf seine Gesundheit zu achten, würde er eines Tages die Quittung auf den Tisch bekommen.

Sie ließ Wasser in die Spüle laufen und machte einen Lappen nass. Nachdenklich wrang sie ihn aus. War es übertrieben, sich Sorgen zu machen? Es war doch nur eine schwierige Phase, kein schlechtes Leben, oder nicht? Irgendwie würden sie es schon durchstehen. Da hatten sie schon anderes hinter sich gebracht. Die Schafseuche vor vier Jahren, den Wasserrohrbruch, den Sturmschaden am Dach … Mit energischen Bewegungen wischte sie die Toastkrümel vom Tisch und beschloss, die Schwarzmalerei aus ihrem Kopf zu verbannen. Ihr Blick fiel auf die Uhr. Es war an der Zeit, sich fertig zu machen.

Im Schlafzimmer war es dämmrig. Dalziels ganz eigener, markant männlicher Geruch lag noch in der Luft. Kayla stand auf der Schwelle und hielt den Atem an. Das merkwürdige Gefühl, ausgeschlossen zu sein, befiel sie, als würde sie einen Bereich betreten, zu dem sie eigentlich keinen Zugang hatte. In diesem Raum war Dalziels unsichtbare Präsenz erdrückend. Jeder Winkel war gefüllt mit mürrischem Schweigen, so dass sie sich wie ein Eindringling in ihren eigenen vier Wänden vorkam. Sie verbot sich, dem unguten Gefühl nachzugeben, das von ihr Besitz ergriffen hatte. Mit festen Schritten ging sie auf das Fenster zu. Sie schob die schweren Tweedvorhänge zurück und ließ herrlich frische Seeluft, durchmischt mit dem Duft von Wildblumen, hereinwehen. Eine Weile blieb sie am offenen Fenster stehen, das Gesicht der Sonne zugewandt, und genoss die Stille des Morgens. Schließlich wandte sie sich um. Ihr Blick fiel auf das Ehebett. Sie ging hinüber und ließ sich auf Dalziels Seite nieder. Nachdenklich strich sie mit den Fingern über das zerknitterte Laken. Das Kopfkissen sah aus, als hätte ein Boxkampf stattgefunden. Sie seufzte. Das zerwühlte Bett war ein Zeichen für die Schlacht, welche Dalziel Nacht für Nacht mit seinem inneren Dämon schlug. Im Laufe ihrer Ehe hatte sie gelernt, dass sie ihm in dieser Schlacht nicht beistehen konnte. Es bereitete ihr Kummer, dass er sich so quälte, aber er weigerte sich, mit ihr darüber zu sprechen, was der Grund für seine Alpträume war. Wenn sie ihn mit Fragen bedrängte, zog er ohne ein weiteres Wort zu verlieren auf das Sofa um. Kayla litt unter seiner Reaktion, sagte aber nichts, weil es erfahrungsgemäß wenig Sinn ergab. Sie seufzte. Selbst *wenn* sie die Nacht nebeneinander verbrachten, stellte Kayla düster fest, blieb Dalziel demonstrativ auf Abstand. Dabei vermisste sie die vertraute Nähe seines Körpers. Die Wärme, die von seiner Haut ausging, die Biegung seines kräftigen Rückens, in die ihr Körper sich so perfekt schmiegte, den vertrauten Rhythmus seines Atems. Würde es je wieder so zwischen ihnen werden, wie es einmal gewesen war?

Schweren Herzens erhob sie sich. Sie strich das Laken glatt und stopfte die Decke sorgfältig an allen vier Seiten fest. Dann ging sie in das angrenzende Bad, um zu duschen. Die Arbeit im The Cauldron und das belanglose Geplauder mit den Kunden würden ihr helfen, die trüben Gedanken zu verscheuchen.

Zehn Minuten später stand sie nach Lavendel duftend und mit rosig durchwärmter Haut vor dem Kiefernschrank und überlegte, was sie anziehen sollte. Sie probierte es mit ihren hellen Jeans und dem petrolfarbenen Kapuzenshirt. Pragmatisch und bequem, passend zu der Aufgabe, die heute anstand, nämlich Regale abstauben und neu dekorieren. Prüfend drehte sie sich vor dem Spiegel. Im Grunde genommen gar nicht so schlecht, befand sie. Ihre langen, wohlgeformten Beine kamen in den Jeans gut zur Geltung. Das Sweatshirt umspielte locker ihren Oberkörper, sodass ihre vollen Brüste nicht allzu üppig wirkten. Das Petrol des Stoffes brachte ihre blauen Augen zum

Leuchten und verstärkte den Kontrast zwischen ihrem porzellanfarbenen Teint und dem dunklen Haar, das ihr in dichten Wellen über den Rücken fiel. Ja, sie konnte durchaus mit sich zufrieden sein. Insgesamt wirkte sie wesentlich jünger, als sie war. Wie Anfang dreißig vielleicht, aber bestimmt nicht wie sechsunddreißig. Im Gegensatz zu ihrer Schwester Ally war sie eher der hochgewachsene, sportliche Typ. Glücklicherweise hatte sie vor Jahren eingesehen, dass es bei ihrer Statur keinen Sinn ergab, graziös und anmutig wirken zu wollen. Ihr keltisches Erbe ließ sich nun mal nicht verleugnen. Stirnrunzelnd betrachtete sie ihr Spiegelbild. Unterm Strich gesehen gab es an ihrem Erscheinen kaum etwas auszusetzen. Dennoch kam sie sich vor wie ein Schatten ihrer selbst. Unmutig zog sie sich bis auf die Unterwäsche aus und schlüpfte in ein schlichtes weißes T-Shirt mit V-Ausschnitt und in eine schwarze Hose. Die Stirn in Falten gelegt, stand sie vor dem Schrank und überdachte die Möglichkeiten. Plötzlich wusste sie, wonach sie suchte. Klimpernd schob sie ein paar Bügel beiseite. Da, der neue Blazer … strenggenommen hatte sie ihn für besondere Anlässe geschneidert. Doch wann bot sich schon Gelegenheit, die schicke Jacke auszuführen? Kurzentschlossen nahm sie das gute Stück aus dem Schrank. Ihre Finger glitten über die rauhe, leicht fettige Wolle. Wie all ihre Stoffe, welche die begehrte Auszeichnung Harris Tweed trugen, hatte sie auch diesen selbst gefertigt.

Als Kind der Hebriden ging ihr das Weben leicht von der Hand. Sie wusste mit dem mechanischen Hattersley-Webstuhl, den sie von ihrer Mutter geerbt hatte, gut umzugehen. Wie die meisten seiner Artgenossen hatte auch er seinen eigenen Rhythmus und, nicht zu vergessen, seine Schrullen. Doch wenn man ihn zu nehmen wusste und sich beim Aufziehen der Kettfäden nach seinen Bedürfnissen richtete, ratterte er zufrieden wie eine Spielzeuglok vor sich hin.

Sie hielt sich den Blazer an. Mit einem erfreuten Lächeln stellte sie fest, dass ihr die Kombination der Farben gut stand und darüber hinaus äußerst gelungen war: Mauve mit dezenten Sandtönen und einem einzelnen, türkisfarbenen Faden. Oft wurde sie von anderen Webern gefragt, woher sie ihre Einfälle hatte. Obwohl sie alle gängigen Muster beherrschte und wunderbar auf der Klaviatur der Farben von Steingrau über Heidekrautfarben zu Moosgrün spielen konnte, liebte sie es, mit gewagten Kombinationen zu experimentieren, weitab von der üblichen, klassischen Linie. Auf ihr Talent für die Auswahl von Farben angesprochen, zuckte sie stets nur die Schultern. Dabei war die Antwort denkbar einfach: Ihre Muster spiegelten wider, was ihr an Schönheit in der Landschaft begegnete. Im Fall des Blazers war das der Anblick von leuchtend blühendem Rotklee, dahinter der endlose Strand und das karibisch anmutende Türkis des Meeres.

Probehalber, nicht wirklich entschlossen, schlüpfte sie in den Blazer. Erstaunt betrachtete sie ihre Verwandlung im Spiegel. Eine frische, lebensfrohe Version ihrer selbst strahlte ihr entgegen. Eine attraktive, selbstsichere Frau, der man nicht im Mindesten ansah, dass in ihrem Leben längst nicht alles nach Wunsch lief. Froh über ihren Mut zum Außergewöhnlichen, zupfte sie das ihre Taille weich umspielende Schößchen zurecht, welches ihre runden Hüften auf vorteilhafte Weise betonte, ohne diese ausladend wirken zu lassen. Bei dem Gedanken daran, wie Sandra, die eher praktische Wanderkleidung bevorzugte, auf ihr Styling reagieren würde, konnte sie sich ein Lächeln nicht verkneifen. Aller Wahrscheinlichkeit nach würde Sandra ihr dann, mit erhobenem Zeigefinger, erklären, dass Hose und Blazer an einem regulären Arbeitstag im Post Office reichlich übertrieben wirkten. Kayla zuckte die Schultern. Im Grunde genommen mochte Sandra recht haben. Der Kundenkreis des Cauldron bestand hauptsächlich aus Fischern in ausgeleierten Wollpullovern, Arbeitern in ölverschmierten Latzhosen und Croftersfrauen in Strickjacke, Jeans und Gummistiefeln. Doch Sandra behauptete, es sei gerade diese Ursprünglichkeit, welche die Touristen anzog wie Buttercremetorte die Fliegen. Unwillkürlich musste Kayla schmunzeln. Ginge es nach Sandra, würde Kayla in ihrem abgewetzten, nach Schafstall riechenden Wollpulli und mit schlammverkrusteten Gummistiefeln im Laden stehen, in der Hand das furchteinflößende Messer, das sie zum Ausnehmen der Fische verwendete. Dabei würde sie gälische Kraftausdrücke zum Besten geben, um dem gängigen Schottland-Klischee zu entsprechen. Der Highland-Boom war ungebrochen und schwappte zunehmend auf die Inseln über.

Kayla reckte das Kinn und schnitt ihrem Spiegelbild eine Grimasse. Heute, so beschloss sie, würde sie den Erwartungen der anderen einmal nicht entsprechen. Zur Abwechslung würde sie ihre eigenen Bedürfnisse in den Vordergrund stellen und alles daransetzen, sich wohl in ihrer Haut zu fühlen. Sandra würde sich mit ihrer Aufmachung abfinden müssen. Versöhnt mit sich und dem vor ihr liegenden Tag, machte Kayla sich auf den Weg.

Zehn Minuten später zog Kayla den Blazer wieder aus und legte ihn enttäuscht auf die Bank neben der Wellblechgarage. Nichts Gutes ahnend, ging sie um ihren klapprigen Volvo herum, löste die Entriegelung der Motorhaube und warf einen frustrierten Blick darunter. Versuchsweise streckte sie eine Hand aus und tippte mit den Fingern gegen den Kühlwasserbehälter. Sie kräuselte die Nase. Jetzt, da sie mit dem Oberkörper halb unter der Kühlerhaube steckte, drang der beißende Geruch von verbranntem Gummi in ihre Nase. Verdammte Karre. Sandra würde ausflippen, wenn sie ihren Arzttermin verpasste.

Eine Reihe gälischer Flüche murmelnd, die ihrer Mutter die Schamesröte ins Gesicht getrieben hätten, strich sich Kayla das wirre Haar aus ihrer Stirn, während sie sich ins Gedächtnis zu rufen versuchte, was Iain für gewöhnlich tat, wenn der Motor Mätzchen machte. Aber so sehr sie ihr Hirn auch zermarterte, sie konnte sich beim besten Willen nicht erinnern, was er ihr über die unterschiedlichen Krankheiten ihres Autos erzählt hatte. Der Anblick der vielen Schläuche und Motorteile überforderte sie schlichtweg.

Mitten in ihre Gedanken versunken, hörte sie ein Hupen. Sie richtete sich auf. Die Hände in den schmerzenden Rücken gestemmt, beobachtete sie, wie ein dunkelblauer Pick-up in der Einfahrt hielt. Ihr Nachbar, Seamus Macdonald, lehnte den Oberkörper aus dem Fenster.

»Hallo, Kayla, macht er wieder Ärger?«, er zwinkerte ihr freundlich aus seinen meerblauen, gutherzigen Augen zu.

»Das kannst du laut sagen.« Ohne zu bemerken, wie ölig ihre Finger waren, kratzte sie sich die Wange. »Irgendetwas riecht verschmort. Wer weiß, was passiert, wenn ich das Monster hier stehen lasse.«

»Du meinst Kabelbrand?« Seamus zog die rot-blau gestreifte Pudelmütze zurecht, unter der sein blondes Haar hervorquoll. »Ich glaube nicht, dass das passieren wird.«

»Bist du dir da sicher?«

»Schon«, Seamus zuckte grinsend die Schultern. »Und wenn nicht, auch gut. Falls die Karre abfackelt, brauchst du sie wenigstens nicht verschrotten zu lassen.«

»Also könnte es wirklich anfangen zu brennen?« Kayla warf einen Blick über die Schulter und beäugte misstrauisch den Motorraum.

»Nein. Das war ein Scherz.«

»Hm …«

»Komm schon, Kayla«, Seamus sah ihr ins Gesicht. »Zerbrich dir nicht den Kopf. Wenn du magst, schau ich es mir später an, falls Dalziel keine Zeit hat.«

»Nett von dir. Manchmal denke ich, die Kiste macht das mit Absicht. Wenn Iain da ist, läuft sie wie geschmiert, aber sobald er weg ist …« Sie ließ den Satz in der Luft hängen und schüttelte unglücklich den Kopf.

»Hier, nimm das«, Seamus verschwand kurz im Wagen, lehnte sich dann erneut aus dem Fenster und reichte ihr ein nach geräucherter Makrele riechendes, kariertes Stofftuch. »Du hast da etwas an der Wange.«

Vorsichtig rieb sie mit dem Lappen über ihr Gesicht. »Danke dir. Besser so?«

Seamus nickte anerkennend. »*Aye*. Du siehst toll aus. Na los, spring rein, ich fahr dich.«

»Im Ernst?«

»Klar. Kein Problem. Ich muss sowieso zum Hafen. Wenn du willst, nehm ich dich heute Abend wieder mit zurück.«

»Na gut, wenn es dir keine Umstände macht. Ich hole meine Jacke.«

»Mach das. Wozu sind Freunde da?« Während sie zur Bank lief und in den Blazer schlüpfte, stieg Seamus, ganz Kavalier, aus und hielt die Beifahrertür für sie auf. Kayla kletterte auf den Sitz und ließ den Sicherheitsgurt einrasten. Seamus umrundete den Pick-up und zwängte seine lange, schlaksige Figur hinter das Steuer. Er drehte den Schlüssel im Zündschloss und umfasste mit einer Hand das Lenkrad. Mit der anderen deutet er auf den Himmel, der sich über den Dünen zusehends bewölkte. »Fängt gleich an zu regnen.«

Kayla runzelte die Stirn. »Tja. Ein bisschen Sonne ist offenbar zu viel verlangt. Na ja, was soll's. Wir haben Ende April, der Sommer kommt erst noch.«

Seamus legte krachend den Rückwärtsgang ein und ließ den Wagen aus der Einfahrt rollen. »Das glaubst du wohl nicht im Ernst? Wenn du mich fragst, bekommen wir typisches Hebridenwetter.«

»Sagt der Experte?«, spöttelte sie mit einem amüsierten Blick auf Seamus, der erst vor zwei Monaten vom Festland auf die Inseln gezogen war.

Aber Seamus ließ sich nicht beirren und grinste breit. »Du kennst meine Meinung. Im Grunde gibt es auf Harris zwei Möglichkeiten: Entweder es hat gerade geregnet oder es fängt gleich an.«

Kayla lachte schallend. »Ziemlich treffend bemerkt für jemanden, der sein ganzes Leben auf dem Festland verbracht hat.« Sie richtete sich auf dem Beifahrersitz auf und warf einen prüfenden Blick in den winzigen Spiegel über der Sonnenblende. »In Edinburgh dürfte das Wetter um die Jahreszeit wohl angenehmer sein. Ich frage mich sowieso, wie du Jungspund es freiwillig unter uns langweiligen, gesetzten Inselbewohnern aushältst.«

»Als würden die sieben, acht Jahre zwischen uns so einen Unterschied machen. Wenn man freilich erst einmal dein biblisches Alter erreicht hat, fragt man sich so etwas natürlich«, spöttelte er. »Aber wenn du wissen willst, was die Gegend für mich so faszinierend macht …«, Seamus wog bedächtig den Kopf hin und her. »Schwer zu sagen. Irgendwie mehr Luft zum Atmen, vermute ich, so was in der Art. Das Leben in der Stadt ist hektisch. Die meiste Zeit ist man damit beschäftigt, dem Geld hinterherzurennen, um all die nutzlosen Dinge zu kaufen, die man besitzen muss, um dem Standard zu entsprechen. Auf Dauer macht das nicht glücklich.«

Kayla nickte, als könnte sie nachvollziehen, was Seamus meinte, doch in Wirklichkeit gingen ihr ganz andere Gedanken durch den Kopf. Schweigend starrte sie aus dem Fenster, während vor der Scheibe die Dünen von Luskentyre vorbeiglitten.

Seamus schien zu ahnen, dass etwas nicht stimmte. »Alles okay?«, erkundigte er sich vorsichtig, nachdem sie eine Zeit geschwiegen hatte.

»Schon, ich habe mich bloß gefragt …«, sie ließ den Satz unvollendet.

Seamus wandte mitten in der Haarnadelkurve den Blick von der Straße ab und schenkte ihr ein mitfühlendes Lächeln. »Du machst dir Gedanken um Iain, stimmt's?«

Am liebsten hätte Kayla ihm geantwortet, dass sie sich gerade wesentlich mehr Gedanken darüber machte, wie sie lebend in Leverburgh ankommen sollten, wenn Seamus den Blick nicht endlich wieder auf die kurvige Fahrbahn richtete. Dann aber riss sie sich zusammen und meinte, die Augen starr auf die Straße geheftet: »Ganz schön übertrieben, nicht wahr? Immerhin, Iain ist volljährig. Zeit, um auf eigenen Füßen zu stehen. Wenn er dazu nicht in der Lage ist, muss ich mich ernsthaft fragen, was ich falsch gemacht habe.«

»Unsinn«, erwiderte Seamus mit Nachdruck und konzentrierte sich glücklicherweise wieder auf die enge Küstenstraße. »Eine bessere Stiefmutter als dich könnte Iain sich nicht wünschen. Das weißt du doch.«

»Das sagst *du*«, Kayla biss sich auf die Lippe. »Dalziel sieht es anders. Er meint, Ally und ich hätten Iain Flausen in den Kopf gesetzt. Wenn's nach Dalziel gegangen wäre, hätte er Iain glatt verboten, von hier wegzugehen.«

»Aber es geht nicht immer nach Dalziel, nicht wahr?«, warf Seamus ein, den Blick erneut auf Kayla gerichtet. Der Wagen schlingerte in der Kurve.

Unwillkürlich hielt Kayla die Luft an. »Nein. Das tut es nicht. Aber du kennst Dalziel. Er regt sich fürchterlich auf, wenn etwas nicht nach seinem Kopf geht. Im Prinzip meint er es nicht so.« Kayla unterdrückte einen Aufschrei, als der Pick-up auf eine Hügelkuppe zuraste. »Pass auf, da vorne sind häufig Schafe auf der Straße.«

Seamus nickte. Als kleines Zugeständnis schaltete er einen Gang runter, raste dann aber mit unverminderter Geschwindigkeit und heulendem Motor auf den Hügel zu. Unauffällig tastete Kayla mit der Hand nach dem Haltegriff über der Beifahrertür, während ihr Fuß verzweifelt eine imaginäre Bremse bis zum Anschlag durchdrückte.

Doch entweder hatten die Schafe das Brummen des Motors gehört oder sie schienen einen siebten Sinn zu besitzen. Als der Pick-up den Blind Summit, die nicht einsehbare Hügelkuppe, erreichte, setzten sie sich in Bewegung. Kayla sah, wie runde Hintern mit wackelnden Schwänzen zwischen den Klippen verschwanden. Seamus nickte zufrieden und lenkte den Rover hügelabwärts. Vor ihnen, über den schwarzen Granitfelsen von Tràigh Mhòr, spritzte die weißschäumende Gischt auf. Kayla löste ihre schwitzende Hand von dem Griff und atmete ein paarmal tief durch. Dann wandte sie sich an Seamus. »Übrigens, ich habe dir noch gar nicht erzählt, dass der Mann von der Bootsreparatur in Stornoway angerufen hat. Sie haben herausgefunden, was passiert ist.«

Seamus' Augenbrauen schossen in die Höhe. »Wow, so schnell? Das hätte ich nicht gedacht. War es wirklich Iains Schuld, dass Dalziels Boot den Geist aufgegeben hat?«

Kayla schüttelte den Kopf. »Nicht im Mindesten. Sie sagen, sie hätten einen solchen Fall noch nie erlebt. Anscheinend sind die beiden Gummidichtungen, die das Einströmen von Meerwasser in den Motor verhindern, im gleichen Moment kaputtgegangen. Was ungefähr so wahrscheinlich ist wie ein Sechser im Lotto. Dass es passiert ist, als Iain mit dem Boot draußen war, ist purer Zufall. Es hätte Dalziel genauso treffen können.«

»Pech für Iain also. Ich nehme an, die Sache wird nicht besser durch den Umstand, dass Iain mit Logan unterwegs zu den Shiants war, als der Motor verreckt ist?«

Kayla nickte. »Wenn sie wenigstens zum Fischen draußen gewesen wären … Aber so? Nur zum Spaß mit dem besten Kumpel in der Gegend herumtuckern und Vögel beobachten?«

Seamus nahm eine Hand vom Lenkrad und kratzte sich unter der Pudelmütze. Er warf Kayla einen nachdenklichen Blick zu. Der Pick-up ruckelte bedenklich, als er mit einem Rad von der Fahrbahn abkam. »Was sagt die Versicherung? Kommt sie für den Schaden auf?«

»Vergiss die Versicherung«, Kayla schüttelte resigniert den Kopf. »Dalziel war mit den Raten so weit im Rückstand, dass sie ihm die Police vor einem Monat gekündigt haben.«

»*A Dhia*«, entfuhr es Seamus, was klagend klang, wie ein »*Achjaa…*«. Er wiederholte den gälischen Ausdruck für »Oh Gott« ein paarmal, bevor er sich wieder beruhigte.

»So in etwa hat Dalziel auch reagiert«, meinte Kayla zögernd. »Die Reparatur wird teuer. Ich darf gar nicht daran denken, was die Küstenwache zusätzlich für die Bergung des Bootes verlangen wird …«

»Im Grunde ist es also Dalziels Schuld.«

»Wie meinst du das?«, Kayla hob verständnislos eine Augenbraue.

»Na das mit der Versicherung.«

Eine Bemerkung zu Dalziels Verteidigung auf den Lippen, öffnete sie den Mund, schloss ihn dann aber wieder, weil Seamus natürlich recht hatte. Sie zog die Augenbrauen zusammen. »Ja. Ja, so gesehen stimmt das wohl. Wenn er mit mir geredet hätte, hätten wir einen Weg gefunden, das Geld aufzutreiben. Aber du weißt ja, wie er ist.«

»Verstehe«, nickte Seamus. »Dein Mann hat nun mal seinen Stolz. Da kann man nichts machen. Ich hoffe, dass er sich zumindest bei Iain entschuldigt hat?«

Kayla wandte den Kopf ab, um Seamus' bohrendem Blick auszuweichen. Tapfer kämpfte sie die aufwallenden Gefühle nieder. Dalziel hatte sich selbstverständlich nicht entschuldigt. Dies war der Anlass für den schrecklichen Streit gestern gewesen, aber das ging nur sie und Dalziel etwas an. Ihre Finger malten Kringel auf die Seitenscheibe, sie räusperte sich. »Natürlich hat er das getan«, log sie. »Trotzdem haben sich die beiden erst einmal darauf geeinigt, dass Iain in Edinburgh bleibt und versucht, einen Ausbildungsplatz zu bekommen.«

»Klingt vernünftig«, Seamus nickte anerkennend.

Die weitere Fahrt verlief schweigend. Kayla war heilfroh, als sie Leverburgh erreichten, ohne dass Seamus erneut auf das Thema Dalziel zu sprechen kam. Sie passierten das Ortsschild. Hinter der Kirche und dem Gemeindezentrum machte die Straße eine Kurve. Die Räder quietschten, mit elegantem Schwung setzte Seamus den Pick-up in eine Parklücke vor dem Post Office.

»Danke fürs Mitnehmen, Nachbar«, sagte Kayla und löste den Gurt.

»Gern geschehen. Bis später.«

Kayla warf Seamus eine Kusshand zu und blickte gedankenverloren dem Pick-up hinterher, der Richtung Hafen davonsauste. Obwohl die Sonne durch die aufreißenden Wolkenfelder brach, fröstelte sie von innen heraus. Eine vage Vorahnung befiel sie, dass der Tag nicht so reibungslos verlaufen würde, wie sie es sich erhoffte. Eine unerklärliche Spannung lag in der Luft wie ein entfernter Laut, der in ihr dumpf widerklang. Sie beschloss, das verstörende Gefühl nicht weiter ernst zu nehmen und sich stattdessen in die Arbeit zu stürzen.

Vom Atlantik her fegte ein wütender Nordwestwind herein. Auf seinem Weg vom Fjord über die Insel drückte er die Gräser auf dem vorgelagerten, saftigen Marschland nieder, traf dann auf die Wellblechhütten im Hafen und brachte den Butty Bus, den zu einem Imbissstand umfunktionierten Reisebus, zum Schwanken.

Ohne sich an dem ohrenbetäubenden Trommeln des Regens zu stören, saß Seamus auf einem der vier Hocker tief über seinen Teller gebeugt und schaufelte eine gewaltige Portion Fish and Chips in sich hinein. Mochte draußen die Welt untergehen, solange er hier im Trockenen saß, war ihm alles recht. Bevor der Regen nicht nachließ, hatte es ohnehin keinen Sinn, mit dem Reparieren der Reusen weiterzumachen.

Tormod, der Besitzer des Butty Bus, stand hinter der Theke und wienerte mit Inbrunst das ohnehin schon glänzende Metall. Vor einigen Jahren hatte er, unter heftigem Protest von Sandra, einen ausgedienten Fernbus gekauft. Im Nachhinein hatte er zu seiner Verteidigung vorgebracht, dass ihm beim Anblick der scheußlichen grünen Rostlaube eine Art Offenbarung ereilt hatte, der er unweigerlich hatte Folge leisten müssen. Doch sein genialer Einfall, die Verantwortung für den Kauf auf eine höhere Instanz abzuwälzen, hatte sich leider als nicht ganz so glücklich erwiesen, wie er erhofft hatte. Sandra hatte infolgedessen in teutonischer Geradlinigkeit keine Sekunde gezögert, ihm die Koffer vor die Tür zu setzen, mit der Begründung, dass es sich bei ihrem Tun ebenfalls um göttliche Eingebung handle. Glück für Tormod, dass er in solchen, in schöner Regelmäßigkeit wiederkehrenden Fällen, immer Unterschlupf bei Dalziel fand, bis Sandra sich beruhigte. Gottlob tobte sie selten allzu lange.

Tormods Plan war gewesen, den Bus in einen Schnellimbiss mit dem überaus treffenden Namen Butty Bus, also Stullen-

Bus, umzufunktionieren und bei der Gemeinde eine Lizenz für einen Dauerstellplatz am Hafen zu beantragen. Niemand hätte seinerzeit gedacht, dass sich der Butty Bus zu einer regelrechten Institution entwickeln würde. Für die Touristen war er eine willkommene Anlaufstelle, um nach der Überfahrt mit der Fähre etwas Essbares in den Magen zu bekommen. Für die männlichen Inselbewohner war er zu einem beliebten Treffpunkt nach der Arbeit geworden. Auf den Bänken vor dem Bus ließ es sich bei schönem Wetter herrlich sitzen und den Sonnenuntergang über dem Sund von Harris genießen. Das Bier brachte man selbst mit, da Tormod keine Schankkonzession besaß, aber daran störte sich keiner. Wenn man nicht gerade von den Mücken aufgefressen wurde, waren es gemütliche Abende mit langen Gesprächen und es waren echte Freundschaften, wie sie nur in winzigen Gemeinden am Rande der Welt existieren. Weil Tormod eine Seele von Mensch war, ließ der Umsatz, ungeachtet der regelmäßigen Treffen, oft zu wünschen übrig.

Tormod löste sich davon, der Vergangenheit nachzuhängen, und fuhr liebevoll ein letztes Mal mit dem Tuch über das blitzende Metall der Theke. Mit routiniertem Schwung warf er sich das Tuch über die Schulter und rückte die Speisekarte neben der Ablage gerade. Kummerfalten durchzogen sein hageres schottisches Gesicht, besorgt wandte er sich an seinen einzigen Gast. »Sag mal, Seamus, ist alles in Ordnung mit dem Essen?«

»*Seadh, hm-hm*«, erwiderte Seamus zwischen zwei Bissen. »Sicher, warum fragst du?«

»Och, nur so«, Tormod fuhr sich mit der Hand über die Glatze. »Ich hatte gestern ein paar Touristen, die nach vegetarischen Sandwiches gefragt haben.« Er verzog das Gesicht, als hätte er auf etwas Saures gebissen. »Komische Sonderwünsche.«

Seamus grinste. »Nicht gerade dein Ding, vegetarisches Essen, was?«

»*Nae* … kann nicht verstehen, was es an einer ordentlichen Bacon Roll auszusetzen gibt?«

Wie auf ein Stichwort hin erschien in diesem Moment Donald MacArtairs hagere, regennasse Gestalt in der Tür. »Meine Güte, was für ein Mistwetter.« Er hob ein tropfendes, streng riechendes Fellbündel vom Boden auf und hievte es in den Bus. »Hab ich was verpasst?« Erstaunlich behende für sein betagtes Alter kraxelte er hinter seinem Hund die Stufen hinauf. Er schlug die Kapuze seines leuchtendgelben Ölzeugs zurück und blickte mit funkelnden Augen in die Runde, das füllige silberne Haar stand wie Igelstacheln von seinem Kopf ab. »Ihr habt nicht gerade von Bacon Rolls gesprochen?«, fragte er in rollendem Singsang. Die Gläser seiner Brille beschlugen in der Wärme des Busses, er zog das verbogene Nickelgestell von der Nase und bedachte Tormod mit einem Lächeln aus zusammengekniffenen Augen. »Falls du gerade eins von den Dingern fertig hast, sag ich nicht nein. Man soll ja nichts verkommen lassen.«

»Muss der nasse Köter zwischen den Stühlen liegen und alles volltropfen?«, gab Tormod unter demonstrativer Missachtung von Donalds Anliegen zurück.

»Och, der arme Moses. Er hasst Regen. Sagtest du gerade, du würdest mir ein Specksandwich spendieren?«

Tormod, der wusste, dass er gegen Donalds ausgebuffte Sturheit keine Chance hatte, verdrehte enerviert die Augen, zog dann aber eine Pfanne unter der Theke hervor und warf Speckstreifen hinein. Sekunden später erfüllte der köstliche Duft von Gebratenem den Butty Bus. Schweigend schauten Seamus und Donald dem kurzgewachsenen, um die Taille leicht fülligen Tormod dabei zu, wie er in der winzigen Küche geschickt mit Toaster und Grill hantierte.

»Es pisst wie aus Eimern«, meinte Donald schließlich, mehr um irgendwas zu sagen, als sich über das gewohnt schlechte

Wetter zu wundern. »*Mo chreach,* herrje, ich hoffe, Sandra schafft es, meine Wäsche trocken zu kriegen. Sie wollte sie mir später vorbeibringen.«

Tormod blickte von der Pfanne auf und bedachte Donald mit einem finsteren Blick. »Hör zu, Kumpel. Sie hat gestern Abend nichts anderes getan, als einen Berg T-Shirts für dich zu bügeln und deine löchrigen Socken zu stopfen. Und als ob das nicht genug wäre, soll sie dir das Zeug auch noch hinterhertragen? Allen Ernstes, Donald, ich finde, du überstrapazierst den Begriff ›Hilfsbereitschaft‹ in letzter Zeit gewaltig.« Schwungvoll ließ er das fertige Specksandwich auf einen Teller gleiten und schob es über die Theke.

»Was meinst du damit?«, Donald schüttelte verständnislos den Kopf. Mit beiden Händen griff er nach dem Brötchen und biss beherzt hinein.

»Das weißt du genau«, Tormod richtete sich zu seiner beeindruckenden Größe von eins siebzig auf und verschränkte die Arme vor der Brust. Auf seiner von einem dünnen brauen Haarkranz umgebenen Glatze spiegelte sich das matte Licht der Neonröhre. »Unsere Frauen haben weiß Gott auch so genug zu tun, ohne dich ständig zu bekochen und deine Bude in Schuss zu halten.«

»*Obh obh,* oha, du sprichst von meinem Damen-Club?« Donald legte die Bacon Roll beiseite und blinzelte unschuldig. »Mach mal halblang, Tormod, die Mädels tun das gerne. Es gibt ihnen ein gutes Gefühl, sich um einen armen, alten Witwer zu kümmern. Abgesehen davon …«, er wischte sich mit einer Papierserviette das Fett von den Lippen. »Wenn Sandra mit meinem Kram beschäftigt ist, kommt sie nicht auf dumme Ideen. Oder hast du vergessen, wie sie dich letztes Jahr damit genervt hat, alle Zimmer frisch zu tapezieren und neue Fußböden zu verlegen?«

Tormod setzte zu einer Antwort an, brachte dann aber nur ein gurgelndes Geräusch zustande.

Donald wackelte mit dem Zeigefinger. »Ich sage es ja immer, diese Deutschen sind nur glücklich, wenn sie sich abrackern. Neue Böden, so ein Unsinn! Deine Sandra kennt sich vielleicht mit den Bergen aus, aber dass bei der salzigen Luft und dem ganzen Sandstaub die Renoviererei für die Katz ist, musst du ihr mal beibringen. Oder habt ihr zwei zu viel Freizeit und wisst nicht, was ihr damit anfangen sollt?« Donald unterstrich die Eindeutigkeit seiner Bemerkung mit einem Augenrollen.

Tormod knirschte gereizt mit den Zähnen, seine Faust ballte sich um den Wischlappen. Für einen Moment sah es danach aus, als erwäge er ernsthaft, Donald den nassen Lappen um die Ohren zu hauen. Dann aber drehte er sich stillschweigend um und vertiefte sich angelegentlich darin, die Spülmaschine im hinteren Bereich der Küche auszuräumen.

Seamus blickte von seinem Teller auf und grinste breit. »So gesehen bist du wohl das gemeinnützige Projekt von Leverburgh, Donald, was?«

»*Aye*, könnte man durchaus so sehen«, nickte Donald nicht ohne Stolz.

Von hinter der Theke war ein unwilliges Schnauben zu hören, doch bevor Tormod seine Empörung zum Ausdruck bringen konnte, deutete Donald aus dem Fenster, Richtung Pier. »Die Fähre von Berneray kommt herein. Möchte wetten, du kriegst gleich alle Hände voll zu tun, Tormod.«

Tormod, vom Streit abgelenkt, schüttelte den Kopf. »Bezweifle ich. Bei dem Wetter steigen die Leute erst gar nicht aus, sondern fahren direkt zu ihrer Ferienunterkunft.« Unaufgefordert nahm Tormod zwei Becher aus dem Regal, goss Kaffee und einen ordentlichen Schuss Whisky hinein und reichte sie Donald und Seamus. »Bitte sehr. Geht aufs Haus.« Dann schenkte er sich selbst ein, klappte das blankgewienerte Thekenbrett zur Seite und quetschte sich durch den schmalen Spalt. Seufzend ließ er sich auf dem letzten freien Hocker nieder. In einvernehmliches, männliches Schweigen versunken, beobachteten die drei, wie die Caledonian Mac Brayne an der Kaimauer festmachte. Der Bug klappte herunter. Wie Perlen an einer Schnur rollten die Autos hintereinander von Bord, den Pier hinauf und am Butty Bus vorbei. Die roten Rücklichter verschwammen im Regen.

»Och, das war's dann wohl«, seufzte Tormod resigniert. »Hab ich's nicht gesagt. Kein einziger Kunde.«

»Hm«, Donald runzelte die Stirn und dachte angestrengt nach. »Vielleicht solltest du mehr Werbung machen? Deine Speisekarte ein bisschen aufpeppen? Hast du mal dran gedacht, etwas Vegetarisches anzubieten? Soll ziemlich in sein, wie ich höre.«

Tormod setzte gerade zu einer Antwort an, als sich draußen eine dunkle Gestalt aus dem Regengrau löste und direkt auf den Bus zusteuerte.

»Na bitte«, erklärte Tormod triumphierend und erhob sich, um Stellung hinter der Theke zu beziehen. »Kundschaft. *'S math sin,* fabelhaft ... Wie der Kerl aussieht, verwette ich meinen Hintern darauf, dass er kein Vegetarier ist.«

Tormod hatte kaum ausgesprochen, als Schritte die Treppe herauf zu hören waren. Unter den erstaunten Blicken der Anwesenden betrat der Fremde den Bus. Er war groß, breit gebaut und überragte selbst Seamus, der ziemlich hochgewachsen war, um ein gutes Stück. Ohne sich an den neugierigen Gesichtern zu stören, stellte er seinen Seesack und einen Geigenkasten neben der Tür ab. Angespanntes Schweigen machte sich breit. Eine geheimnisvolle, schwer mit Worten zu beschreibende Aura schien von dem Fremden auszugehen, die sogar den nie um einen Spruch verlegenen Donald verstummen ließ.

Aber nicht lange. Donald schob den Teller beiseite, rückte die Brille zurecht und schenkte dem Fremden ein breites Grinsen. »*Fàilte dhan-t-Òb, cò às a tha sibh?*«, fragte er listig. »Herzlich willkommen in Leverburgh, woher kommst du?« Wie die anderen wussten, war dies eines seiner Lieblingsspiele, um die Touristen, die kein Wort Gälisch verstanden, zu verwirren.

»*Ciamar a tha sibh*? Wie geht's? Mein Name ist Brannan Tait«, antwortete der Fremde zur allgemeinen Verblüffung in lupenreinem Gälisch. Tormod schnalzte anerkennend mit der Zunge.

Der Fremde zog die graue Wollmütze vom Kopf. Zum Vorschein kamen schwarzglänzende Haare, die ihm in langen, glatten Strähnen in die Stirn fielen. Darunter ein charaktervolles Gesicht mit hohen Wangenknochen und einem entschlossenen Kinn. Den Fältchen um die Augen nach zu urteilen, war er etwa in seinen späten Dreißigern.

»Du hast dir ein ziemlich scheußliches Wetter für einen Ausflug ausgesucht«, setzte Donald das Gespräch fort. »Was für ein Glück, dass unser Freund Tormod hier genau das Richtige hat, damit ein Mann wieder anständig zu Kräften kommt.« Er warf Seamus und Tormod verschwörerische Blicke über den Rand seines Kaffeebechers hinweg zu.

Brannan schien davon nichts zu bemerken. In aller Ruhe beugte er sich über die Speisekarte. Schließlich wandte er sich an Tormod. »Eine Portion Pommes, bitte.« Sein schottischer Akzent war noch eine Spur breiter und singender als der der Inseln, mit einem auffallend melodiösen Tonfall, der an das Rollen der Brecher in den Klippen erinnerte. Er deutete auf den Becher in Donalds Hand. »Und einen Kaffee. Ohne Whisky, wenn möglich.«

Tormod zuckte hinter der Theke merklich zusammen, sagte aber keinen Ton. Doch Donald, der gerade zum Trinken angesetzt hatte, verschluckte sich und musste husten. Er klopfte sich mit der Faust gegen die Brust und kniff die Augen zusammen. Ein Lächeln, das man – wenn man Donald nicht näher kannte – durchaus als zuvorkommend hätte interpretieren können, huschte über sein Gesicht. »Wie wäre es mit einer Bacon Roll zu den Pommes? Tormod hat gerade welche fertig. Bestes Schweinefleisch. Kann ich wärmstens empfehlen.«

Brannan zuckte die Schultern. »Nicht mein Ding. Ich bleib bei den Pommes.«

Donalds Augen funkelten. »Du bist wohl Vegetarier, was?« Er warf einen vielsagenden Blick in Tormods Richtung.

»Wieso fragst du? Ist das so eine Art Eignungstest? Muss man Vegetarier sein, um bei euch mitmischen zu dürfen?«

»Lass dich von Donald nicht ärgern«, ergriff Tormod das Wort. »Er fragt nur aus Interesse, weil wir gerade bei dem Thema waren. Übrigens, ich bin Tormod, der Inhaber, wie du wohl schon erraten hast, und das hier ist Seamus.«

Donald hob den Arm und tippte Brannan auf die Schulter. »Was heißt das, du willst ›mitmischen‹? Klingt, als hättest du vor zu bleiben.«

Brannan verzog keine Miene. »Kommt ganz drauf an.«

»Worauf denn?«

»Ob ich hier Arbeit finde.«

»*Seadh, hm-hm …*«

»… und ob es mir hier gefällt«, schob Brannan hinterher.

»Schon kapiert«, mischte sich jetzt Seamus in das Gespräch. »Wir sind diejenigen, die den Eignungstest bestehen müssen, nicht du.«

Wohlwollendes Gelächter machte sich breit.

»Wo kommst du her?«, nahm Donald das Kreuzverhör wieder auf, nachdem das Lachen der Männer verklungen war. »Macht mir nicht den Eindruck, als würdest du von den Westlichen Inseln stammen. Die Leute hier haben eine deutlich hellere Haut. Dein Gesicht ist eher dunkel. Außerdem klingt dein Akzent irgendwie skandinavisch.«

»Gut erkannt«, Brannan nickte. »Ich komme aus dem Norden.«

»*Seadh …*« Unbeeindrucktes gälisches Grummeln von Donald. »Und von wo da?«

»Meine Familie wohnt ziemlich weit draußen auf dem Meer.«

»Dann tippe ich auf die Shetlands«, Tormod schob einen Teller mit Pommes über die Theke. »Bitte schön. Essig und Ketchup findest du da drüben, bei den Servietten.«

»Die Shetlands also«, brummte Donald vor sich hin. »Wildes Völkchen da oben, nach allem, was man so hört. Stimmt es, dass ihr im Januar in Wikingerklamotten durch die Straßen zieht, Holzschiffe anzündet und euch bis zum Umfallen besauft? Wie nennt ihr das noch mal? *Up Helly Aa?*«

»Schon möglich«, Brannan gab einen Schuss Essig auf seine Pommes. »Jedenfalls nicht mein Ding. Ich bleibe lieber für mich.«

»Was für eine Art Arbeit suchst du?« Seamus hob den Finger und deutete auf den Geigenkasten in der Ecke. »Bist du Musiker?«

»Nein, Fischer.« Brannan nahm neben Seamus an dem schmalen Tresen Platz. »Die Musik läuft nebenbei. Liegt bei uns in der Familie, das Fiddeln.«

»Na großartig!« Begeistert klatschte Seamus in die Hände. »Du kommst wie gerufen. Ich bin Musiker und gerade dabei, eine Band auf die Beine zu stellen. Unser Tormod hier spielt Mundharmonika und Akkordeon. Niall, der Pfarrer, spielt Mandoline und ich Gitarre. Geige wäre eine prima Ergänzung.«

»Fiddle«, präzisierte Brannan, ohne aufzusehen.

»Auch gut. Was ist, bist du dabei?«

Brannan spießte Pommes auf seine Gabel und tunkte sie in die Essigsoße. »Mal sehen. Kommt drauf an, was für eine Art Musik ihr spielt.«

»Um ehrlich zu sein haben wir unsere Richtung noch nicht gefunden«, gab Seamus zu. »Momentan covern wir hauptsächlich Schlager aus den Achtzigern.«

Schweigend kaute Brannan auf seinen Pommes herum.

»Lass mich raten?« Seamus lehnte sich zurück und zwinkerte Brannan kameradschaftlich zu. »Nicht so ganz dein Ding, was?«

»*Chan e*, nein. Ich bin für richtige Musik.« Brannan spülte den letzten Bissen mit einem Schluck Kaffee hinunter. »Aber noch mal zurück zum Thema. Meint ihr, ihr könnt für die Saison noch einen Fischer gebrauchen?«

»Wäre durchaus möglich«, Seamus wog den Kopf hin und her. »Die Saison hat noch nicht richtig angefangen. Momentan fangen wir hauptsächlich Krustentiere. Hummer, Langusten, Krebse … Dürfte aber nicht allzu lange dauern, bis die Fischschwärme vor die Küste kommen. Kann sein, dass John, das ist der Skipper, Hilfe braucht bei den Makrelen und Heringen. Ich arbeite selbst erst seit einem Monat für ihn.«

»Klingt nicht schlecht. Was ist dieser John für ein Typ? Kann ich ihn einfach mal ansprechen?« Brannan knüllte die Serviette zusammen und warf sie auf den leeren Teller.

Seamus dachte kurz nach, dann erhob er sich und nahm seine Regenjacke vom Haken neben der Tür. »Ich habe eine bessere Idee. Das Wetter klart auf. Durch die Regenpause ist ziemlich viel Arbeit liegen geblieben, ich könnte Unterstützung gut gebrauchen. Komm und hilf mir bei den Reusen.«

»Du meinst, ich soll auf Probe arbeiten?«

Seamus schob die Hände in die Taschen und zuckte mit den Schultern. »So habe ich es jedenfalls gemacht. Als ich gesehen habe, dass John Hilfe braucht, hab ich mit angepackt. Daraufhin hat John mir die Stelle angeboten. Gute, ehrliche Arbeit für ehrliches Geld. Ich kann mich nicht beschweren.«

Brannan erhob sich. Er setzte die Wollmütze auf und zog sie bis zu seinen dichten schwarzen Augenbrauen. »*Aye,* Kumpel. Lass es uns versuchen.« Er nahm den Seesack und warf ihn sich über die Schulter. »Ach, bevor ich es vergesse … Könnt ihr mir sagen, wo ich hier ein Zimmer bekomme?«

Donald kratzte sich den Stoppelbart. »So auf die Schnelle … könnte schwierig werden.«

»Im Gegensatz zu den Fischen haben die Touristen schon Saison«, ergänzte Tormod. »Du hast selbst gesehen, wie viele Autos mit der Fähre kamen. Die Pensionen sind oft ein Jahr im Voraus ausgebucht. So auf Anhieb wüsste ich nichts, leider.«

»Kein Problem«, Seamus nickte Brannan zu. »Ich wohne ein paar Meilen nördlich, in Tràigh Losgaintir. Wenn du willst, kannst du in meinem Wohnwagen pennen, bis du was Passendes gefunden hast. Platz ist genug.«

»Klasse Angebot«, freute sich Brannan. »Tormod, was bin ich dir schuldig?«

»Lass gut sein, Brannan«, winkte Tormod ab. »Geht aufs Haus. Kleiner Willkommensgruß quasi.«

»Wäre nicht nötig gewesen, aber danke.«

»Schon gut.« Tormod stützte die Hände auf die Theke und machte ein ernstes Gesicht. »Aber komm bloß nicht auf die Idee, das nächste Mal vegetarische Sandwiches zu bestellen.«

Allgemeines Gelächter.

Brannan nahm seine Sachen. Gemeinsam mit Seamus machte er sich auf den Weg zum Pier.

Als sie gegangen waren, warf Donald Tormod einen bedeutungsvollen Blick zu. »Sieht so aus, als hätten wir ein neues Gemeindemitglied. Was hältst du von ihm?«

»Scheint mir ganz in Ordnung zu sein, so auf den ersten Blick.« Tormod stapelte das schmutzige Geschirr übereinander und stellte es in die Spüle. »Hält sich bedeckt, was das Private betrifft.«

Donald nickte wissend. »Typisch Shetland. Die sind alle so, dort oben.«

Tormod legte die Spülbürste beiseite und wandte sich zu Donald um. »Woher willst du wissen, dass er von den Shetlands kommt?«

»Das hat er doch gesagt«, Donald schniefte umständlich in sein Taschentuch.

»Nein, hat er nicht«, Tormod schüttelte den Kopf. »*Wir* haben das gesagt. Er selbst hat zwar auch geredet, aber wenn du mich fragst, war da auffallend wenig Aussage darin.«

Donald nickte. »Da muss ich dir wohl recht geben.«

»Ist dir die Figur aufgefallen, die er um den Hals trägt?«

»*Aye*. Merkwürdige Sache. Sah mir verdammt so aus wie eine der Lewis-Schachfiguren. Ich dachte, die wären alle in London im Museum?«

»Könnte eine Kopie sein«, Tormod räumte den letzten Teller beiseite und nahm die Schürze ab. »Als Souvenir sind die zurzeit groß in Mode.«

Donald unterzog das Taschentuch, in das er sich soeben geschneuzt hatte, einer gründlichen Musterung. »*Nae*. Die war echt, wenn du mich fragst. Und aus Walrosszahn. Möchte wissen, wo er die herhat.«

»Tja, ich glaube kaum, dass er es dir verraten wird.«

Donald, der ein hinreichend sauberes Stück Stoff gefunden zu haben schien, nahm die Brille ab und polierte schweigend die Gläser. Schließlich stopfte er das Taschentuch zurück in seine Hose und setzte die Brille wieder auf. »Seltsam, wirklich seltsam. Na dann, Tormod, ich muss weiter. Los, Moses, steh auf und komm mit.«

»Mach's gut«, Tormod hob die Hand zum Gruß.

»*Tapadh katsa gu dearbha,* die Bacon Roll war großartig, vielen Dank.« Donald schlurfte auf die Tür zu. Auf halbem Weg blieb er stehen und drehte sich zu Tormod um. »Und was unseren Freund betrifft, ich finde heraus, wo er herkommt und was es mit der Figur auf sich hat. Irgendwas ist da merkwürdig.«

Auf Regen folgte strahlender Sonnenschein. Wie ein Teppich aus grünem Nadelfilz bedeckte der Rasen die Gräber des Friedhofs von Luskentyre. Die Blumen auf dem Machair, einem schmalen Streifen fruchtbaren Landes, vor dem Meer gelegen, blühten in berauschenden Farben. Die Gräser glitzerten feucht in der Nachmittagssonne. Der Anblick der weiten Landschaft war überwältigend. Hinter den Dünen verschwamm das Blau des Himmels mit dem türkisfarbenen Wasser der Bucht. Sanft liefen die Schaumkronen der Wellen auf den endlosen, goldenen Strandflächen aus. Über allem lag eine majestätische Ruhe. *Tràigh Losgaintir,* Gottes eigenes Werk, ein Ort, geschaffen für die Ewigkeit.

Und Ewigkeit schien in der Tat das beherrschende Thema zu sein. Seit Jahrhunderten nahm der weiche, fruchtbare Boden im Westen der Insel die Gebeine der Toten auf. Noch vor hundert Jahren hatte man die Verstorbenen von der anderen Seite der Küste auf einer langen, letzten Reise quer über die Insel transportiert, weil der Boden im Osten zu steinig war, um Gräber auszuheben. So gesehen machte der rauhe und unnachgiebige Charakter der Insel den Bewohnern nicht nur durch die Landvertreibungen früherer Zeiten das Leben schwer, selbst der Tod geriet zu einer mühevollen Angelegenheit. Dementsprechend schlicht waren die Gräber gehalten. Schwarzer Granit, ausgeblichene Plastiknelken, hie und da ein kniender Engel aus Gips. Angesichts des rauhen Klimas und der Vergänglichkeit echter Blumen eine vernünftige Wahl.

Dalziel schritt auf den Eingang zu. An dem Tor angekommen, blieb er stehen und löste den Riegel. Er sah sich um. Soweit er feststellen konnte, war er der einzige Besucher an diesem Nachmittag. Ihm war es nur recht. Er konnte es sowieso nicht leiden, wenn er bei seinen Besuchen am Grab seiner Frau mitleidigen Blicken ausgesetzt war. Langsam bewegte er sich hügelaufwärts. Sein Gang war schleppend, was weniger an seinem schlimmen Bein als eher an seinem bedrückten Herzen lag. Was er Caitriona mitzuteilen hatte, war nicht leicht in Worte zu fassen. Aber wahrscheinlich wusste sie es ohnehin schon.

Caitrionas Grab lag ganz oben, in der hintersten Reihe. Von dort aus hatte man den besten Ausblick über die Bucht. Ein Gedanke, den Dalziel als seltsam tröstlich empfand. Sie war so jung gewesen, als sie gestorben war. Und er zu besessen von Ehrgeiz und Starrsinn, um zu begreifen, wie es um sie gestanden hatte. Hätte er nur darauf bestanden, dass sie das Bett hütete, als der schlimme Infekt sie befallen hatte, anstatt zuzulassen, dass sie sich weiter im Stall abschuftete … Dann wäre alles anders gekommen. Doch für Reue war es zu spät. Am Grab angekommen, nahm er seine Mütze ab und stopfte sie in die Tasche seiner Arbeitshose. Wie so oft war der Stein verunziert vom Kot der Seevögel. Er zog den mitgebrachten Lappen hervor und rieb damit über den schwarzglänzenden Granit, um den ärgsten Schmutz zu beseitigen. Als dies erledigt war, steckte er den Lappen weg und kniete nieder, ein Bein noch aufgestellt und den Oberkörper darauf gestützt, das andere so gut es ging abgewinkelt. Der Wind fuhr durch seine Haare und unter den Saum seiner Jacke. Er schloss die Augen und versuchte, den Anblick von Caitrionas Lächeln heraufzubeschwören. Aber das Bild vor seinem inneren Auge blieb bruchstückhaft, verblasst bis auf ein paar Grundzüge. Der altbekannte Zorn stieg ihn ihm auf. Wenn Gott ihm Caitriona genommen hatte, weshalb ließ er ihm nicht wenigstens die Erinnerung an sie? Aus Respekt vor Caitriona, die durch und durch Presbyterianerin gewesen war, unterdrückte er einen Fluch. Er für seinen Teil hatte schon lange mit Gott gebrochen.

Er legte die gelben Wildblumen, die er auf dem Weg vom Haus herüber gepflückt hatte, vor dem Stein ins Gras. Dann verharrte er einen Moment, die flache Hand gegen sein Herz gepresst, zum Zeichen seiner Ehrerbietung.

»Hallo, Caitriona …« Er spürte, dass sie da war, doch sie gab keine Antwort. »Ich war gerade drüben, auf der hinteren Weide, um die Zäune zu reparieren. Der Machair blüht wunderbar nach all dem Regen, den wir in den vergangenen Tagen hatten. Also dachte ich, ich schau vorbei und bringe dir ein paar deiner Lieblingsblumen …«

Er streckte den Arm aus und zupfte sorgsam ein paar Stengel zurecht. Caitriona hatte ein wunderbares Händchen für Blumen gehabt, er wollte sie nicht durch Nachlässigkeit enttäuschen. »Ich vermute, du weißt schon, was passiert ist …« Stille. »Ich hab's vermasselt, Caitriona«, sagte er leise. »Iain ist weg und ich hab verdammt noch mal keine Ahnung, was ich jetzt tun soll. Oh, Caitriona …«, er hatte Mühe weiterzusprechen. Die Erinnerung an den entsetzlichen Streit mit Iain kehrte mit Macht zurück und ergriff sein Herz. »All die Worte, die zwischen uns gefallen sind … Wenn ich sie nur ungesagt machen könnte. Aber das ist unmöglich. Ich befürchte, ich habe das Vertrauen unseres Sohnes verspielt, und der Bruch lässt sich nicht leicht kitten.« Schweigen.

Hinter den Dünen rauschte das Meer. Das Sonnenlicht wurde von tief über dem Atlantik hereinziehenden Wolken verdüstert. Unregelmäßige Flecken aus Licht und Dunkel jagten über die Gräber, die Gräser zitterten im Wind.

»Du hättest sein Gesicht sehen sollen, als er ging. Es war so … endgültig.«

Er gab ihr Zeit zu antworten. Wartete auf die feine, ernste Stimme in seinem Inneren, doch nichts regte sich. Caitriona blieb stumm. Er senkte den Kopf. »Ich bin gekommen, um Abbitte zu leisten. Kannst du verzeihen, was passiert ist?« Totenstille.

Mit einem schweren Seufzer erhob er sich aus seiner kauernden Position. Er streckte die Hand aus und ließ sie für einen Moment sanft auf dem glatten Granit ruhen. »Schlaf gut, mein Schatz.« Er setzte die Mütze auf den Kopf und machte sich auf den Weg.

Kayla würde erst zum Abendessen zurück sein, überlegte er, erleichtert darüber, dass er noch eine Weile für sich sein konnte. Gemessenen Schrittes ging er auf den Ausgang des Friedhofs zu. Nachdem er das Tor durchschritten hatte, schob er sorgfältig den Riegel vor und rüttelte probehalber an dem Gatter, um sicherzugehen, dass es verschlossen war. Die Schafe liebten das saftige Gras, das auf den Gräbern wuchs.

Sein Blick glitt über den Hügel, zurück zu der Stelle, wo er gerade gestanden hatte. Draußen färbte die Sonne den Ozean dunkelblau, doch über der kilometerweiten Bucht glitzerte das Wasser. Er holte tief Luft und versuchte, den aufbrandenden Zorn einzudämmen. Gott nahm sie ihm zum zweiten Mal. Seit ein paar Wochen wurde der Kontakt zu ihr schwächer. Sie entglitt ihm und es gab nichts, was er dagegen tun konnte.

Gefangen zwischen Bitterkeit und vernichtender Einsamkeit, machte er sich auf den Weg. Die harte körperliche Arbeit erschien ihm vergleichsweise willkommen.

»Oh Sandra, ich freu mich so für dich!« Impulsiv schlang Kayla die Arme um ihre Freundin und küsste sie auf beide Wangen. »Wann ist es denn so weit?«

»Anfang Dezember«, verkündete Sandra mit strahlenden Augen, ihre Wangen glänzten rosig. »Der Arzt meint, ich bin in der achten oder neunten Woche.«

»Tormod wird außer sich sein vor Freunde«, Kayla lächelte tapfer und versuchte sich nicht anmerken zu lassen, dass die Nachricht ihr einen schmerzlichen Stich versetzte. Zweifelsohne war Iain wie ein Sohn für sie, dennoch sehnte sie sich nach einem eigenen Kind. Eine Hoffnung, die sich bislang nicht erfüllt hatte. Wie denn auch, wenn sie nie miteinander schliefen? Zwar redete sie sich ein, dass Kinderkriegen auch mit sechsunddreißig beileibe nicht ungewöhnlich war, andererseits hörte sie ihre biologische Uhr ticken und das bereitete ihr Unbehagen. Sie hasste sich dafür, dass sie in diesem Moment nicht nur Freude für Sandra empfand, sondern auch Neid. Und dennoch ...

»Ich überlege mir schon die ganze Zeit, wie ich es Tormod sage ...«, Sandras geschliffenes Schulenglisch riss Kayla aus ihrer Selbstbetrachtung.

Unschlüssig ging Sandra zum Kartenständer neben dem Geldautomaten. Sie drehte an dem quietschenden Gestell, bis sie bei einem Stapel in Schutzhüllen verpackter Glückwunschpostkarten ankam. Sandras Finger glitt über die Umschläge. »Siebzigster Geburtstag, Taufe, Hochzeit, hier irgendwo müsste es sein ... Ich bin mir sicher, dass ich letzte Woche welche bestellt habe ... Ah ja, hier ... *Willkommen Baby!*« Triumphierend hielt sie eine mit rosafarbenen und blauen Plüschteddys und Luftballons bedruckte Karte in die Luft. »Was meinst du, ob ich Tormod einfach das hier in die Hand drücken und abwarten soll, wie er reagiert?«

»Ich weiß nicht, Sandra, es könnte ihn möglicherweise ein wenig überfordern«, gab Kayla zu bedenken. »Vielleicht sagst du es ihm lieber direkt als durch die Blume? Als du ihm letztes Jahr zum Geburtstag das Abo für die Wohnzeitschrift geschenkt hast, hat er auch nicht verstanden, worauf du damit hinauswolltest.«

»Stimmt«, gab Sandra widerstrebend zu. »Als Schotte ist er eher pragmatisch veranlagt. Er dachte, die Hefte wären zum Auslegen für die Kunden im Bus gedacht.«

»Immerhin, eine nette Idee. Was ist, soll ich bleiben und den Laden für dich zusperren? Dann könntest du zu Tormod gehen?«, bot Kayla sich an. Im Moment war ihr alles recht, um Abstand zwischen Sandras Bauch und sich selbst zu bringen.

Aber Sandra schüttelte den Kopf. »Nein. Um die Zeit ist im Bus die Hölle los. Ich sage es ihm zu Hause.«

»Gute Idee.«

»Ich habe eine noch viel bessere ...«, Sandra nahm Kayla bei den Händen und sah ihr bedeutungsvoll in die Augen. Kayla versteifte sich unmerklich. Sie ahnte, was kommen würde. »Du gehst nach Hause und machst dir einen schönen Feierabend mit deinem Mann. Trinkt ein Glas auf unser Wohl. Und wer weiß, was der Abend noch bringt?« Sandra lächelte vielsagend.

»Wer weiß ...«, lächelte Kayla, mühsam beherrscht. Sex mit Dalziel lag so lange zurück, dass sie sich kaum noch erinnern konnte, *wann* sie das letzte Mal miteinander geschlafen hatten, geschweige denn, wie es sich angefühlt hatte.

»Es geht mich ja nichts an«, plötzlich verlegen, strich sich Sandra das kinnlange, glatte Haar zurück. »Aber wäre es nicht an der Zeit, dass ihr beide auch mal für Nachwuchs sorgt? Es kann ein Fehler sein, wenn man sich zu lange Zeit lässt.« Kayla spürte, wie sie wider Willen Ärger ergriff. »Denk nur wie schön es wäre, gemeinsam unsere Kinder im Buggy spazieren zu schieben. Findest du nicht?«

»Das wäre wunderbar«, bestätigte Kayla knapp. »Ich mach mich dann mal auf den Weg nach Hause. Mach's gut, Sandra, bis morgen.«

»Bis dann!«

Kayla trat auf die Straße. Als sie sicher war, dass Sandra sie nicht mehr sehen konnte, blieb sie stehen und warf, von unsinniger Wut gepackt, die Arme in die Luft. Aber wirklich besser fühlte sie sich dadurch nicht. Die Frage, ob sie und Dalziel heute Abend gemeinsam im Bett landen würden, war rein theoretischer Natur. Wenn man es realistisch betrachtete, bestand keine Aussicht. Nicht einmal, wenn sie Dalziel betrunken machen und nackt auf dem Tisch Hula tanzen würde. Aber immerhin könnte sie versuchen, die Wogen zwischen ihnen dahingehend zu glätten, dass sie den Tag bei einen Glas Wein auf der Terrasse ausklingen ließen. Früher hatten sie das regelmäßig getan. Es wäre zumindest ein Anfang.

Während sie gedanklich ihren Vorrat an Wein durchging, marschierte sie die Straße hinauf. Sie hatte sich mit Seamus am Parkplatz des *Co-Chomunn na Hearadh*, des genossenschaftlichen-Supermarkts verabredet. Als sie um die Ecke bog, sah sie ihn bei den Fahrradständern stehen und winken. Er telefonierte, das Handy gegen sein Ohr gepresst. Mit der freien Hand wedelte er Richtung Auto, um ihr zu bedeuteten, schon einmal vorzugehen. Kayla nickte zum Zeichen, dass sie verstanden hatte.

Sie reckte den Kopf und sah sich um. Seamus' Auto parkte direkt neben einer Reihe aneinandergeketteter Einkaufswagen. Mit Verblüffung stellte sie fest, dass am Pick-up ein Mann stand, die Arme überkreuzt, den Rücken lässig gegen das Heck gelehnt. Er sah zu ihr hinüber, als würde er sie erwarten. Dabei konnte sie sich beim besten Willen nicht erinnern, ihm schon einmal begegnet zu sein. Verunsichert senkte sie den Kopf und verlangsamte ihre Schritte, während sie spürte, wie sein Blick auf ihr ruhte. Sie straffte die Schultern. Im Näherkommen machte sie hohe Wangenknochen, markant geschnittene Gesichtszüge, einen olivfarbenen Teint, volle, weiche Lippen und dunkle, ausdrucksvolle Augen aus.

Nervös strich sie sich das Haar aus der Stirn und ging auf den Fremden zu. Gerade als sie im Begriff war, sich vorzustellen, gesellte sich Seamus zu ihnen. Freundschaftlich legte er ihr von hinten die Hand auf die Schulter. »Wie unhöflich von mir, euch warten zu lassen, entschuldigt!«

»Kein Problem«, sagte Kayla zögernd.

»Darf ich euch bekannt machen? Kayla, das hier ist Brannan. Brannan, Kayla.« Mit einem aufmunternden Lächeln blickte Seamus zwischen ihr und dem Fremden – Brannan also – hin und her. »Brannan ist heute mit der Fähre angekommen. John sagt, er habe ausreichend Arbeit für uns beide. Zumindest während der Saison.«

»Nett, dich kennenzulernen«, Kayla streckte die Hand zur Begrüßung aus.

»Ebenso«, erwiderte Brannan und nahm ihre Hand.

Ihre Blicke begegneten sich. Unwillkürlich hielt Kayla den Atem an. Da war etwas in seinem Blick, das sie innehalten ließ …

»Kayla?«, hörte sie Seamus' Stimme. Ruckartig zog sie die Hand zurück. »Alles in Ordnung mit dir? Du siehst irgendwie blass aus.«

»Alles bestens«, behauptete Kayla und versuchte, den leichten Schwindel, der sie erfasst hatte, zu ignorieren. »Mach dir keine Gedanken. Es liegt sicher am Blutzucker. Ich hätte das Mittagessen nicht ausfallen lassen sollen.«

»Dann sollten wir dich schleunigst nach Hause bringen«, Seamus kratzte sich den Bart. »Macht es dir etwas aus, hinten zu sitzen? Brannan fährt mit uns. Ich habe ihm angeboten, bei mir zu wohnen, bis er etwas Passendes gefunden hat.«

»Nein, kein Problem«, erklärte Kayla und schenkte Brannan ein Lächeln. Sie deutete auf seine langen Beine. »Dich hinten auf dem Notsitz unterzubringen dürfte schwierig werden.« Sie war schon im Begriff, den Beifahrersitz zur Seite zu klappen, als sie spürte, wie sich Brannans Hand auf ihren Rücken legte. Seine Berührung war weich und warm. Und seltsam verwirrend …

»Danke, Kayla. Das ist wirklich nett von dir.« Seine Stimme klang wie das Rollen der Wellen.

Kayla nickte. Aus unerfindlichen Gründen brachte sie keinen Ton über die Lippen. Brannan hatte irgendetwas an sich, das sie völlig aus dem Konzept brachte. Sie beschloss, das Ganze nicht überzubewerten. Vermutlich hatte das Gefühlschaos, in das Sandra sie mit dem Geplauder über das Baby gestürzt hatte, sie noch immer im Griff.

Während Seamus den Pick-up vom Parkplatz steuerte, begann er, Brannan in ein Gespräch über die Arbeit zu verwickeln. Kayla drehte den Kopf zur Seite und versuchte, nicht auf Brannans perfekt geschnittenes Profil und seine kräftig gebauten Schultern zu starren. Es gelang ihr nur ansatzweise. Immer wieder ertappte sie sich dabei, wie sie, vom Klang seiner melodischen Stimme gefesselt, in seine Richtung blickte.

Nachdem sie Leverburgh hinter sich gelassen hatten, fuhren sie auf der einspurigen Küstenstraße Richtung Norden. Die Klippen schienen zurückzuweichen, auf der Höhe von Scarasta leuchteten ihnen weiße Sandflächen entgegen. Die Berge von Harris waren vom Nebel verhangen, aber über dem Atlantik riss die Wolkendecke auf und breite Lichtbänder flossen von einem rauchgrauen Himmel dem Meer entgegen. In den grasbewachsenen Dünen weideten Schafe. Als sie durch Northton fuhren, ein winziges Örtchen inmitten einer atemberaubenden Kulisse aus schwarzen Granitfelsen und satt blühendem Machair, wandte Brannan unvermittelt den Kopf zu ihr um. »Wie ich höre, wohnst du wie Seamus in Luskentyre. Dann sind wir fürs Erste Nachbarn?« Er hielt sie mit dem Blick seiner dunklen, ausdrucksvollen Augen fest.

Kayla nickte stumm, während sich etwas in ihrer Brust zusammenzog. Dieser Blick …

»Wohnst du schon immer hier?«

»Ja, das heißt, nein«, hörte sie sich sagen. »Geboren und aufgewachsen bin ich in Aird Mhighe. Das liegt ungefähr zwanzig Meilen entfernt an der Ostküste. Im Gegensatz zu hier ist es da ziemlich karg.«

Brannan nickte wissend, als hätte er ein klares Bild im Kopf. Dann drehte er sich wieder nach vorne.

Kayla starrte aus dem Fenster. Verhalten strich sie mit den Fingern durch ihr dichtes, welliges Haar. Da war etwas zwischen Brannan und ihr, das sich nicht in Worte fassen ließ. Sie nahm einen tiefen Atemzug, lehnte sich im Sitz zurück und schloss die Augen. Doch das elektrisierende Gefühl blieb. Sie konnte Brannans Nähe mit jeder Faser ihres Körpers spüren. *Sei nicht albern,* ermahnte sie sich. Sie war Mitte Dreißig, über romantische Schwärmereien längst hinaus, dazu bodenständig und vor allen Dingen verheiratet. So kompliziert sich ihre Beziehung zu Dalziel momentan auch gestalten mochte, es würde ihr nie in den Sinn kommen, ihn zu betrügen. Trotzdem war sie erleichtert, als Seamus sie in der Einfahrt zu ihrem Haus absetzte.

Der Pick-up verschwand hinter der Biegung. Gedankenverloren starrte sie ihm hinterher, unfähig zu verstehen, was in ihr vorging. Letztendlich kam sie zu dem Schluss, dass das, was auch immer sich gerade zwischen Brannan und ihr abgespielt haben mochte, nicht mehr als eine Einbildung gewesen sein konnte. Sie zog die Haustür auf, die auf Harris gewohnheitsmäßig nie verschlossen war. Nichtsdestotrotz, beschloss sie, wäre es ratsam, Brannan vorerst möglichst nicht mehr über den Weg zu laufen. Rein zur Sicherheit …

Eine Stunde später trat Kayla, erhitzt vom Spaziergang, in die Küche. Sie holte die Kristallvase vom Regal, füllte sie mit Wasser und stellte die Wildblumen hinein, die sie eben auf dem Machair gepflückt hatte. Dann stellte sie den Strauß auf den hübsch gedeckten Tisch und rückte die Weingläser zurecht. Zufrieden trat sie einen Schritt zurück und betrachtete ihr Werk. Butterblumen, Wundklee und Schlüsselblumen, dazwischen Seggengras. Ein Gleichklang aus Gelbtönen, gelungen, aber nicht aufdringlich. Sie zupfte sich den Ausschnitt ihres kurzärmligen, locker um ihren Körper fließenden Kleides zurecht, trat an den Kühlschrank und nahm den Wein heraus. Australischer Sauvignon Blanc, fruchtig und nicht zu süß. Ihr Lieblingswein. Sie hatte noch eine Flasche in einer Ecke der Speisekammer gefunden. Unsicher, wie Dalziel reagieren würde, wenn sie statt Bier Weißwein kredenzte, fuhr sie mit dem Finger über das Etikett.

Als sie Schritte auf dem Kies hörte, reckte sie den Kopf und warf einen Blick aus dem Fenster. Beim Anblick seiner kräftigen Gestalt in der abgewetzten dunkelgrünen Wachsjacke, die sie ihm kurz nach der Hochzeit geschenkt hatte, wurde ihr warm ums Herz. Sie liebte ihn. Und Liebe war allemal ein Grund, bei ihm zu bleiben, auch wenn es gerade nicht einfach war.

Sie hörte, wie er das Haus betrat, die Gummistiefel im Windfang abstellte und auf Strümpfen ins Bad ging, um sich die Hände zu waschen. Kurz darauf stand er vor ihr in der Tür und ließ einen fragenden Blick durch den Raum schweifen. Er drückte ihr einen flüchtigen Kuss auf die Wange. »Habe ich etwas verpasst?«

»Hallo Schatz«, sie legte ihm die Hand um die Taille. »Nein, hast du nicht. Wir erwarten keinen Besuch, wenn du das meinst.«

Schweigend entzog er sich ihrer Umarmung und ließ sich auf einen der Stühle am Esstisch fallen. »Wozu dann das Gestrüpp auf dem Tisch?«

Kayla zuckte unmerklich zusammen, beschloss aber, sich nicht von seiner mürrischen Stimmung unterkriegen zu lassen. »Ich dachte, es wäre eine nette Abwechslung.«

»Abwechslung wovon?«, seine Finger trommelten ungeduldig über die hellbraune Tischplatte.

»Vom Alltag.«

»Was ist falsch am Alltag?«

»Dann räum ich es eben weg …«, schulterzuckend nahm sie die Blumen vom Tisch und schenkte Wein in die Gläser. »Was hältst du davon, wenn wir es uns nach dem Essen auf der Terrasse gemütlich machen, so wie früher, und den Sonnenuntergang genießen? Die Luft ist wunderbar mild.«

Er nahm das Glas und drehte es in seinen schwieligen Händen. Sie bemerkte, dass er erschöpft aussah, unter seinen Augen lagen dunkle Schatten, die breiten Schultern hingen müde herab. »Ich bin geschafft und möchte nur noch ins Bett. Wenn dir nach Frischluft ist, wirst du den Wein alleine trinken müssen. Ein anständiges Bier wäre mir ohnehin lieber.«

»Gut, dann eben Bier«, lenkte sie ein. Sie spürte, wie ihre Geduld allmählich schwand. »Lass uns essen. Danach sehen wir weiter.« Sie ging zur Anrichte und holte die Schüssel mit dem kalten, tranchierten Hähnchen. Dazu gab es Kartoffelsalat mit Erbsen und Roter Beete.

Dalziel beugte sich über den Teller, nachdem sie ihm aufgetan hatte, und schob sich Essen auf die Gabel. »Schon wieder Geflügel? Was ist mit dem Fisch, den ich gestern gefangen habe?«

Sie zuckte die Achseln. »Den gibt es morgen. Es ging heute drunter und drüber im Laden, ich war spät dran.« Unsicher, ob sie das heikle Thema anschneiden sollte, schob sie sich einen Bissen Hähnchen in den Mund und spülte mit einem Schluck Wein nach. »Sandra hatte einen Arzttermin, das hatte ich dir doch erzählt.«

»Mag sein.«

Kayla legte Messer und Gabel beiseite und tupfte sich mit der Serviette über den Mund. »Sie … Sandra ist schwanger.«

»Ach?« Dalziel verzog das Gesicht zu einem süffisanten Grinsen. »Ist Tormod endlich zum Zug gekommen? Muss an dem langen Winter gelegen haben.«

»Ich freue mich für die beiden. Sie wünschen sich schon lange ein Kind.«

»Wie auch immer. Bei dem Gerede von dem Baby ist es so spät geworden, dass du nicht zum Kochen gekommen bist, habe ich das richtig verstanden?«

»Irgendwie schon«, Kayla hatte keine Lust, sich auf eine endlose Diskussion einzulassen. »Abgesehen davon macht das Auto Zicken. Es wollte nicht anspringen. Wenn du mich fragst, riecht es nach verbranntem Gummi. Zum Glück kam Seamus vorbei und hat mich hin- und zurückgebracht. Sonst wäre es noch später geworden.«

»*Aye*, ich hab den Volvo im Hof stehen sehen, als ich mittags kurz zu Hause war«, er schob den Teller lustlos beiseite. Kayla beobachtete es mit Besorgnis.

»Vernünftig, dass du eine Pause gemacht hast. Hast du etwas gegessen?«

Dalziels Miene verschloss sich. »Was soll das werden? Brauchst du jemanden zum Bemuttern, jetzt wo Iain weg ist?«

»Nein, aber …«

»Dann lass es«, Dalziel zuckte die Schultern. »Ich brauche keinen Aufpasser, der mir sagt, was ich zu tun und zu lassen habe. Oder wann es Zeit ist, um zu essen.«

»So war das nicht gemeint«, fuhr sie auf. Aber wenn sie ehrlich war, hatte er einen wunden Punkt berührt.

»Na schön. Vergiss es«, er rückte den Stuhl beiseite und machte Anstalten, sich zu erheben. »Ich geh besser mal nach dem Wagen sehen, bevor es dunkel wird.«

Kayla blickte auf. »Muss das unbedingt jetzt sein? Es bleibt noch eine ganze Stunde hell. Lass uns zumindest in Ruhe austrinken.«

»Meinetwegen.« Er lehnte sich zurück und streckte die Beine unter den Tisch. »Was gibt es sonst an Tratsch im Dorf?«

»Wir haben einen neuen Nachbarn«, berichtete Kayla und konnte nicht verhindern, dass sich bei dem Gedanken an Brannan ein Lächeln über ihr Gesicht stahl. Sie hoffte inständig, dass Dalziel es nicht bemerkte. »Er wohnt bei Seamus.«

»Hm. Dann müssen wir ihn wohl zum Essen einladen. Das gehört sich. Wie heißt er?«

»Brannan. Brannan Tait«, erklärte Kayla so gelassen wie möglich. Die ungute Vorahnung, die sie auf der Rückfahrt überfallen hatte, kehrte zurück. Sie holte tief Luft. Der Plan war gewesen, Brannan aus dem Weg zu gehen. Und nicht, ihm an ihrem Tisch unter den Augen ihres Gatten gegenüberzusitzen.

»Tait … Ungewöhnlicher Name. Stammt er aus der Gegend?«

Kayla strich sich das Haar aus der Stirn. »Um ehrlich zu sein, habe ich keine Ahnung. Seinem Akzent nach könnten es die Shetlands oder die Orkneys sein.«

Dalziel rieb sich mit der Handkante über die Oberlippe. »Dann ist er vermutlich Fischer. Seltsames Volk da oben. Mehr nordmännisches Blut als schottisches.«

Kayla hob abwehrend die Hände »Wenn du kein gutes Gefühl hast, müssen wir ihn nicht einladen.«

»Ach was. Könnte spannend werden. Hat er schon Arbeit?«

»Ja. Bei John. Soweit ich weiß, hat John vor, dieses Jahr verstärkt Ausflüge zu den Inseln für die Touristen anzubieten, also kann er Brannan zur Entlastung gut gebrauchen.«

»John …«, wiederholte Dalziel mit einem gewissen Unterton und verzog das Gesicht. »Er war schon immer ein elender Geldgeier. Der verkauft seine eigene Großmutter, wenn es darauf ankommt.«

»Es kann uns doch egal sein, was John macht. Wir müssen alle sehen, wie wir über die Runden kommen.«

»Du sagst es.« Dalziel erhob sich. »Ich für meinen Teil gehe jetzt hinaus und repariere den Wagen.«

»Wie du meinst.«

Mit einem knappen Nicken war er an ihr vorbei und zur Tür hinaus.

Es wurde spät. Kayla, die ihren Wein alleine ausgetrunken hatte, schlief schon halb, als Dalziel ins Schlafzimmer kam. Das Bett knarrte, als er sich zu ihr legte. Ohne ein Wort zu sagen, zog er sein Stück der Decke bis zu den Schultern, rollte sich auf die Seite und kehrte ihr den Rücken zu. Kurz darauf hörte sie ihn schnarchen.

Kayla lag da, die Augen auf die Zimmerdecke gerichtet, und fand keinen Schlaf. Als sie irgendwann in einen unruhigen Schlummer fiel, träumte sie von Nordmännern. Von Wikingerbooten und Raubzügen. Von kalten, eisigen Stränden und von Brannans Augen, die sie mit einer Intensität musterten, die sie noch im Schlaf erschauern ließ.

Die Grundschule von Seilebost lag auf einer schmalen Landzunge auf dem Machair, umgeben von Dünen, Sand und endloser Weite. Trotz sinkender Schülerzahlen hatte die Gemeinde entschieden, den Schulbetrieb aufrechtzuerhalten, anstatt die Jüngsten tagtäglich nach Tarbert und zurück zu transportieren. Für die Schüler war es nichts sonderlich Bemerkenswertes, beim Buchstabieren kristallklare Salzluft zu atmen, das Kreischen der Möwen in den Dünen zu hören oder den Blick aus dem Fenster über den einsamen Strand schweifen zu lassen. In Wirklichkeit aber war es ein ausgesprochener Glückfall, in einer solchen Umgebung aufzuwachsen, dachte Kayla, als sie den Volvo auf das flache Gebäude zulenkte, in dem ihre Schwester Ally als Grundschullehrerin arbeitete und wo sie auch wohnte. Ungeduldig hupend hielt Kayla auf dem kiesbedeckten Vorplatz. Eine Gardine wehte im Wind, dahinter bewegte sich etwas und Allys ebenmäßiges Puppengesicht erschien. Obwohl sie Geschwister waren, hätten die Unterschiede zwischen der sechs Jahre jüngeren Ally und Kayla kaum größer sein können, nicht nur, was ihr Äußeres betraf. Während Kayla eher der häusliche Typ war, hatte es Ally zum Studium in die Ferne gezogen. Nachdem sie in Edinburgh ihr Lehrerdiplom erworben hatte, war sie verändert nach Harris zurückgekehrt. Manche Einstellungen, die Ally aus der Stadt mitgebracht hatte, fanden nur bedingt Kaylas Beifall. Beispielsweise die Idee, dauerhaft mit einem Partner zusammenzuleben, ohne die Beziehung offiziell zu besiegeln und ihr Verbindlichkeit zu verleihen. Letztendlich aber taten Allys neue Ansichten der tiefen Verbundenheit zwischen den Schwestern keinen Abbruch, wohingegen bestimmte Angewohnheiten von Ally Kayla zur Weißglut brachten, wie der ausgeprägte Hang zur Unpünktlichkeit, den Ally gerade wieder unter Beweis stellte.

Soeben lehnte sich Ally in aller Gelassenheit aus dem Fenster, ihr rotes Haar flatterte im Wind. »*Thig a-steach,* komm rein, ich bin gleich so weit.«

»Verdammt, Ally, beeil dich, die Kirche fängt in einer halben Stunde an«, gab Kayla gereizt zurück. Herrgott, warum konnte Ally sich nicht ein einziges Mal zusammenreißen? Sie wusste genau, dass Kayla pünktlich zu Beginn der Messe in Leverburgh sein musste, weil sie versprochen hatte, für den erkrankten Kantor einzuspringen. Der Gedanke an ihren bevorstehenden Auftritt bereitete Kayla schon den ganzen Morgen Bauchweh. Wieso bloß hatte sie sich von Niall Mackenzie, dem Pfarrer der hier ansässigen Freien Schottischen Kirche, breitschlagen lassen?

»Keine Sorge, bin sofort bei dir. Ich kämme mir nur schnell die Haare.« Einen Luftkuss hauchend und aufreizende Gelassenheit versprühend, verschwand Ally hinter der Scheibe.

Zehn Minuten später, in denen Kayla im Geiste hundert unterschiedliche Möglichkeiten durchdekliniert hatte, ihre Schwester eines unnatürlichen Todes sterben zu lassen, ließ sich Ally auf den Beifahrersitz fallen und schenkte Kayla ein fröhliches Lächeln. »Kann losgehen.«

»Du bist lustig«, Kayla startete den Motor. »Wieso hat das so lange gedauert?«

»Ich musste mein Psalterbuch holen. Es lag im Klassenzimmer«, Ally zuckte entschuldigend die Schultern.

»Sehr rücksichtsvoll von dir«, fuhr Kayla sie an. »Ich vergehe vor Nervosität. Zu allem Übel kommen wir auch noch zu spät, nur weil du es nicht schaffst, dich zu organisieren.«

»Wir haben massig Zeit. Und abgesehen davon, weshalb stresst du dich so? Ich bin sicher, du wirst das fantastisch machen. Also reg dich ab.«

»Kannst du bitte aufhören, mir zu sagen, wie ich mich fühlen soll?«, gab Kayla bissig zurück. Wieso meinte alle Welt, ihr einreden zu müssen, sie habe kein Recht auf Lampenfieber? Wenngleich Kayla ihre Stimme einigermaßen passabel für den Hausgebrauch fand, kamen Gesangsauftritte in ihren Augen einer öffentlichen Hinrichtung erschreckend nahe. Die Vorstellung, hinter dem Pult des Kantors zu stehen und die Gemeinde in den Psalmen anzuführen, ließ ihre Hände feucht werden und ihre Knie zittern.

Ally, die offensichtlich einsah, dass sie zu weit gegangen war, berührte sanft Kaylas Arm. »Ach komm, sie werden dich schon nicht fressen.«

»Das sagst du. Was, wenn ich keinen einzigen Ton treffe?«

»Hat Dalziel dir das eingeredet?«

»Unsinn. Wie kommst du darauf?«

»Aus gutem Grund. Er konnte es noch nie leiden, wenn du singst.«

»Mag sein. Trotzdem hat meine Aufregung nichts mit Dalziel zu tun. Ich fühle mich einfach nicht wohl vor all den Leuten«, beharrte Kayla.

»Unsinn. Früher hättest du es geliebt, im Mittelpunkt zu stehen. Wo ist dein Selbstbewusstsein geblieben?« Unnötig, den Kopf zu drehen, Kayla spürte auch so Allys stechenden Blick.

»Früher habe ich eben nicht so viel über die Dinge nachgedacht«, wich Kayla aus. »Wir waren jung und haben jede Menge Dummheiten gemacht. Inzwischen sind wir erwachsen. *Einige* von uns zumindest.«

Ally, die entschlossen schien, den Seitenhieb zu ignorieren, setzte sich den Hut für den Kirchgang auf. Ihr rotes Haar darunter glänzte im Licht der Sonne. »Rede dir das nur ein. Dabei weißt du genau, dass es um mehr als das geht. Dalziel zerstört dein Selbstvertrauen, das ist der Punkt, und du lässt es zu.«

Einen Moment herrschte Schweigen. Dann räusperte Kayla sich. »Ich liebe dich, Ally, aber ich würde es wirklich schätzen, wenn du aufhören würdest, dich in meine Ehe einzumischen.«

»Ich soll tatenlos zusehen, wie Dalziel dir beispielsweise verbietet, zu Hause zu singen, weil es ihm angeblich so fürchterlich auf den Geist geht?« Allys Wangen färbten sich rot vor Empörung.

»Er hat ja nur etwas dagegen, weil ich es ständig tue«, verteidigte Kayla ihren Mann. »Und irgendwo kann ich ihn verstehen. Es ist eine dumme Angewohnheit, andauernd vor sich hinzuträllern. Wie das nervt, brauche ich *dir* kaum zu erzählen, oder? Wenn ich mich recht entsinne, hast du mich als Kind ständig gezwickt, damit ich es lasse. Meine Arme waren grün und blau.«

»Ach komm schon«, Ally grinste. »Unsere Streitereien hatten andere Gründe. Du hättest dich einfach nicht von mir provozieren lassen dürfen.«

»Sehr witzig. Du warst die Pest. Es gab Zeiten, da habe ich dich gehasst.«

»Du hast mich nie gehasst und davon abgesehen geschah es zu deinem Besten. Ich habe versucht, dich für das Leben abzuhärten«, erklärte Ally schulterzuckend. »Schade, dass es nichts genutzt hat. Was Selbstschutz betrifft, scheint bei dir Hopfen und Malz verloren zu sein, sonst hättest du dich schon längst von Dalziel getrennt. Ehrlich, was hält dich überhaupt noch bei ihm? Du kannst jetzt nicht einmal mehr Iain vorschieben, als Grund zu bleiben.«

»Lass es, Ally, bitte.« Der Motor heulte auf, als Kayla abrupt einen Gang zurückschaltete und auf die Küstenstraße abbog. »Schließlich habe ich ein Ehegelübde abgelegt, auch wenn dir das reichlich antiquiert vorkommt. *In guten und in schlechten Zeiten …* Du weißt genau, dass ich Dalziel nicht im Stich lasse. Wie soll er alleine mit der Croft zurechtkommen?«

»Irgendwie würde sich eine Lösung finden«, erklärte Ally mit Nachdruck. »Das tut es immer.«

»Können wir bitte jetzt das Thema wechseln?«

»Wie du meinst«, Ally schob die Unterlippe vor. »Da du gerade Iain erwähnst, hast du was von seinem Kumpel gehört?«

»Du meinst Logan? Was ist mit ihm?«

»Keine Ahnung, das ist ja der springende Punkt. Logan wollte sich Bücher bei mir ausleihen, aber ich habe ihn seit Tagen nicht gesehen. Merkwürdig … Er ist doch sonst nicht so. Meinst du, Màiri kommt in die Messe? Dann könnte ich nachhaken, ob da etwas nicht stimmt.«

»Ich bezweifle, dass Màiri kommt«, Kayla seufzte. Màiri Saunders, Logans Mutter, litt seit Jahren an einer Autoimmunerkrankung. Ein schwerer Schlag für die Familie, die ein gutes Stück nördlich von Leverburgh eine Croft betrieb. »Soweit ich weiß, hatte sie vor zwei Wochen einen üblen Schub.«

»Oje, die Arme.«

»Vielleicht weiß Kaitlin etwas über die Saunders?«, schlug Kayla vor. Als Pfarrersfrau und Betreiberin einer rollenden Bücherei war Kaitlin Mackenzie eine sichere Quelle, was Informationen über die Inselbewohner betraf. Ob Hochzeit, Scheidung, Geburt oder Todesfall, Kaitlin kannte stets den neuesten

Tratsch. »Möglicherweise gab es wieder Ärger zwischen Logan und Pádraig.«

»Der Junge ist zu bedauern«, brummte Ally finster. »Als ob es nicht schon schlimm genug wäre, eine kranke Mutter zu haben. Aber einen Despoten wie Pádraig zum Vater? Ich mache mir ernsthaft Sorgen um Logan, er ist viel zu sensibel, um dem Druck auf Dauer standzuhalten. Ich werde Kaitlin nach dem Gottesdienst auf die Saunders ansprechen.«

Kayla bremste scharf und wartete, bis das Schaf von der Fahrbahn getrottet war. »Du wirst Kaitlin nicht in der Messe antreffen, aber heute Abend wäre Gelegenheit. Kaitlin besucht ihre Mutter in Glasgow, hat aber versprochen, rechtzeitig zu unserem Dinner zurück zu sein. Was ist mir dir? Du kommst doch auch, oder?«

»Um mir von Dalziel vorwerfen zu lassen, dass ich verantwortlich für Iains Aufbegehren bin?« Ally schnalzte mit der Zunge. »Ich weiß nicht, Kayla, vielleicht ist es keine so gute Idee, wenn ich komme.«

»Du musst«, protestierte Kayla mit einem Anflug von Panik in der Stimme. Zwar wusste Ally noch nichts von ihrem Glück, aber Kayla hatte sie gedanklich fest als Tischdame für Brannan eingeplant. Kayla runzelte die Stirn. »Dalziel hat Brannan Tait eingeladen, unseren neuen Nachbarn. Ich brauche dich, man kann Brannan unmöglich zumuten, mit zwei eingefleischten Ehepaaren an einem Tisch zu sitzen. Hast du ihn eigentlich schon kennengelernt?«

Ally angelte einen Lippenstift aus ihrer Tasche und zog sich im Spiegel die Lippen nach. »Meinst du diesen hochgewachsenen Shetlander, der jetzt für John arbeitet?«

»*Aye*, genau den …«

»Ich bin ihm gestern im Butty Bus praktisch vor die Füße gestolpert, aber vorgestellt hat uns noch niemand. Dass

Brannan zum Dinner kommt, ändert die Sachlage. Für ihn würde ich sogar meine Skrupel bezüglich Dalziel über Bord werfen.«

»Das freut mich. Brannan scheint nett zu sein.«

»*Nett …?*« Ally grinste süffisant. »Das ist die Untertreibung des Jahres. Du meinst wohl heiß? Hast du gesehen, welch unglaublich schöne Augen er hat? Wirklich, Brannan ist ein Traum.«

»Geschmackssache«, erwiderte Kayla kurz angebunden. Sie richtete sich hinter dem Steuer auf und fragte sich, weshalb sie plötzlich so angespannt war. Allys Schwärmerei bezüglich Brannan pflanzte winzige Stacheln, scharf wie die Spitzen eines Kaktus, in ihr Herz. Irritiert beschloss sie, das Thema Brannan fallen zu lassen, und meinte leichthin: »Was ist aus dem Rugbyspieler geworden, den du letzte Woche über Tinder gedatet hast? Ich dachte, *das* wäre dein Traummann?«

»War er auch«, gab Ally unumwunden zu und packte den Lippenstift weg. »Zumindest, bis er den Mund aufgemacht hat …«

»… dann nicht mehr?«

»*Seadh …*«, gab Ally kehlig von sich, was wie *Scheuuh* klang. »*Hm-hm*, dann nicht mehr …«

Daraufhin mussten beide lachen. Kayla war erleichtert, dass die restliche Fahrt ohne Spannungen verlief.

Nachdem sie den Wagen in der Nähe der Kirche geparkt hatte und ausgestiegen war, verstärkte sich Kaylas Lampenfieber schlagartig. Ihr Magen revoltierte, sie fühlte sich wie in einer winzigen Nussschale auf dem stürmischen Ozean. Die Messe versprach, voll zu werden, der Parkplatz vor der Kirche war bis auf den letzten Platz belegt. Himmel, worauf hatte sie sich da eingelassen?

»Los jetzt«, Ally packte sie am Ellbogen und schob sie vor sich her, auf das schlichte, von nebelverhangenen Bergen und dem blauglänzenden Loch Steisebhat eingerahmte Gebäude zu. Niall, der in der Glastür stand und Psalterbücher verteilte, winkte ihnen schon von weitem zu. Die Erleichterung darüber, dass sie tatsächlich gekommen war, stand ihm in sein rundes, gutmütiges Gesicht geschrieben. Kayla bemerkte, wie er sich verhalten mit einem weißen Tuch über den kahlrasierten Schädel fuhr. Anscheinend hatte er bis zu diesem Moment damit gerechnet, dass sie kneifen würde. Kayla bereute bereits, es nicht getan zu haben.

Zögernd trat sie neben ihn und legte ihm die Hand auf den Arm. »Hallo, Niall.«

»Kayla«, er steckte das Tuch zurück in die Tasche seines schwarzen Anzugs. Seine braunen Augen zwinkerten zuversichtlich. »Schön, dass du da bist. Du kannst mir helfen, die Bücher zu verteilen.«

Bevor sie Gelegenheit hatte zu protestieren, hatte Niall ihr bereits einen beeindruckenden Stapel ledergebundener Psalterbücher in den Arm gedrückt.

»Ich weiß nicht, Niall, muss das sein?«, erwiderte Kayla zaghaft. Ihr Unbehagen wuchs mit jeder Sekunde. »Wenn ich ehrlich bin, würde ich mich lieber schon mal setzen …«

»Das ist nachvollziehbar«, Niall legte ihr die Hand auf den Arm. »Vertrau mir, es gibt kein besseres Mittel gegen Lampenfieber, als der Meute in die Augen zu blicken und ein paar nette Worte zu wechseln. Danach sieht die Welt schon ganz anders aus.«

Kayla starrte auf die Gebetbücher, die sich anfühlten, als hielte sie eine Ladung Dynamit in den Händen. »Wenn ich mir vorstelle, da vorne am Pult zu stehen, alle Augen auf mich gerichtet … Ich will dich nicht enttäuschen, Niall, aber ich fürchte, ich habe dir zu viel versprochen. Ich schaffe das nicht.«

Nialls sanfte Augen ruhten auf ihr. »Du solltest dir keine Gedanken darüber machen, was die Leute von dir denken. Darum geht es bei einer Messe nicht. Du weißt, warum all die Menschen heute hier versammelt sind. Sie wollen Gott ehren, und ich wüsste keine schönere Art, dies zu tun, als durch Wort und Gesang. Deine Stimme ist ein Geschenk Gottes. Vertrau darauf und der Herr wird dir Kraft geben.«

Kayla seufzte und gab sich geschlagen. Niall alleine konnte schon sehr überzeigend sein, aber gegen Niall *und* Gott hatte sie keine Chance. Schicksalsergeben zuckte sie die Schultern. »Na schön. Wenn du meinst. Ich hoffe, du weißt, worauf du dich einlässt. Falls ich gleich keinen Ton herausbekomme, ist es nicht meine Schuld.«

»Glaub mir, das wird nicht passieren«, versprach Niall. Er wandte sich zur Seite und hob grüßend die Hand, um eine kleine Dame, deren sommersprossiger Enkel an ihrer Hand ungeduldig auf und ab hüpfte, willkommen zu heißen. »Guten Morgen, Mrs Aitken, wie schön, Sie zu sehen. Und der kleine Josh ist auch dabei. Wie geht es Ihrem Knie?«

Kayla verzog das Gesicht zu etwas, das man im besten Fall als Lächeln hätte bezeichnen können, wahrscheinlich aber eher einer leicht irren Grimasse glich. Sie ergriff Mrs Aitkens knochige Hand und schüttelte sie, während Josh die Gelegenheit nutzte und versuchte, ob er mit einem Kieselstein durch die Eingangstür in den Mittelgang zielen konnte. Und so ging es weiter. Seite an Seite mit Niall hieß Kayla den steten Strom der Besucher willkommen. Von Zeit zu Zeit blickte sie suchend über die Köpfe hinweg. Zwar hatte sie keine Ahnung, welcher Kongregation Brannan angehörte, dennoch hielt sie mit einem merkwürdigen Anflug von Nervosität nach seiner großen, kräftigen Gestalt Ausschau.

Aber er kam nicht, wie Kayla mit einer widersprüchlichen Mischung aus Erleichterung und Enttäuschung feststellte. Seit seiner Ankunft in Leverburgh war eine knappe Woche vergangen. Sie hatte sich an ihren Vorsatz gehalten und erfolgreich vermieden, ihm in die Arme zu laufen. Aber aller stummen Gebete zum Trotz, hatte sie nicht verhindern können, dass Dalziel sehr wohl an seinem Entschluss, Brannan als Gast in seinem Haus willkommen zu heißen, festgehalten hatte, wie es der Tradition der Inseln entsprach. Kayla spürte, wie sich auf ihrem Rücken ein kühler Schweißfleck ausbreitete. Sie wusste nicht, was es war, doch irgendetwas an Brannan verstörte sie zutiefst. Warum nur? Möglicherweise lag es an dem Blick, mit dem er sie auf der Fahrt zurück nach Luskentyre angesehen hatte … Auf eine unbestimmte Art hatte Kayla den Eindruck, dass ihr Gesicht ihm mehr über ihre Gefühle preisgab, als ihr lieb war. Brannan schien die Fähigkeit zu besitzen, in ihr zu lesen wie in einem offenen Buch.

Kayla machte einen Schritt aus der schon recht intensiven Maisonne in den Schatten neben der Kirche. Sie nahm eines der Palmenbücher und fächerte sich Luft zu. Wie gut, dass sie Ally hatte dazu bewegen können, für das Dinner heute Abend zuzusagen. Quirlig und flirtbereit wie Ally war, sollten Brannans Nähe und seine intensiven Blicke keine Gefahr für Kayla darstellen. Ally war der Mittelpunkt jeder Party. Sie war hinreißend und Brannan würde ihrem Charme innerhalb von Sekunden erliegen, überlegte Kayla. Dennoch verspürte sie bei diesem Gedanken ein leichtes Ziehen im Magen, das etwas ganz anderes war als Erleichterung … ja, was war es eigentlich? Eifersucht? Nein, ausgeschlossen. Neid auf Allys Ungebundenheit womöglich? Irritiert, aber auch ein wenig beschämt über sich selbst rieb sich Kayla die Stirn. Was immer es war, sie würde es ignorieren, beschloss sie, und stattdessen das Positive sehen. Wäre es nicht einfach wunderbar für Ally, wenn sie endlich einen Mann fände, der zu ihr passte?

Mitten in ihre Überlegungen hinein bemerkte sie, wie Niall neben ihr ein ersticktes Geräusch von sich gab. Sein Lächeln wurde starr, er fuhr sich mit der Hand an den Hals, um den Stehkragen seiner Pfarrerskluft zu lockern. »Oh nein. Diesmal ganz sicher nicht …«, hörte sie ihn mit zusammengepressten Zähnen knurren. Es klang wie das Brummen eines Bären, der in einer Falle sitzt. Im nächsten Moment stand Donald vor ihnen, neben ihm Moses, eine markante Duftnote verströmend und triefend nass.

Donald zog die Mütze vom Kopf. »*Ciamar a tha thu,* Reverend, was für ein herrlicher Sonntag, nicht wahr? Ich hoffe, du hast eine schöne Predigt vorbereitet.«

»Aber sicher doch, Donald, sicher.« Niall ergriff Donalds Hand und schüttelte sie.

»Du weißt ja, *a Nèill*«, Donald zwinkerte verschwörerisch. »*'S fheàrr dhut a chumail goirìd,* in der Kürze liegt die Würze. Es gibt nichts, was sich nicht in zwei Sätzen sagen ließe.«

»Ein wenig länger wie zwei Sätze wird es schon dauern, Donald.« Niall lächelte milde, durchdrungen von Sendungsbewusstsein, als sähe er in Donald keinen sturen, alten Mann, sondern ein Werkzeug, welches Gott sich auserkoren hatte, um die Geduld seines Dieners Niall Mackenzie auf die Probe zu stellen. »Wie du weißt, dient der Sonntag in erster Linie dazu, den Herrn zu preisen. Dafür sind wir hier und diese Zeit sollten wir uns auch nehmen.«

»Schon recht«, winkte Donald ab. »Ich setz mich dann mal rein. Meine Beine vertragen das Stehen nicht.« Er klemmte sich das Psalterbuch unter den Arm und klopfte sich mit der Hand auffordernd gegen den Oberschenkel. Moses, dessen nasser Bauch inzwischen mit Straßenstaub paniert war, erhob sich schwanzwedelnd.

»Donald?«

»*Aye?*«

»Du weißt, was wir ausgemacht hatten.« Niall versuchte sich an einem strengen Gesicht. »Der Hund bleibt draußen.«

»Komm schon, Niall, ausnahmsweise. Gib deinem Herzen einen Stoß. Der arme Moses ist einem Kaninchen hinterhergejagt und dabei in den See gefallen. Ich kann ihn beim besten Willen nicht draußen sitzen lassen. Du siehst doch, wie nass er ist.«

»Aber gerade deswegen sollte er ja draußen bleiben«, erwiderte Niall und rieb sich den glatten Schädel.

»Warte mal eben …«, sagte Donald und kramte in den ausgebeulten Taschen seiner Jacke. Mit einem triumphierenden Grinsen zog er ein geblümtes Geschirrtuch heraus, das, den Flecken nach zu urteilen, schon einige Zeit in Gebrauch war. Unter Nialls ungläubigen Blicken rubbelte er mit dem Tuch notdürftig über den Rücken des zotteligen Hundes. Siegessicher richtete er sich wieder auf. »Bitte schön. Darf Moses jetzt rein?«

Niall knirschte mit den Zähnen. Kayla konnte förmlich sehen, wie sein Geduldsfaden zu zerreißen drohte. »Wenn's denn unbedingt sein muss. Aber das nächste Mal lässt du Moses zu Hause.«

»*Ceart gu leòr,* Reverend, geht klar«, grinste Donald zufrieden. Dann nahm er das Tuch, mit dem er gerade den Hund abgetrocknet hatte, und schneuzte kräftig hinein. »Also, bis gleich. Und denk dran: Eine gute Predigt erkennt man daran, dass Anfang und Schluss dicht beieinanderliegen.«

Kayla hob eine Augenbraue. »Wo hat er denn die Weisheit her? Stammt das nicht von Mark Twain?«, fragte sie, als Donald außer Hörweite war.

»Mag sein«, knurrte Niall. »Das Geschirrtuch jedenfalls stammt von uns.«

»Dachte ich mir«, amüsiert stupste sie ihren Schwager mit dem Ellbogen in die Seite. »Gut, dass Kaitlin das nicht gesehen hat.«

»Sie hätte getobt«, pflichtete Niall ihr bei und kratzte sich mit der Hand über das frisch rasierte Kinn. »Wenn mich nicht alles täuscht, gehören die Socken, die er trägt, auch mir. Ich möchte bloß wissen, wie er es schafft, dass mehr saubere Wäsche in seinem Korb landet, als er an Schmutzwäsche vorbeibringt. Ich frage mich …« Niall ließ den Satz in der Luft schweben.

»Was denn?«

»Ach nichts. Ist ja auch egal. Kaitlin wollte mir sowieso neue Unterhosen kaufen …«

Kayla, die sich nur mit Mühe das Lachen verkniff, drückte Niall die restlichen Bücher in die Hand. »Die Gemeinde ist fast vollzählig. Ich geh besser mal rein. Bis gleich.«

»Bis gleich. Und vergiss nicht, der Herr ist mit den Mutigen!«

Wenn dem nur so wäre, dachte Kayla und verschwand in der Kirche. Breite Bänder aus Lichtstrahlen fielen durch die Fenster des hohen, schmucklos gehaltenen Sakralraumes auf karge, weißgetünchte Wände. Abgesehen von dem purpurroten Teppichläufer, der schnurgerade auf den ebenfalls mit purpurnem Stoff ausgelegten Altarbereich zuführte, gab es, entsprechend der Tradition der Freien Schottischen Kirche, nirgendwo Schmuck oder Bilder. Nichts sollte die Aufmerksamkeit von Gott weglenken. Noch nicht einmal Weihrauchduft erfüllte den Raum. Nur über der Bank, in der Donald saß, hing ein durchdringender Geruch von nassem Hund.

Kayla schritt mit zitternden Knien den Mittelgang hinunter. Der Weg zum Pult erschien ihr endlos. Sie hielt die Augen zu Boden gerichtet, um den Blicken zu entgehen. Als sie an den Stufen vor der Kanzel angekommen war, bestieg sie das kastenförmige Podest. Den Rücken der Gemeinde zugewandt, setzte sie sich in die vorgesehene Bank zu den Kirchenältesten. Ihre Brust hob und senkte sich schwer. Sie wünschte sich inständig, zurück auf ihren angestammten Platz in der siebten Reihe kehren zu dürfen, welcher Lichtjahre entfernt schien.

Die Messe begann. Niall schritt in seinem Anzug an Kayla vorbei die Stufen zur Kanzel hinauf und begrüßte die Gemeinde. »... und so gilt mein besonderer Dank heute Kayla Gillan, die sich bereiterklärt hat, unseren hochgeschätzten Kantor Steph Macinnes zu vertreten und die Gemeinde in den Psalmen anzuführen.«

Wie durch einen Nebel hindurch bemerkte Kayla, wie Niall auf der Kanzel den Stuhl zurückschob und sich setzte. Der Moment war gekommen. Es herrschte Totenstille. Die Augen der Gemeinde richteten sich auf das Pult des Kantors. Kayla stand auf und wandte sich der Gemeinde zu, das Psalterbuch in ihren zitternden Händen, aufgeschlagen bei Psalm 9, Montrose ... *So wird der Herr für den Bedrückten zur Burg ...* Die Buchstaben verschwammen vor ihren Augen. Kayla war sich der Bedeutung, die die Psalmen für die hier versammelten Menschen hatten, wohl bewusst. Seit Jahrhunderten spendeten die uralten Worte Trost, Inspiration und den Mut durchzuhalten, in Vertrauen auf Gott, inmitten einer harschen, unbarmherzigen Natur. Seitdem Niall mit ihr die Auswahl der Psalmen für die Messe durchgegangen war, hatte sie überlegt, wie sie die Worte durch Rhythmus und Gesang schmücken sollte. Jetzt aber war ihr Gehirn leer. Kayla schluckte. Jegliche Erinnerung daran, welchen Ton sie hatte anstimmen wollen, war wie weggeblasen. Sie fühlte sich nackt und bloß, krampfhaft umklammerte sie das Buch auf dem Pult vor sich.

Wenn sie gut intoniert wurden, stellten gälische Psalmengesänge ein unvergleichliches, zutiefst ergreifendes musikalisches Erlebnis dar. Wenn nicht, waren sie ein wirres Nebeneinander von Stimmen. Das Ganze stand und fiel mit dem Talent des Kantors, der den Worten Gottes in einer frei auszulegenden Grundmelodie Raum gab. Die Gemeinde, die den Vers daraufhin singend aufgriff, war auf einen sicheren und versierten Vorsänger angewiesen, an dem sie sich orientieren konnte, denn jeder Einzelne war frei, die Melodie nach seinem Empfinden zu interpretieren und mit Schmucknoten zu verzieren. Das gesamte, in der Theorie schrecklich kompliziert klingende Konzept hatte Kayla in diesem Moment nur allzu klar vor Augen. Dennoch fühlte sie sich außerstande, es umzusetzen. Als sie hörte, wie Niall hinter ihr sich auffällig räusperte, nahm sie allen Mut zusammen. Sie holte tief Luft.

»*A Dhia, a Dhia, a Dhia …*«, erschreckend dünne Laute lösten sich aus ihrer Kehle und schwebten haltlos im Raum. Durch den Schleier ihrer Empfindungen hindurch nahm Kayla wahr, wie eine Gestalt in der hintersten Reihe sich von ihrem Platz erhob. Noch bevor sie erkennen konnte, wer es war, spürte sie es. Es war Brannan.

»*A Dhia, a Dhia, a Dhia …*«, seine dunkle, kraftvolle Stimme griff die Noten ihres Soprans auf und umschmeichelte sie. Sie hob den Blick und ließ ihn auf Brannan ruhen. Sofort fühlte sie sich beruhigt. Eine unerklärliche Kraft ging von ihm aus. Instinktiv spürte sie die Verbundenheit zwischen ihnen, wie von selbst floss die Melodie von ihren Lippen: »So wird der Herr für den Bedrückten …«

»So wird der Herr für den Bedrückten …«, fiel Brannan ein, während sie die Zeile zu Ende brachte.

»… zur Burg …«

Der Kirchenraum und die in ihm versammelten Menschen traten in den Hintergrund. Gemeinsam mit Brannan durchschwebte sie ein wundersames Universum, weit losgelöst von der Realität.

Sie sang. Rein und klar lösten sich nun die Töne aus ihrer Kehle, während Brannan sie durch ihre Improvisation begleitete. Sein Gesang umwarb sie, streichelte sie, flüsterte sanft in ihr Ohr, zog sie in seine Arme. Ihre Stimmen verwoben sich ineinander. Es war wie ein Fließen. Ein Schweben, perfekt ausbalanciert, das zu ungeahnter Harmonie anwuchs.

Wie das Rauschen des Meeres erhoben sich die Stimmen der Gemeinde. Jeder begleitete das Lied auf seine ureigene Weise. Ein stetes An- und Abschwellen, wie der Sturm, der vom Atlantik her über die endlos weiten Dünen zieht. Gleich dem Donnern der Brecher in den Klippen, welche den schroffen Fels zu Tunneln und Bögen formen, formten die Stimmen Wellen und Berge, Täler und Höhen, Wolken und Himmel, Tag und Nacht, einzig und allein zum Lob und Preis des Schöpfers, ein berauschender Wohlklang aus Tönen.

Als die letzte Note verhallt war, ließ sich Kayla auf ihren Stuhl sinken. Noch immer fühlte sie sich wie in Trance. Sie hatte keine Ahnung, was mit ihr geschehen war, aber eines wusste sie: Es war das intensivste, glücklichste Gefühl gewesen, das sie je in ihrem Leben verspürt hatte. Grenzenloses Sein durchflutete sie, losgelöst von Zeit und Raum, so unvergänglich und einzigartig, dass ihr der Sinn und die Bedeutung ihres Daseins für einen Moment klar vor Augen standen, bevor das Bild im grellen Licht des Tagesbewusstseins verblasste.

Im Nachhinein hätte Kayla nicht sagen können, was Niall auf der Kanzel neben ihr gepredigt hatte, noch konnte sie sich daran erinnern, wie die Messe geendet hatte, doch irgendwann fand sie sich an der Tür vor der Kirche stehen. Neben ihr Niall, der die Gemeinde verabschiedete.

Sie reckte den Hals und versuchte, Brannan in der Menge auszumachen. In den letzten Minuten war sie gedanklich unzählige Formulierungen durchgegangen, um sich bei ihm für die Unterstützung zu bedanken. Aber wo steckte er? Er schien wie vom Erdboden verschluckt …

Bevor sie Gelegenheit hatte, Niall nach Brannans Verbleib zu befragen, stürmte Sandra auf sie zu, Tormod im Schlepptau. »Mein Gott, Kayla, wahrscheinlich hast du das heute schon hundertmal gehört, aber das war … unglaublich! Du und dieser Shetlander, ihr seid das perfekte Duo! Eure Stimmen harmonieren, als würdet ihr seit Jahren zusammen singen. Wo steckt er eigentlich?« Wie Kayla zuvor, reckte auch Sandra den Hals.

»Ich … habe keine Ahnung«, erwiderte Kayla, verlegen durch das überschwengliche Lob. Sie klemmte sich eine Strähne ihres dunklen Haares unter den Hut.

»Wenn ihr Brannan sucht, der ist schon weg.« Donald kam auf sie zugeschlendert, die Hände tief in den Taschen seiner Cordhose vergraben. »Bevor die Predigt losging, hat er die Kirche verlassen. Kluge Entscheidung. Anscheinend hat er geahnt, wie lange du reden wirst, Reverend.«

Ally gesellte sich zu ihnen, ihr hübsches Gesicht glänzte vor Aufregung. Sie schlang Kayla die Arme um den Hals und zog sie in eine feste Umarmung. »Du warst großartig. Ich bin so froh, dass du es getan hast. Ich wünschte mir, du würdest öfters den Mut finden.«

»Dem kann ich nur zustimmen«, pflichtete Sandra Ally mit dunklem bayerischen Akzent bei. Sie rückte ihren Sonntagshut gerade und wechselte konspirative Blicke mit Ally. »Ich hätte da auch schon eine prima Idee. Wäre es nicht fantastisch, wenn Kayla mit Brannan bei dem Fest singen würde?«

Kayla wurde es heiß und kalt beim Gedanken an einen erneuten Auftritt. Sandra war, gemeinsam mit Kayla und einigen anderen Damen aus dem Dorf, als Mitglied des Festkomitees zuständig für die Organisation der Landwirtschaftsschau, die jedes Jahr Ende Juli stattfand.

»Singen … bei dem Fest? Völlig unmöglich«, stammelte Kayla.

»Ach was«, winkte Sandra mit deutscher Resolutheit ab. »Selbstverständlich wirst du auftreten, und zwar mit der Band von Seamus. Das wird *der* Kracher. Seamus spielt ja wirklich gut Gitarre, aber Tormod und Niall sind nicht eben das, was man als Stimmungskanonen bezeichnen würde, wie wir alle wissen. Brannan und Kayla wären eine Attraktion für das Fest. Die Massen wären begeistert!«

»Was meinst du mit Massen?«, Kayla schnappte nach Luft. Das Gefühl, dass die Dinge ganz gewaltig aus dem Ruder liefen, verstärkte sich. »Ich werde ganz sicher *nicht* vor einer Masse von Leuten singen.«

»Sei nicht so empfindlich«, winkte Sandra ab und wedelte mit ihrer Bibel durch die Luft. »Wenn ich *Masse* sage, meine ich die übliche Zahl von Besuchern. Mehr als drei- oder vierhundert waren es noch nie.« Sie drehte sich zu den Männern um. »Fragen wir doch die anwesenden Bandmitglieder. Niall, Tormod, wie findet ihr die Idee?«

»Hervorragend«, pflichtete ihr Niall bei. »Kayla und Brannan sind unsere Rettung.«

Tormod, der nur ungern zwischen die Fronten geriet, tat, als wäre er in ein Gespräch mit Donald vertieft.

»Na bitte«, strahlte Sandra. »Ich werde den Vorschlag gleich bei der nächsten Sitzung einbringen.«

Kayla fühlte sich wie von einer Dampfwalze überrollt. Sie hob die Hand. »Moment mal. Hört mir vielleicht endlich mal jemand zu?«

»Sicher …«

»Aber klar doch …«

Kayla blickte finster in die Runde. »Nehmt es mir nicht übel, aber es bleibt bei einem Nein.«

»Aber warum denn?« Sandra machte ein fragendes Gesicht.

»Du solltest in Ruhe darüber nachdenken.« Niall legte Kayla fürsorglich die Hand auf die Schulter. »Wir akzeptieren deine Entscheidung, egal wie sie ausfällt. Aber natürlich wäre dein Auftritt ein echter Höhepunkt.«

»Da hörst du es, Kayla. Kneifen gilt nicht«, erklärte Ally bestimmt. »Wir sollten das Ganze mit Brannan besprechen. Ich bin sicher, er ist mit von der Partie.«

»Vermutlich«, stöhnte Kayla matt.

»Und wir müssen Seamus fragen, was er dazu meint.« Ally zog ihre Stupsnase kraus. »Immerhin ist er der Bandleader. Kommt er heute Abend auch zu eurem Dinner?«

»Nein, Seamus ist in Ness, bei seinem Onkel«, Kayla zuckte müde die Schultern. »Abgesehen davon würde ich mir wirklich wünschen, dass du das Thema heute Abend nicht anschneidest.«

»Und wieso?«, Ally blinzelte argwöhnisch.

»Ich möchte nicht, dass es zu einem Streit kommt«, erklärte Kayla schlicht.

Ally stemmte beide Hände in die Taille, ihre Augen blitzten. »Aha. Daher weht also der Wind. Du möchtest nicht bei dem Fest auftreten, weil du befürchtest, es könnte Dalziel nicht passen.«

»Keineswegs«, behauptete Kayla. »Aber er hat momentan einfach zu viele andere Sorgen.«

»Das kann ich verstehen«, ergriff Niall Partei.

Kayla warf Niall einen dankbaren Blick zu. Als Bruder von Dalziels verstorbener erster Frau Caitriona stand er Dalziel nahe und verstand besser als alle anderen, wie sehr Iains Weggang von der Insel Dalziel insgeheim quälte.

Niall bückte sich und wischte den Staub, den Moses' Pfote in einem Anfall von plötzlicher Zuneigung auf seinem schwarzen Hosenbein hinterlassen hatte, beiseite. Er richtete sich wieder auf und blickte ernst in die Runde. »Wir dürfen nicht vergessen, dass Dalziel in der letzten Zeit einiges verkraften musste. Wir sollten Rücksicht nehmen.«

Kayla nickte erleichtert. Am liebsten wäre sie Niall um den Hals gefallen. »Genau das sollten wir. Thema somit erledigt.«

»Du verstehst mich falsch«, Niall schüttelte verwundert den Kopf. »Ich wollte damit sagen, dass ich die Gelegenheit heute Abend nutzen werde, um ein wenig mit Dalziel zu plaudern und ihm Trost zuzusprechen. Dabei kann ich ihm wunderbar den Vorschlag mit der Band unterbreiten ...«

»Du glaubst doch nicht, dass sich Dalziel durch dein Salbadern besser fühlen wird?«, feixte Donald. Er bückte sich und tätschelte Moses den Kopf. »Ich sage euch, was Dalziel braucht. Gebt dem Mann ein paar Gläser ordentlichen Whisky und die Welt ist wieder in Ordnung.«

»Danke für den konstruktiven Beitrag, Donald, von dir war auch nichts anderes zu erwarten«, zischte Sandra. Sie drehte sich zu ihrem Mann um und warf ihm einen warnenden Blick zu. »Glaub nicht, dass du von mir einen Freischein für eure nächste Sauftour bekommst. Es reicht, wenn ich an euren lächerlichen Trip in die Whiskydestille nächsten Monat denke!«

Niall hob die Hände in die Luft, die Schöße seines schwarzen Jacketts wehten im Wind. »Beruhigt euch. Es ist Sabbat und nicht im Sinne des Herrn, wenn wir hier aufeinander herumhacken wie die Krähen. Mein Vorschlag zur Güte: Wir lassen Kayla eine Nacht darüber schlafen. Inzwischen klären wir mit Seamus und Dalziel, was sie von der Idee halten, und dann sehen wir weiter.« Er wandte sich zu Tormod um. »Wie ist eigentlich deine Meinung? Du hast noch gar nichts gesagt.«

Tormod, unvermutet in Zugzwang geraten, beugte sich zu Moses hinab, der ihm vor Begeisterung die Schnauze ins Gesicht streckte. »Ja, du bist ein feiner Junge ... Der Allerbeste ...«

Kayla beobachtete, wie Sandra den Zeigefinger hob und ihrem Mann auf die Schulter tippte. »Liebling, unser Reverend hat dich etwas gefragt«, erklärte sie zuckersüß.

»Wie?« Tormod wehrte den vor Glück sabbernden Moses ab. Dann erhob er sich, klopfte den Staub von seiner Hose und blickte arglos in die Runde. »Ach ja, entschuldigt ... Nun, vermutlich habt ihr recht, Kayla sollte zusammen mit Brannan singen.«

Kayla wünschte sich ein Messer, um es Tormod in die Brust zu rammen. Aus Sorge, die Diskussion unnötig anzuheizen, verkniff sie sich jedoch eine bissige Bemerkung.

»Natürlich nur, wenn sie möchte«, schob Tormod kleinlaut hinterher. Offenbar dämmerte ihm, dass er seinem Freund Dalziel damit in den Rücken fiel. Plötzlich hatte Tormod es sehr eilig, nach Hause zu kommen. Er schüttelte reihum Hände, dann packte er Sandra am Arm und schob sie vor sich her Richtung Auto.

Ally, die in den letzten Sekunden auffallend still geworden war, wandte sich an Niall. »Hast du etwas von Logan gehört?«

»Nein. Er war letzte Woche weder bei der Bibelstunde noch beim Shinty.«

Ally musterte Niall nachdenklich. »Dass er nicht beim Shinty war, wundert mich nicht. Ich hätte auch keine Lust, mit Hockeyschlägern auf mich eindreschen und mir sämtliche Knochen brechen zu lassen.«

»Was redest du da, Mädchen«, fuhr Donald dazwischen. »Shinty ist kein Sport, das ist Religion. Zumindest in Schottland.«

»Nun, so weit würde ich vielleicht nicht gehen«, Niall lächelte milde. »Aber auf jeden Fall ist die Geschichte des Shinty älter als die Geschichte Schottlands. Und wenn es IHM nicht gefallen würde …«, Niall hob die Hände und blickte bedeutsam zum Himmel.

»Ich weiß, ich weiß«, knurrte Ally. »Dann wären Shinty oder Hockey nie erfunden worden. Aber es ist und bleibt ein rauher Sport und nicht unbedingt das Richtige für jemanden, der sensibel ist wie Logan.«

»Wir sollten herausfinden, was mit Logan ist«, erklärte Niall und warf einen Blick auf seine Armbanduhr. »Ich schwinge mich auf mein Motorrad und schau gleich mal bei den Saunders vorbei.«

»Das wäre mir wirklich lieb«, erklärte Ally dankbar.

»Bin schon weg.« Niall verabschiedete sich mit einem Nicken.

»Schön, dann lass uns nach Hause fahren«, meinte Kayla, an Ally gewandt.

»Hm«, Ally verlagerte das Gewicht zögernd von einem Bein auf das andere. »Was hältst du davon, wenn wir einen kleinen Abstecher nach Aird Mhighe machen?«

Kayla, der es schon seit Wochen vor der Aufgabe, den Haushalt ihrer verstorbenen Eltern aufzulösen, graute, erwiderte Allys Blick nur flüchtig. »Heute passt es mir schlecht«, meinte sie möglichst unbefangen.

»Das sagst du jedes Mal«, wandte Ally ein und schob die Ärmel ihres Tweedblazers zurück. Der Stoff aus Mintgrün und Schokobraun, von Kayla handgewebt, brachte ihre braunen Augen und den sommersprossigen Teint hervorragend zur Geltung. »Irgendwann müssen wir es in Angriff nehmen. Seit Mum gestorben ist, sind acht Monate vergangen.«

Kayla schob die Unterlippe vor, antwortete aber nicht. Der Gedanke, sich von all den Dingen trennen zu müssen, die ihre Kindheit ausgemacht hatten und Teil ihrer Selbst waren, bereitete ihr körperliche Schmerzen. Sie war einfach noch nicht so weit …

»Was ist, Kayla?« Ally legte ihr sanft die Hand auf den Arm. »Es muss sein, das weißt du. Wir können das Haus nicht länger in diesem Zustand lassen.«

»*Aye* …«, murmelte Kayla, wenig überzeugt.

Donald, der das Gespräch neugierig mitverfolgt hatte, wackelte mit dem Zeigefinger. »Keine Arbeit am Sabbat. Ehrt die Tradition.«

»Ach?« Ally hob spöttisch die Augenbrauen. »Ich soll wohl noch die Schaukeln auf dem Spielplatz der Schule festbinden, nur weil Sonntag ist?«

»Tatsächlich, das solltest du«, nickte Donald ernst. »Als ich ein kleiner Junge war, hätte ich Prügel bezogen, wenn meine Mutter mich auch nur in der Nähe des Spielplatzes erwischt hätte.«

»Ich weiß, ich weiß …« Ally verdrehte vielsagend die Augen. »Ihr wärt niemals auf die Idee gekommen, am Sabbat etwas anderes zu tun, als mit der Bibel unter dem Arm herumzuspazieren.«

»Richtig. Und außerdem hatten wir …«

»Ich hab verstanden, *aye*«, Ally hob abwehrend die Hände. »Es ist unpassend, am Sabbat ein Haus leerzuräumen. Wir werden es auf einen anderen Tag verschieben.«

»Exodus 20:8-11«, zitierte Donald ehrfürchtig. »*Gedenke des Sabbattages, IHN zu heiligen.*«

»Schön.« Kayla zog den Autoschlüssel hervor und schwenkte ihn durch die Luft. »Nachdem wir das geklärt haben, könnten wir jetzt endlich nach Hause fahren?«

»Entschuldige. Du hast sicher noch viel vorzubereiten für das Dinner. Kann ich dir helfen?«, bot Ally sich an und zog ein mitfühlendes Gesicht.

»Nein, schon gut«, versicherte Kayla rasch. So sehr sie ihre Schwester liebte, aber die Vorstellung, dass Ally in ihrer Küche herumwuselte und dabei alles durcheinanderbrachte, bereitete Kayla Kopfschmerzen. Alles, was sie sich wünschte, war eine Auszeit, bevor die Gäste kamen. Am liebsten in der heißen Badewanne. Der Gedanke, gemeinsam mit Dalziel und Brannan an einem Tisch zu sitzen und den unergründlichen Blick von Brannans dunklen Augen auf sich zu spüren, überforderte sie komplett.

»Ihr hättet sie hören sollen, es war großartig«, schwärmte Ally. Sie saß mit Niall und Kaitlin auf dem Sofa in Kaylas Wohnzimmer, in der Hand eine Flasche Irn-Bru, neben Whisky das zweite schottische Nationalgetränk und eine beliebte Alternative zu Cola. »Kayla und Brannan haben sich stimmlich wunderbar ergänzt.«

»Schade, dass ich das verpasst habe«, meinte Kaitlin bedauernd. Sie drehte den Kopf zu Dalziel: »Du bist sicher wahnsinnig stolz auf deine Frau.«

»Das bin ich immer«, sagte Dalziel etwas steif. »Dieser Brannan allerdings scheint sich ja für einen tollen Hecht zu halten. Mit Zurückhaltung hat er es anscheinend nicht so.«

Niall, der den förmlichen Pfarrerskragen mittlerweile gegen einen legeren schwarzen Rollkragenpulli getauscht hatte, fuhr sich mit der Hand in den Nacken. »Ach was. Ich bin sicher, Brannan wollte nur helfen. Es ging ihm nicht darum, im Mittelpunkt zu stehen.«

»Ach?« Dalziel hob spöttisch die Augenbrauen. »Das hat er ja spitzenmäßig hingekriegt.«

»Du kannst dir kein Urteil erlauben, Dalziel, da du nicht in der Messe warst. Nebenbei bemerkt habe ich dich schon seit Jahren dort nicht mehr gesehen.«

Kayla blickte ein wenig besorgt zu Dalziel hinüber. Dass er seit dem Tod von Caitriona die Kirche nicht mehr besuchte, war ein ständiger Streitpunkt zwischen den beiden Männern. Sie hoffte, dass die angespannte Stimmung, die bereits den ganzen Abend herrschte, sich nicht weiter zuspitzen würde. Doch zu ihrer Erleichterung schien Dalziel entschlossen, den Seitenhieb zu ignorieren.

»Hat Brannan dich als zuständigen Reverend vor der Messe eigentlich gefragt, ob es dir recht ist, dass er singt?« Dalziel nahm einen Schluck Whisky. Kayla hätte sich gewünscht, dass er sich, wie alle anderen auch, für einen Softdrink oder ein Bier entschieden hätte. Hochprozentiges machte Dalziel auf nüchternen Magen sehr schnell angetrunken.

»Nein, es hat sich spontan ergeben«, erklärte Niall gleichmütig. »Ich wusste gar nicht, dass er so eine ausdrucksvolle Stimme hat.«

»Blöder Angeber«, sagte Dalziel so leise, dass nur Kayla es hören konnte. Wieder nahm er einen tiefen Schluck Whisky. »Klingt, als wäre Brannan ein echter Wunderknabe«, sagte er nun in die Runde.

»Wie Niall soeben sagte, du warst nicht dabei, Dalziel, also kannst du nicht mitreden«, fuhr Ally dazwischen.

Kayla war gereizt, weil sich nun auch noch Ally in die Sache einmischte. Sie verschluckte sich an ihrem Irn-Bru und musste husten. Ihr Blick wanderte zu Ally hinüber. Das Gesicht ihrer Schwester wirkte beherrscht, als würde sie das Thema nur oberflächlich berühren, doch ihre Ohren glühten verräterisch. Interessant … Kayla stellte die Flasche beiseite. Schon als Kind hatten Allys Ohren alles über ihre Gemütsverfassung verraten. Dass Ally jetzt ungehalten wurde, obwohl sie vom Inhalt des Gesprächs gar nicht betroffen war, konnte nur eines bedeuten: Allys Interesse an Brannan war größer, als Kayla bislang vermutet hatte. Nachdenklich beobachtete sie, wie sich Ally eine Strähne ihres leuchtend roten Haares aus dem Gesicht strich.

»Was hast du eigentlich gegen Brannan? Er wollte nur Kavalier sein. Als er merkte, dass Kayla unsicher wurde, ist er eben eingesprungen«, verteidigte Ally Brannan.

»Ach so? Kavalier ist er also auch noch? Schätze, dann bedanke ich mich wohl besser bei ihm für seine Großkotzigkeit. Vielleicht macht man das auf den Shetlands ja so.« Dalziel kippte den restlichen Whisky in einem Zug hinunter.

»Es reicht.« Niall hob beschwichtigend die Hände, seine sonst so sanften Augen blickten streng in die Runde. »Ich schlage vor, wir beenden die Diskussion an dieser Stelle. Kayla, verrätst du uns, was du Wunderbares zum Abendessen gezaubert hast?«

»Es gibt Ragout«, dankbar griff Kayla den Themenwechsel auf. »Und zum Nachtisch Cream Crowdie.«

»Ich liebe Kaylas Cream Crowdie«, erklärte Kaitlin und verdrehte schwärmerisch die Augen. Offensichtlich war sie ebenfalls erleichtert, dass sich das Gespräch einem neuen Thema zuwandte. »Wenn ich nur schaffen würde, es zumindest halb so gut hinzubekommen.«

»Will noch jemand einen Drink?« Dalziel stand auf und trat an den Servierwagen. Er blickte auffordernd in die Runde. »Ich hätte einen achtzehn Jahre alten Laphroaig anzubieten, was haltet ihr davon?«

»Meinst du nicht, wir sollten mit dem Hochprozentigen bis nach dem Essen warten, Schatz?«, fragte Kayla kühl und warf ihrem Mann einen durchdringenden Blick zu.

»Wie du meinst, Liebling«, gab Dalziel säuerlich zurück, während er sich selbst nachfüllte. »Sonst noch etwas, das ich beachten sollte?«

Angespanntes Schweigen.

Bemüht, den kurzen, peinlichen Moment zu überbrücken, wandte sich Kayla an Niall. »Übrigens, da fällt mir ein: Was ist eigentlich bei deinem Besuch bei den Saunders herausgekommen? Hast du herausgefunden, was mit Logan los ist?«

»Nicht direkt«, Niall fasste sich mit dem Arm über den kahlen Schädel und knetete die Kante seines Ohrs. »Logan war nicht da. Pádraig hat mir versichert, dass alles in Ordnung sei, aber seine Frau machte einen bedrückten Eindruck. Irgendetwas ist da im Busch.«

Ally öffnete den Mund, um etwas zu sagen, wurde aber an dieser Stelle von einem Klopfen an der Tür unterbrochen.

Dalziel, der noch immer vor dem Servierwagen stand, stellte sein Glas beiseite und ging schweigend hinaus, um zu öffnen. Kurz darauf kehrte er in Begleitung von Brannan zurück.

»*Feasgar math. Ciamar a tha sibh?*«, begrüßte Brannan die Anwesenden auf Gälisch und lächelte in die Runde.

Kayla spürte ein Flattern in ihrer Brust, als sich ihre Blicke streiften. Sie nickte Brannan zur Begrüßung zu.

Auffällig war, wie Ally sich verhielt. Sie schien sofort Feuer und Flamme. Sie sprang auf und strahlte Brannan an, als wäre er ein besonders niedlicher Welpe, den ihr der Weihnachtsmann in den Socken am Kamin gesteckt hatte. »Hallo, Brannan, schön, dich wiederzusehen. Wie geht's?«

»Danke, gut. Und dir?«

Kaitlin und Niall taten es Ally gleich und erhoben sich. Von der Missstimmung, die noch vor wenigen Minuten die Atmosphäre beherrscht hatte, war nichts mehr zu spüren. Kayla versuchte, sich zu entspannen, doch es wollte ihr nicht recht gelingen. Nach außen Ruhe vorgebend, erhob sie sich und trat neben Brannan.

»*Ceud mìle fàilte,* Brannan, wie nett, dass du gekommen bist.«

Er wandte ihr sein Gesicht zu. Da war ein Blitzen in seinen Augen, das sich nicht leugnen ließ. Doch im nächsten Moment war es schon wieder verschwunden. »*Mòran taing*, Kayla«, er nahm ihre Hand und hielt sie, einen Moment länger als nötig. »Danke für die Einladung.«

»Sehr gerne.«

Brannan gab sich einen Ruck. »Oh, das hätte ich fast vergessen …« Er lächelte, ob aus Verlegenheit oder aus Höflichkeit, vermochte Kayla nicht zu sagen. Mit einer zögernden, an ihm seltsam verlegen anmutenden Geste zog er eine Flasche Weißwein aus der Innentasche seiner Regenjacke hervor. »Hier, als Dankeschön für die Einladung.«

»Gut gemacht. So gentlemanlike, da landet man immer einen Treffer bei meiner Frau«, bemerkte Dalziel und machte einen Schritt auf Kayla zu. »Nicht wahr, altes Mädchen?« Er schlang seinen Arm demonstrativ besitzergreifend um ihre Taille und gab ihr einen Kuss. Kayla unterdrückte den Drang, das Gesicht abzuwenden, Dalziels Atem roch beträchtlich nach Alkohol.

Sie nahm sich vor, ein Auge auf den Whisky zu haben. Dalziels uncharmante Bemerkung ignorierend, richtete sie ihre Aufmerksamkeit wieder auf Brannan. »Sehr freundlich von dir, danke. Ich werde ihn für eine besondere Gelegenheit aufheben. Ihr entschuldigt mich, ich bringe die Flasche rasch in die Speisekammer. Ihr anderen …«, sie lächelte in die Runde, souverän, wie sie hoffte. »Seid doch so nett und nehmt schon mal am Tisch Platz.« Sie unterstrich ihre Worte mit einer auffordernden Geste. Die Runde erhob sich und setzte sich Richtung Wohnküche in Bewegung.

Mit Verwunderung bemerkte Kayla, wie Ally sich aufreizend eng an Brannan schmiegte. Als wären sie bereits vertraut miteinander, hakte sie sich bei ihm unter, während sie gekonnt mit der freien Hand ihre offene Haarpracht zur Seite nahm und dabei an Schultern und Nacken sommersprossige, leicht gebräunte Haut entblößte. Ihre grünen Katzenaugen warfen ihm von der Seite anhimmelnde Blicke zu, ihre Lippen kräuselten sich sanft. Kayla hob amüsiert die Augenbrauen. Sie war beileibe nicht prüde, aber Ally wirkte in dem Moment ebenso hormongetrieben wie Kaylas Milchkühe, wenn sie in der Brunst waren. Seltsame Wirkung, die Brannan auf ihre Schwester auszuüben schien, wunderte sich Kayla.

»Ich liebe Kaylas Gespür für Farben und Stoffe. Alles, was du hier siehst, hat sie selbst gewebt. Umwerfend, nicht wahr?«, schäkerte Ally gerade und ließ ihre Hand sanft über Brannans Arm streichen.

Wenn *überhaupt* möglich, glühten ihre Ohren noch röter als zuvor, stellte Kayla stirnrunzelnd fest und überlegte, ob sie gehen und ihrer Schwester einen Eimer mit Eiswürfeln über den Kopf kippen sollte. Obwohl sie theoretisch keinen Einwand gegen das auffällige Flirtverhalten ihrer jüngeren Schwester erheben konnte, hätte sie Allys aufwallenden Hormonen nur allzu gerne ein wenig Abkühlung verschafft. Dalziels ungeschliffene Bemerkung von eben noch immer im Ohr, ging Kayla hinaus in die Speisekammer und verstaute den Wein im Regal. *Altes Mädchen …* also so was! Gut, die Zeiten strahlender Jugend waren definitiv vorbei, anders als bei Ally, und ihre Hüften waren in den letzten Jahren etwas rundlicher geworden, aber zum alten Eisen zählte sie deshalb noch lange nicht. Nachdenklich strich sie mit der Hand über die sauber aufgereihte Ansammlung von Einmachgläsern, Symbol ihres Hausfrauendaseins. Kayla warf den Gläsern einen finsteren Blick zu, ihre Gedanken wanderten wieder zu Brannan. Dieser intensive Ausdruck in seinem Gesicht. Bildete sie es sich nur ein, oder lag darin immer ein wenig mehr Aufmerksamkeit, als er den anderen schenkte? Wie mochte sie auf ihn wirken? Sah er mehr in ihr als eine vom Leben enttäuschte, verheiratete Mitdreißigerin? Und falls ja, was glaubte er in ihr zu erkennen, das Dalziel nicht sah? Der Gedanke überraschte und erschreckte sie zugleich. Sie verdrängte ihn, so schnell wie er gekommen war, und wandte sich wieder ihren Pflichten als Gastgeberin zu.

Zurück in der Küche, schien die Unterhaltung in der Zwischenzeit im Thema Innenarchitektur festzustecken. »Wohnküchen sind ja so praktisch, nicht wahr?«, begeisterte sich Kaitlin gerade, ihre Stimme klang wie geschmolzene Schokolade. Kayla lächelte. Sie kannte diesen Ton bei ihrer Freundin nur zu gut. In der Regel hatte Kaitlin damit bei Niall durchschlagenden Erfolg. »Wie ihr wisst, liege ich Niall schon lange in den Ohren, ein paar Trennwände im Pfarrhaus einzureißen. Ein durchgehender Bereich wäre so viel gemütlicher. Da gibst du mir doch sicher recht, Kayla?«

»Nun, ich weiß nicht, was die Freie Schottische Kirche zu eurem Vorhaben sagen würde, aber ja, im Prinzip halte ich es für eine gute Idee«, bekräftigte Kayla mit einem Nicken. Sie ging zur Arbeitsplatte hinüber, um Tomaten und geraspelte Zucchini unter den Salat zu heben. »Was möchtet ihr zum Essen trinken?«

»Bier für alle, wie immer«, antwortete Dalziel, der an der Stirnseite des Tisches Platz genommen hatte, wie aus der Pistole geschossen. Er lehnte sich zurück und verschränkte die Arme hinter dem Kopf. »Oder haben wir je in dieser Runde etwas anderes getrunken?« Kayla bückte sich und zog ein Sixpack unter der Spüle hervor. Mit stoischem Gesichtsausdruck stellte sie vier Flaschen in die Mitte des Tischs und warf Brannan ein Lächeln zu. »Du musst entschuldigen, mein Mann hat offensichtlich beschlossen, dich in den engeren Freundeskreis aufzunehmen. Dazu gehört, dass du nicht gesondert nach deinen Wünschen befragt werden musst. Dennoch … was darf es für dich sein? Du hast die Wahl zwischen Irn-Bru, Wasser, Bier oder australischem Chiraz.«

»Chiraz wäre prima«, nickte Brannan und Kayla meinte, so etwas wie eine unausgesprochene Verbundenheit zwischen ihnen in seinen Augen zu lesen, als hätten sie eine Allianz miteinander geschmiedet. »Das heißt, wenn du ein Glas mittrinkst. Für mich alleine lohnt es sicher nicht, eine Flasche zu öffnen.«

»Ich trinke gerne ein Glas mit«, erwiderte Kayla, ohne sich von Dalziels Grummeln beeindrucken zu lassen.

»Klingt perfekt«, sagte Brannan.

In aller Seelenruhe schenkte Kayla Wein in zwei Gläser und nahm gegenüber von Dalziel an der freien Stirnseite Platz. Als sie die Beine überschlug und dabei versehentlich Brannans Knie streifte, spürte sie die Wärme seines Körpers durch das Nylon ihrer Strumpfhose. Unwillkürlich hielt sie die Luft an und dachte erst daran auszuatmen, als Niall ihr freundschaftlich die Hand auf den Arm legte. Er prostete ihr zu.

»Auf einen schönen Abend.«

»*Slàinte.*«

»*Slàinte math*«, echote es aus der Runde.

»Dein heldenhafter Einsatz beim Gottesdienst hat also die Ehre meiner Frau gerettet, habe ich gehört«, begann Dalziel recht brüsk und wischte sich den Schaum vom Mund. Seine Wangen waren vom Alkohol gerötet, sein Blick war glasig, und Kayla fragte sich sofort, ob es ihm gelungen war, während ihrer kurzen Abwesenheit noch mehr Whisky hinunterzustürzen. »Sieht ganz so aus, als müsste ich mich bei dir bedanken.«

»Ach was«, antwortete Brannan mit einem Achselzucken. »Es ist nichts Heldenhaftes dabei, einen einfachen Psalm zu singen.«

»Anscheinend schon«, entgegnete Dalziel. »Ich habe keine Ahnung, *wie* sie es macht, aber meine Frau schafft es immer wieder, sich in peinliche Situationen zu bringen.« Er lachte rauh über seinen geschmacklosen Scherz.

Kayla, die gerade mit zwei großen Holzlöffeln Salat auf ihren Teller lud, spürte, wie sich Hitze auf ihren Wangen ausbreitete. Sie setzte zu einer entsprechenden Antwort an, aber Brannan kam ihr zuvor.

»Da hast du wohl etwas falsch verstanden. Kayla befand sich in keiner peinlichen Situation. Sie war einfach große Klasse«, erklärte Brannan mit einem Gleichmut, der an Vermessenheit grenzte.

»Es gab einen winzigen Moment der Unsicherheit am Anfang«, versuchte Ally Dalziel zu besänftigen, dem sowohl Verwirrung als auch Missmut, von Brannan korrigiert zu werden, ins Gesicht geschrieben standen. »Aber abgesehen davon hat Kayla es brillant gemeistert.«

»Dann ist ja alles in bester Ordnung«, sagte Dalziel und Kayla hoffte inständig, er würde es dabei bewenden lassen. Sie blickte angespannt zu ihm hinüber. Trotz seines reichlich angesäuselten Zustands schien Dalziel wohl zu bemerken, dass er vor versammelter Mannschaft den Kürzeren gezogen hatte. Um seine Stirn und um die Nase hatten sich tiefe Falten eingegraben, er starrte mit düsterer Miene auf die Bierflasche in seiner Hand, die, wie Kayla verärgert feststellen musste, bereits wieder leer war.

Dalziel hob den Blick und sah ihr quer über den Tisch ins Gesicht. »Wie kam es überhaupt zu dieser Beinahe-Katastrophe, Liebling? Ich meine, schließlich hat dich ja keiner gezwungen, oder? Warum hast du Niall versprochen zu singen, wenn es nicht dein Ding ist?«

»Kaylas Stimme ist ein Geschenk Gottes. Wenn Kayla heute für die Gemeinde gesungen hat, war es allein, um IHN zu ehren«, erklärte Niall, der instinktiv zu spüren schien, dass Kayla viel zu angespannt war, um angemessen zu reagieren.

»Du sprichst ein wahres Wort gelassen aus.« Kaitlin, die sich anscheinend ebenfalls bemüßigt fühlte einzuschreiten, lachte kurz auf. Sie griff zu ihrem Bier und ließ die Flasche in der Luft schweben. »*Slàinthe!* Ja, ihre Stimme ist eine wunderbare Gabe.« Sie lehnte sich zurück und zupfte mit großer Geste die Spitze an den Ärmeln ihrer Bluse zurecht. »Übrigens, falls es euch interessiert, ich habe meinen Besuch in Glasgow unter anderem dazu genutzt, Sponsoren für die Landwirtschaftsschau zu gewinnen.«

Dramaturgische Pause.

Kaitlin blickte aufmerksamkeitsheischend in die Runde. »Tatsächlich habe ich eine Brauerei an der Angel, die uns mehr als großzügig unterstützen würde. Einziger Haken ist das Abendprogramm. Was ihnen fehlt, ist ein Zugpferd. Ein Highlight, das die Leute in Stimmung bringt. Wenn wir ihnen einen Auftritt der Band zusammen mit Kayla ankündigen könnten, würden sie garantiert zusagen.«

»Natürlich wird Kayla singen«, erklärte Ally wie aus der Pistole geschossen. Sie warf Dalziel einen strengen Blick zu, während sie die Salatschüssel weiterwandern ließ. »Du hast doch wohl nichts dagegen?«

Dalziel, der anscheinend merkte, dass er mit einer neuerlichen Konfrontation nur Ablehnung ernten würde, zuckte finster mit den Schultern. »Wieso sollte ich? Anscheinend leistet meine Frau einen wichtigen Beitrag zum Gemeindeleben. Solange sie darüber ihre Pflichten auf der Croft nicht vernachlässigt, ist alles in bester Ordnung.«

»Perfekt.« Ally strahlte triumphierend in die Runde. »Ihr habt gehört, was Dalziel sagt. Er ist voll und ganz dafür, dass Kayla singt.«

»Du vergisst, dass ich immer noch nicht ja gesagt habe«, erklärte Kayla und strafte Ally mit einem ärgerlichen Blick.

»Was ist mit dir?« Kaitlin legte das Salatbesteck in die Schüssel zurück und richtete das Wort an Brannan. »Seamus hat mir erzählt, dass du nicht nur eine tolle Stimme hast, sondern auch ein begabter Fiddler bist. Kann ich auf dich zählen?«

Brannan legte die Gabel beiseite und blickte von seinem Teller auf. »*Mo chreach,* du lieber Himmel, ich weiß nicht. Das geht alles ein wenig schnell. Seamus liegt mir schon die ganze Zeit wegen der Band in den Ohren.«

»Du spielst Fiddle?« Ally warf ihm einen schmachtenden Blick zu. »Ich *liebe* shetlandischen Folk. Das ist irgendwie total cool und umwerfend männlich. Du musst unbedingt bei dem Fest auftreten.«

»Mal sehen«, meinte Brannan vage.

»Lass dich nicht drängen, Brannan. Wie du bestimmt bemerkt hast, besitzen die hier versammelten Damen ein recht einnehmendes Wesen. Wenn du magst, komm unverbindlich bei unseren Proben vorbei. Bis zur Landwirtschaftsschau Ende Juli sind es ja noch gut zwei Monate. Das ist reichlich Zeit, um zu entscheiden«, meinte Niall hilfsbereit. »Leb dich in Ruhe ein, sicher hast du erst mal andere Dinge im Kopf.«

»Da gäbe es tatsächlich etwas«, Brannan schob seinen Teller beiseite. »Ich habe noch keine Unterkunft. Hat jemand eine Idee? Ich möchte die Gastfreundschaft von Seamus nicht überstrapazieren.«

»Käme darauf an«, Ally wog den Kopf hin und her. »Wie lange hast du vor zu bleiben? Eventuell wüsste ich etwas Geeignetes.«

»Nur für diese Saison. Wenn die Fangzeit vorbei ist, verschwinde ich wieder.«

»Das hatte ich vermutet«, Kaitlin nickte wissend. »Du hast bestimmt Familie auf den Shetlands, die auf das Zusatzeinkommen angewiesen ist. Hast du eine Frau?«

Kayla hielt mit dem Essen inne und blickte gespannt zu Brannan hinüber. Im Grunde konnte es ihr gleichgültig sein, dennoch ertappte sie sich dabei, dass ein Teil von ihr hoffte, Brannan wäre nicht verheiratet.

»Nein.«

Kayla fing seinen Blick auf. Da war ein Ausdruck, den sie nicht deuten konnte.

»Also lebst du alleine?« Kaitlin ließ nicht locker. Kayla sog scharf die Luft ein. Die gleichen Fragen hatten sie auch schon beschäftigt, allerdings hatte sie es nicht gewagt, sie zu stellen. Neidvoll blickte sie zu ihrer Freundin hinüber. Kaitlins geradliniges Wesen hatte etwas bewundernswert Erfrischendes.

Brannan hingegen gab sich von der offenen Art der Fragestellung völlig unbeeindruckt. Er kaute in aller Seelenruhe zu Ende, bevor er antwortete. »Ich lebe bei meiner Mutter und meinen Schwestern.«

»Ihr wohnt zusammen in einem Haus?«

»Nein, das nicht. Aber nah beieinander.«

»*Siehe, wie fein und lieblich ist's, dass Brüder einträchtig beieinander wohnen*. Davidspsalm 133«, rezitierte Niall und blickte würdevoll in die Runde. Er räusperte sich. »Natürlich gilt das auch für Schwestern. Es ist wichtig, dass die Familie zusammenhält. Übrigens, der Salat war ausgezeichnet, Kayla.«

»Danke, das freut mich«, Kayla erhob sich und trug die Teller vom Tisch. »Ich hoffe, ihr habt euch noch ein wenig Appetit für den Hauptgang aufgehoben. Es gibt Kaninchenragout.« Schwungvoll stellte sie einen dampfenden Topf in die Mitte des Tisches, dazu eine Schüssel mit Kartoffelstücken.

»Heute Morgen frisch geschossen«, sagte Dalziel betont lässig und bedeutete Kayla, ihm eine frische Flasche Bier zu reichen.

»Selbst wenn ich hundert Jahre alt werde …«, hob Kaitlin an, sie lehnte ihren üppigen Oberkörper vor und spähte argwöhnisch in den Fleischtopf, »… eure Jagdbegeisterung werde ich nie begreifen. Was bitte schön ist so toll daran, Tiere über den Haufen zu schießen?«

»Ich kann dich verstehen«, nickte Kayla. »Aber ehrlich gesagt bin ich froh über eine gelegentliche Bereicherung des Speiseplans. Fleisch ist teuer.«

»Was die Karnickel angeht, Kaitlin«, fuhr Dalziel, durch den Alkohol zunehmend bedenkenlos, fort, »ich sage es einmal so: Ohne zu jagen, wäre das Wochenende unerträglich.«

»Unerträglich? Wie meinst du das?«, fragte Kaitlin auffordernd. Kampfbereit strich sie sich die glatten, blonden Haare hinter die Ohren und hob das Kinn um einen bedeutsamen Zentimeter an. Kayla seufzte resigniert, während die Unterhaltung bereits der nächsten Untiefe entgegensteuerte. Wenn es um Tierschutz ging, verstand Kaitlin keinen Spaß.

»Wie ich das meine? Genau, wie ich es sage. Jagd ist eine prima Abwechslung.« Dalziel kaute selbstgefällig auf einem Stück Fleisch herum. »Das wusste schon der alte Lord Leverhulme. Als Luskentyre ihm gehörte, hat er extra eine schnellere Rasse aus England eingekreuzt, weil ihm die Karnickel hier zu lahm waren.«

»Er hat *was* getan?« Kaitlins Augen wurden rund.

»Er hat für mehr Spaß gesorgt. Ziemlich clever. Der Mann hatte Ahnung.«

»Es wundert mich, dass Jagen hier mitten im Frühling erlaubt ist«, mischte sich Brannan in die Diskussion.

Dalziel verzog herablassend die Mundwinkel. »Du bist wohl ein ganz Gesetzestreuer, was?«

»Du meinst, du schießt, obwohl offiziell keine Saison ist?« Brannan zog unwillig die Augenbrauen zusammen.

»Und wenn schon? Wer will mir das verdammt noch mal verbieten? Du vielleicht?«

Brannans Blick verwandelte sich von höflich in frostig. »Du wirst wissen, was du tust, Dalziel, davon gehe ich aus.«

»Das will ich meinen. Und was dich betrifft, Kaitlin, pah …«, Dalziel gab ein verächtliches Geräusch von sich. »Komm mir nicht damit, wie grausam das alles ist! Fressen oder gefressen werden, das war schon immer so. Und was diese dämliche Robbe angeht, mit der werde ich auch noch fertig …«

»Das müssen wir hier nicht unbedingt vertiefen«, unterbrach Kayla ihren Mann streng. Sie straffte die Schultern und wandte sich nach rechts. »Ally, wir sind vom Thema abgekommen. Du sagtest, du hättest eine Idee, wo Brannan ein Zimmer mieten könnte?«

Ally, die gerade eine Ladung Kartoffeln in sich hineinschaufelte, blickte von ihrem Teller auf und nickte. Sie tupfte sich mit der Serviette über die Mundwinkel. »Im Grunde genommen ist es kein Zimmer, sondern ein Haus in Northton.«

Kaitlins Miene erhellte sich. Sie schlug sich mit der Hand vor die Stirn. »*Ceart gu lèor,* wieso bin ich nicht gleich darauf gekommen? Ich weiß, was du meinst …«

Kayla atmete tief durch und begann, sich zu entspannen. Das Thema Kaninchenjagd hatte sich erledigt, und so Gott wollte, würde keiner mehr darauf zurückkommen.

»Du sprichst von dem renovierten Blackhouse am Ende der Straße, nicht wahr?« Kaitlin legte ihr Besteck beiseite und griff zu ihrem Bier.

»Exakt«, nickte Ally. Sie wandte den Kopf und bedachte Brannan mit einem langen Blick aus ihren grünen Katzenaugen. »Es ist perfekt für dich, Brannan. Wenn du möchtest, rede ich gleich morgen mal mit den Morrissons. Ihre Jüngste geht bei mir in die Klasse.«

»Ursprünglich hatten die Morrissons vor, das Haus als Ferienwohnung für Touristen zu vermieten«, wusste Kaitlin zu berichten. »Deswegen haben sie es auch so aufwendig renoviert. Allerdings hängen sie mit dem Zeitplan wohl hinterher.«

»Richtig. Zufällig habe ich erst letzte Woche mit Mr Morrisson darüber gesprochen. Wie so oft liegt es an Kleinigkeiten. Die Klospülung beispielsweise macht manchmal Zicken und die Holzverkleidung in einem der Zimmer ist nicht fertig. Nichts wirklich Gravierendes, aber doch so, dass sie nur ungern in dieser Saison offiziell vermieten wollen. Sie befürchten schlechte Bewertungen auf den Reiseportalen.«

»Zu Recht …«, seufzte Kaitlin. »Manche Menschen suchen geradezu nach Fehlern.«

»Andererseits weiß ich, dass die Morrissons Geld brauchen. So gesehen kann ich mir vorstellen, dass sie in Brannans Fall eine Ausnahme machen. Das heißt«, Ally sah Brannan unverwandt an, dann schenkte sie ihm ein hinreißendes Lächeln. »Wenn du bereit bist, auf den einen oder anderen Luxus zu verzichten.«

»Sollte kein Problem sein«, nickte Brannan. Kayla bemerkte, wie er Ally mit einem intensiven Blick musterte.

»Wenn du willst, kann ich dich morgen hinfahren«, flötete Ally.

»Sehr freundlich von dir. Aber es reicht, wenn du mir den Weg erklärst. John war so nett, mir sein altes Auto für die Dauer meines Aufenthalts zu leihen. Ich bin also mobil.«

Wenn Ally enttäuscht war, so verstand sie es geschickt zu verbergen, dachte Kayla. Bislang hatte sie gemeint, ihre Schwester in- und auswendig zu kennen. Zwar war Ally keineswegs schüchtern, aber das hier überstieg alles, was Kayla bei Ally je an kecken Annäherungsversuchen beobachtet hatte. Hin- und hergerissen zwischen Belustigung und ungläubiger

Faszination, beobachtete Kayla, wie Ally das Kinn in die Hand stützte und Brannan einen gekonnten Augenaufschlag schenkte. Kayla fragte sich, wie lange Ally dafür heute Nachmittag vor dem Spiegel geübt hatte. »Wenn du möchtest …«, gurrte Ally mit sanfter Stimme, »… kann ich gerne ein Treffen zwischen dir und den Morrissons arrangieren.«

Kayla räusperte sich und begann zum zweiten Mal an diesem Abend, die Teller aufeinanderzustapeln. »Wie wäre es mit einem Ortswechsel? Sollen wir ins Wohnzimmer umziehen? Wie schon gesagt, es gibt Cream Crowdie mit Himbeeren zum Nachtisch.«

»Oh, wie himmlisch«, jubelte Ally und klatschte begeistert in die Hände. »Komm, Brannan, du kannst auf dem Sofa neben mir sitzen, dann erkläre ich dir, wo das Haus der Morrissons liegt …«

Kurz darauf hatten es sich alle im Wohnzimmer gemütlich gemacht. Kayla, die sich einen Stuhl vom Esstisch herangezogen hatte, balancierte eine Schüssel verführerisch duftender, mit Himbeeren und Haferflocken vermengter Quarkcreme auf dem Schoß. Der Wein versetzte sie in eine angenehm schwebende Stimmung, sie ließ den Blick über ihre Gäste schweifen. Niall, der in den letzten Jahren etwas um die Mitte herum angesetzt hatte, hielt den Arm um seine ebenfalls leicht üppige Gattin geschlungen. Daneben saß Ally. Dass sie zwischen Kaitlin und Brannan auf dem Sofa eingekeilt war wie eine Gurkenscheibe im Sandwich, schien ihr nichts auszumachen. *Im Gegenteil …*, dachte Kayla mit einem leicht ärgerlichen Grummeln im Magen. Sie schalt sich eine alte, missgünstige Henne und lenkte ihre Aufmerksamkeit weg von ihrer Schwester und hin zu ihrem Ehemann.

Dalziel saß vor dem knisternden Kaminfeuer, sein Profil klar und kräftig in dem flackernden Licht. Wie immer belegte er den

Ledersessel, welcher sich über die Jahre seinem Körper angepasst zu haben schien. Mit Sorge stellte Kayla fest, dass Dalziel als Einziger auf das Dessert verzichtet hatte und stattdessen das nächste Glas Whisky in den Händen hielt.

Mit halbem Ohr lauschte Kayla den Gesprächen, die sich um alle möglichen Dinge drehten. Alltäglicher, unverfänglicher Dorftratsch, wie Kayla mit einem unterdrückten Gähnen feststellte, der ihrer Aufmerksamkeit nicht bedurfte. Nirgendwo lauerte ein Abgrund, vor dem es die Unterhaltung zu bewahren galt. Endlich erlaubte sie sich, ihrer Müdigkeit nachzugeben und in der wohligen Wärme zu versinken, die sich dank des Weines in ihr breitmachte. Insgeheim sehnte sie das Ende des Abends herbei. Ihr Plan war erfolgreich gewesen, Ally und Brannan verstanden sich allem Anschein nach ausgezeichnet.

»Ehrlich, Brannan, du musst unbedingt einmal nach Hushinish hinauffahren. Der Strand wird dich umhauen«, schwärmte Ally gerade, die Knie gekonnt übergeschlagen, so dass ihre hübschen Beine unter dem knappen, eng geschnittenen Rock bestens zu Geltung kamen. »Auf dem Weg dorthin kommst du an einer alten Walfangstation vorbei. Unglaublich, dass man hier vor knapp hundert Jahren Wale gefangen hat, nicht wahr? Zum Glück ist das jetzt vorbei, sonst würde Kaitlin sich glatt für den Nahkampf rüsten. Ein paar Meilen weiter führt ein Fußweg zum An Clisham, das ist der höchste Berg hier. Er trennt Harris von Lewis. Wenn du dort hinaufkletterst, das ist einfach … *wow!* …« Ally hob die Hände und verdrehte theatralisch die Augen. Als sie die Arme wieder sinken ließ, wanderte eine Hand wie zufällig auf Brannans Oberschenkel. Kayla unterdrückte ein Lächeln ob des gekonnten Manövers.

»Von dort oben hast du einen Wahnsinnsausblick, aber es kommt noch besser …«, schwärmte Ally weiter. »Am An

Clisham findest du die größte Kolonie von Goldadlern in ganz Schottland. Sie brüten dort oben. Mit etwas Glück kannst du sie beobachten.«

»Klingt gut«, nickte Brannan. »Ich setze es auf meine Liste.«

»Ach was, ich habe eine viel bessere Idee.« Ally lächelte vielversprechend. »Was hältst du davon, wenn wir gemeinsam hinfahren? Nächsten Sonntag nach der Messe. Wäre das nicht toll?«

Brannan zögerte. Er hob den Blick in Kaylas Richtung, für einen Moment fixierte er sie mit seinen Augen. Kayla hielt unwillkürlich die Luft an. Gleich darauf galt seine Aufmerksamkeit wieder Ally. Er nickte und lächelte ihrer Schwester zu. »Wenn du willst, gerne.«

»Toll, also abgemacht«, freute sich Ally. »Ich bringe ein Picknick mit.«

»Gut, dann hoffen wir auf schönes Wetter.« Brannan griff zu seinem Weinglas und leerte den letzten Schluck. Er machte Anstalten, sich zu erheben. »Ich glaube, es wird Zeit für mich. Kayla, Dalziel, danke für den netten Abend.«

»War mir ein Vergnügen«, Dalziel wedelte mit der Hand, was wohl einigermaßen lässig aussehen sollte. Zu Kaylas Bestürzung aber wirkte es nur wie die unkontrollierte Geste eines reichlich betrunkenen Mannes.

»Komm, Liebling, trink aus«, Kaitlin tätschelte ihrem Mann den Oberschenkel. »Es war ein langer Tag für Kayla, sie ist sicher froh, wenn sie uns los ist.«

Niall wirkte unentschlossen, er nippte an seinem Glas. »Fünf Minuten, Schatz, ja? Ich bin gleich so weit.« Er warf seinem Schwager einen Blick zu. »Vielleicht magst du Kayla und Ally ja ein wenig in der Küche helfen, während ich austrinke und mich mit Dalziel unterhalte. Wir hatten in letzter Zeit kaum Gelegenheit.«

Ally indes schien es auf einmal furchtbar eilig zu haben. Sie kippte ihr restliches Bier in einem Zug hinunter und sprang auf. »Warte, Brannan, ich komme mit.«

Brannan, der schon halb zur Tür hinaus war, drehte verwundert den Kopf.

»Wenn du eine Karte im Auto hast, zeige ich dir, wo wir am Sonntag hinfahren«, schob Ally erklärend hinterher.

Brannan zuckte die Schultern. »Klar. Warum nicht? Ich geh schon mal vor und sehe im Handschuhfach nach.«

»Also dann. Kommt alle gut ins Bett und schlaft schön«, sagte Ally und begann, sich zu verabschieden. Reihum verteilte sie Küsschen, bedankte sich für das Essen und dann schlüpfte sie in ihre Jacke und zog den Reißverschluss zu.

Kayla erhob sich und schlang die Arme um ihre Schwester. »Mach es gut, Schätzchen.«

»Aber sicher doch. Brannan und ich werden mal prüfen, ob man bei Mondlicht Karten lesen kann«, kicherte Ally ausgelassen. Sie befreite sich aus Kaylas Umarmung und warf Brannan, der sich zum Glück außer Hörweite befand, einen lüsternen Blick hinterher. »Falls nicht, wird uns sicher etwas anderes einfallen.«

Kayla, die eine vage Vorstellung davon hatte, was Ally sich insgeheim von dem Verlauf des Abends erhoffte, entließ ihre Schwester mit gemischten Gefühlen in die Nacht. Ein Anflug von Melancholie machte sich in ihr breit, ausgelöst von der angenehmen Schwere des Weins in ihrem Kopf. Ein sehnsüchtiges, beinahe schmerzhaftes Ziehen breitete sich in ihrer Brust aus. Mit dem Arm an den Türrahmen gelehnt, starrte Kayla in die Dämmerung. Natürlich gönnte sie Ally von Herzen, dass der Abend mit einem Kuss endete, keine Frage. Dennoch gab es etwas in ihr, das Ally die Unbeschwertheit neidete und sich danach sehnte, wie Ally auf einer rosaroten Wolke zu schweben und frisch verliebt zu sein. Die kühle Nachtluft fuhr mit Macht in ihre Lungen, fröstelnd riss sich Kayla aus ihren Betrachtungen und drehte sich zu ihren Gästen um.

»Da geht noch was heute Abend«, griente Dalziel anzüglich, als die Tür hinter Ally ins Schloss gefallen war. »Nötig hätte sie es mal wieder, einen Kerl abzukriegen.«

»Es reicht, Dalziel. Ich möchte nicht, dass du so über meine Schwester sprichst.« Kayla stemmte die Hände in die Taille. »Ally ist eine tolle Frau. Sie hat einfach noch nicht den Richtigen gefunden.«

»Na, dann sei mal froh, dass du gut unter die Haube gekommen bist«, höhnte Dalziel. Er griff zu seinem Glas und nahm einen kräftigen Schluck Whisky. »Fairerweise sollte jemand Brannan warnen. Im Moment ist Ally ja ein verdammt scharfes Ding. Aber wenn sie später in die Breite geht, so wie du …«

»Also hör mal, Kayla ist doch nicht dick!«, warf Kaitlin entrüstet ein.

»Wie kannst du es wagen …«, hob Kayla an, zutiefst verletzt von Dalziels Worten.

»Das war absolut unnötig, *a bràthair-cèile*«, fiel Niall ihr, an Dalziel gewandt, ins Wort. Er stand auf und nahm seinem mit offenem Mund vor sich hinstarrenden Schwager das Glas aus der Hand. »Es reicht. Auch mit dem Whisky. Wie wäre es, wenn wir beide, du und ich, an die frische Luft gingen?«

»Wozu?« Dalziel verzog argwöhnisch das Gesicht.

»Wir sollten uns einmal über ein paar Dinge unterhalten. Unter anderem die Art und Weise, wie du über deine Mitmenschen redest.«

»In meinem Haus rede ich, wie es mir passt, verstanden?« Dalziel funkelte Niall wütend an. »Ich lasse mir keine Vorschriften machen. Nicht von dir und von einem dahergelaufenen Shetlander, der mir vorschreiben will, wann ich zu jagen habe und wann nicht, erst recht nicht.«

»Mäßige dich«, erwiderte Niall mit ernster Stimme. »In der Bibel steht …«

»Dein Salbadern kannst du dir für die Messe aufheben«, brauste Dalziel auf. »Dieser Brannan ist ein aufgeblasener Scheißidiot. Wenn ich nur an seinen großkotzigen Auftritt in der Kirche denke … Meiner Frau helfen, was bildet er sich eigentlich ein?«

Kayla öffnete den Mund, um ihren Mann in die Schranken zu weisen, aber Niall hob den Arm und drängte sich flink wie ein Wiesel zwischen sie und Dalziel. Kampflustig reckte er das Kinn und ließ Kayla, sehr zu ihrem Bedauern, erst gar nicht zu Wort kommen. »Lass mich das übernehmen, Kayla, das ist eine Sache unter uns Männern. Nun zu dir, Dalziel. Ich dachte, das Thema Brannan hätten wir geklärt?« Nialls Augen verengten sich zu Schlitzen. »Spar dir deine dämliche Eifersucht. Dafür besteht kein Grund. Brannan wollte Kayla nur unterstützen.«

»Meine Frau braucht keine Unterstützung, verdammt.« Dalziel machte eine rasche Bewegung zur Seite und hieb mit der Faust auf den Tisch, dass die Gläser klirrten. »Wenn sie sich aufs Glatteis begibt, dann muss sie eben zusehen, wie sie zurechtkommt.«

Kayla starrte ihren Mann ungläubig an. Sie war ja einiges von ihm gewohnt, aber dass er sie derart in Anwesenheit anderer anging, war bis jetzt noch nicht vorgekommen. »Du schweigst jetzt besser, *a ghràidh*. Du bist so betrunken, dass du nicht mehr weißt, was du redest«, presste sie mühsam hervor.

»Kayla hat recht. Dieser alberne Streit geht entschieden unter die Gürtellinie«, Niall hob begütigend die Hände.

»Unter die Gürtellinie?« Dalziel lachte bitter und blickte mit sardonischer Miene an sich herunter. »Da tut sich schon verdammt lange nichts mehr.«

Kaylas Geduld war aufgebraucht. Das Blut rauschte in ihren Ohren, sie hatte Fantasien, wie sie mit den bloßen Händen auf Dalziels Nase eindrosch. »Geh mir aus dem Weg, Niall«, zischte sie, gefährlich leise. »Das hier betrifft nur Dalziel und mich.«

»Lass dich nicht provozieren, Kayla, Dalziel hat entschieden zu viel getrunken«, versuchte Kaitlin, sie zu beruhigen.

Niall wandte sich zu Kayla um, seine Hand legte sich schwer auf ihre Schulter. »Kaitlin hat recht, außerdem seid ihr beide momentan viel zu aufgebracht, um auch nur ansatzweise etwas klären zu können. Noch mal, ich würde gerne mit Dalziel ein paar Takte unter vier Augen reden. Danach überlasse ich ihn gerne dir. Einverstanden?« Seine Stimme war leise und beschwörend.

»Na schön«, Kayla biss sich auf die Unterlippe. Mit einem finsteren Blick in Dalziels Richtung verließ sie den Raum, dicht gefolgt von einer auffallend blassen und über die Maßen besorgt dreinblickenden Kaitlin.

Unversehens waren Niall und Dalziel sich selbst überlassen. Niall fuhr sich mit der Hand über die Glatze und atmete tief durch. Dann ging er auf seinen Schwager zu und legte ihm eine Hand auf die Schulter. »Dalziel, was ist los? So kenne ich dich nicht. Kayla hat es nicht verdient, so behandelt zu werden. Lieber Gott im Himmel, sie liebt dich doch.«

»Ach ja? Warum macht sie mir dann ständig Vorschriften?« Dalziel stieß Niall mit dem Zeigefinger in die Brust. »Warum, Niall, verdammt? Sag mir warum? Warum zum Teufel steht sie nicht zu mir? Hätte sie von Anfang an zu mir gehalten, wäre Iain gar nicht auf die schwachsinnige Idee gekommen, von zu Hause wegzugehen.«

»Das ist doch blanker Unsinn!«

»Ach, findest du?« Dalziel hob die Augenbrauen und starrte Niall finster an. Einen Moment herrschte Schweigen.

»Kayla akzeptiert einfach nicht, wer ich bin.« Dalziel schüttelte den Kopf. Er wirkte fahl im Gesicht. Mit verächtlicher Miene hob er die Whiskyflasche an seine Lippen und nahm einen Schluck. »Wenn Caitriona noch leben würde …«

Niall ließ sich ermattet in den Sessel fallen. Seine Finger trommelten auf die Armlehne. »Caitriona also. Darum geht es im Grunde …«

Dalziel wandte ihm den Rücken zu. Er stützte sich mit den Armen gegen den Kamin, sein Atem ging schwer. »Mit Caitriona war es … anders. Viel unkomplizierter. Wir waren vom ersten Moment an füreinander gemacht. Sie hat nie versucht, mich zu ändern …« Er unterbrach sich und schüttelte hilflos den Kopf.

Niall unterdrückte den Drang, Dalziel darüber aufzuklären, wie ungerecht es war, zwei so unterschiedliche Persönlichkeiten wie Kayla und Caitriona miteinander vergleichen zu wollen. Stattdessen trat er neben Dalziel und legte ihm tröstend den Arm um die Schulter. Eine Weile standen sie einfach nur da, in gemeinsamem Schweigen versunken. »Glaub mir, Dalziel, ich weiß, was du fühlst«, sagte Niall schließlich behutsam. Bei dem Gedanken an seine verstorbene Schwester wurde ihm schwer ums Herz. »Vergiss nicht, Caitriona war meine Schwester, ich vermisse sie sehr. Wirklich jeder in der Gemeinde kann nachvollziehen, wie schwer es für dich ist, mit ihrem Tod klarzukommen.«

Ein Zittern lief durch Dalziels Körper. Niall gestattete sich eine kurze Pause und wartete ab, bis er seinen Schwager allmählich ruhiger neben sich atmen hörte. »Die Währung, mit der du seit acht Jahren bezahlst, heißt Mitgefühl. Aber langsam läufst du Gefahr, dass dein Konto leer ist. Ich hoffe wirklich, dass deine Worte von vorhin ernst gemeint waren und du Kayla, sollte sie sich entscheiden aufzutreten, nach Kräften unterstützt. So etwas wie heute Abend …«, Niall legte seinem Schwager die Hand nun in den Rücken, Dalziels Hemd fühlte sich unangenehm feucht an nach all der Aufregung, »… das darf nicht mehr passieren, hörst du? Ansonsten könnte es geschehen, dass sich deine Freunde einer nach dem anderen von dir abwenden. Das willst du doch nicht, oder?«

Ein leises Schniefen war zu vernehmen. Als Dalziel schließlich aufblickte, glänzten seine Augen feucht. »Ich wollte ihr ja nicht weh tun. Es ist nur alles so schwierig zwischen uns geworden. Ich habe verdammt noch mal keine Ahnung, was Kayla überhaupt will. Ständig hat sie diese verrückten Ideen.«

»Das stimmt doch nicht …«

»Ach?« In Dalziels Miene flammte erneut Verärgerung auf. Er stieß sich von dem Kamin ab, mit schwankenden Schritten ging er quer durch den Raum auf den Esstisch zu. Er griff nach einem der Stühle und riss ihn herum. Dann den nächsten. »Hier!« Er deutete auf die mit Tweed bezogene Sitzfläche. »Und hier!« Mit vor Wut fleckigem Gesicht zerrte er den nächsten Stuhl heraus. »Da! Siehst du? Jedes verdammtes scheiß Stück Tweed hat ein anders Muster. Sie schafft es nicht, mehr als zehn Meter vom gleichen Stoff zu weben.«

Niall runzelte die Stirn. Er konnte seinem Schwager augenblicklich nicht folgen. »Ja und? Was ist falsch daran? Kayla ist nun mal ein kreativer Mensch.«

»Blödsinn! Sogar eine Eintagsfliege hat mehr Durchhaltevermögen. Kayla ist sprunghaft. Ihr fehlt der Biss, etwas auf Dauer durchzuziehen.«

»Was ist mit ihrer Arbeit in der Poststelle? Damit trägt sie seit Jahren beständig zu eurem Lebensunterhalt bei.«

Dalziel hielt mitten in der Bewegung inne, das Gesicht zu einer wütenden Grimasse verzogen. Seine Brust hob und senkte sich schwer, mit beiden Händen fuhr er sich durch das Haar.

Eine Weile stand er schwankend da, den Blick ins Nichts gerichtet. Schließlich gab er sich einen Ruck. Unsicher drehte er sich zu Niall um, seine Hand suchte Halt an einer Stuhllehne, griff aber ins Leere und fegte eine Bierflasche vom Tisch. Ohnmächtige Stille. Dalziel wirkte beschämt. Mit einem seltsam verlorenen Blick in den Augen ließ er sich von Niall auf einen der Stühle helfen. Er beugte den Oberkörper vor und schlug die Hände vors Gesicht. »Warum, Niall, warum tut sie mir das an? Sie ist meine Frau. Warum zum Teufel muss sie unbedingt ihr eigenes Geld verdienen? Wozu?«

»Sie will dir nur helfen.«

»Eigenes Geld ...«, höhnte Dalziel, aus seinem Blick sprach Selbstverachtung. »Ich bin derjenige, der die Familie zu versorgen hat, verstehst du, *ich*! Oder glaubt sie, dass ich dazu nicht imstande bin? Verdammt, sie macht einen kompletten Idioten aus mir.«

»Dann rede mit ihr.«

»Ich habe es satt zu reden ...«

»Es führt kein Weg daran vorbei. Ihr müsst euch aussprechen.«

»Das bringt doch nichts. Ihre ewigen Vorwürfe treiben mich in den Wahnsinn. Ich muss mir sogar sagen lassen, wie ich mit Iain umzugehen habe«, Dalziel verzog das Gesicht. »Iain ist mein Fleisch und Blut, nicht ihres. Sie hat kein Recht, sich ständig in meine Erziehung einzumischen.«

»Oh doch, das hat sie. Sie ist ein Teil von dir.«

Dalziel sackte in sich zusammen. Er saß da, mit hängendem Kopf, und sagte keinen Ton. Niall sog scharf die Luft ein. Dalziels Schweigen sagte alles. Vermutlich waren sie der Wahrheit noch nie so nahegekommen wie in diesem Moment.

Dalziel legte den Kopf in die Hände. »Caitriona. Caitriona war ein Teil von mir ...«

»Und Kayla ist es jetzt.«

»Nicht in dem Maß, in dem Caitriona es war.«

»Wenn das deine Sicht ist«, Niall rieb sich die Stirn. »Warum hast du überhaupt ein zweites Mal geheiratet?«

Dalziel lachte bitter. »Diese verdammte Einsamkeit bringt einen um, Niall. Verstehst du das?«

Niall nickte. »Sprich dich mit Kayla aus oder lass es, Dalziel. Wenn du dich aber für Letzteres entscheidest, wird das unangenehme Folgen für dich haben.«

Dalziel erhob sich und ging schwerfällig auf die Tür zu, in der Hand die Flasche Whisky. Als er schon in der Schwelle stand, blickte er noch einmal über die Schulter. »Weißt du was, Reverend, bei deinem ganzen Gerede über Recht und Anstand lässt du eines außer Acht.«

»Und das wäre?«

»Es hat schon so seinen Grund, warum manche von uns nicht zu dir in die Messe kommen.«

»Das verstehe ich nicht.«

»Ach ja? Weißt du, wir leben einfach schon zu lange in der Hölle.«

Niall blieb die Luft weg. Dalziels Schmerz traf ihn mit ungebremster Wucht. »Es … tut mir so leid für dich, Dalziel«, sagte er leise. Doch da hatte sich die Tür bereits hinter Dalziel geschlossen.

Hattest du nicht vor, zu Hause zu bleiben?« In Dalziels Stimme lag kein Vorwurf, aber Verwunderung. Er stellte die Kaffeekanne auf der Herdplatte ab und drehte sich zu Kayla um.

»Sandra hat angerufen. Sie fühlt sich nicht wohl«, erklärte Kayla, ohne unnötig Worte zu verschwenden, weil sie wusste, dass alles andere nach Rechtfertigung klingen würde. Sie stapelte Käse und Butter neben die Tupperboxen im Kühlschrank, erleichtert, dass Dalziels Frage offensichtlich nur dem Wunsch nach Verständnis entsprang und nicht auf einen Angriff abzielte. Überhaupt hatte er sich in den letzten Tagen verändert. Seit dem Gespräch mit Niall, dessen Inhalt Kayla nach wie vor Rätsel aufgab, herrschte eine Art stillschweigende Waffenruhe im Hause Gillan. Dalziel wirkte in sich gekehrt, als gäbe er sich Mühe, nach Lösungen zu suchen, statt Kayla weiterhin die Schuld an den bestehenden Problemen zu geben. Ein Umstand, den Kayla so verwunderlich fand, dass sie dem Frieden nicht recht trauen mochte. Auffällig war zudem, dass sich Dalziel am Tag nach dem Dinner für sein Verhalten – ein wenig kleinlaut – bei ihr entschuldigt hatte. Höchst ungewöhnlich. Sie konnte sich nicht entsinnen, dass dies je zuvor der Fall gewesen wäre. Die Frage, ob Dalziel es ehrlich meinte, beschäftigte sie von Tag zu Tag mehr. Dennoch befand sie es für klüger, sich ihre Zweifel nicht anmerken zu lassen und Dalziel mit wachsamer Freundlichkeit zu begegnen.

Andererseits, überlegte sie und schloss den Kühlschrank, konnte es sein, dass sie zu schwarz gesehen hatte, was ihre Ehe betraf? Standen die Dinge zwischen ihnen besser, als sie angenommen hatte? Zumindest, so stellte Kayla anerkennend fest, hatten sie es geschafft, wieder so etwas wie Normalität in ihren Alltag einkehren zu lassen. Mehr, befand sie, durfte man sich unter den gegebenen Umständen kaum erhoffen. Ebenso ratlos wie zuvor, zugleich aber verwirrter, wandte sie sich zu Dalziel um.

»Darf ich dich etwas fragen?« Dalziel, der darauf gewartet zu haben schien, dass sie ihm ihre Aufmerksamkeit schenkte, machte einen Schritt auf sie zu und legte ihr den Arm um die Taille. Sein Atem strich über ihre Wange. Ein herber, salziger Geruch, der ihr so vertraut war wie der stets leicht gekränkte Ausdruck in seinen blaugrauen Augen, umhüllte sie.

»Natürlich.« Sie versuchte, ihn nicht spüren zu lassen, wie irritiert sie war.

»Was hältst du davon, wenn wir heute Abend Steaks auf der Terrasse grillen und uns mit einem Glas Wein nach draußen setzen? Das wolltest du letzte Woche schon tun.«

»Ja, das wäre … zweifelsohne nett«, erwiderte Kayla zögerlich. Himmel, er hätte sie kaum mehr verblüffen können … Ein Hauch von Erleichterung sickerte in ihr Bewusstsein und löste die Anspannung der letzten Tage. Doch gerade als sie den Mut fand, ihrer Freude über seine Idee Ausdruck zu verleihen, erinnerte sie sich daran, welcher Tag heute war. Unglücklich biss sie sich auf die Unterlippe »Das heißt … *Ohh ohh …*«

»Was denn?« Seine Kiefermuskeln unter dem Grau der stoppeligen Barthaare spannten sich an.

Sie schüttelte den Kopf. »Heute ist Mittwoch. Ich habe Kaitlin versprochen, zur Sitzung im Gemeindehaus zu kommen.«

Er blickte gleichgültig, als sei ihm ihre Zurückweisung egal, doch Missbilligung umspielte seine Mundwinkel. »Kommt das Festkomitee nicht einmal ohne dich aus?«

»Leider nein«, Kayla sah ihn unglücklich an. »Die Platzvergabe der Stände fällt in meinen Bereich. Im Vergleich zum letzten Jahr gibt es eine ganze Menge neuer Bewerber. Wesentlich mehr, als wir verkraften. Daher müssen wir dringend eine Entscheidung treffen, wen wir nehmen und wen nicht.«

»Wie du meinst«, erklärte Dalziel nüchtern und gab sie aus seiner Umarmung frei. »Es war ja nur ein Vorschlag, weil dir etwas daran zu liegen schien.«

»Das tut es, glaub mir«, versicherte Kayla und schob tröstend ihre Hand unter Dalziels Hemd. Sein Herzschlag war ruhig und gleichmäßig. »Wie wäre es stattdessen mit morgen Abend?«

»Meinetwegen«, Dalziel zuckte die Achseln. Für einen Moment meinte Kayla, Enttäuschung in seinem Blick zu erkennen, gleich darauf wirkte er wieder so unbeteiligt, dass Kayla glaubte, sich geirrt zu haben. Sie schob sich das Haar aus der Stirn. »Ich habe eine Idee. Wie wäre es, wenn ich schnell im Supermarkt vorbeischaue und dir Cracker für heute Abend besorge und Bier. Dann kannst du es dir vor dem Fernseher gemütlich machen, während wir im Komitee all die langweiligen Dinge bequatschen, die nun mal nötig sind.«

»Klingt nach einem Deal«, meinte Dalziel und kaute auf seiner Unterlippe. Kayla spürte, dass ihm etwas auf dem Herzen lag, doch allem Anschein nach zögerte er, es auszusprechen.

»Alles okay?«, sie maß ihn mit einem prüfenden Blick.

An seiner Nase hing ein kleiner Tropfen, er fuhr sich mit der Handkante darüber. »Wir hatten uns geeinigt, dass du nicht öfter als drei Mal die Woche in der Poststelle aushilfst. Ich würde mir wünschen, dass es dabei bleibt.«

»Abgemacht«, lenkte Kayla unumwunden ein. Sie hatte ohnehin ein schlechtes Gewissen, weil sie aufgrund von Sandras anhaltender Morgenübelkeit in den letzten Tagen viel zu oft im Laden eingesprungen war und in Folge ihre Arbeit auf der Croft vernachlässigt hatte. So konnte es keinesfalls weitergehen, das wusste sie selbst am besten. Sie tätschelte beruhigend seine Brust. »Sandra hat heute einen Termin beim Arzt. Sie weiß, dass es nicht in Ordnung für uns ist, wenn ich andauernd Überstunden mache. Deshalb wollte sie auf dem Rückweg bei einer Freundin in Tarbert vorbeisehen, die ihr früher regelmäßig im Cauldron ausgeholfen hat. Wenn alles klappt, ist das Thema nächste Woche vom Tisch.«

»Das hoffe ich«, Dalziel fuhr sich mit der Hand durch das von feinen grauen Strähnen durchzogene Haar. »Oh, wenn du in den Supermarkt gehst, bring Rasiercreme mit.«

»Mache ich. *Tioraidh,* Schatz.« Kayla beugte sich vor und drückte Dalziel einen Kuss auf die unrasierte Wange. Dann griff sie nach ihrer Tasche und machte sich auf den Weg.

Eine halbe Stunde später stand sie an der Kasse des Supermarkts und wartete geduldig darauf, dass Tommy, der pickelige Lehrjunge, das Leergut zu Ende gestapelt hatte und endlich so weit war, sie zu bedienen. Sie packte die Einkäufe auf die Theke und betrachtete ihr Sammelsurium nachdenklich. Kein Zweifel, irgendetwas fehlte, aber was …?

»Vier Pfund, acht Pence«, verkündete Tommy und strahlte wie der Sieger in einem Rechenwettbewerb. In diesem Moment fiel es ihr wieder ein. Sie schlug sich mit der flachen Hand gegen die Stirn. »Mist, Tommy, ich habe die Rasiercreme für meinen Mann vergessen. Kann ich meine Sachen kurz hier stehenlassen?«

»Klar, kein Problem. Ich hab ein Auge drauf. Aber wenn Sie die Toilettenartikel suchen … die sind jetzt nicht mehr da, wo sie früher waren. Ich habe nämlich umgeräumt«, erklärte Tommy und grinste breit von einem Ohr zum anderen, als wäre seine Umräumaktion das Ergebnis eines unheimlich raffinierten, geheimen Marketingplans, über den er seit Tagen gebrütet hatte.

»Aha?« Kayla runzelte die Stirn. Sie versuchte sich krampfhaft zu erinnern, ob es, seitdem sie hier einkaufte, jemals eine derart unerhörte Neuerung gegeben hatte. Nein, lautete die Antwort. Ihr Blick wurde zweifelnd. »Du bist sicher, dass dein Chef das gutheißt?«

Tommy warf sich selbstsicher in die Brust. »Das wird er, wenn er die Verkaufszahlen sieht!«

»Du glaubst, Rasiercreme verkauft sich besser, wenn sie nicht zwischen den Putzmitteln und dem Hundefutter steht?«, fragte Kayla und bemühte sich nach Kräften, sich ein Lächeln zu verkneifen.

»*Aye*. Nennt sich Spontankauf«, erklärte Tommy nachsichtig, offenbar gewillt, seine Kundschaft zum x-ten Mal an diesem Tag mit den jüngsten Erkenntnissen der Marktforschung vertraut zu machen. Mit verschwörerischer Miene tippte er sich mit dem Zeigefinger gegen die Stirn. »Das hat mit Psychologie zu tun. Dazu braucht man Köpfchen.«

»Scheint so«, meinte Kayla und ging schmunzelnd darüber hinweg, dass das Wort in Tommys breitem, rollendem Akzent wie *Pschücholoschie* klang. Sie bezweifelte, dass Tommys Kunden ein geeignetes Publikum für ein Experiment zur Beeinflussung des Kaufverhaltens darstellten, wollte aber Tommys frisch entbrannten Eifer nicht zunichtemachen.

Tommys Gesicht nahm einen belehrenden Ausdruck an, so wie Kayla es von Ally kannte, wenn sie vor den Eltern ihrer Schüler eine Ansprache hielt. Er stemmte die Hände in die Hüften und setzte mit erhobenem Zeigefinger an: »Ich erkläre es Ihnen. Wie gesagt, es geht um Psychologie: Der ganze Hygienekram steht jetzt im Gang um die Ecke links, neben den Souvenirs. Wenn die Touristen nach Postkarten suchen, stolpern sie quasi darüber und kaufen ganz nebenbei auch noch Mückenschutz oder Zahnpasta, weil das Zeug da einfach rumsteht.«

Jetzt musste Kayla doch lachen. »Tommy, du bist ein Genie«, meinte sie augenzwinkernd und klopfte dem Jungen anerkennend auf die Schulter. »Vielleicht sollte ich mit Sandra reden, damit du die Poststelle mal in Schwung bringst, was?«

»Kein Problem, Ma'am«, Tommy grinste breit. »Ihnen mache ich auch einen Freundschaftspreis.«

»Perfekt, Tommy, ich komme auf dich zurück«, belustigt machte sich Kayla auf die Suche. Ihr Blick glitt über die Regale. In einem der hinteren Fächer, neben Miniaturfischerbooten, Postkarten und Muscheldöschen, stand die Rasiercreme. Als sie den Arm ausstreckte und nach der Tube griff, spürte sie, wie sich ein Blick in ihren Nacken senkte. Ihr Brustkorb zog sich zusammen. Ohne hinzusehen, wusste sie sofort, wer hinter ihr stand. Es konnte gar nicht anders sein. Und tatsächlich …

Sie drehte sich langsam zu ihm um. »Brannan …«

»Hallo, Kayla.«

Nachdenklich musterte sie ihn. Er wirkte entspannt und gelöst, anders als bei dem Dinner, und Kayla fragte sich unwillkürlich, wie viel er beim Essen von den Schwierigkeiten zwischen Dalziel und ihr mitbekommen hatte. Seine braunen Augen blickten sie ruhig und eindringlich an. Erneut fiel Kayla auf, wie ungewöhnlich gut er aussah. Hohe Wangenknochen, gleichmäßig geschnittene Gesichtszüge, ein ausdruckvolles Kinn … Für die meisten ihrer Geschlechtsgenossinnen dürfte Brannan dem Inbegriff eines Traummannes ziemlich nahekommen, überlegte Kayla. Ally war ein eingängiges Beispiel dafür. Beim Gedanken an ihre Schwester gab Kayla sich einen Ruck. »Wie geht es dir? Hat es geklappt mit dem Haus in Northton?«

»*Aye*«, er hob die Hand und schob die graue Wollmütze in den Nacken, so dass ein Stück seines dichten Haares zum Vorschein kam. Es hatte das gleiche intensive Schwarz wie seine Augenbrauen und Wimpern. »Ally hat sich für mich ausgesprochen. Dafür bin ich ihr wirklich dankbar.«

»Das freut mich. Also dann, *tioraidh*. Ich wünsche dir einen schönen Tag.« Sie wandte sich zum Gehen.

»Kayla?«, hörte sie ihn sanft sagen.

Beim Klang seiner dunklen Stimme hielt sie unwillkürlich inne. Irgendetwas an seinem Ton brachte etwas in ihr zum Klingen. »*Aye?*«

»Ich … ich wollte dich fragen, ob du mir vielleicht helfen kannst.« Brannan zog eine der Postkarten aus dem Regal und betrachtete sie nachdenklich. »John hat mich losgeschickt, um Infomaterial zu sammeln, aber soweit ich sehe, gibt es hier nur Zahnpasta und Muscheldöschen.«

Belustigt verzog sie das Gesicht. »Ich verstehe nicht ganz. Was suchst du genau?«

Er rieb sich den Nacken. »*Aye*, wenn ich das wüsste … John möchte sein Geschäft erweitern. Zusätzlich zu den Ausflügen nach St. Kilda will er Touren zu den Flannan Isles oder zu den Shiants anbieten. Er ist sich aber nicht sicher, was im Trend liegt. Deshalb soll ich die Lage sondieren.«

»Hm …«, machte Kayla, unschlüssig, ob Brannan bei ihr an der richtigen Adresse für einen kompetenten Ratschlag war. »Schwer zu sagen. Aus dem Bauch heraus würde ich meinen, es kommt in erster Linie darauf an, welches Publikum ihr ansprechen wollt.«

»Womit wir beim Problem wären«, seufzte Brannan. »Was genau erwarten sich die unterschiedlichen Urlauber? Wenn ich mir das hier ansehe …«, er nahm einen kleinen, mit Sand und Glitzer verzierten Spiegel aus dem Regal und betrachtete ihn befremdet, »… dann sollten wir die Fahrten zu den Inseln besser lassen und stattdessen Strandwanderungen mit anschließender Bastelstunde anbieten.«

»Kling perfekt. John wird entzückt sein«, lächelnd schob Kayla den Henkel ihrer Einkaufstasche weiter über die Schulter.

»Und wie. Ich sehe sein Gesicht schon vor mir.«

»Hm. Schätze, es wäre die Erfüllung seiner Träume«, scherzte Kayla.

»Garantiert«, betätigte Brannan und legte den Spiegel mit einem bedauernden Grinsen zurück. »Tja, schade eigentlich, aber ich denke nicht, dass John auf Glitzer abfährt.«

»Eine ziemliche Charakterschwäche, wenn du mich fragst, aber nicht zu ändern. Wenn das so ist, solltest du ihm vielleicht besser ein paar Infobroschüren mitbringen?«, schlug Kayla mit einem albernen Kichern vor.

»Guter Plan. Wenn du mir sagen kannst, wo ich die finde …« Brannan reckte den Hals und ließ den Blick über die Regale schweifen.

»Du kommst zu spät.« Kayla hob bedauernd die Hände. »Tommy, das ist der Junge hinter der Kasse, hat sich eine neue Verkaufsstrategie überlegt. Ich fürchte, in seinem Eifer hat er alle Gratisbroschüren weggeworfen.«

Brannan seufzte und kratzte sich die gepflegten Bartstoppeln auf seinem Kinn. »Perfekt. Scheint mein Glückstag zu sein.«

»Was nicht ist, kann ja noch werden. Drüben im Cauldron haben wir eine ganze Ladung Broschüren. Du brauchst nur vorbeizukommen«, bot Kayla ihm an und strich sich eine Haarsträhne hinter das Ohr.

»Prima. Finde ich dich später da?«

»Nein … das heißt, ja. Normalerweise nicht, aber heute schon. Ich springe für Sandra ein«, stotterte Kayla zusammenhangslos und ermahnte sich, es nicht zu übertreiben. Brannan hatte etwas an sich, das einen leicht dazu verführen konnte, mit ihm zu flirten. Daher bemühte sie sich augenblicklich um einen neutralen Gesichtsausdruck. Mit gefurchter Stirn vertiefte sie sich in die Betrachtung des Preisschilds auf der Rasiercreme und vermied somit elegant, ihn anzusehen.

Aus den Augenwinkeln bemerkte sie, wie Brannan den Kopf senkte und sich den Nacken rieb. »Perfekt. Ich esse rasch einen Happen bei Tormod. Dann komme ich zu dir rüber, *aye?*«

»*Ceart gu leòr,* klar, bis gleich«, nickte Kayla. Ein leises Lächeln schlüpfte durch das frisch gesponnene Netz aus Zurückhaltung und kräuselte sich um ihre Lippen. Rasch wandte sie sich ab und ging zur Kasse, um zu bezahlen.

Während der nächsten halbe Stunde herrschte reger Trubel im Cauldron. Kayla kassierte, nahm Päckchen für den Versand an, erklärte einem frisch verheirateten Pärchen aus London, wo es am besten zu Abend essen konnte, verarztete einen kleinen Jungen, der vor dem Laden mit dem Fahrrad gestürzt war und sich das Knie blutig geschlagen hatte, und nahm Geldeinzahlungen entgegen. Kurzum, sie hatte keine einzige Sekunde Gelegenheit, an Brannan zu denken.

Dann, von einem Augenblick auf den anderen, war der Andrang vorbei. Kayla war allein im Laden. Sie hob ihr langes, welliges Haar an, ließ kühle Luft über ihren Nacken streifen und genoss die wohltuende Stille. Sie war seit fünf Uhr auf den Beinen und sehnte sich nach einer Pause. Mit knurrendem Magen ging sie hinaus in den kleinen Nebenraum, der als Büro und Pausenbereich diente, wickelte ihr Schinkensandwich aus dem Papier und biss hinein. Gerade als sie zur Kaffeekanne greifen und sich einschenken wollte, ertönte die Türglocke. Hastig kaute sie hinunter.

»Bin gleich da«, rief sie und beschloss mit einem bedauernden Blick auf das Brötchen, nach dem nächsten Kunden das Bin-gleich-zurück-Schild an die Tür zu hängen und die Füße für zehn Minuten hochzulegen. Als sie mit hektisch geröteten Wangen in den Verkaufsraum zurückkehrte, fand sie Brannan in der Tür stehen.

»Komme ich ungelegen?«, er zog die Wollmütze vom Kopf, wie er es im Supermarkt getan hatte, und drehte sie in den Händen. Sein schwarzglänzendes, kinnlanges Haar fiel ihm in die Stirn.

Sie blieb stehen und rührte sich nicht von der Stelle. »Nein, alles prima«, versicherte sie ihm geistesabwesend.

»Wirklich?«, er wirkte skeptisch. Verlegen kratzte er sich mit der Hand den Nacken. »Du … hast da was am Mund.«

»Oh …«, sie fuhr sich mit der Zunge über die Mundwinkel. *Remoulade …*

»Soll ich später wiederkommen?«

»Nein, alles gut.« Seine Fürsorge verunsicherte sie, sie spürte, wie die Hitze zwischen ihren Schulterblättern emporkroch. Schweigend sahen sie sich in die Augen.

Eine leise Stimme in ihrem Ohr riet ihr, Brannan die versprochenen Broschüren in die Hand zu drücken und in ihre Pause zurückzukehren. »Ich wollte mich gerade mit einem Kaffee nach draußen in die Sonne setzen. Wie ist es, hast du Lust, mir Gesellschaft zu leisten?«, hörte sie sich stattdessen fragen. Kaum ausgesprochen, hätte sie sich für ihre Worte ohrfeigen mögen. Was war nur in sie gefahren? Sie erwartete doch wohl nicht ernsthaft, dass er nichts Besseres zu tun hatte, als mit ihr in der Sonne zu sitzen und zu plaudern? Nervös zupfte sie mit den Fingern am Saum ihres Ärmels, während sie sich innerlich für eine unrühmliche, aber verdiente Abfuhr rüstete.

»Gerne«, hörte sie ihn wie durch einen Nebel hindurch sagen. Vor Verblüffung stand ihr der Mund offen.

Nur langsam erholte sie sich von ihrem Schreck. »Oh …, okay, wenn das so ist …« Sie nickte langsam, wobei sie den Verdacht hatte, keinen sonderlich intelligenten Gesichtsausdruck dabei zu machen, aber vermutlich war es ohnehin schon egal. Blamiert hatte sie sich mit ihrem kecken Vorstoß schon bis auf die Knochen. »Ich bin gleich zurück. Milch und Zucker?«

»Schwarz.«

Schwarz also … Ein Lächeln, sprudelnd wie Sektperlen, drängte sich an die Oberfläche und umspielte ihre Lippen. Rasch drehte sie ihm den Rücken zu und ging los, den Kaffee zu holen. Das Blut rauschte in ihren Ohren, sie zwang sich, langsam Luft zu holen, Atemzug für Atemzug kam sie wieder zur Besinnung. War sie von allen guten Geistern verlassen? Bei Vernunft betrachtet, konnte sie nicht gutheißen, was sie tat. Was war aus ihrem Entschluss geworden, Brannan aus dem Weg zu gehen? Er verwirrte sie, oh ja, das tat er. Benommen fuhr sie sich über die Stirn. Unbestreitbar fühlte sie sich wohl in seiner Nähe, sehr wohl sogar, und das nicht nur, weil er ihr das Gefühl gab, ihre Worte hätten irgendwie Bedeutung für ihn. Erschreckenderweise reichte ihr Interesse an ihm weit darüber hinaus, ein gutes Gespräch zu führen. Brannan zog sie auf einer sehr körperlichen Ebene magisch an. Ihr war wohl bewusst, dass sie sich in jeder Minute, die sie alleine mit ihm verbachte, mit einem Fuß auf dünnes Eis begab. Zwar hatte sie beileibe nicht vor, sich ihm an den Hals zu werfen oder ihn sogar zu verführen, das nicht. Aber als verheiratete Frau stand ihr ja noch nicht einmal zu, sich nach den Berührungen eines anderen Mannes zu sehnen. Doch genau das tat sie, wie sie sich beschämt eingestand.

Kopfschüttelnd goss sie Kaffee in zwei Becher. Ihr Blick fiel auf ihr Spiegelbild in der Scheibe und sie versuchte sich zu vergegenwärtigen, wie sie in seinen Augen wirken musste. Sie war eine verheiratete Frau mit deutlichen Fältchen um Mund und Augen. Ihre Figur begann, an Straffheit zu verlieren, während die Rundungen um ihre Hüften merklich zunahmen. Brannan hingegen sah umwerfend gut aus, war ungebunden und die Frauen lagen ihm offenbar zu Füßen. Wie albern von ihr, sich romantischen Gedanken hinzugeben und sich einzubilden, er könne mehr in ihr sehen als eine freundliche Nachbarin, bei der man sich problemlos ein paar Eier fürs Frühstück leihen oder sich mit Nachrichten aus dem Dorf versorgen konnte. Himmel, was war sie nur für eine alberne Kuh …

Sie strich sich die Bluse glatt, vorsichtig spähte sie durch den Türspalt in den Verkaufsraum. Brannan stand über einen Büchertisch gebeugt und blätterte in einem Bildband. Seine Regenjacke hing locker um die breiten Schultern, die gebräunte Haut unter dem weit ausgeschnittenen T-Shirt glänzte olivfarben, seine Brust wirkte durch den Stoff hindurch kräftig und muskulös. Kayla schluckte trocken. Sie musste zugeben, dass Ally recht hatte. Brannan war *heiß*.

Umso wichtiger erschien es ihr, sich nicht in romantische Fantasien hineinzusteigern, in denen er die Hauptrolle spielte. Entschlossen, nicht mehr als fünf Minuten mit Brannan zu verbringen, gab sie Milch in ihren Kaffee und schnappte sich die beiden Becher. Er hatte sie gebeten, ihn mit Infomaterial zu versorgen. Nun, das würde sie tun, dabei den Kaffee trinken, sich von ihm verabschieden und mit ihrer Arbeit weitermachen. Ein leicht zu steuernder Kurs bei gutem Wind, ohne verborgene Riffe oder Gefahren. Ganz einfach.

Sie pustete sich eine Strähne aus der Stirn und machte sich bereit zum Gefecht. Als sie den Verkaufsraum betrat, stand

Brannan wie zuvor an dem Verkaufstisch, in der Hand eine Buchhülle, die sie letzten Winter gefertigt hatte. Der Stoff war in kräftigen Farben gehalten. Sattes, dunkles Wiesengrün, durchsetzt mit einzelnen Fäden in Kornblumenblau und Orchideenpurpur. Seine Fingerspitzen strichen über den Tweed, so sanft, als wäre er eine seltene Kostbarkeit. Eine Geste, die Kayla unwillkürlich Stolz und Freude empfinden ließ, die sie aber gleichzeitig verstörte.

»Bitte sehr, dein Kaffee.« Kayla trat neben ihn und reichte ihm den Becher.

Fast bedauernd legte er die Buchhülle zurück zu den anderen Souvenirs, die Sandra im Post Office verkaufte. Er umschloss den Kaffee mit seinen Händen und blickte sie über den Rand des Bechers hinweg mit seinen dunklen Augen an. »*Mòran taing*, sehr nett von dir. Ich habe die Zeit genutzt, um mich ein wenig umzusehen. Die Buchhülle da drüben …«, er deutete mit dem Kinn in Richtung Tisch, »… sie gefällt mir.«

»Das freut mich«, erklärte Kayla. Sie hielt den Blick starr auf ihren Kaffee gerichtet und vermied es, ihm in die Augen zu sehen. Sie war es nicht gewohnt, Anerkennung zu bekommen. Insofern konnte sie nicht sonderlich gut damit umgehen. Verlegen zuckte sie die Schultern. »Es ist nichts Besonderes. Nur eine Idee, die ich letzten Winter hatte.«

»*Tha sin dìreach àlainn* …«, Brannan hob die Augenbrauen und ließ ein bewunderndes Geräusch ertönen. »Die Farben sind wunderschön.«

»Oh, danke«, tat sie sein Lob verlegen ab.

»Ich dachte mir schon, dass du sie gemacht hast.«

Kayla blinzelte. »Wirklich? Wieso?«

»Na ja«, Brannan zögerte einen Moment, als wäre er bemüht, das Richtige zu sagen, ohne wissen zu können, was sie von ihm hören wollte. Er wandte sich wieder seinem Kaffee zu und blies in die dampfende Flüssigkeit. »Das bist ganz einfach du. Besser kann ich es nicht erklären.«

Sie legte den Kopf schräg. »Ist das ein Kompliment?«

»Absolut.« Brannan stellte den Becher beiseite und griff nach der Buchhülle. »Ich würde sie gerne kaufen.«

»Oh, ähm, das ist toll«, erwiderte sie nicht unbedingt geistreich. Dass er sich dazu entschied, etwas besitzen zu wollen, das sie gefertigt hatte, freute sie. Gleichzeitig beunruhigte es sie, ohne dass sie hätte sagen können, warum. Sie verschränkte die Arme vor der Brust, winkelte einen Ellbogen an und fuhr sich mit der Hand in den Nacken. Ihre Nervosität ergoss sich in einen zusammenhangslosen Redeschwall. »Das Notizbuch ist im Preis inklusive. Aber falls du den Umschlag lieber für Bücher benutzen willst, kann ich es herausnehmen und dir ein Pfund nachlassen. Du kannst die Hülle für die meisten Bücher gebrauchen, das Format ist ganz gängig, aber wenn …«

Er unterbrach sie, ein amüsierter Ausdruck huschte über sein Gesicht. »Lass nur. Ein Notizbuch kommt mir sehr gelegen.« Mit einer entschlossenen Geste reichte er Kayla die Hülle, dabei berührten sich ihre Finger. Es durchfuhr Kayla wie ein Stromschlag. Dass er seine Hand im nächsten Moment zurückzog, schmerzte sie fast körperlich.

Sie rang sich ein Lächeln ab.»*'S math sin*. Soll ich es dir als Geschenk einpacken?«

»Nein. Ich behalte es selbst.«

Brannan legte das Geld passend auf den Tresen. Kaylas Hände glitten unruhig über die Tastatur der Kasse, während er den von ihr gewebten Stoff in der Innentasche seiner Jacke verschwinden ließ. Ihre Wangen prickelten. Es hatte etwas merkwürdig Intimes, das Produkt ihrer Hände so nah an seinem Körper zu wissen. Verlegen räusperte sie sich. »Nun gut. Was ist mit den Broschüren? Wollen wir sie gemeinsam durchgehen?«

»Unbedingt.«

»Dann komm mit nach draußen«, sie wandte sich zur Tür. Als sie die Hand auf die Klinke legen wollte, kam Brannan ihr zuvor.

»*Ma 's e bhur thoil e,* Madam, nach Ihnen bitte.« Er schlängelte den Arm an ihr vorbei, seine Schulter streifte ihren Rücken. Wieder dieses warme, prickelnde Gefühl …

»Bitte schön«, er ging einen Schritt zur Seite, um ihr Platz zu machen.

»*Tapadh leibh,* danke.« Sie trat auf die Straße. Er zog die Tür hinter ihr zu und ließ seine Hand wie selbstverständlich für einen Moment auf ihrer Schulter ruhen. Verblüfft von der Intensität der Reaktion, die seine Berührung in ihr auslöste, holte Kayla tief Luft und vergaß beinahe, sie wieder auszustoßen.

Plötzlich befangen, wandte sie sich von ihm ab und nahm eine Holzbox vom Fenstersims, aus der eine bunte Vielfalt an Prospekten hervorquoll. Mit erhitzten Wangen ließ sie sich auf der Bank neben der Tür nieder. »Mal sehen … Ich bin mir nicht sicher, was davon brauchbar ist. Wie du siehst, überschüttet uns der Fremdenverkehrsverein geradezu mit Broschüren.« Sie zog aufs Geratewohl ein paar heraus, von denen sie dachte, dass sie passen könnten, und reichte sie Brannan. »Hier. Und das ist Werbematerial von Skippern aus der Umgebung, falls John sich dafür interessiert, was die Konkurrenz so macht. Dann hätte ich da noch Angebote über geführte Ausflüge …«

»Langsam, langsam«, grinste Brannan und hob abwehrend die Hände. »Das ist ja eine wahre Flut. Wie wäre es für den Anfang hiermit.« Er griff nach dem Flyer, den sie ihm zuerst gereicht hatte. »Das sieht schon mal nicht schlecht aus. Eine

Tourismuskarte mit beliebten Ausflugszielen. Mal sehen, ob da was über die Shiants steht.«

»Einverstanden«, Kayla nickte. Der Wind zerrte an ihrem Haar. Sie fasste es zu einem Zopf zusammen und legte ihn sich seitlich in den Nacken, während sie zusah, wie Brannan die Karte über seinen Knien ausbreitete. Seine Hände strichen das flatternde Papier glatt. Staunend bemerkte Kayla, dass sie kräftig und sehr gepflegt waren für jemanden, der hart körperlich arbeitete.

Aufmerksam studierte Brannan die Karte. Schließlich tippte er mit dem Zeigefinger auf den oberen Rand. »Hier. Da ist ein Foto von den Flannans. Und hier eines von den Shiants. Da unten ist St. Kilda.«

Sie vergaß die Zurückhaltung, die sie sich vorgenommen hatte, und beugte den Kopf tiefer, wobei sie und Brannan sich zwangsläufig näherkamen. So nah, dass sie seinen Atem warm über ihre Wange streichen spürte und der Wind ihr eine Strähne seines Haares in die Stirn wehte. Verwundert, aber nicht unangenehm berührt, zuckte sie zurück und versuchte, sich auf den Text zu konzentrieren. Sie tippte mit dem Finger auf einen bestimmten Punkt. »Da steht, dass von Tarbert aus Boote zu den Shiants fahren. Um zu den Flannans zu kommen, muss man hinauf nach Uig, das ist weiter oben im Norden, auf der Insel Lewis. Tja, ich weiß nicht, ob dir das so viel weiterhilft.«

Er hob den Kopf, seine Augen musterten sie gefühlvoll. »Wohin würdest du fahren, wenn du die Wahl hättest?«

»Zu den Shiants«, erklärte sie, ohne zu zögern.

Brannan lächelte. »Okay, du scheinst dir sehr sicher zu sein. Verrate mir, weshalb.«

Kayla zuckte die Schultern. »Das liegt an den beiden Geschichten, die mit den Inselgruppen verbunden sind. Die von den Shiants ist in jedem Fall die romantischere.«

»Hm … Magst du sie erzählen?«

»Wie ich John kenne, schweben ihm eher Ausflüge zu den Flannans vor. Also lass mich damit beginnen«, sie schlug ein Bein über das andere und stützte das Kinn in die Hände, während sie in Gedanken die Bilder in sich heraufbeschwor. Ihre Mutter hatte ihr die Geschichte oft im Schein des Torffeuers erzählt. Ihr Blick wurde abwesend und glitt in die Ferne. »Alles begann in einer Sturmnacht am 15. Dezember des Jahres 1900 …«, fing sie an, ihre Stimme rauh und dunkel, während es sie bei dem Gedanken an das Unglück unwillkürlich fröstelte. »Ein vorbeifahrendes Schiff wäre beinahe im Dunkeln vor den Flannans gekentert, obwohl der Leuchtturm auf Eilean Mòr, der größten Insel, seit einem Jahr in Betrieb war. Zum Glück konnte der Kapitän das Unheil in letzter Sekunde verhindern und beisteuern. Natürlich war er schrecklich wütend auf die drei Leuchtturmwärter, die auf der Insel Dienst getan hatten und ihrer Pflicht nicht nachgekommen waren. Du musst wissen, dass die Gewässer um die Flannans für die Schiffe äußerst gefährlich sind. Warum also, fragte man sich, hatten die drei Männer ihre Arbeit nicht getan, nämlich dafür Sorge getragen, dass das Leuchtfeuer rund um die Uhr brannte. Was war auf der Insel passiert? War es zu einem fürchterlichen Streit gekommen? Hatte es Verletzte gegeben, womöglich sogar Tote? Oder waren sie erkrankt, schlimmstenfalls unfähig, sich selbst zu helfen?« Kayla schüttelte geistesabwesend den Kopf. »Funk oder Ähnliches gab es damals nicht. Daher tappte man völlig im Dunkeln. Schließlich schickte man die MS Hesperus los, um nach dem Rechten zu sehen. Doch wie das oft so ist, kam eins zum anderen. Auch die Rettungsaktion stand unter keinem guten Stern. Die Hesperus musste umkehren und konnte erst am 26. Dezember die Flannans anlaufen.«

»Zu spät für Hilfe, falls die Männer in Schwierigkeiten steckten«, mutmaßte Brannan. Er warf Kayla einen Blick von der Seite zu.

»Richtig«, erklärte Kayla. Sie schlug sich den Kragen ihrer Strickjacke nach oben und zog ihn sich enger um den Hals, trotz des Sonnenscheins fröstelte sie. »Als die Hesperus die Flannans erreichte, merkte der Kapitän sofort, dass etwas nicht stimmte, denn weder gab es Signale aus dem Leuchtturm, noch wurden Vorbereitungen für das Anlegen des Schiffes von Eilean Mòr aus getroffen. Es war, als hätte niemand bemerkt, dass sich ein Schiff der Insel näherte. Also blies der Kapitän das Horn und betätigte die Sirenen, aber nichts passierte. Er feuerte eine Rakete ab. Wieder nichts. Schließlich beschloss man, an der östlichen Anlegeplattform festzumachen. Das ging, im Gegensatz zur Anlegestelle im Westen, auch ohne Hilfe von Land aus. Das Schlimmste befürchtend, erklomm die Mannschaft die Felsentreppen und marschierte an der zerfallenen Steinkapelle vorbei auf den Leuchtturm zu. Sie hatten das Gefühl, drohendes Unheil würde über ihren Köpfen schweben«, erzählte Kayla. Ihre Kehle war trocken, sie trank einen Schluck von dem mittlerweile nur noch lauwarmen Kaffee.

Schweigend ruhte sein Blick auf ihr. Geduldig wartete er, bis sie weitersprach. Sie stellte den Becher neben sich auf der Bank ab und spreizte die Finger. »Also schön. Stell dir Folgendes vor: Die Männer betreten den Leuchtturm mit einem mulmigen Gefühl im Magen. Alles ist anders, als es sein sollte. Kein Geräusch ist zu hören. Keine menschlichen Stimmen, keine Schritte, kein Klappern von Geräten, nichts. Als hätten die Leuchtturmwärter sich in Luft aufgelöst. Wo können James Ducat, Thomas Marshall und Donald Macarthur nur stecken? Die Männer gehen weiter in den Gemeinschaftsraum. Einer der Stühle ist umgekippt, die Teetassen stehen halbvoll auf dem Tisch. Sie suchen alles ab. An einem der Haken in der Garderobe hängt das Ölzeug von Macarthur, die Jacken der anderen sind verschwunden. Also muss doch zumindest Macarthur im Gebäude sein? Es ist undenkbar, bei so einem Sturm ohne Ölzeug nach draußen zu gehen. Aber wo ist er? Sie steigen den Turm hinauf, dort finden sie das Logbuch. Der letzte Eintrag lautet: *Macarthur weinte …*«

Sie hörte, wie Brannan neben ihr die Luft einsog. »Seltsam. Leuchtturmwärter sind doch eigentlich verdammt harte Kerle, die in der Regel nicht dazu neigen, aus Einsamkeit einen Koller zu bekommen.«

»Nein«, sie schüttelte den Kopf und lächelte Brannan mit einem Anflug von Bitterkeit an. »Macarthur war seit zweiundzwanzig Jahren im Dienst und an jede Form von Ödnis gewöhnt. Außerdem war er bekanntermaßen aufbrausend und streitsüchtig. So jemand weint nicht ohne Grund.«

Brannan nickte. »Also scheint sicher, dass Ducat und Marshall den Leuchtturm verlassen haben. Eine plausible Erklärung wäre, dass ihnen bei dem Wetter etwas zugestoßen ist.«

Kayla nickte. »Davon ist auszugehen. Seltsam ist, dass Macarthur anscheinend auch draußen war, nur eben ohne Ölzeug. Damit hat er eindeutig gegen die geltenden Regeln verstoßen, und das war so gar nicht seine Art, denn mindestens ein Mann musste immer im Leuchtturm bleiben.«

»Scheinbar hatte er einen Grund, der schwerer wog als das Einhalten von Vorschriften.«

»Vermutlich«, sie faltete die Hände im Schoß. »Es gibt verschiedene Erklärungen. *Offiziell …*«, sie betonte das Wort absichtlich, um zum Ausdruck zu bringen, was sie von dieser Erklärung hielt. »Offiziell wurde behauptet, dass die drei beim Mittagessen saßen und zwischen zwei Klippen hindurch beobachteten, wie die Wellen an der Westplattform immer höher wurden. Dort befanden sich wertvolles Material und der Ladekran. Alles normalerweise gut mit Tauen gesichert. Aber dennoch, sollten die Taue sich lösen und dadurch Material verloren gehen, würden die drei Männer den Verlust aus eigener Kasse ersetzen müssen. Eine fürchterliche Strafe für Nachlässigkeit. Kurz vor Weihnachten konnte sich keiner leisten, Geld zu verlieren, schließlich hatten sie Familien zu ernähren. Daher vermutet man, dass Ducat und Marshall hinuntergingen, um die Taue zu überprüfen, und dabei in Schwierigkeiten gerieten. Als Macarthur bemerkte, was los war, und ihnen zu Hilfe eilte, riss eine Monsterwelle alle drei mit sich. Ihre Leichen wurden übrigens nie gefunden.«

Brannan wirkte unangenehm berührt. Er zog mit den Füßen Kreise im Kies. »Klingt plausibel.«

Gedankenverloren blickte sie einem vorbeifahrenden Auto hinterher. »Ach ja? Ich finde es unlogisch.«

»Was ist deine Vermutung?«

»Willst du das wirklich wissen?«

Brannan schob sich die Mütze in den Nacken und grinste. »*Aye.*«

»Okay. Aber ich muss dich warnen. Ich stamme aus einer Familie, in der der Aberglaube einen harten Kampf mit der Realität austrägt.«

»Wer gewinnt in der Regel?«

Sie schmunzelte. Ihre Blicke begegneten sich und wieder spürte Kayla diese besondere Anziehung zwischen ihnen. Sie strich sich das vom Wind inzwischen wieder hoffnungslos zerzauste Haar aus der Stirn. »Mein keltisches Erbe, definitiv. Seitens meiner mütterlichen Linie ist der Aberglaube ziemlich ausgeprägt, und ich habe wohl einiges von Mas Genen abbekommen …«

»Sehr verheißungsvoll«, meinte Brannan und zwinkerte ihr zu.

»Wie man es nimmt. Für die meisten sind die alten Geschichten nichts als kindischer Unsinn.«

»Ich kann mir nicht vorstellen, dass irgendetwas an dir die Bezeichnung kindisch verdient.«

»Oh …«, entfuhr es ihr tonlos.

Er blickte ihr ruhig ins Gesicht. »Du bist eine überaus intelligente, schöne und sehr leidenschaftliche Frau. Aber das brauche ich dir wohl nicht zu sagen.« Er griff zu seinem Kaffee und nahm einen tiefen Schluck.

Sie tat es ihm gleich und beugte sich über ihren Becher, damit er nicht bemerkte, wie ihre Wangen vor Verlegenheit glühten. Sie konnte sich nicht erinnern, dass je ein Mann etwas Vergleichbares über sie gesagt hatte. Und wenn, war es lange her.

Er schien ihre Unsicherheit zu spüren und stupste sie sanft mit der Schulter an. »Macht dich das verlegen?«

»Ein wenig«, gab sie zögernd zu.

»Das sollte es nicht. Zumindest war es nicht meine Absicht.«

Sie starrte auf ihre gefalteten Hände im Schoß. Da sie nicht wusste, wie sie reagieren sollte, beschloss sie, das Thema zu wechseln und zu ihrer Interpretation der Geschichte zurückzukehren. »Also schön, dann erzähle ich dir jetzt, warum die offizielle Version nicht stimmen kann«, nickte sie. Sie zog die Knie an die Brust und umschlang sie mit ihren Armen. »Jeder Leuchtturmwärter auf der ganzen Welt wird dir versichern, dass es blanker Irrsinn ist, bei einem so tückischen Wetter, wie es an jenem Samstag im Dezember herrschte, ins Freie zu gehen. Niemand, der halbwegs bei Verstand ist, würde das tun. Selbst wenn die Männer eine Strafe riskiert hätten, wären sie doch nie und nimmer so dumm gewesen, ihr Leben aufs Spiel zu setzen. Abgesehen davon war es die falsche Tageszeit, um nach draußen zu gehen.«

»Weshalb?«

»Es war viel zu spät. Du musst wissen, dass der Tagesablauf damals straff organisiert war. Im Winter wurden alle Arbeiten im Freien auf den Vormittag verlegt. Da hatte man noch ausreichend Licht und Zeit. Gehen wir davon aus, dass die Männer um ein Uhr eine Stunde Mittagspause eingelegt haben, dann wären ihnen gerade mal neunzig Minuten bis zur Dämmerung geblieben. Viel zu wenig, um bei Sturm bis zur Westspitze zu marschieren, dort Arbeiten zu verrichten und wieder zurückzukehren. Außerdem gab es nachmittags andere wichtige Dinge zu erledigen: Petroleum auffüllen, die Linsen reinigen, Messing polieren und so weiter …«

Brannan runzelte die Stirn. »Verstehe. Mit der Erfahrung, die die drei hatten, hatten sie sicher Vorsorge getroffen und das Gerät an der Westspitze rechtzeitig gesichert.«

»Du sagst es. Außerdem weiß jeder, der sich halbwegs mit dem Meer auskennt, dass jede siebte Welle besonders gefährlich ist. Es ist anzunehmen, dass sie von der Sicherheit des Leuchtturms aus die Wellen sehr genau beobachtet und abgeschätzt haben, wie hoch sie schlimmstenfalls werden konnten. Rechnet man dann hinzu, dass nur eine Stunde Tageslicht verblieb und dass ihnen spätestens auf dem Weg zur Westplattform die enormen Wellen aufgefallen wären, klingt die offizielle Erklärung alles andere als plausibel.«

»*Aye*. Was glaubst du, ist passiert?«

Kayla holte tief Luft. »Du musst wissen, dass sich um die Flannans schon immer eine Menge Sagen ranken. ›Die sieben Jäger‹ werden die Inseln auch genannt. Manche behaupten, dass dort in früheren Zeiten Menschenopfer dargebracht wurden, andere sprechen von einer dunklen Macht, die auf den Inseln herrscht, oder sogar von einem seltsamen Pygmäenstamm. Was auch immer man davon halten mag, sicher ist, dass etwas sehr Düsteres über den Inseln liegt. Ich hatte doch die kleine Steinkapelle erwähnt …«

»… an der die Männer der Hersperus auf dem Weg zum Leuchtturm vorbeikamen, stimmt's?«

»Genau. Die Kapelle stammt aus dem Mittelalter. Früher wurden Menschen, die unheilig waren, also nicht auf christlichem Boden bestattet werden durften, zu den Flannans gebracht und dort begraben. Seitdem gehen dort Geister um.«

»Schätze, die waren nicht gerade begeistert von einem Leuchtturm auf ihrer Insel?«

Kayla nickte. »Was oder wer auch immer auf Eilean Mòr haust, muss mächtig wütend über die Dauerbesatzung gewesen sein. Es passierten viele merkwürdige Dinge, bereits während der Bauzeit. Auch Menschen, die viel später dort Dienst taten, starben unter mysteriösen Umständen.«

Brannan runzelte die Stirn. »Eine Art Fluch?«

»Möglich. Die alten Leute hier erzählen sich, dass damals, am 26. Dezember, merkwürdige Dinge passiert sind, die gezielt verschwiegen wurden.« Kaylas Blick wurde düster. »Als Joseph Moore, einer der Männer der Hesperus, die Tür zum Leuchtturm öffnete, flatterten drei schwarze Vögel heraus und erhoben sich in den Himmel. Sie hatten gewaltige, riesengroße Schwingen und Augen, in denen sich Feuer spiegelte. Von ihrem Flügelschlag jedoch ging eine Kälte aus, die den Männern das Blut in den Adern gefrieren ließ. Zu Tode erschrocken fielen sie auf die Knie und bekreuzigten sich. Keiner von ihnen hatte jemals zuvor einen solchen Vogel gesehen. Nachdem die Vögel verschwunden waren und die Männer sich wieder gefasst hatten, machten sie die nächste merkwürdige Entdeckung: Das Innere des Turms war voller Seetang. Es gibt keine logische Erklärung, wie er da hingekommen war. Wenn man bedenkt, dass der letzte Logbucheintrag bezeugt, wie verzweifelt Macarthur war, klingt es, als hätten die Männer dem Grauen geradewegs in die Augen gesehen.«

»Scheußliche Vorstellung«, Brannan fuhr sich durch das Haar. »Also waren die drei Vögel die Geister der Leuchtturmwärter?«

»*Aye*. Man munkelt außerdem, es habe ein Ruderboot gegeben, das vor Eilean Mòr gesichtet wurde, mit drei Männern an Bord. Keiner von ihnen hat auf Zurufe der Matrosen reagiert, sie sind einfach stur weitergerudert, ohne von irgendwas Notiz zu nehmen. Dabei kann man von den Flannans aus nirgendwo ein Ruderboot zu Wasser lassen. Seltsam, nicht wahr?«

»Allerdings«, lächelte Brannan und stieß sie freundschaftlich in die Seite. »So wie du das erzählst, bekomme ich richtig Gänsehaut, und das am helllichten Tag.« Er seufzte übertrieben und zog eine so melodramatische Miene, dass sie unwillkürlich lachen musste.

»Du nimmst mich nicht ernst«, schimpfte sie mit erhobenem Zeigefinger.

»Und ob ich das tue«, er wandte sich ihr zu, sein Blick hatte etwas Warmes und Eindringliches.

»Ich habe dich gewarnt«, Kayla zupfte einen imaginären Fussel von ihrer Strickjacke. »Für meine Familie sind Geistergeschichten so real wie für andere die Nachrichten oder das Wetter.«

Brannan hob den Kopf und starrte auf das grüne, saftige Marschland, das sich jenseits der Straße erstreckte. Unvermittelt wirkte er abwesend, in seine eigene Welt versunken. Als er schließlich sprach, schien es Kayla, als redete er zu sich selbst. »Wenn du wüsstest, was in meiner Familie als real gilt …«

»Was meinst du damit?«, fragte Kayla vorsichtig.

»Ach nichts.«

Kayla biss sich auf die Lippen und unterdrückte den Impuls weiterzubohren, obwohl sie zu gerne gewusst hätte, was Brannans Andeutung zu bedeuten hatte. Doch wie sie wusste, war er kein Mann großer Worte. Dafür schien er eine ausgeprägte Empathie zu besitzen und genau zu wissen, was in ihr vorging.

Er lächelte sie an. »Was überlegst du gerade?«

»Ich habe nur darüber nachgedacht, dass du ein ziemlich ungewöhnlicher Mann bist.« Kayla griff zu ihrem Kaffeebecher und nahm einen tiefen Schluck.

»Ungewöhnlich im positiven Sinne?«

»Ja …«, Kayla nippte nochmals an ihrem Kaffee, während ihr mit plötzlicher Klarheit bewusst wurde, dass ihr Gespräch sich auf zunehmend intimes Terrain zubewegte. Darauf war sie nicht vorbereitet gewesen. Um wieder festen Boden unter die Füße zu bekommen, wechselte sie rasch das Thema.

»Noch Kaffee?«, sie hob fragend die Augenbrauen.

»Nein, ich fürchte, ich habe die Mittagspause schon reichlich überzogen.« Er stellte den Becher beiseite und faltete die Karte zusammen. Dann reichte er sie ihr. »Die Geschichte war toll.«

Kayla hielt den Blick fest auf ihre Hände gerichtet. »Ich bin sicher, eine Menge Leute würden sich dafür interessieren, den Leuchtturm auf Eilean Mòr zu besichtigen.«

»*Aye*. Ich werde es John vorschlagen. Vielleicht erzählst du mir ein andermal, was es mit den Shiants auf sich hat?«

»Gerne.«

»Übrigens«, Brannan kratzte sich am Kinn. »Ich finde, du solltest es unbedingt tun.«

Verwundert blinzelte sie ihn an. »Ich verstehe nicht?«

»Du solltest auf dem Fest singen.«

»Meinst du wirklich?« Kaylas Augen weiteten sich vor Erstaunen.

»Ja, definitiv.«

Kayla dachte einen Moment nach. Sie runzelte die Stirn und schluckte. »Ich kann nicht.«

Brannan hob fragend die Hände. »Das kannst du erst wissen, wenn du es versucht hast.«

Sie gab ein ächzendes Geräusch von sich, ihre Zehen krallten sich in die Sohlen ihrer Schuhe. »Du hast selbst gemerkt, wie schwierig es für mich in der Kirche war.«

»Schwierig ist nicht dasselbe wie unmöglich.«

»Vielleicht für dich nicht …«

»Es könnte sehr spannend werden«, sagte Brannan und Kayla meinte, einen Unterton in seiner Stimme zu hören. Sie fragte sich, ob er wirklich ausschließlich von Musik sprach.

»Inwiefern?«, fragte sie argwöhnisch.

»Vielleicht würdest du herausfinden, dass es genau dein Ding ist.«

Kayla holte tief Luft, viel zu perplex, um schlagfertig reagieren zu können. Noch während sie krampfhaft überlegte, was sie erwidern sollte, spürte sie, wie Brannan ihr sanft die Hand in den Rücken legte.

»Du bist wirklich gut.« Brannan zog seinen Arm zurück. »Schade nur, dass …«

Der Satz wurde jäh durch das Schrillen einer Fahrradglocke unterbrochen. Kaylas Kopf flog herum. Sie sah, wie Moses auf sie zuraste, gefolgt von Donald auf seinem klapprigen grünen Tourenrad. Kayla brauchte einen kurzen Moment, um sich zu sammeln, dann beugte sie sich über die Schachtel und sortierte betont konzentriert die Flyer ein. Aus den Augenwinkeln beobachtete sie, wie Donald umständlich von seinem Blechross kletterte, während Moses mit schiefgelegtem Kopf vor Brannan Platz machte und hingebungsvoll winselte. Als nichts passierte, rutschte er auf dem Hinterteil ein Stück dichter an Brannans Knie und hob die Pfote.

»Gib mir fünf«, scherzte Brannan und nahm Moses' Pfote, was so witzig aussah, dass Kayla unwillkürlich lauthals lachte.

Donald gesellte sich zu ihnen. »Moses ist ein alberner Clown, aber er scheint dich zu mögen, Brannan.«

»Er ist ein netter Kerl«, sagte Brannan und tätschelte Moses' Kopf. Der Hund warf sich vor Begeisterung auf den Rücken und streckte alle viere von sich.

»Was ist mit euch beiden? Warum sitzt ihr hier herum und guckt so ernst?« Donald bückte sich und streifte eine Klammer von seinem Hosenbein. »Habe ich euch bei einem wichtigen Gespräch gestört?«

»Gar nicht«, winkte Kayla ab und erhob sich, hastiger, als nötig gewesen wäre. »Ich habe lediglich versucht, Brannan ein paar Informationen über die Inseln zu geben.«

»Na, wie es aussieht, warst du mehr als erfolgreich.«

»Wie meinst du das?« Kayla zog skeptisch eine Augenbraue in die Höhe.

»Och«, grinste Donald und deutete auf Brannan, der den Stapel Prospekte noch neben sich liegen hatte. »Wenn er das alles lesen soll, ist er für den Rest der Saison beschäftigt.«

»Eben drum habe ich ihm in ein paar Sätzen das Wesentliche erklärt«, erwiderte Kayla spröde. »Was ist mit dir, Donald, was kann ich für dich tun?«

»Ich möchte einen Brief aufgeben«, Donald griff in seine Jacke und zog ein Kuvert hervor.

»Du hast Glück. Gerade noch rechtzeitig, bevor die Nachmittagspost rausgeht.«

»*Ceart gu leòr,* also dann«, grinste Donald und rückte sich das Brillengestell zurecht, das wie immer schief auf seiner Nase saß. »Worauf warten wir?«

Kayla stellte die Box mit den Flyern zurück auf das Fensterbrett und hielt Brannan zum Abschied die Hand hin. Er ergriff sie, sein Druck war warm und kräftig. Mit einem Nicken straffte sie die Schultern, schritt auf die Tür zu und wartete, bis Donald hindurch war. Brannans hochgewachsene Gestalt verschwand hinter der nächsten Kurve.

»Wie möchtest du den Brief aufgeben?«, fragte sie Donald, als sie ihren Platz hinter der Theke wieder eingenommen hatte, dankbar, dass er in dem gedämpften Licht kaum bemerken konnte, wie gerötet ihre Wangen waren. »Einschreiben oder normal?«

»Unterfrankiert«, erklärte Donald mit einem listigen Grinsen. »Er geht an eine Cousine in Edinburgh. Ich würde mich freuen, wenn sie ordentlich Strafporto zahlen müsste.«

»Oh nein, auf keinen Fall«, erklärte Kayla entschieden. Sie runzelte die Stirn. »Hier gehen nur ordentlich frankierte Briefe raus.«

»Und wenn ich dir sage, dass sie mir Geld schuldet?«

»Selbst dann nicht.« Kayla verschränkte die Arme vor der Brust und verkniff sich ein Lächeln.

»Also gut«, grummelte Donald enttäuscht. »Ich füge mich deiner posthalterischen Gewalt, oder wie immer das heißt.« Er kramte in seiner Brieftasche und legte die korrekte Summe für das Porto auf die Theke. »Was erzählt unser Brannan denn so?«

»Nicht viel«, erklärte Kayla zögernd. »Wir haben über die Flannans geredet. John möchte Ausflüge dorthin anbieten.«

»Merkwürdig …«

»Findest du? Ich glaube, die Urlauber könnten sich dafür interessieren.«

Donald warf ihr einen Blick zu, als würde er ernsthaft an ihrem gesunden Menschenverstand zweifeln. »Wirklich, Kayla, du machst einen reichlich verwirrten Eindruck. Ich meinte nicht die Flannans, ich meinte Brannan.«

»Oh.«

»Es ist doch seltsam, wie ausweichend er reagiert, wenn man ihn etwas Persönliches fragt, findest du nicht?«

»Was weiß ich«, erwiderte Kayla und zuckte gleichgültig die Schultern. »Nicht jeder ist so mitteilsam wie du.« Sie wandte sich um und sortierte das Geld in die Kasse, in der Hoffnung, Donald würde es dabei bewenden lassen.

»Von seinem Aussehen her könnte man vermuten, dass er von recht weit her stammt.«

»Na, so weit weg sind die Shetlands ja auch wieder nicht.«

»Ach was, doch nicht die Shetlands«, Donald schüttelte entrüstet den Kopf. »Ist dir noch nie aufgefallen, wie dunkel seine Augen und seine Haare sind? Und dazu die braune Haut und wie er spricht, in diesem Singsang?«

Kayla, die allmählich die Geduld verlor, drehte sich zu ihm um und blitzte ihn herausfordernd an. »Was soll das, Donald? Worauf willst du hinaus?«

»Ganz einfach«, Donald strubbelte sich durch das dichte, weiße Haar. »Ich habe Brannan in den letzten Tagen intensiv beobachtet. Wenn ich alles zusammenzähle und bedenke, wie er die Hormone sämtlicher Frauen hier im Ort, gleich welcher Altersstufe, in Wallung bringt, dann bleibt nur eine Erklärung, wer oder vielmehr *was* Brannan in Wirklichkeit ist.«

Kayla trommelte ungeduldig mit den Fingern über die Theke. »Nämlich?«

Donald nahm die Brille von der Nase und wischte sie am Ärmel seines dicken Wollpullovers sauber. »Ganz klar …«, er hob die Brille prüfend gegen das Licht, seine Augen leuchteten triumphierend. »Wenn du mich fragst: Er ist ein Selkie.«

»Wenn du Kayla suchst, sie ist nicht da«, Dalziel warf seiner Schwägerin einen missmutigen Blick zu. Da er kein sonderliches Interesse daran hatte, ein Gespräch mit ihr zu beginnen, beugte er sich ostentativ über die Spüle und spritzte sich ausgiebig kaltes Wasser ins Gesicht. Die Sonne brannte seit heute Morgen ungewöhnlich warm von einem wolkenlosen Himmel und machte das Einschlagen der Zaunpfähle in die schwere Erde zu einer Höllenarbeit.

»Da muss ich dich enttäuschen, Schwager«, meinte Ally mit deutlich sarkastischem Unterton in der Stimme.

Schweigend drehte er den Wasserhahn zu, griff nach einem Handtuch und trocknete sich das Gesicht. Inzwischen hatte Ally auf einem der Stühle Platz genommen und blickte herausfordernd in seine Richtung. »Ich komme nicht wegen Kayla, sondern wegen dir.«

Dalziel tat, als würde ihn das nicht betreffen, legte das Handtuch beiseite, ging zum Kühlschrank und nahm sich ein Bier, ohne Ally etwas zu trinken anzubieten.

»Vermutlich fragst du dich, weshalb ich zu dir komme«, meinte Ally.

Er hörte, wie ihre Finger ein ungeduldiges Staccato auf die Tischplatte klopften. »Nein«, mit ausdruckslosem Gesicht drehte er sich zu ihr um und hob die Flasche an seine Lippen. So leicht ließ er sich von Ally nicht aus der Reserve locken. Was immer sie von ihm wollte, sie würde schärfere Geschütze auffahren müssen.

»Nein?« Ally hob angriffslustig eine Augenbraue. »Auch gut. Wenn ich es recht bedenke, war es dir schon immer gleichgültig, was ich zu sagen habe.«

»Nimm es nicht persönlich«, knurrte er giftig. »Aber die meisten deiner Behauptungen sind schlichtweg falsch.«

»Ach so«, ein Lächeln umspielte Allys Mundwinkel. »Sehr feinsinnig bemerkt. Und ich dachte tatsächlich immer, du hättest ein persönliches Problem mit mir und könntest mich nicht leiden.«

»Weißt du was, du hast recht«, Dalziel drehte die Bierflasche in seinen schwieligen Händen. »Wenn du meine ehrliche Meinung hören willst: Ich kann dich nicht ausstehen. Du bist eingebildet, hältst dich für den Mittelpunkt der Welt und steckst deine Nase in Dinge, die dich nichts angehen.«

»Du irrst«, Ally lächelte kühl. »Solange meine Schwester vorhat, ihr Leben an ein egoistisches Scheusal wie dich zu verschwenden, geht mich das wohl etwas an.«

»Wenn dir etwas an mir nicht passt, schreib es auf und häng dir den Zettel an die Wand«, kommentierte Dalziel ungerührt. »Sind wir jetzt mit den Nettigkeiten durch?«

Ally fiel es, wie Dalziel mit Genugtuung feststellte, allmählich sichtlich schwer, die Coole zu spielen. Ihre Lippen waren schmal geworden, ihre blasierte Gelassenheit war verschwunden, dafür trat ihre gewohnt feindselige Haltung klar zutage.

Er nippte an seinem Bier. »Könntest du endlich zum Punkt kommen?«

»Liebend gerne«, ihre grünen Katzenaugen funkelten. »Je früher ich auf deine Gesellschaft verzichten kann, umso besser.«

»Ich wusste, dass wir über kurz oder lang eine Gemeinsamkeit finden würden«, erwiderte er trocken.

Ally öffnete den Mund, um etwas zu sagen, schien sich aber in letzter Sekunde anders zu besinnen und erhob sich. Zu Dalziels Verblüffung schlenderte sie mit beeindruckender Dreistigkeit zur Kaffeemaschine hinüber und schenkte sich etwas in eine Tasse. »Du gestattest?«, lächelte sie zuckersüß. Ohne ihm Gelegenheit zu einer Antwort zu geben, nahm sie wieder auf dem Stuhl Platz und lehnte sich mit der Tasse in den Händen herausfordernd zurück. »Es geht um Logan.«

»Was geht mich Logan an? Ich hab nichts von ihm gehört, seitdem Iain weg ist. Vorher hing er beinahe jeden Tag hier herum.«

»Genau das ist das Problem.«

»Noch mal, es geht mich nichts an.«

»Er scheint ernsthafte Probleme zu haben«, seufzte Ally und versenkte ihren Blick in den Kaffee. »Du erinnerst dich, dass wir letzten Sonntag über Logan gesprochen haben. Nun, Kaitlin war gestern mit dem Bücherbus bei den Saunders, weil Logan sich einen Band mit moderner Lyrik ausleihen wollte. Aber Pádraig hat sie beinahe vom Hof geschmissen.«

»Wen wundert's«, nuschelte Dalziel. »Es sind harte Zeiten. Es gibt tausend sinnvollere Dinge auf einer Croft als einen Poetry Slam.«

»Lassen wir einmal dahingestellt, wie wertvoll oder nicht gute Lyrik ist«, erklärte Ally kühl. »Fakt ist, dass Màiri, nachdem Pádraig abgezogen war, Kaitlin natürlich zum *Strupak* hereingebeten hat.«

»*Strupak*«, stieß Dalziel verächtlich aus. »Dämliche Sitte. Hab nie verstanden, weshalb man alles stehen und liegen lassen soll, sobald ungebetener Besuch ins Haus schneit, um Kaffee zu trinken und Shortbread zu essen.«

»Nun, genau genommen trinkt man wohl nach wie vor eher Tee«, korrigierte Ally. Sie hob die Tasse an den Mund und schlürfte vernehmlich. »Umgängliche Geister wie ich begnügen sich mit einer freundlich angebotenen Tasse Kaffee.«

»Ich hoffe, du verbrennst dir deine Zunge daran«, erwiderte Dalziel mit einem boshaften, falschen Lächeln und ließ das Bier in der halbleeren Flasche kreisen. Allmählich ging ihm das Gequatsche mit Ally gewaltig auf den Geist. Er nahm sich vor, ihr noch fünf Minuten zu geben. Sollte sie bis dahin nicht klargemacht haben, weshalb sie hier war, würde er zurück an die Arbeit gehen und sie in der Küche sitzen lassen. Von ihm aus, bis sie schwarz wurde. Im Grunde scherte es ihn einen verdammten Dreck, was sie ihm zu sagen hatte.

»Màiri macht sich Sorgen um Logan. Seitdem Iain weg ist, ist Logan …, nun ja, ziemlich mitgenommen, um es vorsichtig auszudrücken.«

Womit er sicher nicht der Einzige ist, dachte Dalziel missmutig, verkniff sich aber die Bemerkung.

»Erschwerend kommt hinzu, dass Pádraig die Färse, die Logan letztes Jahr von Hand aufgezogen hat, vor zwei Tagen zum Schlachter gebracht hat.«

Dalziel zuckte gelangweilt die Schultern. »Ja und? Logan ist auf einer Croft aufgewachsen. Von einem siebzehnjährigen Jungen sollte man erwarten, dass er weiß, wie das läuft. Idiotisch, sein Herz an ein Nutztier zu hängen.«

»Dass er an dem Tier hing, war das eine. Aber es war mehr als das …«, Ally stellte die Tasse ab und suchte Dalziels Blick. »Es war *seine* Kuh. Sein Vater hatte sie ihm geschenkt. Logan wollte sie bei der Landwirtschaftsschau präsentieren. Er hatte gute Chancen zu gewinnen. Das wäre der Grundstein für eine eigene Zucht gewesen.«

»Wer weiß das schon?«

»Mit einer hervorragenden Kuh und dem Preisgeld hätte er zumindest die Möglichkeit gehabt.«

»Luftschlösser …«, Dalziel schnaubte verdrießlich. »Mit Träumen lassen sich keine Rechnungen bezahlen. Pádraig wird das Geld gebraucht haben.«

»Ja, schon«, gab Ally zögernd zu. »Dennoch ist Logan am Boden zerstört. Màiri meinte, es wäre gut, wenn er und sein Vater sich eine Zeit lang aus dem Weg gehen würden. Zumindest so lange, bis sich die Wellen geglättet haben. Das Beste wäre, wenn Logan einen Aushilfsjob für ein paar Wochen finden würde …«

Dalziel, dem allmählich dämmerte, worauf das Ganze hinauslaufen sollte, runzelte die Stirn. »Und jetzt soll ich in die Bresche springen?«, argwöhnte Dalziel.

»Würdest du das denn tun?«, fragte Ally, nun etwas versöhnlicher. Ohne aufzublicken, schob sie die Tasse auf dem Tisch hin und her.

»Vergiss es. Selbst wenn ich es wollen würde, kann ich es mir nicht leisten, Logan zu bezahlen.«

»Du könntest Hilfe gebrauchen.«

»Richtig, Misses. Und ich sag dir auch, warum«, Dalziel musste hart an sich halten, damit die Pferde nicht mit ihm durchgingen. Sein Zeigefinger schoss in Allys Richtung. »Dir und Kayla habe ich es zu verdanken, dass Iain aufs Festland gegangen ist.«

»Das … stimmt überhaupt nicht.«

»Oh doch. Ihr habt dem Jungen Flausen in den Kopf gesetzt. *Mach was aus deinem Leben, Iain, werde nicht wie dein Vater, der Versager, der es nicht einmal schafft, die Croft zum Laufen zu bringen …*«, äffte er Allys Tonfall nach.

»Aber …«, begehrte Ally auf.

Dalziel ballte die Hände zu Fäusten. Er war kurz davor, die Beherrschung zu verlieren. »Geh …«, presste er zwischen zusammengebissenen Zähnen hervor. »Raus aus meiner Küche!« Bebend vor Zorn hob er den Arm und deutete zur Tür.

»Wie du willst«, sagte Ally frostig und erhob sich.

Einen Augenblick später war sie verschwunden. In der Küche war es still. So still, dass Dalziel den zorngepeitschten Schlag seines Herzens hören konnte. Er drehte sich um und hieb mit der Faust so fest auf die Tischplatte, dass der Schmerz bis hoch in seine Schulter schoss und ihm die Tränen in die Augen trieb. Iain war weg und es gab nichts mehr in Dalziels Leben, wofür es sich zu kämpfen lohnte.

Kapitel 6

Ehrlich, Kaitlin, ich bin mir nicht sicher, was ich davon halten soll. Findest du nicht, dass das Ganze allmählich ein wenig zu kommerziell wird?«, hörte Brannan Kayla sagen.

Er stand gegen die Wand gelehnt und spähte durch den Spalt der halbgeschlossenen Tür. Drinnen, in dem in seiner Schlichtheit an ein Klassenzimmer erinnernden Raum, saß eine Gruppe von Frauen, unter ihnen Kayla, um einen Tisch versammelt. In der gefliesten Ecke hinter ihnen befand sich ein Becken, aus dessen Hahn beständig Wasser tropfte. Die Gleichmäßigkeit des Geräuschs übte eine ähnlich beruhigende Wirkung auf Brannan aus wie das monotone Rollen der Wellen.

Er hatte Menschenversammlungen noch nie leiden können. Zwar war hier nur eine Handvoll Menschen zusammengekommen, doch die Spannung, welche über den Köpfen lag, grub sich wie eine Faust in seine Magengegend. Das Gewirr aus Stimmungen und Emotionen fühlte sich für ihn an, als würden tektonische Platten aufeinanderprallen. Er holte tief Luft, um den Druck auf seine Lungen wegzuatmen. Angestrengt lenkte er seine Aufmerksamkeit nach innen und schloss die Augen, um mit routinierter Präzision die unterschiedlichen Gemütsbewegungen zu orten und Klarheit in seine Gedanken zu bringen.

Er konzentrierte sich. Als Basis, einem Grundrauschen gleich, spürte er das Gefühl echter Freundschaft, das die Frauen miteinander verband. Es fühlte sich warm an und innig, wie eine Brise, die über den Machair weht und die Luft mit dem süßen Duft von Wildblumen erfüllt. Ein gutes Gefühl, aber beileibe nicht das einzige. Die anderen Emotionen bewegten sich wie flüchtige Schatten unter der Oberfläche. Es waren belastende Emotionen, die denen, die sie verspürten, die Kräfte raubten und sie unglücklich machten. Im Laufe seines Lebens hatte er gelernt, auch mit solchen Strömungen umzugehen und zu akzeptieren, dass sie nur allzu menschlich waren.

Die unterschiedlichen Gefühlsregungen sickerten durch ihn hindurch wie Schmutzwasser durch ein Kiesbett und flossen gereinigt und klar weiter in den Strom seines Bewusstseins, so dass er besser zwischen ihnen differenzieren konnte. Zunächst war da verletzte Eitelkeit. Ein Gefühl, das hauptsächlich von Sandra auszugehen schien. Dann der brennende Wunsch, mehr Einfluss zu besitzen. Das war Kaitlin. Gereiztheit, gemischt mit Müdigkeit und Langweile, das war Ally. Kritik, Eifersüchteleien, Enttäuschung und Skepsis bei einigen anderen Frauen, die er nicht näher kannte. Und dann Kayla … Traurigkeit, Schmerz, Verletzlichkeit. Das Gefühl, verloren zu sein. Aber da war auch diese andere Seite von ihr, derer sie sich selbst kaum bewusst war. Ein Gefühl wie Feuer, das sie leuchten und vor Lebensmut, Leidenschaft und Energie nur so sprühen ließ. Er hatte keinerlei Zweifel daran, dass Kaylas Kraft, wenn es einmal nötig sein sollte, ausreichen würde, um Gebirge zum Einsturz zu bringen.

Er rollte die Schultern zurück, spürte, wie der Druck auf seiner Brust allmählich wich. Noch ein paar Atemzüge mehr, und er würde bereit sein, sich auf Gesellschaft und Gespräche einzulassen. Er hatte hart an sich gearbeitet. Eine vollkommene Metamorphose. Weg von einem gierigen Schwamm, der die

Gefühlswallung seiner Umwelt in sich aufsog, hin zu einem klaren Bergkristall, welcher die Empfindungen der anderen im Licht brach und ihr Flackern widerspiegelte, ohne es aufzunehmen. Wie sehr es sich gelohnt hatte, wusste einzig und allein er selbst. Bei sich zu sein, verlieh ihm ein grenzenloses Gefühl von Freiheit, und das zu spüren, war es ihm wert, dafür mit Einsamkeit zu bezahlen.

Dass er die ungewöhnliche, in seiner Familie häufiger auftretende Fähigkeit der Hellfühligkeit besaß, hatte er das erste Mal bemerkt, als er gerade laufen konnte. Seine Schwester hatte sich die Hand an einem heißen Eisen verbrannt. Der Schmerz, den er im Moment des Unglücks verspürt hatte, war so heftig gewesen, dass er ihn zu Fall gebracht hatte. Von da an waren die Empfindungen und Ängste anderer Menschen und Tiere für ihn so real gewesen wie jede Regung und jedes Weh und jeder Gram, der aus seinem eigenen Inneren geboren wurde. Lange Zeit hatte er Todesängste ausgestanden, weil er nicht differenzieren konnte, welche Gemütsbewegung seine eigene war und welche nicht. Irgendwann, als er zum Mann heranwuchs, hatte er entdeckt, dass ihm körperliches Training half, seine Gabe unter Kontrolle zu bringen. Also hatte er seinen Körper durch ausgiebiges Schwimmen im Meer so lange ausgepowert, bis seine Glieder vor Kälte starr waren und seine Haut sich taub anfühlte, wie mit einer Eisschicht überzogen. Exzessive Bewegung bis ans Limit seiner körperlichen Leistungsfähigkeit hatte ihm geholfen, die Grenzen des eigenen Seins zu spüren und ein Gefühl zu entwickeln, wo das Leben der anderen begann. Er hatte gelernt, einen Schutzwall zu errichten, der nur durchließ, was er zulassen wollte, und diesen Automatismus zuverlässig ein- und auszuschalten. Allein seinem beharrlichen Üben war es zu verdanken, dass er nicht längst den Verstand verloren hatte.

Er öffnete die Augen, streckte die Arme und hob das Brustbein. Alles gut. Er konnte frei atmen. Sein Blick wanderte zu Kayla, die zwischen Kaitlin und Sandra saß, so dass er sie nur von der Seite sehen konnte. Der matte Schein der Deckenlampe erhellte ihr klassisch geschnittenes Profil. Mit ihrem langen, welligen Haar, den hohen Wangenknochen, der geraden Nase, den blauen, engstehenden Augen und der leidenschaftlichen Ausstrahlung erinnerte sie ihn an eine Keltenkriegerin. In der für sie typischen, tadellos aufrechten Haltung saß sie da, die Arme auf dem Tisch ruhend, vor sich einen Block mit Notizen. Hin und wieder hob sie die Hände, fasste ihre Haare zusammen und legte sie über eine ihrer beiden Schultern, wobei er einen Blick auf ihren blassen, schlanken Nacken erhaschen konnte. Eine unbewusste Geste, die er des Öfteren schon an ihr bemerkt hatte und die, wie er spürte, verstärkt zu beobachten war, wenn sie nervös war, so wie jetzt.

Wie hübsch sie heute wieder aussah, bemerkte er, in ihrem locker fallenden, rotgeblümten Kleid, welches die weiblichen, wohlgeformten Rundungen ihres Körpers vortrefflich zur Geltung brachte. Unvermittelt machte sein Herz ein paar raschere Schläge. Er war jedes Mal aufs Neue hingerissen von der Schönheit und Eleganz ihrer Erscheinung. Dass sie sich selbst ihrer verblüffenden Wirkung auf andere bewusst war, bezweifelte er jedoch.

Sein Blick glitt weiter zu Ally, die ebenfalls bezaubernd aussah in dem petrolfarbenen Strickkleid. Es unterstrich nahezu perfekt ihren sommersprossigen Teint. Sie trug das rötliche, glatte Haar zu einem Pferdeschwanz gebunden, auf ihrem mädchenhaften, ebenmäßigen Gesicht mit den ausdrucksvollen grünen Augen lag ein verträumter Ausdruck. Sie wirkte, als wäre sie in Gedanken weit, weit weg, womöglich bei dem Picknick, das er ihr für Sonntag versprochen hatte. Unwillkürlich musste er schmunzeln. Die meisten Männer hätten sich ein Bein ausgerissen, um an ein Date mit Ally zu kommen. Doch wenn er die beiden Schwestern miteinander verglich, hätte er eindeutig der ruhigeren und nachdenklichen Kayla den Vorzug vor der jüngeren und quirligen Ally gegeben. Nachdenklich schob er die Hände tiefer in die Taschen seiner Jeans. Er hatte selten in seinem Leben eine Frau getroffen, die es auch nur annähernd mit Kayla aufnehmen konnte. Dabei hatte es wunderbare Frauen in seinem Leben gegeben. Mit der einen oder anderen hatte er Liebesnächte verbracht, deren rauschhaftes Glück noch lange in ihm nachgeklungen war, so wie der Nebel einer kühlen Nacht die heraufziehende Morgendämmerung begleitet. Doch mit keiner war mehr daraus geworden. Bindungen einzugehen war nicht Teil seiner Natur. Er zog weiter, bevor er mit den Leuten in seiner Umgebung vertraut wurde. Es war besser, wenn sie so wenig wie möglich über ihn wussten. Und so würde er für sie immer ein Fremdling bleiben … Bislang hatte ihm dies wenig Kopfzerbrechen bereitet. Diesmal, das ahnte er, würde es anders sein. Diesmal würde es ihm schwerfallen zu gehen, wenn der Ruf des Meeres ihn erreichte.

Der Grund dafür war Kayla. Vom ersten Moment an, als sie sich auf dem Parkplatz vor Seamus' Auto begegnet waren, hatte es diese tiefe Verbindung zwischen ihnen gegeben. Er hatte die Traurigkeit in ihr gespürt, wie einen dunklen, verhaltenen und gleichsam lockenden Ruf. Dieser Blick ihrer keltisch blauen Augen … Dass er ihr in der Kirche bei den Psalmen unter die Arme gegriffen hatte, überraschte ihn nach wie vor selbst am meisten. Er hatte nicht vorgehabt, sich einzumischen, noch dazu vor aller Augen. Und dennoch war es passiert.

Dann das Abendessen bei ihr zu Hause, in einer Atmosphäre, die so destruktiv gewesen war, dass es ihm körperlich Schmerzen bereitet hatte und er am liebsten gleich nach dem Begrüßungsdrink wieder gegangen wäre. Nur um Kaylas Willen war er geblieben, in der Hoffnung zu verstehen, weshalb sie sich, aller Stärke, die er in ihr spürte, zum Trotz, so verzweifelt und verloren vorkam. Diese Widersprüchlichkeit in ihr faszinierte ihn. In den letzten Tagen war es ihm gelungen, ihr näherzukommen. Sie begann, sich ihm zu öffnen. Seine Gedanken wanderten zurück zu dem Gespräch auf der Bank vor der Poststelle heute Nachmittag. Wesentlich bedeutender als die Worte, die sie verwendet hatte, war ihre Wirkung gewesen. In ihr steckte so viel Leben, das gelebt werden wollte, und eine Leidenschaft, die ihm den Atem raubte.

»Was meinst du dazu, Màiri?«, hörte er Kayla in diesem Moment fragen. Er sah, wie sie sich an eine schmächtige, aber sehr attraktive blonde Frau Mitte Fünfzig wandte. Kaylas Stimme war einfühlend. »Immerhin konntest du an den letzten beiden Sitzungen nicht teilnehmen. Also, wenn du noch Änderungswünsche hast, nur zu.«

»Kayla hat völlig recht«, ergriff Kaitlin das Wort und legte Màiri eine Hand auf den Arm. »Wir sind so froh, dass es dir wieder gut geht, *a luaidh*. Bitte erinnere mich daran, dir noch das Buch für Logan mitzugeben.«

Logans Mutter also, dachte er und spürte sowohl Erschöpfung als auch unerschütterlichen Glauben und Hoffnung von Màiri ausgehen. An diesem Punkt kam Bewegung in die Gruppe, seine Gedanken wurden unterbrochen. Er beobachtete, wie Kayla auf einmal äußerst angeregt mit Sandra und Kaitlin debattierte. Die Worte flogen nur so hin und her. Ally verschränkte kampflustig die Arme vor der Brust, Sandras Augen wurden zu schmalen Schlitzen. Kaitlin hingegen schien die Ruhe selbst, doch unter dem Tisch begann ihr Fuß heftig zu wippen. Mitten in der Diskussion stand Kayla mit erhitzten Wangen auf, nahm einen dicken Filzstift und warf ein paar Striche auf ein Blatt an der Pinnwand. Der Aufriss, wo welche Stände aufgebaut werden sollten, so schlussfolgerte er. Daneben setzte sie in feiner, ordentlicher Schrift die Namen der jeweiligen Betreiber. Schließlich legte sie den Stift beiseite und warf einen herausfordernden Blick in die Runde. »*Dè do bheachd?* Alle einverstanden?«

Einvernehmliches Nicken.

»*'S math sin*«, sie hob das Kinn und straffte den Rücken. »Die Nächste, die etwas an der Einteilung auszusetzen hat, darf gerne meinen Job übernehmen!«

Brannan lächelte. Er hatte gesehen, was er sehen wollte. Zufrieden fuhr er sich mit der Hand durch das Haar und gab seinen Beobachtungsposten an der Tür auf. Herausforderung, das also war der Hebel, den man ansetzen musste, um die Stärke in ihr zu entfachen.

Er wusste, was zu tun war.

Der Probenraum der Band befand sich im gleichen Gebäude, am anderen Ende des Ganges. Gedämpfte Musik der achtziger Jahre drang durch die Tür. Er erkannte Seamus' Stimme, die *Fields of Gold* rhythmisch mitzählte und den anderen Musikern Einsätze vorgab.

Brannan stieß die Tür auf und betrat den Raum, ohne sie wieder hinter sich zu schließen. »Hallo, Leute.«

Verblüfftes Schweigen.

»Ich will euch nicht frustrieren, Jungs«, Brannan kratzte sich das Kinn. »Aber mal im Ernst, glaubt ihr, dass ihr damit irgendjemanden vom Hocker reißt?«

Niall senkte den Kopf und tat, als bedürften die Wirbel an seiner Mandoline besonderer Aufmerksamkeit. Tormod löste die Hand von seinem Akkordeon und räusperte sich betreten.

Nur Seamus schien auf Anhieb zu begreifen, welche Absicht hinter Brannans Worten steckte. Für einen winzigen Moment starrte er Brannan ungläubig an, dann stellte er die Gitarre neben seinem Stuhl ab und kam mit einem breiten Grinsen auf ihn zu. »Großartig, Kumpel. Ich wusste es.« Er streckte ihm die Hand entgegen. Brannan schlug ein, sie knufften sich gegenseitig mit den Fäusten ein paarmal gegen die Schultern.

»Keine Ahnung, warum ich das mache«, Brannan stellte den Geigenkasten neben sich auf den Boden. »Aber wie es aussieht, braucht ihr Verstärkung.«

»Wem sagst du das.« Seamus machte einen Schritt zurück und deutete auf den Koffer. »Ich hoffe, du hast auch deine Noten mitgebracht.«

»Falsch. Keine Noten.«

»Wie?«

»Wir spielen richtige Musik.«

»Und was?«

»Abwarten!« Brannan zwinkerte ihm zu. Dann begrüßte er Tormod und Niall und machte sich daran, vorsichtig sein Instrument aus dem Kasten zu nehmen.

»Lasst mich raten. Ich wette, er meint Shetland Folk.« Tormond gab Brannan einen Klaps auf den Rücken.

»*Daingit* … Shetland Reels haben einen irren Drive. Wie soll das funktionieren? Ich habe so etwas noch nie gespielt.« Nialls Gesichtsausdruck sprach Bände. Er fühlte sich komplett überfordert.

»Es ist anders, als das, was wir gewohnt sind«, pflichtete Tormod ihm bei.

Doch Brannan war fest entschlossen, sich nicht beirren zu lassen. Er griff zu seinem Bogen und spannte ihn. »Wie wäre es, wenn ihr einfach euren Kopf abschaltet, *aye*?«

»Was Brannan uns zu sagen versucht, ist Folgendes«, Seamus beugte sich über seine Gitarre und fuhr mit dem Finger über die Saiten. »Shetland Folk lässt sich nicht nach Noten spielen. Es geht um Rhythmus, Tempo und einen ganz eigenen Swing. Ich hab mal bei einem Gig in Edinburgh mitgespielt.«

»Schön für dich. Dann weißt du sicher, dass das Zeugs aus ziemlich vielen komplizierten Trällern besteht«, grummelte Tormod und zog die Augenbrauen hoch.

»*Air do shocair,* bleibt ganz entspannt«, Seamus winkte ab. »Soweit ich es kapiert habe, kommt es hauptsächlich darauf an, dass die Gruppe miteinander ein Ganzes formt. Ihr könnt es euch wie eine Fiddle-Version der besten Dudelsackband vorstellen, die ihr je gehört habt.«

»Du meinst, es geht um Verbundenheit?« Nialls Gesicht erhellte sich, als hätte er endlich begriffen, was Seamus ihm zu sagen versuchte.

»*Aye.* Das ist die Grundidee. Wenn man die mal verstanden hat, ist es einfach«, nickte Seamus.

Brannan griff nach seiner mit Intarsien aus Perlmutt verzierten Fiddle. Er fühlte, mehr als die Worte es ausdrücken konnten, wie unkompliziert die Männer miteinander umgingen und welch aufrichtige Kameradschaft sie verband. In Gedanken nahm er Kontakt zu jedem einzelnen von ihnen auf, so dass ein imaginäres Netz aus Verbindungsfäden zwischen ihnen entstand. Sein Blick sprang zwischen den Männern hin und her. Aller Voraussicht nach würde es keine Probleme untereinander geben, die Musik würde sie tragen, sie mussten nur endlich anfangen. Er neigte den Kopf, und ohne aufzublicken, summte er halblaut vor sich hin. »Das ist die Grundmelodie. Ihr setzt einfach ein, wenn ihr so weit seid. Alles andere ergibt sich.«

»Und wenn nicht?«, hakte Tormod nach, dem das Ganze noch immer nicht geheuer zu sein schien.

»Wenn nicht, freut sich Sandra, wenn du mehr Zeit für sie hast, anstatt mit uns abzuhängen«, grinste Seamus.

Tormod wollte den Mund öffnen, um etwas zu erwidern, aber Brannan gab ihm gar nicht erst die Gelegenheit, sondern setzte die Fiddle an den Hals und fing an zu spielen. Bewusst entschied er sich für einen langsamen, soliden Rhythmus. Seamus, der seinen Stuhl so verschoben hatte, dass er schräg neben Brannan saß und sie sich über kurze Blicke verständigen konnten, folgte ihm mühelos. Nachdem sie die Grundmelodie einmal durchgespielt hatten und zu einer einfachen Variation ansetzten, hatte auch Niall den Bogen raus. Tormod, der sich immer noch selbst im Weg stand, brauchte etwas länger, doch er kämpfte sich tapfer bis zum Ende des Reels durch. Als sie fertig waren, glänzte seine Stirn über dem dunklen Haarkranz vor Schweiß, seine Augen leuchteten. Er glühte förmlich vor Stolz. »Verdammt, ich hätte nicht geglaubt, dass ich das hinkriege, aber für mich hat sich das nicht mal so schlecht angehört. Was meint ihr?«

»Besser, als ich dachte«, bestätigte Brannan.

»Ehrlich?«

»*Aye.*« Seamus, der sofort Feuer für die besondere Art des Shetland Folks gefangen hatte und aufgekratzt wirkte, zwinkerte Tormod zu. »Die Drohung hat blendend funktioniert. Du darfst die Mittwochabende weiter mit uns verbringen, statt mit Sandra die aktuelle Liste an Babyausstattung durchzugehen.«

»Haha«, meinte Tormod trocken, aber ihm standen Stolz und Erleichterung ins Gesicht geschrieben.

»Abgesehen davon finden die meisten Frauen Reel ziemlich sexy …«, fügte Seamus hinzu.

Brannan zuckte die Schultern. »Wen wundert's. Reel ist Leidenschaft pur. Das wissen die Mädels zu schätzen, nicht nur bei der Musik.«

»Du meinst …«, Tormod schluckte trocken.

»Richtig. *Lust.* Genau das meint er«, zwinkerte Seamus ihm zu. »Reel macht einen besseren Liebhaber aus dir.«

Tormods Kopf wurde hochrot. »Na prima, hätte ich das mal eher gewusst. Momentan ist Sandra von morgens bis abends übel.«

»Pech, was, Kumpel?«, Niall klopfte ihm aufmunternd auf die Schulter. »Aber mach dir nichts draus, wenn das Baby erst mal da ist und aus dem Gröbsten raus ist …«

»Er meint, so in zwei, drei Jahren etwa …«, warf Seamus hinterhältig ein.

»*Aye,* genau«, pflichtete Niall ihm bei, seine Mundwinkel zuckten. »In der kurzen Zeitspanne, die dir zwischen deinem Erstgeborenen und dem nächsten Baby bleibt, sollte sich dein neu entdeckter Hang zur Leidenschaft durchaus positiv auf dein Liebesleben auswirken.«

Schallendes Gelächter. Brannan wartete ab, bis die Männer sich halbwegs beruhigt hatten. Er nutzte den Moment, um zur Tür zu blicken. Sie stand immer noch offen. Als das Lachen verebbt war, setzte er die Fiddle an und legte los, ohne sich groß mit Erklärungen aufzuhalten. Sie spielten zwei etwas schnellere Stücke hintereinander durch, dann setzte Brannan die Fiddle ab und nickte zufrieden. Im selben Moment ertönte Applaus.

»Das war großartig!« Kaitlin, die zusammen mit den anderen Frauen in der Tür stand, klatschte begeistert in die Hände. »Das ist genau die Art Musik, die wir auf dem Fest hören wollen. Mit euch ist uns der Sponsor so gut wie sicher.«

»Langsam, langsam«, bremste Niall seine Frau und machte eine beschwichtigende Geste. »Wir haben gerade erst angefangen. Bis wir so weit sind, um aufzutreten, müssen wir noch viel üben.«

»Und wenn schon?«, gab Kaitlin unbeirrt zurück. »Zeit genug habt ihr ja.«

»Dann solltet ihr uns besser in Ruhe weitermachen lassen. Wie wäre es, ihr geht und überlegt euch ein paar schöne Preise für den Kuchenwettbewerb?«, schlug Tormod vor, den die vielen Zuschauer augenscheinlich schon wieder verunsicherten.

Doch Kaitlin hatte wohl nichts dergleichen vor. Ohne auch nur ansatzweise auf Tormods Bemerkung zu reagieren, ließ sie sich auf einen der Stühle am Rand des Saales fallen. Die anderen Frauen taten es ihr in geschlossener Einheit gleich. Darunter auch Kayla, wie Brannan feststellte.

Erwartungsvolle Spannung lag in der Luft. »Na los, worauf wartet ihr? Spielt schon weiter!« Kaitlin machte mit den Händen eine ungeduldige Bewegung, als wollte sie Hühner aufscheuchen.

»Hübsches Instrument, Brannan«, rief Ally quer durch den Saal und schenkte ihm ein hinreißendes Lächeln.

»Danke«, gab Brannan zurück. Sein Blick wanderte von Ally zu Kayla hinüber, doch diese war anscheinend ganz damit beschäftigt, den Stoff ihres Kleides zu glätten.

»Wehe, ihr blamiert uns auf dem Fest.« Sandra wippte gespielt ernst mit dem Zeigefinger in Tormods Richtung. »Dann kannst du die restliche Schwangerschaft damit verbringen, mir die Füße zu massieren, anstatt die Freizeit mit deinen Kumpels zu verplempern!«

»Also, Jungs, ihr habt es gehört«, meinte Seamus, offensichtlich angespornt durch die Zuhörer. Seine meerblauen Augen leuchteten. »Zeigen wir den Damen, was wir draufhaben.«

»*Aye* …«

»*Chì sinn mar a bhitheas,* lass uns mal sehen … Wie wäre es mit einem *Puirt à beul,* zum Beispiel *Thoir a nall Ailean tugam,* Bringt mir Allan rüber? Das kennt jeder.«

»*Aye.*«

»Einverstanden.«

»Von mir aus …«, meinte Tormod schicksalsergeben. Er wusste, dass ihm keine Wahl blieb.

Sie setzten die Instrumente an, die Musik begann. Zu Brannans Zufriedenheit dauerte es nicht lange, bis jeder im Saal die eingängige Melodie mitklatschte. Er warf einen flüchtigen Blick zu Kayla hinüber, der ihm bestätigte, was er ohnehin fühlte. Sie wirkte verändert. Ihr Gesichtsausdruck war gelöst, ihre Wangen gerötet. Ihre Lippen summten die Melodie des Liedes mit. Er war sich sicher, dass sie sich dessen gar nicht bewusst war, und unterdrückte ein Grinsen.

Gleich nachdem sie geendet hatten, stimmte er das nächste einer Reihe von *Puirt à beuls* an. Kayla rutschte unruhig auf ihrem Stuhl hin und her, ihre Füße wippten im Takt. Die ersten Tänzer begaben sich auf das Parkett und wirbelten im Kreis. Brannan spürte, dass es Kayla nur schwer auf ihrem Stuhl hielt. Schließlich sprang sie auf, klatschend und mit den Hüften im Takt schwingend. Sie öffnete die Lippen, ihr klarer, kräftiger Sopran erfüllte den Raum. Sie sang, frei, erfüllt von der Musik und völlig selbstvergessen. Brannan holte tief Luft. Er hatte darauf gesetzt, dass die Musik einen Zauber in ihr entfachen würde, und er hatte sich nicht getäuscht. Kayla war voll wirbelnder Energie, die sie alles um sich herum vergessen ließ.

Der Rhythmus wurde schneller. Fordernder. Sinnlicher. Brannans Bogen flog nur so über die Saiten, seine Fingerkuppen sausten auf dem Griffbrett hin und her. Mit hitzigen, stampfenden Schritten bewegte er sich auf Kayla zu. Ihre Blicke begegneten sich. Er las die Leidenschaft in ihrem Blick. Spürte eine Verbindung zwischen ihnen, für die es keiner Worte bedurfte. In Kreisen bewegte er sich um sie herum, wobei er sorgsam darauf achtete, den Blickkontakt immer wieder mit jedem in der Runde zu suchen, um niemanden auszuschließen. Doch in Wirklichkeit gab es nur eines für ihn, und das war Kayla. Sie war so frei an diesem Abend, so glücklich, so wunderschön. Als die letzten Takte von *An tèid thu bhuain mhaoraich*, Komm und suche Muscheln mit mir, verklungen waren, zögerte er keinen Moment, sondern setzte sofort zum Reel an. Seamus und die anderen sahen überrascht zu ihm hinüber, waren aber viel zu aufgeheizt, um nicht mitzuziehen. Brannan legte die Fiddle beiseite. Kayla stand eine halbe Armlänge von ihm entfernt. Vielleicht täuschte er sich, aber bei den ersten Klängen des Reels meinte er, ein kokettes Aufblitzen in ihren Augen zu sehen. Sie hob mit den Händen den Stoff ihres Kleides ein wenig an, dann fingen ihre Füße wie von selbst an, sich zu bewegen. Sie tanzte ein einfaches Setting. Als sie merkte, dass Brannan ihr problemlos folgte, steigerte sie den Schwierigkeitsgrad, bis ihre Füße eine komplizierte, anspruchsvolle Folge von Grundschritten auf das Parkett brachten. Brannan sah ihr ins Gesicht. Sein Lächeln drückte Anerkennung aus, gleichzeitig besagte sein Blick, dass er ihr an Geschicklichkeit ebenbürtig und nicht gewillt war, ihr kampflos die Führung zu überlassen. Eine ganze Zeit wirbelten sie über das Parkett und lieferten sich ein erstrangiges Duell komplexer Schrittfolgen, bis sie sich erhitzt und keuchend gegenüberstanden und sich das Tempo der Musik verlangsamte. Doch Seamus, der souverän die Führung der Band übernommen hatte, gönnte ihnen keine Pause und sagte einen *Sausage Machine* an, bei dem eine lange Reihe gebildet wurde, durch die die Paare einzeln hindurchtanzten, um dann in unterschiedlichen Formationen im Kreis herumzuwirbeln. Als die Energie ihren Höhepunkt erreicht hatte, sagte Seamus die letzte Kombination des Reels an, die Paare traten in ihre Reihen zurück. Erschöpft und ein wenig entrückt, hielten die Tänzer inne.

Atemlose Stille.

Am Rande seines Blickfeldes nahm Brannan wahr, wie Ally zwei Finger in den Mund steckte und einen gellenden Pfiff ausstieß. Es folgten ohrenbetäubendes Johlen und Applaus. Kayla stand ihm gegenüber, ihr Brustkorb hob und senkte sich keuchend, sie strich sich mit beiden Händen das Haar aus der Stirn. Die Erregung des Tanzes verflüchtigte sich, sie starrte betreten auf einen vagen Punkt links von Brannan. Ihre ganze Haltung drückte aus, dass sie plötzlich nicht mehr wusste, wohin mit sich. Am liebsten hätte er den Arm ausgestreckt und sie an sich gezogen, um ihr Halt zu geben, aber das stand außer Frage.

Also beschränkte er sich darauf, zu erfühlen, was in ihr vorging. Mit geschlossenen Augen lauschte er seinem Herzschlag, der ihn unwillkürlich zu ihr führte. Er spürte Anspannung und Verletzlichkeit, als hätte sie eine Grenze überschritten, deren Bedeutung ihr erst im Nachhinein bewusst wurde. »Geht es dir gut?«, raunte er ihr zu, als er sicher war, dass nur sie ihn hören konnte.

»*Aye*«, sie wandte ihm den Kopf zu und wagte ein Lächeln.

»Na siehst du«, seine Stimme war leise und dunkel, er musste sich sehr zurückhalten, um nicht das zu sagen, was er wirklich fühlte. »Ich wusste, dass es dir Spaß machen würde.«

»Aber …«, sie hob die Hände, um zu protestieren, ließ sie dann auf halber Höhe sinken und verzichtete darauf weiterzusprechen. Er bemerkte, dass sie nachdenklich geworden war.

Bevor ihre intime Unterhaltung Aufmerksamkeit erregen konnte, wandte er sich um und ging zu Niall und Tormod hinüber, um ihnen seine Anerkennung auszusprechen und ein paar freundliche Fauststöße zu verteilen. Dann nahm er die Fiddle, packte sie in den Koffer und tippte sich zum Abschied gegen die Stirn. »Also dann. Ihr wart unglaublich, bis bald.«

»Wie? Du willst doch nicht jetzt etwa gehen?« Tormod, der Sandra fest um die Hüften gepackt hielt, blickte ihn ungläubig an. »Ich dachte, wir trinken noch eins?«

»Ein andermal«, versprach Brannan grinsend und ließ Tormod stehen, bevor dieser weiter protestieren konnte. Er sah sich nach Seamus um, der, in ein Gespräch mit zwei älteren Damen vertieft, ein paar Schritte entfernt stand.

»Seamus?«

Seamus entschuldigte sich bei den Ladies und kam auf Brannan zu. »*Dé a th'ann?* Was gibt's?«

»Nichts weiter.« Brannan legte den Kopf schief und grinste. »Außer ... ihr seid vielleicht doch nicht so hoffnungslos, wie ich dachte.«

»Nein?«

»Nein.«

Schweigen.

»Das ist alles, was du mir sagen wolltest?«

»*Aye.*«

»Na dann ...«

»Warte, da war noch was«, Brannan tat, als müsste er nachdenken, und kratzte sich den Hinterkopf. »Wie bist du eigentlich auf die bescheuerte Idee mit den Schlagern aus den Achtzigern gekommen?«

Seamus holte Luft, um zu einer Antwort anzusetzen, geriet dann aber ins Stocken. »Du bist ein Idiot, Brannan, hat dir das schon mal jemand gesagt?«, erklärte er trocken, während sich in seiner Miene all die widersprüchlichen Emotionen eines Menschen spiegelten, dem es allmählich dämmert, dass er nach allen Regeln der Kunst verschaukelt wird.

»Wirklich?« Brannan zuckte ausdruckslos die Achseln.

Ein Leuchten huschte über Seamus' Gesicht. »Wir waren verdammt gut, nicht wahr? Das ist es, was du eigentlich sagen wolltest, du blöder Clown. Wir waren so verdammt viel besser, als du je erwartet hättest.«

»Kommt in etwa hin«, nickte er und versetzte Seamus einen kumpelhaften Stoß mit dem Ellbogen in die Seite. »Du hast echt was drauf als Musiker.«

»Also machen wir weiter?«

»*Aye*. Was dachtest du denn?«

»*'S math sin*. Ich habe eine Idee.«

»Die da wäre?«

»Was hältst du von einem Gig im Anchorage nächsten Samstag? Ganz spontan. Keine große Sache. Ich kenne die Inhaberin, sie hat bestimmt nichts dagegen.«

»Ein Auftritt im Hafenrestaurant nächstes Wochenende?« Brannan hob eine Augenbraue.

»Ja. Warum nicht? Meistens sind sowieso nur Einheimische da und den Jungs könnte ein wenig Selbstvertrauen nicht schaden.« Seamus ließ seinen Blick quer durch den Raum zu Tormod wandern.

Brannan kratzte sich den Nacken. »So gesehen, warum nicht?«

»Das heißt, du bist dabei?«

»Warum nicht?«

»Auch bei der Landwirtschaftsschau?«

»Abwarten. Das ist noch lange hin.«

Seamus runzelte die Stirn. »Du weißt nicht, ob du bis Ende Juli hier sein wirst?«

»Kommt darauf an.«

Seamus schien einen Moment lang versucht nachzuhaken, was Brannan damit meinte, merkte dann aber wohl, dass es keinen großen Sinn machen würde. »Okay. Also dann, Brannan, ich geb dir wegen des Gigs noch Bescheid.«

»Geht klar, man sieht sich, Seamus, *tioraidh.*« Brannan nahm den Geigenkasten in die Hand. Auf dem Weg nach draußen kam er an den beiden älteren Frauen vorbei, die bei Seamus gestanden hatten.

»Trotzdem, findest du nicht, dass es etwas ungehörig ist?«, hörte er die kleinere, etwas fülligere der beiden Croftersfrauen sagen. Sie war ihm vorhin schon aufgefallen, weil ihre Mundwinkel wie ein umgedrehtes U nach unter wiesen und ihrem Gesicht einen Ausdruck wie zehn Tage Regenwetter verliehen. »Immerhin, sie ist verheiratet.«

Brannan, der nicht vorgehabt hatte zu lauschen, spannte unwillkürlich den Kiefer an. Ihm war augenblicklich klar, von wem sie sprachen. Er verlangsamte seine Schritte.

»Ach, woher? Es war doch nur ein harmloses Vergnügen«, winkte ihre Freundin ab und zupfte sich die geblümte Bluse zurecht, auf der knapp unterhalb ihres üppigen Busens ein Fettfleck prangte.

»Schon. Aber es hat doch recht …«, die Dame mit dem missmutigen Gesicht verdrehte bedeutungsvoll die Augen, »… *eng* zwischen ihr und diesem Fiddler gewirkt, nicht wahr?«

»Ach, iwo, das finde ich nicht. Ich habe in meiner Jugend auch in einer Band gesungen, da herrscht immer ein lockerer Umgang. Das muss nichts bedeuten.«

»Wenn du meinst …«

»*Gun teagamh sam bith,* zweifelsohne. Ich frage mich allerdings …«, die Dame mit der geblümten Bluse verstummte. Sie presste die Lippen aufeinander, als hielte sie es für nicht angemessen auszusprechen, was ihr durch den Kopf ging.

»Was fragst du dich?«, hakte die andere nach und Brannan meinte, so etwas wie Sensationslust in ihr aufsteigen zu spüren.

Die geblümte Bluse holte tief Luft. »Na ja, ich frage mich nur …«, hörte Brannan sie sagen, während er in plötzlicher Eile an ihnen vorbeiging. Er hatte genug gehört. Draußen auf der Straße blieb er stehen und atmete tief durch.

Er strich sich mit der Hand über das Haar und versuchte, das unangenehme Gefühl abzuschütteln, das ihn in den letzten Minuten befallen hatte. Den prüfenden, misstrauischen Blick der untersetzten Croftersfrau vor Augen, verfluchte er einmal mehr die Tatsache, dass er so viel mehr über die Gefühle anderer wusste, als er mit Augen sehen konnte. Er hatte das Gespräch nicht mit zu Ende hören müssen, um zu wissen, was die Dame mit dem Fettfleck auf der Bluse hatte sagen wollen. Es war die gleiche Frage, die er sich selbst schon gestellt und sogleich verdrängt hatte. Doch nun dröhnte sie wie ein Paukenschlag in seinem Gehirn: Wie würde Dalziel reagieren, wenn er wüsste, was sich zwischen ihm, Brannan, und seiner Frau entspann?

Brannan warf einen Blick in den Himmel. Die Sternbilder verschwammen ins Unerkenntliche vor einem wolkenverhangenen, zornigen Himmel. Einzig der Polarstern strahlte tröstend hell und zuverlässig von seinem gewohnten Platz. Der Wind trug das Rauschen der Wellen von den Klippen her an sein Ohr. Brannan griff nach seiner Wollmütze und zog sie sich über die Ohren. Dann machte er sich auf den Weg durch die Nacht. Er beschloss, das Auto stehen zu lassen und sich zu Fuß auf den Rückweg zu machen. Bis hinauf nach Northton waren es ungefähr sieben Meilen. Wenn er schnell gehen und sich bis an seine Grenzen auspowern würde, ließe es sich in vielleicht anderthalb Stunden schaffen. Das nahm er sich zum Ziel. Zugegebenermaßen, selbst für einen trainierten Mann wie ihn eine ziemliche Herausforderung, aber die einzige Möglichkeit, die er kannte, innere Ruhe einkehren zu lassen.

Wie er Dalziel einschätzte, war dieser verbittert und jähzornig, von einem tiefen, inneren Schmerz zerfressen. Bereits bei ihrer ersten Begegnung hatte Brannan gespürt, dass Dalziel alles andere als emotional stabil war. Das machte ihn potenziell gefährlich. Brannan zog das Tempo an und biss sich auf die Lippe. Momentan konnte er nichts tun, als zu hoffen, dass Dalziel so lange wie möglich nicht ahnen würde, dass sie im direkten Kollisionskurs auf ein Desaster zusteuerten.

7 Kapitel

Angesichts der Tatsache, dass sie sich so beschwingt und unbeschwert fühlte wie schon lange nicht mehr, hatte es Kayla alles andere als eilig, nach Hause zu kommen. Also zockelte sie im gemächlichen Tempo von dreißig Meilen die Stunde die Küstenstraße entlang. Da kurz vor Mitternacht kaum Verkehr herrschte, störte sich niemand an ihrer Fahrweise. Gut gelaunt summte sie vor sich hin, den schnellen Rhythmus des Reels im Ohr. Als sie den Wagen auf der Höhe von Sgarasta um eine langgezogene Kurve steuerte, glitt ihr Blick hinüber zu den vom Tosen des Atlantiks schaumumkränzten Klippen, hinter denen sich im sanften Mondschein das Schwarz des Meeres in der Unendlichkeit des Nachthimmels verlor.

Mit einem leisen Seufzen ließ sie die Seitenscheibe herunter und genoss das Gefühl der kühlen Seeluft, die ihre Wangen umschmeichelte, in ihr Haar fuhr und ihr eine Strähne ins Gesicht wehte. Ihre Seele war weit, ihr Herz so frei und beflügelt, dass sie ihre überschäumenden Gefühle am liebsten mit beiden Händen ergriffen und bis zu den hellglitzernden Sternen emporgeworfen hätte. Verwundert zog sie die Stirn in Falten. Was war nur los mit ihr heute Nacht? Fast war sie ein wenig verlegen, als sie sich ihrer Unbekümmertheit bewusst wurde. Sie rollte die Schultern zurück und versuchte sich zu erinnern, wann sie sich das letzte Mal erlaubt hatte, loszulassen und den Moment zu genießen.

Was für ein merkwürdiger Abend … Die Stimmung hatte sie einfach mitgerissen, was zum Gutteil an Brannans offener, unverkrampfter Art gelegen haben mochte. Sie ertappte sich dabei, wie sie in Gedanken noch einmal den Moment durchlebte, als er gemeinsam mit ihr über das Parkett gewirbelt war. Die Musik und seine Nähe hatten alles andere in den Hintergrund treten lassen. Es hatte sich angefühlt, als wären sie und Brannan für die Dauer des Tanzes aus der realen Welt gefallen, um sich jenseits von Zeit und Raum neu zu begegnen.

Hirngespinste!, schalt sie sich, obwohl sie, wenn sie ehrlich war, zugeben musste, dass seine hochgewachsene, gut aussehende Erscheinung ihr Herzklopfen verursachte. Doch wenngleich sie sich der Unangemessenheit ihrer Gefühle durchaus bewusst war, konnte sie nichts dafür. Brannan hatte etwas Magisches an sich. Anders konnte man es kaum bezeichnen, aber gab es deshalb einen Grund, ein schlechtes Gewissen zu haben? Nein, beschied sie, und verdrängte das mulmige Empfinden, das sie angesichts ihrer romantischen Regung befiel. Schließlich hatte sie nichts Verbotenes getan. Daran, dass sie gesungen und getanzt hatte, konnte niemand etwas Verwerfliches finden, nicht einmal Dalziel.

Bei dem Gedanken an ihren Ehemann spürte sie, dass die Hochstimmung sich verflüchtigte wie der Rauch eines Feuers. Ihre Stirn umwölkte sich, die Realität holte sie mit jeder Meile, die sie zurücklegte, mehr ein. In Gedanken wanderte sie in die Vergangenheit zurück und versuchte sich zu erinnern, wie es gewesen war, als sie und Dalziel sich vor acht Jahren kennengelernt hatten. Er war ein attraktiver, aufrechter Mann gewesen, der sie vom ersten Augenblick an mit seinem Stolz und seiner Stärke beeindruckt hatte. Gut aussehend, das musste sie ihm lassen, war er auch heute noch, wenn man die Spuren übersah, die der Alkohol und der Gram in seinem Gesicht hinterlassen hatten. Damals hatte seine Traurigkeit ihm ein geheimnisvolles und irgendwie unwiderstehliches Charisma verliehen, doch davon war nichts mehr zu spüren. Inzwischen schien er nur noch aus Verbitterung und enttäuschten Träumen zu bestehen. Ursprünglich war sie sich so sicher gewesen, ihn glücklich machen und in seinem Kummer um seine verstorbene Frau trösten zu können. Genau wie sie sich sicher gewesen war, dass er der Anker war, der ihr in der schwierigsten Phase ihres Lebens Halt geben würde.

Nachdem die langjährige Beziehung zu ihrem ersten Freund, dem Mann, den sie geglaubt hatte zu lieben und eines Tages zu heiraten, ohne Vorwarnung zerbrochen war, hatte es ihr schlichtweg den Boden unter den Füßen weggezogen. Dank Dalziels unerbittlicher Weigerung, sich von den Widrigkeiten des Lebens unterkriegen zu lassen, war es ihr gelungen, ihr inneres Gleichgewicht wiederzufinden. Seine finstere Entschlossenheit hatte ihr Geborgenheit vermittelt. Auch heute noch hatte seine unbeugsame Art etwas ungemein Beruhigendes. Wie konnte sie ihn da nicht lieben, selbst wenn sie gerade schwierige Zeiten durchlebten?

Mit einem entschiedenen Schulterzucken schüttelte sie das letzte bisschen Euphorie des Abends ab. Letztlich war dauerhaftes Glück nichts als eine romantische Illusion. Eine wunderschöne, idealisierte Vorstellung von Liebe, die keine Chance hatte, auf Dauer zu bestehen. Wer in ihrem Umkreis, so fragte sie sich, war schon fortlaufend glücklich? Fröstelnd von der kühlen Nachtluft, schloss sie das Wagenfenster und nahm sich vor, zufrieden und dankbar für das zu sein, was sie hatte. Sich nach Dingen zu sehnen, die außerhalb des Möglichen lagen, machte nur unglücklich. Abgesehen davon war das Gras immer grüner auf der anderen Seite. Zumindest, solange man nicht über den Zaun stieg.

Als sie die Abzweigung an der Bushaltstelle erreicht hatte und den Wagen auf die Schotterstraße nach Luskentyre lenkte, hatte sich das rauschhafte Glücksgefühl verflüchtigt, sie befand sich wieder mit beiden Beinen auf dem harten Boden der Realität. Entschlossen, wenigstens noch ein paar Stunden Schlaf zu finden, bevor sie aufstehen und mit der Arbeit auf der Croft beginnen musste, trat sie aufs Gaspedal.

Sie parkte den Wagen in der Auffahrt. Als sie in die Diele trat, schlug ihr der Geruch von verbranntem Essen in die Nase. Von einer unguten Vorahnung ergriffen, legte sie Autoschlüssel und Jacke in der Garderobe ab und betrat das Wohnzimmer. Sie fand Dalziel auf dem Sofa liegend, die Augen geschlossen, während im Fernsehen eine grässlich laute Comedy-Show dröhnte. Sie trat neben ihn, nahm die Fernbedienung und schaltete das Gerät aus. Als sie die Bierflaschen entdeckte und den deutlichen Alkoholgeruch wahrnahm, der von ihm ausging, rümpfte sie die Nase.

Doch noch etwas ließ sie stutzen. Sie legte den Kopf schräg und schnupperte. Unverkennbar. Es roch nach Schafsdung und fettiger Wolle. Und was das zu bedeuten hatte, war ihr bewusst … Beunruhigt ließ sie den Blick durch den offenen Raum hinüber in die Küche schweifen. Ihre Vermutung erwies sich als wahr. Auf ihrer Stirn bildete sich eine steile Falte, als sie das gesamte Ausmaß des Desasters vergegenwärtigte.

»Wo kommst du so spät her?«, hörte sie ihn unvermittelt sagen.

Sie wandte sich um und sah, wie Dalziel, offensichtlich geweckt durch die plötzliche Stille, sie mit rot geäderten Augen anblinzelte. Er nahm die bestrumpften Füße vom Tisch, lehnte den Oberkörper nach vorne und angelte nach einer der Bierflaschen.

»Jetzt bin ich ja hier«, erklärte Kayla. Sie versuchte, betont ruhig zu bleiben, denn ihr war wohl bewusst, dass es keinen

Sinn ergab, in diesem Zustand mit Dalziel zu diskutieren. Dafür hatte er dem Alkohol – aus welchen Gründen auch immer – bereits viel zu ausgiebig zugesprochen.

»Diese elenden Viecher waren wieder in der Küche!«, herrschte er sie an, sein Gesicht zu einer mürrischen Grimasse verzogen. »Ich habe dir von Anfang an gesagt, dass es eine scheiß Idee ist, sie ins Haus zu lassen. Aber du musstest ja deinen Willen haben. Wie immer.«

Sie biss sich auf die Lippen. Dass er von Rose und Jill sprach, die zum wiederholten Mal etwas ausgefressen hatten, war ihr von dem Moment an klar gewesen, als sie das Chaos erblickt hatte. Die beiden machten ihr das Leben nicht unbedingt einfacher. Sie hatte die verwaisten Zwillingslämmchen im letzten Frühling mehr tot als lebendig auf der hinteren Weide gefunden. Ohne über die Folgen nachzudenken und weil sie in der freien Natur keinerlei Überlebenschancen hatten, hatte sie die beiden zitternden Wesen mit ins Haus genommen. Dort hatte sie sie zum Aufwärmen in ein Handtuch gewickelt und kurzerhand in die lauwarme Backröhre gesetzt, wo sie sich zusehends erholt hatten. Mit Iain hatte sie sich später die mühevolle Arbeit geteilt, die Kleinen rund um die Uhr mit Milch aus der Flasche zu füttern. Dabei musste sie sich eingestehen, dass sie den entscheidenden Zeitpunkt wohl versäumt hatte, ihren Schützlingen begreiflich zu machen, dass erwachsene Tiere in der Küche nichts verloren hatten, sondern zusammen mit dem Rest der Herde auf der Weide lebten. Sie konnte tun, was sie wollte, aber Rose und Jill leisteten erbitterten Widerstand, aus der häuslichen Gemeinschaft verbannt zu werden. Allmählich verzweifelte sie an den beiden.

»Oh je«, seufzte sie, mit einem Blick auf die umgekippten Stühle, die zerbrochenen Teller und den verdreckten Boden. »Ich sorge dafür, dass es nicht wieder vorkommt.«

»So? Das hast du das letzte Mal auch gesagt.«

»Ich weiß, entschuldige«, meinte sie kleinlaut, während sie mit zusammengekniffenen Augen den Tweedvorhang vor dem Fenster zur Terrasse musterte, dessen untere Kante über die ganze Länge hinweg deutlich angeknabbert war. Sie fragte sich, ob der Stoff vielleicht noch für Kissenbezüge zu gebrauchen war. Als Vorhang hatte er ausgedient. Sie legte den Kopf schräg und sah Dalziel in Erwartung einer Erklärung der Ereignisse an. Doch dieser starrte mit wässrigen Augen vor sich hin und hüllte sich in missbilligendes Schweigen.

»Wie … sind die beiden ins Haus gekommen?«, hakte sie schließlich vorsichtig nach.

»Willst du jetzt mir die Schuld geben?« Dalziel bedachte sie mit einem grimmigen Blick. »Du kannst von Glück reden, dass ich gerade am Herd stand, um mein Essen zu wärmen. Vom Fenster aus habe ich gesehen, wie sie deinen Gemüsegarten niedergetrampelt haben.«

»Das heißt, dass sie durch das Gatter hinter dem Haus gekommen sind?«, mutmaßte sie, in dem Wissen, dass sie selbst es gewesen war, die Dalziel bereits mehrfach darum gebeten hatte, das morsche Holz auszubessern.

»Wie sonst?« Dalziels Gesicht verfinsterte sich. »Ich kam gerade noch rechtzeitig. Um ein Haar hätte die ganze Herde im Garten gepicknickt. Deine Biester haben das Chaos genutzt und die Küche verwüstet.«

Kayla schluckte. Sie musste hart an sich halten, Dalziel keine Vorwürfe zu machen. Weshalb hatte er das Gatter nicht längst repariert? Warum war er nicht geistesgegenwärtig genug gewesen, den Topf vom Herd zu nehmen, bevor er aus der Küche gegangen war? Und was um Himmels Willen war so schwierig daran, die Tür zur Terrasse hinter sich zu schließen?

Um nicht noch mehr Öl ins Feuer zu gießen, presste sie die Lippen aufeinander und ging schweigend hinüber zum Herd. Sie nahm den Rührlöffel, kratzte die verbrannten Reste des Stews aus dem Topf und warf sie in den Müll. Dann gab sie heißes Wasser hinein und stellte den Topf in die Spüle. Die ganze Zeit bemühte sie sich, Verständnis für seine schlechte Laune aufzubringen. Immerhin war *er* derjenige, der den Abend alleine zu Hause verbracht hatte. Also zwang sie sich, beherrscht und versöhnlich zu sein, statt ihn ihre Enttäuschung spüren zu lassen. Erst recht würde sie nicht auf sein ruppiges Verhalten eingehen. Die Erfahrung hatte sie gelehrt, dass dadurch alles nur noch komplizierter wurde.

»Das Ganze wäre nicht passiert, wenn du zu Hause geblieben wärst.« Sie hörte, wie Dalziel sich vom Sofa erhob, und drehte sich zu ihm um. Er stand schwankend neben dem Couchtisch und hatte Mühe, sein Gleichgewicht zu finden. Das ausgewaschene graue T-Shirt hing lose aus dem Bund seiner Cordhose, seine Haare standen wirr in alle Richtungen.

Kayla fand es schrecklich, ihn so zu sehen. So uneins mit sich selbst. So voll von düsterem Groll auf Gott und die Welt. Am liebsten wäre sie zu ihm hinübergegangen, um tröstend ihre Arme um ihn zu schlingen und ein paar liebevolle Worte in sein Ohr zu murmeln. Da sie aber wusste, dass Dalziel in solchen Momenten körperliche Berührungen oder gar Trost nur schwer ertrug, unterdrückte sie den Impuls.

Dalziel rollte die Augen. Sein Blick war verhangen, doch in seiner Stimme lag deutlich ein scharfer Unterton. »Diese bescheuerte Versammlung war ja wichtiger.«

Sofort regte sich ihr Gewissen. Ihr war klar, dass Dalziel verletzt war, weil sie der Versammlung den Vorzug vor einem gemeinsamen Abend mit ihm gegeben hatte. Sie wischte die Handflächen am Stoff ihres Kleides trocken. »Wie gesagt, es tut mir wirklich sehr leid, Dalziel, dass du keinen schönen Abend hattest. Aber im Ernst, außer dass ein paar Teller zu Bruch gegangen sind und die Küche voller Schafsdung ist, ist nicht viel passiert. Setz dich einfach wieder aufs Sofa. Ich bringe das rasch in Ordnung.«

»*Setz dich aufs Sofa, trink nicht so viel, lass den Jungen in Ruhe …*«, äffte Dalziel sie gereizt nach. »Sind wir mal wieder so weit, Kayla? Hältst du mir eine deiner Moralpredigten? Geht es wieder darum, dass ich ein erbärmlicher Versager bin?«

Kayla spürte, wie ihr abwechselnd heiß und kalt wurde. »Das tu ich keineswegs«, wehrte sie sich, etwas steifer als nötig. »Abgesehen davon habe ich dir nie unterstellt, ein Versager zu sein.«

»Ach?« Dalziel hob spöttisch eine Augenbraue und machte ein paar unsichere Schritte auf sie zu. Im Vorbeigehen stieß er mit der Hüfte an die Kante des Küchentisches, zuckte aber nicht mit der Wimper. »Ich warte seit Stunden auf dich. Abendessen hatte ich auch keines.«

Sie schlängelte sich an ihm vorbei, stellte die umgefallenen Stühle auf und begann, hektisch mit dem Besen den gröbsten Schmutz zusammenzukehren. Natürlich hatte Dalziel in der ganzen Zeit keine Notwendigkeit darin gesehen, selbst aufzuräumen, dachte sie mit wachsendem Ärger. Frustriert stellte sie den Besen beiseite und atmete tief durch. Sie bemühte sich, nicht vorwurfsvoll zu klingen, aber natürlich tat sie das. »Warum hast du dir nicht einfach ein Sandwich gemacht?« Selbst in ihren Ohren klang es reichlich spitz.

Er wandte sich ihr zu, in seinen Augen blitzte Verärgerung auf. »Wie denn?«, fuhr er sie an. »In dem ganzen Chaos?«

»Schon gut«, meinte sie beschwichtigend und hoffte, dass er nicht noch einmal darauf zu sprechen kommen würde, weshalb die Versammlung bis tief in die Nacht gedauert hatte. »Ich mache dir ein paar Spiegeleier.« Sie nahm ein paar Eier und eine angebrochene Flasche Weißwein aus dem Kühlschrank und schenkte sich ein halbes Glas ein. Sie hatte das Gefühl, es sich heute Abend verdient zu haben. Ihm bot sie nichts davon an.

»Sag es ruhig«, Dalziel drehte sich ein wenig zu schnell zur Seite und suchte schwankend Halt am Tisch. »Du findest, dass ich viel zu viel getrunken habe. Wieso sprichst du es nicht einfach aus?«

Sie setzte zu einer Antwort an, schloss aber wieder die Lippen, weil sie wusste, dass sie bei diesem Spiel nur verlieren konnte.

Schweigend ließ er sich auf einen der Stühle fallen. Eine Weile sprachen beide nicht. Die Eier brieten in der Pfanne und Kayla, die sich fühlte, als würde sie auf einer Achterbahn der Gefühle von einem ungeahnten emotionalen Hoch zu einem jäh abstürzenden Tief jagen, versuchte verzweifelt, ihr inneres Gleichgewicht wiederzufinden. Sie konnte nur hoffen, dass Dalziel, müde von dem Essen und vom Alkohol, innerhalb der nächsten halben Stunde ins Bett gehen und einschlafen würde. Wenn er zu viel getrunken hatte, war er am Morgen danach meistens zerknirscht und recht umgänglich. Darauf hoffte sie. Dann wäre es auch leichter, ihm zu gestehen, dass sie mit Brannan getanzt hatte. Denn erzählen musste sie es ihm. Sie wollte nicht riskieren, dass er es von Dritten erfuhr.

Sie ließ die Eier auf einen Teller gleiten und schob ihn Dalziel über den Tisch. »Bitte schön, lass es dir schmecken. Möchtest du Brot dazu?«

»Nein«, sagte Dalziel knapp. Er beugte sich über das Essen und schaufelte die Eier in sich hinein, als wäre er am Verhungern.

Kayla unterdrückte ein Gähnen und lehnte sich mit dem Rücken gegen die Spüle. Es war reichlich spät und sie sehnte sich nach ihrem Bett.

Zwischen zwei Bissen hob Dalziel den Kopf und blickte zu ihr hinüber. »Was ist los mit dir?«

»Nichts, wieso?«, tat sie mit betont gelassener Miene ab.

»Wie lief es mit eurer Besprechung? Seid ihr vorangekommen?«, fragte Dalziel nun etwas versöhnlicher.

»Nun, ich denke schon«, erklärte sie ausweichend. »Wir haben den Aufriss für die Stände erstellt. Wenn der Sponsor zusagt, sind wir einen großen Schritt weiter.«

»Was ist mit dieser ...«, er hob die Gabel und wedelte damit durch die Luft, »... *Musiknummer*, von der Kaitlin beim Dinner gesprochen hat? Das war hoffentlich nicht ihr Ernst? Sie will dich nicht wirklich zum Singen überreden, noch dazu mit Brannan?«

Der Klang von Brannans Name ließ Kayla erstarren. Sie holte tief Luft und überlegte. Was hatte sie schon zu verlieren? War Ehrlichkeit nicht das beste Schutzschild? Abgesehen davon war sie nach wie vor der Überzeugung, nichts Unrechtes getan zu haben, nur weil sie sich für eine halbe Stunde einem harmlosen Vergnügen hingegeben hatte. Sie straffte die Schultern.

»Nun, in der Tat, wo du gerade darauf zu sprechen kommst: Die Band hat heute Abend zusammen mit Brannan ein paar Stücke ausprobiert. Darunter waren auch ein oder zwei traditionelle gälische Lieder und zu meiner eigenen Überraschung hat es großen Spaß gemacht, mit der Band zu singen.«

»Das heißt, du trittst bei dem Fest auf?«, fragte Dalziel. Kayla meinte einen verdeckten Vorwurf in seiner Stimme zu hören.

»Nein, das heißt es nicht«, erwiderte sie spröde. Weshalb konnte er nicht ein einziges Mal stolz auf sie sein oder sie unterstützen?

»Also war das heute eine Ausnahme?«

»Wie meinst du das?«, hakte Kayla vorsichtig nach.

Er hob das Kinn und deutete in Richtung der Wanduhr über der Spüle. »Hast du mal auf die Uhr gesehen? Es ist weit nach Mitternacht. Ich möchte nicht, dass meine Frau so spät alleine ausgeht.«

»Ich war nicht alleine«, stellte Kayla richtig. »Ich war mit meinen Freundinnen zusammen.«

»Und mit meinen Kumpels.«

»Das war Zufall! Wir wussten nicht, dass die Band im Nebenraum probt. Als wir sie dann spielen hörten, hat es sich einfach so ergeben, dass wir hinübergegangen sind.«

Dalziel lehnte sich in seinem Stuhl zurück und blickte ausdruckslos an ihr vorbei. Eine ganze Weile sagte er nichts und tat, als wäre sie Luft. Sein Schweigen und seine zur Schau getragene Gleichgültigkeit brachten sie in Rage. Sie konnte sich nicht mehr bremsen, ihre Stimme kippte vor Frustration und angestauter Wut. »Was willst du mir unterstellen?« Sie legte den Kopf in den Nacken und fixierte ihn mit einem herausfordernden Blick, ihre Hände zitterten. »Wirfst du mir vor, dass wir neben dem Arbeiten einen netten Abend hatten? Wenn du es genau wissen willst … das hatten wir in der Tat. Die Band hat Reels gespielt und wir haben getanzt.«

»Ach ja?«, er verzog die Mundwinkel. »Siehst du deswegen so derangiert aus?« Er verzog die Mundwinkel. »Gibt es noch mehr, das ich wissen sollte?«

Sie verschränkte die Arme vor der Brust. »Es war völlig harmlos. Du kannst gerne Niall fragen. Als dein Schwager und Reverend ist er sicher geeignet zu bezeugen, dass es keinen Grund zur Eifersucht gibt.«

»So? Das klingt verdammt danach, als ob da noch etwas wäre.«

»Mitnichten. Brannan war mein Tanzpartner beim Reel, zusammen mit Kaitlin und Ally. Wenn Tormod und Niall nichts dabei finden, dass ihre Frauen tanzen, verstehe ich nicht, weshalb du ein Drama daraus machst.« Sie griff zu ihrem Glas und nahm einen tiefen Schluck, erschrocken darüber, dass sie sich hatte hinreißen lassen, ihm wesentlich mehr zu erzählen als geplant. Andererseits war sie seltsam erleichtert, dass es heraus war. Sie stellte das Glas beiseite und reckte herausfordernd das Kinn, während sie in seinem Gesicht zu lesen versuchte, was in ihm vorging.

Er wirkte überrascht, vielleicht getroffen, stellte sie fest. Möglicherweise ging es ihm tiefer unter die Haut, als sie erwartet hätte. Verunsichert, weil die erwartete aufbrausende Reaktion ausblieb, stieß sie sich von der Spüle ab und trat neben ihn an den Tisch. Sie legte ihm die Hand auf die Schulter und streichelte seinen Nacken. »Wir sind beide müde. Findest du nicht, dass es Zeit ist, ins Bett zu gehen? Alles andere können wir morgen klären.«

Als er den Kopf hob und ihr ins Gesicht blickte, meinte Kayla, Schmerz in seinen Augen aufblitzen zu sehen. Er sagte kein Wort.

Kayla löste ihre Hand und machte sich daran, den Teller und das Besteck in die Spüle zu räumen. Plötzlich hörte sie, wie er den Stuhl zurückschob. Im nächsten Moment legten sich seine Hände von hinten um ihre Taille.

»Lass mich dich küssen…«, sein Atem strich warm über ihren Nacken.

»Es ist alles in Ordnung, Dalziel«, sagte sie sanft und schob seine Hände beiseite. »Geh ruhig schon ins Bett, ich komme, wenn ich hier fertig bin.«

Er drehte sie zu sich herum und zog sie in seine Arme. »Ich habe Lust auf dich«, murmelte er undeutlich und schickte sich an, ihren Hals mit Küssen zu bedecken.

»Dalziel, bitte nicht. Du … hast getrunken.«

»Ich will dich«, sein Mund glitt tiefer zu ihren Brüsten.

Kayla spürte, wie ihr Widerstand sich langsam löste und ihr Körper auf seine vertrauten Berührungen zu reagieren begann. War es nicht das, was sie die ganze letzte Zeit vermisst hatte?, fragte eine leise Stimme in ihrem Hinterkopf. Dass Dalziel endlich wieder mit ihr schlief?

Er ergriff ihre Hand und führte sie ins Schlafzimmer. Ohne Licht zu machen, zog er sie auf das Bett und streifte ihr das Kleid von den Schultern. Sie half ihm, den Verschluss ihres BHs zu öffnen. Er richtete sich auf, streichelte mit der Hand ihre nackten Brüste, während er mit der anderen den Gürtel seiner Hose löste und sich auszog.

Sie betrachtete ihn eingehend. Verwundert stellte sie fest, dass er trotz des reichlichen Alkoholkonsums eine Erektion hatte.

»Oh, Liebling«, mit einem leisen Aufstöhnen legte er sich auf sie. Er hob eine Hand und umschloss ihre Brust. Sie spürte, wie sich seine Lippen auf ihre Brustwarze legten und er daran zu saugen begann. Dann spürte sie die rauhe Haut seiner Hand zwischen ihren Beinen. Ungeschickt machte er Anstalten, sie zu streicheln, verlor dann aber die Geduld und drang mit einem tiefen Stöhnen in sie ein, obwohl sie noch nicht bereit für ihn war. Sein Atem ging keuchend, er stemmte die Hände auf das Laken neben ihrem Körper und bäumte den Oberkörper auf, während er sie mit ein paar schnellen Stößen nahm. Ein dumpfer Aufschrei drang aus seiner Kehle, dann löste sich die Spannung in seinem Körper, sein Kopf senkte sich schwer. Sie spürte, wie er in ihr schlaff wurde, noch bevor sie eine Sekunde des Liebesaktes hätte genießen können. Erschöpft brach er über ihr zusammen, der Schweiß auf seiner Stirn benetzte ihre Wange. Gleich danach rollte er sich von ihr und drehte sich zur Seite. Seine tiefen, unregelmäßigen Atemzüge verrieten ihr, dass er auf der Stelle eingeschlafen war. Sie hätte heulen können vor Frust. Es war vorbei.

Kayla lag mit offenen Augen da und spähte an Decke. Sie fühlte sich einsamer als je zuvor. Dalziel hatte mit ihr geschlafen und sie hatte dabei absolut nichts empfunden. Langsam füllten sich ihre Augen mit Tränen.

Obwohl sie damit gerechnet hatte, keine Ruhe zu finden, schlief sie in dieser Nacht tief und fest, vermutlich aus Erschöpfung, bis sie um vier Uhr morgens vom Blöken der Schafe geweckt wurde. Sie setzte sich auf und blinzelte in das Grau des Morgens. Draußen trommelte der Regen gegen die Scheiben, sie hörte, wie der Wind heulend durch den Kamin strich. Es versprach, ein ungemütlicher, stürmischer Tag zu werden. Im Prinzip war es ihr egal. Sie würde ohnehin damit beschäftigt sein, das Chaos, das die Schafe hinterlassen hatten, aufzuräumen, und war froh, zwei Stunden für sich zu haben, bevor Dalziel aufwachte. Fröstelnd vor Kälte schwang sie die Füße aus dem Bett und schlüpfte in ihre Pantoffeln. Als sie sich in ihrem Wohnzimmer umsah, musste sie unwillkürlich an die Ereignisse des gestrigen Abends denken.

Resigniert ließ sie sich auf einen Stuhl fallen und fuhr sie sich mit beiden Händen durch das Haar. Dann stützte sie die Ellbogen auf die Knie und ließ den Oberkörper nach vorne hängen. Ein Stöhnen drang aus ihrer Kehle, als ihr mit aller Macht bewusst wurde, wie sehr sie sich getäuscht hatte. In Wirklichkeit war nicht sie als Erste heute Morgen aufgestanden. Denn alle ihre Probleme waren bereits lange vor ihr wach geworden und warteten schon auf sie.

8 Kapitel

Kayla, was ist denn? Du hörst mir überhaupt nicht zu«, beklagte Ally sich und stellte den blaugeblümten Teller zurück auf das schlichte, aus Kiefernholz gezimmerte Geschirrboard. »Möchtest du Mums gutes Geschirr behalten, oder sollten wir es Kaitlin für einen wohltätigen Zweck überlassen?«

»Ich weiß nicht. Lass mich in Ruhe darüber nachdenken«, meinte Kayla ausweichend. Sie fühlte sich von den vielen Fragen, die Ally ihr in der letzten halben Stunde gestellt hatte, überfordert. »Wir sollten keine übereilten Entscheidungen treffen, die wir später bereuen. Immerhin ist das hier das Haus, in dem wir groß geworden sind. Sämtliche Erinnerungen an unsere Kindheit sind damit verknüpft.«

»Ach Kayla«, seufzte Ally, sie zog einen der rustikalen, aber wackeligen Holzstühle zu sich heran und ließ sich darauf nieder. »Was sollen wir denn mit all dem Krempel machen? Nimm nur mal die Stühle hier. Als Vintagemöbel könnten sie aber noch einen guten Preis erzielen.«

»Möglich.« Halbherzig nahm Kayla eine Großpackung mit Scottish Blend Teebeuteln in die Hand und legte sie in eine Kiste.

»Für den Moment würde es schon genügen, wenn du dich konzentrieren würdest«, rügte Ally sie lächelnd. »Oder findest du wirklich, dass der Tee ins Altpapier gehört? Ich für meinen Teil würde ihn gerne noch trinken.«

»Tut mir leid«, seufzte Kayla und stellte die Packung zurück in den Vorratsschrank. Ally hatte recht. Sie war nicht bei der Sache. Eine knappe Woche war seit dem Tanzabend vergangen, dennoch war sie noch immer nicht wieder sie selbst. Teils hatte es mit Brannan zu tun, der sie über alle Maßen verwirrte, teils lag es daran, wie enttäuscht sie von Dalziel war.

Zwar hatte sich Dalziel, wie erwartet, am anderen Morgen ungewöhnlich zuvorkommend verhalten, doch das tröstete sie nicht über ihre Enttäuschung hinweg. Sie runzelte die Stirn. Warum nur schaffte sie es nicht, den schalen Beigeschmack abzustreifen, den sein Versuch, Liebe mit ihr zu machen, bei ihr hinterlassen hatte? Es schien außerhalb des Bereichs des Möglichen zu liegen. So sehr sie sich bemühte, ihr Körper weigerte sich schlichtweg, ihr zu gehorchen. Jeder Muskel in ihr versteifte sich bei dem bloßen Gedanken an seine Berührungen.

Geistesabwesend nahm sie eines der sorgfältig gebügelten Geschirrtücher ihrer Mutter vom Stapel auf der Arbeitsfläche, breitete es auseinander, strich es glatt und faltete es erneut zusammen. Sie fühlte sich müde und erschöpft. Seit jenem Abend wusste sie, dass keinen Sex zu haben leichter zu ertragen war, als Sex zu haben, bei dem man sich benutzt fühlte. Insofern konnte sie nur einen dicken Punkt hinter das Thema setzen und hoffen, dass Dalziel nicht so schnell wieder Anstalten unternehmen würde, mit ihr zu schlafen.

Zu ihrer Erleichterung war Dalziel bisher mit keinem Ton auf die unschöne Episode zu sprechen gekommen. Vermutlich war er viel zu betrunken gewesen, um sich überhaupt noch daran erinnern zu können, dass er mit ihr geschlafen hatte. Vielleicht war es besser so.

»Was, meinst du, sollen wir hiermit machen?«, unterbrach Ally ihre Gedanken. Kayla drehte sich um und bemerkte, dass ihre Schwester auf einen Tritt geklettert war, um die Blechdosen auf den Regalbrettern zu inspizieren. »Das scheußliche Ding wollen wir kaum aufheben, oder?«

Kayla runzelte die Stirn. »Warum nicht?«

»Herrgott noch mal, Kayla!« Ally machte einen Satz von der Leiter, in der Hand eine verbeulte Büchse mit goldener Schrift. »Eine alte Kakaodose, die nicht mal richtig schließt. So kommen wir nicht weiter. Lass uns den Plunder wegwerfen, ja?«

Von kindischem Trotz ergriffen, nahm Kayla ihr die Dose aus der Hand und stellte sie in sicherem Abstand zu Ally neben sich auf den Tisch, als gälte es, die Kronjuwelen zu verteidigen. »Kommt nicht in Frage. Ich möchte die Dose behalten.«

»Wozu bitte schön?« Ally stemmte provokativ die Hände in die Hüften.

»Weiß ich noch nicht. Zu irgendetwas werde ich sie schon gebrauchen.«

»Genau wie die alten Töpfe?« Ally hob die Augenbrauen. Sie warf einen sardonischen Blick auf die Schätze, die Kayla vor sich auf dem Tisch gehortet hatte. »Herzlichen Glückwunsch, meine Liebe. Ich schwöre dir, Dalziel wird vor Freude an die Decke springen, wenn du mit dem Gerümpel nach Hause kommst.«

»Ich kann es bei mir im Schuppen lagern.«

»Prima Idee. Stell deinen Webstuhl einfach auf die Terrasse, dann hast du im Schuppen genügend Platz.«

Kayla, der die Unsinnigkeit ihres Verhaltens durchaus bewusst war, biss fest auf ihre Unterlippe, um sich von dem Schmerz abzulenken, den ihr die Auflösung des Haushalts ihrer Mutter bereitete. Sie hatte ein ausgesprochen inniges Verhältnis zu ihrer im letzten Herbst verstorbenen Mutter gehabt. Den Tod ihres Vaters im Jahr zuvor hatte sie besser verkraftet, aber nun, da beide Elternteile verstorben waren, fühlte sie sich absurderweise trotz ihrer sechsunddreißig Jahre einsam und im

Stich gelassen, wie ein bedürftiges Kind. *Als wäre sie verwaist,* schoss es ihr durch den Kopf. Sie drehte ihrer Schwester den Rücken zu und widmete sich mit eiserner Entschlossenheit den Geschirrtüchern.

Mit einer leisen Bewegung trat Ally neben sie und legte ihr die Hand auf den Arm, so dass sie nicht mehr weiterarbeiten konnte. »*A luaidh,* was soll das werden?«

»Ich kontrolliere, ob die verdammten Motten Löcher in den Stoff gefressen haben«, behauptete Kayla, obwohl sie ausschließen konnte, dass sich in all den Jahren eine einzige Motte in die Küche ihrer Mutter verirrt hatte.

»Ach Schätzchen«, zwischen Allys Augenbrauen erschien eine Falte, die Kayla stark an das mitfühlende Gesicht ihres alten Hausarztes erinnerte, wenn er eine Diagnose stellte. »Ich weiß, wie schwer das alles für dich ist. Du warst schließlich diejenige von uns, die schon immer an diesem Zuhause hing.«

Kayla verzog missmutig die Mundwinkel. Vielleicht war sie überempfindlich, aber in ihren Ohren hörte sich das nicht nach einem Kompliment an. Im Gegenteil. Es klang, als werfe Ally ihr vor, dass es ihr nie gelungen wäre, sich von zu Hause zu lösen. Sie straffte die Schultern und bemühte sich, den hingeworfenen Fehdehandschuh im Schlamm liegenzulassen.

»Das ist wohl kein Wunder«, meinte sie nach kurzem Schweigen. »Wer außer mir hätte sich um Dad und Mum kümmern sollen, nachdem du zum Studium nach Edinburgh gegangen warst?« Eine rein rhetorische Frage.

»Sei doch nicht so empfindlich, es war nicht abwertend gemeint«, verteidigte Ally sich. »Du hast dich eben von klein auf viel stärker für alles verantwortlich gefühlt, als ich es getan habe.«

»Das klassische Los der Erstgeborenen, nicht wahr?«, höhnte Kayla.

»Mag sein«, Ally tat die Spitze mit einem Schulterzucken ab. »Aber vielleicht liegt es auch an deiner Persönlichkeit. Du neigst dazu, mehr Verantwortung auf deine Schultern zu laden als nötig. Das ist auf Dauer ungesund.«

»Spielst du schon wieder auf Dalziel an?«, schnaubte Kayla verärgert. Sie hasste es, wenn Ally ihr gegenüber diesen Tonfall anschlug, und sie wusste genau, was als Nächstes kommen würde. Sie sollte sich nicht getäuscht haben …

»Ich will mich ja nicht in deine Ehe einmischen«, hob Ally an und zog den Pferdeschwanz straff. »Aber jede andere Frau hätte Dalziel längst vor die Tür gesetzt. Ich verstehe beim besten Willen nicht, was dich bei ihm hält, jetzt, wo Iain weg ist. Letzte Woche habe ich versucht, Dalziel um einen Gefallen zu bitten, und …«

Kayla, die nicht willens war, sich von Ally maßregeln zu lassen, schnitt ihr das Wort ab. »Lass es. Wir sind hier nicht in der Schule. Ich habe dich nicht um Ratschläge gebeten. Also spar dir die Ermahnungen für deine Schüler auf.«

Ally verstummte augenblicklich und funkelte sie aus schmalen Augen an. Einen Moment herrschte gespanntes Schweigen. »Es tut mir leid.« Ally ließ die Luft aus ihren Wangen entweichen. »Ich hatte kein Recht dazu.«

»Mir tut es auch leid …« Erleichtert darüber, dass das Gewitter sich ebenso schnell verzogen hatte, wie es herangerollt war, breitete Kayla die Arme aus und drückte Ally fest. »Ich hätte nicht so emotional reagieren dürfen.«

»Und ich hätte dich nicht bedrängen sollen, Mums heißgeliebte Kakaodose wegzuwerfen«, schniefte Ally. Sie warf einen halb verzweifelten, halb amüsierten Blick auf den Berg nutzloser Gegenstände, der sich auf dem Küchentisch türmte. »Ich meine, wer weiß? Vielleicht eröffnest du mal ein Museum, in dem die Lebensweise auf den Western Isles im letzten Jahrhundert dokumentiert wird? Dann könnte das Zeug hier verdammt hilfreich sein.«

Aller Melodramatik zum Trotz, musste Kayla lachen. »Wie gut, dass ich die Kakaodose habe. Da hinein kommen dann die Eintrittsgelder.«

»Perfekter Plan«, grinste Ally verschmitzt. Unmittelbar darauf wurde sie wieder ernst. »Oh Mann, was für eine beschissene Aufgabe, findest du nicht auch?«

»Und ob. Es ist schlimmer als das Begräbnis.«

Ally nickte zustimmend. »Als würde man sie zum zweiten Mal unter die Erde bringen.«

»Es fällt mir so schwer, mich von all den Erinnerungen zu trennen …«

»Mir auch.« Ally fuhr mit den Fingern sanft über den Stiel der gusseisernen Pfanne, in der Mum die Spiegeleier zubereitet hatte. »Aber manchmal ist es besser, eine Mauer zwischen sich und der Vergangenheit zu ziehen und nicht mehr hinter sich zu schauen. Was vorbei ist, ist vorbei. Wenn du zu oft zurückblickst, hältst du nur den Schmerz am Leben.«

Kayla schloss die Augen und schwieg. Es stimmte, was Ally sagte. Doch was blieb ihr schon, außer dem Schwelgen in Erinnerungen? War es wirklich so verwerflich, sich aus einer Wirklichkeit zu flüchten, deren ungeschönten Anblick sie manchmal nicht mehr ertragen mochte? Sie schluckte. Ally ahnte nicht einmal ansatzweise, wie es in ihr aussah. Doch wenn sie Ally gegenüber erwähnen würde, wie es zwischen ihr und Dalziel stand, würde Ally ihr nur umso mehr im Nacken sitzen und mit Nachdruck fordern, dass sie sich von ihm trennte. Also war es besser zu schweigen.

Ally stupste sie sanft mit dem Ellbogen in die Seite. »Wie wäre es mit einem Tee, Schwesterchen? Ich setze uns Wasser auf.«

»Gerne«, erwiderte Kayla erleichtert. »Lass uns von etwas anderem sprechen, ja? Was meinst du, sollte ich das mit dem Museum ernsthaft in Erwägung ziehen?«, scherzte sie.

Ally lachte schallend. »Ich sehe das Foto von deinem Museum schon in sämtlichen Broschüren des Fremdenverkehrsvereins. Du wirst eine Berühmtheit!«

Bei dem Stichwort Broschüre musste Kayla an das Gespräch mit Brannan über die Flannans denken. Die Erinnerung an sein Lächeln und das intensive Leuchten seiner Augen, wenn er sie ansah, ließ ihren Puls schneller schlagen. »Wie war eigentlich dein Wochenende?«, fragte sie, aus Neugierde heraus, aber vielleicht auch ein wenig, um ihre unangemessenen romantischen Gefühle für Brannan niederzukämpfen. »Wolltest du dich nicht mit Brannan treffen?« Sie beugte sich über einen Stapel alter Zeitungen, um Ally nicht ins Gesicht sehen zu müssen.

»Oh richtig, das habe ich dir noch gar nicht erzählt.« Ally gab Teebeutel in zwei Tassen und goss heißes Wasser darüber. Sie seufzte. »Wir haben uns am Sonntag getroffen und ein Picknick am An Clisham gemacht. Es war wunderbar.«

Kayla spürte, wie ihr die Hitze in die Wangen stieg. Sie gab vor, einen Zeitungsausschnitt zu studieren.

»Er ist einfach toll«, schwärmte Ally und reichte ihr die dampfende Tasse.

»Tatsächlich?« Kayla hob eine Augenbraue und blies in ihren Tee.

»Ja, stell dir vor, als ich ihm von Logan erzählt habe, schlug er von sich aus vor, ein Wort für Logan bei Mr Morrisson einzulegen, weil dieser ohnehin eine Hilfskraft braucht. Er hat ohne Worte gespürt, dass ich mir Sorgen um Logan mache. So viel Empathie ist selten bei einem Mann, findest du nicht?«

»Schon«, meinte Kayla spröde.

»Und obwohl er sich seiner Anziehungskraft Frauen gegenüber zweifelsohne bewusst ist, hat er überhaupt nichts Arrogantes an sich«, schwärmte Ally weiter. »Wirklich ungewöhnlich … Irgendwie haut er einen einfach um. Ich frage mich, woran das liegt.«

»*Aye*, das wüsste ich auch gerne«, entfuhr es Kayla. Erschrocken blickte sie auf, doch Ally schien sie zum Glück nicht gehört zu haben.

»Ich meine, sicher, er sieht toll aus, aber das tun andere Männer auch. Bei Brannan dagegen ist es so, dass man meint, alles würde ein wenig heller und strahlender, wenn er da ist …« Ally neigte den Kopf und rührte gedankenverloren mit dem Löffel im Tee. »Er *elektrisiert* einen förmlich, anders kann ich es nicht erklären. Er ist schon etwas Besonderes, nicht wahr?«

»Darüber habe mir noch keine Gedanken gemacht«, behauptete sie, obwohl sie seit Tagen nichts anderes tat.

»Wusstest du, dass der Anhänger, den er trägt, aus Walrosszahn ist? Er ist seit Ewigkeiten im Besitz seiner Familie. Ich vermute, Brannan stammt von den Nordmännern ab. Das würde sein männliches und außergewöhnliches Aussehen erklären …«

Kayla drehte Ally den Rücken zu und kramte im Regal nach Zucker für ihren Tee.

»Übrigens … Brannan scheint eine positive Auswirkung auf dich zu haben. Ich kann immer noch nicht glauben, dass du letzten Mittwoch gesungen hast.«

»Ach, das war kein richtiger Auftritt. Es hat sich eben spontan so ergeben«, meinte Kayla leichthin, doch ihre Wangen begannen zu prickeln. Sie trat an den Kühlschrank. »Es gibt keinen Grund, eine große Sache daraus zu machen. Ich habe nicht vor, mit der Band aufzutreten.«

»Was sagt Dalziel dazu, dass Brannan mit dir getanzt hat?«

»Nun ja, dass Brannon mit mir getanzt hat, trifft es nicht ganz. Es war ein Ceilidh. Alle haben miteinander getanzt.«

»Schon …«, erwiderte Ally zögernd. Kayla meinte, ihren durchdringenden Blick im Rücken zu spüren. »Kannst du mir bitte verraten, was du suchst?«

»Ich kann den Zucker nicht finden.«

»Im Kühlschrank?« Ally schob sie beiseite und öffnete den Vorratsschrank. »Hier.« Sie drückte ihr die Zuckertüte in die Hand. »Warum willst du nicht singen?«

»Verdammt noch mal, Ally«, herrschte Kayla sie an. »Hör auf damit. Was ist eigentlich mit euch los? Wieso bedrängt mich jeder?«

»Vielleicht weil alle merken, wie du von innen heraus strahlst, wenn du singst?«, schlug Ally sanft vor. Sie legte eine Hand auf Kaylas Arm. »Es ist, als wärst du ein ganz anderer Mensch. Abgesehen davon, deine Stimme ist ungewöhnlich gut.«

»Ach Unsinn, ich bin bestenfalls Durchschnitt«, tat Kayla ab und schob Allys Hand beiseite. Sie nahm einen Löffel und gab Zucker in den Tee. »Es spielt so oder so keine Rolle. Ich hasse es, vor Publikum zu stehen.«

»Brannan ist auch der Meinung, dass du eine besondere Begabung hast.«

Kayla verschluckte sich an ihrem Tee und musste husten.

»Aber wenn du nicht willst …«, Ally zuckte die Achseln, als wäre sie es leid, auf Kayla einzureden wie auf einen fußkranken Esel.

»Ich will nicht. Ende der Diskussion«, erklärte Kayla kurz angebunden. Sie tupfte mit dem Ärmel über ihren Mundwinkel.

»Schade«, nachdenklich nippte Ally an ihrer Tasse. »Bist du dir wirklich sicher?«

»Ally!« Kayla bedachte Ally mit einem warnenden Blick, woraufhin diese in brütendes Schweigen verfiel.

Schließlich sammelte sich Kayla und kam auf das Thema zu sprechen, welches ihr die letzten Minuten im Kopf herumgespukt war. »Du und Brannan, ihr kommt also gut miteinander aus. Meinst du, es könnte mehr daraus werden?«

»Ich würde es mir wünschen. Aber wenn ich ehrlich bin …« Ally verstummte und biss sich auf die Unterlippe.

Kayla legte den Kopf schräg. Ihre Finger trommelten nervös auf die Tischplatte. »Verrätst du mir, was das heißt?«

Ally seufzte. »Ich glaube, ich bin nicht sein Typ.«

Kayla schüttelte den Kopf. »Das kann ich mir gar nicht vorstellen. Ihr versteht euch doch so gut.«

»Schon.« Ally hob die Hand und kaute an ihren Fingernägeln, obwohl sie damit das Aussehen ihrer makellos manikürten Hände ruinierte. »Dennoch glaube ich nicht, dass etwas daraus wird. Brannan hat allenfalls freundschaftliches Interesse an mir.«

»Gib ihm Zeit. Es war schließlich euer erstes Treffen zu zweit. Da kann sich noch viel entwickeln«, versicherte Kayla und ignorierte den feinen Stich in ihrer Brust.

»Meinst du?« Ally stöhnte melodramatisch vor sich hin.

»Komm schon, Ally, hör auf, so schwarz zu sehen. Das ist doch sonst nicht deine Art.« Kayla legte Ally den Arm um die Schulter und drückte sie sanft.

»Glaub mir, ich hatte in den letzten Jahren reichlich Gelegenheit, ein Gespür für diese Dinge zu entwickeln. Es ist aussichtlos …«

»Aber nein, wieso denn?«

Ally, die ihren Daumennagel so tief abgekaut hatte, dass die Ecke einriss und blutete, legte die Stirn in Falten. »Ich glaube, er ist in eine andere verliebt.«

Kayla sog scharf die Luft ein. Sie hatte das Gefühl, als würden ihr plötzlich die Knie weich, obwohl sie saß. Als sie sprach, klang ihre Stimme wie von weit, weit weg. »Das ist … interessant. Weißt du, in wen?«

»Gute Frage«, Ally drehte den Pferdeschwanz zu einem dicken Strang. Nachdenklich starrte sie aus dem Fenster, als befände sich die Antwort irgendwo da draußen, zwischen den Klippen. Schließlich ließ sie seufzend ihr Haar los. »Nein, ich habe nicht den geringsten Anhaltspunkt.«

Kayla plumpste ein Mühlstein vom Herzen, mit Mühe unterdrückte sie die aufkommende Euphorie. Einen irrwitzigen Moment lang hatte sie tatsächlich befürchtet … aber nein, der Gedanke war wirklich *zu* absurd. Sie stellte die Tasse beiseite und scheuchte eine Fliege zum Fenster hinaus. Sirrend entschwand das Insekt in den blaugrauen Himmel. Kayla schloss rasch das Fenster hinter ihr.

»Ich bin sicher, du täuschst dich«, verkündete Kayla entschieden. Ein Versuch, ihre eigenen Schuldgefühle zu betäuben, weil sie sich als verheiratete Frau zu einem anderen Mann hingezogen fühlte. »Brannan ist ein Gentleman und lässt es langsam angehen, bis zum ersten Kuss.«

»Oh, was das betrifft …«, Ally zupfte sich am Ohr. »Der Punkt lässt sich ausschließen. Geküsst haben wir uns …«

Kayla war froh, dass sie die Tasse abgestellt hatte, sonst wäre sie ihr aus den Händen geglitten. Ihre Augen weiteten sich. »Er hat dich geküsst?«

Ally zuckte die Schultern. »Wie man es nimmt. Genauer gesagt, ich *ihn*.«

»Und …«, krächzte Kayla, »… wie war es?«

»Peinlich.« Ally prustete sich das Haar aus der Stirn. »Und das lag nicht etwa daran, dass Brannan nicht küssen kann. Ganz im Gegenteil. Er hat wunderbar sanfte Lippen, starke Arme und es fühlt sich aufregend an, mit den Händen durch sein Haar zu streichen.«

Das bezweifelte Kayla keine Sekunde, sagte aber nichts.

»Seiner Reaktion nach zu urteilen, hab ich ihn nur in Verlegenheit gebracht.« Ally zog die Nase kraus. »Ich möchte lieber nicht mehr darüber reden.«

»Es hat nicht gefunkt zwischen euch?«, hakte Kayla vorsichtshalber nach. Sowohl die Tatsache, dass Ally sich auf Brannan gestürzt hatte, als auch der Umstand, dass dieser sie hatte abblitzen lassen, klang so unglaublich, dass sie es kaum fassen konnte.

»Himmel, Kayla, ich versuche gerade, das Ganze einigermaßen zu verdrängen.« Ally nahm einen großen, zur Hälfte gefüllten Müllsack und warf ein zerschlissenes blaues Sitzkissen hinein.

Kayla spürte, wie unangenehm Ally die Erinnerung war, und verkniff es sich, weiter zu fragen, obwohl sie gerne mehr erfahren hätte. Weshalb meinte Ally, Brannans Herz sei anderweitig vergeben?

Ally stopfte zwei weitere Sitzkissen in den Müll und knotete den Beutel zu. Mit einem zufriedenen Blick in Kaylas Richtung stellte sie den Plastiksack neben die Türe. »So. Das hätten wir. Wir machen Fortschritte.«

Kayla kniff die Augen zusammen. Argwöhnisch betrachtete sie den Sack, in dessen Inneren sie eine Menge mehr als kaputte Kissen vermutete. »Was hast du alles da hineingepackt?«

»Nichts, was du gerne behalten möchtest.« Ally zuckte lässig die Schultern.

»Woher willst du das wissen, wenn du mich nicht vorher fragst?« Kayla machte einen Schritt auf den Müllbeutel zu, aber Ally stellte sich ihr in den Weg.

»Was soll das werden?«

»Lass mich nachsehen«, forderte Kayla.

»Vertrau mir.«

»Ich will sehen, was du weggeworfen hast.«

»Kannst du gerne machen. Aber ich warne dich. Was drin ist, bleibt drin.«

»Das werden wir ja sehen«, erklärte Kayla kühl und schlängelte sich an Ally vorbei.

»Manchmal kann ich Dalziel verstehen«, meinte Ally spitz. »Dein Kontrollzwang kann einen echt in den Wahnsinn treiben.«

»Ach?« Entschlossen, sich nicht von Ally provozieren zu lassen, verzog Kayla die Mundwinkel zu einem süffisanten Grinsen. Sie bückte sich, knotete den Plastikbeutel auf und zog einen geblümten Schal heraus. »Und was ist das hier?« Sie erhob sich und hielt ihn Ally unter die Nase, aber diese verschränkte die Arme vor der Brust und hüllte sich in demonstratives Schweigen. »Wieso wirfst du Mums Schal weg?«

Ally musterte sie streng. »Das Ding ist uralt. Das kann man bestenfalls als Putzlappen verwenden. Leg es zurück.«

»Und wenn ich es nicht tue?«, fauchte Kayla und leerte aus Protest auch noch den Rest des Müllbeutels auf den Boden.

»Mir reicht's«, Ally schnappte sich ihren Autoschlüssel vom Tisch und griff nach ihrer Jacke. »Das ergibt so keinen Sinn.«

»Wo willst du hin?«

»Ich gehe.«

»Du hast doch nicht etwa vor, mich hier alleinzulassen?« Kayla schluckte, als sie begriff, dass Ally es ernst meinte.

»Doch, das habe ich. Zumindest im Moment«, sagte Ally, bereits versöhnlicher, doch zwischen ihren Augenbrauen war noch immer die schmale Falte zu sehen. »Was du brauchst, ist Zeit für dich alleine in diesem Haus, um dich zu verabschieden.«

Kayla spürte, wie ihre Augen brannten. Sie öffnete den Mund, um etwas zu sagen, aber der Kloß in ihrem Hals steckte so fest, dass sie nur ein Nicken zustande brachte.

»Bis auf Weiteres ist das hier dein Revier.« Ally zog sie an sich und drückte ihr einen Kuss auf die Wange. »Ruf mich an, wenn du so weit bist, ja?«

»*Aye*«, nickte Kayla und sah Ally mit einem mulmigen Gefühl im Bauch hinterher. Alleine in der Küche, hatte sie auf einmal das unbestimmte Gefühl, dass Ally für sie beide eine Entscheidung getroffen hatte, deren Folgen keine von ihnen abschätzen konnte.

Dalziel war so wütend, dass er hätte platzen können. Dass die Reifen seines Jeeps die Pfützen in Wasserfontänen verwandelten, nahm er kaum wahr, und wenn, es war ihm so etwas von egal. Ohne Rücksicht auf Tormods sorgfältig gepinselte Werbeschilder, parkte er den Wagen mitten vor dem Butty Bus. Er nahm das Gewehr von der Rückbank, stieg aus und stapfte auf die Freifläche neben dem Bus zu, wo auf einer der Picknickbänke Donald saß. Eine ihm nur allzu bekannte Stimme hielt ihn auf.

»Großer Gott, Dalziel, was ist denn in dich gefahren? Pack die Flinte weg, bevor du jemand ernsthaft gefährdest.«

Dalziels Kopf fuhr herum. Johns massige Gestalt lehnte am Eingang des Busses, in der Hand eine Pappschachtel. Er fuhr sich mit einem Finger in den Mund. Selbstgefällig pulte er in einer Lücke zwischen den schrägstehenden Zähnen, bis er etwas Undefinierbares zu Tage förderte und nach ausgiebiger Musterung seine Hand an der Arbeitshose abwischte.

Dalziel verzog keine Miene. »Spar dir den Kommentar«, blaffte er. »Weißt du, wo Tormod steckt?«

John fischte einen Hähnchenschlegel aus dem Karton und wedelte damit durch die Luft. »Der kommt gleich. Ist kurz zu den Toiletten. Kann ich dir weiterhelfen?«

»Du? Mir helfen?« Dalziel verzog verächtlich das Gesicht. »Eher friert die Hölle zu.«

Johns Miene erstarrte, nichtsdestotrotz schien er entschlossen, sich seine gute Laune nicht von seinem Erzrivalen verderben zu lassen. Ungebremsten Optimismus zur Schau tragend, wie andere ihren Sonntagshut, kam er die Stufen hinunter auf Dalziel zu und legte ihm die Hand auf die Schulter. »Na los, jetzt hab dich nicht so. Komm, ich geb einen aus.«

»Hör auf, mich zu behandeln wie einen Schwachsinnigen«, presste Dalziel zwischen den Zähnen hervor, ging dann aber gemeinsam mit John auf Donald zu.

»Tagchen, Dalziel. Nett, einen pazifistisch gesinnten Mitbürger zu treffen.« Donald fasste den Rand seines Kaffeebechers mit zwei Fingern und trank laut schlürfend. Er setzte den Becher ab und musterte Dalziels Gewehr mit einem spöttischen Grinsen. »Die Knarre macht sich gut vor Tormods Geschäft. Gibt den Touristen einen Eindruck von der Friedfertigkeit der Menschen hier.«

»Lass ihn, Donald«, wiegelte John ab und klopfte Dalziel gönnerhaft auf die Schulter.

Dalziel war kurz davor, ihm eine zu scheuern.

»Es wird schon seinen Grund haben, was, Dalziel?« John ließ sich schwerfällig auf der Bank neben Donald nieder und beförderte eine Flasche Whisky aus den Tiefen seiner Jacke hervor. Dann griff er nach der Thermoskanne vor sich auf dem Tisch, goss einen Fingerbreit Kaffee in den Becher und füllte mit Talisker auf. »Wie es aussieht, hatte Dalziel einen Scheißtag. Lassen wir ihn erst mal zur Ruhe kommen.«

Dalziel musterte John mit schmalen Augen, als sähe er sich einer besonders hässlichen Giftkröte gegenüber. Am liebsten hätte er erwidert, dass sich John seinen verdammten Whisky sonstwohin stecken sollte. Doch einen zehn Jahre alten Distillers Edition abzulehnen, nur weil John ein Idiot war, erschien ihm frevelhaft, also beschränkte sich Dalziel auf ein ungnädiges Grunzen und nahm den Becher. Er tat einen kräftigen Schluck, der Alkohol rann seine Kehle hinunter bis in die Eingeweide und verbreitete sofort seine beruhigende Wirkung. Betont gelangweilt nahm er das Gewehr von der Schulter, lehnte es gegen den Tisch und setzte sich. Was kümmerte ihn Johns dämliches Geschwätz?

»Grundgütiger!« Tormods Stimme klang panisch. Er kam von den Toiletten quer über den Platz geeilt. Im Laufen absolvierte er absurde Verrenkungen und zerrte an seinen Hosenträgern. Keuchend und mit feuerrotem Kopf baute er sich vor Dalziel auf und stemmte die Hände in die Seiten. »Dalziel, alles, was recht ist, könntest du freundlicherweise nicht mit einer Knarre vor meinem Imbiss auftauchen? Die Leute *müssen* ja denken, mit dem Essen stimmt was nicht.«

»Ich kann keine Leute sehen«, kommentierte Dalziel lakonisch. »Außer uns ist wie immer keiner hier.«

»Trotzdem, Dalziel, ich finde es wirklich nicht gut …«, setzte Tormod an und pikste erbost mit dem Zeigefinger Löcher in die Luft.

Aber Dalziel war nicht in der Stimmung für Tormods Geschwafel. Mit einer knappen Handbewegung schnitt er ihm das Wort ab. »Reg dich ab. Sag mir lieber, ob du die verdammte Robbe gesehen hast.«

»Welche Robbe?« Völlig aus dem Konzept gebracht, falls er überhaupt je eines gehabt hatte, hob Tormod irritiert die Augenbrauen.

»Du weißt schon. Die mit dem auffälligen schwarzen Rand am linken Auge. Sie treibt sich öfters hier im Hafen herum.«

Tormod kratzte sich den spärlichen Haaransatz. »Ach so, *die* meinst du. Nein, schon seit ein paar Tagen nicht mehr. Was ist mit ihr?«

»Das mistige Biest ist so gut wie erledigt. Es war an meinen Lachsnetzen am Fluss hinter dem Loch.«

Donald kniff die Augen zusammen »Wieso fischst du auch da oben? Jeder weiß, dass die Stelle von Robben verseucht ist.«

»Ach wirklich?« Dalziel warf ihm einen abschätzigen Blick zu. »Komisch. All die Jahre hatte ich keinen Ärger. Erst seit dieses elende Vieh aufgetaucht ist.«

»Such dir doch ein anderes Gebiet«, erwiderte Donald sichtlich unbeeindruckt von Dalziels Auftritt. »Soweit ich weiß, fängt man bei dir oben in Losgaintir fünfmal so viel.«

»Erzähl das mal der Behörde.« Dalziels Gesicht verfinsterte sich. »Seit Jahren bemühe ich mich um eine Konzession weiter nördlich. Und was bekomme ich? Den beschissenen Loch Steisebhat hinter dem Hafen.«

»Wenn es sich nicht rentiert, warum gibt du den Lachsfang nicht einfach auf?« Donalds Augen funkelten listig.

»Dazu ist er viel zu sehr Schotte«, spöttelte Tormod. Er nahm den von John hingehaltenen Kaffeebecher und atmete genüsslich den würzigen Geruch des Talisker ein. »Ein glückliches Leben zu führen grenzt an nationalen Hochverrat. Dalziel *liebt* sein Elend, so wie wir alle.«

»Tja, auch hier gilt: Ausnahmen bestätigen die Regel. Längst nicht alle von uns wälzen sich in ihrem Unglück.« John hob den Kopf und blickte in die Runde, offensichtlich darauf aus, eine seiner großartigen Ankündigungen zu machen.

Doch Dalziel hatte keineswegs vor, ihm die Bühne zu überlassen. Rasch zückte er sein Handy, strich über das Display und hielt ein Foto in die Runde. »Hier.«

Donald wölbte zum Schutz vor der Sonne die Hand über das Gerät. Dann schüttelte er den Kopf und gab das Handy an Tormod weiter. »Tut mir leid. Ich kann nichts erkennen, außer Gras und ein paar Flecken.«

John nahm Tormod das Handy aus der Hand. »Ein gutes Dutzend zerfetzter Lachse. Wie es aussieht, hat die Robbe ganze Arbeit geleistet. Scheint ein Feinschmecker zu sein. Sie hat das Nackenfilet herausgerissen, während sie den restlichen Fisch verschmäht und am Tatort zurückgelassen hat. Schade um die schönen Lachse. Völlig unbrauchbar.«

»Gib her!« Mit einer Geste, die keinen Widerspruch erlaubte, ließ sich Dalziel das Handy von John zurückgeben. »Das ist das vierte Mal in dieser Saison, dass dieses Miststück meinen Fang zerpflückt.«

Rundum betretenes Schweigen.

Dalziel steckte das Handy zurück. »Ich sage ja nichts, wenn es sich einen Fisch stiehlt. Aber so? Ich schwöre euch, ich knalle das Biest über den Haufen, wenn ich es erwische.«

»Ho, ho … Vorsicht.« Warnend hob Donald die Hand. »Die See vergisst nicht. Mit solchen Drohungen forderst du dein Schicksal geradezu heraus.«

Dalziel schnaubte verächtlich. »Erspar mir dein abergläubisches Geschwätz. Könnte gut sein, dass du *dein* Schicksal damit herausforderst.«

»Glaub doch, was du willst«, murrte Donald und hüllte sich in beleidigtes Schweigen.

»Tja, Dalziel, vielleicht solltest du es zur Abwechslung mal mit Freundlichkeit versuchen«, John kratzte sich am Kinn, ein leises Lächeln spielte um seine Lippen, »sowohl den Menschen als auch der Natur gegenüber. Es ist nett, nett zu sein. Ich für meinen Teil habe damit sehr gute Erfahrungen gemacht.«

»Du kannst mich mal, du blöder Schnösel«, raunte Dalziel, so dass nur Tormod neben ihm es hören konnte.

»Was? Hat er was gesagt?« Verwirrt hob Donald den Kopf.

»Er meinte, Johns Idee sei gar nicht so dumm«, erklärte Tormod entschieden. Er setzte sich zu Donald, schenkte sich Whisky nach und reichte die Flasche John. »Was feiern wir hier eigentlich?«

»Ich habe fantastische Neuigkeiten. Will nur eben auf den Wunderknaben warten, dem ich es zu verdanken habe. Ah, da ist er ja!« John hob den Arm und winkte. Dalziel folgte seinem Blick.

Auf der anderen Seite der Straße stand Brannan. Er war im Begriff, in sein Auto zu steigen, aber John, entschlossen, Brannan am Gehen zu hindern, formte mit den Händen einen Trichter vor dem Mund und schrie gegen den Wind an: »Hey, Brannan. Komm her, wir stoßen auf unseren Erfolg an.«

Brannan wandte den Kopf. Er schien nicht sonderlich erpicht auf Gesellschaft zu sein, dafür zögerte er einen entscheidenden Moment zu lang mit der Antwort. Dalziel griente erleichtert in sich hinein, doch just dann entschied sich Brannan dämlicherweise anders.

»Na schön. Wenn du darauf bestehst«, schrie Brannan zurück, seine Stimme merkwürdig verzerrt vom Brausen des Windes.

Dalziel zog eine Grimasse und nahm einen tiefen Schluck Whisky. Auf einen weiteren Klugscheißer, der ihm erklärte, wie er seine Geschäfte zu führen hatte, konnte er bestens verzichten. Er leckte sich die Lippen, drehte den Kopf weg und tat, als studierte er die Möwen, die neben den Mülltonnen um einen blutigen Fischkopf stritten. Kreischend und wild mit den Flügeln schlagend erhoben sie sich gegen den Wind.

Als hätte er Dalziels Missbilligung gespürt, blieb Brannan abwartend neben den Bänken stehen.

»Setz dich«, forderte John ihn auf.

»Ich will nicht stören«, Brannan schob die Wollmütze in den Nacken und kratzte sich den Haaransatz. »Wieso schleppst du die Knarre mit dir herum? Gibt es ein Problem?« Sein Blick wanderte zwischen Dalziel und dem Gewehr hin und her und blieb dann an Dalziel hängen.

»Dalziel hat Ärger mit einer Robbe«, ergriff Donald unaufgefordert für Dalziel das Wort. Dalziel warf ihm quer über den Tisch einen warnenden Blick zu, aber Donald tat, als würde er es nicht bemerken. »Sie klaut ihm die Lachse. Und jetzt hat er allen Ernstes vor, sie zu erschießen, obwohl das nicht sonderlich schlau ist. Die See ist ein übellauniges Wesen und die Robbe eines ihrer Geschöpfe.«

Dalziel, der wusste, dass Donald jeden Einwand nur als Steilvorlage nutzen würde, eine seiner blöden Geschichten zum Besten zu geben, verzichtete auf eine Antwort. Wenn keiner was sagte, hätte sich das Ganze schnell erledigt.

Doch für Donald schien das Thema noch lange nicht ausdiskutiert. Er warf einen misstrauischen Blick auf die Thermoskanne und befand wohl, dass genug Kaffee an diesem Nachmittag getrunken worden war. Großzügige zweifingerbreit Talisker landeten in einem Becher, den er mit einem verschwörerischen Zwinkern an Brannan weiterreichte. »Wie siehst du das, Shetlander? Erklär den Jungs mal, dass in den alten Geschichten mehr Wahrheit steckt als in Tormods Steuererklärung.«

Brannan zuckte die Achseln. »Geistergeschichten gibt es überall«, er hob den Becher und prostete in die Runde. »Ihr kennt sie doch, oder? Zum Beispiel die über die Männer, die auf den Flannan Isles auf seltsame Weise ums Leben gekommen sind.«

Donald nickte wissend. »*Aye,* die waren selbst schuld. Jeder weiß, dass es Unglück bringt, eine Nacht auf der Insel zu verbringen. Wenn sie dann noch so dumm waren, ihre Kopfbedeckung nicht abzunehmen und sich mit entblößtem Oberkörper einmal in Richtung der Sonne zu drehen, war es ihr eigenes Pech. Die alten Rituale wollen beachtet werden. Ich sag's ja: Vergesst die alten Geschichten nicht und legt euch nicht mit der See an.«

»Schwachsinn.« Dalziel wandte sich mit einem provozierenden Grinsen an Brannan. »Du glaubst doch nicht im Ernst, dass ein paar lächerliche Gruselgeschichten mich davon abhalten, dem verdammten Vieh eins über den Pelz zu brennen? Es sind meine Lachse, verstanden? Dieses Miststück hat mich heute rund hundert Pfund ärmer gemacht.«

»Tu, was du für richtig hältst.« Brannan wischte sich mit dem Handrücken über den Mund und blickte ausdruckslos in Dalziels Richtung. »Ich jedenfalls halte es für keine gute Idee, die Robbe zu erschießen.«

»Ach? Und seit wann interessiert mich deine Meinung?«

»Na dann interessiert es dich vielleicht, was die Polizei dazu sagt? Auf Karnickel zu schießen ist eine Sache, auf Robben eine andere.«

»Wie sollten die da oben in Lewis denn davon erfahren?« Dalziel kniff die Augen zu schmalen Schlitzen zusammen. »Stornoway ist weit weg. Auf Harris regeln wir unsere Angelegenheiten nach wie vor alleine. Bisher hat das wunderbar geklappt.«

»Ich habe nicht vor, dich anzuzeigen, falls du das meinst.« Brannan nahm einen Zahnstocher vom Tisch, wickelte ihn aus dem Papier und steckte ihn sich zwischen die Zähne. »Was dein Problem mit der Robbe angeht, das ließe sich allerdings anders lösen.«

»Ach? Du hältst dich wohl für besonders schlau, was?« Gierig stürzte Dalziel den restlichen Whisky hinunter. »Gibt es zufällig etwas, von dem du nichts verstehst?«

»Da fällt mir ein, was feiern wir hier überhaupt?«, lenkte Tormod, gewohnt harmoniebeflissen, vom Thema ab. Er hob den Becher. »*Slàinthe.*«

John warf sich in die Brust wie ein Pfau, der gerade sein schönstes Rad schlug. »Mit Brannans Hilfe machen wir aus dem verschlafenen Kaff eines der Top-Ausflugsziele auf den Inseln. Das bringt Geld für alle.«

»Du meinst, *du* scheffelst jede Menge Kohle. Ob wir einen Nutzen davon haben, steht auf einem anderen Blatt.« Dalziel gab sich erst gar keine Mühe, ein Hehl aus seiner Feindseligkeit zu machen. Neugierig war er dennoch. »Was genau hast du vor?«

John griff nach seiner Brille, die an einer Schnur um seinen Hals baumelte, und hielt sie prüfend gegen das Licht, als ob es irgendwie von Bedeutung wäre. Alle Augen ruhten auf ihm.

»Waltouren«, erklärte John schlicht, aber das Wort detonierte wie eine Granate. Jeder am Tisch wusste, dass Waltouren bei den Touristen zu den beliebtesten Aktivitäten gehörten, eine wahre Lizenz zum Gelddrucken. Das Problem bestand allerdings darin, dass sich die Wale alles andere als kooperativ zeigten, was die Förderung des Tourismus betraf.

»Waltouren?«, kicherte Donald, der das Ganze anscheinend genauso lächerlich fand wie Dalziel. »Wie um alles in der Welt willst du das anstellen? Soweit ich mich erinnere, hast du in der letzten Saison genau zweimal Wale aufgespürt, Dalziel kein einziges Mal.«

»Das wird sich jetzt ändern«, erklärte John. Bedeutungsschwer senkte sich seine Hand auf Brannans Schulter: »… dank Brannan.«

Erneute Pause, in der John aufmerksamkeitsheischend in die Runde blickte. Dalziel hätte ihm am liebsten mit der Faust die Arroganz aus dem Gesicht gedroschen.

»Tja, so ganz erklären kann ich es euch nicht«, fuhr John fort und rieb sich mit der Hand über die Glatze. »Aber Brannan scheint ein angeborenes Talent zu besitzen, Verbindung zu Walen aufzunehmen. Es ist, als spräche er ihre Sprache. Wir waren ungefähr fünfzehn Seemeilen vor der Küste, als er eine Walschule aufgespürt hat.«

»Könnte Zufall gewesen sein«, meinte Tormod, während Donald vor sich hin schwieg, mit den Gedanken in seine eigene Welt versunken. Offenbar hatte er das Interesse an der Konversation verloren.

»Dachte ich auch erst. Aber ihr hättet mal sehen sollen, wie nahe uns die Wale herangelassen haben. Einer von ihnen ist eine ganze Weile um das Boot herumgeschwommen, als wäre er neugierig, wer wir sind, stimmt's, Brannan?«

»Er hat gespürt, dass er nichts zu befürchten hat, dadurch hat er es locker genommen«, spielte Brannan, dem die Aufmerksamkeit sichtlich zu viel wurde, die Angelegenheit mit einem Achselzucken hinunter.

»Zufallstreffer«, knurrte Dalziel unbeeindruckt, doch innerlich wand er sich vor Neid. »Jeder von uns ist schon auf Wale gestoßen.«

»Falsch. Brannan hat ein Talent dafür«, beharrte John. »Glaub mir, er kann mit Walen kommunizieren. Und ich wette, er könnte auch deine Robbe dazu bringen, sich ein anderes Jagdgebiet zu suchen. Das war es, was du ihm vorhin vorschlagen wolltest, Brannan, nicht wahr?«

»Möglich«, erwiderte Brannan vage, ohne Dalziel anzusehen.

»Na siehst du.« John lehnte sich zufrieden zurück.

»Nichts für ungut, Leute, aber ich muss jetzt los.« Plötzlich schien Brannan es eilig zu haben. Er warf den Pappbecher mit einem lässigen Schwung in den Mülleimer. »Man sieht sich. Und danke für den Whisky, John!«

»Der Dank ist ganz meinerseits.« Zum Abschied klopfte John Brannan anerkennend auf die Schulter, dann wandte er sich an die verbliebene Runde. »Noch einen *wee dram*? Was ist mit dir, Donald, bist du eingeschlafen?« Er versetzte Donald einen freundschaftlichen Stoß in die Seite, woraufhin dieser mit den

Armen ruderte, als müsste er sich den Weg aus dem Geflecht seiner Gedanken zurück in die Realität freikämpfen.

»Hab ich was verpasst?« Er zog sein Taschentuch aus der Hose und schneuzte sich geräuschvoll.

»Ich wollte wissen, ob du noch Whisky möchtest«, wiederholte John geduldig.

»Was ist denn das für eine komische Frage? Schon mal erlebt, dass ein Schiff auf dem Trockenen fährt? Nur her mit dem Talisker!« Donald hielt auffordernd den Becher hoch, der von John sogleich gefüllt wurde.

Eine Weile herrschte einvernehmliches Schweigen. Dalziel beobachtete, wie John selbstzufrieden vor sich hin grinste. Tormod hielt die Arme vor der Brust verschränkt, in den Anblick der gegen die Hafenmauer plätschernden Wellen versunken.

Donald dagegen beschäftigte offenbar etwas, seine Stirn war tief gefurcht. »Der Teufel soll mich holen, wenn die Robbe kein Selkie ist«, sagte er unvermittelt. Obwohl aus ihm tiefe Überzeugung sprach, fiel die Reaktion auf seine abenteuerliche These eher spärlich aus. John gab ein verhaltenes Grunzen von sich, Tormod tat geflissentlich so, als hätte er nichts gehört. Kein Wunder, dachte Dalziel verächtlich. Donalds andauerndes Gequassel über Selkies, Kelpies und andere magische Wesen war wirklich nervtötend.

»Ein Selkie, ganz eindeutig«, wiederholte Donald mit größtmöglicher Bestimmtheit. »Sonst würde sie sich nicht so benehmen. Lass besser die Finger von ihr, Dalziel, wenn du kein Unglück heraufbeschwören willst.«

»Verschon mich mit deinem Geschwätz.« Dalziel verzog das Gesicht und erhob sich. Er warf sich das Gewehr über die Schulter und funkelte Donald herausfordernd an. »Und selbst *wenn* es ein Selkie ist … falls das verdammte Vieh sich noch einmal über meine Lachse hermacht, ist es ein toter Selkie.«

»Hehehe«, kicherte Donald listig. »Als ob das so einfach wäre. Das haben andere vor dir auch schon versucht.« Er legte eine bedeutungsvolle Pause ein. Umständlich schneuzte er sich in sein Taschentuch. Da ihn bedauerlicherweise niemand bat weiterzusprechen, erteilte er sich erneut selbst das Wort.

»Alles kein Problem, das hat Angus Ruadh, der Seehundtöter, damals auch gedacht. Solange, bis ein Selkie in Menschengestalt ihn mit einer List in die Klippen gelockt und sich mit ihm vierhundert Meter tief ins Meer gestürzt hat, dort, wo der Atlantik so schwarz ist wie Teer. Er zieht Angus also bis auf den Meeresgrund, wo hinter einem Büschel Seegras verborgen eine Tür zu einer Reihe verschlungener Gänge mündet. Sie gehen weiter und weiter, und als es dem roten Angus schon ganz angst und bange wird und er sich sicher ist, nie wieder ein Fitzelchen blauen Himmels zu sehen, da zeigt ihm der Seehundmensch auf einmal ein Messer. ›Hast du das schon mal gesehen?‹, fragt er listig, und Angus wird es vor Fracksausen ganz schlecht, denn natürlich hat er das Messer schon oft gesehen. Es ist nämlich sein eigenes, mit dem er unzählige Seehunde abgeschlachtet hat und das einmal bei der Jagd mitten im Fell eines Selkies stecken geblieben und verloren gegangen war. Also nickt Angus. Daraufhin bringt man ihn ins nächste Zimmer und da liegt ein uralter Seehund und in seiner Flanke schwärt die Wunde, die Angus' Messer hinterlassen hat. Angus schwört Stein und Bein, alles sei ein schrecklicher Irrtum gewesen, aber das nützt ihm nichts. Mit seinen bloßen Händen und Tränen muss er die Wunde des alten Seehundes heilen und bei allem, was ihm heilig ist, schwören, dass er sein Lebtag lang nie mehr Jagd auf Seehunde machen wird. Erst dann lassen sie ihn an die Oberfläche zurückkehren. Aber ich schwöre euch …«, Donald warf einen triumphierenden Blick in die Runde, »danach war Angus Ruadh nie wieder derselbe.«

Dalziel hob gelangweilt eine Augenbraue. »Blablabla …«

»Spotte nur. Du wirst sehen, was du davon hast.« In einem Zug stürzte Donald den Whisky hinunter, als wäre er am Verdursten. »Frag Brannan. Er wird dir bestätigen, dass die Robbe ein Selkie ist.«

»Ach, ist Brannan jetzt zum Spezialist für sämtliche Lebenslagen aufgestiegen?«, schimpfte Dalziel.

»Ihr habt es also immer noch nicht kapiert …«, Donald bückte sich und kraulte Moses ausgiebig zwischen den Ohren. Dann streckte er sich und blickte triumphierend in die Gesichter. »Brannan weiß Bescheid. Er ist nämlich selbst ein Selkie.«

»Blödsinn, Donald, das geht eindeutig zu weit.« Ärgerlich schüttelte John den Kopf.

»*Aye*«, pflichtete Tormod ihm bei. »Deine Geschichten in Ehren, aber wenn du mich fragst, hast du eindeutig mehr Whisky intus, als du auf deine alten Tage verträgst.«

»Ach?« Donald pflückte etwas Übelriechendes, das aussah wie getrockneter Kuhdung, aus Moses' Fell und warf es auf den Boden. »Glaubt mir, ich habe Brannan genau beobachtet. Wenn man eins und eins zusammenzählt, gibt es keinen Zweifel.«

»Lass es, Donald«, Tormods Stimme klang ungewohnt scharf.

Aber Donald war nicht zu bremsen. »Punkt Nummer eins, sein Aussehen. Nummer zwei, sein Singsang, wenn er redet, und die Art, *wie* er fiddelt. Selkies lieben Gesang, Musik und Tanz. Sie haben eine eigene, unnachahmliche Art. Damit üben sie eine magische Anziehungskraft auf Frauen aus. Womit wir bei Punkt Nummer drei wären. Habt ihr bemerkt, wie eure Frauen auf Brannan abfahren?«

»Noch mal, Donald, ich möchte, dass du mit dem Unsinn aufhörst. Du weißt, wie leicht Gerüchte entstehen.« Mahnend erhob Tormod den Zeigefinger.

»Lass ihn doch«, ging John, gewohnt großspurig, dazwischen. »Er meint es nicht böse. Vielleicht ist Dalziel froh, gewarnt zu sein. Immerhin führen nicht *alle* von uns eine glückliche Ehe, insofern könnte stimmen, dass …«

»Kümmer dich besser um deinen eigenen Kram«, erwiderte Dalziel frostig. Er deutete mit dem Kinn in Richtung der Wellblechhütten, wo es einer Schar Krähen gelungen war, die Plane von Johns Körben zu ziehen. Jetzt hakten sie gierig auf den Fang ein.

»Verflucht noch eins …«, brüllte John und stürzte los, doch Dalziel kam ihm zuvor. Er legte das Gewehr an. Ein Schuss zerriss die Luft. Lautstark protestierend stieben die Krähen in den Himmel. Ein Knäuel pechschwarzer Federn stürzte ins Meer.

»Wolltest du etwas sagen, John?« Dalziel griente selbstgefällig. »Ich glaube kaum, dass ich mir um *irgendetwas* oder um *irgendjemanden* Gedanken machen muss.« Bedeutungsvoll schulterte er das Gewehr. Schweigen. Dalziel quittierte die Bestürzung, mit der die anderen auf seine offene Drohung reagierten, mit Genugtuung. Sollten sie über ihn denken, was sie wollten. Egal ob Robbe oder Mensch, so leicht würde er sich seinen Besitz nicht streitig machen lassen. Seine Frau erst recht nicht.

Sanft, gleich einem endlosen Kuss, liefen die Wellen auf den Strand von Luskentyre zu. Die goldenen Sandflächen glitzerten im Licht des Mondes, die Luft war erfüllt vom Duft des Machair. Irgendwo in den Dünen, in einer verlassenen, zwischen Büscheln aus Strandhafer versteckten Kaninchenhöhle, saß ein Sturmtaucher, das Gefieder weit über das weiße Ei gebreitet, aus dem sein Gelege bestand. Sein Instinkt befahl ihm, es zu hüten wie seinen Augapfel und vor nächtlichen Räubern zu verteidigen. Er spreizte die Flügel. Ein gespenstischer Schrei durchdrang die Dunkelheit.

Von all dem Raunen und Wispern der Nacht bemerkte Kayla nichts. Sie saß über ihren Webstuhl gebeugt in der Wellblechgarage, deren Wände in der Salzluft rosteten und durch deren Ritzen der Wind pfiff. Jeder Winkel des winzigen Raumes war erfüllt vom *Ratatazing* des Webstuhls. Es roch nach Schafswolle und Maschinenöl. Die nüchterne Atmosphäre war alles andere als geeignet, eine romantische Stimmung aufkommen zu lassen, und das war auch gut so, stellte Kayla mit einem knappen Blick aus dem Fenster fest. Die in ihrer schlichten Erhabenheit unvergleichliche Schönheit des Abends wäre mehr gewesen, als sie in ihrer derzeitigen Stimmung hätte ertragen können. Entschlossen kniff sie die Lippen zusammen und wandte sich wieder ihrer Arbeit zu. Für gewöhnlich sang sie eines der gälischen Lieder, mit denen sich die Frauen früher über die anstrengende Arbeit hinweggerettet hatten. Heute Abend jedoch wollte ihre Kehle keinen Ton zustande bringen. Dafür schlossen sich ihre Hände umso fester um die Metallstange vor der Aufhängung, während sie mit den Füßen die beiden Pedale, die die Schächte auf- und abgleiten ließen, in einem konstanten Rhythmus bewegte.

Ratatazing … Ratatazing …

Die Monotonie legte sich wie ein Schleier über ihre Gedanken, mechanisch spulte ihr Körper die Abläufe ab. Wieder und wieder und wieder. Manchmal war Weben für Kayla wie eine Droge. Ein wunderbares Beruhigungsmittel, das ihr erlaubte, alle Grübelei hinter sich zu lassen und in einen wohligen Dämmerzustand zu verfallen. Heute jedoch wollte es ihr einfach nicht gelingen, sich in die Gleichförmigkeit des Ratterns fallenzulassen. Unruhig wie auf und ab hüpfende Flöhe wanderten ihre Gedanken zu Brannan.

Seinetwegen hatte sie das heutige Treffen im Gemeindehaus ausfallen lassen. Was er wohl gerade machte, überlegte sie. Vermutlich saß er, durch ein paar dünne Wände von ihren Freundinnen getrennt, mit der Band zusammen und probte. Sie seufzte. Wie gerne wäre sie dabei, wenn er wieder auf der Fiddle spielte. Ihr selbst auferlegter Hausarrest erfüllte sie mit Einsamkeit, sie fühlte sich vom Gemeindeleben abgeschnitten. Nachdenklich strich sie mit der Hand über die Karte des Webstücks. Ob es Kaitlin wohl gelungen war, den Sponsor zu überzeugen? Waren die Aussteller mit der Einteilung der Plätze zufrieden? Bei der Vorstellung, wie ihre Freundinnen gemütlich im Gemeindehaus beisammensaßen, wurde Kayla schwer ums Herz. Vielleicht würden sie in diesem Moment, verzaubert vom Klang des Reels, wieder miteinander tanzen …

Sie schloss die Augen, während die Erinnerungen an das letzte Treffen auf sie einströmten. Fast konnte sie spüren, wie Brannan die Hand nach ihr ausstreckte, um sie zum Tanz zu bitten, in seinen Augen lag eine seltsame Intensität. Kayla erschauerte. Dass da mehr zwischen ihnen gewesen war als nach außen sichtbar, war Kayla bewusst. Wie sonst ließ sich die seltsame Spannung zwischen ihnen erklären? Es war, als hätte Brannan an jenem Abend eine Tür in eine wunderbare Welt aufgestoßen, die nur ihnen beiden zu gehören schien … Keuchend stieß Kayla die Luft aus. Wie wichtig Brannan ihr allein in den letzten Tagen geworden war, ängstigte sie. Wie konnte sie nur daran denken, das Wohl der Menschen, die ihr am meisten am Herzen lagen, Dalziel und Iain, durch eine leichtsinnige Affäre aufs Spiel zu setzen?

Darüber hinaus, rein nüchtern betrachtet, wovon sollte sie leben, wenn sie sich tatsächlich dafür entschied, Dalziel zu verlassen? Auf dem Festland mochten für Frauen, die sich in einer vergleichbaren Lage befanden, durchaus Möglichkeiten bestehen. Mit etwas Glück konnten sie sich eine neue Existenz in der Industrie schaffen. Aber hier, auf den Inseln? Nein. Bedrückt schüttelte sie den Kopf. Im nüchternen Schein der Neonröhre erschien ihr der Gedanke, etwas mit Brannan anzufangen, lächerlich absurd. Sie kniff die Lippen zusammen, ihre Füße flogen über die Pedale, die Schächte des Webstuhls ratterten auf und ab. Binnen kurzer Zeit lief ein dünnes Rinnsal aus Schweiß über die Haut zwischen ihren Brüsten.

Himmel … Ja, sie war verwirrt, aber doch nicht so sehr, dass sie darüber vergessen konnte, wer sie war? Eine verheiratete Frau, die Dalziel vor Gott Treue gelobt hatte, und, so fremd sie sich selbst auch in den letzten Tagen erschienen war, sie war beileibe niemand, der seine Versprechen leichtfertig brach. Sie hielt den Webstuhl an, ihr Blick glitt prüfend über den gefertigten Stoff. Das Muster, das ihr im Kopf herumspukte, war komplizierter als alles, was sie zuvor versucht hatte. Die Kettfäden bestanden abwechselnd aus weißem, grünem, türkisem und roséfarbenem Garn. Zusätzlich waren sie in sich meliert. Zusammen mit den wechselnden Farben der Schussfäden ergab sich ein ausgeklügeltes, streng geometrisches Muster aus Schwarz, Maulbeer und Fuchsia. Sie konnte sich den Stoff gut als Bettüberwurf vorstellen. In Allys Schlafzimmer würde er sich perfekt machen … Ihre Hand fuhr über eine Unregelmäßigkeit im Tweed. Der Fehler war mit bloßem Auge kaum zu sehen, doch sie stellte zu hohe Ansprüche an sich selbst, um es durchgehen zu lassen. Also erhob sie sich von ihrem schlichten Holzbrett und holte aus dem Fach hinter ihrem Rücken Nadel und einen farblich passenden Faden, um die nötige Ausbesserung vorzunehmen. Da klopfte es an der Tür. Verwundert reckte Kayla den Kopf. Wer, außer Dalziel, dem es nie in den Sinn käme zu klopfen, konnte um diese Uhrzeit etwas von ihr wollen? Ihre Stirn kräuselte sich, doch statt Dalziel erschien Nialls rundes, gutmütiges Gesicht im Türspalt.

»Störe ich?«

»Niall, was machst du denn hier? Es ist doch hoffentlich nichts passiert?« Unsicher forschte sie in Nialls Gesicht nach Anzeichen von Unheil. Er wirkte abgehetzt, stellte sie fest, das grüngestreifte Poloshirt klemmte im Reißverschluss seiner Motorradjacke fest. Die dunklen, verwegenen Stoppeln am Kinn bildeten einen deutlichen Kontrast zu Nialls fein geschwungenen Augenbrauen und den sanften Augen. Niall schien ihre Gedanken zu lesen. Beschwichtigend hob er die Hände. »Kein Grund zur Sorge.«

»*Mo chreach*«, Kayla atmete erleichtert aus. Auf den Inseln gab es aufgrund des unberechenbaren Wetters regelmäßig ein Unglück, das nicht vorherzusehen war. »Komm rein und mach die Tür zu, sei so gut. Dalziel hat den Zaun ausgebessert, aber die verflixten Schafe finden immer wieder eine Stelle zum Durchschlüpfen. Sie lieben es, den Schuppen zu verwüsten.«

Mit scheinbarer Gelassenheit kam Niall ihrer Aufforderung nach, doch die Falte zwischen seinen Augen verriet, dass ihm etwas auf der Seele lag.

»Tut mir leid, wenn ich dich erschreckt habe.« Niall füllte den winzigen Raum zwischen dem Webstuhl und dem mit Arbeitsmaterial und fertigen Stoffen vollgestopften Regal vollständig aus. Er richtete den Blick auf sie und sah ihr geradewegs ins Gesicht. »Du warst nicht beim Treffen. Irgendwie hatte ich das Gefühl, ich sollte nachschauen, ob alles okay ist.«

»*Seadh …*«, murmelte Kayla, ein Wort, das seltsam klagend verhallte.

»Es ist doch alles okay, oder?«

»Sicher«, erwiderte Kayla. Sie bemüht sich, überzeugend zu wirken, aber sogar in ihren Ohren klang ihre Stimme jämmerlich. Sie rang sich ein Lächeln ab und zog einen Stuhl hervor. »Setz dich doch. Wie war das Treffen? Gibt es Probleme mit der Planung der Stände?«

»Nein«, kopfschüttelnd ließ sich Niall auf den Hocker fallen, sein Gesicht nicht minder ernst als zuvor. »Soweit ich mitbekommen habe, sind die meisten Aussteller zufrieden mit der Einteilung. Du weißt ja, allen kann man es sowieso nicht recht machen, so gerne man das auch möchte.«

»Das stimmt wohl«, erwiderte Kayla gelassen. Sie machte einen letzten Stich mit der Nadel und musterte die ausgebesserte Stelle mit zusammengekniffenen Augen. Der Fehler war kaum mehr sichtbar, wie sie zufrieden feststellte. Sie hasste es, wenn sie das Gefühl hatte, nicht ihr Bestes gegeben zu haben. Ohne den Blick zu heben, streckte sie tastend den Arm aus. »Kannst du mir mal die Schere geben? Sie liegt hinter dir im Regal.«

»Bitte schön.«

Sie durchtrennte den Faden knapp oberhalb des Tweeds, ihre Füße nahmen die Arbeit an den Pedalen wieder auf. Das monotone Rattern des Webstuhls erfüllte erneut den Raum.

»Warum warst du heute Abend nicht da?«, fragte Niall unvermittelt über das gleichmäßige Auf- und Abwogen der Schächte hinweg.

»Ich hatte Ally versprochen, mit dem Stoff für ihre Wohnung fertig zu werden«, behauptete Kayla.

Ratatazing … Ratatazing …

»Verstehe«, erwiderte Niall. Mehr nicht.

Ratatazing …

Kayla spürte, wie ihre Wangen zu prickeln begannen. Niall mit Ausflüchten zu kommen, war noch nie eine sonderlich gute Idee gewesen. Er besaß ein beinahe unheimliches Talent, auf den Grund der Dinge zu blicken.

»Wie wäre es, wenn du mir erzählst, was los ist?«

Kayla schluckte, ihre Kehle brannte wie Feuer. Für einen Moment fühlte sie sich versucht, Niall zu verraten, wie es in ihr aussah. Doch die Vernunft gewann Oberhand. Über ihre komplizierten Gefühle in Bezug auf Brannan zu sprechen, würde ihr Gewissen zwar erleichtern, doch Niall in eine schreckliche Zwickmühle bringen. Sie kannte ihn gut genug, um zu wissen, wie er reagieren würde. Im gleichen Maß, wie er als Pfarrer zu Stillschweigen verpflichtet war, würde er sich aus schwägerlicher Loyalität heraus genötigt fühlen, Dalziel reinen Wein darüber einzuschenken, dass seine Ehefrau Gefahr lief, auf Abwege zu geraten. Sie hob eine Hand und presste sie auf die schmerzende Stelle zwischen ihren Augen. Herrje, es war alles so verzwickt …

Die Schiffchen flogen nur so durch die Kettfäden, mit zusammengepressten Lippen starrte sie auf das Muster, welches unter ihren Händen entstand. Sie sagte keinen Ton.

Dafür übernahm Niall das Reden. Seine Mundwinkel hoben sich verlegen nach oben. »Es ist wegen Kaitlin, nicht wahr? Sie bedrängt dich zu sehr.«

Kayla hielt den Webstuhl an, ihre Hand ruhte auf dem Tweed. Niall, durch die unerwartete Stille verunsichert, fuhr sich mit der Hand über die Glatze. Er wirkte, als wäre ihm das Verhalten seiner Frau ausgesprochen unangenehm. »Kaitlin meint es nicht böse. Sie ist einfach der Meinung, dass du deine Sache sehr gut machen würdest …«

»Schön, dass ihr euch da alle so sicher seid«, fuhr Kayla ihn unerwartet heftig an. »Verflixt, was ich möchte, spielt dabei wohl keine Rolle?«

Ratatazing …

Ihre Füße bewegten sich in zornigem Rhythmus. Sie hatte Niall nicht anschreien wollen, wirklich nicht, sie bereute zutiefst, so aus der Fassung geraten zu sein. »Tut mir leid, ich hätte nicht fluchen sollen«, stöhnte sie und holte tief Luft. »Aber eher fällt die Sonne ins Meer, als dass ich an dem Fest singe. Ich hasse es, vor Publikum zu stehen.«

»Dein letztes Wort?«

»Mein allerletztes.«

»Nun ja, ich bin zwar der Meinung, dass Wunder geschehen können«, Niall rang die Hände in der Luft. »Aber dennoch … *na gabh dragh*, mach dir keine Sorgen. Ich werde Kaitlin mitteilen, dass dein Entschluss feststeht.«

»Schön.«

»*Do thoil fhèin*«, Niall beugte sich zu ihr hinüber und küsste sie freundschaftlich auf die Wange. »Kaitlin hat mich gebeten, dich zu fragen, ob du nächsten Sonntag mit Dalziel zum Essen kommen möchtest. Vielleicht könntest du deinen Mann ja doch wenigstens dieses Mal dazu überreden, dich davor in die Messe zu begleiten?«

»Keine Chance«, erwiderte Kayla, ohne einen Augenblick nachdenken zu müssen. »Das weiß du so gut wie ich. Dalziel hat mit Gott gebrochen und ich glaube nicht, dass die beiden sich in nächster Zeit miteinander aussöhnen werden.«

Nialls Gesicht verdüsterte sich. »Ich weiß. Seit Caitrionas Tod hat er sich in die Idee verrannt, Gott würde ihn vernichten wollen.«

»*Aye*«, Kayla rieb sich über die geröteten Augen. »Erst recht, seitdem Iain weg ist.«

»Dann kommt wenigstens zum Essen.«

Sie hörte mit dem Weben auf und neigte den Kopf zur Seite. »Tut mir leid, Niall, diesen Sonntag ist es schlecht. Ich habe Ally versprochen, das Haus in Aird Mhighe zu entrümpeln. Ich hätte nie gedacht, dass es mir so schwerfällt zu entscheiden, was von all den Sachen ich behalten möchte und was nicht.«

»Das glaube ich dir«, mitfühlend legte Niall ihr die Hand auf den Rücken. »Zwar kann ich Arbeit am Sabbat nicht gutheißen, aber nimm dir Zeit, dich zu verabschieden, umso leichter kannst du in die Zukunft blicken.«

Kayla war viel zu erstaunt, um zu antworten, und musterte Niall nur stumm. Sie hatte nicht damit gerechnet, dass er verstehen würde, warum ihr so schwer ums Herz war, nicht einmal Ally tat das, dennoch hatte er den wunden Punkt genau getroffen. Sie war dabei, Türen hinter sich zu schließen, die sich nie wieder öffnen würden, und das machte den Abschied von Aird Mhighe so schwer.

Sie biss sich auf die Lippen. »Danke für den Rat. Also sehen wir uns am Sonntag in der Kirche. Komm gut nach Hause und grüß Kaitlin von mir.« Sie küsste ihm zum Abschied auf die Wange.

Die Tür fiel hinter Niall ins Schloss. Einsamkeit senkte sich über die Wellblechhütte. Kayla lehnte sich zurück und verschränkte untätig die Hände im Schoß. Nach Weben war ihr heute nicht mehr zumute. Ausdruckslos betrachtete sie den Tweed und suchte nach einer Verbindung zwischen ihr und dem Stoff, dessen Musterung definitiv anders ausgefallen war, als sie im Sinn gehabt hatte. Es erschien ihr zu intensiv und verschlungen, höchstens für gezielt gesetzte Effekte, wie zum Beispiel Kissenhüllen, geeignet. Auf größerer Fläche erschlug einen die Wucht der erkennbar darin verwobenen Emotionen.

Unglücklich darüber, dass der Stoff so rein gar nichts mit dem gemein hatte, was sie sich vorgestellt hatte, schlug sie die Hände vor das Gesicht, um die aufwallenden Gefühle zurückzudrängen. Der Kloß in ihrer Kehle brannte wie Feuer. Eine endlose Woche lang hatte sie versucht, ihre Gefühle für Brannan mit Arbeit zu betäuben, nur um sich letztendlich einzugestehen, dass sie gescheitert war. Die Sehnsucht nach Brannan fraß ein Loch in ihr Herz und ließ die darin eingesperrte Leidenschaft entweichen wie Luft aus einem undichten Reifen. Sie konnte sich bemühen, wie sie wollte, aber ihre Empfindungen entzogen sich hartnäckig ihrer Kontrolle. Sie führten ein wirres Eigenleben, genau wie der Tweed, den sie am liebsten mit der Schere attackiert und zu Stoffschnipseln verarbeitet hätte.

Die Wahrheit schmerzte. Sie bohrte die Nägel in das Fleisch ihrer geschlossenen Faust, um den Kummer in ihrer Seele zu betäuben. Die Nägel hinterließen Abdrücke in Form von roten Halbmonden in der weißen Haut. Sie gab einen erstickten Schrei von sich, der dem gespenstischen Rufen des Sturmtauchers in den Dünen nicht unähnlich war. Sie erhob sich, öffnete das Fenster und blickte hinaus in die sternklare Nacht. Einsamkeit, wabernd wie Seenebel, kroch aus der Dunkelheit in die rostige Wellblechhütte und senkte sich schwer über ihre Schultern. Sie sehnte sich nach Brannan, wie sie sich noch nie nach einem Menschen gesehnt hatte.

10 KAPITEL

Der Wind fegte von den kargen Berghängen hinab und drückte die Grasbüschel zu Boden, als wären sie Wellen in einem Meer aus Fels und Ödnis. Ab und an durchbrach die Sonne die schiefergraue Wolkendecke, und Licht und Schatten jagten über eine harsche Landschaft, die sich beharrlich weigerte, Milde oder Entgegenkommen zu zeigen gegenüber den eitlen Bedürfnissen einer Zivilisation, die im Holozän der Erdgeschichte aufgetaucht war und genauso rasch wieder verschwinden würde. Dem Gestein aus Gneis und Granit jedoch war es bestimmt, weiter zu existieren, wie seit Urzeiten, geformt vom Mahlen der Eiszeitgletscher, des Regens und der Bäche, die rauschend Rinnen in den Stein wuschen, dann zu Flüssen anschwollen, um schließlich zu blauglänzenden Seen inmitten baumloser Täler zu werden.

Kayla lenkte den Wagen in eine schmale Bucht längs der kurvigen Straße. Ein Schild markierte den Fußweg nach Likisto und Aird Mhighe. Auf einer Anhöhe, jenseits der Schafsgatter, lag das Ende eines sich windenden, eher unspektakulären Wanderweges, genannt Coffin Road oder, in der Sprache der Einheimischen, *Bealach Eòrabhat*. Sie hatte traurige Berühmtheit erlangt als die Straße, welche seinerzeit die Sargträger genommen hatten, um die Toten von der kargen Ostküste zu den fruchtbaren Böden von Luskentyre zu tragen.

Sargstraße. Der Name ließ einen zu Recht erschauern. Ebenso gut hätte es Straße der Verstorbenen heißen können. Straße der Verzweiflung und des Mühsals bei Regen und Schnee. Straße der Qualen und Entbehrungen bei Wind und Sturm. Weg des Abschieds, um sich an die Toten zu erinnern, nicht, um sie zu vergessen.

Allzu sicher konnten sich die Seelen der Verstorbenen dabei jedoch nicht sein, den ersehnten Ruheplatz in den Dünen von Luskentyre zu erlangen. Wenn die Träger bis zu den Knöcheln im Morast versunken waren und der Sarg ihnen entglitten war oder wenn das Wetter zu einem vorzeitigen Abbruch gezwungen hatte, waren die Toten, unter um Verzeihung flehendem Gebet, in der Regel dem Moor oder einem der bodenlosen, schwarzschimmernden *Lochs* überantwortet worden.

Doch all das war lange her. Mittlerweile transportierte man keine Särge mehr über die Coffin Road. Seit es ein gut ausgebautes Straßennetz gab, war sie in Vergessenheit geraten. Die wenigsten wussten, dass sie überhaupt existierte. Kayla war überrascht, ein weiteres parkendes Auto vorzufinden, welches ihr vage bekannt vorkam. Allerdings war sie in Gedanken viel zu sehr mit Nialls Predigt beschäftigt, um darüber nachzudenken, wem es gehörte. Niall hatte mit einer Inbrunst gepredigt, als wäre er in Flammen gestanden wie ein brennender Dornbusch. Er hatte von Metamorphosen gesprochen, davon, dass Krisen im Leben notwendig waren und sie einen Übergang darstellen, von einem Zimmer in ein anderes. Seiner Sicht nach sollte man keine Angst haben, die nächste Tür zu durchschreiten, denn in Gottes unendlicher Weisheit stellte alles ein größeres Gesamtes dar, dessen Sinn und Gefüge für den menschlichen Geist nicht zu erfassen war.

So einleuchtend seine These in der Theorie klang, so schwer fand Kayla es, das Gepredigte umzusetzen. Grübelnd verstaute sie den Autoschlüssel im Seitenfach ihres Rucksacks und zog den Reißverschluss zu. Noch immer konnte sie sich keinen rechten Reim darauf machen, was Niall zu seinem flammenden Sermon veranlasst hatte. Spielte er indirekt auf ihre Situation an? Sollten seine Worte eine Allegorie für ihre verstorbenen Eltern sein, oder bezogen sie sich vielmehr auf ihre Ehe?

Sie zuckte die Schultern. Gut, was immer er gemeint haben mochte, eines stand fest: Die Tür, um in seinem Bild zu bleiben, die sich gerade direkt vor ihrer Nase befand, war ziemlich real. Kayla betrachtete das Schafsgatter am Einstieg des Weges. Unwillkürlich musste sie schmunzeln. Als Kinder hatten Ally und sie bei jeder Schafsweide gehofft, auf ein Feentor zu treffen, eines jener geheimnisvollen Gatter, die lose in unsichtbaren Angeln hingen und von winzigen Wesen bewacht wurden. Wurden sie zufällig just in dem Moment, wenn man hindurchschreiten wollte, vom Wind aufgedrückt, so hatte man einen Wunsch frei. Einmal, als Kayla gerade in die Schule gekommen war, war es auf dem Nachhauseweg passiert und das Tor hatte sich unter ihren ungläubigen Augen wie durch Magie geöffnet. Keine Woche später hatte sie ihr Dad tatsächlich mit dem Hündchen überrascht, das sie sich so sehnlich gewünscht hatte. Die Erinnerung an das Ereignis zauberte ein Lächeln auf ihre Lippen. Inzwischen war sie erwachsen und wusste, dass es so etwas wie Feentore nicht gab und sie den Welpen wohl einem glücklichen Zufall verdankt hatte. Dennoch ertappte sie sich dabei, wie sie innehielt und zögerte, von der irrwitzigen Hoffnung befallen, das Tor könnte sich noch einmal von alleine vor ihrer Nase öffnen. Natürlich passierte nichts dergleichen.

Nun, beschloss sie, dann musste es ohne Wunder gehen. Sie schnallte sich den Rucksack um, löste die Verriegelung des Gatters und schloss sie sorgsam hinter sich. Dann zog sie die Riemen des Rucksacks gerade und reckte das Kinn. Ihr Blick fiel auf die vor ihr liegende Schotterpiste, die sich zunächst hügelabwärts schlängelte und sich irgendwo zwischen blauen Bergrücken verlor. Der Weg über die Coffin Road war zwar nicht sonderlich beschwerlich, zog sich aber zäh dahin. Der Rucksack wog schwer auf ihren Schultern, ihr Blick heftete sich auf das wehende Wollgras zu ihren Füßen. Sie würde den Weg gehen, wie sie ihn immer gegangen war. Schritt für Schritt für Schritt. Ohne auf das zu blicken, was vor ihr lag. Sie zog ein Haarband aus der Tasche und bändigte die wild um ihr Gesicht wehende Mähne. Der Sommer hatte noch nicht Einzug gehalten, der Wind strich kühl über ihr Gesicht, die Wolken über ihrem Kopf waren aufgetürmt, aber nicht mit Regen gefüllt, ideales Wanderwetter also. Kayla schritt flott voran. Bald hatte sie den Schotterweg hinter sich gelassen, ab hier folgte sie dem ausgetretenen, schmalen Graspfad, der sich an verschiedenen kleineren *Lochs* vorbeschlängelte, um dann in den Hügeln zu verschwinden. Auf halber Höhe des Anstiegs angekommen, gönnte sie sich eine Pause. Sie griff mit dem Arm nach hinten zu ihrem Rucksack und zog die Wasserflasche aus dem Seitenfach, während ihr Blick über die karge, baumlose Landschaft glitt. Ein abgeflachter Felsbrocken seitlich des Weges lud zum Verweilen ein. Sie setzte die Flasche an die Lippen und trank, entschlossen, sich nicht verleiten zu lassen, wie der Wanderer, den sie ein gutes Stück weiter oben auf einem der Felsen entdeckte, eine Rast zu machen. Aus Erfahrung wusste sie, dass das Marschieren umso schwerer fiel, wenn man es sich erst einmal auf seinem Hinterteil bequem gemacht hatte. Also schob sie die Wasserflasche zurück an ihren Platz und ging weiter. Ohne dass es ihr bewusst war, summte sie vor sich hin. Unter dem Rhythmus des Liedes bewegten sich ihre Beine wie von selbst. Ihr Gesicht glühte vor Hitze, so eilig schritt sie dahin, nach kurzer Zeit hatte sie die Anhöhe fast bezwungen. Sie blieb stehen, um die Windjacke abzustreifen und um ihre Hüften zu binden.

»*Kayla, ciamar a tha thu?*«, hörte sie es von dem Felsvorsprung ein wenig oberhalb von ihr rufen.

Überrascht reckte sie den Hals und blinzelte in das Gegenlicht. Als sie realisierte, wem die Stimme gehörte, stockte ihr der Atem. Wie gelähmt stand sie da und starrte zu Brannan hinüber, dessen hochgewachsene Gestalt zu ihr herüberwinkte. Das war doch nicht möglich, oder? Handelte es sich um einen Zufall oder besaß Brannan hellseherische Fähigkeiten, kraft derer er vorausgesehen hatte, dass sie hier entlangkommen würde? Zu perplex, um angemessen reagieren zu können, musterte sie ihn mit runden Augen. Er schien ihre Überraschung zu bemerken, denn als sie keine Anstalten machte, sich zu bewegen, und unentwegt starr wie eine Salzsäule zu ihm hinüberblickte, erhob er sich und kam auf sie zu.

»*A bheil thu gu dòigheil,* du kommst ja flott voran«, sagte er und legte ihr zur Begrüßung die Hand auf die Schulter. Es fühlte sich an, als zuckten winzige Stromstöße über ihre Haut. Brannan trat einen Schritt zurück und betrachtete sie lächelnd. »Man könnte meinen, du wärst dabei, eine Liste der Munros abzuarbeiten.«

Sie blinzelte verwirrt. Dass so eine Liste von Bergen in Schottland mit einer Höhe von mehr als dreitausend Fuß existierte, wusste sie. Allerdings hatte sie nie den Ehrgeiz verspürt, einen von ihnen zu bezwingen. »*Gu dé fon ghreín* … Wo um alles in der Welt kommst du denn her?«

Er hob die Hand und deutete vage in die Landschaft. »Vom Parkplatz da unten.«

»Sei nicht albern … Ich meinte, wie kommt es, dass du hier bist? Das kann kein Zufall sein.« Argwöhnisch kniff sie die Augen zusammen.

»Ist es auch nicht«, gab er unumwunden zu. In seiner Stimme lag ein gewisser Unterton, der ihre Verwirrung nur weiter steigerte.

»Aber … woher wusstest du …?«, stammelte sie, immer noch bemüht, ihr Gleichgewicht wiederzufinden.

Aus unergründlich dunklen Augen sah er sie an. »Ganz einfach. Nachdem du letzten Mittwoch nicht bei der Versammlung warst und auch sonst wie vom Erdboden verschluckt schienst, habe ich Ally gefragt, wo ich dich finden würde.«

»Ally?« Kayla runzelte verwundert die Stirn. »Wie kommt sie darauf, dass ich zu Fuß nach Aird Mhighe gehe?«

»Sie meinte, das würdest du öfters tun«, gab Brannan achselzuckend zurück.

»*Ceart gu lèor*«, antwortete Kayla, immer noch einigermaßen außer Fassung. Brannans Nähe löste eine geradezu aberwitzige Sehnsucht in ihr aus, sich, ohne zu überlegen, in seine Arme zu werfen. Sie musste sich sehr zusammenreißen, es nicht zu tun.

»Aber, *chan eil mi a'tuigsinn,* ich begreife trotzdem nicht …«

Der Ausdruck in seinen Augen gebot ihr Einhalt. Er senkte das Kinn, sein Gesicht war nun nur noch wenige Zentimeter von ihrem entfernt. »Ich hatte das Gefühl, dass du mir ausweichst, Kayla. Gibt es etwas, womit ich dich verletzt habe?«

Treffer …, dachte sie und schluckte trocken. Ihr Herz hämmerte wie wild. Sie gab ein stöhnendes Geräusch von sich. »Es stimmt. Ich bin dir bewusst aus dem Weg gegangen. Versteh mich nicht falsch, es liegt nicht an dir. Es ist nur …«, sie räusperte sich. »Wir leben in einer kleinen Gemeinde. Jeder kennt jeden. Als verheiratete Frau schickt es sich nicht unbedingt, mit alleinstehenden Männern zu tanzen. Du kannst dir vorstellen, wie das ist. Hässliche Gerüchte machen schnell die Runde und es ist schwer, sie zu entkräften.«

»Also doch«, er schob sich die Wollmütze aus der Stirn und nickte grimmig. »Genau, wie ich es mir gedacht habe.«

»Wirklich, es lag nicht daran, dass ich dich nicht sehen wollte, das nicht«, schob sie aus ihr völlig unerklärlichen Gründen hinterher.

»Oh«, verwundert hob er die Augenbrauen. »Nun denn, spricht etwas dagegen, wenn wir am helllichten Tag zufälligerweise ein Stück Weg zusammen gehen? Ich verspreche auch, nicht über dich herzufallen.«

Sie tat, als müsste sie überlegen, und zog die Stirn kraus. »Nein, Spazierengehen fällt nicht unter die sieben Todsünden, soviel ich weiß ...«

»Dann komm.« Er deutete auf ihren Rucksack. »Soll ich das für dich tragen?«

»Nein danke, er ist nicht sonderlich schwer.«

Er sah sie an mit einem Blick, der keinen Widerspruch duldete. »Gib schon her«, er nickte knapp.

Sie kapitulierte und händigte ihm den Beutel aus. Als sich ihre Fingerspitzen streiften, zuckte sie zusammen. Es fühlte sich an, als hätte sie Feuer berührt. Herrgott, auf was ließ sie sich da eigentlich ein? Über eine Woche lang hatte sie sich fast zwanghaft von Brannan ferngehalten und jetzt erlaubte sie ihm, sie auf einer Wanderung zu begleiten, durch eine Landschaft, die so ausgestorben wirkte, dass sie sich unwillkürlich fragte, ob der Fremdenverkehrsverein die Strecke für die Landung Außerirdischer gesperrt hatte. Was dachte sie sich dabei, mit Brannan über die Coffin Road zu wandern? Sie musste völlig verrückt sein. Doch ihre Knie bebten, jede Faser ihres Körpers sehnte sich nach Brannan und sie hatte keine Ahnung, wie sie sich gegen die unsichtbare Kraft wehren sollte, mit der es sie zu ihm zog. Zum ersten Mal in ihrem Leben traute sie sich selbst nicht über den Weg.

»Was war das für ein Lied, das du da gesungen hast?« Er schritt neben ihr, gerade mal so weit entfernt, dass sich ihre Schultern nicht berührten.

»Was meinst du?« Zweifelnd zog sie die Stirn in Falten. »Ich habe nicht gesungen.«

»Doch, hast du. Das tust du übrigens die ganze Zeit«, seine Stimme klang amüsiert. »Es war hübsch.«

Sie brauchte nicht hinzusehen, um zu wissen, dass er bis über beide Ohren grinste. Er schien die lästige Angewohnheit zu besitzen, jede ihrer Marotten wie mit einem Vergrößerungsglas einzufangen, um ihr im geeigneten Moment behutsam einen Spiegel vorzuhalten. Irritiert fragte sie sich, was sie ihm noch alles ungewollt über sich verraten hatte. Der Wind zerrte an ihrem Haar. Entschlossen, der Herausforderung ins Gesicht zu sehen, hob sie das Kinn.

»O chì, chì mi na mòr-bheanna …«, begann sie. Verhalten, aber dennoch klar, lösten sich die Töne aus ihrer Kehle, während sie die Füße im Rhythmus der Melodie auf den morastigen Boden setzte. Ohne dass sie sich dessen bewusst wurde, fiel alle Verlegenheit von ihr ab. Ihre Stimme erhob sich in den rauchgrauen Himmel und hüllte sie beide in einen zart gesponnenen Schleier aus Melancholie, der ihrer Zweisamkeit eine intime Färbung verlieh.

»Ich sehe die Bergspitzen im Nebel.
Ich sehe den Ort, an dem ich geboren wurde, vor mir.
Ich werde willkommen geheißen,
in einer Sprache, die ich verstehe.
Die Liebe und Freundlichkeit, die mich umfängt,
würde ich nicht gegen Gold eintauschen …«

Nachdenklich wiederholte er ihre Worte, als sie geendet hatte. »Ist es das, was du gerade empfindest?«

Sie schwieg, ein wenig ertappt, weil seine Vermutung ziemlich treffend war, aber auch erstaunt, dass er offenbar nachvollziehen konnte, was sie fühlte. Konnte es sein, dass sie sich ähnlicher waren, als sie dachte? In all den Jahren ihrer Ehe wäre Dalziel nie auf den Gedanken gekommen, einen Zusammenhang zwischen den Liedern, die sie sang, und ihrer Gemütsverfassung herzustellen.

»Ich denke nicht darüber nach, was ich singe«, meinte sie leichthin. »Ich höre ein Lied in meinem Kopf und summe einfach vor mich hin.«

»Mag sein. Allerdings beantwortet das meine Frage nicht«, bemerkte er, leider zu Recht. Er streckte die Hand nach ihr aus und half ihr über den Steg, der über eine Kluft im Boden führte. Sie nahm seine Hilfe dankend entgegen. Am liebsten hätte sie seine Hand gar nicht wieder losgelassen. Viel zu schnell gab er sie frei.

»Danke.« Ihre Hand fühlte sich ohne seinen Halt seltsam verloren an. Sie hatte das Gefühl, die Hand irgendwie beschäftigen zu müssen, und wühlte in den Taschen ihrer Jacke nach einem Lippenpflegestift. »Vielleicht ist es wirklich ein wenig wie in dem Lied. Der Weg über die Coffin Road nach Aird Mhighe birgt viele Erinnerungen an meine Kindheit in sich. Du musst wissen, dass meine Mutter und ich ein inniges Verhältnis zueinander hatten. Jetzt, wo sie tot ist, fühlt sich alles anders an. Irgendwie *einsamer* …« Sie leckte über ihre Lippen und stöpselte den Stift zu. »Klingt lächerlich, nicht wahr? Wenn man bedenkt, dass ich selbst seit Jahren ein wunderschönes Zuhause in Luskentyre besitze …«

Der Blick seiner dunklen Augen war ernst und durchdringend. Er schüttelte den Kopf. »Nein, das ist alles andere als lächerlich. Selbst wenn man meint, fest an einem Ort verwurzelt zu sein, verhindert das nicht, dass man sich einsam oder verloren fühlt. Das Gefühl, von dem du sprichst, kenne ich. Es ist ein

Teil deiner Seele, der sich nach seiner Heimat sehnt, ohne zu wissen, wo sie liegt oder wie man sie erreichen kann.«

»Ist es deshalb?«, fragte sie, ein wenig atemlos von der Intensität seines Blickes. »Ziehst du deshalb ständig von einem Ort zu anderen?«

»Nein, das hat andere Gründe …«

Gespannt wartete sie darauf, dass er weitersprach. »Herumreisen führt dazu, dass man sich noch verlorener vorkommt, anstatt dieses Gefühl zu betäuben«, meinte er schließlich schulterzuckend. Er hob den Arm und deutete auf den Himmel, an dem eine dunkelgraue Wolkenfront herangezogen war. »Es sieht nach Regen aus. Wir sollten zusehen, dass wir weiterkommen.«

Die nächste halbe Stunde stapften sie schweigend auf dem schmalen Pfad hintereinander her. Die Heftigkeit, mit welcher der Wind ihnen um die Ohren strich, machte jeden Versuch, sich zu unterhalten, sinnlos. Er zerrte einem die Worte von den Lippen, noch bevor man sie ausgesprochen hatte, dazu erforderte der Trampelpfad ihre volle Konzentration. Teils erahnte Kayla mehr, wie der Weg weiterführte, als sie es erkennen konnte, teils musste sie über morastige Pfützen und loses Geröll balancieren. Die ganze Zeit über spürte sie Brannans vibrierende Nähe in ihrem Rücken.

Schließlich und endlich verbreiterte sich der Weg, so dass sie Seite an Seite gehen konnten. Brannan nahm das Gespräch wieder auf. Er zog die Wollmütze ab und strich sich durch das dichte schwarze Haar. »Ich habe deinen Mann gestern am Butty Bus gesehen. Täusche ich mich, oder ist er nicht sonderlich gut auf mich zu sprechen?«

»Du täuschst dich nicht«, seufzte Kayla. »Allerdings liegt das weniger an deiner Person als an der Tatsache, dass du für John arbeitest.«

»Verstehe … Die beiden sind nicht gerade dicke Freunde.«

»Obwohl sie es früher einmal waren«, Kayla verzog das Gesicht. »Doch das war lange, bevor ich Dalziel kennengelernt habe. Sie spielten gemeinsam im Shinty-Team. Dalziel war kurz davon, den Sprung in die Oberliga zu schaffen. Aber dann passierte ein Unfall.«

»An dem John schuld war?«, mutmaßte Brannan.

»Ja, so war es«, sie sog scharf die Luft ein. »Wie bist du darauf gekommen?«

»Keine große Kunst, wenn man bedenkt, wie schlecht Dalziel auf John zu sprechen ist. Abgesehen davon ist schottisches Hockey bekanntermaßen mörderisch«, meinte Brannan leichthin und verstaute die Wollmütze in der Gesäßtasche seiner Jeans. »Ganz schön warm hier in der Senke.«

»Möchtest du einen Schluck Wasser?«, Kayla blieb stehen und legte ihren Arm auf Brannans Rücken, wo sich der Rucksack mit der Flasche befand.

»Gerne«, mit einem Lächeln nahm Brannan das Wasser entgegen. »Wenn ich ehrlich bin, hatte ich nicht damit gerechnet, dass du mir erlaubst, dich zu begleiten. Daher habe ich selbst nichts mitgebracht.«

Kayla nestelte am Reißverschluss ihrer Jacke, bevor sie ihn endlich aufbekam. Ihre Wangen prickelten vor Hitze, sie starrte ihn an, als wäre ihm plötzlich ein zweiter Kopf gewachsen, und das nur, weil seine Lippen ihre Flasche berührten. Herrgott, ihre Hormone spielten völlig verrückt … Sie benahm sich wie ein alberner Teenager. Es war doch wohl nichts dabei, sich eine Wasserflasche zu teilen, oder?

Er reichte ihr das Wasser. Sie setzte die Flasche an ihre Lippen und trank in einem hastigen Zug. Es schmeckte nach seinem Mund.

»Dalziel hatte also einen Unfall, der verhindert hat, dass er Profisportler wurde«, griff Brannan das Thema wieder auf. Er drehte ihr den Rücken zu, damit sie die Flasche wieder im Seitenfach verstauen konnte. »Stammt das steife Bein auch von daher?«

»Soweit ich weiß, ja. Das meiste habe ich mir selbst zusammengereimt, Dalziel redet nicht darüber. Jedenfalls wäre sein Leben ohne den Unfall anders verlaufen, das steht fest.«

»Er hatte Pläne für die Zukunft?«

»Und ob. Mit dem Geld aus dem Profisport wollte er sich eine Existenz aufbauen. Jetzt lebt John seinen Traum, und das genau vor Dalziels Augen.«

Brannan wandte den Kopf. »Verdammt bitter.«

»Ja, das ist es«, seufzend schlang sie die Ärmel ihrer Jacke zu einem Knoten. »Sollen wir weitergehen?«

Brannan nickte. »Hat Dalziel dir von den Waltouren berichtet?«

»Nein«, Kayla zuckte die Achseln. »Ich habe keine Ahnung, wovon du redest.«

»Du und ich hatten uns doch darüber unterhalten, dass John überlegt, Ausflüge zu den Inseln anzubieten, erinnerst du dich?«

Und ob sie sich erinnerte … Kayla holte tief Luft. Obwohl es einige Tage zurücklag, hatte sie jedes seiner Worte im Ohr. Und noch viel stärker als an seine Worte erinnerte sie sich an das prickelnde Gefühl, das sein Blick in ihr ausgelöst hatte.

»Oh ja, und ob«, erwiderte sie eine Spur zu leidenschaftlich und hätte sich am liebsten auf die Zunge gebissen, weil sie ihm einen viel zu tiefen Einblick in ihre Gefühle gewährte. Sie zog den Stoff ihres T-Shirts glatt. »Ich meine, ja, klar weiß ich das. Ich habe dich mit meiner Geschichte über die Flannans und mit dem Infomaterial des Tourismusverbands ja förmlich bedrängt.«

»Ich habe die Broschüren ausführlich studiert, vieles davon war hilfreich. Aber dann haben John und ich vor ein paar Tagen vor der Küste Wale gesichtet. Das hat John auf die Idee gebracht, statt Ausflügen Waltouren anzubieten. Gestern hatten wir die erste Fahrt. Es lief gut.«

Kayla schwieg. Die ganze Zeit hatte sie gerätselt, welche Ursache Dalziels neueste Übellaunigkeit hatte. Jetzt hatte sie die Erklärung.

»Natürlich steht der Schutz der Tiere an erster Stelle …«

»Natürlich«, echote Kayla schwach.

»*O gu seallodh orm*, hörst du mir eigentlich zu? Wirklich, du solltest dir abgewöhnen, die Schuld für Dalziels Unzufriedenheit bei dir zu suchen!«, rügte er sie unerwartet heftig. Wieder schien es ihr, als könnte er ihre Gedanken lesen.

Kayla bückte sich nach einer Butterblume, um ihn nicht merken zu lassen, wie sehr seine Worte sie brüskiert hatten.

»Was gibt dir das Recht, über mich zu urteilen?«, presste sie zwischen zusammengebissenen Zähnen hervor. Sie hörte, wie er die Luft einsog. Das anschließende Schweigen wurde zunehmend unangenehm. »Zu deiner Beruhigung, ich spiele keineswegs den Sündenbock für Dalziel«, meinte sie schließlich, immer noch säuerlich.

»Entschuldige. Deine Ehe geht mich nichts an.« Erneut Schweigen. Brannan strich sich mit der Hand über das unrasierte Kinn. »Logan erwähnte, es habe Streit zwischen Dalziel und Iain gegeben und Iain sei deswegen gegangen.«

»Mehr oder weniger.« Kayla schürzte die Lippen. »Iain hatte einen Motorschaden mit dem Boot, ein paar Meilen vor der Küste. Er musste abgeschleppt werden. In seiner ersten Wut warf Dalziel Iain vor, den Schaden durch Nachlässigkeit verursacht zu haben. Was, wie sich im Nachhinein herausstellte, nicht stimmte.«

Brannan nickte. »*Aye*, so etwas in der Art hat Logan mir erzählt. Wie geht es Iain auf dem Festland? Du hast sicher Kontakt zu ihm?«

»Ja, das habe ich«, antwortete Kayla. »Der Anfang war wohl hart, aber inzwischen hat er in Glasgow eine Arbeit gefunden. Er wohnt mit ein paar Leuten in einer WG und möchte ein Abendstudium beginnen.«

»Klingt, als würde sich alles zum Guten wenden.« Brannan legte ihr den Arm um die Schulter und zog sie unvermittelt an sich, als wollte er sie trösten. »Was es übrigens am Ende meistens tut.«

Kaylas Puls raste. »Vermutlich«, meinte sie ohne rechte Überzeugung.

»Weißt du, dass Logan ebenfalls vorhat abzuhauen?«

»Er hat *was* vor?« Kayla löste sich aus seinem Arm und schnappte entsetzt nach Luft. »Er muss verrückt sein! Das kann er seiner Mutter doch nicht antun!«

Brannan zuckte die Schultern. »Logan wird nächsten Monat achtzehn und kann frei entscheiden. Anscheinend läuft es zu Hause nicht gerade gut für ihn.«

»Mag sein, aber er liebt die Arbeit auf der Croft. Es war immer sein Traum, eine eigene Zucht aufzubauen. Wenn er jetzt alles hinschmeißt, wird er es irgendwann bereuen.«

»Vielleicht, vielleicht auch nicht. Die Dinge ändern sich. Manchmal muss man den Mut haben, neue Wege zu gehen.«

»Nicht, wenn das bedeutet, dass man ein Versprechen bricht«, ereiferte sich Kayla. Sie riss die Blüten der Butterblume in winzige gelbe Fetzen, anschließend zerstückelte sie mit chirurgischer Präzision den Stengel. Das Thema wühlte sie so sehr auf, dass sie alles daran setzen musste, ihre Selbstbeherrschung zu wahren. »Die Dinge sind nicht immer so einfach, wie sie scheinen. Wusstest du, dass Logans Mutter krank ist?«

Brannan schüttelte den Kopf.

»Màiri leidet an einer Autoimmunerkrankung. Im Moment ist sie stabil, aber keiner weiß, wie es sich entwickeln wird. Logan hat ihr versprochen, für sie da zu sein, wenn es schlimmer wird.«

»Ich bin mir sicher, dass er das tun wird, wenn der Zeitpunkt dafür gekommen ist. Aber solange es nicht nötig ist, sollte er sich nicht die Chancen auf eine Zukunft verbauen, die seinen Vorstellungen entspricht.«

»Lassen wir das Thema«, entgegnete Kayla gereizt. Es schmerzte sie körperlich, wenn sie sich vorstellte, welchen Kummer Logan seiner Mutter mit seinem unüberlegten Handeln bereiten würde. Zudem, und das schockierte sie viel mehr, war es das erste Mal, dass sie und Brannan aneinandergerieten.

»Es tut mir leid. Ich wollte dich nicht traurig machen.«

Verblüfft betrachtet Kayla die zerrupften Blüten in ihrer Hand. Wie machte er das bloß, fragte sie sich. Woher wusste er immer so genau, was ihn ihr vorging?

»Erst recht wollte ich nicht, dass du wütend auf mich bist«, schob er hinterher.

Kayla warf die gehäckselten Blüten in das Gras und wischte sich die Hände an der Hose ab. Ein feiner, süßlicher Duft stieg in ihre Nase. »Wenn man dich so hört, könnte man meinen, ich wäre ein offenes Buch für dich. Das ist fast ein wenig unheimlich.«

»Ach was«, Brannan ließ den Blick über das Moor schweifen. »Ich habe ein gutes Einfühlungsvermögen, das ist alles. Bist du sicher, dass wir uns nicht verlaufen haben? Hier ist nicht mal mehr ein Trampelpfad …«

»Ab hier gibt es keine Wege mehr. Siehst du den Stab mit der gelben Markierung dort drüben?«

Brannan folgte ihrem Blick. Vor ihnen lang eine Senke, dahinter schroffe Felsen und karge Hänge, an denen vereinzelt lilafarbene Disteln blühten. »Ja, jetzt wo du es sagst.«

»Wir müssen uns an den Markierungen orientieren. Es ist nicht mehr weit. Wir haben es fast geschafft.«

Kayla beobachtete, wie Brannans Nasenflügel sich blähten und er die Luft einsog. »Stimmt. Ich rieche schon das Meer.«

»Das lass mal besser nicht Donald hören«, sie zwinkerte ihm amüsiert zu. »Du weißt, was er von dir denkt?«

»Dass ich ein Selkie bin?« Brannan grinste breit.

»Genau. Hübscher Spitzname übrigens, den sie dir verpasst haben.«

»Damit kann ich leben«, er zuckte die Achseln. »Es gibt Schlimmeres, als *Selkie Boy* gerufen zu werden.«

»Dann stört dich Donalds albernes Geschwätz also nicht?«

»Nein, warum?« Ein Flackern lag in seinen Augen. »Außerdem ist sogar ein bisschen Wahrheit dran.«

»Wie meinst du das?«

Er blieb stehen und holte das Lederband mit dem Anhänger aus seinem T-Shirt. Interessiert musterte sie die kleine Figur aus Walross-Elfenbein. Sie stellte einen fein geschnitzten Krieger dar, der in wilder Ekstase in seinen Schild biss. »Das ist wunderschön. Ein Berserker, nicht wahr? Verblüffend, welche Ähnlichkeit er mit den Lewis-Schachfiguren hat. Sieht ziemlich alt und wertvoll aus.«

Er ließ die Figur zurück unter sein T-Shirt gleiten. »Sie stammt schätzungsweise aus dem zwölften Jahrhundert und gehörte einem meiner Vorfahren. Willst du die Geschichte dazu hören?«

»Unbedingt.«

Er hob den Arm, um ihr den Vortritt auf dem Weg zu lassen. »Also schön. Mein Urahn lebte weit oben in Norwegen in der Nähe von Trondheim. Er hatte sich in eine wunderschöne Seehundfrau verliebt. Die beiden heirateten und hatten Kinder miteinander. Doch wie alle Selkiefrauen verließ auch sie ihn eines Tages und kehrte zurück ins Meer. Mein Urahn tobte vor Wut. In seinem Jähzorn erlegte er ein Walross und schnitzte diese Figur aus seinem Zahn. Das war seine Art, Rache an den Seehundmenschen zu nehmen.«

»Nicht sonderlich nett von ihm, oder?« Kayla sah einem Singvogel hinterher, der zu ihren Füßen aufflog. Das rotschillernde Gefieder stellte einen interessanten Kontrast zu den Erdtönen der Landschaft dar. Eine Farbkombination, die sie sich merken wollte.

»Es war alles andere als nett«, bestätigte Brannan. »Denn danach hat er noch eine ganze Menge Walrösser abgeschlachtet und ihre Zähne zu Schnitzereien verarbeitet.«

»Das heißt, er hat tatsächlich die Vorlage zu den Lewis-Schachfiguren geliefert?«

»Vermutlich. Er war Wikinger, und zwar kein besonders friedlicher, wie man unschwer an dem Berserker erkennt. Ein Krieger, der im Rausch kämpft und gnadenlos niedermetzelt, was ihm vors Messer kommt.«

Nachdenklich drehte sie sich zu ihm um. »Heißt das, wenn die Geschichte stimmt, fließt wirklich Selkieblut in deinen Adern?«

»Vielleicht, vielleicht auch nicht. Wer weiß das schon?« Brannans Gesichtsausdruck war unergründlich.

Kayla musterte ihn so eingehend, dass es fast peinlich war. In Anbetracht seines ungewöhnlich attraktiven Äußeren, seiner dichten schwarzen Wimpern und dem unergründlichen Ausdruck seiner Augen war man tatsächlich geneigt zu vermuten, in seinem Erbgut würde ein nicht unerheblicher Anteil Seehundmensch stecken. Aber natürlich war das blanker Unsinn. Sie beschloss, dem Thema nicht weiter nachzugehen, und verlegte sich stattdessen darauf, mit Brannan über den Stand der Dinge im Hinblick auf das Fest zu reden. Er wusste von einigen kleineren Änderungen zu berichten, die in Kaylas Abwesenheit beschlossen worden waren, doch unterm Strich war sie erleichtert zu hören, dass sie nichts Wesentliches verpasst hatte.

Unter angeregtem Geplauder verstrich die Zeit. Schneller als gedacht erreichten sie die Ostküste. Ein letztes Auf und Ab über kahle graue Hügel, dann lag das Meer vor ihnen. Tiefblaue Fjorde streckten ihre Finger in die zerklüfteten Felsen. Ein dramatischer, unendlich weiter Himmel wölbte sich über ihnen und bildete eine grandiose Kulisse für die karge Landschaft. Das Licht war schneidend klar und beinahe so transparent, dass man es atmen konnte. Der Geschmack von Salz vermischte sich mit dem Aroma einer unnachgiebigen, mit beiden Händen greifbaren Schwermut.

»Da wären wir.« Kayla hob den Arm und deutete auf ein geradezu zwergenhaft anmutendes Haus, welches sich mitten in der menschenleeren Gegend in eine der Buchten schmiegte. »Da unten ist das Haus meiner Eltern.«

Der Wind war stärker geworden. Brannan setzte die Wollmütze auf und rieb sich zögerlich den Nacken. »Oh, *aye,* danke für den Spaziergang. Ich hoffe, du triffst die richtige Wahl.«

Einen Moment blinzelte sie irritiert, bevor ihr bewusst wurde, dass damit nur das Entrümpeln des Hauses gemeint sein konnte.

»*Aye,* es sind eine ganze Menge Entscheidungen zu treffen«, erwiderte sie und musste feststellen, dass sie dabei nicht minder kryptisch klang.

»Na dann. Hier, dein Rucksack.«

»Danke.«

»Ich nehme an, hier entlang geht es zurück nach Rodel?« Er hob den Arm und deutete auf eine schmale, sich zwischen den Hügel auf und ab windende Straße, die in regelmäßigen Abständen von Ausweichbuchten gesäumt war.

»Ja, das ist die Golden Road.« Kayla zuckte die Schultern. »Die Leute behaupten, dass sie so heißt, weil es irrsinnige Summen verschlungen hat, sie zu bauen. Meine Mutter aber meinte, der Namen komme daher, weil der Ausbau für die Menschen hier im Osten Gold wert war.«

»Sehr poetisch. Gut, dann werde ich mal mein Glück als Anhalter versuchen«, sagte er. Sie spürte seine Hand warm in ihrem Rücken ruhen.

»Das dürfte kein Problem sein«, nickte sie, um Fassung bemüht, während ihr Inneres sich in einen enggezurrten Knoten verschlungener Gefühle verwandelte.

»Mach es gut, Kayla.« Mit einem Nicken verabschiedete er sich von ihr und wandte sich zum Gehen.

Er war halb hinter dem Hügel verschwunden, als Kayla ihre Sprache wiederfand. »Warte!«, rief sie und hob impulsiv den Arm.

Er drehte sich um. In seinen Augen lag Verwunderung, dahinter unerschütterliche Ruhe.

»Möchtest du einen Tee, bevor du gehst?« Sie musste gegen das Tosen des Windes anschreien, damit er sie verstand.

Er kam auf sie zu, die Hände in den Taschen seiner Jeans vergraben, und musterte sie schweigend. »Bist du sicher, dass du das willst?« Er neigte den Kopf, etwas Diffuses, das Kayla nicht richtig deuten konnte, lag in seinem Blick.

»Du meinst wegen Dalziel?«

»Ich will nicht, dass du meinetwegen Ärger bekommst.«

»Das werde ich schon nicht«, behauptete sie, ließ zur Sicherheit aber den Blick über die wenigen, in die Landschaft geworfenen Häuser schweifen. Das Haus der Flynns und das der Galaghers war verlassen, die Fenster mit Brettern vernagelt. Beide Familien waren im letzten Jahr nach Tarbert gezogen. An der Veranda der Mcadams wehten Blumen in ihren Kübeln im Wind, rotleuchtende Geranien, doch die Garage stand leer. Anscheinend unternahmen die beiden Alten einen Sonntagsausflug zu den Enkelkindern. Kayla ließ erleichtert ihre Schultern sinken. Niemand da, es bestand keine Gefahr.

Sie löste ihr Haarband und fuhr mit den Fingern durch die wirre Mähne. »Ich habe ein paar Sandwiches und Obst mitgebracht, im Haus gibt es Tee und Kekse. Genug für ein Picknick auf der Terrasse, wenn du willst.«

»Gerne.«

Schweigend ging er hinter ihr her auf das Haus zu. Sie öffnete das Tor zum Garten und führte ihn auf die Veranda an der Rückseite, welche sich über die gesamte Länge des Hauses erstreckte und einen fantastischen Blick auf das tiefblaue Wasser des Atlantiks bot. Sie stellte den Rucksack auf den Holztisch und blickte zu Brannan hinüber.

Er hatte die Arme auf das weiß gestrichene Geländer der Veranda gestützt, den Blick auf das offene Meer gerichtet. »Ein unglaublicher Ort«, sagte er, mehr zu sich selbst, als an sie gerichtet. »Fern von jeder Zeit.«

»Ja«, nickte sie, verwundert darüber, dass er so empfand wie sie. »Es ist, als hätte Gott einen Ort erschaffen, nur um uns seine Größe zu zeigen.«

»Das stimmt wohl.« Ihre Blicke begegneten sich, seine Augen waren dunkel und durchdringend. Ein Gefühl, als würden tausende winziger Waldameisen über ihre Haut krabbeln, durchlief sie.

Sie beeilte sich, ins Haus zu kommen. Die große Glastür schwang mit einem leisen Quietschen unter dem Druck ihrer Hand auf. Drinnen war es dämmrig. Die Luft roch modrig und nach Staub, sie stieß das Küchenfenster auf und atmete die frische Meeresluft ein. Mit zitternden Händen nahm sie zwei Beutel Tee aus der angebrochenen Packung und ließ Wasser in einen Kessel fließen. Himmel, was tat sie da eigentlich? Auf einmal überfiel sie das unbestimmte Gefühl, einen Schritt getan zu haben, dessen Folgen sie nicht einmal ansatzweise erahnen, geschweige denn verstehen konnte. So *kannte* sie sich nicht. Brannan löste eine ungeahnte, vibrierende Sehnsucht in ihr aus. Gleichzeitig empfand sie in seiner Nähe eine Erregung, die sie völlig aus dem Gleichgewicht brachte. Was war nur los mit ihr? Sie konnte sich nicht erinnern, je zuvor so verwirrende Gefühle für einen Mann empfunden zu haben. Dieser Blick seiner Augen … Sie presste die Handballen gegen die Stirn und versuchte ihre Gefühle zu bändigen, die wie eine Schar wild gewordener Derwische in ihrem Bauch tobten. Konzentriert und gleichmäßig atmete sie ein und aus. Die Derwische wurden langsamer und verkrochen sich in die dunkle Ecke, aus der sie hervorgestürmt waren, das Gejohle verebbte. Sie kam zur Ruhe. Beruhigend gleichmäßig spürte sie ihr Herz in ihrer Brust schlagen.

Sie hob den Blick. Draußen auf der Veranda stand Brannan. Er hatte ihr den Rücken zugekehrt. Der Wind fuhr in sein dichtes, schwarzglänzendes Haar. Gebräunte Haut betonte die ausgeprägte Muskulatur seiner Arme und ließ die Adern wie gemeißelt hervortreten, der Stoff seiner Jeans spannte sich über seinem kräftigen, wohlproportionierten Hinterteil. Sie massierte mit Daumen und Zeigefinger ihre Nasenwurzel und versuchte, *nicht* darüber nachzudenken, wie es sich anfühlen würde, seine vollen, geschwungenen Lippen zu küssen. Jäh durchfuhr sie die Erkenntnis, welch ein Abgrund in ihr gähnte. Unabhängig davon, ob sie tatsächlich so unbedacht sein könnte, einen verhängnisvollen und sicher folgenreichen Flirt mit Brannan zu beginnen, sein unerwartetes Auftauchen stellte ihr Leben vollkommen auf den Kopf. Er brachte sie dazu, Dinge zu empfinden, von deren Existenz sie bislang nicht einmal geahnt hatte. Bestürzt, doch gleichzeitig auch überraschend gelassen, blickte sie der Wahrheit ins Gesicht. Sie konnte es drehen und wenden, wie sie wollte: Brannan war ihr Schicksal.

Als sie wenig später mit der Kanne Tee und Geschirr auf die Terrasse zurückkehrte, fand sie ihn noch immer in die Betrachtung des Meeres versunken auf der Veranda stehen. Auf seinem Gesicht lag ein Ausdruck, als wäre er der gestrandete Noah, der vom Berg Ararat herabblickt, um zu sehen, ob sich das Wasser zurückzieht. Selbstsicher und stoisch, aber auf unbestimmte Art auch melancholisch erschien er ihr. Als er sie hörte, verzog er das Gesicht zu einem Lächeln. »So einsam, wie ich dachte, ist es hier gar nicht.«

Er deutete auf einen Felsen im Meer. Kayla musste die Augen zusammenkneifen, dann entdeckte sie, was er meinte. Eine Gruppe von Robben räkelte sich in der Sonne, die schwarzen Knopfaugen neugierig auf Kayla und Brannan gerichtet.

»Die freuen sich über ein wenig Abwechslung.« Sie stellte das Tablett ab und verteilte Tassen und Teller auf dem Tisch. »Willst du hier auf der Bank sitzen?«

»Gerne.«

Mit klopfendem Herzen ließ sie sich neben ihm nieder. »Möchtest du?« Sie reichte ihm eine Tasse dampfenden Tee.

Nachdenklich sah er sie an. »Kayla …«, seine Stimme war rauh, sein Blick dunkel und verhalten. Er nahm ihr den Tee aus der Hand und stellte ihn achtlos auf den Tisch. Dann hob er den Arm und zeichnete mit den Fingern vorsichtig die Konturen ihrer Schläfen und Wangen nach.

»Tu … das nicht. Bitte …«, ihre Lippen zitterten.

Statt einer Antwort, legte er beide Hände um ihr Gesicht. »Kayla …«, der Klang seiner Stimme ließ sie erschauern. Eine Welle von Hitze durchströmte sie, ihre Gefühle wogten in einem Meer aus brodelnder Sehnsucht. Er beugte sich ein wenig zu ihr hinab und sah ihr in die Augen. »Was ist …? Wollen wir nicht endlich mit dem Versteckspiel aufhören?«

Langsam, wie unter Betäubung, schüttelte sie den Kopf. »Ich … kann nicht …«

»*A Chruithear …*, ich weiß«, erwiderte er. Doch im nächsten Moment spürte Kayla, wie sein Mund sich heiß und fest auf ihre Lippen senkte. Sein Atem strömte in ihre Mundhöhle und füllte sie aus. Alles in ihr drängte sich ihm entgegen. Wie eine Ertrinkende versuchte sie sich durch die Flut ihrer Gefühle zurück zur Vernunft zu kämpfen.

Er löste seine Lippen. Mit kräftigen Zügen strichen seine Hände durch ihr Haar und umfassten ihren Hinterkopf. Seine Augen waren dunkel vor Begehren. »*Tha gaol agam ort,* ich liebe dich, Kayla, von ganzem Herzen und, Gott steh mir bei, ich kann nichts daran ändern.«

Sie wollte etwas sagen, aber der Kloß in ihrer Kehle machte es ihr unmöglich zu sprechen. Er schlang die Arme um sie und zog sie so fest an sich, als wollte er verhindern, dass sie den Gedanken zu Ende dachte, geschweige denn aussprach. Sanft legte sie den Kopf gegen seine Brust, sein Herzschlag drang ruhig, fest und zuverlässig an ihr Ohr. Tief holte sie Luft, ihre Stimme kippte vor Verzweiflung. »Ich wäre nie im Stande, Dalziel zu verlassen.«

Bedächtig senkte er das Kinn auf ihren Kopf und hüllte sie mit seiner Wärme ein, seine Arme hielten sie fest umschlossen. »Das verlange ich nicht.«

Tränen glitzerten in ihren Augen. »Es gibt keine Zukunft für uns …«

»Wir haben uns und wir haben diesen Moment. Genügt das nicht?« Er umfasste ihr Kinn und hob es an. Als er bemerkte, dass ihre Wimpern verdächtig feucht schimmerten, flackerte für einen Moment Erstaunen in seinem Blick auf, dann hatte sein Gesicht wieder den gleichen, unerschütterlichen Ausdruck von Gelassenheit und Stärke. Erneut suchte sein Mund ihre Lippen, und als er sie diesmal küsste, wehrte sie sich nicht, sondern gab sich ihm in einem langen, leidenschaftlichen Kuss hin.

Als sie sich voneinander lösten, war sie erschüttert von der überwältigenden Kraft der Gefühle, die sie für ihn empfand. »*Tha gràdh agam ort fhein*, ich liebe dich auch, Brannan«, flüsterte sie. »Vom ersten Moment an, als wir uns begegnet sind.«

»*Coinnichidh na daoine far nach coinnich na cnuic*, Berge kommen nicht zueinander, wohl aber Menschen«, erklärte er. »Ich weiß nicht, ob du an Bestimmung glaubst, aber das mit uns …«, er nahm ihre Hände und küsste sie. »Es sollte so sein.«

Aus seinen Worten sprach Ruhe und Selbstverständnis, so dass ihre Zweifel zerfallen wären wie morsches Holz, wenn seine Küsse ihr nicht längst schon jegliches Zögern geraubt hätten. Nachdenklich sah sie in seine Augen, sie waren braun, mit grünen Sprenkeln. Sie vermochte nicht zu sagen, ob ihr Leben aus einer Serie von Zufällen bestand oder Bestimmung war, doch eines wusste sie: Wenn ihrem verschlungenen, aus Hoffnungen und Rückschlägen bestehenden Dasein ein Sinn beschieden war, dann bestand er darin, dass sie und Brannan sich begegnet waren. Sie waren wie zwei Planeten in den Tiefen des Universums, die, aus der Umlaufbahn geworfen, einander mit Urgewalt anzogen.

Er umfasste ihr wehendes Haar mit seinen Händen und hielt es im Nacken fest, langsam hob er ihr Gesicht an seinen Mund. Eine Bewegung ganz am Rande ihres Gesichtsfeldes ließ sie erstarren. Sie blinzelte. Für den Bruchteil einer Sekunde meinte sie, verschwommen eine Gestalt zwischen den Hügel stehen zu sehen, doch als sie den Kopf drehte, war der Punkt verschwunden. Sicher hatte sie sich getäuscht, beruhigte sie sich. Dennoch verspürte sie auf einmal eine innere Unruhe, die sich nicht mehr abschütteln ließ.

»Gehen wir ins Haus«, sagte sie.

Er legte den Arm um sie, schweigend ließ er sich von ihr durch das Haus in ihr ehemaliges Zimmer führen, in dem sich seit ihrem Auszug kaum etwas verändert hatte.

Plötzlich befangen, blieb sie in der Mitte des Raumes stehen. Ihr Herz hämmerte in ihrer Brust. Sie erwartete Skrupel zu spüren, aber stattdessen war da nur das unerschütterliche Gefühl, dass es keine andere Wahl für sie gab, als bei Brannan zu sein und die Hitze seines Körpers dicht an ihrem Rücken zu spüren. Sie wandte sich zu ihm um. Sein markantes Profil lag im Halbdunkel, doch der leidenschaftliche und entschlossene Zug um seine Mundwinkel war deutlich zu erkennen.

»Kayla …«, sagte er mit belegter Stimme.

Als er die Arme um sie schlang und sie an sich zog, gab es kein Halten mehr. Seine Zunge fuhr in ihren Mund, seine Zähne senkten sich in das weiche Fleisch ihrer Unterlippe, ihr Atem floss ineinander, so dass ihr vor wachsendem Verlangen schwindelig wurde. Sie sog keuchend die Luft ein, als seine Hände unter den Stoff ihres T-Shirts fuhren und ihre Brüste umschlossen. Willig ließ sie sich von ihm entkleiden, während seine Küsse jeden Zentimeter ihrer Haut in glühende Begierde verwandelten. Er legte den Arm um ihre Hüften und hob sie auf das Bett, dann löste er sich von ihr, um sich in unaufgeregter Selbstverständlichkeit seiner Kleidungsstücke zu entledigen. Kayla, die ihn zuvor nie unbekleidet gesehen hatte, konnte sich nicht losreißen vom Anblick seiner glatten, olivschimmernden Haut, der muskulösen Brust, den kräftigen Schultern und des kunstvollen Tattoos an seinem rechten Oberarm, das Delphine und Schwertfische zeigte.

Er ließ sich neben ihr auf das Bett fallen, sein Blick wurde verhangen. »Du bist unglaublich schön«, murmelte er. Er ließ die Kuppen seiner Finger über ihren nackten Bauch streifen, während er den Blick über sie wandern ließ, als wollte er sich mit jedem Zentimeter ihres Körpers vertraut machen. Schwer atmend senkte sich sein Körper über sie nieder, sie spürte, wie sich sein Glied gegen ihre Oberschenkel drängte, doch statt seiner Lust nachzugeben, küsste er sich aufreizend langsam von ihrem Hals bis zu ihren Brüsten vor und von dort aus weiter. Seine Lippen fanden ihre Brüste und liebkosten sie, sie schlang ihre Beine um seine Hüften, ihre Körper verflochten sich ineinander, sie verging im Taumel ungeahnter Gefühle. Als er sie mit einem tiefen Seufzer nahm und sie gemeinsam den Höhepunkt erreichten, war es ihr, als lösten sich die Grenzen, die ihre Körper umschlossen, auf. Sie verschmolzen wie flüssige Lava. Gemeinsam berührten sie den Himmel.

Kapitel 11

Woran denkst du?«, fragte Brannan und küsste sie sanft auf die Stirn. Kayla wandte den Blick zu dem großen Fenster, vor dem direkt der Atlantik zu beginnen schien. Die Nachmittagssonne stand bereits schräg über dem Meer und noch immer lagen sie eng umschlungen nebeneinander in Kaylas schmalem Bett. Keiner von ihnen schien fähig, geschweige denn gewillt, sich aus der Nähe des anderen zu lösen.

»An nichts«, behauptete sie und wunderte sich, dass es tatsächlich so war. In den letzten Stunden hatte sie vollkommen verdrängt, wer sie war und weshalb sie ursprünglich nach Aird Mhighe herübergekommen war.

»Bereust du es?«

»Nein«, sie ließ ihre Finger über seine breite Brust gleiten. »Nein, das tue ich nicht.«

»Es ist schön, dich glücklich zu sehen. Ich wünschte, es wäre immer so.« Er fuhr mit der Hand durch ihr dichtes Haar und umfasste ihren Hinterkopf.

»Immer ist ein gutes Stichwort«, seufzte sie. »So schwer es mit fällt, aber ich fürchte, es wird allmählich Zeit zu gehen.«

»Meinst du, dass Dalziel auf der Suche nach dir hierherfahren könnte?«

»Nein«, sie verzog die Mundwinkel. »Keine zehn Pferde würden ihn freiwillig auf diese Seite der Insel bringen. Er findet es trostlos hier. Abgesehen davon hatten meine Eltern und Dalziel kein sonderlich gutes Verhältnis, von daher konnte er auch das Haus noch nie leiden. Wie ich meinen Mann kenne, ist es ihm herzlich egal, wie ich meinen Sonntagnachmittag in Aird Mhighe verbringe, solange ich rechtzeitig zum Abendessen zurück bin.«

»Da ist so viel Trauer und Verzweiflung in dir, wenn du an Dalziel denkst«, Brannans Blick wurde eindringlich, er umschloss ihr Kinn mit seiner Hand. »Bist du dir sicher, dass du das Richtige tust, indem du bei ihm bleibst?«

Sie nickte. »Dass ich ihm untreu geworden bin, ist etwas, das ich mit meinem Gewissen und wohl irgendwann auch mit meinem Schöpfer ausmachen muss. Dalziel zu verlassen jedoch wäre etwas komplett anderes.«

»Du bist sehr hart zu dir. Nicht einmal Gott könnte etwas dagegen haben, dass wir zusammen sind.«

»Da wäre ich mir nicht sicher …«

»Dafür bin ich es umso mehr. Nie zuvor habe ich auch nur ansatzweise so empfunden wie für dich, *mo gràdh*, es ist tiefer als alles zuvor. Wenn Gefühle so stark sind, ist es sinnlos, sich dagegen zu wehren. Man muss es akzeptieren.«

»Und trotzdem kann ich meinen Schwur Dalziel gegenüber nicht brechen …«

»Das verlangt niemand. Ich kenne keinen Menschen, der so loyal zu seinen Versprechen steht wie du«, sagte er, in seiner Stimme lag aufrichtige Anerkennung. »Schade, dass Dalziel nicht ebenso ehrenhaft handelt.«

Sie stützte sich auf ihren Ellbogen und blickte in seine ausdrucksvollen, von dichten Wimpern umkränzten Augen. »Was meinst du damit?«

»Auf seine Weise betrügt dich Dalziel schon lange, nicht körperlich zwar, aber seelisch.«

»Worauf willst du hinaus?«

»Dalziels Herz ist verschlossen. Auch das ist eine Form, das Ehegelübde zu brechen.«

Nachdenklich blickte sie ihm ins Gesicht. Selbst wenn Brannan im Grunde recht haben mochte mit dem, was er sagte, erschien es ihr vereinfacht, die Last der Schuld in Dalziels Waagschale anzuhäufen, während sich ihr Anteil verringerte.

»Du verstehst das nicht«, erklärte sie aus dem pflichtbewussten Gefühl heraus, ihre Ehe verteidigen zu müssen. »Dalziel kann nichts dafür. Sein Leben liest sich wie eine einzige Serie von Schicksalsschlägen. Es mag stimmen, dass er mich aus seinem Herzen verbannt hat. Vielleicht hat er mich sogar nie wirklich hineingelassen. Dennoch würde er, wenn es hart auf hart kommt, alles in seiner Macht Stehende tun und für mich da sein.«

»Gewohnheiten und trügerische Sicherheit, ist das alles, was du dir von deiner Ehe erwartest? Mehr nicht?«

»Wenn dem so wäre, wäre ich dann hier, mit dir?« Sie lehnte den Kopf an seine Schulter.

»Nein, *gràdh mo chridhe …*«

Gràdh mo chridhe … seine Worte ließen sie erschauern. Liebe meines Lebens … Noch nie hatte jemand sie so genannt. Aus seinem Mund klang es noch nicht einmal kitschig, sondern nur aufrichtig.

Er nahm ihre Hand und legte sie auf seine Brust. Sie spürte, wie sein Herz kräftig unter der glatten Haut pulsierte. »Was immer geschieht und wohin ich auch gehe, nichts und niemand wird mich daran hindern, dich auf ewig in meinem Herzen zu tragen.«

»Genauso geht es mir mit dir, *mo gràdh …*«

Er zog sie an sich, als gälte es, jeden Zentimeter Abstand zwischen ihnen zu füllen, und küsste sie. »Es fällt mir endlos schwer, dich gehen zu lassen«, sagte er schließlich.

»Es bleibt uns nichts anderes übrig«, seufzte sie und küsste ihn auf die Lippen. Widerstrebend erhob sie sich und schlüpfte in Jeans und T-Shirt. Sie trat ans Fenster, fasste mit beiden Händen ihr Haar im Nacken zusammen und schlang es zu einem Knoten. Ihr Blick glitt über die Bucht, wo sich im klaren Licht des Nachmittags die Umrisse der Shiants gegen den kobaltblauen Horizont abzeichneten. Er trat hinter sie und zog sie in eine innige Umarmung. »Siehst du die Inseln da drüben?« Sie streckte den Arm aus.

»Aye, mo gràdh …«

»Wusstest du, dass eine der größten Liebesgeschichten der Hebriden, wenn nicht sogar ganz Schottlands, dort spielt?«

»Nein, das wusste ich nicht, aber ich würde die Geschichte gerne hören.«

»Gut, aber ich warne dich, sie ist unglaublich traurig«, sie schmiegte den Hinterkopf an seine Brust, während sie die Bilder in ihrem Kopf entstehen ließ. »Es war im Jahre des Herrn 1777. Kapitän Alan Morrison aus Stornoway, bekannt als Ailein Duinn, der braunhaarige Alan, verliebte sich in ein Mädchen aus Scalpay, Annie Campbell. Du musst wissen, dass es seinerzeit keine Brücke gab, die Scalpay mit Harris verband. Der Weg dorthin führte über das offene Meer …«

Schweigend hielt Brannan sie umfangen, als wäre er Fleisch gewordener, schützender Fels.

Kayla seufzte aus tiefster Kehle. »Alan warb also um Annie und Annie verliebte sich Hals über Kopf in den hübschen Kapitän. Er war die Liebe ihres Lebens und sie die seine. Nichts sollte sie je trennen, das versprachen sie sich. So gab es eine Verlobung, wie es damals üblich war, und die Hochzeit wurde geplant. Die Tragödie ereignete sich in der Nacht vor dem Fest, in einer Landenge vor den Inseln.« Ergriffen von der Melancholie, welche Annies Schicksal in ihr hervorrief, verstummte

Kayla. Brannan ließ ihr Zeit, sein Kinn ruhte schwer auf ihrem Haar.

»Alans schweres schwarzes Eichenschiff erlitt Schiffbruch in jener stürmischen Nacht«, fuhr sie fort. »Er ertrank, just als er seine geliebte Annie von Scalpay zu sich herüberholen wollte.«

»Da klingt in der Tat schrecklich ...«

»*Aye*, das war es. Als seine Leiche an einen Strand auf den Shiant Inseln gespült wurde, wusste Annie mit Sicherheit, dass ihr geliebter Alan in dem Sturm ums Leben gekommen war. Sie wurde überwältigt von Schmerz und Kummer, vor allem aber quälte sie ein Gedanke: Wenn ihr geliebter Alan an den Riffen zerschellen musste, weshalb war es ihr nicht vergönnt gewesen, bei ihm zu sein und mit ihm zu sterben? Es gibt ein gälisches Totenlied, in dem sie Alans Tod besingt ... warte ... gleich fällt es mir wieder ein ...« Sie legte den Kopf schräg und summte leise die Melodie. »*Ho ri ri u ho, e o hug horean o ...*«

»*Wenn Sand dein Kissen ist*
und Seegras dein Bett,
wenn die Fische deine weißen Kerzen sind
und die Seehunde für dich Totenwache halten,
dann bete ich zu Gott im Himmel,
dass ich dort sein möge, wo du bist ...«

»Wirklich ergreifend«, Brannans Atem strich warm über ihren Nacken. »Was ist aus Annie geworden? Hat sie ihr Glück später doch noch gefunden?«

»Ich denke schon«, meinte Kayla gedankenverloren. »Allerdings nicht so, wie du vermutest. Nicht auf dieser Welt. Kurz nachdem der braunhaarige Alan ertrunken war, starb auch sie. Wie es heißt, an gebrochenem Herzen ...«

Sie hörte, wie Brannan ein überraschtes Geräusch machte.

»... Annies Leiche sollte nach Harris überführt werden, um auf dem Friedhof von Luskentyre die letzte Ruhe zu finden. Doch das Schicksal schlug ein zweites Mal zu. Das Schiff mit Annies Sarg an Bord geriet ebenfalls in einen schweren Sturm. Um ihr Leben zu retten, banden die Seeleute allen überflüssigen Ballast los und warfen ihn ins Meer. Tragischerweise auch den Sarg mit Annies Leiche.« Kayla verstummte, um sich zu sammeln. Sie holte tief Luft. »Eine unvorstellbare Verkettung der Ereignisse. Doch damit nicht genug, denn ihr Schicksal sollte sich am Ende noch erfüllen. Das Versprechen, sich nie wieder voneinander zu trennen, wurde auf seltsame Weise wahr, denn die See gab Annies Leiche zurück.«

»Ihre Leiche wurde an einen Strand gespült?«

»Nicht an *irgendeinen* Strand«, korrigierte Kayla. »Von allen möglichen Stränden, die es hier auf den Inseln gibt, und glaub mir, es sind unendlich viele, wurde ihre Leiche auf die Shiants gespült, und zwar an denselben Strandabschnitt wie zuvor Alans Leiche. So waren sie am Ende doch für immer vereint.«

»Unglaublich ...«

»*Aye,* und dennoch eine wahre Geschichte. Du siehst«, Kayla, die tränenfeuchte Augen bekommen hatte, drehte sich zu Brannan um und schlang die Arme um seinen Hals, »Alans und Annies Liebe war größer als Zeit und Raum und stärker als der Tod.«

»Ja, so etwas ist möglich«, nickte er und sah ihr mit einer Eindringlichkeit in die Augen, die sie schwindlig werden ließ. »Es gibt Liebe, die größer ist als das Leben selbst.«

Kayla spürte, wie sich ihr Brustkorb zusammenzog, während die vertraute Umgebung ihres Zimmers zunehmend in den Hintergrund trat und sie in der Intensität seines Blickes versank. *Was, wenn?*, fragte sie sich ... Wie wäre ihr Leben verlaufen, wenn sie und Brannan sich zu einem früheren Zeitpunkt begegnet wären? Als er sie an sich zog und den Kopf senkte, um sie ausgiebig zu küssen, merkte sie, wie überflüssig ihre Gedankengänge waren. *So oder so ...* Unabhängig von ihren äußerst komplizierten, unterschiedlichen Lebenslinien, Brannan *war* ihr Schicksal, genau wie Alan Morrison Annie Campbells Schicksal gewesen war.

»Wann sehe ich dich wieder?«, fragte er, als sich ihre Lippen voneinander lösten.

»Wie wäre es nächsten Sonntag?«, schlug sie vor, ohne eine Sekunde zu zögern.

»Ich werde da sein, *mo gràdh.*« Widerstrebend gab er sie frei. »Ich gehe jetzt besser.«

»Du wirst mir fehlen ...«

»Du mir auch«, er küsste sie zum Abschied auf den Mund. »Jeden einzelnen Moment.«

Die Stille, die sein Abschied hinterließ, war erdrückend. Dennoch zwang sie sich, eine gute Viertelstunde verstreichen zu lassen, bevor sie sich auf den Weg zurück machte. Sie hätte es nicht ertragen, ihm zufällig an der Golden Road zu begegnen und ihn ein zweites Mal an diesem Nachmittag gehen lassen zu müssen.

Sie trat aus der Terrassentür und zog sie sorgfältig hinter sich zu. Als sie sich umdrehte, sah sie John Mcadams von den Jahren gebeugte Gestalt auf der Veranda des Nachbarhauses sitzen. Er hatte die Zeitung auf seinen Knien ausgebreitet und winkte grüßend zu ihr hinüber. Sie erschrak. Mit Mühe rang sie sich ein Lächeln ab und erwiderte seinen Gruß. Wie lange mochte er schon da in seinem Schaukelstuhl sitzen? Ob er mitbekommen hatte, wie Brannan das Haus vor ihr verlassen hatte? Es gab nur eine Möglichkeit, es herauszufinden ... Mit klopfendem Herzen schritt sie zu ihm hinüber. »Hallo, Mr Mcadam, wie geht es Ihnen?«

Er erhob sich und kam umständlich die Treppe heruntergeschlurft. Sein offenes, mit Altersflecken gesprenkeltes Gesicht verzog sich zu einem Lächeln. »Danke, meine Liebe, alt zu werden ist nichts für Schwächlinge. Aber davon abgesehen, kann ich nicht klagen.«

»Das freut mich zu hören.«

»Was führt dich hier herüber? Habt ihr vor, das Haus deiner Eltern zu verkaufen?«

»*Aye,* etwas anderes bleibt uns wohl nicht übrig.«

»Traurige Sache«, er blickte sie aus seinen meerblauen, wässrigen Augen an. »Früher herrschte richtig Leben hier in diesem Weiler. Inzwischen sind meine Frau und ich fast die Einzigen. Wenn das so weitergeht, werden wir auch in die Stadt ziehen müssen.«

»Vielleicht findet sich ja ein netter Käufer für das Haus meiner Eltern«, versuchte Kayla den alten Mann zu trösten, obwohl sie selbst nicht so recht daran glauben mochte. »Ally und ich werden unser Bestes tun.«

»*Aye,* das wäre schön«, Mr Mcadam tippte sich zum Abschied gegen die Stirn. »*Tha pìos agad ri dhol,* du hast noch ein Stück Weg vor dir. Komm gut nach Hause.«

»*Soraidh slàn leat*«, sagte sie. »Auf Wiedersehen, Mr Mcadam.«

Offensichtlich hatte er von Brannans Besuch nichts mitbekommen, dachte sie erleichtert. Sie schulterte den Rucksack, als ihr plötzlich ein Gedanke kam. Sie drehte sich noch einmal um. »Wie geht es eigentlich Ihrer Tochter, Mr Mcadam?«

»Oh, danke der Nachfrage, sehr gut. Wir waren gerade bei ihr zum Essen. Meine Frau meinte erst heute, ob es Alice nicht allmählich zu viel wird, Sabbat für Sabbat für uns alte Leute zu kochen, aber Alice lässt nicht mit sich reden. Sie besteht darauf, dass wir kommen.«

»Wie schön, Mr Mcadam, Familie ist wichtig.« Mit einem Winken verabschiedete sie sich von ihm und überquerte die Golden Road, jenseits derer sich die alte Route der Sargträger zwischen den Hügeln in das Hinterland schlängelte. Vor ihr lag ein langer, steiniger Weg zurück. Sie presste die Lippen aufeinander, um sich zu sammeln, bevor sie die Straße beschritt, die sie wenige Stunden zuvor gemeinsam mit Brannan gegangen war und die ihrem Leben eine so unerwartete Wendung gegeben hatte.

Die Abende in diesen Breitengraden waren um diese Jahreszeit bereits erfreulich lang. Als Kayla zu vorgerückter Stunde auf die Straße nach Luskentyre abbog, stand die Sonne noch eine gute Handbreit über dem Horizont. Von den Wiesen erklang das Blöken der Lämmer. Obwohl Kayla auf dem langen, einsamen Marsch Zeit gehabt hatte, um Ruhe in ihre Gedanken einkehren zu lassen, war sie noch immer leicht benommen. Es fühlte sich an, als schwebte sie in einer schillernden Blase, die sie von der Außenwelt abschirmte und ihre Sicht verschleierte.

Kurze Zeit darauf lenkte sie das Auto über den Kiesweg der Einfahrt. Verwundert stellte sie fest, dass Tormods Jeep vor dem Haus parkte, was seltsam war, denn sie wusste, dass Sandra großen Wert darauf legte, wenigstens den Sonntag in Ruhe mit ihrem Mann zu verbringen. Noch überraschter war sie, als sie die Haustür aufzog und im Windfang eine fremde Reisetasche stehen sah. Daneben entdeckte sie die pralle schwarzrote Hülle eines Schlafsacks sowie eine blaue Isomatte, auf der, mit schwarzem Filzstift geschrieben und mit Herzchen versehen, Sandras Name prangte. Nachdenklich betrachtete Kayla das Bündel. Soweit sie sich erinnern konnte, hatte Sandra nicht vorgehabt, in nächster Zeit zu verreisen, geschweige denn zelten zu gehen. Und selbst wenn, warum stand dann Tormods Jeep vor der Tür und nicht Sandras klappriger VW?

Sie legte den Schlüsselbund auf dem Tisch neben der Garderobe ab und warf einen prüfenden Blick in den Spiegel. Gab es etwas an ihrem Erscheinungsbild, das Verdacht erregt hätte, dass sie bis vor kurzem in den Armen eines anderen Mannes gelegen hatte? Verrieten die gerötete Haut ihrer Wangen oder ihre vom Sex noch immer leicht verschleiert blickenden Augen, was sie getan hatte? Unsicher starrte sie ihrem Bild im Spiegel entgegen.

Sie gab sich einen Ruck und beschloss, nur kurz Hallo zu sagen und dann, sobald es die Gelegenheit zuließ, unter die Dusche zu verschwinden, um den Geruch von Brannans Küssen von ihrem Körper zu spülen und sich frische Wäsche anzuziehen. Durch die geöffnete Terrassentür hörte sie Dalziel mit Tormod sprechen. Sie straffte die Schultern und trat ins Freie. »Was ist denn hier los?« Ihr Blick glitt über die Ansammlung leerer Bierflaschen auf dem Tisch. »Seit wann sitzt ihr hier?«

Dalziel drehte sich schwerfällig zu ihr um und wedelte lässig mit der Hand durch die Luft. »Zu deiner ersten Frage, Sandra hat Tormod rausgeschmissen. Zu deiner zweiten, seit heute Mittag.«

»Sie hat *was* getan?« Kayla stemmte die Hände in die Hüften und schüttelte verständnislos den Kopf. Sandra und Tormod hatten ihre Probleme, wie jedes andere Ehepaar auch, aber dass Sandra sich allen Ernstes von Tormod trennen wollte, ausgerechnet jetzt, wo das Baby kam, konnte sich Kayla beim besten Willen nicht vorstellen.

»Es ist aus. Für immer. Sie verlässt mich, hat sie gesagt«, jammerte Tormod, womit er aus Kaylas Sicht nicht unbedingt einen konstruktiven Beitrag zur Klärung der Situation leistete. Er saß auf der Bank gegenüber von Dalziel und blickte so elend aus der Wäsche wie ein liebeskranker Otter. Kayla seufzte. Sie überlegte, sich ebenfalls ein Bier zu nehmen, um Tormods Melodramatik gewachsen zu sein.

»Was soll ich nur ohne sie machen?«, schniefte Tormod auch schon, dann wurden seine Augen feucht und er schneuzte sich rasch in sein Stofftaschentuch.

»Na komm schon«, Kayla trat neben ihn und legte ihm die Hand auf die Schulter. »Du weißt doch, dass alles längst nicht so heiß gegessen wird, wie es gekocht wird. Sicher meint sie es nicht so.«

»Diesmal schon«, begehrte Tormod auf und wischte sich eine Träne aus dem Auge. »Sie sitzt zu Hause am Computer und bucht einen Flug nach München. *Einfach,* ohne Rückflug.«

»Aus seiner Wut heraus droht man schon mal mit Dingen, die man hinterher bereut. Das hat nichts zu bedeuten«, versuchte sie ihn zu trösten.

Aber Tormod ließ sich nicht beirren. »Nein, sie hat gesagt, ich soll ihr vor ihrer Abreise bloß nicht unter die Augen kommen, sonst könne sie für nichts garantieren. Dann hat sie mir ihre Isomatte und den Rucksack in die Hand gedrückt und die Reisetasche und gemeint, ihr sei es piepegal, wo ich bis zu ihrem Abflug bliebe. Selbst wenn mich die Mücken auf dem nächsten Campingplatz bis auf die Knochen abnagen, will sie nichts von mir hören, hat sie gesagt.«

»Wie klug, dass du zu uns gekommen bist«, Kayla täschelte aufmunternd Tormods Arm. »Vor den Mücken bist du hier schon mal sicher. Wie wäre es, du schläfst heute Nacht in Iains altem Zimmer? Morgen sehen wir weiter.«

»Meinst du, das ginge?« Tormods Augen wurden rund. »Du bist ein Engel … Dalziel, weißt du, was du für ein Glückspilz bist, dass du eine Frau wie Kayla hast?«

»*Seadh …*«, Dalziel gab ein kehliges Geräusch von sich. »Im Gegensatz zu den Zugereisten sind Inselfrauen Gold wert, nicht wahr, Kayla?«

»Wie du meinst, Dalziel«, erwiderte sie mit einem strengen Blick auf die Bierflasche. Ihre Sorge, dass Dalziel etwas von ihrem Tête-à-Tête mit Brannan bemerkt haben könnte, war unbegründet. Dem unsteten Blick und der geröteten Nase nach zu urteilen, war Dalziel bereits blau wie ein Veilchen. »Worüber habt ihr euch eigentlich gestritten, Tormod?«

»Wegen des Ausflugs nach Talisker nächsten Monat, weshalb denn sonst?«, kam ihm Dalziel mit der Antwort zuvor.

Tormods Schultern sackten nach vorne, als wäre er Atlas, dem das Gewicht der Welt aufgeladen wird. »Dummerweise fällt der Whiskygeburtstag ausgerechnet auf unseren Hochzeitstag. *Daingit …* Zur Hölle, was soll ich denn machen? Die Jungs können doch schlecht ohne mich feiern, das verstehst du doch, Kayla, nicht wahr?«

»Sicher, Tormod«, nickte Kayla verständnisvoll. »Aber vielleicht ist es für Sandra nicht so leicht nachvollziehbar, weshalb eine Handvoll Schotten, die sich vor fünf Jahren gemeinsam in einer Destille ein Fass mit Whisky gekauft haben, es so ungeheuer wichtig finden, dem Fass an seinem Geburtstag Gesellschaft zu leisten und ihm ein Ständchen zu singen. Könnte sein, dass Sandra es für einen Vorwand hält, euch in trauter Runde ordentlich eins hinter die Binde zu kippen.«

»Typisch. Daran merkt man, dass sie nicht von den Inseln stammt«, brummte Dalziel mürrisch. »Das kommt davon, wenn man keine Einheimische heiratet.«

»*Amaideas,* Unsinn. Daran merkt man höchstens, dass Männer kein Empfinden dafür haben, wie sensibel Frauen in der Schwangerschaft sind«, erwiderte Kayla hitzig.

»Na wie gut, dass du dich mit dem Thema so wunderbar auskennst«, gab Dalziel zurück.

Kayla schnappte beleidigt nach Luft.

»Hört auf, euch zu streiten«, Tormod blickte eingeschüchtert zwischen Kayla und Dalziel hin und her, als wäre er in feindliches Kanonenfeuer geraten.

»Klappe, Tormod!« Dalziel setzte gereizt die Bierflasche an den Mund.

»Entschuldige, er meint's nicht so …«, wiegelte Kayla ab. »Was hat Sandra genau gesagt, Tormod?«

»Na ja«, Tormod kratzte sich das Kinn. Es war ihm sichtlich unangenehm, Sandras Worte zu wiederholen. »So in etwa lief es wohl darauf hinaus, dass Sandra meinte, ihre Freundinnen hätten recht behalten …«

»Recht womit?«, hakte Kayla nach.

»Damit, dass es sich nicht lohnt herauszufinden, was unter einem Kilt steckt.«

»Autsch!«, entfuhr es Kayla. »Ähm, ich meine, das ist natürlich eine höchst unschöne Bemerkung, aber du solltest es wirklich nicht persönlich nehmen.«

»Wie denn dann?« Tormod rang hilfesuchend die Hände.

»Werte es einfach als Pauschalangriff auf Schottland«, schlug Kayla vor und bückte sich nach einer heruntergefallenen Bierflasche, um ein Grinsen zu verbergen. Nichts gegen Tormod, aber sich ihn im Schottenrock vorzustellen, mit milchig weißem Oberkörper, schwabbeligen Hüften und einem Bauchumfang, der in etwa dem siebten Schwangerschaftsmonat entsprach, überforderte sie schlichtweg.

Als sie sich halbwegs gefasst hatte, tauchte sie wieder unter dem Tisch auf und schob sich das Haar aus der Stirn. »Soweit ich sehe, seid ihr erst einmal versorgt. Ich spring schnell unter die Dusche und wasche mir den Schmutz vom Aufräumen aus den Haaren. Dann kümmere ich mich um euer Abendessen.«

»*Bu tu an nighean*«, sagte Dalziel und versetzte ihr, als sie mit leeren Bierflaschen beladen an ihm vorbei ins Haus ging, einen schwungvollen Klaps auf das Hinterteil. »Das ist mein Mädchen, dafür liebe ich dich.«

Sein rauhes, kehliges Lachen verfolgte Kayla bis ins Haus.

Kapitel 12

Müssen wir heute Abend wieder ohne dich auskommen?«, fragte Kaitlin am Mittwoch darauf und reichte Kayla, die im Post Office hinter der Theke stand und Päckchen für den Versand stapelte, einen dick gepolsterten Umschlag.

»Aber nein, ich werde da sein, versprochen«, erwiderte Kayla. Die Aussicht, der häuslichen Enge für ein paar Stunden zu entkommen, war so befreiend wie die Aussicht auf Sonne nach sieben Tagen Regen. Seit letztem Sonntag hatte sie das Gefühl, permanent unter Anspannung zu stehen. Natürlich bemühte sie sich, nach außen gelassen zu wirken, doch in Gedanken war sie andauernd bei Brannan, was dazu führte, dass sie oft keine Antwort wusste, wenn Dalziel sie etwas fragte, weil sie nicht richtig zugehört hatte. Und sie ertappte sich ständig dabei, wie sie Dalziel und Brannan miteinander verglich. Kayla seufzte unhörbar. Es war, als würde man Cremetörtchen mit sauren Gurken vergleichen. Sie fand es beispielsweise unerträglich zu sehen, wie Dalziel schmatzend, mit halb offenem Mund das Essen in sich hineinschaufelte, als befürchtete er, in absehbarer Zeit nichts mehr vorgesetzt zu bekommen. Nur mit Mühe gelang es ihr, Dalziel nicht spüren zu lassen, wie zuwider ihr seine bloße Anwesenheit war. Sie fühlte sich wie eine Handvoll Maiskörner, die in einer gusseisernen Pfanne rösteten und kurz davor waren zu explodieren. Ihre Gedanken wurden unterbrochen von Kaitlin, die sich vernehmlich räusperte und geduldig darauf wartete, bedient zu werden.

Kayla gab sich einen Ruck und legte den Umschlag auf die Waage. »230 Gramm, leider knapp darüber. Einschreiben oder normal?«

»Normal.«

»Das macht 1 £ 71.«

Sandra, die neben der Tür kniete und die Plastikverpackung von einem Stapel Zeitschriften löste, erhob sich und hielt sich gleich darauf am nächstbesten Regal fest. Mit ihrem Kreislauf stand es seit der Schwangerschaft nicht eben zum Besten. Sie fixierte Kaitlin und Kayla mit einem mahnenden Blick. »Seid heute Abend bitte pünktlich, ja? Wir haben eine lange To-do-Liste und nur kleine Zeitfenster für jeden Besprechungspunkt.«

Kaitlin verdrehte genervt die Augen. »Ich weiß nicht, weshalb du so einen Stress machst. Bis auf den Typen, der die Shownummer mit den dressierten indischen Rennenten und dem Schäferhund aufführt, sind alle Punkte genau wie im letzten Jahr. Was gibt es da groß zu besprechen?« Sie schob Kayla das Kleingeld über die Theke.

»Nun, unter anderem müssen wir festlegen, wer die Traktorparade anführt. Das kann heikel werden. Letztes Jahr gab es Streit deswegen«, setzte Sandra an, wurde dann aber durch das Geschehen vor der Schaufensterscheibe abgelenkt. Wie hypnotisiert starrte sie nach draußen. »Moment mal!«, ein Leuchten huschte über ihr Gesicht. »Das sind doch deutsche Touristen. Bin gleich zurück.« Sie legte den Packen Zeitschriften beiseite und stürmte aus dem Laden.

»Sie meint es ja gut«, seufzte Kaitlin. »Aber manchmal übertreibt sie.«

Kayla zuckte die Schultern. »Sie kann eben nicht aus ihrer Haut. Und dann noch die Schwangerschaftshormone … Ich bin heilfroh, dass sie sich wieder mit Tormod zusammengerauft hat.«

»*Aye*«, Kaitlin runzelte die Stirn. »Das verstehe ich. Dalziel und Tormod unter einem Dach, das klingt belastend. Allerdings wundert es mich nicht, dass Sandra die Geduld mit Tormod verloren hat. Wenn man bedenkt, was die Jungs sich alles einfallen lassen, um sich gemeinsam die Kante zu geben … Dieser Whiskygeburtstag setzt dem Fass die Krone auf.«

»Solange es bei einem Fass bleibt«, meinte Kayla trocken. »Lass sie doch ihren Spaß haben. Wir machen es uns in der Zwischenzeit auch gemütlich. Was hältst du von einem Picknick?«

»Ja, warum nicht«, antwortete Kaitlin geistesabwesend, ihr Blick war über Kaylas Schulter hinweg nach draußen gerichtet. »Jetzt sieh dir das an. Kaum hört Sandra Heimatklänge, ist sie schon wieder in ihrem Element.«

Kayla drehte sich um und sah, wie Sandra auf der Straße stand und fröhlich schäkerte, umringt von einer Handvoll deutscher Touristen. Lächelnd wandte sie ihre Aufmerksamkeit wieder Kaitlin zu. »Kann ich sonst noch etwas für dich tun, oder war das alles für heute?«

»Na ja, fast«, Kaitlin schob die Unterlippe vor und seufzte. »Eigentlich habe ich Niall hoch und heilig geschworen, dich nicht mehr damit zu belästigen, aber …«

Kayla ließ sie erst gar nicht ausreden. »*Och,* wenn du *das* meinst, ja, ich werde heute Abend mit der Band proben«, erklärte sie rasch, bevor sie der Mut verließ.

»Wie bitte?« Kaitlins blaue Augen wurden rund, sie schien vollkommen von den Socken.

»Du hast schon richtig gehört.« Kayla räusperte sich und strich mit dem Finger an der Kante des Umschlags entlang. »Es ist keine Zusage, am Fest zu singen, aber es ist ein Versuch. Jedenfalls werde ich mein Bestes geben. Mal sehen, wie weit ich komme.« So. Jetzt war es heraus. Nun konnte sie keinen Rückzieher mehr machen. Kayla, die am meisten perplex über ihre plötzliche Entschlusskraft war, bekam weiche Knie. Sie stützte beide Hände auf die Theke. Die vergangenen Tage hatte sie hin und her überlegt, was sie tun sollte. Natürlich konnte sie sich darauf beschränken, zu den Treffen zu gehen, ein kurzes Hallo an die Jungs von der Band zu richten und sich in die Planung des Organisationsteams zu vergraben. Aber war es das, was sie wollte, jeden Mittwoch einen Herzschlag weit weg von Brannan zu sitzen? Würde sie es ertragen, so nah bei ihm zu sein und doch so entfernt? Die Antwort lautete Nein.

Der Vorteil lag auf der Hand. Teil der Band zu sein ermöglichte ihr, Brannan ganz offiziell zu sehen, mit ihm zu plaudern, zu scherzen und Musik zu machen, unter einem Siegel, an dem niemand Anstoß nehmen konnte. Das war es allemal wert, sich ihren albernen Ängsten, was das Singen betraf, zu stellen. Gedankenverloren kaute sie auf ihrer Unterlippe. Drei Tage waren vergangen, seitdem sie sich auf der Coffin Road begegnet waren. Sie vermisste ihn entsetzlich.

Kaitlin, die sich offensichtlich von ihrem Schock erholt hatte, gab ein krächzendes Geräusch von sich. »Du … willst es wirklich versuchen?«

»*Aye*«, bestätigte Kayla knapp. Sie konnte bestens darauf verzichten, von Kaitlin gelöchert zu werden, was der Grund für ihre innerliche 180-Grad-Wendung war, und wechselte abrupt das Thema. »Ich habe gehört, du hast Màiri gesehen. Wie geht es ihr? Kann sie heute Abend dabei sein?«

»Sie hat es zumindest vor«, Kaitlin legte den Kopf schief. »Ich war vorgestern bei ihr zum Tee. Die neuen Medikamente scheinen zu helfen.«

»Da bin ich froh«, erwiderte Kayla, klang dabei jedoch eher finster als erleichtert. »Es ist ihr nur zu wünschen, bei dem, was auf sie zukommen wird.«

»*Obh obh …*« Kaitlin trommelte mit den Fingern über die Theke. »Das klingt, als wäre Ärger im Anmarsch. Raus damit. Was weißt du, was ich nicht weiß?«

Kayla verzog den Mund. »Anscheinend hat Logan vor, aufs Festland zu gehen.«

»Nicht dein Ernst!«

»*Och*«, Kayla gab ein Stöhnen von sich. »Nun, die Sache mit der Kuh scheint ihm gewaltig an die Nieren gegangen zu sein. Màiri und Pádraig werden ihn kaum davon abhalten können, immerhin wird er nächsten Monat volljährig.«

»*'se buille mhòr a tha seo*«, entfuhr es Kaitlin. »Was für ein Desaster. Das wird Màiri das Herz brechen.«

»Genau das habe ich ihm auch gesagt«, murmelte Kayla halblaut.

»*Wem?*«, Kaitlin hob fragend die Augenbrauen. »Woher weißt du überhaupt davon?«

Kayla errötete bis unter die Haarspitzen. »Von Iain natürlich, hatte ich das nicht erwähnt?«

»*Mo chreach,* meine Güte, uns wird nichts anderes übrig bleiben, als es Màiri möglichst schonend beizubringen. Wir können wohl schlecht schweigen, oder?«, in Kaitlins Stimme schwang Skepsis mit.

»Nein, können wir nicht.« Kayla nahm Kaitlins Umschlag und legte ihn zu den Paketen auf dem Metallgestell. »Ich werde Màiri besuchen und das Thema vorsichtig zur Sprache bringen, auch wenn es sich anfühlt, als würde ich Logan damit in die Pfanne hauen.«

»Hm, nüchtern betrachtet stimmt das ja …«

»Danke, Kaitlin, wirklich sehr tröstlich«, meinte Kayla frostig. »In dem Wissen werde ich heute Nacht sicher ruhig schlafen.«

Kaitlin versuchte ein schiefes Grinsen. Sie klimperte entschuldigend mit ihren blau getuschten Wimpern. »Tja, manchmal ist es wirklich nicht so einfach, zwischen richtig und falsch zu entscheiden, nicht wahr?«

Richtig oder falsch. Die Worte waren ein Schlag ins Gesicht. Kayla starrte stumm auf ihre Hände. Ohne es zu ahnen, hatte Kaitlin den wunden Punkt berührt. Glücklicherweise konnte niemand ahnen, was sich zwischen Brannan und ihr in Aird Mhighe abgespielt hatte.

»*A luaidh*«, Kaitlin, die Kaylas Unwohlsein offensichtlich fehlinterpretierte, berührte sanft ihren Unterarm. »Wenn es dir so unangenehm ist, mit Màiri zu reden, lass mich das übernehmen.«

»Nein, ich schaff das schon«, gab Kayla sich einen Ruck. »Vielleicht ergibt sich heute Abend eine Gelegenheit.«

Kaitlin zwinkerte ihr zu. »Pack es so schnell wie möglich an. Du wirst sehen, danach geht es dir besser.«

Das wagte Kayla zu bezweifeln, sagte aber nichts.

Das Glöckchen am Eingang bimmelte und Sandra kam mit geröteten Wangen zur Tür herein. »Tut mir leid, ich habe mich ein wenig verquatscht.«

»Ein wenig ist gut«, scherzte Kaitlin. »Habt ihr darüber diskutiert, das Oktoberfest nach Harris zu verlegen, oder weshalb hat das so lange gedauert?«

Sandra ignorierte Kaitlins Bemerkung und ließ sich auf den Rollhocker neben dem Zeitschriftenregal fallen. »Ihr werdet es nicht glauben, das waren tatsächlich Münchner. Die Ärmsten waren völlig mit den Nerven am Ende. Sie wollten ins Anchorage zum Essen gehen. Jetzt ist ihnen das Bargeld ausgegangen … Ausgerechnet heute, wo kein einziger Geldautomat auf der Insel funktioniert.«

»Kommt öfters vor«, bemerkte Kaitlin und tat das Ganze so gelassen ab wie das wechselhafte Wetter. »Verstehe nicht, wo das Problem liegt. Sie können doch problemlos bei Mairead anschreiben lassen.«

Sandra hob resigniert die Hände. »Ich habe ihnen auch gesagt, dass sie es locker sehen sollen, aber das konnten sie irgendwie nicht.«

»Womit wir wieder beim Thema wären«, raunte Kaitlin Kayla hinter vorgehaltener Hand zu. »Scheint wohl irgendwie ein deutsches Problem zu sein.«

»Was gibt's da zu kichern?« Sandra kniff ärgerlich die Lippen zusammen.

»Nichts. Kaitlin meinte nur, dass du dafür bei Tripadvisor bestimmt Lobeshymnen ernten wirst«, erklärte Kayla rasch.

»Ihr könntet ruhig etwas dankbarer sein.« Sandra strich sich würdevoll den braunen Pagenkopf glatt. »Schließlich habt ihr alle etwas davon. John beispielsweise hat jetzt vier Leute mehr an Bord bei seiner Waltour. Und das nur, weil ich diese Leute darauf *hingewiesen* habe, dass es so etwas überhaupt gibt.«

»*Ceart gu leòr«,* Kaitlin reckte den Hals und spähte aus dem Fenster. »Was ich nicht verstehe … warum um alles in der Welt rasen die denn jetzt schon mit ihren Fahrrädern Richtung Hafen, wenn die Tour erst in einer Stunde beginnt?«

»Ich habe ihnen geraten, etwas früher da zu sein, damit sie die besten Plätze auf dem Boot bekommen«, erklärte Sandra erhaben. »Noch Fragen?«

»Nein, keine mehr«, prustete Kaitlin vor Lachen und wischte sich über die Augen. »Sei mir nicht böse, aber du bist einfach so was von deutsch!«

»Überhaupt nicht«, protestierte Sandra. »Im Gegenteil. Ich empfinde Deutsche im Ausland als ziemlich anstrengend. Ich bin froh, wenn ich meine Ruhe vor ihnen habe.«

Kayla und Kaitlin blickten sich an. »Wirklich, meine Liebe, das ist …«, begann Kaitlin,

»… so was von deutsch!«, fiel Kayla lachend ein.

Kayla lehnte an der Treppe vor dem Gemeindezentrum und blickte über den Sund. Vor dem Hintergrund der untergehenden Sonne zeichneten sich tanzende Silhouetten wie Scherenschnitte ab. Die Arme über die Köpfe gereckt, die Beine zum Sprung gespreizt oder mit hoch zur Brust gezogenen Knien hüpften die Mädchen der örtlichen Tanzgruppe annähernd synchron zu den Klängen eines Dudelsackspielers. Die Vorführung war noch weit davon entfernt, Beifallsstürme bei den Zuschauern zu entfachen, dennoch konnte Kayla den Blick nicht von den Mädchen abwenden, die sich kichernd an den Händen fassten, gemeinsam zum Ausgangspunkt unten am Strand rannten und scheinbar nicht müde wurden, ihren Tanz wieder und wieder zu beginnen, mit genau so vielen Fehlern wie beim vorhergehenden Mal. Kayla musste lächeln, unwillkürlich wurde ihr warm ums Herz. Die Freude der Mädchen am gemeinsamen Tun hatte etwas seltsam Anrührendes. Mitten in ihre Gedanken hinein hörte sie das Knattern von Nialls Motorrad. Kurz darauf stand er neben ihr und streifte sich die lederne Motorradkappe vom Kopf.

»Was für ein Privileg, auf den Inseln zu leben, findest du nicht?«, sagte sie leise in die Dämmerung hinein.

»Das denke ich mir oft.« Niall, der ihrem Blick gefolgt war, nickte.

»Ich musste gerade an letztes Jahr denken. Weißt du noch, wie stolz Iain war, als er den ersten Preis beim Schafscherwettbewerb gewonnen hat?«

»Und ob ich das weiß, schließlich redest du von meinem Patenkind. Meinst du, er kommt zum Fest nach Hause?«

»Das bezweifle ich.« Traurig schüttelte Kayla den Kopf. »Dalziel und Iain haben seit dem Streit kein Wort gewechselt.«

»Das wird schon wieder.« Niall schenkte ihr einen aufmunternden Blick. »Zeit heilt viele Wunden.«

Kayla schwieg. Der Wind trug das Lachen der Mädchen zu ihnen herüber.

Obwohl Niall heute Abend ein weitgeschnittenes T-Shirt trug, fuhr er sich gewohnheitsmäßig an den Hals, der von dem engen Kragen immer ein wenig wundgescheuert wirkte, und massierte seinen Kehlkopf. »Was ist los? Du siehst niedergeschlagen aus. Bedrückt dich etwas?«

»Nein, alles in Ordnung«, log sie. »Die Tanzgruppe hat mich sentimental gemacht.«

»Du vermisst Iain, nicht wahr?«

Kayla nickte. Iain war *ein* Grund für ihre verworrenen Gefühle, aber längst nicht der einzige. Den ganzen Tag über hatte sie sich darauf gefreut, Brannan wiederzusehen. Jetzt, hier auf den Stufen vor dem Gemeindezentrum, fragte sie sich, ob sie das Richtige tat.

»Wenn du reden möchtest, ich bin jederzeit für dich da.«

Kayla schluckte. Das war das Schlimmste von allem. Es gab niemanden, mit dem sie über ihre Gefühle für Brannan reden konnte. Nicht einmal mit Ally, denn was dann passieren würde, lag auf der Hand. Ally würde ihr Tag und Nacht im Nacken sitzen, wie ein rotes, gehörntes Teufelchen, und darauf drängen, dass Kayla die Konsequenzen zog und sich von Dalziel trennte. Sie presste die Lippen zusammen. Das Letzte, was sie gebrauchen konnte, waren gutgemeinte Ratschläge.

»Kayla …?«

»Ich … musste gerade an Màiri denken«, sie senkte den Kopf und errötete von ihrer Lüge. Oh Himmel, wenn es an sich schon eine Sünde war, die Unwahrheit zu sagen, dann kam es wahrscheinlich einem Sakrileg gleich, einen Mann Gottes zu belügen, dachte sie grimmig. Für ihre Blasphemie würde sie sicher in der Hölle schmoren, wenn sie nicht eh schon sicher sein konnte, dort wegen Ehebruchs zu landen. Sie hoffte inständig, dass die Freie Schottische Kirche inzwischen darauf verzichtete, Delinquenten öffentlich an den Pranger zu stellen, und Niall ihr irgendwann verzeihen würde.

Niall hingegen schien gar nicht zu bemerken, womit sie rang. Er runzelte die Stirn. »Unschöne Sache. Kaitlin hat mir von Logans Plänen erzählt. Wirst du mit Màiri reden?«

»*Aye*, auch wenn es mir davor graut. Das Schlimmste ist, dass ich mir wie ein Verräter vorkomme. Ich mag Logan. Er ist ein netter Junge. Im letzten Jahr war er so oft bei uns zu Gast, dass ich schon automatisch jeden Mittag für ihn mitgedeckt habe. Er vertraut mir.«

»Ein Gewissenskonflikt, in der Tat.« Niall rieb sich die Stirn. »Ich werde die Tage mal zu den Saunders fahren. Vielleicht kann ich mit Gottes Hilfe die Wogen zwischen Logan und Pádraig glätten.«

»Es wäre einen Versuch wert«, seufzte Kayla. Sie hoffte inständig, dass Niall etwas bei Pádraig erreichen konnte. Im Grunde gingen sie als Außenstehende die Schwierigkeiten im Hause Saunders nichts an, aber Logan war ihr wirklich ans Herz gewachsen. Wann immer es Ärger mit Pádraig gab – und den gab es reichlich –, war Logan zu ihr gekommen, um seine Sorgen abzuladen. Anscheinend sah er in ihr eine Art mütterlicher Freundin. Nur dass sie gerade dabei war, Logans Vertrauen zu missbrauchen.

»Na schön …« Niall machte ein aufmunterndes Gesicht. »Kaitlin hat erzählt, du probst später mit uns? Das sind ja ganz neue Töne, was?«

Trotz ihrer bedrückten Stimmung musste sie über sein Wortspiel schmunzeln. »Es ist ein Versuch. Kein Versprechen, am Fest zu singen.«

Die Dudelsackmusik stoppte, die Mädchen brachen in lautes Jubelgeschrei aus. Kayla sah lächelnd zu ihnen hinüber. Anscheinend hatten sie es geschafft, das Stück einmal fehlerfrei durchzutanzen.

»*Fürchte dich nicht, ich bin mit dir,* Jesaja 41,10«, zitierte Niall grinsend. »Es ist mutig von dir, dich deinen Ängsten zu stellen. Aber keine Sorge, heute ist für Privatsphäre gesorgt. Hier«, er zog ein Stück Karton aus dem mitgebrachten Jutebeutel, auf dem in roten Lettern »*Proben. Zutritt verboten!*« prangte, und hielt es Kayla unter die Nase. Niall strahlte über die ganze Breite seines gutmütigen Gesichts. »Zuschauer nur über meine Leiche.«

»Oh, wie lieb von dir«, Kayla legte den Arm auf Nialls Schulter und küsste ihn auf die Wange.

»Keine Ursache«, tat Niall verlegen ab, doch Kayla las in seinen Augen, wie sehr er sich über ihre Reaktion freute. »Na dann, bist du bereit? Ran an die Gewehre.«

»*Murt mhòr,* guter Gott …«, murmelte Kayla leise. Dass sie sich *bereit* fühlte, konnte sie nun wirklich nicht behaupten, doch bei dem Gedanken an Brannan spürte sie ein sehnsüchtiges Ziehen in der Magengegend. Sie reckte das Kinn und ergriff Nialls dargebotenen Arm.

»*Ceart gu leòr*«, sagte sie. »Lass uns gehen.«

Irgendwie schaffte sie es, Màiri noch vor Beginn der Versammlung beiseitezunehmen und ihr behutsam mitzuteilen, was sie über Logans Pläne erfahren hatte. Wie erwartet war Màiri bleich vor Schreck geworden, hatte sich dann aber wieder gefangen und Kayla für ihre Aufrichtigkeit gedankt. Insgesamt hätte es nicht besser laufen können, dachte Kayla erleichtert und war froh, zumindest in diesem Punkt das Richtige getan zu haben.

Schließlich, als alle Beteiligten eingetroffen waren, begann die Besprechung. Dank Sandras straffer Planung schafften sie es sogar zwanzig Minuten vor der geplanten Zeit, mit allen Punkten auf der Liste fertig zu werden. Kayla, die vor dem Treffen nur kurz den Kopf in den Probenraum gesteckt und der Band Hallo gesagt hatte, erhob sich und winkte zum Abschied in die Runde. »*Gabh mo leisgeul*, tut mir leid, aber die Band wartet auf mich.«

Von allen Seiten wurde eifrig zurückgewinkt. »Mach es gut, Kayla!« – »*Mar sin leat!*« – »Wir sehen uns.« – »Und denk dran, immer schön locker bleiben. Du schaffst das.«

Sie schritt den Gang hinunter. Bevor sie die Tür zum Probenraum aufzog – von Niall mit dem Nicht-stören-Schild versehen –, hielt sie inne. Sie konnte Brannans Anwesenheit durch die geschlossene Tür spüren. Fröstelnd vor Erregung strich sie mit den Händen das Haar zurecht, dann trat sie in den Raum.

Seamus, Niall und Tormod standen gemeinsam über einen Ständer mit Notenblättern gebeugt und diskutierten. Auf einem Hocker daneben saß Brannan, den Oberkörper nach vorne geneigt, die Hände ineinander verschlungen, und wartete mit stoischer Gelassenheit, dass sie sich einigten. Als er Kayla erblickte, leuchtete sein Gesicht auf.

»*Trobbhad seo*«, er bedeutete ihr näherzutreten. »Komm her und setz dich zu mir. Die Jungs hier werden sich nicht einig, ob die Überleitung zum Mittelteil eher ein Mandolinensolo sein soll, oder ob wir es gemeinsam spielen.«

»Hm, klingt wirklich kriegsentscheidend«, sagte Kayla und kräuselte die Lippen. »Bestehen Chancen auf Einigung?«

»Kaum. Stur wie die Ochsen«, grinste er und zog einen Stuhl für sie heran.

»*Aye*, ich weiß«, erklärte sie, froh darüber, dass sie Brannan einen Moment für sich hatte. Sie setzte sich neben ihn.

»Schön, dass du da bist«, flüsterte er ihr zu und drückte verstohlen ihre Hand. An liebsten hätte Kayla ihn gar nicht mehr losgelassen.

»Du hast mir gefehlt«, gab sie leise zurück.

»Und du mir. Ich bin fast verrückt geworden ohne dich …«

»*Halò, Kayla, ceud mìle fàilte.*« Sie fuhren auseinander. Seamus, dem es offensichtlich gelungen war, ein tragfähiges Ergebnis zu erzielen, kam zu ihnen herüber und legte Kayla kameradschaftlich die Hand auf die Schulter. »Schön, dass du dich entschieden hast, mit uns zu proben.«

Kayla, der es bei Seamus' erwartungsvollem Blick leicht mulmig wurde, versuchte zu lächeln. »*Seadh*«, sie räusperte sich verlegen, »schauen wir mal, wie es läuft.«

»Wir schaffen das gemeinsam, was, Jungs?« Seamus warf einen fragenden Blick in die Runde.

»*Aye,* selbstverständlich!« Tormod stellte sein Wasserglas beiseite und griff nach dem Akkordeon.

»Wir tun alles, um dich zu unterstützen. Das ist beschlossene Sache.« Das kam von Niall.

Kayla hob abwehrend die Hände. »Macht bitte keinen großen Aufstand, das meine ich im Ernst. Ich bin hier, ich singe mit euch, alles Weitere wird sich zeigen, *aye*?«

»Da hört ihr es, Jungs, Kayla möchte nicht, dass wir so ein Gedöns um sie machen«, Tormod lehnte sich seufzend zurück.

»*Amaideas,* Unsinn, das sagst du doch nur, weil du Angst hast, wieder Ärger mit Sandra zu bekommen.« Niall streckte die Arme über den Kopf, um den Rücken zu dehnen. »Kayla wird die Idee toll finden.«

»Moment mal. Könnte mich vielleicht mal jemand aufklären, worum es geht? Natürlich nur, falls das nicht zu viel verlangt ist«, bemerkte Kayla süffisant und verschränkte die Arme vor der Brust. »Was habt ihr ausbaldowert und weshalb sollte Tormod Ärger bekommen?«

»Hmhmm, nichts weiter, nur so eine Idee«, meinte Seamus und zupfte mit dem Plektrum probehalber über die Saiten seiner Gitarre. »*Nialls* Idee, um genau zu sein.«

Kayla wandte sich zu Niall und kniff die Augen zusammen. »Na los, raus mit der Sprache.«

Niall, der seine Lockerungsübungen mit ausladendem Hüftkreisen fortsetzte, lächelte ihr begütigend zu. »Nichts Schlimmes, mach dir keinen Kopf. Ich persönlich finde die Idee ausgezeichnet.«

Kayla funkelte ihn mit zusammengekniffenen Augen an.

Niall kratzte sich an der Schläfe. »*Uill,* du musst es einmal so sehen, für Dalziel als deinen vernachlässigten Ehemann ist es nicht spaßig, alleine zu Hause zu sitzen, während seine Frau mit seinen Kumpels abhängt …«

»Ach«, Kaylas Augenbrauen schossen in die Höhe. »Und was heißt das jetzt genau?«

»Wir dachten, es wäre gut, wenn sich die Band mal mit Dalziel trifft. Es muss komisch auf ihn wirken, wenn du so viel Zeit mit uns verbringst, statt zu Hause bei ihm zu sein und den Abend mit … *anderen* Dingen zu verbringen. Es … ist nicht gut für sein Ego.«

Kayla knirschte hörbar mit den Zähnen. Allmählich dämmerte ihr, wo das Problem lag. »Wie ehrenhaft von euch.«

»Kannst du vielleicht mal mit dem Unsinn aufhören und auch etwas sagen?«, wandte Niall sich an Tormod, ungewohnt gereizt.

Dieser legte den Pinsel beiseite, mit dem er die Falten des Balgs gereinigt hatte. Die Verlegenheit stand ihm ins Gesicht geschrieben. »Wir dachten daran, Dalziel auf eine Angeltour zu entführen. Als kleinen Ausgleich zu den Abenden sozusagen, die er daheim verbringt, während du mit uns probst.«

»*Seadh,* eine Angeltour also …«, Kayla, die augenblicklich Lunte roch, hatte alle Mühe, ernst zu bleiben. »Ihr habt euch das nicht zufällig ausgedacht, weil es eine prima Gelegenheit wäre, euch mit einem Kasten Bier an den nächsten *Loch* zu verkriechen und den Herrgott einen guten Mann sein zu lassen?«

»Keineswegs, wo denkst du hin?« Niall schenkte ihr einen Blick, der so voll hintergründiger Sanftmut war, dass Kayla sich augenblicklich fragte, ob für Niall als Pfarrer Ausnahmeregelungen existierten. Womöglich konnte er geringfügige Vergehen ja auf dem kleinen Dienstweg mit Gott regeln.

Niall lächelte milde. »Wir machen das nur Dalziel zuliebe. Und deinetwegen natürlich, Kayla.«

»Davon bin ich überzeugt«, sagte Kayla trocken. »Und wann bitte schön soll das Ganze stattfinden?«

»Das ist ja das Problem«, sagte Tormod kleinlaut. »Kommenden Sonntag. Hoffentlich lässt Sandra mich gehen. Wir hatten vor, mit ihrer Cousine in Deutschland zu skypen. Es gibt da so eine Art Zeichensprache für Babys, die sie Sandra demonstrieren will. Sie schwört, ihr Baby kann ihr dadurch mitteilen, wenn es die Windel voll hat.« Er seufzte abgrundtief. Der Gedanke, dass er das schöne Besäufnis wegen eines nassen Babypopos verpassen könnte, lastete schwer auf seiner schottischen Seele.

Nächsten Sonntag … Kayla vermied es, in Brannans Richtung zu blicken, aus Sorge, ihr Gesicht könnte sie verraten. Auch wenn es ausgeschlossen schien, dass Dalziel auf die Idee käme, Sonntag mit ihr nach Aird Mhighe zu fahren, fand sie es beruhigend zu wissen, dass er den Tag in der Gesellschaft seiner Kumpels verbringen würde.

»Na dann los, nachdem wir das geklärt haben, können wir ja anfangen«, Seamus hängte sich die Gitarre um die Schultern. »Ich habe mir gedacht, wir beginnen mit einem einfachen Lied, *Sùilean dubha,* schwarze Augen. Das kennen alle.«

Kayla unterdrückte ein Stöhnen. *Sùilean dubha,* ausgerechnet … *Schwarze, schwarze, schwarze Augen, mein Geliebter hat schwarze Augen, wann wird er kommen, um mich zu besu-*

chen …?, die Worte echoten in ihren Ohren. Worauf hatte sie sich da bloß eingelassen?

»Also, fangen wir an«, sagte sie schicksalsergeben und griff reflexartig nach ihrer mitgebrachten Wasserflasche. Sie setzte sie an die Lippen und trank. Mit zitternden Händen stellte sie das Wasser anschließend wieder beiseite.

Brannan erhob sich, nahm die Fiddle, deren Perlmuttbesatz im Licht der Deckenlampe hellsilbern funkelte, und trat vor sie, so dass sie ihm direkt in die Augen sehen konnte. Ohne dass Worte flossen, spürte Kayla das unsichtbare Band zwischen ihnen. Brannan setzte den Bogen an. Wie ein dunkler Lockruf schwebte ein einzelner Ton durch den Raum, auf der Suche nach einem Echo. Kayla schloss die Augen. Losgelöst von allem, was sie belastete, spürte sie den melancholischen Klang der Fiddle in sich widerhallen. Ein Vibrieren lief durch ihren Körper, die feinen Härchen an ihren Unterarmen richteten sich auf. Ihr Herz begann, im Rhythmus des Liedes zu schlagen. Sie fühlte Brannans Blick auf sich ruhen und öffnete die Augen, ihre Lungen füllten sich mit Luft. Und dann sang sie. Die Töne perlten aus ihr hervor, als hätte jemand den Korken aus einer Champagnerflasche gezogen. Der Ausdruck seiner dunklen Augen löschte alle Zweifel ihrer Seele aus.

Ein voller Mond stand über der Bucht von Luskentyre. Kayla fuhr auf die Anhöhe vor ihrem Haus zu, als sie vom Scheinwerferlicht eines entgegenkommenden Autos geblendet wurde. Irritiert schirmte sie ihre Augen mit der Hand ab. Als der Pickup auf ihrer Höhe war, sah sie Pádraigs Gesicht schemenhaft hinter der Windschutzscheibe auftauchen. Verblüfft stieß sie die Luft aus. Was hatte der denn so spät hier zu suchen? Eine ungute Vorahnung überfiel sie, sie beeilte sich, ins Haus zu kommen.

Als sie das Wohnzimmer betrat, saß Dalziel in seinem Sessel, die Hände in den Polstern der Armlehnen vergraben, und starrte finster vor sich hin. Kayla ließ sich ihm gegenüber auf das Sofa fallen. Sie warf ihm einen eindringlichen Blick zu, doch Dalziel weigerte sich beharrlich, sein Schweigen aufzugeben. Sie richtete sich kerzengerade auf und faltete die Hände im Schoß. »Und?«

»Was und?«

»Das war Pádraig, nicht wahr?«

»Hm.«

»Was wollte er?«

»Das kannst du dir denken.«

Kayla holte tief Luft. »Es ging also um Logan.«

Dalziel gab ein Geräusch von sich, das ein gequältes Lachen hätte sein können, wenn sein Gesicht nicht voll unterdrücktem Zorn gewesen wäre. »Was zum Henker fällt dir ein, dich in die Angelegenheiten der Saunders einzumischen?«

»Nun«, sie strich sich den Rock glatt. »Irgendjemand musste Màiri schließlich erzählen, dass Logan vorhat abzuhauen.«

»So? Und wieso ausgerechnet du?« Dalziel trommelte mit den Fingern auf der Armlehne. »Habe ich etwas verpasst oder bist du neuerdings für das Seelenheil der Gemeinde zuständig?«

»Nein, aber ...«

»Weshalb hast du es dann nicht Niall überlassen, sich darum zu kümmern?«, fuhr er ihr über den Mund. »Es ist schließlich sein verdammter Job.«

Kayla verdrehte indigniert die Augen. »Jetzt mach mal halblang. Wieso regst du dich eigentlich so auf, dass ich mit Màiri gesprochen habe? Ich verstehe beim besten Willen nicht, was so schlimm daran sein soll. Wir sind schließlich befreundet.«

»Dann solltest du mal deinen Verstand einschalten. Überbringer schlechter Nachrichten führen in der Regel kein ruhiges Leben, hat dir das noch niemand gesagt?«, blaffte er.

Kayla nahm die Fernsehzeitschrift, die auf dem Tisch lag, und drehte sie mechanisch zu einer Rolle. Sie fühlte sich, als stünde sie vor einem Exekutionskommando, ohne den Grund der Anklage zu kennen. »Was soll das werden, Dalziel? Was wirfst du mir eigentlich vor?«

»Das solltest du Pádraig fragen. Er gibt uns die Schuld, dass Logan gehen will.«

Kayla spürte, wie sie bleich wurde. »Das ist doch Unsinn.«

»Ach? Ist es das?«, der Anflug eines hinterhältigen Lächelns spielte um Dalziels Mundwinkel. Er erhob sich, drehte ihr den Rücken zu und nahm die Karaffe mit dem Whisky vom Bord. »Wenn man bedenkt, wie oft der Junge hier zu Besuch war und sich bei dir ausgeheult hat, könnte man durchaus vermuten, dass dein Einfluss dahintersteckt.«

»Schwachsinn!« Kayla ließ die Zeitungsrolle auf den Wohnzimmertisch sausen, dass es einen Knall gab, der sich gewaschen hatte.

Dalziel fuhr zusammen. Er drehte sich zu ihr um, seine Augen blickten eisig, aber er sagte kein Wort.

»Wenn Pádraig einen Schuldigen sucht, sollte er sich besser mal an die eigene Nase fassen. Immerhin war er derjenige, der die Kuh verkauft hat«, ereiferte sich Kayla. Sie sprang vom Sofa auf und marschierte im Zimmer auf und ab.

»Setz dich hin und hör mir zu.«

»Ich will mich nicht setzen, Herrgott noch mal. Mich regt das Ganze viel zu sehr auf.«

Dalziel packte sie am Handgelenk, so dass sie gezwungen war stehen zu bleiben. »Begreifst du denn nicht?«

»Nein, verdammt. Ich weigere mich, mir die Schuld für die Probleme der Saunders in die Schuhe schieben zu lassen.«

»Musst du immer so verdammt eigensinnig sein?« Seine Finger gruben sich in das Fleisch ihres Unterarms.

»Lass mich los, du tust mir weh«, sie funkelte ihn aus wütenden Augen an.

Dalziel lockerte seinen Griff. Er senkte den Kopf, sein Atem streifte ihre Wange. »Ein für alle Mal … Halte dich aus den Angelegenheiten anderer Leute raus. Es ist eine verdammte Reihe von Dominosteinen, die du da in Gang setzt. Du hast Pádraigs Grenzen überschritten, indem du dich in seine Erziehung eingemischt hast.«

»Pádraig ist ein Despot, wie er im Buch steht«, begehrte Kayla auf und riss sich los.

»Er versucht seine Familie durchzubringen. Das ist alles.« Dalziels Stimme bebte vor Verbitterung. Kayla biss sich auf die Lippen. Ihr Blick fiel auf Dalziels steifes Bein. Sie begriff, warum er so in Rage war. Pádraigs Schmerz war Dalziels Schmerz über den Verlust von Iain, den er bisher nicht hatte äußern können. Er und Pádraig waren aus einem Holz geschnitzt. Verständlich, dass er sich mit Pádraig solidarisierte, anstatt zu ihr zu halten.

Er hob den Zeigefinger und fuchtelte damit in ihre Richtung. »Das Ganze ist noch nicht ausgestanden. Wenn Logan Mist baut, wird Pádraig alles daransetzen, uns dafür büßen zu lassen.«

»Das kann er gerne versuchen, aber es wird ihm nichts nützen«, erwiderte Kayla so ruhig wie möglich. »Ich kann nichts dafür, dass Logan seinen Vater hasst.«

»Ach? Und du meinst, es interessiert jemanden, wie du darüber denkst?«

Er beugte sich näher zu ihr, sein Mund klappte auf, als wollte er noch etwas hinzufügen, dann aber entschied er sich um und verließ schweigend das Haus über die Terrasse, eine dunkle Silhouette vor dem bleichen Licht des Mondes.

13 Kapitel

Wo steckst du die ganze Zeit? Wir haben uns seit Tagen nicht mehr gesehen«, sagte Ally am Sonntag nach der Kirche zu Kayla. Sie packte ihre Schwester am Arm und schob sie vor sich her durch die schwere Holztüre ins Freie. »Kaitlin hat mir erzählt, dass du jetzt doch singst, stimmt das?«

Kayla strich sich den Blazer glatt. »Möglicherweise«, erwiderte sie, betont vage.

Ally riss impulsiv die Arme hoch. »Wie großartig!« Sie warf sich Kayla an den Hals und drückte sie. »Ich hatte die Hoffnung schon aufgegeben. Was sagt Dalziel dazu?«

»Erstaunlich wenig. Er ist momentan mit anderen Dingen beschäftigt.«

»Soll er ruhig«, Ally hob die Hand und rückte ihren Hut gerade. »Da fällt mir ein, Brannan hat mich neulich gefragt, wo er dich finden kann. Er wollte dich sprechen. Hat das geklappt?«

Das Psalterbuch, welches Kayla unter den Arm geklemmt hielt, glitt zu Boden. Sie bückte sich und hob es auf. »*Aye*, wir sind uns an der Coffin Road begegnet.«

»Aha«, bemerkte Ally, in ihren Augen lag Neugier und noch etwas, das Kayla nicht deuten konnte. »Euer Treffen hat nicht zufälligerweise damit zu tun, dass du singst?«

Kayla tat, als müsste sie den Staub vom Einband wischen. »Du hast es erraten. Genau darum ging es. Brannan hat angeboten, mir ein paar Übungen gegen das Lampenfieber zu zeigen.«

»Oh, *aye*, ich frage mich nur …«, Ally legte den Kopf schief und runzelte argwöhnisch die Stirn. »Warum hast du mir nichts davon erzählt, dass du singst? Was ist los mit dir? Du bist irgendwie merkwürdig momentan.«

»Wieso macht eigentlich jeder so ein großes Ding draus?«, zischte Kayla, wütend darüber, sich vor Ally rechtfertigen zu müssen.

»Ach? Bin ich jetzt jeder?«

»Ich habe viel um die Ohren, das ist alles.«

»So viel, dass du keine Zeit hast, auf einen Tee bei mir vorbeizuschauen und zu berichten, was es Neues gibt?« Skeptisch zog Ally eine Augenbraue hoch. Es war ihr anzusehen, dass sie Kayla kein Wort glaubte.

Kayla entschied sich für Angriff, statt Verteidigung. »Komm zu den Treffen, dann bist du auf dem Laufenden. Ich frage mich sowieso, weshalb du letzten Mittwoch gefehlt hast«, drehte sie kurzerhand den Spieß um.

»Du weißt genau, dass das nicht geht, so wenige Wochen vor den Sommerferien. Ich sitze bis tief in die Nacht über den Arbeiten.« Ally seufzte tief, als wäre der Lehrerberuf eine Zumutung, für die es ungewöhnlich starke Nerven brauchte.

Kayla warf ihr einen besorgten Blick zu. Es stimmte, unter ihrem dezenten Make-up sah Ally auffällig mitgenommen aus. Ihre Lider wirkten schwer, die Schatten unter ihren Augen verliehen ihr ein kränkliches Aussehen. »Du solltest kürzer treten«, meinte Kayla einfühlsam.

»Guter Witz!« Missmutig kräuselte Ally die Nase. »Als wäre ich nicht schon genug beschäftigt, jetzt türmt sich auf meinem Schreibtisch auch noch ein Berg von Papieren, die ich dringend bearbeiten muss, damit das Ministerium uns nicht die Fördergelder für das neue Schuljahr kürzt. Bevor ich das nicht erledigt habe, kann ich weder eine Pause einlegen, noch mich um das Fest kümmern.«

»Verständlich.«

»Du kannst mich gerne für das Kinderschminken eintragen, wie im letzten Jahr, wenn ich dafür nicht das dämliche Clownkostüm anziehen muss«, bot Ally etwas versöhnlicher gestimmt an.

»Keine Sorge, das trägt in diesem Jahr Sandra«, meine Kayla mit einem schiefen Lächeln. »Was ist mit den Prämierungen? Bist du in der Jury?«

»Nicht bei den Kinderwettbewerben, da komme ich in einen Konflikt mit der Schule. Aber ich mache gerne als Preisrichterin bei dem Kuchenbackwettbewerb mit, okay?«

Kayla machte sich eine geistige Notiz.

»Obwohl wir uns die Mühe sparen könnten«, zuckte Ally die Schultern. »Es ist ohnehin klar, dass Màiri gewinnen wird, wie immer. Verdienterweise, übrigens. Ihr Schokokuchen ist göttlich.« Ally reckte den Hals und sah sich suchend um. »Wo steckt sie überhaupt? Ich dachte, es geht ihr besser?«

»Sie und Pádraig waren nicht in der Messe«, seufzte Kayla. »Es ist momentan nicht einfach für die Familie.«

»Ja, ich habe davon gehört. Logan hat also vor, aufs Festland zu gehen. Die arme Màiri, was für ein Schlag für sie.«

Kaylas Miene verdüsterte sich, ihre Gedanken wanderten zurück zu dem Gespräch mit Dalziel. *Du hast Pádraigs Grenzen überschritten und dich in seine Erziehung eingemischt …* Ihr Gesicht verdüsterte sich. *Ob Dalziel recht hatte mit seinen Beschuldigungen?,* überlegte sie, verwarf den Gedanken dann aber gleich wieder. So oder so, sie hatte keine Wahl gehabt. Logan hatte jemanden zum Reden gebraucht und sie hatte zugehört. Mehr nicht. Von Einmischung in Pádraigs Erziehung konnte nicht die Rede sein.

»Wie läuft es mit dem Haus?«, unterbrach Ally Kaylas Gedanken. »Ich habe Mr Mcadam letzte Woche beim Einkaufen in Tarbert getroffen. Er meinte, er hätte dich gesehen. Kommst du voran?«

Bei der Erwähnung von Mr Mcadam zuckte Kayla zusammen. Noch immer verspürte sie einen Hauch Beklommenheit bei dem Gedanken, dass er Brannan möglicherweise beim Verlassen des Hauses beobachtet hatte. Sie fuhr sich mit der Zunge über die Lippen. »Es ist ein ziemliches Chaos«, meinte sie zögerlich. »Mum hat über die Jahre wirklich viel Zeug angehäuft.«

»Ach, was du nicht sagst«, Ally hob spöttisch die Augenbrauen. »Dann kremple mal die Ärmel hoch. Was meinst du, bis wann du fertig bist?«

Kayla musterte schweigend eine schillernde Vierflecklibelle, die ihren Namen zu Recht aufgrund der vier markanten schwarzen Punkte auf ihren durchscheinenden Flügeln besaß. Fast beneidete Kayla das Insekt um die Leichtigkeit, mit der es sich in die Lüfte erhob und davonschwirrte, ein winziger Punkt vor dem tintenblauen Himmel. Sie unterdrückte einen Seufzer. Wenn Ally wüsste, dass sie mit dem Ausräumen noch nicht einmal begonnen hatte …

»Kayla?« Ally warf ihr einen prüfenden Blick zu.

»*Oh, aye*«, beeilte sie sich zu sagen. »Mach dir keine Sorgen, ich habe alles unter Kontrolle.«

»Das wage ich zu bezweifeln«, sagte Ally grimmig. »Leider stecke ich, wie gesagt, bis über beide Ohren in Papierkram. Ich muss mich darauf verlassen können, dass du es alleine schaffst. Du hast Zeit bis zu den Sommerferien. Bis dahin müssen wir fertig sein, wenn wir vor dem Winter verkaufen wollen.«

»Das sind gerade mal sechs Wochen«, stöhnte Kayla, die sich fühlte, als hätte Ally ihr einen Schlag in die Magengrube versetzt. Wo sollte sie sich mit Brannan treffen, wenn ihnen Aird Mhighe nicht mehr als Rückzugsort blieb? Sie beschloss, dieses Problem zumindest vorerst auf Eis zu legen, und zwang sich zu einem Lächeln. »Ich tu mein Bestes, aber versprechen kann ich es nicht.«

»Na, ihr beiden?« Niall, der an der Kirchentür gestanden hatte, um die Gläubigen zu verabschieden, gesellte sich zu ihnen. Er warf einen Blick in die erhitzten Gesichter. »Gibt es ein Problem, bei dem ich helfen kann?«

»Ach, es geht mal wieder um das Haus unserer Eltern. Wenn wir es noch in diesem Jahr verkaufen wollen, müssen wir uns ranhalten«, erklärte Ally mit Nachdruck.

»Wenn nicht Sonntag wäre, würde ich euch raten, gleich anzufangen.« Nialls Zeigefinger fuhr mechanisch unter den engen Pfarrerskragen. Sein Adamsapfel trat scharf hervor. Die kleine, feste Kugel an seiner Kehle sah aus, als hätte eine Schlange eine Spitzmaus verschluckt. »Seamus und ich gehen mit Dalziel zum Angeln. Wir wollten ein paar Takte mit ihm reden. Vielleicht nimmt er es dann ein wenig entspannter, wenn Kayla mit der Band singt.«

»Dalziel und entspannt?« Ally hob spöttisch die Augenbrauen. »So viel Bier gibt es auf der ganzen Insel nicht.«

»Abwarten«, meinte Niall gelassen, bevor Kayla Ally zurechtweisen konnte. »Solange Donald nicht Wind davon bekommt und mit uns kommen möchte, ist alles in Ordnung. Er hat ein Händchen dafür, mit einer ungeschickten Bemerkung alles zu verderben.«

»Ja, das kann er gut«, nickte Ally wissend. »Läuft er immer noch herum und erzählt jedem, der es hören will, dass Brannan ein Selkie ist?«

»Was glaubst du, weshalb das achte Gebot heute in meiner Predigt besondere Betrachtung gefunden hat? *Du sollst kein falsch Zeugnis reden wider deinen Nächsten.*«

»Ach so war das gemeint«, scherzte Ally und klimperte mit ihren langen Wimpern. »Ich dachte, du spielst darauf an, dass ich mit den Benotungen der Jahresarbeiten beschäftigt bin.«

»Hahaha«, Niall knuffte Ally freundschaftlich mit dem Ellbogen in die Seite. »Wie ich Donald kenne, bezweifle ich allerdings sehr, dass die Botschaft angekommen ist. Oh mein Gott, er wird doch nicht ...«, Niall brach mitten im Satz ab. Seine Stimme klang alarmiert.

Kayla folgte seinen Blick und sah, wie Donald voller Eifer auf Seamus und Tormod einredete, während Moses, dienstbeflissen bemüht, sein Herrchen zu unterstützen, laut kläffend um Tormods Beine sprang.

»Guter Gott, Seamus wird doch wohl Donald nicht auf unseren Angelausflug einladen!« Niall gab ein ersticktes Geräusch von sich.

Ally hatte Nialls Konsternierung ebenfalls bemerkt, wedelte allerdings nur gelassen mit der Hand durch die Luft. »Keine Panik, vor Donalds Geschwätz seid ihr für heute sicher. Ich habe versprochen, dass ich ihn heute bekoche. Am besten, ich schnapp ihn mir, bevor er wieder wüste Gerüchte über Brannan in die Welt setzt.« Mit einem Nicken in Nialls Richtung und einem Küsschen für Kayla verabschiedete sie sich.

Niall strich sich mit der Hand über die Glatze. Er wirkte durch und durch unglücklich, als schwebe eine Regenwolke direkt über seinem Kopf. »Was ist im Moment nur mit der Gemeinde los? Eine Zeitlang läuft alles gut und jeder ist glücklich und zufrieden und dann, von einer Sekunde auf die andere, geht alles drunter und drüber. Erst Iain, jetzt die Sache mit Logan. Sandra und Tormod hatten Streit und Donald rennt herum und stellt Mutmaßungen darüber an, welche der ortsansässigen Damen einen Selkie angelockt haben könnte. Wirklich, ich versteh das nicht.«

Kayla musste unwillkürlich schmunzeln. »Du solltest das Ganze mit Humor nehmen. Ich meine, wer hat dir in deinem Theologiestudium schon gesagt, dass du mit jemandem wie Donald konfrontiert sein wirst?«

»Donald ist ein Phänomen, welches gesondert in den Lehrbüchern behandelt werden sollte« erwiderte Niall mit so unheilvoller Miene, als spräche er über einen der apokalyptischen Reiter. Er kratzte sich den Hinterkopf. »Ach, was soll's, vermutlich hast du recht. Ich setze meine ganze Hoffnung auf das Fest. Wenn die Gemeinde Gelegenheit hat, zusammenzukommen und zu feiern, wird sich schon alles wieder einrenken.«

»Das wird es sicher.« Zustimmend legte Kayla Niall die Hand auf den Arm. »Ich muss los. Viel Spaß heute Nachmittag beim Angeln.«

»Danke.« Niall winkte ihr zum Abschied hinterher.

Kayla machte sich auf den Weg zu ihrem Auto. Sie war vorhin spät dran gewesen und hatte sich mit einem Parkplatz vor dem Cauldron begnügen müssen. Als sie den Schlüssel aus ihrer Tasche zog, hörte sie jemanden ihren Namen rufen.

»Mrs Gillan!« Sie drehte sich um. »Warten Sie, ich muss mit Ihnen reden«, Logan stand keuchend vor ihr. Er schien gerannt zu sein, sein Gesicht mit dem blonden Bartflaum, das noch eher aussah wie das eines Kindes als wie das eines Mannes, war vor Anstrengung gerötet. Er presste die Fäuste in die Seiten.

»Logan … wo hast du die ganze Zeit gesteckt?« Kayla schenkte ihm ein Lächeln.

»Warum haben Sie das getan?«, stieß Logan zwischen zwei Atemzügen hervor, in seinen Augen lag eine Mischung aus Verzweiflung und Hilflosigkeit. Sein Satz schwebte ohne rechten Zusammenhang in der Luft, dennoch wusste Kayla sofort, was er meinte.

»Ganz ruhig«, Kayla machte eine abwehrende Geste mit beiden Händen. »Ich verstehe, dass du wütend bist, aber es wäre nicht fair, deine Mutter vor vollendete Tatsachen zu stellen. Nicht in ihrem Zustand.«

»Ach? Und petzen finden Sie fair, was?« Schmerz leuchtete in Logans babyblauen Augen auf. »Woher wissen Sie eigentlich davon? Hat Iain es Ihnen gesagt?«

»Du musst tun, was du für richtig hältst«, erklärte Kayla ruhig, aber bestimmt, und verzichtete bewusst darauf, ihn darüber in Kenntnis zu setzen, von wem sie die Information hatte. »Aber die Verantwortung dafür kann dir keiner abnehmen.«

»So läuft das nicht!« Logan schüttelte den Kopf, das blonde Haar stand ihm wie Igelstacheln wirr um den Kopf. »Sie müssen noch mal mit meiner Mutter reden und die Sache in Ordnung bringen.«

»Nein«, einfühlsam legte Kayla ihm die Hand in den Rücken. »Es war unumgänglich, dass ich mit deiner Mutter spreche. Den Rest musst du alleine klären. Dabei kann ich dir nicht helfen, so leid es mir tut.«

»Ist das Ihr letztes Wort?«

»*Aye*, das ist es. Màiri ist eine gute Freundin von mir. So sehr ich deine Seite verstehe, muss ich Partei für Màiri ergreifen. Sie braucht dich, Logan, mehr, als dir bewusst ist.«

Logans Miene verdüsterte sich. Da war etwas in seinem Blick, das Kayla nicht deuten konnte, aber es bereitete ihr Sorgen. »Versprich mir, dass du keinen Unsinn machst, hörst du?«

»*Aye.*«

»Gut«, sie klopfte ihm aufmunternd die Schulter. »Na dann, Logan, bis bald.« Mit einem Nicken verabschiedete sie sich von ihm und stieg in ihr Auto.

Die ganze Rückfahrt über wurde sie das Gefühl nicht los, dass sich etwas Ungutes anbahnte. Sie parkte den Wagen am Eingang zur Coffin Road, an der gleichen Stelle wie bereits die Woche zuvor, und machte sich zu Fuß auf den Weg zum Haus ihrer Eltern. Rasch hatte sie den ersten, gut ausgebauten Teil der Strecke hinter sich gelassen und erreichte den Pass, der über die Hügel führte. Licht und Schatten jagten in rascher Folge über die Felsen. Eingebettet zwischen leuchtend gelben Butterblumen, schmalen Wasserläufen, Morast und Schotter schlängelte sich der Weg entlang der Berge, welche in ihrer Trostlosigkeit an eine Mondlandschaft erinnerten. Obwohl der Wind zornige Wolken vor sich hertrieb, die alles Blau in sich aufzusaugen und in dämmriges Zwielicht zu verwandeln schienen, wirkte der Himmel grenzenlos weit. Kayla stand und erschauerte. Obwohl sie die Coffin Road unzählige Male in ähnlich dramatischer Stimmung erlebt hatte, erfüllte sie der Umstand, auf den vor ihr liegenden Meilen ungeschützt allem Unbill des Wetters ausgesetzt zu sein, aufs Neue mit Demut und Ehrfurcht. Sie musste an die endlose Prozession von Sargträgern denken, die die Straße vor ihr gegangen waren, bei Regen und Sturm, die Schultern gebeugt von der Last, die Krägen hochgeschlagen, zum Schutz vor der beißenden Kälte, die Augen auf den steinigen Boden gerichtet, die Gesichter starr und zerfurcht vor Gram und Härme.

Sie reckte den Hals und zog den Reißverschluss ihrer Windjacke bis zum Kinn zu. Mit ausladenden Schritten und hoch erhobenen Hauptes erklomm sie die Steigung. Wie Generationen vor ihr würde sie die mühevolle Reise über die Coffin Road antreten, an deren Ende jedoch nicht Tod und Begräbnis, sondern das Leben sie erwartete. Ein Leben, von dessen Existenz sie bislang nicht einmal geahnt hatte, bis Brannan gekommen war und sich mit einem Schlag alles verändert hatte.

Schließlich erreichte sie die letzte Biegung des Weges. Dann lag der Weiler vor ihr, das Meer glitzerte im Licht der Sonne wie Millionen funkelnder Sterne. Sie blieb stehen und ließ den Blick über die Bucht schweifen, wo an das Ufer eines Fjords geschmiegt ihr Elternhaus lag, in dem Brannan auf sie wartete.

Leichtfüßig nahm sie die letzten Meter und stellte mit zufriedenem Blick auf die Garage der Mcadams fest, dass die beiden Alten, wie angekündigt, erneut zu ihrer Tochter zum Essen ausgeflogen waren. Sie öffnete das Gartentor und umrundete die Veranda. Die Küchentür, die von der Seeseite her in das Haus führte, war angelehnt. Ihr Herz machte ein paar rasche Schläge, Brannan war tatsächlich schon hier … Von nervöser Vorfreude erfüllt, schlüpfte sie durch den Türspalt und machte sich auf die Suche nach ihm.

Sie fand ihn in ihrem Zimmer stehen, die Schulter an das Fenster gelehnt. Das Licht der einfallenden Sonne beschien sein markantes Profil und ließ seine Haut schimmern wie eine Mischung aus flüssigem Gold und Elfenbein. Als er sie eintreten hörte, wandte er den Kopf, seine Augen blickten sanft und gleichzeitig auf eine bestimmte Art ungläubig, als hätte er bis zur letzten Sekunde Zweifel gehabt, ob sie wirklich kommen würde. Er stieß sich von seinem Platz an der Wand ab und kam auf sie zu, die Arme weit geöffnet, das schwarzglänzende Haar zerzaust, als wäre er mit den Fingern wiederholt hindurchgefahren. »Endlich, *mo gràdh*. Gott, wie habe ich mich nach dir gesehnt.«

Sie wollte etwas erwidern, aber er wölbte seine Hände um ihr Gesicht und ließ ihr keine Gelegenheit. Sein Mund senkte sich in einem leidenschaftlichen Kuss auf ihre Lippen. Sie tauchte ein in eine Welle aus Begehren und überfließenden Gefühlen und ließ sich treiben. Es bedurfte keiner Worte. Seine Hände schoben sich unter ihr T-Shirt und fanden ihre Brüste. Berauscht von der Nähe ihrer Körper, halfen sie sich gegenseitig, mehr hastig und übereilt als mit forschender Neugierde aus ihren Kleidern, bis sie sich nackt und vollkommen ohne Scheu gegenüberstanden. Sie fielen auf das Bett und liebten sich in einem Rausch aus Leidenschaft, dem ein Hauch von Verzweiflung anhaftete, als wären sie ein aus einem Shakespeare-Drama entsprungenes, tragisches Liebespaar. Sie liebten sich atemlos, bis das drängende Verlangen nacheinander vorerst gestillt war und sie sich, eng aneinandergeschmiegt und schwer atmend, in den Armen lagen.

Er hob ihre Hand an seinen Mund und küsste sie. »Du bist wundervoll. Weißt du eigentlich, wie sehr ich dich begehre?«

Sie legte den Kopf an seine Brust und lauschte dem gleichförmigen, beruhigenden Klopfen seines Herzens. »Ich liebe dich.«

»Ich dich auch, *mo gràdh* … Übrigens gut, dass du keine Nachbarn hast«, er schloss den Arm fester um sie und küsste ihr Haar.

»Grundgütiger«, sie hob den Kopf und blickte ihm entsetzt ins Gesicht. »Bin ich laut gewesen?«

»Das bist du«, sein Tonfall klang amüsiert, doch seine Augen blickten ernst. »Was ich sagen wollte … Die Frage kommt etwas spät, aber verhütest du?«

»*Aye*«, sie nickte. Nach ihrem ersten Beisammensein letzten Sonntag hatte sie wieder angefangen, die Pille zu nehmen, die monatelang ungenutzt in ihrem Nachtkästchen gelegen hatte.

Ein Umstand, der ihr ob ihres lang gehegten Kinderwunsches gleichsam widersinnig wie unerlässlich erschien. »Du musst dir keine Gedanken machen. Es kann nichts passieren.« So berechtigt seine Frage auch war, sie hatte Kayla zurück in die Realität katapultiert, ihre Sorge, entdeckt zu werden, erwachte erneut. Und natürlich entging es ihm nicht.

»Was ist los?«, fragte er leise.

»Nichts, es ist nur ... bist du sicher, dass dich niemand gesehen hat?« Sie biss sich auf die Unterlippe.

»Absolut sicher. Die Gegend ist verlassener als die Wüste Judäas.«

Sie schluckte und nickte.

Seine Hand lag warm und schwer in ihrem Rücken, er blickte ihr fest in die Augen. »Es ist alles in Ordnung, *aye*? Mein Wagen parkt zwei Ortschaften entfernt. Selbst wenn das Auto zufällig entdeckt würde, was ungefähr so wahrscheinlich ist, wie wenn die Sonne ins Meer fällt, käme kein Mensch auf die Idee, mich hier zu vermuten.«

Ihr Blick fiel aus dem Fenster. Die Sonne stand unverändert fest am Himmel. »Entschuldige«, sie fuhr mit dem Finger die Wölbungen seiner Brust nach. »Vermutlich höre ich Flöhe husten. Ich hatte nur beim letzten Mal das seltsame Gefühl, als würde uns jemand beobachten.«

»Hast du es jetzt auch?«

»Nein.«

»Gut«, er lächelte sie an. »Unter Verfolgungswahn leidest du schon mal nicht. Aber ich verstehe, dass du dir Sorgen machst.«

»Das tue ich. Und das war auch ein Grund, warum ich zwischendrin nicht bei den Proben war. Meinst du, es ist klug, wenn wir uns weiterhin jeden Mittwoch sehen?«

»Du hast Angst, die Jungs könnten merken, was zwischen uns ist?«

Schon wieder fühlte sie sich von ihm auf diese geheimnisvolle Weise verstanden, ohne viele Worte verlieren zu müssen. »Verhalte ich mich denn irgendwie auffällig in deiner Gegenwart?« Sie richtete sich auf, ihre Augen wurden rund vor Schreck.

»*Aye*«, er griff nach ihrer Hand und verschränkte sie mit seinen Fingern. »Du leuchtest regelrecht von innen heraus.«

Leider war das genau die Art Antwort, die sie befürchtet hatte, aber nicht hören wollte. Sie sah ihn entgeistert an. »Dann sollte ich den Proben besser fernbleiben.«

»Nicht nötig«, er küsste ihre Fingerspitzen. »Die Jungs sind viel zu sehr mit sich selbst beschäftigt. Keiner von ihnen würde auf die Idee kommen, dass du nicht allein wegen der Musik da bist. Geschweige denn darauf, dass zwischen uns etwas sein könnte.«

»Vermutest *du*«, erwiderte sie, ihre Stimme zitterte vor Erregung. »Aber sicher kannst du dir nicht sein. Du willst mich nur beruhigen.«

Er umschloss ihr Kinn und hob es an, sein Blick fixierte sie. Kayla las in seinem Gesicht, dass Brannan, der gewohnheitsmäßig zurückhaltend mit Informationen über seine Person war, kurz davor stand, sich ihr zu öffnen. Sie blickte ihm ruhig in die Augen und versuchte ihm dadurch zu vermitteln, dass, was immer er ihr zu sagen hatte, es nichts gab, das ihre Liebe erschüttern könnte.

»Ich erwarte nicht, dass du es verstehen wirst«, er verschränkte seine Finger mit ihren. »Es ist nur so, ich vermute nicht nur, was die Jungs denken. Ich spüre es. Ich … kann sehen, was sie fühlen. Und nicht nur, was *sie* fühlen …«

Obwohl seine Worte klar und einfach waren, war sie vollkommen überfordert, darin einen Sinn zu erkennen. Verständnislos schüttelte sie den Kopf. »Was meinst du damit?«

Sein Blick glitt an ihrer Schulter vorbei aus dem Fenster. »Es war schon immer so. Nenn es Talent oder Gabe, jedenfalls sind

Gefühle für mich so real wie für andere Menschen diese Wand hier oder der Tisch da drüben.« Er hob den Arm und deutete um sich. »Das gilt für Menschen wie für Tiere.«

Ihr Kiefer spannte sich an, so irritiert war sie. Versuchte er ihr damit zu erklären, dass er ihr – und auch Tormod, Dalziel, Niall und all den anderen – auf den Grund ihrer Seele blicken konnte? Die Vorstellung hatte etwas Atemberaubendes und zugleich Erschreckendes. Langsam schüttelte sie den Kopf. »Aber … wie kann das sein?«

Er zuckte die Schultern. »Das kann ich dir nicht erklären. Es ist einfach so.«

Nachdem sie den ersten Schock überwunden hatte, gewann ihre Neugierde die Oberhand. »Was ist mit mir? Spürst du auch, was ich fühle?«

»Mit jeder Faser meines Körpers. Jeder einzelne deiner Herzschläge hallt in mir wider. Eine sehnsüchtige, wunderschöne Melodie.« Er beugte sich über sie, seine Zunge teilte ihre Lippen. Er küsste sie so leidenschaftlich, als wollte er jede weitere ihrer Fragen damit auslöschen.

Als er sie schließlich freigab, blickte sie ihn nachdenklich an. »Ich habe davon gehört, dass manche Menschen diese besondere Gabe besitzen. Man nennt es ›hellfühlig‹, nicht wahr?«

»*Aye,* manche nennen es so.«

Sie runzelte die Stirn. »Wie lebt es sich damit?«

Ein bitterer Ausdruck huschte über sein Gesicht und war gleich wieder verschwunden. »Es ist mehr Fluch als Segen. Ich habe Jahre damit verbracht, unterscheiden zu lernen, welche Gefühle zu mir und welche zu meiner Umwelt gehören und eine Grenze zwischen beiden zu ziehen.«

Sie musterte ihn fragend. »Wie schaffst du das? Verrätst du es mir?«

Er senkte den Kopf und vermied es, sie anzusehen. »Ich bleibe nie lange an einem Ort, das ist das Geheimnis.«

Sie schluckte. »Ich verstehe.«

»Es tut mir leid, ich wollte dich nicht traurig machen.«

»Deshalb also die vielen Reisen …«, sagte sie leise und nahm es als gegeben hin, dass er ihre Gefühlswallung sofort gespürt hatte.

Er hob die Hand und fuhr die Konturen ihrer Lippen nach. »*Aye*, deshalb die Reisen. Diese eine hier allerdings hat mich an einen Ort geführt, an dem ich nie zuvor gewesen bin. Einen Ort in mir selbst, der nur aus dir und mir besteht. Auch wenn sich unsere Wege trennen werden, ich werde dich in mir tragen, solange ich lebe.«

»Das heißt, du wirst auch diesmal nicht bleiben«, sagte sie ernüchtert. Es war eine Feststellung, keine Frage.

»Nein«, sein Daumen fuhr über ihre Wange. »Meine Zeit hier ist vorbei, sobald die Wale weiterziehen. Ich kann nicht anders. Auch das war schon immer so. Ihre Unruhe klingt in mir wider und erinnert mich daran, dass ich mich von den Menschen und Orten lösen muss, bevor ich mich in ihnen verliere. Das ist die einzige Möglichkeit für mich, mit dieser verfluchten Gabe zu leben, ohne darüber den Verstand zu verlieren.«

Ihre Brust wurde eng, sie umklammerte seine Hand, ein unbewusster Impuls, die Verbindung, die zwischen ihnen bestand, nicht abreißen zu lassen. »Gibt es denn gar keinen anderen Ausweg?«

»Ich fürchte nein. Darüber müssen wir uns im Klaren sein.« Er schloss für einen Moment die Augen, als hoffte er, dass sich ihm so die geeigneten Worte besser erschließen würden. Als er sie wieder ansah, war sein Blick dunkel vor Traurigkeit. Er lächelte wehmütig. »Es ist wie ein engmaschiges Netz aus Gefühlen, das sich um mich legt und sich immer fester zuzieht. Ich ersticke an der Wucht der Emotionen, sobald ich beginne, mich auf andere einzulassen. Und das tue ich unweigerlich, wenn ich länger an einem Ort verweile.«

Sie schluckte. Was er ihr mitzuteilen versuchte, was so unbegreiflich, dass es ihre Vorstellungskraft schlicht und ergreifend überforderte. Sie versuchte sich auszumalen, was es hieß, ständig unterwegs zu sein, ohne die Aussicht, jemals anzukommen. Ohne jenen wunderbaren, kostbaren Ort zu finden, der den Namen Heimat trug. Ein Leben ohne Familie. Ohne Freunde. Unvorstellbar für jemanden wie sie, die es gewohnt war, in einer Gemeinschaft zu leben, die so eng miteinander verbunden war, mit all den Vor- und Nachteilen, die dies bedeutete. Ihr stiegen Tränen in die Augen. »Das klingt entsetzlich einsam und verloren. Bist du denn noch nie eine tiefere Bindung eingegangen?«

»Nein, nie«, er schüttelte leise den Kopf. »Es gab Frauen, die ich begehrt habe, das schon. Allerdings ohne dass eine von ihnen mir nur annähernd so viel bedeutet hätte wie du.«

»Aber das kann doch heißen, dass es diesmal anders ist?«

»Nein, das bedeutet es nicht. Ich liebe dich, mehr als alles andere auf der Welt, aber bitte begreif doch.« Er zog sie noch enger an sich und schlang schützend die Arme um sie, als wollte er der langsam einsetzenden Drift, die sie schon jetzt auseinanderzubewegen drohte, Einhalt gebieten. »Für mich gibt es nirgendwo ein Bleiben. Es würde mich zerstören.«

Sie schmiegte sich an ihn. »Ich ertrage die Vorstellung nicht, dass du gehst.«

»Denk nicht darüber nach. Nicht jetzt«, er setzte sich auf, umfasste ihre Hüften und drehte sie so, dass sich ihr Rücken an seine Brust schmiegte und ihr beider Blick durch das Fenster auf das offene Meer fiel. Seine Arme hielten sie, wie man ein

Kind hält, das Trost sucht. Eine Weile sagte keiner von ihnen ein Wort.

Als er wieder zu sprechen begann, klang seine Stimme dunkel an ihrem Ohr. »Sieh dir die Wellen an. Sie existieren nur für diesen einen, großartigen Moment. Dann zerschellen sie, wandeln sich, kehren in anderer Form wieder und vergehen, immer und immer wieder, bis ans Ende der Zeit.« Er hob den Arm und deutete auf die Brecher, die in den Klippen zu einem Nebel aus feinster Gischt zerstieben. »Du und ich, wir sind wie die Wellen. Auch wenn ich in Begriffen von Raum und Zeit nicht mehr bei dir bin, wird unsere Liebe weiterexistieren.«

Sie fühlte, wie sich alles in ihr zusammenzog. Ihre Kehle brannte wie Feuer, sie ertrug den Anblick der Wellen nicht länger und presste das Gesicht an Brannans Brust. »Ich will das nicht hören«, schluchzte sie. »Bitte bleib, mir zuliebe …«

»Ich kann nicht«, sagte er leise und küsste ihr Haar. »Gerade weil ich dich liebe, kann ich nicht.«

Sie wischte sich die Tränen aus den Augen, beschloss, seinet- und auch ihretwegen die Wut in ihr auf das so himmelschreiend ungerecht erscheinende Schicksal niederzukämpfen und trotz allem ihre Fassung zu bewahren. Der Moment miteinander war zu kostbar. Zeit für Tränen bliebe ihr später. Ihr Blick fiel auf seine Brust. Deutlich nahm sie einen dunkelbraunen Leberfleck etwas oberhalb seiner linken Brustwarze wahr, der die Form einer Eidechse hatte. Er war ihr zuvor nie aufgefallen und sie wunderte sich, weshalb es das gerade jetzt tat. Ihr Blick schien geschärft, um jedes noch so winzige Detail an ihm zu entdecken und in ihrer Erinnerung zu speichern.

Er fuhr mit der Hand in ihr Haar und legte ihren Kopf zurück. Seine Augen schimmerten dunkel, wie schwarze Perlen. »Wenn dein Kummer vergangen ist, wirst du lernen, zu dem Ort in deinem Herzen zu gehen, an dem ich auf dich warte.

Aber solange ich hier bin …«, der Zug in ihrem Nacken wurde kräftiger, »… solltest du dir keine Gedanken über den Abschied machen.« Er rollte sich zur Seite, bedeckte sie mit seinem Körper und versiegelte ihren Mund mit einem leidenschaftlichen Kuss. Seine Hände schlossen sich um ihren Busen, sein Mund fand ihre Brustwarze. Langsam und hingebungsvoll liebte er sie. Die Hast, die sie beide zuvor beherrscht hatte, war verflogen und machte einer neuen, tieferen und innigeren Leidenschaft Platz.

Kapitel 14

Die Wochen vergingen. Dem Mai folgte ein freundlich gestimmter Juni mit sonnendurchfluteten Tagen und sternenklaren Nächten. Kaylas Ruhelosigkeit wuchs im gleichen Maß, in dem die Nächte länger wurden. Oft saß sie im seltsamen Zwielicht eines saphirblauen, aber nie wirklich finsteren Himmels bis Mitternacht auf der Terrasse, den Blick in die menschenleere Weite gerichtet. Draußen am Horizont, dem Rücken einer gigantischen Schildkröte gleich, erhob sich die Insel Taransay blau schimmernd aus dem Dunst. Das Wasser der Bucht glänzte geheimnisvoll wie dunkler, schwerer Samt. Tràigh Losgaintir schien erfüllt von einer sehnsüchtigen, melancholischen Stimmung, in der das wehmütige Heulen der Seehunde in der Ferne verhallte.

Wenn Kayla dann schließlich, steif von der kühlen Meeresbrise und mit feuchtem Haar, in welchem der Tau der Nacht mit winzigen, glitzernden Tropfen nistete, in das Haus zurückkehrte und sich in ihr Bett legte, fand sie nur schwer Schlaf. Sie wusste nicht, wie sie es früher ausgehalten hatte, Seite an Seite mit Dalziel zu liegen, dessen sonores Schnarchen sogar das endlose Wogen des Meeres übertönte. Überhaupt schien ihr vieles, das wie selbstverständlich zu ihr gehört hatte, nicht länger vertraut. So zum Beispiel schaffte sie es immer seltener, Verständnis für Dalziels ständig wechselnde Stimmungen und seinen anhaltenden Alkoholkonsum aufzubringen. Dafür entdeckte sie Seiten an sich, die sie bislang nicht gekannt hatte, unter anderem eine Sehnsucht, die sie in den Stunden, da sie nicht mit Brannan zusammen war, zu verzehren drohte, und eine schier grenzenlose Leidenschaft, die sie trotz aller Erschöpfung mit ungeahnter Kraft beflügelte. Noch nie war alles so leicht gewesen und gleichzeitig so schwer.

Mehr als einmal war sie kurz davor gewesen, sich Ally anzuvertrauen, hatte dann aber, aus Furcht vor den Konsequenzen, geschwiegen. Obwohl sie, bedingt durch die Vorbereitungen für die Landwirtschaftsschau, öfter unter Menschen kam als sonst, fühlte sie sich einsamer denn je. Wenn sie hätte wählen können, hätte sie sich Brannan einfach geschnappt und wäre mit ihm durchgebrannt. Aber das war natürlich undenkbar, wie sie sich schweren Herzens eingestehen musste. Sie hatte vor Gott versprochen, bei ihm zu bleiben.

An einem Donnerstagmorgen, nach einer intensiven, durch die Hingabe an die Musik berauschenden Probe mit der Band und einer unruhigen Nacht an Dalziels Seite, stand Kayla mit vor Müdigkeit geröteten Augen im Laden. Als die Türglocke bimmelte, hob sie den Kopf und sah Brannan im Eingang stehen.

»*Ciamar a tha thu,* wie geht es dir? Hast du gut geschlafen?« Er trat neben sie und legte ihr die Hand um die Taille.

»Nein, habe ich nicht«, sie schüttelte den Kopf. Seine Hände fühlten sich durch den Stoff ihres Kleides hindurch warm und kräftig an. »Dalziels Schnarchen hat mich wachgehalten.«

»Warum schläfst du nicht in Iains Zimmer?«

Sie zog die Stirn in Falten. »Vielleicht sollte ich das tun.« Sein Gesicht war so nah, dass sie den starken Impuls verspürte, das Kinn zu heben und ihn zu küssen. In Anbetracht des Umstands, dass sie sich mitten in der Öffentlichkeit befanden, zwang sie sich zur Vernunft und beschränkte sich darauf, seine

Finger zu umschließen und zu drücken. »Und jetzt nimm deine Hände von mir, bevor uns jemand sieht.«

»Schade«, er zwinkerte ihr zu, ließ sie aber sofort los.

Sie strich sich das Haar aus der Stirn. »Was führt dich hierher? Möchtest du neue Broschüren mitnehmen?«

Er lachte über ihren Scherz und versetzte dem Ständer mit den Postkarten einen Schubs, so dass dieser quietschend um die eigene Achse schwang. Nachdem er sich mit einem Blick über die Schulter vergewissert hatte, dass niemand vor dem Laden stand und von draußen durch die Scheibe spähte, zog er sie in seine Arme und küsste sie leidenschaftlich.

»Du hast mir gefehlt, *mo gràdh*. Ich hätte dich gerne bei mir gehabt gestern Nacht.«

»Du weißt, dass das unmöglich ist«, sagte sie, traurig darüber, dass es wohl nie so sein würde.

Er nickte. »Ich würde dich gerne im Arm halten und zusehen, wie du schläfst, während das Mondlicht deine Wangen streichelt. Wobei …«, er verzog den Mund zu einem schelmischen Grinsen. »Wahrscheinlich würdest du keinen Schlaf finden, weil ich meine Hände keine Sekunde von dir lassen könnte.«

»Das kommt der Realität wohl näher«, nickte Kayla und unterdrückte bei dem Gedanken ein Lächeln. Auf einmal kam ihr eine Idee. »Da fällt mit ein … So ganz unmöglich ist dein Wunsch vielleicht nicht.«

»Wie meinst du das?«

»Na ja«, sie zögerte einen Moment und kaute auf ihrer Unterlippe. »Heute in einer Woche verbringt Dalziel eine Nacht außer Haus. Er und seine Kumpels fahren nach Skye in die Destille und feiern den Geburtstag ihres Whiskyfasses.«

»Im Ernst?«

»*Aye.*«

»*Mo chreach,* das wäre großartig, gib mir einen Kuss darauf.« Unvermittelt ergriff Brannan ihre Hüften und zog sie an sich. Instinktiv blickte Kayla zur Tür, aber noch immer war niemand zu sehen. Sie vergaß, dass sie sich mitten im Laden befanden, und besiegelte ihr Versprechen mit einem langen, innigen Kuss.

»Kayla«, murmelte er, die Stimme rauh und dunkel vor Verlangen. »Ich wollte …«

An dieser Stelle wurde er jäh vom Bimmeln der Türglocke unterbrochen. Kayla und Brannan stieben wie Feuerfunken auseinander.

Ally stand in der Tür, den Blick prüfend auf Kayla gerichtet. »Was ist denn mit dir los? Wieso guckst du mich so an, als stünde einer der *Blue Men of The Minch* vor dir?«

Kayla strich sich die Bluse zurecht. Aus den Augenwinkeln heraus beobachtete sie, wie Brannan eine Glückwunschkarte zum siebzigjährigen Geburtstag zur Hand nahm und konzentriert den Text studierte. Sie wandte ihre Aufmerksamkeit ihrer Schwester zu und reckte herausfordernd das Kinn. »Du bist mindestens so erschreckend wie ein Wassergeist. Was gibt es? Wenn du wissen möchtest, wie weit ich in Aird Mhighe bin, kann ich dich beruhigen. Es geht voran.«

»Nein, darum geht es nicht. Warum denn so schnippisch?« Ally zuckte verständnislos die Schultern. »Alles, was ich möchte, sind Briefmarken. Ich muss Unterlagen wegschicken.«

»Nun, da musst du dich einen kurzen Augenblick gedulden«, entgegnete Kayla ungerührt. »Wenn du entschuldigst, Brannan war vor dir dran.« Sie schob den Arm an Brannans Schulter vorbei und zog eine der orangefarbenen Landkarten aus dem Regal neben dem Postkartenständer. Mit einem betont distanzierten Lächeln reichte sie sie an Brannan weiter. »Hier bitte. Das ist die Karte, die du suchst. OS Explorer 455, Südharris und Taransay.« Sie tippte gegen ein blaues Zeichen. »Das hier ist ein Rubbelcode. Damit kannst du dir eine digitale Version der Karte auf dein Handy landen.«

Brannan kratzte sich das Kinn und starrte die Karte an, als enthielte sie eine Darstellung der dunklen Seite des Mondes. Kayla kannte ihn inzwischen gut genug, um an seiner gefurchten Stirn zu erkennen, dass er sich nach Kräften bemühte, Anschluss an ihr improvisiertes Thema zu finden. Er zuckte mit den Achseln. Er hüstelte. »Klingt nett, aber was nützt mir das bei dem miserablen Empfang auf der Insel?«

»Was weiß denn ich«, ungeduldig nahm sie ihm die Karte aus der Hand und ging damit zur Kasse. »Jedenfalls ist der Download inklusive. Die Karte wird dadurch nicht teurer. Macht 8 £ 99.«

Er bezahlte und verließ mit einem knapp gemurmelten Gruß den Laden.

»Was war das denn?«, fragte Ally, als sich die Tür hinter Brannan geschlossen hatte.

»Wie? Was meinst du?« Ohne aufzublicken, sortierte Kayla das Geld in die Kasse.

»Das mit Brannan und dir.«

Kayla erstarrte. Sie hielt den Blick fest auf das Pencestück in ihrer Hand gerichtet. »Ich habe keine Ahnung, wovon du redest.«

Unter ihren gesenkten Wimpern sah sie, wie Ally die Arme vor der Brust verschränkte. »Da stimmt doch etwas nicht. Ich habe deutlich gesehen, was du für ein Gesicht gemacht hast, als ich hereingekommen bin.«

»Ach *das*«, Kayla zog die Mappe mit den Postwertzeichen unter der Theke hervor. »Brannan und ich hatten eine Meinungsverschiedenheit. Es ging um meinen Auftritt beim Fest.« Sie wunderte sich, wie leicht ihr die Lüge über die Lippen kam.

»Aha«, machte Ally und betrachtete sie eindringlich.

»Also, was ist? Möchtest du Briefmarken oder nicht? Ich muss weitermachen, die Lieferung ist fällig und dann wollte Sandra, dass wir die Fenster dekorieren«, herrschte Kayla ihre Schwester unbeabsichtigt schroff an. Noch immer saß ihr die Furcht im Nacken, Ally könnte tiefer bohren.

»Aha«, meinte Ally erneut. Sie schob die Unterlippe vor. »Na dann will ich dich nicht aufhalten. Gib mir einen Bogen Sondermarken. Die mit Meister Yoda und den Jedi-Rittern bitte, nicht die vom neunzigsten Geburtstag der Queen.« Ally verdrehte vielsagend die Augen.

Kayla, die sich nur allzu gut erinnerte, wie vehement sich Ally im Votum für die Unabhängigkeit für ein freies Schottland eingesetzt hatte, trennte die gewünschten Marken aus dem Heft. »Hier bitte. War's das?«

»Fast.« Ally hob herausfordernd eine Augenbraue. »Ich wollte dich fragen, wie es mit dem Haus vorwärtsgeht.«

»Also doch. Ich wusste, dass du deswegen kommst«, gereizt schob sich Kayla eine Haarsträhne hinter das Ohr. »Wir hatten gesagt, dass ich bis zum Beginn der Ferien fertig werde. Und jetzt nerv mich nicht.«

»Hm«, Ally neigte den Kopf. »Ich bin zwar kein Kontrollfreak …«

»Oh doch«, unterbrach Kayla sie und kniff die Augen zusammen. »Das bist du wohl. Das warst du schon immer.«

»Stimmt gar nicht.«

»Und ob das stimmt. Ich kann mich noch gut erinnern, wie du dich manchmal heimlich an meine Schultasche geschlichen und nachgesehen hast, ob ich die blöden Aufsätze, die Mrs Atchison über die Ferien aufgab, schon erledigt hatte. Nur weil *du* deinen Aufsatz, Streber, der du warst, am ersten Ferientag schon fertiggeschrieben hattest.« Sie hob den Zeigefinger und bohrte ihn Ally in die Brust.

»Lenk nicht vom Thema ab«, Ally zuckte gelangweilt die Schultern. »Weißt du, ich hätte nicht schlecht Lust, mich ins Auto zu setzen und nach Aird Mhighe zu fahren, um zu sehen, was du da die ganze Zeit so treibst. Leider fehlt mir die Zeit. Das elende Ministerium hat mir einen Großteil der Anträge zurückgereicht, weil ihnen die Begründung nicht ausführlich genug war. Ich kann von Glück reden, wenn ich bis zu den Sommerferien alles durchbekomme.«

»Du Arme.« Kayla legte Ally die Hand auf den Arm und bemühte sich um einen einfühlenden Tonfall. Innerlich schickte sie ein Dankgebet zum Himmel und wünschte dem zuständigen Mann im Ministerium ein langes, gesegnetes, von bienenfleißiger Korrektheit bestimmtes Beamtendasein. »Vertrau mir einfach. Ich bekomme das schon rechtzeitig hin.«

»Was bleibt mir anderes übrig.« Ally packte die Briefmarken zusammen mit dem Geldbeutel in ihre Tasche. Sie schlang sich die Handtasche über die Schulter und nickte ihr zum Abschied zu. An der Tür angekommen, ließ sie die Hand für einen Moment auf der Klinke ruhen und drehte sich um. »Weiß du, Kayla, das Dumme ist, dass ich dich besser kenne als du dich selbst. Bitte tu dir den Gefallen und schiebe Entscheidungen nicht bis zur letzten Minute hinaus. Irgendwann ist es zu spät.«

Schweigend starrte ihr Kayla hinterher. Das Läuten des Türglöckchens verhallte. Kayla nahm die Mappe mit den Postwertzeichen und legte sie an ihren Platz zurück. Allys Worte klangen in ihr nach. *Irgendwann ist es zu spät …* Sie fragte sich, ob das in einem übergeordneten Sinn nicht auf alles zutraf.

»Abgemacht, Dalziel. Zelt und Liegestühle bringe ich mit, Tormod sorgt für die Verpflegung, dafür fährst du uns nach Talisker hinüber«, sagte Niall.

Dalziel gähnte. Er war mit dem Boot draußen zum Fischen gewesen und seit Sonnenaufgang, sofern man angesichts der hellen Nächte überhaupt von einem Aufgang der Sonne sprechen konnte, auf den Beinen. Jetzt war es Mittag und er brauchte dringend einen Kaffee und etwas zu essen. Also hatte er beschlossen, eine Pause bei Tormod einzulegen. Gemeinsam mit Niall saß er auf der Picknickbank vor dem Butty Bus und wartete darauf, dass Tormod die Bestellung brachte. »*Aye*, das klingt fair. Was sagt Kaitlin dazu, dass du über Nacht wegbleibst?«

»Damit hat sie kein Problem. Sie meinte lediglich, ich solle dafür sorgen, halbwegs nüchtern zurückzukommen. Sie habe keine Lust, der Gemeinde mitteilen zu müssen, dass die Sonntagsmesse ausfällt, weil der Pfarrer zu betrunken war, um eine Predigt zu schreiben.«

»Worüber redet ihr gerade? Wofür ist Niall zu betrunken?«, fragte Tormod. Er kletterte die Stufen des Busses herunter und stellte zwei üppig beladene Teller vor Niall und Dalziel ab.

»Nichts Wichtiges«, winkte Dalziel ab und wickelte Messer und Gabel aus der Papierserviette. »Wir haben überlegt, wie wir den Ausflug organisieren. Hat sich Sandra in der Zwischenzeit beruhigt?«

»Halbwegs.« Tormod wischte sich die Hände an der Schürze ab. »Ich habe versprochen, mit ihr dafür eine Einkaufstour nach Glasgow zu machen. Sie will Babysachen kaufen.«

»Na dann viel Spaß«, grinsend schnitt Dalziel ein Stück Black Pudding ab und wedelte mit der Scheibe durch die Luft. »Das bedeutet, sie schleppt dich von einem Babymarkt zum nächsten, auf der Suche nach der perfekten Wiege, während du Berge von Einkaufstüten hinter ihr herschleppst.«

»Damit habe ich kein Problem.« Tormod drehte ihnen den Rücken zu und zupfte ein paar welke Blätter aus den Geranientöpfen, die an der Außenseite des Busses zusammen mit einer Girlande bunter Wimpel im Wind wehten. »Wenn es um unseren Whisky geht, bin ich gern bereit, Opfer zu bringen.«

Mit quietschenden Reifen hielt Donalds klappriges Rad neben dem Bus. Donald stieg ab und ließ sich neben Dalziel auf die Bank fallen. »Was höre ich da? Redet ihr über euren Whisky? Runter da, Moses«, er versetzte seinem Hund, der neben ihm auf das Sitzkissen gesprungen war und die Pfote bettelnd in die Luft reckte, einen Klaps. »Niall hat ganz sicher nicht vor, sein Essen mit uns zu teilen, Moses. Obwohl es wirklich eine *gigantische* Portion Fish and Chips ist.« Er lehnte sich vor und mümmelte mit der Nase wie ein hungriges Kaninchen.

Seufzend legte Niall Messer und Gabel beiseite und schob Donald den Teller zu. »Bedien dich.«

Donalds Augen blitzten. »Oh, zu gütig von dir, Herr Pfarrer, möge ER es dir vergelten.« Er schob sich mit den Fingern ein Stück panierten Fisch in den Mund und deutete schmatzend auf eine Physalis. »Ist das zur Zierde oder kann man das essen?«

»Sowohl als auch«, erklärte Tormod geduldig. Er warf die welken Geranienblätter in den Mülleimer und setzte sich auf den freien Platz neben Niall. »Wenn du es genau wissen willst, das ist …«

»Ich weiß schon«, siegessicher schwenkte Donald die orangene Frucht vor Tormods Gesicht hin und her. »Das ist Syphilis, ich hab das Zeugs schon im Supermarkt in Stornoway gesehen. Frag mich nur, was das auf einem ordentlichen schottischen Essen zu suchen hat?«

»Wer nicht mit der Zeit geht, geht mit der Zeit«, konterte Tormod ungerührt. »Sandra meinte, jetzt wo so viele deutsche Touristen hierherkommen, wäre es gut, ein wenig internationaler zu werden. Das Café, in dem sie in München gejobbt hat,

hat schon vor zehn Jahren exotische Früchte zur Dekoration verwendet.«

»Na meinetwegen«, grummelte Donald. »Solange ihr nicht vorhabt, diese *Knödel*, von denen Sandra immer schwärmt und die aussehen wie weiße Tennisbälle und nach nichts schmecken, zu servieren.« Er verzog mit unverhohlener Verachtung den Mund. »Aber egal. Was ist mit dem Whiskyfass? Täusche ich mich oder ist der Geburtstag nächste Woche?«

»*Aye.*« Rundum Kopfnicken.

»Was ich nicht verstehe«, Donald leckte sich das Fett von den Fingern. »Was habt ihr vor, wenn der Whisky reif ist? Ich meine, hundert Liter Talisker geteilt durch drei, das ist selbst für einen Schotten keine üble Menge.«

Dalziel kniff die Augen zusammen und schluckte das letzte Stück Black Pudding hinunter. »Das haben wir dir doch erklärt, Donald. Wir machen das nicht zum Vergnügen. Das Ganze ist ein Geschäftsmodell.«

»*Aye*«, nickte Tormod bestätigend. »Da steckt eine knallharte Kalkulation dahinter.«

»Bei dem derzeitigen Zinsniveau die beste Möglichkeit, sein Geld gewinnbringend anzulegen. Das meint sogar Kaitlin«, ergänzte Niall.

»Wenn ich richtig verstehe, wollt ihr das Zeugs also verscherbeln?«, fragte Donald über den Rand seiner Brille hinweg.

»Von verscherbeln kann keine Rede sein«, indigniert rutschte Tormod mit dem Hintern auf der Bank hin und her. »Wir kreieren eine eigene Marke, *limited edition*, sozusagen. Wir haben einen eigenen Namen und ein Label, mit unserem Gruppenfoto und dem Bus darauf.« Dramaturgische Pause. Er hob den Kopf und blickte um sich. »The Butty Talisker«, verkündete er mit so stolzgeschwellter Brust, als würde er nicht den Namen einer Whiskymarke, sondern den seines Erstgeborenen verkünden. »Bei den Sammlern werden die Flaschen weggehen wie nichts.«

»Absolut null Risiko«, nickte Dalziel. »Sicher wie das Amen in der Kirche, was, Niall?«

»*Aye.*«

»Ihr verkauft mehr davon, wenn ihr das Foto mit euch darauf weglasst«, schlug Donald mit einem hämischen Grinsen vor. »Was den Preis betrifft, ich schätze, der steht und fällt mit der Qualität des Whiskys?«

»Darin liegt die Kunst«, nickte Dalziel. »Man braucht Geschäftssinn, um zu berechnen, wann der ideale Zeitpunkt für die Abfüllung gekommen ist.«

»Verstehe.« Donald, dessen Interesse an dem Thema noch nicht befriedigt schien, stützte das Kinn in die Hand. »Billig einkaufen und möglichst teuer verkaufen?«

»Du sagst es«, bestätigte Tormod und blickte in die Runde. »Das sollte uns nicht sonderlich schwerfallen, oder?«

»*Aye …*«

»Einen Haken hat das Ganze«, die Grübchen in Donalds Wangen zuckten. »Woher wollt ihr wissen, *wann* genau der ideale Zeitpunkt ist?«

»Gut erkannt, Kumpel!« Dalziel hob die Hand und klopfte Donald auf die Schulter. »Genau deshalb ist es wichtig, dass wir uns die Zeit nehmen und nach Talisker fahren, um uns höchstpersönlich vom Reifegrad des Fasses zu überzeugen und den passenden Zeitpunkt zu wählen. Nicht zu früh, aber auch nicht zu spät, denn jedes weitere Jahr Lagerung geht natürlich vom Gewinn ab.«

Tormod kratzte sich mit dem Finger über die Glatze. »Du siehst, das Ganze ist was für Profis.«

»*Aye,* knallhartes Business«, bestätigte Niall todernst. »Dafür muss man schon mal seine Freizeit opfern. Aber wie ich immer sage, entweder man macht etwas vernünftig oder man lässt es.«

»Klingt nach verdammt viel Verantwortung«, meinte Donald. So eine Entscheidung will nicht leichtfertig getroffen werden. Ich möchte nicht in eurer Haut stecken.«

»Meine Worte.« In großer Geste breitete Tormod die Hände aus. »Genau das habe ich zu Sandra gesagt.«

»Eigentlich habe ich nächsten Donnerstag schon was vor«, Donald schob mit dem Finger die Brille zurück auf die Nase. »Aber wenn das so ist, kann ich euch natürlich keinesfalls im Stich lassen. Eine zusätzliche Expertenmeinung könnte immens wichtig sein. Ich sage Kaitlin, dass sie in Stornoway anrufen und den Termin beim Optiker verschieben soll.«

»Oh nein, Donald …« Tormod schüttelte vehement den Kopf. »Kommt überhaupt nicht in Frage.«

Dalziel, der die Aussicht, zwei Tage lang Donalds Geschwätz ertragen zu müssen, nicht minder schauderhaft fand wie Tormod, wischte sich mit der Serviette über den Mund. »Wirklich, Donald, das geht dich nichts an. Wir haben dir damals angeboten, dich am Kauf zu beteiligen, aber du warst ja zu geizig.«

»Wenn ich die sechshundert Pfund übriggehabt hätte, wäre ich dabei gewesen«, verteidigte sich Donald. »Aber bei meiner schmalen Rente …«

»Lass ihn, Dalziel.« Niall hob, ganz Pfarrer, begütigend die Hände. Er war dabei, jenen Ton anzuschlagen, den Dalziel so sehr an ihm hasste. »Donald hat recht, wir sollten ihn nicht ausgrenzen.«

»Ausgrenzen?« Dalziel knüllte die Serviette zusammen und warf sie ärgerlich auf den Teller. »Ich glaube, ich spinne!«

»Ach komm, was ist schon dabei?« Kopfschüttelnd blickte Niall zu Dalziel hinüber. »Schließlich hat er nicht darum gebeten, dass wir ihn am Gewinn beteiligen. Er versucht nur, nett zu sein, Dalziel, davon könntest du dir auch mal eine Scheibe abschneiden.«

Wütendes Schweigen.

»Und denkt daran, was Whisky angeht, habe ich von euch allen die größte Erfahrung nachzuweisen«, gab Donald zu bedenken.

»Haha«, Tormod klopfte sich auf die Schenkel, als hätte Donald damit eine besonders witzige Bemerkung gemacht. »Unbestritten, der Punkt geht an dich.«

Donald kniff die Augen zusammen. »Das heißt, ich bin dabei?«

»Ich weiß nicht«, Tormod blickte unsicher in die Runde.

Dalziel biss sich auf die Lippe. Den Gesichtern von Niall und Tormod war anzusehen, dass sie innerlich längst eingeknickt waren. Es hatte keinen Sinn, auf verlorenem Posten zu kämpfen, also beschloss Dalziel zähneknirschend, sich seinem Schicksal zu fügen.

»Meinetwegen«, zuckte Niall die Schultern. »Was meinst du, Dalziel, haben wir auf dem Boot noch einen Platz für Donald frei?«

»Wenn's sein muss«, knurrte Dalziel, aber wohl war ihm dabei nicht. Er erhob sich und nickte zum Abschied in die Runde. »Ich muss weiter, Leute, man sieht sich.«

Selbst als er längst wieder auf dem Boot stand und den Motor startete, gelang es ihm nicht, das mulmige Gefühl abzuschütteln, welches ihn am Bus befallen hatte. Ohne dass er begründen konnte, warum, hätte er wetten können, dass es ein gewaltiger Fehler war, Donald mit auf den Ausflug zu nehmen. Und auf sein Bauchgefühl konnte Dalziel sich im Allgemeinen verlassen.

»Es bleibt also bei morgen?«, flüsterte Brannan Kayla in einem unbeobachteten Augenblick bei der Probe am nächsten Mittwochabend zu.

Kayla zögerte einen winzigen Moment. Tat sie wirklich das Richtige? Wenn sie es recht bedachte, ging sie ein hohes Risiko ein. Was, wenn einer der Nachbarn den nächtlichen Besuch bemerkte? Sie gab sich einen Ruck. »Wir müssten sehr vorsichtig sein.«

Er tastete unauffällig nach ihrer Hand und drückte sie. »*Aye*, das werden wir, ich verspreche es.«

Ein warmes, sehnsuchtsvolles Gefühl durchströmte sie bei seiner Berührung. Sie wünschte sich nichts sehnlicher, als mit ihm zusammen zu sein. Was gab es da zu überlegen? »Also schön, wir machen es wie besprochen. Ich werde vor dir da sein. Du kommst, sobald es halbwegs dämmrig wird.«

»Ich liebe dich, *mo gràdh*.«

»Ich dich auch.«

15 KAPITEL

Wirst du klarkommen?«, Dalziel lud den Campinggrill in den Jeep.

»Sicher, warum nicht?«, erwiderte Kayla und versuchte, möglichst gleichmütig zu wirken. In Wirklichkeit verging sie vor Aufregung, weil sie Angst hatte, ein unvorhergesehener Zwischenfall könnte ihr Treffen mit Brannan in letzter Sekunde verhindern. Nervös drehte sie an den Knöpfen ihrer Strickjacke. Solange Dalziel noch nicht mit dem Boot den Hafen von Leverburgh verlassen hatte, konnte noch alles Mögliche passieren.

»Ist das erste Mal in all den Jahren, dass du alleine zu Hause bleibst, wenn ich mich recht entsinne.« Dalziel blickte nachdenklich zu ihr hinüber. Er zupfte sich am Ohrläppchen. »Sonst war Iain hier, wenn ich weg war.«

»Mach dir keine Gedanken.« Sie sah ihm zu, wie er Zelt, Campingstühle und Schlafsack hinter der umgeklappten Rückbank verstaute. Sie biss sich auf die Lippen. »Abgesehen davon, werde ich heute Nacht gar nicht hier sein …«

»Autsch«, er zog die Hand zurück und presste den Mund auf den blutenden Riss. »Verdammt, ich hatte Iain doch gesagt, dass er das Scharnier am Campingtisch reparieren soll. Wenn man nicht alles selbst macht!«

»Brauchst du ein Pflaster?«

»Nein, geht schon.« Er schlang ein Tuch um die Hand und knotete es zu. »Was meintest du gerade?«

»Ich sagte, ich werde heute Nacht nicht hier sein. Ich bleibe in Aird Mhighe, um das Haus auszuräumen. Ally möchte fertig werden.« Sie hob den Kopf und sah ihm geradewegs ins Gesicht. In Gedanken hatte sie den Satz x-mal geprobt, aus Furcht, sie könnte sich mit einem unbedachten Wort verraten.

»Wie du meinst. Mich würden keine zehn Pferde dazu bringen, den Abend mit Ally zu verbringen. Lass dich von ihr nicht unter Druck setzen.« Er schloss die Heckklappe und kam auf sie zu. »Na dann. Wir sehen uns morgen.« Er küsste sie zum Abschied auf die Wange.

»Bis morgen«, erwiderte sie rasch. Gott, wie war sie erleichtert, dass er ihr Täuschungsmanöver nicht durchschaut hatte. Sollte er ruhig annehmen, dass sie den Abend zusammen mit Ally verbringen würde. Zumindest konnte ihr niemand vorwerfen, dass sie gelogen hatte.

»Versuche, nicht wieder etwas Verdorbenes zu essen«, er verzog das Gesicht zu einem schiefen Grinsen.

»Ich werde mir Mühe geben.« Sie dachte mit Schaudern an das Tiramisu, das Sandra ihr vor einigen Tagen mitgebracht hatte und von dem sie üblen Durchfall und Erbrechen bekommen hatte. Wenn sie nur an den Geschmack von Kaffee dachte, musste sie würgen. »Kein Dessert mit rohen Eiern, ich verspreche es.«

»*Tioraidh an-dràsta,* mach's gut.« Er kletterte in den Jeep.

Kayla stand in der Tür und blickte ihm nach, bis das Auto hinter den Dünen verschwand. Dann war Dalziel weg. Vierundzwanzig Stunden Freiheit lagen vor ihr. Doch das ungute Gefühl wollte nicht weichen.

»Ich verstehe nicht, weshalb Kayla sich ausgerechnet heute in Aird Mhighe vergraben muss«, sagte Sandra kopfschüttelnd zu Kaitlin. Sie saßen bei einer Tasse Tee zusammen vor dem Postamt und genossen den Moment der Ruhe. Sandra faltete schützend die Hände über ihrem Bauch. »Seit Wochen planen wir, uns einen netten Abend zu machen, wenn die Männer weg sind.«

»Soweit ich mitbekommen habe, macht Ally ihr Druck. Sie will fertig werden, damit sich der Verkauf des Hauses nicht noch mehr verzögert«, seufzte Kaitlin. »Du weißt ja, wie Kayla ist, sie kann sich von nichts trennen.«

Sandra runzelte die Stirn. »In letzter Zeit frage ich mich wirklich, ob ich Kayla so gut kenne, wie ich dachte. Sie hat sich verändert, findest du nicht?«

»Ich weiß nicht«, Kaitlin zuckte die Schultern. »Du bist doch ihre beste Freundin, nicht ich.«

»Ich *war* ihre beste Freundin«, verbesserte Sandra. »In letzter Zeit lässt sie mich ziemlich links liegen. Es ist Wochen her, dass wir etwas gemeinsam unternommen haben.«

»Könnte das vielleicht daran liegen, dass du durch die Schwangerschaft zu müde für Ausflüge nach Tarbert oder für ein Picknick gewesen bist?«, schlug Kaitlin vorsichtig vor.

»Nein, das glaube ich nicht. Wenn du mich fragst, hat es mit den Proben für das Fest zu tun. Sie wirkt auf einmal viel selbstsicherer und das bedeutet wohl, dass sie sich mehr Raum für Dinge schafft, die ihr wichtig sind.«

»*Aye*, das ist richtig.« Kaitlin rührte nachdenklich in ihrem Tee. »Sie ist wie ein Vogel, der aus seinem Käfig entflogen ist und seine neugewonnene Freiheit genießt.«

»Wenn Dalziel sie nicht festhält, fliegt sie ihm noch zwitschernd davon«, witzelte Sandra.

Kaitlin fuhr sich mit der Hand über den Mund. »Meinst du damit, dass Kayla möglicherweise vor hat, sich von Dalziel zu trennen?«

Sandra wog den Kopf hin und her. »Nun, so weit würde ich vielleicht nicht gehen. Dazu ist sie zu vernünftig, zu aufrecht.

Aber Dalziel wird nicht umhinkommen zu lernen, was es heißt, mit einer willensstarken Frau zu leben.«

»Wobei ich eine Trennung nicht so verkehrt fände. Zwischen den beiden gähnt doch ein Abgrund aus Verletzungen und gefrorener Wut. Zumindest ein wenig Abstand würde den beiden guttun. Dalziel ist mein Schwager, aber du weißt ja, was ich von ihm halte. Er hat sich so verändert seit Caitrionas Tod«, nachdenklich pustete Kaitlin Kringel in den Tee. »Kayla hätte keine Probleme, alleine zurechtzukommen. Bei ihrer künstlerischen Begabung könnte sie sich locker eine eigene Existenz aufbauen.«

»*Aye*, ich kenne niemanden, der ein so sicheres Gefühl für außergewöhnliche Farbkombinationen hat wie Kayla.« Sandra befühlte vorsichtig ihren Bauch, als könnte sie bereits eine Bewegung des Babys spüren, wobei es natürlich noch viel zu früh war. »Aber du weißt ja, wie das ist, als Außenstehende hat man leicht reden.«

»Wer weiß«, mit gerunzelter Stirn betrachte Kaitlin die leichte Wölbung von Sandras Bauch. »Vielleicht zieht sie es ja eines Tages durch. Wir sollten Kayla nicht unterschätzen. Sie ist eine starke Frau.«

»Rein äußerlich verkörpert sie das Urbild einer Keltin«, bestätigte Sandra. »Das war zumindest, was ich über Kayla gedacht habe, als ich ihr zum ersten Mal begegnet bin.«

Kaitlin schmunzelte. »Große, aufrechte Gestalt, porzellanfarbener Teint, schwarze, dichte Haare, hohe Wangenknochen und dazu diese unvergleichlich blauen Augen.«

Sandra zuckte die Schultern. »Eben. Die landläufige Vorstellung einer Keltenkriegerin.«

Kaitlin stellte den Tee neben sich auf die Bank und zog ihr Handy aus der Tasche. »Was ist, wollen wir versuchen, unsere gälische Kriegerin von ihren häuslichen Pflichten loszueisen?«

»Gute Idee«, stimmte Sandra ihr zu. »Sag ihr, wir machen uns einen gemütlichen Filmabend bei dir im Pfarrhaus. Ich bringe meine Hugh-Grant-Filmesammlung mit. Das wird sie überzeugen. Dalziel hasst romantische Komödien.«

»Sollte funktionieren«, nickte Kaitlin und wählte die Nummer. Doch niemand meldete sich. Seufzend legte sie auf. »Pech gehabt. Ich versuche es später noch einmal.«

»Mach das«, Sandra stemmte die Fäuste in den Rücken und streckte sich. »Falls nicht, muss Kayla damit leben, dass sie das Beste verpasst.«

Kayla stieg aus dem Wagen und ließ den Blick über die karge Landschaft schweifen. Entlang der Golden Road ragten hölzerne Strommasten in den Himmel, dazwischen hingen die Leitungen matt, wie lose geschlungene Springseile herunter. Auf einer grasüberwucherten Schotterpiste stand ein hellblauer VW-Bus mit eingeschlagenen Scheiben und rostete vor sich hin. Weit draußen auf dem Meer brach die Sonne durch die Wolken und ließ die Wasseroberfläche glitzern, während sich vom Land her schwere Regenwolken auf die Bucht zuschoben. Die Luft war erfüllt vom Kreischen der Möwen, das Tuckern eines auslaufenden Fischerbootes drang, verzerrt durch das Rauschen des Windes, an ihr Ohr. Es gab nichts Liebliches oder Bezauberndes an dieser Landschaft, und dennoch besaß sie eine Großartigkeit, die Kayla den Atem raubte. Sie hätte sich nicht vorstellen können, irgendwo anders zu leben als auf Harris.

Die Wolkenwand verdunkelte die Sonne und tauchte die Landschaft in unwirkliches Zwielicht. Trotz des Wollpullovers fröstelte Kayla in der Kühle des nahenden Unwetters. Der Wind riss an ihren Haaren und drohte sie von den Füßen zu wehen, sie beeilte sich, zu dem Haus der Mcadams hinunterzukommen. Den schweren Rucksack auf den Schultern, drückte sie wenige Minuten später auf den Klingelknopf. Drinnen waren Schritte zu hören.

»Kayla, Liebes, es ist ja ewig her, dass wir uns gesehen haben.« Mrs Mcadams faltiges, von einem arbeitsreichen Leben gezeichnetes Gesicht erschien in der Tür. »Komm rein. John hat mir erzählt, dass er dich vor ein paar Tagen gesehen hat.«

Kayla ergriff Fiona Mcadams dargebotene Hand und drückte sie innig, erfreut darüber, die alte Dame bei guter Gesundheit zu sehen. Als Kind hatte sie Stunden in Fionas Küche verbracht, in der es immer so verführerisch nach Vanille und Toffee gerochen hatte. Auf der mit abgewetztem, geblümtem Stoff bezogenen Küchenbank zu sitzen und eine Portion Crowdie and Cream zu verschlingen, während Fiona mit Kochen und Einmachen beschäftigt war, gehörte ebenso zu Kaylas Kindheitserinnerungen wie das Warten auf den Weihnachtsmann.

»Ich habe Ihnen frisches Brot mitgebracht, Mrs Mcadam.« Kayla öffnete den Rucksack und ließ Fiona einen Blick hineinwerfen. »Und selbstgemachte Marmelade.«

»Wie reizend von dir«, bedankte sich die alte Dame und führte sie durch den nach Tang und Gummistiefeln riechenden Flur in die Küche. »Tee?«

»Sehr gerne.« Kayla nahm auf der Küchenbank Platz. Ihr Blick fiel auf die verblichenen Tapeten mit dem blauen Blumenmuster. Nichts hatte sich in all den Jahren verändert. An den Wänden hingen Fotos, die Fionas Kinder als Babys, bei ihrer Einschulung und bei diversen Ausflügen zeigten. Inzwischen waren Hochzeitsfotos und Bilder ihrer Enkel dazugekommen, neben denen die Fotos mit den Frisuren der achtziger Jahre seltsam anmuteten.

»Ich habe gehört, dass ihr verkaufen wollt?« In Fionas Stimme lag sowohl Hoffnung als auch Sorge. Kayla biss sich auf die

Lippen. Es war sicher nicht einfach für die beiden Alten, ohne Nachbarn zu leben, an die man sich im Notfall wenden konnte. Sie nahm sich vor, bei der Wahl der Käufer besonders umsichtig zu sein, selbst wenn Ally darauf drängen würde, das Haus ihrer Eltern dem erstbesten Käufer zu überlassen, um es endlich los zu sein.

Kayla zog die Strickjacke enger um die Schultern. »Das stimmt, Mrs Mcadam. Ich bin gerade dabei, das Haus auszuräumen und ein wenig herzurichten, damit wir nette Nachbarn für Sie finden.«

»Das wäre schön.« Fiona stellte einen dampfenden Becher vor Kayla auf den Tisch. »Es ist sicher eine Menge Arbeit, die du vor dir hast. Wie ich deine Mutter kannte, hat sie viel aufgehoben.«

»Oh *aye*, das hat sie«, seufzte Kayla. »Und ich fürchte, sie hat ihre Gene an mich weitervererbt. Es fällt mir unglaublich schwer zu entscheiden, was ich weggeben oder behalten will.«

»Du solltest dich von dem alten Plunder trennen. Es belastet nur.«

»Mag sein … Ich weiß es nicht. Jedenfalls kostet es schrecklich viel Zeit, alle Schränke durchzusehen«, sagte Kayla und senkte den Blick, um Fiona nicht in die Augen sehen zu müssen. »Vermutlich werde ich über Nacht bleiben. Wundern Sie sich also bitte nicht, wenn Sie Licht bei mir sehen.«

»Was sagt denn dein Mann dazu, wenn du ihn zum Strohwitwer machst?« Fiona legte lächelnd den Kopf schräg.

»Dalziel ist mit Freunden nach Skye gefahren, es passt also ganz gut. Und bis morgen Mittag bin ich sicher ein gutes Stück weiter.«

»*Aye*, das glaube ich auch.« Fiona nickte bedächtig. Plötzlich nahm ihr Gesicht einen besorgten Ausdruck an, ihr Blick fiel aus dem Fenster. »Da draußen ballt sich was zusammen. Sieht nach einem mächtig üblen Sturm aus. Das Haus deiner Eltern war den Winter über ungeheizt und am Dach sind ein paar Schindeln lose. Könnte ungemütlich werden.«

»Machen Sie sich keine Sorgen, ich komme klar«, hörte sich Kayla zum zweiten Mal an diesem Tag sagen.

»Zögere nicht, uns zu fragen, wenn du Hilfe brauchst. John hat ein altes Heizaggregat in der Garage stehen. Das könnte nützlich sein.«

»Danke, Mrs Mcadam, ich komme gerne darauf zurück, falls es nötig wird.«

»Gut«, Fiona strich sich das kurzgeschnittene graue Haar aus dem Gesicht. »Wie ist es, hast du Hunger mitgebracht? Ich habe Crowdie im Kühlschrank. Den mochtest du doch immer so gern.«

»Das klingt himmlisch, Mrs Mcadam!« Schwärmerisch verdrehte Kayla die Augen. Niemand konnte so leckeres Crowdie and Cream, einen Traum aus Früchten, Quark und Sahne zubereiten, wie Fiona, die ihr Rezept hütete wie den Heiligen Gral. »Ich hoffe immer noch, dass Sie mir irgendwann Ihr Rezept verraten.«

Fiona hob den Zeigefinger und ließ ihn durch die Luft wippen. »Nur über meine Leiche. Aber die Hoffnung stirbt ja bekanntlich zuletzt, nicht wahr, Liebes?« Sie erhob sich, ein verschmitztes Lächeln spielte um ihre Mundwinkel. »Wer weiß, ob ich meine Meinung nicht eines Tages doch noch ändere.«

Brannan beendete die Arbeiten an der Vertäfelung des gemütlichen, zum *Loch* hin offenen Wohnbereichs des Blackhouse und legte den Hammer beiseite. Er blickte auf die Uhr. Ungewöhnlich, dass Logan nicht aufgekreuzt war, obwohl er zugesagt hatte, ihm zur Hand zu gehen … Bisher hatte der Junge einen zuverlässigen Eindruck gemacht. Daran sollte selbst die

Tatsache, dass Logan gestern volljährig geworden war und sicher mit seinen Kumpels bis in die Nacht gefeiert hatte, nichts ändern. Zumindest hatte Brannan das angenommen. Nun sah es danach aus, als müsste er seine Meinung revidieren.

Ärgerlich kickte Brannan eine Schachtel mit Nägeln beiseite. Er wischte sich mit dem Saum seines ausgewaschenen T-Shirts den Schweiß von der Stirn. Erneut wanderte sein Blick zur Uhr. Die Minuten schienen nicht zu verstreichen, die Zeiger standen auf kurz vor fünf. Merkwürdige Sache mit der Zeit …, er kratzte sich das Kinn. Wenn man darauf wartete, dass sie verging, erwies sie sich als störrisch, doch wenn man sie einlud zu bleiben, verflüchtigte sie sich wie Rauch.

Seufzend ging er unter die Dusche, seifte sich ausgiebig ein und ließ Wasser über sich laufen, bis es kalt aus dem Hahn rann. Dann rubbelte er sich Haare und Körper mit einem Handtuch ab, rasierte sich, kleidete sich an und machte sich etwas zu essen. Als er die Rühreier verzehrt hatte, spülte er Teller und Pfanne, trocknete sorgfältig ab und räumte die Sachen ins Regal zurück. Sogar die Spüle rieb er mit einem Lappen blank.

Immer noch zu früh.

Selbst wenn er das Auto wieder einige Meilen vor Aird Mhighe in Flodabay parkte und sich für den Fußmarsch Zeit ließ, war es noch nicht dämmrig genug, um aufzubrechen. Doch im Blackhouse sitzen und Däumchen drehen mochte er nicht. Dafür sehnte er sich viel zu sehr danach, Kayla in den Armen zu halten und sie mit seiner Liebe zu umhüllen, als gäbe es kein Morgen.

Also fasste er einen Entschluss: Statt herumzusitzen und auf die Uhr zu starren, konnte er ebenso gut zum Haus der Saunders nach Loch na Cachlaidh hinüberfahren und herausfinden, wo Logan steckte und weshalb er nicht gekommen war.

Er zog die Jacke über und nahm den Autoschlüssel vom Tisch. Das Haus von Logans Eltern lag praktisch auf dem Weg nach Aird Mhighe, nur ein paar Meilen abseits der Golden Road. Nachdenklich starrte er auf den Schüsselbund. Irgendetwas war merkwürdig. Als er die Augen schloss und sich konzentrierte, spürte er das vertraute Prickeln im Nacken. Sofort konnte er das dazugehörige Gefühl identifizieren.

Es war Angst. Nackte, pure Angst. Sie schien von Logan auszugehen.

Kapitel 16

Steht bombensicher«, sagte Dalziel und rüttelte zufrieden an der Stange des großzügig geschnittenen Vordachs. »Geht doch nichts über eine ordentliche Zeltausrüstung.«

»Stimmt!« Niall ließ sich in einen der altmodischen Holzliegestühle im Schatten des Vordachs fallen. Er zog die Kühlbox mit den Getränken zu sich heran, nahm zwei Flaschen Bier heraus und ließ den Bügelverschluss mit einem *Plopp* aufschnappen. Dann legte er seine Füße, die in braunen Sandalen steckten, auf die Box und wackelte mit den nackten Zehen. »Ah, tut das gut. Endlich keine Pfarrersuniform. Es ist ja nicht so, dass ich etwas gegen dunkle Kleidung und geschlossene Schuhe hätte, aber im Sommer bringt einen dieser verflixte Priesterkragen glatt um. Mein Hals ist immer ganz wundgescheuert.«

»Jetzt weißt du, wie Moses sich fühlt«, grinsend deutete Dalziel auf den hechelnden Hund neben sich im Gras. »Der trägt seinen Kragen tagein, tagaus.«

Niall kniff die Augen zusammen. »Du willst mein Kollar doch nicht mit einem dämlichen Hundehalsband vergleichen?«

»Na, jedenfalls japst du wie Moses, wenn du es trägst.«

»Du riskierst Ärger«, feixte Niall und zog drohend die Augenbrauen in die Höhe.

»Wer hat denn angefangen?«

»Du natürlich.«

»Na also.« Dalziel schob sich mit einem genüsslichen Stöhnen die Schirmmütze vom Kopf. Die Beine weit von sich gestreckt und die Hände über dem Bauch verschränkt, saß er da und ließ den Blick über die Landschaft schweifen. Ein schönes Fleckchen Erde hatten sie sich für ihren Ausflug ausgesucht, ein Nachmittag ganz nach seinem Geschmack. Direkt vor ihm fiel ein sanft geschwungenes Stück Wiese zum Loch Harport hinab, rechts von ihm lagen die Häuser von Carbost wie Schuhkartons in der Landschaft. Zur anderen Seite erstreckte sich das langgezogene weiße Lagergebäude der Destille, auf dem in eindrucksvollen schwarzen Lettern der Name »Talisker« prangte. Die schroffen Spitzen der Black Cuillins boten einen markanten Kontrast zu dem mit flauschigen Wattebäuschen bedeckten Himmel, zwischen den Felsen rauschten Wasserfälle ins Tal. Ein Geruch von süßem Gras, gemischt mit der herben Note von Malz und Torffeuer lag in der Luft.

»Ich frag mich, wo Tormod und Donald bleiben«, meinte Niall.

Dalziel öffnete ein schläfriges Auge und deutete auf den Weg, der von der Destille aus zu ihrem Lagerplatz führte. »Wenn man vom Teufel spricht …«

»Was ist denn hier los?« Tormod ließ sich in einen der freien Liegestühle plumpsen. Donald tat es ihm gleich. »Ich dachte, ihr wolltet den Grill anschmeißen. Muss ich mich hier um alles selbst kümmern?«

»Halt die Klappe, Tormod«, Dalziel bückte sich nach dem Mückenspray und zielte damit auf eine Wolke aus winzigen schwarzen Punkten vor dem Zelteingang. »Wo habt ihr so lange gesteckt? Ich hätte ein paar Helfer beim Zeltaufbau brauchen können.«

Tormod hob zu seiner Verteidigung beide Hände. »Donald hatte etwas mit dem Inhaber zu klären. Lag nicht an mir.«

»Jetzt sind sie ja da«, beschwichtigte Niall. »Wie sieht es aus? Nachdem das Geschäftliche erledigt ist, könnten wir vielleicht zum gemütlichen Teil übergehen.«

»Das glaubst *du*«, Donald bückte sich und zupfte einen Grashalm aus der Wiese. Er steckte ihn sich zwischen die Zähne.

»Wieso?«, zuckte Niall die Achseln. »Wüsste nicht, was dagegensprechen sollte. Immerhin haben wir uns ausgiebig mit unserem Geburtstagskind, Fass Nummer 397, beschäftigt und die Qualität in einem aufopferungsvollen Selbstversuch auf Herz und Nieren geprüft. Sogar ein Ständchen haben wir gesungen. Wir können uns also zurücklehnen und entspannen.«

»*Nae*«, Donald kaute bedächtig an seinem Grashalm. »Die Arbeit ist noch lange nicht erledigt. Gut, dass ich hier bin. Gar nicht auszudenken, wie ihr ohne mich klarkommen würdet. Wie zum Henker wollt ihr einen vernünftigen Vergleich anstellen, wenn ihr die Konkurrenzprodukte nicht kennt? Ihr wollt doch am Ende des Tages nicht unter Wert verkaufen, oder?«

Dalziel, dem schwante, worauf das Ganze hinauslief, richtete sich mit einem breiten Grinsen auf und deutete auf Nialls Rucksack. »Was hat da eigentlich gerade so geklirrt? Die Steaks doch wohl nicht.«

Schweigend öffnete Tormod den Rucksack und stellte mit feierlicher Geste drei Flaschen Single Malt auf den Campingtisch.

»Seid ihr wahnsinnig? Von dem Geld, das ihr für den Whisky hingelegt habt, könnte man vermutlich sämtliche Türklinken der Kirche vergolden lassen!« Niall tat entrüstet und schüttelte den Kopf, aber Dalziel kannte ihn gut genug, um zu durchschauen, dass es nur gespielt war. Er warf seinem Schwager einen knappen Seitenblick zu, den Niall mit einem Zwinkern beantwortete. Dalziel lehnte sich zufrieden zurück. Pfarrer hin oder her, wenn es drauf ankam, war Niall Manns genug, um zu wissen, worauf es im Leben ankam. Manchmal musste man hart im Nehmen sein und über seine Grenzen hinauswachsen …

»Eine Flasche Talisker Storm, ein Talisker Port Ruighe und ein Talisker 57° North …« Dalziel nickte anerkennend. »Wenn ich bedenke, wie nobel allein der Verkaufsraum und das Besucherzentrum ausgestattet sind, ganz in Glas und Edelholz, nehme ich an, dass ihr ein Heidengeld dafür geblecht habt.«

»Iwo«, gab Tormod zurück. »Donald hat Sonderkonditionen rausgehauen.«

»Wie das?«, wunderte sich Dalziel. »Der Typ im Verkaufsraum sah nicht aus, als ob er es nötig hätte zu handeln.«

»Donald hat seine Beziehungen spielen lassen.«

»Welche Beziehungen?«

Tormod nahm den Talisker Storm vom Tisch und strich mit den Fingern über das blaue Etikett mit der silbernen Schrift. »Oh, einer von Donalds Cousins zweiten Grades muss wohl ziemlich dick mit dem ehemaligen Besitzer befreundet gewesen sein.«

»Sag bloß, Donald?«, fragte Niall. »Davon wusste ich gar nichts.«

»Ich auch nicht. Bis eben«, meinte Donald trocken.

Nialls Augen wurden schmal. »Wie war das mit den Geboten Gottes? Du sollst nicht lügen?«

»Hab ich nicht«, verteidigte sich Donald. »Ich hatte verdammt viele Cousins. Wieso sollte da nicht einer von ihnen mit dem Besitzer der Destille befreundet gewesen sein?«

»Ist jetzt auch egal«, sagte Tormod. Er erhob sich, holte vier Gläser und schenkte ein. »Ich schlage vor, wir nehmen uns als Erstes den Talisker Storm vor. Unberechenbar wie das Wetter, jede Abfüllung ein Erlebnis für sich. Was meint ihr?«

»Sturm passt hervorragend«, Niall deutete auf den Horizont, wo sich ganz entfernt dunkle Wolken über den Himmel schoben. »Ich habe in meiner Wetterapp nachgesehen. Sieht nicht gut aus zu Hause. Denen steht ein Sturm ins Haus, der sich gewaschen hat.«

»Verdammt!« Besorgt runzelte Dalziel die Stirn. »Ausgerechnet heute wollten Kayla und Ally in Aird Mhighe übernachten. Ich hoffe, das Dach übersteht den Sturm.«

»Ruf sie an, wenn es dich beruhigt«, schlug Niall vor. Dalziel zögerte einen Moment, dann schüttelte er den Kopf. Selbst wenn Kayla ihr Handy dabeihatte, wovon nicht auszugehen war, hatte sie mit Sicherheit keine Funkverbindung. Abgesehen davon verspürte er nicht die geringste Lust, ausgerechnet jetzt mit seiner Frau zu telefonieren und sich die schöne Stimmung verderben zu lassen. »Wird schon gutgehen«, brummte er und griff nach seinem Drink. »Wozu unnötig die Gäule scheu machen? *Slàinthe.*«

»*Slàinthe math.*«

Allgemeines Gläserklirren.

»Ah …«, Donald gönnte sich einen tiefen Schluck und verzog genüsslich die Lippen. »Guter Stoff, was? Apropos Sorgen machen, in punkto Gottvertrauen ist dein Schwager ein leuchtendes Vorbild für die Gemeinde, findest du nicht, Pfarrer?«

»Weiß nicht, wovon du redest«, Niall richtete sich auf und stellte das Glas beiseite. »Schmeiß das Mückenspray rüber, Dalziel, die verdammten Biester haben es auf mich abgesehen.«

Dalziel griff nach der Dose und zielte. »Hier, fang.« Er warf einen belustigten Blick auf Nialls weiße Beine in den Shorts. »Vielleicht solltest du deinen Alabasterkörper öfters in der Sonne auslüften lassen. Wenn du nicht aussehen würdest wie ein Käselaib, wären die Mücken nicht hinter dir her.«

»Ich hab's vorhin schon gesagt und ich sag's jetzt noch mal«, Niall schwenkte mit einem gutmütigen Grinsen die Faust. »Halt die Klappe, Schwager, wenn du keinen Ärger willst.«

»Hehehe, Dalziel hat ohnehin schon mehr Ärger an der Backe, als er ahnt.« Das war Donald.

Dalziel reckte den Hals und warf Donald einen warnenden Blick zu. »Du gehst mir gründlich auf den Geist mit deinen Andeutungen, Donald, weißt du das? Wenn du was zu sagen hast, spuck es aus, ansonsten gib Ruhe, verdammt noch mal.«

»Beruhigt euch, Leute«, mahnte Niall. »Ihr kennt Donald. Er macht Spaß.«

»Auf meine Kosten?«, blaffte Dalziel ärgerlich zurück. »Halt's Maul, Donald.«

»Bitte schön«, Donald zuckte beleidigt die Schultern. »Wem nicht zu raten ist, ist nicht zu helfen. Selbst wenn man zu blind ist, um zu sehen, was sich vor der eigenen Nase abspielt.«

»Okay, es reicht.« Niall knallte die Dose mit dem Mückenspray auf den Campingtisch. »Sag, was du zu sagen hast, Donald, bevor Gerüchte entstehen, die die Gemeinde wochenlang beschäftigen.«

»Soll er's doch selbst herausfinden …«, grummelte Donald eingeschnappt und tat, als müsste er einen Knoten in Moses' Fell entwirren.

»Donald!«, hob Niall mahnend die Stimme.

»*Ceart gu lèor,* von mir aus.« Donald versetzte Moses einen Klaps auf den Hintern und schickte ihn in den Schatten. »Es geht um unseren Selkie-Boy. Wochenlang hab ich gerätselt, wer von den Damen wohl sieben Tränen ins Meer vergossen und damit einen Selkie angelockt haben könnte. Aber dann war alles klar.«

Dalziel spürte einen feinen Stich in der Seite, wie immer, wenn das Gespräch auf Brannan kam. »Was war klar?«

»Es braucht schon Grips, um dahinterzukommen«, Donald tippte sich mit dem Finger gegen die Schläfe. »Also hört zu. Wie alle Selkies liebt Brannan die Musik. Und wer von euren Frauen singt wie ein Vögelchen, seitdem der Selkie-Boy hier ist? Kayla natürlich! Er hat sie in seinen Bann geschlagen, sag ich euch, und zwar nicht nur mit der Musik. Wenn man den alten Geschichten glaubt, sind Selkies außergewöhnliche Liebhaber. Ich frag mich, was Kayla und Brannan alles zusammen tun, außer zu …«

»Hüte deine Zunge!« Dalziel war aufgesprungen und packte Donald am Hemdkragen. Er musste hart an sich halten, um Donald nicht wie einen nassen Sack zu schütteln. »Du nimmst sofort zurück, was du sagst, oder du kannst deine klapprigen Knochen einzeln nach Hause tragen.«

Niall, der ebenfalls aufgestanden war, drängte sich zwischen sie. »Schluss jetzt!« Er schob Dalziel beiseite und baute sich breitbeinig vor Donald auf. »Bis jetzt habe ich dein Selkie-Geschwätz über Brannan hingenommen, in der Annahme, dass die Gemeinde aufgeklärt genug ist, um deine Geschichten als das zu identifizieren, was sie sind: dummes, heidnisches Gewäsch. Aber jetzt hast du die Grenze eindeutig überschritten. Ich warne dich, wenn ich noch einmal auch nur ansatzweise aus deinem Mund höre, Kayla würde Ehebruch begehen, und zwar mit Brannan, folgt eine Predigt, die sich gewaschen hat.«

»Pfft«, gelangweilt zuckte Donald die Schultern.

»Ich meine das im Ernst«, Niall bohrte Donald den Zeigefinger in die Brust. »Ich werde bei der Gemeinde keinen Zweifel offen lassen, *wer* gemeint ist, wenn ich darüber rede, welch abscheuliche Sünde üble Nachrede darstellt.«

»Mach ruhig …«, erwiderte Donald stur, allerdings war er leicht blass um die Nase.

»Als dein Reverend werde ich dir das nicht verzeihen.«

»Brauchst du auch nicht.« Donald lächelte selbstzufrieden. »Im Gegensatz zu Kayla trete ich mit reinem Gewissen vor meinen Schöpfer.«

Jetzt packte Dalziel die kalte Wut. Er war kurz davor auszurasten. Mit einer ruckartigen Bewegung drängte er sich an Niall vorbei, aber Tormod packte ihn um die Hüften und hielt ihn zurück. »Lass mich, verdammt noch mal, er wird sehen, was er davon hat, Lügen über meine Frau zu verbreiten.«

»Du meine Güte, Donald, du weißt nie, wann Schluss ist«, schimpfte Niall. Seine Hand legte sich schwer auf Dalziels Schulter. Er drehte den Kopf zu Dalziel und sah ihm fest in die Augen. »Lass ihn in Ruhe, Dalziel, du weißt genau, dass er Blödsinn redet.«

Dalziel holte tief Luft.

»Brannan ist genauso wenig ein Selkie, wie Kayla dich hintergeht.«

Schweigen.

»Komm schon, Dalziel, das weißt du doch …«

Dalziels Brustkorb hob und senkte sich schwer.

»Ich lege meine Hand für Kayla ins Feuer, Dalziel. Und mit Recht, denn ich bin jedes Mal bei den Proben dabei. Ich schwöre bei Gott, sowohl als Mensch als auch als Pfarrer, dass nie auch nur das mindeste Anstoßerregende zwischen den beiden vorgefallen ist.«

»*Aye*, das kann ich bestätigen«, mischte sich Tormod in das Gespräch. »Außerdem, wenn da wirklich was wäre, hätte Sandra schon längst etwas zu mir gesagt. Immerhin ist sie Kaylas beste Freundin. Du weißt doch, dass die Frauen sich gegenseitig alles erzählen. Sie sind wie ein System kommunizierender Röhren. Sobald du eine Information oben reinschüttest, kommt sie an anderer Stelle wieder raus.«

»Zeit für eine Entschuldigung, Donald, meinst du nicht?« Niall rüttelte Donald sachte an der Schulter.

Donald hob die Achseln. »Na schön. Woher sollte ich auch ahnen, dass Dalziel gleich alles so ernst nimmt?«

»Du sollst dich bei ihm entschuldigen«, Niall hob den Daumen und deutete in Dalziels Richtung. »Na los, er wartet darauf, nicht wahr, Dalziel?«

»Und ob ich das tue«, knurrte Dalziel, der inzwischen wieder halbwegs über den Dingen stand. Kayla würde nie auf die Idee kommen, Ehebruch zu begehen, das wusste er. Dennoch hatte er bei Donalds blödem Gequassel rotgesehen.

»Schön, um des lieben Friedens willen.« Donald streckte Dalziel die Hand hin. »Nichts für ungut.«

Von Dalziel war nur ein Knurren zu hören. Sie setzten sich und Tormod hielt auffordernd sein Glas in die Höhe. »Auf einen friedlichen Nachmittag, Jungs! Und auf meinen Nachwuchs.«

»*Aye,* auf das Baby!«

»*Slàinthe!*«

»Ahhhh …«, Donald wischte sich mit dem Handrücken über das stoppelige Kinn. »Kein schlechter Tropfen, das muss ich sagen. Apropos Baby, hast du dich nie gefragt, weshalb Sandra plötzlich schwanger geworden ist, Tormod, obwohl ihr es jahrelang vergeblich versucht habt?« Er blickte aufmerksamkeitsheischend in die Runde, seine Augen funkelten listig. »Wenn sie sich da mal in einer lauen Mondnacht nicht von einem Kelpie in Menschengestalt hat verführen lassen … Ich sag euch, die Biester sind verdammt trickreich, wenn es darum geht, sich fortzupflanzen.«

»*Donald …!*«

»Schon gut, Niall.«

»Ich dachte, wir hätten das Thema geklärt.«

»*Seadh.* Ich frag mich bloß, wann Tormod mit dem Grillen anfängt?« Demonstrativ klopfte sich Donald mit der flachen

Hand auf den Magen. »Von Whisky alleine wird man nicht satt.«

Tormod blickte vorwurfsvoll in die Runde. »Immer ich.« Als er bemerkte, dass niemand darauf einging, erhob er sich und nahm den Sack mit der Grillkohle.

Dalziel lehnte sich in seinen Liegestuhl zurück. Sein Blick glitt über das Ausflugsboot, das einen Schwung Touristen am Anleger zur Destille ablud. Nachdenklich ließ er den Whisky im Glas kreisen. Weshalb war Donald ausgerechnet auf Kayla gekommen? Er sog an seiner Unterlippe. Auch wenn er Stein und Bein hätte schwören können, dass Kayla treu war wie Gold, konnte es sicher nicht schaden, in den nächsten Tagen ein genaueres Auge auf Brannan zu werfen. Und auf Kayla, selbstverständlich.

17 Kapitel

In den vergangenen Minuten war es richtiggehend dunkel geworden in dem grüngetäfelten Schlafzimmer. Vollgestopft mit Kisten und Kleidersäcken wirkte es winzig, wie eine Puppenstube. Kayla nahm den letzten Stapel mit Unterwäsche ihrer Mutter aus dem Schrank und legte ihn sorgsam in einen Umzugskarton. Dann schloss sie den Deckel und stellte den Karton neben das Bett auf den Holzboden, der über die Jahre vom vielen Schrubben und den vielen Schritten darauf ganz ausgebleicht war. Ihre Hand glitt sanft über den Metallrahmen des französischen Bettes, welches ihre Mutter sich zu ihrer Hochzeit vom Festland hatte kommen lassen. Die einzige Extravaganz, die sie sich in ihrem arbeitsreichen Leben geleistet hatte. Wie stolz sie auf den Hauch fremdländischen Flairs in ihrem abgeschiedenen, ärmlichen Crofterhaus ganz am Ende der Welt gewesen war … Für Kayla war das Bett ein Sinnbild einer erfüllten Ehe. Siebenundvierzig Jahre hatten ihre Eltern die Nächte gemeinsam in diesem Bett verbracht, eine schier unfassbar lange Zeit. Was, überlegte Kayla traurig, sollte nun aus dem Bett werden? Es wegzugeben erschien ihr wie ein Verrat an den Träumen ihrer Mutter. Andererseits, sie selbst hatte keinerlei Verwendung dafür. Was also tun? Sie nahm sich vor, mit Ally darüber zu sprechen. Vielleicht konnte man es als Gästebett in einem der leerstehenden Zimmer des Schulgebäudes nutzen.

Zufrieden mit ihrem Plan, trat sie ans Fenster und schob es auf. Dabei verfing sich eine Spinnwebe in ihrem dichten Haar. Sie schüttelte sich. Mit spitzen Fingern zupfte sie sich die klebrigen, staubbedeckten Fäden aus den Haaren, während sie mit tiefgerunzelter Stirn nach draußen blickte. Sie war so sehr mit Aufräumen beschäftigt gewesen, dass sie es gar nicht mitbekommen hatte, wie das Wetter umgeschlagen war. Der Himmel hatte sich zugezogen, das Wasser war grau wie Rauch. Über dem Meer lag eine unheilvolle Stimmung, das merkwürdige Zwielicht schien drohendes Unheil anzukündigen. Kayla schauerte. In der Luft lag eine Spannung, die ihre Nerven von den Haarspitzen bis hinunter zu den Zehen vibrieren ließ. Als die ersten Tropfen zögernd zu Boden fielen, atmete sie erleichtert aus. Losgewaschen von der Nässe, stieg ein Geruch von Staub, Moos und Erde in die Luft. Kayla streckte den Kopf aus dem Fenster und genoss das Gefühl des kühlen Windes auf ihrer Haut. Das Tröpfeln ging in einen gewaltigen Wolkenbruch über, der sich mitten über dem Meer entlud. Besorgt beobachtete Kayla, wie sich die Regenfront grollend auf die Küste zuschob. Sie blickte auf die Uhr. Kurz vor sieben. Hoffentlich war Brannan nicht auf die Idee gekommen, sich früher als geplant auf den Weg zu machen. Falls ja, wäre er auf dem Weg zu Fuß von Finsbay herüber dem Wetter schutzlos ausgeliefert. Himmel, wenn sie wenigstens seine Handynummer besäße! Aber die hatte sie sich aus Furcht, Dalziel könnte aus einem dummen Zufall heraus ihr Handy in die Finger bekommen, erst gar nicht geben lassen. Wozu auch, sie zuckte die Schultern. Es hätte ohnehin wenig Sinn ergeben. Der Funkempfang auf den Inseln war mehr als unzuverlässig. Es blieb ihr nichts anders übrig, als abzuwarten und das Beste zu hoffen. Sie schloss das Fenster, stellte sicher, dass der Riegel eingerastet war, und machte sich auf den Weg ins Badezimmer, um zu duschen.

»Mrs Saunders?« Brannan klopfte an die Küchentür des schlichten, weißgetünchten Crofterhauses. Nichts rührte sich. Er versuchte es noch einmal. Als nach ein paar Minuten noch immer kein Laut aus dem Innern des Hauses drang, machte er kehrt und ging über den Hof und auf den heruntergekommenen Wellblechschuppen zu, dessen Blechdach sich von der Salzluft rostig gefärbt hatte. Er wusste, dass die Saunders die Hütte als Stall für das Vieh nutzten. Also schob er die Metalltür zur Seite und spähte in das Dämmerlicht. Niemand zu sehen. Eine braungescheckte, magere Kuh peitschte mit dem Schwanz durch die Luft, um die Fliegen zu verscheuchen.

Brannan zog die Tür wieder zu. Er wandte sich um und blickte über den Hof. Seine Hände formten einen Trichter. »Mrs Saunders? Pádraig? Logan? Niemand zu Hause?«

Hinter der verschlissenen Gardine am Küchenfenster bewegte sich etwas. Brannan sah, wie sich die Tür zum Garten einen Spaltbreit öffnete, gerade so viel, dass er Mrs Saunders' schmales Gesicht erkennen konnte. Betont langsam, um keine unnötige Aufregung aufkommen zu lassen, ging Brannan auf die blasse, schmächtige Gestalt in der Tür zu. Er hob entschuldigend beide Hände. »Es tut mir leid, wenn ich störe, Mrs Saunders. Ich bin auf der Suche nach Logan. Ist er hier?«

Zögernd trat sie aus der Tür. Brannan bemerkte ein leichtes Hinken. Ihr Blick glitt über den Boden. »Nein, leider kann ich Ihnen nicht weiterhelfen, Mr Tait. Ich weiß nicht, wo er steckt.« Ihr Gesicht nahm einen bekümmerten Ausdruck an. »Hat er etwas angestellt?«

»Nein, keine Sorge«, Brannan berührte sanft ihren Unterarm. »Ich wollte nur wissen, ob es ihm gut geht. Er hat gestern mit seinen Kumpels gefeiert, nicht wahr?«

»*Aye*, das stimmt«, nickte sie. Brannan fielen die dunklen Ringe unter ihren Augen auf und das unkontrollierte, feine

Zittern, das ihren Körper immer wieder ergriff. »Um ehrlich zu sein …«, sie biss sich auf die Unterlippe.

»Was, Mrs Saunders?«

»Ich … möchte Sie nicht mit unseren Problemen belasten. Aber soweit ich weiß, waren Sie immer gut zu dem Jungen. Er spricht oft von Ihnen …« Brannan spürte, dass Mrs Saunders Mühe hatte, eine aufkommende Gefühlswallung niederzukämpfen.

»Er ist ein patenter, verantwortungsbewusster junger Mann. Sie können stolz auf ihn sein.«

»Das bin ich«, sagte sie mit gepresster Stimme. »Es ist nur … Gestern, an Logans Geburtstag, hat es einen fürchterlichen Streit gegeben zwischen Pádraig und ihm.«

»Es ging darum, dass Logan weggehen möchte, nicht wahr?«

Verwundert hob sie das Gesicht. Ihre Wangen waren aschfahl. »Woher wissen Sie das?«

»Logan hat es mir erzählt«, meinte Brannan. Mit Rücksicht auf Mrs Saunders' Gefühle setzte er rasch hinterher: »Er wollte es mir ursprünglich nicht verraten. Es ist ihm aus Versehen herausgerutscht.«

»Ich verstehe. Dann können Sie sich ja denken, was hier los war.« Sie knetete einen Zipfel ihrer Schürze zwischen den Händen.

»*Aye,* Mrs Saunders«, Brannan nickte ernst. »Deshalb würde ich gerne herausfinden, wo er steckt.«

»Pádraig sucht ihn auch. Ich mach mir solche Sorgen um die beiden, Mr Tait. Sehen Sie nur«, sie hob den Arm und deutete auf den Himmel. »Vom Osten zieht ein gewaltiger Sturm auf.«

Brannan folgte ihrem Blick. In den letzten Minuten hatte sich der Himmel dramatisch verändert. Graue Nebelschleier waberten von den Bergen auf das Moor zu, dahinter verfinsterten schwarze Wolken die Sonne. Der Gesang der Vögel war verstummt.

»Sieht ungemütlich aus«, gab Brannan zu. »Aber Pádraig und Logan sind Wind und Regen gewohnt. Sie werden den Sturm unbeschadet überstehen.«

Mrs Saunders schüttelte den Kopf, ihr Blick verdüsterte sich. »Sie kommen nicht von hier, Mr Tait. Sonst wüssten Sie, dass es nicht die Rauhheit des Wetters ist, die den Menschen auf den Inseln hier Angst macht. Es ist vielmehr die Unberechenbarkeit und die Launenhaftigkeit der Natur, die wir fürchten, und der unwägbare Zorn, mit dem Gott uns strafen will.«

Brannan fuhr sich mit den Händen durch das Haar. »Bei allem Respekt, Mrs Saunders, aber ich bezweifle, dass Gott einen Grund hat, Pádraig oder Logan zu strafen.«

Sie hob mahnend eine Hand. »*Du sollst deinen Vater und deine Mutter ehren, wie dir der Herr, dein Gott, geboten hat, auf dass du lange lebest und dass dir's wohl gehe in dem Lande, das dir der Herr, dein Gott, geben wird*«, zitierte sie mit vor Ehrfurcht starrem Blick. »Logan hat sich versündigt, denn er hat Gottes Gebot gebrochen und Dinge gesagt, die ein Sohn seinem Vater gegenüber nicht in den Mund nehmen darf. Das kann nicht ungestraft bleiben.«

»Gott weiß, aus welcher Verzweiflung Logan es gesagt hat. Er wird ihm vergeben.«

Mrs Saunders wirkte abwesend, als hörte sie ihm gar nicht zu. Mit ausdruckslosem Gesicht starrte sie auf ihre Hände. »Dann hat mein Pádraig die Hand gegen Logan erhoben.« Sie verstummte.

»Und dann? Was ist dann passiert?«, drängte Brannan weiter, allmählich dämmerte ihm, welchen katastrophalen Ausmaßes das Drama war, das sich bei den Saunders abgespielt hatte.

»Dann hat Logan sich die alte Schrotflinte geschnappt und ist abgehauen.«

Brannan sog scharf die Luft ein. Das Gefühl der Angst, welches mit schneidender Klarheit von Logan ausging, bohrte sich wie ein Eissplitter in sein Herz. Die Situation war brenzliger, als er gedacht hatte.

Er spürte, wie sich Mrs Saunders' kalte, feucht verschwitzte Hand auf seinen Arm legte. Vergeblich suchte er ihren Blick. Mrs Saunders brachte es nicht fertig, ihm in die Augen zu sehen. »Bitte helfen Sie mir. Bringen Sie meinen Sohn zurück.«

Brannan nahm ihre Finger und umschloss sie mit beiden Händen. »Keine Sorge, Mrs Saunders, ich finde ihn.«

Der Wind heulte durch den Kamin. Nachdem Kayla, ob des altersschwachen Boilers, in aller Eile geduscht und ihre verschwitzte Arbeitskleidung gegen ein locker schwingendes, geblümtes Kleid getauscht hatte, begann sie den Tisch in der Küche zu decken. Sie holte eines der handbestickten Tischtücher ihrer Mutter aus dem Schrank, breitete es sorgsam aus und strich mit den Händen die Falten glatt. Dann nahm sie Teller, Gläser sowie den Kerzenleuchter aus gebranntem Ton vom Bord und arrangierte sie zu einem stimmungsvollen Ganzen. Zuletzt entkorkte sie den mitgebrachten Rotwein, damit er Zeit hatte zu atmen.

Gerade, als sie den Herd einschaltete, um das Hühnchen in Weißweinsauce zu erwärmen, welches sie nach Dalziels Abfahrt zubereitet hatte, zerriss ein Blitz den Himmel. Einen Wimpernschlag lang war die Küche in gleißendes Licht getaucht. Der Donner erfolgte unmittelbar im Anschluss. Kayla, die als Kind ihre Angst vor dem Gewitter damit beruhigt hatte, die Sekunden zwischen Blitz und Donner zu zählen, bekreuzigte sich instinktiv, so wie sie es bei ihrer Mutter unzählige Male gesehen hatte, wenn ein heftiges Unwetter seinen Zorn über ihrem Haus entlud. Die Stille, die dem Donner folgte, war erdrückend. Gleich darauf setzte der Wind mit irrsinnigem Jähzorn ein, die Glühbirne in der Hängelampe über dem Tisch flackerte. Bei dem Gedanken, Brannan könnte da draußen stecken, krampfte sich Kaylas Magen zusammen.

Um sich abzulenken, ging sie hinaus in die winzige, nach Moder und vergorenen Äpfeln riechende Speisekammer ihrer Mutter und suchte im Regal nach einer Ersatzglühbirne. Dann kehrte sie in die Küche zurück, schraubte die flackernde Birne aus ihrer Fassung und setzte die neue ein. Das Licht flammte auf und erlosch im nächsten Augenblick. Fluchend tastete sich Kayla am Tisch vorbei zur Speisekammer, nur um festzustellen, dass das Licht dort ebenso wenig funktionierte. Sie erahnte den Weg zurück in die Küche mehr, als sie ihn im Dämmerlicht sehen konnte. Vorsichtig streckte sie eine Hand aus und berührte die Aluminiumumrandung neben der Kochplatte. Sie fühlte sich kalt an. Sie stieß frustriert die Luft aus. *Stromausfall …*, eine der Widrigkeiten, mit denen man sich auf Harris abfinden musste. Sie hoffte nur, dass es diesmal nicht wieder bis zum nächsten Morgen dauern würde. Vor allem aber hoffte sie, dass Brannan einen sicheren Unterschlupf gefunden hatte. Sie schloss die Augen, faltete die Hände und schickte ein Stoßgebet zum Himmel.

Brannan parkte den Wagen abseits der Straße und schaltete den Motor ab. Die Regentropfen klatschten nur so auf die Scheibe. Er wusste nicht, weshalb, aber sein Instinkt hatte ihn zu dem Loch am Fuße der Hügel geführt, jenseits dessen sich, eingehüllt in dichte Regenschleier, eine flache, einsame Moorlandschaft erstreckte. Er schlüpfte in Gummistiefel und Regenjacke und verstaute den Autoschlüssel in seiner Hosentasche. Der Ford erbebte unter der Wucht des Windes. Als Brannan die Tür öffnete, musste er sie mit aller Gewalt festhalten, damit sie ihm nicht aus der Hand gerissen wurde. Den Kopf gesenkt, zum Schutz gegen den schneidend kalten Wind, und die Schultern hochgezogen, machte er sich auf den Weg. Ein mit Schafsköttelн bedeckter Trampelpfad schlängelte sich zwischen bemoosten Steinen und Felsbrocken an einer alten Schafsweide vorbei. Morsche Zaunpfähle ragten schräg in den sturmumtosten Himmel, zersplitterte Bretter eines Schaftritts lagen zwischen Müll und einer umgedrehten, als Schafstränke dienenden Badewanne, verstreut im Gras. Dazwischen parkte ein verrosteter Traktor, dem man vergessen hatte, das Nummernschild abzunehmen. Die lose schwingende Fahrertür quietschte im Wind.

Brannan hielt zum Schutz vor dem Tosen des Sturmes die Hand vor die Augen. Die Kapuze seiner Jacke knatterte in der eisigen Luft, der Regen peitschte ihm ins Gesicht und durchnässte seine Haare. Er verfluchte sich dafür, die Wollmütze vergessen zu haben, und versuchte mit zusammengekniffenen Augen zu erkennen, wohin der Weg führte. Der Pfad endete an einer halb verfallenen Fischerhütte am Ufer des Lochs. Er ging darauf zu. Die hölzernen Ständerwände ächzten im Wind, das Wellblech hing wie ein schiefer Zahn mit letzter Kraft an der Verschalung, die zersplitterten Fensterrahmen starrten blind in den Himmel. Sich der Einsturzgefahr bewusst, unterzog Brannan die Baracke einer raschen Musterung, in der Hoffnung, den Jungen in einen wettergeschützten Winkel geduckt zu finden. Doch die Hütte war verlassen.

Er drehte sich zum See um. Am Ufer des Lochs lag kielüber ein Fischerboot. Der abgeblätterte rote Lack sah aus wie Blutspritzer. Das Boot war nicht sonderlich groß, aber geräumig genug, um einem Mann zur Not als Unterschlupf zu dienen. Brannan wischte sich das Wasser aus dem Gesicht und schritt darauf zu.

Kayla kramte in der Küchenschublade nach einer Taschenlampe. Das ungute Gefühl, das sie in den letzten Minuten überfallen hatte, wurde stärker. Sie warf einen Blick aus dem Fenster. Drüben, bei den Mcadams, war alles dunkel, doch in der Küche warf die große Esstischlampe flackernde Schatten an die Wände. Anscheinend hatte sich Fiona ihren langgehegten Wunsch nach einem Notstromaggregat endlich erfüllt, überlegte Kayla. Einen Moment war sie versucht, hinüberzugehen und für die Dauer des Sturms bei dem alten Ehepaar unterzuschlüpfen, verwarf den Gedanken aber, weil sie nicht riskieren wollte, dass Brannan ein leeres Haus vorfand. Sie beugte sich über den Esstisch, nahm das Glas Rotwein und die Taschenlampe und ging damit ins Wohnzimmer.

Gedankenverloren stellte sie sich vor das Bücherregal ihrer Mutter, zog wahllos einen Band mit Gedichten von Robert Burns heraus und setzte sich in den Sessel. Als sie bemerkte, dass ihre Augen zum x-ten Mal über die gleichen Zeilen huschten, ohne dass sie mitbekam, um was es in dem Sonett ging, gab sie frustriert auf. Sie stellte das Buch zurück an seinen Platz und marschierte, das kühle Rotweinglas gegen ihre Wange gepresst, im Zimmer auf und ab. Das Gefühl drohenden Unheils ließ sich nicht mehr abschütteln.

Brannan stand mitten im Moor, das Gesicht in den Sturm gereckt, die Arme weit zur Seite ausgestreckt, wie Jesus am Kreuz. Er legte den Kopf in den Nacken und stieß einen langgezogenen Schrei aus, um die innere Anspannung, die ihn auf den letzten Metern befallen hatte, zu lösen. Der Sturm, der in ihm tobte, war nicht minder groß als das Unwetter, das mitten über der rauchgrauen Ebene tobte. Logan befand sich in Gefahr, das spürte er mit jeder Faser seines Leibes. Er musste sich beeilen, sonst war es möglicherweise zu spät. Der Wind presste die Wollgrasbüschel rings um ihn herum gegen den vollgesogenen, matschigen Boden. Brannan hatte Mühe, sich auf den Füßen zu halten, so zornig fegte der Sturm über ihn hinweg. Ein Blitz zuckte über den Himmel und tauchte die Landschaft in ein unwirkliches Zwielicht. In einiger Entfernung hob sich der Umriss einer einsamen Schutzhütte gegen den schwarzen Himmel ab. Entschlossen stapfte Brannan darauf zu.

Als er näherkam, machte er verschlissene Gardinen aus, die aus einem der zerborstenen Fenster wehten. Die grau getünchte, aus Beton gefertigte Hütte hatte kein Dach mehr. Die beiden Giebel ragten wie Eckzähne in einem fauligen Maul in den Himmel. Hier war er richtig, sagte ihm das stechende Gefühl in Nacken und Brust.

»Logan, wo steckst du?« Der Wind riss ihm die Worte von den Lippen.

»Bleiben Sie stehen, Mr Tait, kommen Sie nicht näher, bitte …«, kam es zurück. Brannan hatte Mühe, den Jungen durch das ohrenbetäubende Tosen hindurch zu verstehen.

Ohne Zögern leistete er dem Befehl des Jungen Folge und hob die Hände. »Keine Sorge, Logan, ich bin nicht gekommen, um dich zu holen«, brüllte er gegen den Wind an.

»Das wäre sinnlos, ich komme nicht mit.«

»Das weiß ich. Ich möchte mich nur mit dir unterhalten.«

»Worüber, Mr Tait?«, schrie Logan.

»Ich brauche deine Hilfe. Ich will bis Ende der Woche mit den Holzarbeiten durch sein, aber alleine schaffe ich es nicht.« Der Wind fuhr von hinten unter Brannans Jacke und riss ihm die Knie weg. Instinktiv ging er in die Hocke und duckte sich gegen den Boden. Seine Hand grub sich in das zitternde Wollgras.

Eine Weile herrschte Schweigen. Schließlich hörte er Logan mit vor Verzweiflung und Frustration spröder Stimme zurückschreien: »Ich kann Ihnen nicht helfen, Mr Tait, verstehen Sie doch.« Das Brüllen ging in ein Schluchzen über.

In geduckter Haltung kroch Brannan näher an die verfallene Hütte heran. Jetzt konnte er Logans Umrisse im Dämmerlicht ausmachen. Der Junge lehnte mit an die Brust gezogenen Knien in einer Ecke. Neben ihm die Schrotflinte, von der Mrs Saunders gesprochen hatte.

»Möglicherweise kann ich dir helfen, Logan.«

»Warum sollten Sie?«

»Freunde tun so etwas. Wir sind doch Freunde, Logan, oder?«

»Sie kommen zu spät. Es gibt keinen Ausweg mehr.« Im gespenstischen Zwielicht der Sturmnacht sah Brannan, wie Logan in seiner Verzweiflung die Hände vor das Gesicht schlug und schluchzte. Geräuschlos schlich Brannan näher. Mit einem blitzartigen Satz schnellte er vor und griff sich das Gewehr.

»Geben Sie her. Das gehört mir.« Fordernd streckte Logan eine Hand aus.

»Kommt nicht infrage. Ich werde nicht zulassen, dass du etwas Dummes anstellst.«

Logan wirkte für einen Moment, als hätte ihm jemand einen Schlag in die Magengrube versetzt. Seine Schultern sackten herunter, sein Brustkorb hob und senkte sich keuchend. »Aber … woher wissen Sie …?«

»Ich weiß es, das genügt.«

Logan nickte schweigend. Brannan machte einen Schritt auf ihn zu und legte ihm den Arm in den Nacken. »Komm schon, Junge, ich bringe dich nach Hause. Deine Mutter macht sich schreckliche Sorgen.«

»Ich gehe nicht nach Hause, nie wieder«, schluchzte Logan unter Tränen. Brannan spürte, wie Logans Verzweiflung wie ein loderndes Buschfeuer auf ihn übersprang. Die Flammen drohten ihn ebenso zu verzehren. Keuchend holte er Luft, während er sich nach Kräften bemühte, eine Grenze zwischen seinen eigenen und Logans Gefühlen zu ziehen. Der Schweiß stand ihm auf der Stirn, er schloss die Augen und konzentrierte sich. Dachte an die kühle, erfrischende Weite des offenen Ozeans. Dachte an einsame Felsriffe, in deren zerklüfteten Tunnels und Bögen sich die Wellen brachen, dachte an glitzernde, hoch aufspritzende Gischt und an die Freiheit und das Glück, das er empfand, wenn er weit draußen, auf den Klippen einer einsamen Insel, mit sich alleine war.

Schließlich hatte er sich so weit im Griff, dass er die Situation kontrollieren und eine Entscheidung für sie beide treffen konnte. »Komm schon, Junge. Ich bringe dich ins Pfarrhaus. Kaitlin wird sich um dich kümmern. Und morgen, wenn Niall zurück ist, finden wir eine Lösung, okay?«

»Sie lügen mich auch nicht an?« In Logans Blick rangen Verzweiflung und Hoffnung miteinander.

»Nein, das tue ich nicht«, erwiderte Brannan. Er nahm das Gewehr, packte Logan am Ellbogen und führte ihn über das sturmgepeitschte, einsame Moor. Auf halbem Weg zu der Fischerhütte am Ufer des Lochs warf Brannan einen besorgten Blick in den Himmel. Falls es überhaupt noch möglich war, hatte der Sturm auf den letzten Metern an Gewalt zugelegt. Gerade als er überlegte, ob sie eine Pause einlegen und sich in der Hütte unterstellen sollten, bis das Schlimmste vorbei wäre, hörte er Logan neben sich aufschreien.

»Alles klar mit dir?«, brüllte er Logan zu.

»Ich weiß nicht«, schrie Logan zurück. »Mein Knöchel …«

Brannan kniff die Augen zusammen und versuchte in Logans regennassem Gesicht zu lesen, wie schlimm es war, doch in dem seltsamen Licht konnte er nicht erkennen, ob es Tränen waren, die über die Wangen des Jungen liefen, oder nur Wasser. Dem stechenden Schmerz in seiner eigenen Brust nach zu urteilen, ahnte Brannan, dass es ziemlich übel sein musste. Er beschloss, auf Nummer sicher zu gehen.

»Los, komm«, er hob den Arm und deutete auf die Hütte. »Wir sehen uns den Fuß mal an.« Er packte Logan um die Taille und half ihm, auf einem Bein hinkend, die Hütte zu erreichen.

Brannan schlüpfte durch das, was einmal die Tür gewesen sein musste, hinein, Logan im Schlepptau. Prüfend rüttelte Brannan an zwei im rechten Winkel verlaufenden Ständerwänden. Als er sicher war, dass sie ausreichend stabil waren, packte er Logan und half ihm, sich in der windgeschützten Ecke auf den Boden zu setzen. Er kauerte sich vor ihn. »Zeig her.«

Logan biss die Zähne aufeinander und versuchte so gut es ging, das Bein auszustrecken. Der Knöchel war geschwollen. Brannan sah sich um. Aus der gegenüberliegenden Seite der Wand ragten zersplitterte Holzbalken heraus. Daraus ließe sich eine Krücke machen. Brannan erhob sich und trat an die Wand.

Das Ächzen erhob sich im selben Moment, als er mit der Hand an der Holzlatte zerrte. Intuitiv erfasste Brannan, was gleich passieren würde. Er riss den Kopf hoch und brüllte so laut, dass seine Lungen schmerzten: »Raus hier! Sofort!«

Dann stürzte er los, um den Jungen vom Boden hochzureißen. Er spürte, wie etwas seinen Körper traf. Sein Kopf schlug krachend zu Boden. Dann war es still.

Kayla kniete auf dem Küchenboden, den Kopf im Schrank unter der Spüle, und suchte nach dem alten Campingkocher ihres Vaters. Als sie ein Geräusch hörte, achtete sie zunächst nicht darauf, weil sie es für das Schlagen eines losen Fensterladens hielt, aber das Klopfen blieb beharrlich. Sie ließ sich auf ihren

Unterschenkeln nieder und streckte den Rücken. *Da war es wieder …* Es kam von der Verandatür.

Ihr war klar, dass es nur Brannan sein konnte, obwohl es ihr abwegig erschien, dass er anklopfte. Hm, vielleicht wollte er sie in der Dunkelheit nicht erschrecken? Unter Aufbietung ihrer ganzen Willenskraft zwang sie sich, nicht wie eine Irre auf die Tür zuzustürzen, um die Angst, die seit Anbruch des Sturms in ihr wütete, zu besänftigen. Er sollte nicht denken, dass sie sich wie eine Glucke aufführte. Also zwang sie sich, das Wohnzimmer in angemessenem Tempo zu durchqueren, den besorgten Blick auf die dunkle Gestalt draußen vor der Scheibe gerichtet. Sie holte Luft, legte die Hand auf die Klinke und öffnete.

»Da bist du ja …«, die Worte erstarben auf ihren Lippen.

Vor ihr stand, in dickes Ölzeug und Wollmütze gehüllt, Mr Mcadam und lächelte ihr schüchtern zu.

»Du meine Güte«, sie griff nach seiner Hand und zog ihn ins Trockene. »Was um alles in der Welt haben Sie bei dem Wetter da draußen verloren?«

Er hielt ihr eine dünne weiße Plastiktüte mit der Aufschrift des Co-Operative Supermarkts unter die Nase. »Hier. Fiona meinte, du könntest vielleicht ein paar Kerzen brauchen.«

Kayla schüttelte, gerührt über die Besorgnis des alten Ehepaares, den Kopf. »Aber Mr Mcadam, deshalb müssen Sie doch nicht riskieren, von den Füßen gefegt zu werden, und bei dem schrecklichen Sturm herüberkommen.« Sie beugte sich vor und küsste den alten Herrn auf die Wange. »Ich weiß gar nicht, was ich sagen soll …«

»Ach was, nicht der Rede wert«, winkte Mr Mcadam ab. Er griff in einer der Taschen an seinem Ölzeug und zog eine Thermoskanne hervor. »Hier. Fiona schickt dir heißen Tee mit einem *wee dram*, mit einem winzigen Schuss.«

Trotz allen Elends musste Kayla lächeln. Vermutlich bestand der *wee dram* aus einer halben Flasche von Fionas bestem Whisky.

»Wir haben im letzten Winter ein kleines Notstromaggregat angeschafft. Fiona hatte die ewigen Stromausfälle satt. Möchtest du vielleicht zu uns herüberkommen, bis die Elektrizität wieder funktioniert?«

»Nein danke, sehr freundlich von Ihnen, aber hier ist alles in Ordnung«, erwiderte Kayla und rang sich ein Lächeln ab, das als zuversichtlich hätte durchgehen können, wenn ihre Augen nicht das Gegenteil verraten hätten. Sie nahm den Deckel von der Thermoskanne und schraubte den Verschluss auf. Der schwere, torfige Geruch von heißem Whisky, durchzogen mit einem Hauch von English Breakfast Tea, stieg in ihre Nase. »Sagen Sie Fiona herzlichen Dank von mir.«

Sie schloss die Tür und beobachtete, wie Mr Mcadams gebeugten Hauptes über die Terrasse und durch den Garten zurück ins Nachbarhaus schlurfte. Als sie sicher sein konnte, dass er wohlbehalten drüben angekommen war, ließ sie sich auf einen der verschlissenen Sessel fallen, schenkte sich einen Becher von Fionas heißem Tee ein und nippte vorsichtig daran. Der Whisky wärmte ihre Kehle. Sie lehnte sich zurück und genoss den weichen, rauchigen Geschmack. Ihre Angst um Brannan jedoch wurde durch den Whisky nicht gemindert. Im Gegenteil. Sie wuchs mit jedem Schlag ihres Herzens.

»Mr Tait!« Logan rappelte sich trotz der stechenden Schmerzen auf. Als er mit dem verletzten Fuß den Boden berührte, wurde ihm so übel, dass er hätte kotzen können. Nichtsdestotrotz kämpfte er sich durch die herabgefallenen Wellblechteile bis zu der Stelle vor, wo er Brannan hatte stehen sehen, bevor die Hütte über ihm zusammengekracht war. »Mr Tait, hören Sie mich?«

Keine Antwort.

Blind vor Tränen zerrte er an den Blechteilen. Schließlich gelang es ihm, Brannans reglosen Körper unter all dem Schutt freizulegen. Logan kauerte sich neben ihn auf den Boden und legte die Finger an die Wunde auf Brannans Stirn, aus der ziemlich viel Blut floss.

»Mr Tait?«

Logan hob die Hand und klopfte leicht gegen Brannans Wange. Vorsichtig erst, dann fester. Keine Reaktion. Er rüttelte an Brannans Schulter. Nichts geschah.

Die zweite Tasse von Fionas Tee hüllte Kaylas strapazierte Nerven in eine wohlige Wärme. Es würde schon alles gutgehen mit Brannan, versuchte sie sich zu beruhigen. Sicher war er vernünftig genug, um zu warten, bis sich das Unwetter gelegt hatte. Sie erhob sich, verteilte die Kerzen, die Mr Mcadam ihr gebracht hatte, im Raum und beruhigte ihren knurrenden Magen mit einer Scheibe gebuttertem Brot. Dann ließ sie sich wieder auf dem Sofa im Wohnzimmer nieder und blätterte in den alten Zeitschriften ihrer Mutter. Gähnend rieb sie sich die Augen. Das flackernde Kerzenlicht wirkte ermüdend, der Whisky tat sein Übriges, also legte sie die Zeitschrift beiseite und schloss die Augen. Nur für einen Augenblick …

Kayla erwachte durch den eisigen Windstoß, der zur geöffneten Terrassentür hereinwehte. Mühsam versuchte sie, sich aus dem seltsamen Dämmerzustand zwischen Träumen und Wachen herauszukämpfen, und spürte Brannans regenfeuchte Hand an ihrer Wange. Sie blinzelte in das schummrige Licht der heruntergebrannten Kerze und sah ihn, nass bis auf die Haut und mit einem dicken Verband um die Stirn, vor sich stehen.

»Brannan, was um alles in der Welt …?«

Er beugte sich zu ihr hinunter und versiegelte ihre Lippen mit einem Kuss. Sein Körper zitterte vor Kälte.

»Du siehst aus, als wärst du in eine verdammt üble Schlägerei geraten«, sagte sie, als er sich von ihr löste. »Und du bist halb erfroren. Was um Christi Willen ist passiert?«

In kurzen Sätzen erklärte er ihr, was geschehen war. Als er berichtete, wie die Hütte über ihm zusammengekracht war und Logan ihn aus dem Schutt und den Wellblechteilen befreit hatte, wurde sie kreidebleich im Gesicht.

»Du meine Güte«, sie stieß die Luft aus. »Gut, dass Kaitlin eine Erste-Hilfe-Ausbildung besitzt und deine Kopfwunde versorgt hat. Bist du sicher, dass du keine Gehirnerschütterung hast?«

Er winkte ab. »Halb so wild. Durch den Verband sieht es schlimmer aus, als es ist. Ich war nur kurz ohnmächtig.«

»Nur kurz ohnmächtig? Ich möchte mir gar nicht ausmalen, was alles hätte passieren können.«

»So leicht stirbt es sich nicht.« Er verzog das Gesicht zu einem schiefen Grinsen. »Du solltest mal die Hütte sehen. *Die* hat es ordentlich erwischt.«

»Dein Humor ist erbärmlich«, schimpfte sie. »Jedenfalls war es eine gute Idee von dir, Logan zu Kaitlin zu bringen. Fürs Erste ist er bei ihr gut untergebracht.«

»*Aye,* sie fährt ihn morgen nach Stornoway ins Krankenhaus, damit er untersucht wird.«

»Wie geht es Màiri? Ihr habt ihr hoffentlich Bescheid gegeben?«

»Kaitlin hat sie angerufen und gesagt, dass sie sich heute Nacht um Logan kümmert. Dass er sich umbringen wollte, hat sie nicht erzählt.«

»Besser so«, nickte Kayla. Sie griff nach Fionas Thermoskanne. »Großer Gott, Brannan, wir müssen zusehen, dass du aus den nassen Klamotten kommst.«

Er nickte. Sie nahm ihn bei der Hand, führte ihn in ihr Zimmer und streifte ihm, vorsichtig darauf bedacht, den Verband nicht zu berühren, die tropfenden Kleider vom Leib. Dann zog sie sich aus, legte sich zu ihm ins Bett und breitete die Decke über sie beide aus. Engumschlungen lagen sie da, während Kayla versuchte, ihm schlückchenweise etwas von Fionas heißem Tee zur Stärkung einzuflößen. Brannans Zähne klapperten so heftig, dass sie aufpassen musste, nicht die Hälfte zu verschütten. Nachdem er den Becher mit ihrer Hilfe geleert hatte, ließ das Zittern nach. Kayla schlang die Beine um seine Hüften und legte den Kopf an seine Brust. Er fühlte sich schon nicht mehr ganz so kalt an.

»Nicht auszudenken, wenn dir etwas zugestoßen wäre …«

Er küsste sie sanft auf die Stirn.

»Ich mache mir solche Vorwürfe«, meinte sie, halb zu sich selbst, halb an ihn gerichtet.

»Weshalb?«, seine Finger, die ihre Wangen gestreichelt hatten, verharrten einen Moment.

Sie setzte sich auf und umschlang ihre Knie mit den Händen. »Es ist alles meine Schuld. Ich hätte mich nicht einmischen und mit Màiri sprechen dürfen.«

»Du hast getan, was du für richtig hieltest.«

»Dalziel meinte, es ginge uns nichts an. Wir sollten uns aus anderer Leute Angelegenheiten heraushalten.« Kaylas Schultern sackten herab. Ihr Körper fühlte sich müde und kraftlos an.

Brannan hob das Kinn. »Er hat recht«, hörte sie ihn zu ihrer Verwunderung sagen. »Es ist ein Fehler, sich in die Geschicke anderer Menschen einzumischen.«

Kayla stieß die Luft aus. »Dass ausgerechnet du so etwas sagst, hätte ich nicht erwartet. Warst nicht du derjenige, der gerade in den Lauf des Schicksals eingegriffen hat, indem du verhindert hast, dass Logan Selbstmord begeht?«

»Nein«, er schüttelte den Kopf, seine braunen Augen blickten ruhig und ernst. »Ich war derjenige, der die Fäden des Schicksals wieder entwirrt hat, indem ich die Folgen deines Gesprächs mit Logans Mutter versucht habe geradezubiegen.«

»Aber …«, sie öffnete den Mund und schloss ihn wieder, weil sie einsehen musste, dass er recht hatte. Wenn sie nicht zu Màiri gegangen wäre und sie von den Plänen ihres Sohnes in Kenntnis gesetzt hätte, wäre es gestern nicht zum Eklat zwischen Sohn und Vater gekommen. Dann wäre Pádraig nicht ausgerastet und Logan hätte nicht das Gewehr genommen, um sich im Moor das Leben zu nehmen. Plötzlich begriff sie, wovon Dalziel gesprochen hatte. Vor ihrem geistigen Auge sah sie die ganze lange Aufreihung von Dominosteinen, die unaufhaltsam ins Fallen geraten waren, nachdem der erste Stein den Anstoß gegeben hatte. In einer winzigen Gemeinde wie dieser war alles mit allem verknüpft … Sie war diejenige gewesen, die den auslösenden Impuls gesetzt hatte.

Sie erschauerte, als ihr plötzlich das Ausmaß der Folgen ihrer Affäre mit Brannan bewusst wurde. Wenn sie ehrlich war, musste sie zugeben, dass sie bisher jeglichen Gedanken an die Auswirkungen sofort im Keim erstickt hatte. Doch jetzt hatte sich etwas verändert. Es war an der Zeit, sich der Wahrheit zu stellen. Sie wusste bloß noch nicht, wie …

»Es gibt nichts, was du bereuen müsstest, *mo gràdh*«, hörte sie ihn sagen. Sie lächelte. Mittlerweile wunderte sie sich nicht mehr darüber, dass ihre Gefühle für ihn ein offenes Buch waren. »Du solltest nicht zulassen, dass sich dein Herz mit Selbstvorwürfen zerfleischt.« Er hob ihr Kinn an, so dass sie das Verlangen in seinen dunklen Augen lesen konnte. »Wir haben uns so nach diesen Stunden hier gesehnt.« Er ließ den Blick kurz durch das kleine Zimmer schweifen.

»*Aye*, das haben wir«, sie schlang die Arme um seinen Hals, froh darüber, dass er die düsteren Gedanken verscheuchte.

»Diese Nacht gehört uns, *mo gràdh*«, Begehren schwang in seiner rauchigen, melodiösen Stimme. »Zeit, die Schatten zu vertreiben …« Er zog sie in die Kissen nieder. Sie liebten sich, ohne Hast und voller Leidenschaft, als gälte es, jeden noch unerforschten Zentimeter des anderen Körpers zu entdecken. Als sie sich schließlich vereinten, kam es Kayla vor, als würde sich die Grenze zwischen ihm und ihr auflösen. Gemeinsam schufen sie ein neues Ganzes. Eine Verbindung, die weitaus größer und tiefer war als die Verschmelzung zweier Körper. Ein eigenes Universum, jenseits von Zeit und Raum, das nur ihnen beiden gehörte. Als er sich schließlich von ihr löste und sie befriedigt in seine Arme zog, kam es ihr vor, als spürte sie in ihrem Inneren einen elektrischen Impuls. Einen winzigen Funken, der eine geheimnisvolle Kettenreaktion in Gang setzte … Sie schmiegte sich enger an seinen warmen, herrlich lebendigen Körper, schloss die Augen und schlief zufrieden ein.

Es war die Stille, die Kayla erwachen ließ. Der Sturm hatte sich gelegt. Blinzelnd schlug sie die Augen auf und blickte in Brannans lädiertes Gesicht. Er hatte sich auf einen Ellbogen gestützt und grinste verschmitzt auf sie hernieder.

»Oh nein«, schimpfte sie, gespielt ernst. »Du hast mir nicht wirklich beim Schlafen zugesehen?«

»Doch, *mo gràdh*, du sahst entzückend aus. Ich hatte allergrößte Mühe, mich nicht auf dich zu stürzen. Aber da ich ein Gentleman bin, habe ich dich selbstverständlich schlafen lassen.«

»Schwindler«, sie versetzte ihm neckisch einen Stoß gegen die Brust. »Ich wette, du warst mindestens so müde wie ich und hast tief und fest geschlafen.«

»Ein wenig«, gab er zu und küsste ihre Lippen. »Komm, ich möchte dir etwas zeigen.« Er erhob sich und zog sie zum Fenster. Leise trat er hinter sie und nahm sie in seine Arme. »Schau …«, murmelte er dicht an ihrem Ohr.

Der Anblick, der sich ihr darbot, war atemberaubend und in seiner Schönheit mit nichts zu vergleichen. Hell glühend erhob sich die Sonne über dem Meer, umkränzt von einem Schimmer aus Gelbtönen, die an den Rändern in feuriges Orange übergingen. Der Himmel war mit aufgefächerten, im Licht der Sonne lila schimmernden Wolken bedeckt, die Wellen flossen wie schwerer Samt auf die Küste zu. Die Oberfläche des Meeres glich einer Symphonie aus Orange-, Lila- und Goldtönen. Ein schöpfungsgleicher Morgen lag vor ihnen, Gottes eigenes Werk, ein Sonnenaufgang von unbeschreiblicher Größe.

Kayla lehnte sich zurück und schmiegte den Kopf an Brannans nackte Brust. »Hörst du das?«, fragte sie lächelnd.

»Was?«

»Die Engel. Sie singen an Morgen wie diesen. Zumindest hat meine Mutter das immer behauptet. Ich finde, es ist ein schöner Gedanke.«

»Das ist es in der Tat«, er strich mit den Lippen sanft über ihr Haar. »Sei sicher, sie singen für uns, *mo gràdh*.«

Sie schmunzelte. Fast war sie geneigt, seinen Worten zu glauben. Doch bevor sie Gelegenheit hatte, näher darüber nachzudenken, fasste er sie um die Hüfte und zog sie zum Bett.

»Uns bleibt nicht viel Zeit. Lass sie uns nutzen. «

Bedeckt von dem warmen, schweren Gewicht seines nackten Körpers, schlang sie ihre Arme um ihn und gab sich seinen leidenschaftlichen Küssen hin.

Sie waren übereingekommen, dass er das Haus vor dem Morgengrauen verließ, solange die zwischen den Hügeln und Felsen verstreuten Häuser noch träumten. Kayla stand am Küchenfenster und sah ihm nach, wie seine immer kleiner werdende Gestalt zwischen den blau schimmernden Hügeln im Morgendunst verschwand. Es war früh, viel zu früh, um ihn gehen zu lassen. Voll schmerzlicher Sehnsucht dachte sie daran, wie warm und geborgen sie sich eben noch in seinen Armen gefühlt hatte. Das war, wovor sie sich am meisten gefürchtet hatte: Ihn gehen zu lassen, nachdem sie die Nacht engumschlungen in einem Bett verbracht hatten. Die Leere, die er hinterließ, brachte sie schier um den Verstand.

Es fiel ihr schwer, dennoch zwang sie sich, bis in den Vormittag zu warten, bevor sie sich in ihr Auto setzte und nach Tràigh Losgaintir zurückfuhr, um Dalziels Ankunft vorzubereiten. Sie wusste, dass jeder frühere Aufbruch Fionas Aufmerksamkeit erregt hätte, und sie mochte sich nicht ihren fragenden Blicken aussetzen. Also beschloss sie, sich mit den anstehenden Arbeiten abzulenken, und knöpfte sich als Nächstes den Schrank im Windfang vor, in dem ihr Vater Arbeitskleidung und Arbeitsgerät aufbewahrt hatte.

Gegen zehn Uhr trat sie auf die Terrasse und zog die Tür hinter sich zu. Dann schritt sie durch das Tor im Garten, um den Zaun des Nachbarhauses herum und auf die Veranda der Mcadams zu, um Fionas frischgespülte Thermoskanne zusammen mit einem kleinen Dankeszettel auf der Schwelle abzulegen. Leise schlich sie über den Kiesweg zurück zum Gartentor.

Da hörte sie Fionas Stimme hinter sich. »Kayla, warte. Ich habe etwas für dich.«

Sie rang sich ein Lächeln ab und drehte sich um, in der verzweifelten Hoffnung, Fiona würde die roten Stellen, die Brannans stoppeliges Kinn auf ihren Wangen hinterlassen hatte, und ihre roten, übermüdeten Augen nicht bemerken.

Die Hand auf das Holzgeländer der Treppe gestützt, arbeitete sich Fiona schwankend Stufe um Stufe nach unten. Kayla ging ihr rasch entgegen und küsste sie zur Begrüßung auf die Wange. »Guten Morgen, Mrs Mcadam. Wie gut, dass der schreckliche Sturm vorbei ist.«

»*Aye*, nicht wahr? Das habe ich zu meinem Mann heute Morgen auch gesagt. Ein Wunder, dass es uns nicht weggepustet hat. Glücklicherweise funktioniert die Elektrik wieder.« Sie griff in die Tasche ihrer Strickjacke und holte einen schmalen Zettel heraus. »Hier.«

Kayla starrte auf das linierte Blatt, das Fiona offensichtlich in aller Eile aus einem Spiralblock gerissen hatte. Die Ecken waren ausgefranst, in krakeliger Schreibschrift stand in der ersten Zeile *Fionas Crowdie and Cream* geschrieben.

»Das Rezept?«, fragte Kayla ungläubig.

»*Aye*«, Fiona trat von einem Bein auf das andere, was sie seltsam verlegen erscheinen ließ.

»Aber … wieso?«, brachte Kayla mühsam zustande, zu verblüfft, um angemessen auf Fionas großzügige und unerwartete Geste zu reagieren.

Fiona nahm ihre Hand und umschloss sie. »Ich finde, du solltest es haben. In all den Jahren warst du für mich wie eine Tochter. Es war dumm und engstirnig von mir, es zu hüten wie eine alte Krähe. Dabei ist es doch so wichtig, die Traditionen zu erhalten, nicht wahr?« Fiona schenkte ihr ein warmes Lächeln.

»Das stimmt«, entgegnete Kayla gerührt. »Was hat Sie bewogen, Ihre Meinung zu ändern?«

Fiona seufzte. In ihrem Blick lag etwas, das Kayla nicht gleich deuten konnte, aber es ließ Fiona um Jahre älter und irgendwie müder erscheinen. »Wer weiß, meine Liebe, ob wir uns in diesem Leben noch einmal sehen. In meinem Alter muss man jeden Tag damit rechnen, abgerufen zu werden.«

»Aber nein, Mrs Mcadam, so dürfen Sie nicht denken, geschweige denn reden«, entrüstete sich Kayla. Besorgt musterte sie die unverwüstlich wirkende, rundliche Fiona. Unvermittelt kam Kayla in den Sinn, was ihre Mutter über Fiona gesagt hatte, nämlich dass sie, wie viele in der Gegend hier, das zweite Gesicht besaß. Kayla legte nachdenklich den Kopf schräg. Konnte es sein, dass Fiona eine Vorahnung von ihrem baldigen Tod hatte?

»Man wird sehen, meine Liebe«, meinte Fiona leichthin. »Oft ist es ein Segen, dass wir die Pläne, die unser Schöpfer für uns hat, nicht kennen, nicht wahr?«

Kayla nickte stumm.

»Ich bin froh, dass ich dir das Rezept gegeben habe«, Fionas Gesicht erhellte sich. »Eines Tages wirst du einen Stall voll Kinder haben. Die werden ein anständiges Crowdie zu schätzen wissen.«

Kayla schüttelte den Kopf. »Ich bezweifle entschieden, dass es dazu kommen wird.«

Fiona legte den Kopf schräg und musterte sie eindringlich. »*Ceart gu leòr,* aber wer weiß das schon? Übrigens ...«, Fiona senkte den Blick und zupfte sich einen Fussel von ihrer makellosen Strickjacke. »Wer war denn der gutaussehende Mann, der heute in aller Herrgottsfrühe euer Haus verlassen hat?«

Kayla spürte, wie ihr gleichzeitig heiß und kalt wurde. Sie räusperte sich. »Das war der Mann von der Umzugsfirma«, log sie, erstaunt, dass es ihr gelang, so schnell eine plausible Ausrede zu finden.

»So früh am Morgen?«

»Er ist momentan sehr ausgebucht und wollte sich einen Überblick verschaffen, was alles abzuholen ist.«

»*Aye*«, meinte Fiona und nickte wissend. Sie bedachte Kayla mit einem Blick, der sie bis unter die Haarspitzen erröten ließ. »Veränderungen im Leben wollen gut geplant sein, nicht wahr?«

Kayla war zu verblüfft, um etwas darauf zu erwidern.

»*Tìoraidh an-dràsta, m'eudail*. Komm gut nach Hause«, mit einem leisen Nicken verabschiedete sie sich von Kayla und schlurfte zurück ins Haus.

18 Kapitel

Als Kayla nach Luskentyre zurückkehrte, fand sie das Haus leer vor. Sie legte den Autoschlüssel auf das Tischchen neben der Garderobe und lauschte in die Stille. Wenn Dalziel sich an die ursprüngliche Planung hielt, würde er nicht vor Nachmittag zurück sein. Wie gut … Sie beschloss, die Zeit zu nutzen und als Allererstes mit Kaitlin zu telefonieren, um sich von ihr en détail berichten zu lassen, was inzwischen geschehen war. Es gelang Kayla, überrascht zu tun, als sie von dem Drama um Logan hörte. Konzentriert lauschte sie Kaitlins Schilderungen und verglich sie in Gedanken mit Brannans Ausführungen. Dabei fiel ihr auf, dass Kaitlin einige Punkte, die Brannan betont hatte, wegließ und dafür an anderer Stelle Details hinzufügte, die eindeutig ihrer Fantasie entsprungen sein mussten.

Als Kayla eine halbe Stunde später auflegte, war sie erschöpft von der nervenaufreibenden Schauspielerei, zugleich aber erleichtert, Logan im Krankenhaus zu wissen, wo man alles Erdenkliche unternahm, um ihn so schnell wie möglich wieder auf die Beine zu bekommen.

Gegen Mittag meldete sich ihr Magen und sie wärmte sich den Eintopf von gestern, der sie zwar satt machte, aber sie zusätzlich zu ihrer Erschöpfung noch müde machte. Also entschied sie, sich ein heißes Bad zu gönnen. Sie ließ Wasser aus dem Hahn rauschen, kletterte in die Wanne, schloss die Augen und genoss das Gefühl des duftenden Schaums auf ihrer Haut. Erst als ihre Finger und Zehen schrumpelig wie die eines alten Fischweibs waren, stieg sie aus dem lauwarmen Wasser und kleidete sich an. Anschließend wickelte sie einen Schal um ihr dichtes Haar und unternahm einen langen, einsamen Spaziergang an den Strand.

Wie oft nach einem schweren Sturm war das Wetter außergewöhnlich schön. Das Licht war weich und fließend, der Himmel grenzenlos. In Folge des Unwetters war die See in wilder Aufruhr. Die türkisfarbenen Brecher donnerten gischtschäumend gegen den Strand. Die Flut hatte Treibholzstücke auf den goldenen Sandflächen verstreut, dazu Kelp, welcher in der Sonne vor sich hintrocknete und die Luft mit einem würzigen Aroma von Fisch und Algen erfüllte. Möwen scharten sich um die schwarz anmutenden Stengel und pickten zwischen den Strängen nach Muscheln und allem möglichen Kleingetier. Kreischend und wild mit den Flügeln schlagend, erhoben sie sich in die Lüfte, sobald Kayla näherkam. Sie verlangsamte ihre Schritte und richtete den Blick aufs offene Meer. Die Umrisse von Taransay erhoben sich blau und scharf umgrenzt gegen den Himmel. Ganz in der Nähe der Bucht spielten Delphine, wie Kayla mit Entzücken feststellte.

Sie legte den Kopf in den Nacken und schmeckte das Salz auf ihren Lippen. Mit jeder Faser ihres Körpers sehnte sie sich nach Brannan. Seit ihrer Trennung waren erst ein paar Stunden vergangen, dennoch fehlte er ihr so sehr, dass es schmerzte. Sie schloss die Augen und verharrte für einen Moment. Der Wind fuhr ihr durchs Haar, eine sanfte, leichte Berührung, die sie unwillkürlich an Brannans Liebkosungen erinnerte. Er war für sie wie die Sonne und das Meer, er war der Wind, der durch ihr Haar strich und das Salz, das auf ihren Wangen prickelte. Wie sollte sie ohne ihn leben?

Sie spürte, wie ihr die Tränen in die Augen traten. Mit bitterer Klarheit wurde ihr bewusst, in welch auswegloser Situation sie sich befand. Sie war gefangen in einer Zwischenwelt, schön und schrecklich zugleich. Nie war sie glücklicher gewesen als in den kostbaren Stunden mit Brannan, nie einsamer und verzweifelter als in der Zeit dazwischen. Durch ihn hatte sie erfahren, was es bedeutete zu leben. Was es hieß zu lieben, sich dem anderen hinzugeben und sich dabei gleichsam frei und unbeschwert zu fühlen, als hätte sie Flügel.

Ihr Blick fiel auf die Wellen, die wie Perlen an einer Schnur eine nach der anderen auf den Strand aufliefen und zu schäumender Gischt zerbarsten. Brannans Worte kamen ihr in den Sinn. *Die Wellen existieren nur für diesen einen Moment …* Sie schlug die Hände vor das Gesicht und versuchte, die Tränen zurückzudrängen. Verflixt, es war *ihr Leben*. Es lag vor ihr, wirr, verschlungen und verknotet, aber es wollte gelebt werden. *Jetzt …* Nicht irgendwann, wenn es dafür zu spät war. Wenn sie glücklich werden wollte, musste sie anfangen, die festgezogenen Enden zu lösen. Aber wie?

Sie dachte nach. Als Erstes musste sie sich Distanz zu Dalziel verschaffen, beschloss sie. Sie würde ihm erklären, dass sie an Schlafstörungen litt, und dann in Iains altes Zimmer umziehen, mit der Begründung, Dalziel nicht mit ihrer nächtlichen Unruhe stören zu wollen. Insgeheim hoffte sie dadurch natürlich, vor eventuellen Anwandlungen seinerseits geschützt zu sein. Sex mit Dalziel war undenkbar geworden. Seit dem letzten Mal, wo sie miteinander geschlafen hatten, ekelte es sie geradezu vor seinem Körper und dem andauernden Geruch nach Alkohol. Andererseits konnte sie ihn schlecht zurückweisen, wenn er neben ihr im Ehebett lag und zudringlich wurde.

Was für ein Chaos, in das sie sich da hineinmanövriert hatte! Dalziel körperlich auf Abstand zu halten war ja noch der vergleichsweise einfache Part. Doch alleine dadurch würde sie ihr Leben nicht in den Griff bekommen, dazu waren wesentlich gravierendere Schritte notwendig. Das Blut pulsierte in ihren Schläfen, sie legte die Hände seitlich an den Kopf, um sich zu beruhigen. Es kam ihr vor, als läge der Mount Everest zwischen ihr und der Zukunft, die sie sich wünschte, und als hielte sie nichts weiter als ein Plastikschäufelchen in der Hand, um den Berg zu versetzen. Wie sollte sie die anstehenden Veränderungen nur aus eigener Kraft bewältigen? Es war vollkommen unmöglich. Was sie benötigte, war der unverstellte Blick eines außenstehenden Dritten, beschied sie, mit dem sie reden und auf dessen Rat sie bauen konnte. Alleine einen Schlachtplan zu entwerfen, überforderte sie.

Der Wind frischte auf und spielte mir ihrer Kapuze. Sie fasste das Haar im Nacken zusammen und schlang es zu einem dichten Knoten. Genau besehen gab es nur einen, der für ein solches Gespräch in Frage kam, und das war Niall. Als Pfarrer wäre er zur Verschwiegenheit verpflichtet. Als Mensch würde er sie verstehen.

Es war gegen vier Uhr nachmittags, als sie Dalziels Wagen in der Einfahrt hörte. Sie empfing ihn in der Küche mit einem flüchtigen Kuss auf die Wange und einem Teller voll Schinkensandwiches. Während er aß, erzählte sie ihm von der Sache mit Logan. Dabei versuchte sie sich an den von Kaitlin vorgegebenen Wortlaut zu halten, was ihr – gefühlt – auch weitgehend gelang.

Dalziel seinerseits beantwortete ihre Erkundigungen, wie es in Talisker gewesen sei, recht einsilbig. Ihre Ankündigung, vorübergehend aus dem gemeinsamen Schlafzimmer auszuziehen, quittierte er mit einem kaum merklichen Schulterzucken. Danach machte er sich auf den Weg zu den Schafsweiden. Wie

Kayla vermutete, mehr, um von seinen Alkoholexzessen in den letzten vierundzwanzig Stunden abzulenken, als dass es Arbeit gäbe, die dringend zu erledigen war. Gegen zehn Uhr abends hörte Kayla, wie er im Windfang seine Gummistiefel auszog, aber da lag sie bereits auf Iains altem Bett, die Decke hoch bis zum Kinn gezogen, und gab vor zu schlafen.

Am nächsten Morgen setzte sich Kayla ins Auto und fuhr hinunter nach Leverburgh, in der Hoffnung, Niall in einer ruhigen Minute zu erwischen. Als sie an die Tür des Pfarrhauses klopfte, war es Kaitlin, die öffnete und sie mit einem Küsschen begrüßte.

»*Madainn mhath, ciamar a tha thu?*«, erkundigte sich Kayla zur Begrüßung und küsste Kaitlin auf die Wange. »Hast du etwas von Logan gehört? Wie geht es ihm?«

»Ganz gut, wie es scheint«, lächelte Kaitlin.

»Ist Niall da?« Erst als die Worte heraus waren, bemerkte Kayla, wie ungeduldig sie klingen musste.

»Tut mir leid«, Kaitlin verschlang die rundlichen Finger ineinander und blickte bedauernd. »Er ist nach Tarbert gefahren, um Farbe zu kaufen. Angeblich, weil eine der Bänke gestrichen werden muss. Wenn du mich fragst«, sie verdrehte vielsagend die Augen, »nichts als eine Ausrede, um seinen Kater auszulüften. Meine Güte, ich wusste ja, dass unsere Männer keine Waisenknaben sind, aber dass sie so über die Stränge schlagen würden, hätte ich nicht vermutet.«

Kayla nickte zustimmend. »Dalziel hat sich gestern auch gleich nach draußen verdrückt. Keine Ahnung, was er da gemacht hat, auf jeden Fall nicht die Zäune repariert.«

»Übrigens schade, dass du gestern nicht dabei warst. Du hast uns bei unserem Videoabend gefehlt. Stell dir vor, wir hatten Pizza, Birnencider und Hugh Grant.«

»Du meine Güte«, gab Kayla unbekümmert zurück, »wie es scheint, habe ich wirklich etwas verpasst.«

»Komm doch auf einen Tee rein. Dann plaudern wir ein wenig, bis Niall kommt«, schlug Kaitlin vor.

Sie zögerte. Bei Kaitlin zu sitzen und auf Niall zu warten, barg die Gefahr, dass Kaitlin sie über die letzten vierundzwanzig Stunden ausfragen und Kayla sich unabsichtlich verplappern könnte. Das durfte sie nicht riskieren. Besser wäre es, die Zeit sinnvoll zu nutzen, indem sie ihr Gewissen erleichterte und Logan im Krankenhaus besuchte. Lächelnd nickte sie Kaitlin zu. »Nein, ich bin etwas in Eile und schaue später noch einmal vorbei.«

»Wie du meinst. Worum geht es überhaupt? Kann ich dir vielleicht helfen?«

»Leider nein, es hat mit der Band zu tun«, behauptete Kayla rasch. Was ja irgendwie auch stimmte …

»*Ceart gu lèor,* alles klar.«

»Weißt du, ob Logan Besuch empfangen darf?«, fragte Kayla zögernd.

»Ich glaube schon. Bis auf ein paar Prellungen und einen verstauchten Knöchel ist er nicht ernsthaft verletzt, aber das hatte ich dir ja bereits bei unserem Telefonat erzählt. Sein mentaler Zustand bereitet den Ärzten mehr Sorge.«

»Er und Brannan können von Glück reden, dass alles glimpflich verlaufen ist«, meinte Kayla düster. »Obwohl Brannans Kopf ziemlich übel aussah.«

»Woher weißt du das?« Kaitlin runzelte argwöhnisch die Stirn.

»Das hast du mir doch am Telefon erzählt«, behauptete Kayla und spürte, wie ihre Wangen prickelten.

»Mhmm.«

»Ich muss los«, Kayla senkte den Kopf und kramte in ihrer Handtasche nach dem Autoschlüssel. »Bis später dann.«

»Schön, ich sage Niall, dass du hier warst.«

»*Tìoraidh an-dràsta*«, verabschiedete sich Kayla und spazierte den Kiesweg hinunter auf das Tor zu. Am Auto angekommen, zog sie den Autoschlüssel aus der Tasche ihrer Jeans. Ohne sich umzublicken, stieg sie in den Wagen und startete den Motor. Die ganze Zeit über spürte sie Kaitlins bohrenden Blick im Nacken.

Das Western Isles Hospital, nördlich des Stadtkerns, war der Stolz der Insel. Nachdem das alte Country and Lewis Hospital in die Jahre gekommen war, hatte sich der vor zwanzig Jahren fertiggestellte Neubau geradezu als Segen für die hiesige, etwa sechsundzwanzigtausend Menschen umfassende Bevölkerung erwiesen. Um das Überleben auf einer abgelegenen Insel, weit draußen vor dem Festland, zu sichern, bedurfte es eines Krankenhauses, das sich auf der Höhe der aktuellen Medizintechnik und der modernen Geburtshilfe befand. Das war Grundvoraussetzung. Darüber hinaus verfügte man hier segensreicherweise noch über eine geriatrische Abteilung, die weit über die Grenzen von Lewis hinaus Beachtung fand.

Von Stolz auf den modernen Neubau zeugte auch der überdimensionale Farbdruck, welcher einen gut gelaunten, dunkelhaarigen, um einiges jünger aussehenden Prinz Charles, Schirmherr der Insel, mit hinter dem Rücken gefalteten Händen vor einer Schar adretter, in weiße Tracht und Häubchen gekleideter Schwestern stehend zeigte, die für das Foto eifrig lächelnd ihre makellosen Zähne entblößten.

Kayla, die nicht zum ersten Mal die Eingangshalle des Western Isles Hospital durchschritt, schenkte dem Bild keine Beachtung. Einen Stapel Zeitschriften unter dem Arm, die sie am Kiosk im vorderen Bereich des Gebäudes erstanden hatte und von denen sie dachte, dass sie Logan interessieren könnten, hastete sie den Gang hinunter. An der Zimmernummer angekommen, die ihr die Schwester an der Information genannt hatte, klopfte sie und trat ein.

Logan war, zusammen mit zwei anderen Männern, in einem der freundlich eingerichteten, aber nicht übermäßig luxuriösen Zimmer untergebracht. Er lag mit dem Gesicht zu den geschlossenen blauen Vorhängen gedreht auf der Seite und schien zu schlafen. Unter dem lose im Rücken gebundenen Krankenhemd spitzte ein Stück braungebrannter Haut hervor. Kayla trat näher. Als sich ihre Augen an das dämmrige Licht gewöhnt hatten, musste sie feststellten, dass Logan sehr wohl wach war und mit geöffneten Augen ins Leere starrte.

»*Halò, mo balachan, ciamar a tha thu?*«, sie legte ihm die Hand auf die Schulter. »Wie geht es dir?«

Er regte sich nicht.

»Du hast uns allen einen ordentlichen Schrecken eingejagt«, schob sie hinterher. An seinem verächtlichen Schnauben merkte sie, dass Logan alles andere als glücklich über ihren Besuch war.

»Ich hab dir die neueste Ausgabe von *Scottish Motorsports* mitgebracht«, beeilte sie sich zu sagen.

Er machte keinerlei Anstalten, ein Gespräch mit ihr zu beginnen.

Kurzentschlossen zog Kayla sich einen Stuhl heran und setzte sich. Herrje, er machte es ihr nicht gerade leicht. Sie schlug die Beine übereinander und verschränkte die Hände. »Ich soll dich von Iain grüßen. Er meint, du solltest zusehen, dass du wieder auf die Beine kommst und nicht … warte, wie hat er es ausgedrückt?«, sie neigte den Kopf und überlegte. »Ah ja … so einen gottverfluchten, abgefahrenen, beschissenen Bockmist fabrizieren.«

Keine Reaktion.

»Logan«, nervös wippte sie mit den Fußspitzen. »Ich verstehe sehr wohl, dass du sauer auf mich bist.«

Schweigen.

»Es war falsch von mir, ohne dein Einverständnis mit Màiri zu sprechen. Ebenso bedaure ich, dass ich zu sehr mit mir selbst beschäftigt war, um zu bemerken, wie dringend du Hilfe brauchtest.« Sie holte tief Luft. »Ich verspreche dir, dass wir eine Lösung finden, *aye*? Wichtig ist erst einmal, dass du wieder auf die Beine kommst.«

Da sie sein Schweigen als unerträglich empfand, plauderte sie unaufgefordert weiter. »… es gibt immer eine Lösung für alles«, beendete sie schließlich ihren Monolog, als ihr die Allgemeinplätze ausgingen.

Stille.

Draußen auf dem Flur ratterten die Räder eines Containers vorbei, untermalt vom Quietschen eines Paars Gummisohlen auf dem Linoleum. Kayla starrte auf das blaue Bändchen an Logans linkem Handgelenk, auf das sein Name aufgedruckt war.

»Wenn es falsch war, warum haben Sie es dann getan?«, hörte sie Logan unvermittelt in die Stille hinein sagen.

Sie richtete sich auf. »Du meinst das Gespräch mit deiner Mutter?«

Er bewegte den Kopf, gerade so weit, dass er ihr ins Gesicht sehen konnte. »*An Diabhal orm-sa*«, fluchte er. »Warum mischen Sie sich in Dinge ein, die Sie einen verfluchten Scheißdreck angehen?«

»Ich …«, hektisch strich sie sich das Haar hinter das Ohr. »Wie ich bereits sagte, Logan, es war ein Fehler, für den ich mich entschuldigen möchte.«

»Und? Was ändert das?« Logan drehte den Kopf weg.

Sie biss sich auf die Lippen.

»Ich hab Sie gesehen, Mrs Gillan, wissen Sie?«, sagte Logan, ohne sie anzublicken, aber in seiner Stimme schwang ein bedrohlicher Unterton, bei dem Kayla unwillkürlich erschauerte.

Sie bemühte sich um einen neutralen Gesichtsausdruck. »Wie darf ich das verstehen?«

»Genau so, wie es gemeint war. Ich rede von Ihnen und Mr Tait.«

Kayla spürte, wie sich jedes einzelne Härchen auf ihren Unterarmen aufrichtete. Sie rang sich ein unverfängliches Lächeln ab. »Das mag sein. Wir tauschen uns gelegentlich über den Auftritt aus.«

»Es war an der Coffin Road«, sagte Logan finster und schüttelte den Kopf. »Nachdem Sie sich am Sonntag nach der Messe geweigert hatten, mir zu helfen, bin ich Ihnen mit dem Mofa gefolgt.«

Grundgütiger … Ihre Gedanken überschlugen sich. Blitzartig entschied sie sich, alles auf eine Karte zu setzen. Betont gelassen hob sie das Kinn. »Moment mal, Logan. Erklärst du mir gerade, dass du mich stalkst?«

Logan ignorierte ihren Zwischeneinwurf, als wäre sie Luft für ihn. »Mr Tait hat in den Hügeln auf Sie gewartet. Ich bin Ihnen hinterhergegangen …«

Die Nervosität, die Kayla in den letzten Minuten befallen hatte, verstärkte sich. Sie setzte beide Füße parallel nebeneinander auf den Boden und versuchte, ruhig zu atmen, während sie Logan sagen hörte: »Sie sind zusammen mit Mr Tait in das verlassene Haus unten in der Bucht gegangen. Ich habe gesehen, wie er Sie hinter der Verandatür geküsst hat.«

Ihr Blut gefror zu Eis. Unter Aufbietung all ihrer Kräfte zwang sie sich, Haltung zu bewahren. »Was hast du vor? Willst du mir drohen?«

Das Schweigen bekam etwas Trotziges.

»Logan«, Kayla musste sich beherrschen, nicht laut zu werden. »Was soll das? Rede gefälligst mit mir!«

»Die Besuchszeit ist vorbei«, kam es just in diesem Moment von der Tür.

Kayla, die gar nicht bemerkt hatte, wie die Oberschwester eingetreten war, wandte jäh den Kopf. Unwillkürlich fragte sie sich, wie viel die Schwester von ihrem Gespräch mitbekommen hatte.

»Na schön«, Kayla erhob sich. »*Tìoraidh an-dràsta,* Logan. Ich schlage vor, wir reden in Ruhe, wenn du wieder zu Hause bist.«

Sie erhaschte einen letzten Blick auf Logans Gesicht und meinte, ein Lächeln um seine Mundwinkel spielen zu sehen. Aber letztendlich war sie sich nicht sicher.

Bei ihrem zweiten Versuch, mit Niall zu sprechen, hatte Kayla mehr Glück. Als sie das hohe, schmucklose Kirchengebäude betrat, war er gerade damit beschäftigt, die Rückseite einer Bank mit Pinsel und Holzlasur zu bearbeiten. Er wischte sich mit der Hand den Schweiß von der Stirn und legte den Pinsel auf dem Karton neben dem Farbeimer ab. »*Feasgar math,* meine Liebe. Kaitlin erwähnte schon, dass du kommen würdest.«

»Ich war gerade im Krankenhaus.«

»Oh, wie geht es Logan?«

»Nun, körperlich ist er recht fit, aber seelisch wirkt er sehr mitgenommen. Zum Glück gibt es im Krankenhaus auch Psychologen.«

»*Aye,* das ist gut.« Niall zeigte auf eine der Kirchenbänke und bedeutete ihr, sich zu setzen. »Wollen wir?«

Sie nickte.

Schweigend nahm er neben ihr Platz, lehnte den Oberkörper nach vorne und stützte den Ellbogen auf das Knie. Er warf ihr einen prüfenden Blick zu, der Kayla das unangenehme Gefühl gab, als könnte Niall bis auf den Grund ihrer Seele blicken.

»Also schön. Was hast du auf dem Herzen?«, fragte er schließlich.

Kayla holte Luft. »Am besten spare ich mir die Vorreden. Ich komme heute zu dir, weil ich deinen Rat und deine Verschwiegenheit zu schätzen weiß. Es geht um meine Ehe. Es gibt Probleme, gewissermaßen …«

»Welcher Art?«

»Ich bin Dalziel untreu geworden …«

Sie hörte ihn nach Luft schnappen. »Was sagst du da?«

»Du hast schon richtig gehört«, erwiderte sie und straffte den Rücken. »Ich habe eine Affäre.«

Niall blickte so erschüttert drein, als hätte sie ihm gerade verkündet, der Erzengel Michael habe seinen Job aufgegeben und würde jetzt in der Hölle arbeiten. Sein rechtes Augenlid zuckte. »*O gu sealladh orm* … Also schön. Wer ist es?«

»Es ist Brannan.«

»Ach du heiliges Blech«, entfuhr es Niall. Es war das erste Mal, dass sie ihn fluchen hörte, noch dazu in der Kirche. Er sprang auf und marschierte hektisch im Mittelgang auf und ab. Die ganze Zeit über raufte er sich die haarlose Stirn. »Ausgerechnet …«

»Du bist geschockt, das verstehe ich«, sie biss sich auf die Unterlippe. »Aber was meinst du mit *ausgerechnet …*?«

Er blieb stehen, stützte die Hände auf die Bank vor ihr, in seinen sonst so sanften grünen Augen spiegelten sich Wut und Hilflosigkeit. „Weißt du, in welche Lage du mich damit bringst?«

»Du hast recht, ich sollte dich nicht in eine derartige Zwickmühle bringen«, verlegen senkte sie den Blick. »Aber ich weiß mir einfach keinen anderen Rat.«

Er schwieg einen Moment, sichtlich um Beherrschung bemüht. »Es ist keine vierundzwanzig Stunden her, dass ich Dalziel versichert habe, er könne mir den rechten Arm abhacken, was deine Treue und was Brannan angeht. Nach dem, was du gerade sagst, hätte er guten Grund, mir den Kopf abzuschlagen!«

»Aber – ich verstehe nicht …«

»Donald«, knurrte Niall. »Seine lächerliche Idee, dass Brannan ein Selkie ist, und die Tatsache, dass ihr gemeinsam singt, hat ihn zu der Vermutung veranlasst, dass du Brannan angelockt und dich von ihm nach allen Regeln der Kunst hast verführen lassen.«

»Das ist doch Blödsinn«, begehrte Kayla auf. »Wir alle wissen, was wir von Donalds Geschichten zu halten haben. Brannan ist kein Selkie.«

»Das wohl kaum«, Niall blickte grimmig. »Aber mit dem Rest der Geschichte hat Donald, wie es aussieht, wohl einen Treffer gelandet.«

Kayla betrachtete schweigend ihre verschränkten Finger, während Niall die nächsten sieben Meilen seines Marathons um die Kirchenbänke herum zurücklegte. Schnaufend hielt er an und wischte mit den Handflächen über seine Glatze.

»Also schön. Seit wann geht das schon so?«

»Seit ein paar Wochen.«

Niall gab ein unwilliges Geräusch von sich. »Herr im Himmel, Kayla, so lange lebst du schon mit einer Lüge?«

Sie schwieg, weil ihr kein Grund einfiel, der ihr Schweigen in den letzten Wochen hätte rechtfertigen können. Außer dass sie Brannan von ganzem Herzen liebte.

Niall indes hob die Hände zum Himmel. Sie hörte ihn ein kurzes Gebet auf Gälisch murmeln, das mit den Worten »Herr, steh ihr bei« endete. Dann griff er sich mit der Hand an den Hals, nahm den Pfarrerskragen ab und hielt in ihr demonstrativ unter die Nase. »Genug damit. Lassen wir den Pfarrer beiseite und unterhalten uns von Mensch zu Mensch. Das erscheint mir sinnvoller. Als Pfarrer kann ich selbstredend nicht gutheißen, was du getan hast. Als Dalziels Schwager und Freund der Familie jedoch kann ich dich zumindest ansatzweise verstehen.«

»Wirklich?«, sie hob eine Augenbraue.

»*Aye.*« Er nickte ernst. »Die wenigsten Ehen werden im Himmel geschlossen und deine Ehe, Kayla, gehört ganz sicher nicht dazu. Du und Dalziel, ihr beide seid nicht gerade das, was man als füreinander geschaffen bezeichnet.«

Sie stöhnte. »Das ist mir leider auch viel zu spät bewusst geworden.«

»Auch das kommt häufiger vor, als du denkst.«

Sie runzelte die Stirn und deutete auf den Pfarrerskragen, der seine Bedeutung als Insignie verloren hatte und aussah wie ein frisch gestärkter Serviettenring, den der Partyservice vergessen hatte mitzunehmen. »Wenn du als Mensch mit mir redest, was wird dann aus deinem Schweigegelübde?«

Er folgte ihrem Blick und lächelte. »Das wird davon nicht berührt.«

»*Aye,* das hatte ich gehofft. Also schön«, sie legte den Kopf in den Nacken und begann zu erzählen. Zögernd erst, dann immer freier und impulsiver berichtete sie davon, was sich zwischen Brannan und ihr zugetragen hatte. Und von der Liebe und der tiefen Seelenverwandtschaft, die sie miteinander verband. Als sie geendet hatte, blickte er sie nachdenklich aus seinen grünen Augen an, aus denen wieder die ihr vertraue Sanftmut sprach.

»Wie soll es weitergehen mit Brannan und dir? Plant ihr eine gemeinsame Zukunft?«

»Nein«, sie schüttelte den Kopf und kämpfte die aufkommenden Tränen nieder. »Uns ist beiden bewusst, dass es nicht von Dauer sein kann. Wenn die Saison vorbei ist, wird Brannan weiterziehen, wie er es von Anfang an geplant hatte.«

»Du könntest ihn bitten zu bleiben«, schlug Niall vor.

Ihr schwindelte, sie hob die Hände und massierte die schmerzenden Stellen an ihren Schläfen. Natürlich hatte sie die Möglichkeit ebenfalls in Erwägung gezogen, doch die Konsequenzen, die es mit sich brächte, sprachen dagegen. Sie wandte das Gesicht Niall zu und blickte ihm so gefasst wie möglich in die Augen. »Nein, damit würde ich Brannan nur unglücklich machen. Er ist nicht dafür bestimmt, an einem festen Ort zu leben. Ihn an mich zu binden, würde bedeuten, ihn dessen zu berauben, was ihn in seinem Kern ausmacht.«

Niall schien nicht überzeugt und wog den Kopf hin und her. »Das kannst nur du beurteilen. Aber was bedeutet das in Konsequenz für dich?«

»Wenn ich das wüsste …«

Niall wirkte nachdenklich. Er kratzte sich das Kinn. »*Ceart gu leòr*, fangen wir einmal damit an, was du dir von mir erwartest. Vielleicht ist das einfacher.«

»*Aye*«, nickte sie schicksalsergeben. Ihr war alles recht, was Aussicht auf Besserung brachte.

»Grundsätzlich gibt es zwei Möglichkeiten. Wenn du jemanden suchst, um dir alles von der Seele zu reden, höre ich dir gerne einfach nur zu und das war's. Falls du aber darüber hinaus nach Lösungen suchst, bin ich bereit, mit dir daran zu arbeiten.«

Abwägend schüttelte sie den Kopf. »Eher Letzteres. Wenn es eine denkbare Zukunft für mich und Brannan gäbe, wüsste ich klar, was ich zu tun hätte. Ich würde mich von Dalziel trennen und mit Brannan einen Neubeginn wagen. Aber so?«

»Du bist dir nicht sicher, ob du die Brücken hinter dir in Brand setzen und dich von Dalziel trennen sollst, wenn deine ganze Perspektive darin besteht, alleine und, wie es aussieht, mittellos auf der anderen Seite des Flusses einen Neubeginn zu wagen«, brachte es Niall für sie auf den Punkt.

»*Aye*«, meinte sie nachdenklich. »Das trifft es.«

Niall schwieg. Nach einer Weile griff er nach ihrer Hand und tätschelte sie sanft. »Wenn du meine Meinung hören willst, ist deine Entscheidung längst gefallen.«

»Woher willst du das wissen?«

»Ganz einfach. Ich sehe doch, wie sehr du dich in den letzten Wochen verändert hast. Ursprünglich dachte ich, es läge an der Musik, dass du aus dir herausgehst und auf einmal so glücklich und selbstsicher wirkst. Inzwischen weiß ich, dass Brannan der Grund ist. *Er* hat dich verändert.«

»Mag sein.«

»Sei ehrlich, Kayla. Wenn die Liebe zwischen Brannan und dir wirklich so tief ist, wie du sagst, wie kannst du dir da noch vorstellen, bei Dalziel zu bleiben?«

Sie senkte schweigend den Kopf.

»Es liegt auf der Hand«, sie spürte Nialls Blick auf sich ruhen. »Selbst wenn Brannan geht und ihr euch nie wiederseht, kannst du nicht zu deinem alten Ich zurückkehren.«

»Aus deinem Mund gesprochen klingt das sehr klar.« Sie holte tief Luft. »Oh Niall, was soll ich nur tun?«

»Nun, zunächst wirst du in aller Ruhe sämtliche verfügbaren Optionen abwägen müssen. Die offensichtlichen, aber auch die weniger offensichtlichen. Das benötigt Zeit.«

Sie hob erstaunt das Gesicht. »Du meinst, ich soll Dalziel vorerst nichts sagen?«

»Genau das. Wir beide kennen Dalziel. Es wäre die Hölle für euch beide, solange du keine Perspektive hast, wie es weitergehen soll. Ich bin fest überzeugt, es ist das Beste, wenn ihr die Trennung so kurz und schmerzlos wie möglich gestaltet.«

Kayla nickte, obwohl ihr insgeheim schon bei der bloßen Vorstellung davor graute.

»Weiß Ally davon?«

»Nein.«

»Dann rate ich dir, schnellstmöglich mit ihr zu reden. Du wirst ihre Hilfe dringend benötigen.«

»Wäre gut möglich …«, sagte sie wenig überzeugt und kaute auf ihrer Unterlippe. Niall hatte leicht reden. Er hatte ja keine Ahnung, dass Ally insgeheim noch immer die Hoffnung hegte, mit ihrem Charme bei Brannan landen zu können.

»Tu das. Wenn du dir der Unterstützung deiner Schwester sicher bist, komm zu mir und wir überlegen konkrete Schritte.«

»Schön, ich rede mit Ally, aber solange ich nicht weiß, wie es für mich weitergehen soll, bleibt alles wie besprochen unter uns, *aye*?«

»Das ist doch klar.«

»Ach übrigens, mach dir keine Sorgen wegen der Proben. Ich werde mich selbstverständlich fernhalten.«

»Das wirst du auf gar keinen Fall!«, begehrte Niall entsetzt auf, seine Augen wurden rund. »Wenn Kaitlin und die anderen bis jetzt noch keinen Verdacht geschöpft haben, dann spätestens, wenn du den Proben fernbleibst. Wie ich meine Frau kenne, würde sie sofort wittern, dass etwas im Busch ist. So eng, wie ihr miteinander befreundet seid, bleibt das nicht aus.«

Kayla wollte zuerst dagegensprechen, sah dann aber ein, dass Niall recht hatte, und seufzte. »Es tut mir leid, dass alles so kommen musste. Der arme Dalziel. Die Trennung wird ihm furchtbar zu schaffen machen. Besonders jetzt, da Iain weg ist. Wie soll er sich bloß alleine zurechtfinden?«

»Er wird klarkommen, Kayla, und zwar besser, als du denkst. Das garantiere ich dir. Es wird nicht leicht für ihn, aber letztendlich werden sowohl seine Sturheit als auch sein verdammter Stolz dafür sorgen, dass er die Ärmel hochkrempelt und weitermacht. So, wie er es immer getan hat. Und abgesehen davon ist er nicht völlig auf sich gestellt. Ich bin ja auch noch da.«

»Er hatte es schwer nach Caitrionas Tod«, Kayla seufzte. »Er hat es so sehr verdient, glücklich zu werden.«

»Vielleicht wird er das ja, nach eurer Trennung. Gib ihn frei, Kayla. Das ist besser, als wenn ihr einander das Leben vergällt. Und wer weiß, vielleicht läuft Dalziel irgendwann die Richtige über den Weg.«

»Es ist ihm zu wünschen …«

Er musterte sie nachdenklich. »Dann ist unser Gespräch fürs Erste beendet?«

»*Aye*, ich danke dir.« Sie erhob sich und küsste ihm zum Abschied auf die Wange.

»Warte, geh besser nicht zur Haupttür hinaus«, meinte er und reckte den Hals, um sich zu vergewissern, dass niemand vor dem Fenster stand. »Kaitlin liegt da draußen im Garten auf der Lauer. Sie ist ganz heiß darauf zu erfahren, worüber wir gesprochen haben. Es ist sicherer, du gehst durch das Nebengebäude und um die Steinmauer herum.«

»Meinst du das im Ernst? Ich soll mich hinausschleichen, als hätte ich die Bibel gestohlen?«

»Etwas Besseres fällt mir im Moment nicht ein.«

»Was soll der Unsinn, Niall? Was haben die Pinsel in meiner Spüle zu suchen? Kannst du mir bitte schön erklären, wie ich den Dreck wegkriegen soll? Außerdem verursacht mir der Farbgeruch Kopfschmerzen.« Kaitlin stand vor Niall, die Hände in die Hüften gestemmt, und rollte die Augen.

»Tut mir leid, *à duinne,* aber wir leben nun mal in einem Pfarrhaus. Wenn du mir sagst, wo ich die Pinsel auswaschen soll, tu ich das gerne. Nur haben wir, soweit ich weiß, keine Waschküche.«

»Bring das Zeugs meinetwegen ins Bad, aber schau, dass du das Fenster aufmachst, damit der grässliche Geruch abzieht.«

Schulterzuckend entfernte Niall sich samt Pinsel und Eimer und kam zehn Minuten später mit nach Seife duftenden Händen zurück. Er legte seine Hände um ihr Gesicht und küsste sie auf den Mund. »Jetzt besser?«

»Ein wenig. Tee?«

»Gerne. Für wen sind denn die Scones?« Er warf einen genüsslichen Blick auf den Servierteller.

»Für dich«, sie schob ihm den Teller hin, dazu ein Schälchen Marmelade und Butter. »Eigentlich waren sie für Kayla gedacht, aber die war ja plötzlich verschwunden.« Sie hob eine Augenbraue und warf ihm einen prüfenden Blick zu. »Wieso hat sie sich wie eine Kirchenmaus, hinter der die Katze her ist, aus dem Nebengebäude geschlichen?«

»Hat sie das?«, er brach ein Stück von dem Gebäck ab und bestrich es mit Marmelade.

»Männer«, sie verdrehte vielsagend die Augen. »Die wichtigen Dinge im Leben gehen völlig an euch vorbei. Was wollte Kayla von dir?«

»Das kann ich dir nicht sagen«, er zuckte die Schultern. »Als Pfarrer obliege ich der Verschwiegenheit.«

»Was?«, sie tat entrüstet und machte Augen groß wie Untertassen. »So schlimm?«

»Wie gesagt, ich kann dazu nichts sagen.«

»Dann ist es also wirklich schlimm«, resigniert ließ sie sich auf einen Stuhl fallen. »Wenn ich es nicht besser wüsste, könnte man glatt meinen, sie würde Dalziel hintergehen. Schon merkwürdig, wie Kayla sich in letzter Zeit benimmt …«

Niall verschluckte sich so übel an seinem Scone, dass er husten musste und ihm die Tränen in die Augen traten.

»Oh Gott«, Kaitlin stieß einen langgezogenen Pfiff aus, unterließ es aber aufzustehen und ihm auf den Rücken zu klopfen. »Es stimmt also tatsächlich!«

»Du weißt von nichts«, Niall, der inzwischen den Scone unter kräftigem Husten aus seiner Luftröhre befreit hatte, klang warnend, aber an seinem Blick erkannte Kaitlin, dass er von dem, was Kayla ihm anvertraut hatte, nicht weniger geplättet war als sie selbst.

Kapitel 19

Kann mir mal bitte schön jemand erklären, was mit euch los ist?« Ally hob den Blick von der Speisekarte des Butty Bus und blickte in die Runde.

Tormod, der mit der Kaffeetasse in der Hand darauf wartete, dass Ally ihre Bestellung aufgab, zuckte unschuldig die Achseln. »Wieso? Was soll sein?«

»*A Chruitheachd*«, Ally verdrehte die Augen. »Es ist Samstagvormittag, draußen regnet es in Strömen, und wenn mich nicht alles täuscht, trinkst du gerade deine zweite Tasse Kaffee. Schwarz, ohne Whisky, wohlgemerkt.«

»Ist was falsch dran?«

»*Normalerweise* nicht. Bei euch schon.«

»Das ist nicht nett von dir«, Tormod erhob beleidigt den Zeigefinger. »Tutest du jetzt in das gleiche Horn wie Sandra?«

»Was sollen wir deiner Meinung nach denn tun, außer Kaffee trinken?«, mischte sich Niall in das Gespräch, wie immer darauf bedacht, Harmonie einkehren zu lassen.

Ally zuckte die Schultern. »Sonst sitzt ihr um diese Zeit doch schon in trauter Männerrunde beim Bier zusammen, das ihr euch nach dem Fischen gerne gönnt. Habt ihr seit Neuestem dem Alkohol abgeschworen?«

»Alkohol … Können wir bitte von etwas anderem sprechen?«, stöhnte Tormod. Offensichtlich weckte der Klang des Wortes bei ihm ungute Erinnerungen.

»Prima Idee«, pflichtete Niall ihm bei. »Ich befürchte, meine Leber ist dauerhaft geschädigt.«

»Wenn's beim Pinkeln nicht mehr nach Alkohol riecht, bist du aus der Gefahrenzone.« Dalziel, der bisher geschwiegen hatte, blickte von seiner Kaffeetasse auf.

»Sehr beruhigend, danke. Verlass dich drauf, dass ich so schnell nicht wieder mit dir zelten gehe«, gab Niall zurück.

»Wie, ihr wart zelten?«, wunderte sich Ally und runzelte die Stirn. »Einen Cheeseburger zum Mitnehmen und ein Irn-Bru für mich, Tormod, das wäre alles.«

»Extra Sauce zum Burger?«

»*Aye, ma 's e do thoil e.*« Ally stützte den Ellbogen auf die Theke. »Ich dachte, euer Whiskygeburtstag ist erst nächste Woche?«

»*Nae*, das war vorgestern.« Tormod gab das Brötchen in den Toaster. »Ich frag mich nur, wie Donald die Sauferei wegsteckt. Bei dem fließt der Whisky durch wie Milch.«

»Liegt daran, dass sie ihm als Baby Whisky in die Nuckelflasche getan haben. Das trainiert.« Niall zwinkerte Tormod über den Rand der Kaffeetasse hinweg zu. Eine Bewegung am Rande ihres Gesichtsfeldes ließ Ally erstarren. Dalziel, dessen Gesichtsausdruck mit einem Mal wie festgefroren wirkte, erhob sich von seinem Stuhl und kam auf sie zu. Er stellte die leere Tasse unsanft auf der Theke ab. »Du hattest keine Ahnung, dass wir in Talisker waren?«

»Nein, hatte ich nicht. Ich habe anderes um die Ohren.«

»*Seadh.*« Dalziel warf eine Handvoll Münzen auf die Theke. »Komisch, dass Kayla dir nicht erzählt hat, dass ich in Talisker bin, wo ihr doch die ganze Nacht zusammen wart.«

»Ich verstehe nicht, was du meinst«, erwiderte Ally, viel zu verdattert, um Argwohn zu schöpfen.

»Moment«, Dalziel bedachte sie mit einem scharfen Blick.

»Willst du damit sagen, dass du nicht mit Kayla in Aird Mhighe übernachtet hast?«

»Das habe ich nicht. Wie kommst du darauf? Ich habe Kayla das letzte Mal am Sonntag in der Messe gesehen.« Sie kniff die Augen zusammen und versuchte vergeblich, sich einen Reim auf Dalziels Worte zu machen. Um sich zu sammeln, fügte sie hinzu: »Wie gesagt, ich sitze momentan bis tief in die Nacht an den Unterlagen für das Schulministerium und …«

»Langsam«, unterbrach Dalziel ihr Sprechdenken und hob die Hand. »Nur damit ich das richtig verstehe. Du hast den Donnerstagabend an deinem Schreibtisch verbracht und gearbeitet?«

»*Aye*. Weshalb bist du so erpicht darauf, das zu wissen?«, gab Ally gereizt zurück. Was war nur in Dalziel gefahren? Ansonsten kümmerte es ihn doch einen feuchten Kehricht, womit sie ihre Zeit verbrachte.

Dalziels Augen verdunkelten sich. Ally hatte das Gefühl, als schaute er sie nicht an, sondern durch sie hindurch. »Kayla hat erzählt, du würdest die Nacht über mit ihr drüben im Haus verbringen.«

Ally, der ganz langsam zu Bewusstsein kam, dass sie Kayla mit ihren Äußerungen womöglich unbeabsichtigt ein Bein gestellt hatte, bekam runde Augen wie ein Fisch, der erst merkt, dass er an der Angel hängt, nachdem er den Wurm verschluckt hat. Sie brachte keinen Ton heraus. Dafür sprach Niall. Er schob sein halb gegessenes Sandwich beiseite und trat neben sie. »Ich bin sicher, dass ein Missverständnis vorliegt. Vielleicht hast du was in den falschen Hals gekriegt.«

»Ach, hab ich das?« In Dalziels Gesicht gruben sich jähzornige Falten. »Wenn du mich fragst, hat sie glatt gelogen.«

»Mein Gott, Dalziel«, Ally war mittlerweile aufgegangen, dass sie Dalziel ins offene Messer gerannt war. Zornig verschränkte sie die Arme vor der Brust. Dass er ihr ein Bein gestellt hatte, um Kayla in aller Öffentlichkeit der Unwahrheit zu bezichtigen, schlug dem Fass den Boden aus. Sie funkelte Dalziel aus wütenden Augen an. »Wenn ich etwas hasse, dann eifersüchtige Ehemänner. Welchen Grund hätte Kayla denn, dich anzulügen? Vielleicht solltest du das nächste Mal dein Hirn einschalten, bevor du Verdächtigungen aussprichst. Kayla ist der anständigste Mensch, den ich kenne.«

Dalziel verschlug es für einen Moment die Sprache.

»Verdammt, komm endlich mit deinem Leben klar, anstatt deine Wut auf Gott und die Welt an meiner Schwester auszulassen«, schnauzte sie ihn an, bevor er Zeit hatte zu reagieren.

»Von dir lasse ich mir ganz sicher nicht den Mund verbieten«, gab Dalziel ungehalten zurück. »Wenn du's nicht kapierst, sag ich es gerne ein zweites Mal: Kayla hat gelogen.«

»Fertig?«, fragte Niall mit Nachdruck. Sein Blick flog mahnend zwischen Dalziel und Ally hin und her. »Schön. Wenn ihr euch jetzt beruhigt habt, können wir vielleicht klären, was Sache ist.«

»Von mir aus«, Ally zuckte die Schultern, während Dalziel sich in frostiges Schweigen hüllte.

Niall wandte sich zu ihm um. »Okay, ich kann verstehen, dass du sauer bist. Aber bist du dir wirklich hundertprozentig sicher, dass Kayla gelogen hat? Was genau hat sie gesagt?«

Ally sah, wie Dalziel schweigend vor sich hinstarrte. Schließlich gab er sich einen Ruck. »Vielleicht habe ich mich ja wirklich getäuscht.«

»Ach?«, entfuhr es Ally spöttisch. Als Niall sie ansah und warnend die Augenbrauen hob, verstummte sie.

Dalziel wirkte nervös.

»Erinnerst du dich an den genauen Wortlaut?«, versuchte Niall ihm auf die Sprünge zu helfen.

»So genau weiß ich es nicht mehr. Aber wenn ich's recht bedenke, sprach sie eher davon, dass Ally Druck mache und sie zusehen müsse, dass sie fertig werde.«

Ally atmete hörbar aus. Dalziel hatte vor ihr und Niall zugegeben, dass er sich geirrt hatte. So viel Größe hätte sie ihm gar nicht zugetraut …

»Na bitte«, nickte Niall. »Gut, dass wir das aus der Welt schaffen konnten.«

»Wäre nicht verkehrt, wenn Ally sich für ihre Beleidigungen entschuldigen würde«, knurrte Dalziel und ging zur Tür. Er zog die Kapuze über den Kopf und warf einen düsteren Blick in ihre Richtung. »Aber bevor das passiert, regnet es eher Fische vom Himmel.«

Noch bevor Ally etwas erwidern konnte, verschwand er im Regen. Das diesige Grau verschluckte seine Gestalt.

»Was war das denn?«, wunderte sich Tormod, als er wieder hinter seinen Pfannen und Töpfen auftauchte. Kopfschüttelnd stellte er den Karton mit dem Cheeseburger vor Ally auf die Theke.

»Nichts, was man in irgendeiner Weise ernst nehmen müsste«, antwortete Ally gelassen. Sie schnappte sich den Burger und biss beherzt hinein. »Hm, köstlich. Ich liebe diese Zwiebelsoße. Kann ich davon noch einen Nachschlag bekommen?«

»Wie lief es eigentlich in Aird Mhighe?«, erkundigte sich Dalziel beiläufig, als er Kayla später an diesem Tag beim Mittagessen gegenübersaß. Er griff nach seiner Gabel und schob damit ein paar Erbsen auf dem Teller herum.

»Gut«, erwiderte Kayla möglichst fest. Sie mied Dalziels Blick und gab einen Schwung Kartoffelpüree zu ihrem Stück Fleisch. Da war etwas in Dalziels Ton, dass sie aufhorchen ließ. Seine Frage klang distanziert und kurz angebunden, eher wie ein Verhör, als dass er sich aus echtem Interesse heraus erkundigte. Sie fragte sich, ob er inzwischen mehr ahnte, was in ihr vorging, als ihr lieb war. Wenn sogar Niall mitbekommen hatte, dass sie sich verändert hatte, schien das nur allzu wahrscheinlich.

»Kommt ihr gut vorwärts, Ally und du?«

In Kaylas Unterbewusstsein regte sich ein ungutes Gefühl. Etwas Unheilvolles lag in der Luft, das ihr riet, besser bei der Wahrheit zu bleiben, selbst wenn sie damit riskierte, die vollkommene Geborgenheit, die sie und Brannan bislang an diesem Ort genossen, zu zerstören.

»Seitdem wir beschlossen haben, dass ich das Aussortieren alleine übernehme, läuft es besser«, hörte sie sich sagen.

»Ach? Dann war Ally vorgestern Nacht gar nicht mit dir im Haus?«

»Wie kommst du denn auf die Idee?«, erklärte Kayla kopfschüttelnd und reichte ihm die Schüssel. »Noch Kartoffelpüree?«

»Ich muss mich wohl getäuscht haben«, Dalziel verzog das Gesicht. »Dann bist du also alleine drüben in Aird Mhighe?«

»Sieht so aus.«

»Du wirst jemand brauchen, der dir mit den sperrigen Teilen hilft.«

Kayla hatte das Gefühl, an ihrem Kartoffelbrei zu ersticken. »Vermutlich.«

»Was hältst du davon, wenn ich mitkomme und dir unter die Arme greife?«

»Das wäre schön«, log sie tapfer. Sie sah sich außerstande, auch noch einen Bissen herunterzubekommen, und schob ihren Teller beiseite.

»Abgemacht«, er schob sich ein Stück Fleisch in den Mund und kaute.

Kayla starrte ihn an, als säße ein Fremder an ihrem Tisch. Sie ertrug den Anblick nicht mehr, wie er da saß und schmatzend Essen in sich hineinschaufelte. Doch noch konnte sie sich zumindest daran erinnern, wie viel sie einst für ihn empfunden hatte. Was war nur aus ihnen geworden? Wie hatte es dazu kommen können, dass sie gemeinsam vor dem Abgrund ihrer Ehe angelangt waren?

»Wieso isst du nicht?« Dalziel sah argwöhnisch zu ihr hinüber.

»Ich habe keinen Hunger mehr. Mein Magen ist wohl noch immer angeschlagen.«

Sie erhob sich und leerte ihren Teller in den Resteeimer. Resigniert blickte sie aus dem Fenster in den trüben Nieselregen. Luskentyre war in düsteres Grau gehüllt. Sie fragte sich, wie lange sie das Ganze noch durchhalten würde. So wie die Dinge standen, konnte sie es nicht wagen, morgen nach Aird Mhighe zu gehen. Dalziels skeptischem Blick nach zu urteilen, war es möglich, dass er Verdacht schöpfte. Alles in ihr begehrte auf. Sie sehnte sich mit solcher Urgewalt nach Brannan, dass es ihr die Luft nahm.

Diesen Sonntag würde er vergeblich auf sie warten.

Der Zufall kam ihr zu Hilfe. Als am nächsten Morgen gegen acht das Telefon schrillte, meldete sich John. Nicht nur die Tatsache, dass er bei ihnen anrief, war ungewöhnlich, sondern auch der Zeitpunkt. Wie es schien, hatte Sandra ihm ein deutsches Ehepaar vorbeigeschickt und offensichtlich vergessen, darauf hinzuweisen, dass heute Sabbat war und im Allgemeinen keine Ausflugsfahrten stattfanden. Da dem Pärchen aber nur ein letzter Tag ihrer Flitterwochen übrigblieb und Sandra ihnen in den höchsten Tönen von den Shiants und deren wild romantischer Vergangenheit vorgeschwärmt hatte, wollten sie ungern abreisen, ohne die Inseln gesehen zu haben. Daher wandte sich John an Dalziel, der bekanntermaßen nicht zu dem Kreis derer gehörte, die die Tradition des Sabbats aufrechterhielten. Wenn es jemanden gab, der kein Problem damit hatte, am Tag des Herrn Profit zu erwirtschaften, dann Dalziel, der lange schon mit seinem Schöpfer gebrochen hatte. Natürlich sagte Dalziel sofort zu.

Zwei Stunden später nahm Kayla neben Ally in der Kirchenbank Platz und dankte Gott, dass er ihre Gebete wider Erwarten erhört hatte. Nachdem die Psalmen verklungen waren, erhob sich Niall. Er predigte ungewöhnlich lange. Mit Inbrunst sprach er über Wahrhaftigkeit und über die Schwierigkeiten, seinen Platz im Leben zu finden. Entgegen dem Usus der Freien Schottischen Kirche sprach er von einem sich erbarmenden, gütigen Gott, der Schuld vergebe und nicht auf die Fehler schaue, die wir auf unserem Weg durch das Erdental begingen, sondern denjenigen freiwillig die Chance zu einem wahrhaftigen Neubeginn schenke, die bereit seien, sich ihm anzuvertrauen und sich von ihm beschenken zu lassen. Die ganze Zeit über hatte Kayla das Gefühl, dass Niall auffällig oft in ihre Richtung blickte. Als er endete, fühlte sie sich getröstet und verunsichert zugleich.

Nach der Messe packte Kayla Ally am Arm und zog sie beiseite. »Ich muss mit dir reden«, sagte sie und machte ein ernstes Gesicht.

»Jetzt?«

»Warum nicht?« Kayla blickte verständnislos.

»Ich habe Donald versprochen, dass ich mittags für ihn koche. Schätzungsweise hat er das Frühstück extra ausfallen lassen, damit er mir gleich die Haaren vom Kopf fressen kann. Sein Magen hat während der Predigt so laut geknurrt, dass es bis in die hinterste Bank zu hören war«, seufzte Ally mit einem gehetzten Blick auf Donald, der es sich bereits auf dem Beifahrersitz ihres Autos gemütlich gemacht hatte und Moses nur sehr halbherzig daran hinderte, das Lenkrad anzusabbern. »Ach was soll's. Fünf Minuten kann Donald ruhig noch warten. Worum geht es?«

»Das lässt sich nicht so schnell erklären«, seufzte Kayla und hob frustriert die Hände.

»Wenn es wieder um Mums alte Mäntel geht oder darum, dass ich mein Klavier aus dem Nebenzimmer räumen und dafür dieses Monster von einem Bett reinquetschen soll, vergiss es! Das kommt überhaupt nicht in Frage.«

»Nein, darum geht es nicht …«

»Worum dann? Jetzt schau nicht so unglücklich.«

Kayla, der gerade alles zu viel wurde, schneuzte sich die Nase. »Tu ich gar nicht.«

»Und ob du das tust. Ich kenn dich.« Ally legte den Arm um sie und zog sie an sich. »Na los, spuck's aus. Was bedrückt dich?«

»Es geht um Dalziel. Und um mich.«

»*Mo chreach!*«, entfuhr es Ally. Entschlossen schob sie Kayla in eine Lücke hinter einem roten, mit Werbeschildern für ein B&B beklebten SUV, wo sie ein wenig besser vor den Blicken der Frauen aus dem Dorf geschützt waren.

»Es scheint wirklich ernst zu sein. Du siehst unglaublich blass aus. Vermutlich sollten wir das lieber unter vier Augen besprechen als hier, wo jeder mitbekommt, wie schlecht es dir geht. Was meinst du? «

Kayla nickte, dankbar dafür, dass Ally sie davor bewahrt hatte, mitten in der Öffentlichkeit loszuweinen.

»*'S math sin*«, Ally linste vorsichtig über ihre Schulter in Donalds Richtung. »Wie wäre es mit Dienstag? Du könntest nach der Schule bei mir vorbeikommen. Dann reden wir in Ruhe. Wie klingt das?«

»Wunderbar.« Obwohl ihr nicht danach zumute war, brachte Kayla so etwas wie ein Lächeln zustande und verabschiedete sich von Ally.

Dalziel stand am Steuer seines Bootes, den Blick starr auf den nebelgrauen Horizont gerichtet. Nachdem er festgestellt hatte, dass die Neugier des deutschen Ehepaares schier unerschöpflich war, hatte er begonnen, ihre Fragen recht einsilbig zu beantworten, in der Hoffnung, damit ein deutliches Signal zu setzen, wie sehr ihm das dauernde Gequassel auf die Nerven ging. Glücklicherweise schien die Frau die Schaukelei auf dem Boot nicht sonderlich gut zu vertragen. Seit zehn Minuten hatte er nichts mehr von den beiden gehört und nur wenig Lust, sich nach ihrem Befinden zu erkundigen. Erfahrungsgemäß meldeten sich die Leute von alleine, wenn es ihnen dreckig ging.

Seine Gedanken wanderten zu Kayla. Auch wenn er sich offensichtlich in Bezug auf Ally getäuscht hatte, blieb ein merkwürdiger Beigeschmack zurück. Seit geraumer Zeit wirkte Kayla verändert. Im Grunde, seitdem sie angefangen hatte zu singen, überlegte er stirnrunzelnd. Donalds Gerede über Brannan kam ihm in den Sinn. Er fragte sich, ob der alte Kauz mit seinem Gesülze nicht der Wahrheit näher kam, als sie alle miteinander vermuteten. Sein Blick verdüsterte sich. Konnte es sein, dass Kayla ihn tatsächlich betrog? So weit würde sie sicher niemals gehen, oder doch? Abgesehen davon, Kayla sah zwar nicht schlecht aus, aber wer würde sich allen Ernstes für eine Frau interessieren, die ihre guten Jahre bereits überschritten und eindeutig Speck angesetzt hatte? Zähneknirschend schob er den Gedanken beiseite, Kayla könnte einen Liebhaber haben, weil es ihm einfach zu absurd erschien.

Dennoch. Etwas war im Busch. Seitdem sie das gemeinsame Schlafzimmer verlassen hatte, zerfleischte es ihn. Dass mehr dahintersteckte als das bloße Bedürfnis nach Ruhe, lag auf der Hand. Ihr Auszug aus dem Ehebett kam einer unausgesprochenen, doppelt unterstrichenen und mit drei Ausrufezeichen versehenen Warnung gleich, dass es allerhöchste Zeit war, den Bruch zwischen ihnen zu kitten. Wenn es nicht ohnehin schon zu spät war. Er fuhr sich mit der Hand durch das Haar. Herrgott noch mal, was ging bloß in Kayla vor?

Von der Feuchtigkeit in der Kabine beschlugen die Scheiben. Er öffnete das Seitenfenster. Salzige, klare Seeluft drang in das Innere. Der Wind frischte auf und blies aus Nordost, mit einem knappen Blick auf die elektronische Seekarte steuerte er das Boot frontal auf die nächste Welle zu. Der Bug erhob sich in den Himmel, eine Sekunde später sackte der Boden zu seinen Füßen in das dahinterliegende Wellental. Von dem Sitz in seinem Rücken erklang ein spitzer Schrei.

Dalziel kümmerte es herzlich wenig. Er hatte ganz andere Probleme. Seine Beziehung war in Gefahr. Die Ehe mit Kayla war zwar nicht die beste, aber unterm Strich kamen sie doch miteinander aus, oder nicht? Sie hatte ihm damals den Weg aus der Depression gezeigt, die nach Caitrionas Tod von ihm Besitz ergriffen hatte. Dafür hatte er sie über den Schmerz hinweggetröstet, den ihr Exfreund bei ihr hinterlassen hatte, als er sie eiskalt abserviert hatte. Nicht unbedingt das Schlechteste, oder? Es gab Ehen, die auf weit weniger aufgebaut waren. Ohnehin war er noch nie Anhänger überzogener romantischer Vorstellungen gewesen. Gemeinsam miteinander alt zu werden bedeutete in der Regel, sich dauerhaft mit den Absonderlichkeiten des anderen zu arrangieren. So gesehen alles andere als ein Zuckerschlecken, aber dennoch der Mühe wert. Er konnte sich nichts Trostloseres vorstellen, als nach einem harten Arbeitstag in ein kaltes, ungemütliches Zuhause zurückzukehren. Allein der Gedanke ließ ihn schaudern.

Was – oder wer? – auch immer Anlass für Kaylas verändertes Verhalten war, er würde es herausfinden und das Übel an der Wurzel packen. Mit einem grimmigen Lächeln steuerte er das Boot auf die nächste mannshohe Welle zu. Kayla war *seine* Frau, verdammt noch eins. Um nichts auf der Welt würde er zulassen, dass sich daran etwas änderte.

»Wo möchtest du die Kiste mit den *Reader's Digests* hinhaben?«, fragte Brannan. Er nickte ihr über den Umzugskarton hinweg mit dem Kinn zu. »Soll ich sie neben das Bett zu den Sachen für Kaitlin stellen?«

»Ja, bitte.« Kayla zog das Tuch, das sie sich zum Schutz vor dem Staub um die Haare gebunden hatte, vom Kopf und ließ sich auf das breite Bett ihrer Mutter fallen. »Meine Güte, Kaitlin wird alle Hände voll zu tun haben, die Sachen an Bedürftige zu verteilen. Am meisten wird sie sich über die Bücher für ihre Ausleihe freuen. Was bin ich froh, dass ich endlich mit den Wohnzimmerschränken durch bin. Ich hatte schon geglaubt, es würde nie enden. Vielen Dank für deine Hilfe. Unglaublich, was Papier wiegt. Eigentlich wollte ich mit allem längst fertig sein, bevor du kommst.«

»Kein Problem.« Er beugte sich zu ihr nieder und küsste sie auf die Lippen. »Du siehst in zerrissenen Jeans und mit Spinnweben im Gesicht überaus sexy aus.«

»Das wage ich zu bezweifeln, aber trotzdem danke.« Sie schüttelte den Kopf. »Merkwürdig, wie sich das Haus in den letzten Wochen verändert hat. Ich kann mir gar nicht vorstellen, dass bald fremde Leute hier einziehen und Kinder im Garten toben werden.«

»So ist das Leben, *mo gràdh*. Ein sich ewig wiederholender Kreislauf. Der Lauf der Natur.«

»Ich weiß«, sie ergriff seine Hand und verschränkte sie mit der ihren. »Trotzdem wünschte ich mir manchmal, ich könnte die Zeit anhalten. Zum Beispiel jetzt.«

»Wir können es ja versuchen«, er zog sie zu sich hoch, hob ihre Hand an seine Lippen und küsste jede einzelne ihrer Fingerspitzen. »Lass uns nach nebenan gehen, ja?«

Seine Hände gruben sich in ihre Haare, er bedeckte ihr Gesicht mit leidenschaftlichen Küssen. Sie schlang die Arme um seinen Hals, ihre Lippen fanden einander und vereinigten sich zu einem langen, atemlosen Kuss.

»Wann?«, flüsterte sie mit rauher Stimme, als er sie wieder freigab. »Wann wirst du gehen?«

Er umfasste ihr Kinn und hob es an. Da war etwas in seinem Blick, das sie erstarren ließ.

»So bald?«, sie spürte, wie ihre Brust eng wurde.

»*Aye, mo gràdh.* Die Wale ziehen bald weiter. Ich spüre, wie ihre Unruhe von Tag zu Tag wächst.«

Genau wie die deine, dachte sie. Ihre Emotionen drohten sie zu überrollen. Obwohl sie gerne mit ihm über ihre Gefühle gesprochen hätte und darüber, wie sehr der Gedanke, ihn gehen zu lassen, sie zerriss, brachte sie keinen Ton über die Lippen. Doch wie immer bedurfte es keiner Worte. Er fühlte längst, was sie bewegte …

Er legte die Hand in ihren Nacken und zog ihren Kopf an seine Brust. Sie spürte seinen vertrauten, kräftigen Herzschlag. »Ich weiß, *mo gràdh*. Ich wünschte, es wäre anders, aber das ist es nicht.«

»Es schmerzt so sehr, dich gehen zu lassen.«

»Es tut mir unendlich leid«, seine Augen verdunkelten sich. »So gerne ich bei dir bleiben würde, aber irgendwann käme der Moment, wo ich nicht mehr zwischen deinen und meinen Gefühlen unterscheiden könnte. Ich würde anfangen, dich von mir wegzustoßen, um meine Grenzen zu spüren, verstehst du?« Etwas Verzweifeltes lag in seiner Stimme. »Das zwischen uns ist so viel mehr, als sich mit Worten erklären lässt. Ich würde mich dafür hassen, es zu zerstören.«

»Du kannst nichts dafür, dass es so ist«, traurig schüttelte sie den Kopf. Sie konnte ihm nicht einmal einen Vorwurf machen. Seine Getriebenheit war genauso Teil von ihm wie seine endlose Fähigkeit zu lieben. Er hatte ihr diese düstere Seite von ihm nie verschwiegen, welche sich nach Einsamkeit und Weite sehnte. Von Anfang an hatte sie gewusst, worauf sie sich einließ, und sie hatte es akzeptiert.

»Es war egoistisch von mir, dein Leben durcheinanderzubringen«, sagte er leise. Seine Hände glitten um ihre Taille, er zog sie enger an sich.

»Es war schon durcheinander, bevor du gekommen bist. Ich wollte es nur nicht wahrhaben.« Sie biss sich auf die Lippen. »Ich werde mich von Dalziel trennen.«

Er ließ ihre Hüften los und nahm ihr Gesicht in seine Hände. »Bist du dir sicher?«

Ihre Knie zitterten. Ihr wurde schwindelig, sie löste sich von ihm und setzte sich vorsichtig auf die Bettkante. So sicher sie sich auf der einen Seite war, die Lüge mit Dalziel nicht länger leben zu können, so sehr ängstigte sie sich andererseits vor den Folgen einer Entscheidung, deren Tragweite sie nicht einmal ansatzweise überblicken konnte.

»Ich habe mit Niall geredet«, hörte sie sich sagen.

Er kniete vor ihr nieder, ergriff ihre Hände und bedeckte sie mit Küssen. »Wie hat er reagiert?«

»Überraschend verständnisvoll. Er meinte, ich solle mir bei Ally Unterstützung holen, bevor ich irgendwelche Schritte unternehme.«

»Das klingt vernünftig. Du bist ein wichtiger Teil von Allys Leben. Sie liebt dich ohne Vorbehalt und würde alles in ihrer Macht Stehende tun, um dich, wo sie nur kann, zu unterstützen.«

»Ich weiß«, sagte Kayla, ihre Stimme war kaum mehr als ein ersticktes Schluchzen. »Ally ist ein wahrer Segen.«

»*Aye,* so ist es«, er neigte sich zu ihr und wischte mit dem Finger über ihre feuchten Wangen. Sie spürte, wie sich sein Arm unter ihren Körper schob und ihn anhob. Ohne ein weiteres Wort trug er sie hinüber in ihr altes Kinderzimmer und ließ sie sanft auf ihr Bett gleiten. Dann legte er sich zu ihr und begann sie sanft und immer leidenschaftlicher zu liebkosen. Sie liebten sich in einem Fieber, als gäbe es nur sie beide und diesen einen, endlos kostbaren Moment.

Kapitel 20

Schließlich kam der Dienstag und mit ihm Kaylas Treffen mit Ally.

»Raus damit, was ist los?« Ally stellte den Wäschekorb auf dem Tisch ab und ließ sich in den Sessel gegenüber von Kayla fallen.

Kayla hatte keine Ahnung, wie sie beginnen sollte, und griff nach einem Wäschestück. Sie legte das Handtuch auf ihre Knie und strich es mit gerunzelter Stirn glatt. »Es … ist komplizierter, als du vermutest.«

»Hoffentlich geht es nicht wieder darum, dass Dalziel dich mies behandelt und du tausendundeins Gründe hast, dennoch bei ihm zu bleiben«, spöttelte Ally.

»Nein. Es geht nicht um Dalziel. Oder vielmehr nicht nur um Dalziel. Ich … habe mich in einen anderen Mann verliebt.« Mit zitternden Fingern zupfte sie einen Fussel aus dem Stoff.

»Wie bitte?«

Kayla hob den Kopf und fing Allys Blick auf. Sie räusperte sich. »Es … ist Brannan.«

Das Schweigen, das folgte, hätte kaum schallender sein können.

Allys Gesicht nahm den Ausdruck einer Hyäne an, der gerade die Beute vor der Nase weggeschnappt wurde. »Spinnst du? Ich meine … wie kannst du!«

Kaylas Hände wurden feucht. Herrje, das hier fühlte sich an, als stünde sie wegen Hochverrats vor Gericht. »Es ist ja nicht so, dass ich es mir ausgesucht hätte. Es ist eben einfach … passiert.«

»Passiert?« An Allys Hals zeigten sich dunkelrote Flecken. »Komm mir nicht mit so einer Plattitüde! So etwas passiert nicht einfach. Nicht einer verheirateten Frau in deinem Alter!«

Kaylas Hände fuhren unruhig über das Handtuch. »Weshalb sollte es das nicht?«, meinte sie leise.

»Warum? Gute Frage! Wie dir zufällig aufgefallen sein dürfte, hatte ich schon lange vor dir ein Auge auf Brannan geworfen.« Ally warf das Sockenknäuel zurück in den Korb und sprang auf, ihre grünen Augen blitzen. »Das ist so was von unfair. Da läuft mir mal ein Typ über den Weg, der so ziemlich zu hundert Prozent meiner Traumvorstellung eines Mannes entspricht, und was passiert? Meine sechs Jahre ältere, verheiratete Schwester spannt ihn mir aus!« Sie holte mit dem bestrumpften Fuß aus und trat, eine Serie unschöner Flüche äußernd, gegen den Zeitungsständer. »Autsch, verflucht, jetzt hab ich mir deinetwegen den Zeh gebrochen!«

»Schlimm?«, erkundigte sich Kayla mitfühlend.

Ally starrte sie einen Moment fassungslos an. »Der Zeh? Ach was …« Sie machte eine wegwerfende Handbewegung und humpelte zu ihrem Sessel zurück. »Oder meinst du die Sache mit Brannan?«

Kayla wollte zu einer Antwort ansetzen, wurde aber von Ally unterbrochen, die sich mit der flachen Hand vor den Mund schlug. »Oh mein Gott. Jetzt verstehe ich! Ich hatte mich also nicht getäuscht. Deshalb warst du neulich im Laden so komisch drauf. Von wegen kleine Auseinandersetzung mit Brannan wegen eures Auftritts! Ich hab doch genau gesehen, dass er die Hand an deiner Taille hatte.«

»Das … ist richtig«, gab Kayla zu, sie fühlte sich kläglich.

Eine ganze Zeit saßen beide da und starrten vor sich hin. Niemand sagte ein Wort. Kayla drehte einen Zipfel des Handtuchs in ihren Händen, Ally wackelte versuchsweise mit den gestauchten Zehen.

»Und nun?« Ally blickte besorgt zu ihr hinüber. »Wie soll es weitergehen?«

»Du meinst mit Brannan?« Kayla schüttelte den Kopf und lächelte traurig. »Gar nicht. Er wird Harris gegen Ende der Saison verlassen, wie er es geplant hatte.«

»Mistkerl«, entfuhr es Ally. »Wieso tut er das, wenn er dich liebt?«

Kayla antwortete nicht sofort.

»Er liebt dich doch, nicht wahr?«

»*Aye*«, der Kloß in Kaylas Hals brannte.

»Wo liegt dann das Problem?« Ally runzelte die Stirn. »Du wirst ihm doch hoffentlich nicht erzählt haben, dass es keine Zukunft für euch gibt, weil dein Lebenssinn darin besteht, Dalziels Socken zu stopfen und seine Hemden zu bügeln?«

Kayla schüttelte nur stumm den Kopf.

»Also schön«, Ally richtete sich auf und sah ihr fest ins Gesicht. »Nur damit ich das richtig verstehe … Glücklicherweise hast du also nicht vor, die Chance deines Lebens wegzuschmeißen und dich stattdessen weiter für Dalziel aufzuopfern? Nein? Gut … Warum verflixt noch mal schnappst du dir Brannan nicht und machst dich bei Nacht und Nebel mit ihm auf und davon, wie das üblicherweise in jedem guten Liebesroman passiert?«

»Weil das wahre Leben komplizierter ist«, erwiderte Kayla und hob in einer hilflosen Geste die Hände. »Meines gleicht einer einzigen Katastrophe.«

»Werd jetzt bloß nicht melodramatisch«, gab Ally zurück.

Beider Blicke trafen sich. In einem aus blanker Hysterie geborenen Impuls mussten beide lachen.

Schließlich erhob Ally sich und setzte sich zu Kayla auf die Sessellehne. »Na bravo, Schwesterherz«, sie legte den Arm um Kayla. »Da hast du ja ein tolles Schlamassel angezettelt!«

»Könnte man so sagen«, Kayla wischte sich die Tränen aus den Augen, die in ihr aufgestiegen waren.

»Gibt es einen Grund, weshalb du mit deiner Beichte ausgerechnet jetzt zu mir kommst?«, fragte Ally, wieder ernst.

Kayla seufzte. »Zum einen hatte ich es satt, mit der Lüge zu leben. Zum anderen befürchte ich, dass Dalziel etwas ahnt. Er hat mir die Tage angeboten, mit hinüber zum Haus zu kommen und mir bei Umräumen zu helfen.«

»Moment, willst du damit etwa andeuten, dass …?« Ally führte den Satz nicht zu Ende.

»*Aye*«, schuldbewusst knetete Kayla ihre Hände im Schoß. Ihr war gar nicht wohl bei dem Gedanken, wie wenig sie in all der Zeit mit der Arbeit im Haus vorangekommen war. Obendrein hatte sie ihre Schwester hintergangen … »Ich habe mich mit Brannan in Aird Mhighe getroffen.«

Ally brauchte einen Moment, um das Geständnis zu verdauen. »Auch schon egal«, meinte sie schließlich, unvermutet großmütig. »Irgendwo musstet ihr ja wohl hin. Was ich allerdings nach wie vor nicht verstehe, ist, warum ihr euch keine Chance auf eine gemeinsame Zukunft einräumt.«

Kayla erklärte, so gut sie es eben konnte. Als sie geendet hatte, warf Ally ihr einen verwirrten Blick zu. »Das ist also dein überaus sinnreicher Plan? Du lässt ihn ziehen, in der Hoffnung, dass er einsieht, den Fehler seines Lebens begangen zu haben, und reumütig in deine, inzwischen hoffentlich freien, Arme zurückkehrt?«

Kayla stutzte. Zugegebenermaßen hatte sie sich gelegentlich, in den verwaschenen Momenten zwischen Träumen und Erwachen, tatsächlich auf die Hoffnung gestützt, dass es so kommen würde.

»So in etwa«, murmelte sie und musste zugeben, dass das selbst in ihren Ohren alles andere als wahrscheinlich klang.

»Dachte ich es mir doch.« Resigniert zuckte Ally die Schultern. »Leider verkennst du das eigentliche Problem.«

»Das da wäre?«

»Brannan sieht verdammt gut aus. Da draußen wimmelt es nur so von Frauen, die weitaus weniger Skrupel haben als du, ihn sich zu schnappen und zu versuchen, mit seiner, zugegebenermaßen wohl recht komplexen, Persönlichkeit klarzukommen.«

Darauf wusste Kayla erst einmal nichts zu antworten.

»Glaubst du wirklich, dass Brannans Liebe zu dir eure Trennung überdauern wird?«, meinte Ally leise. »Meiner Erfahrung nach wird Sehnsucht mit der Zeit auf die Entfernung kleiner, anstatt zu wachsen. Irgendwann wird Brannan vergessen haben, wie es sich anfühlt, dich in den Armen zu halten. Er wird aufwachen und sich nicht mehr an die genaue Farbe deiner Augen oder den Klang deiner Stimme erinnern.«

»Das mag sein«, erwiderte Kayla, eine Spur aufgebrachter als angemessen. Insgeheim wusste sie natürlich, dass Ally recht hatte. Der Strohhalm, an den sie sich klammerte, war furchtbar dünn, aber dennoch besser, als sich einzugestehen, dass Brannan am Ende des Sommers verschwinden würde, und nichts als Erinnerung würde von ihm zurückbleiben. Fast als hätten er und seine Liebe zu ihr nur in ihrer Einbildung existiert. Sie bot ihre ganze Willenskraft auf und reckte das Kinn. »Dennoch bleibt es dabei. Ich werde ihn keinesfalls daran hindern zu gehen.«

»Wie du meinst«, lenkte Ally ein, die anscheinend bemerkte, wie sehr Kayla das Ganze an die Nieren ging. »Wer weiß, vielleicht passiert in letzter Sekunde ein Wunder und Brannan beschließt aus freien Stücken heraus zu bleiben.«

Dazu sagte Kayla erst einmal nichts.

»Was ist mit Dalziel? Willst du dich von ihm trennen?«

Kayla hob die Schultern. »Ich glaube ja. Allerdings habe ich keine Ahnung, wie es danach weitergehen soll. Um ehrlich zu sein macht mir der Gedanke schreckliche Angst. Ich habe weder eine Idee, wovon ich leben, noch wo ich wohnen soll.«

»Es würde sich schon eine Lösung finden, aber wenn du mich fragst –«, Ally wog nachdenklich den Kopf hin und her. »Du bist dabei, das Pferd von hinten aufzuzäumen.«

»Wieso das?«

»Ganz einfach. Du überlegst, wie es nach deiner Scheidung weitergehen soll …«

Kayla zuckte bei dem Wort *Scheidung* unwillkürlich zusammen. Bisher hatte sie sorgfältig vermieden, es auszusprechen.

»… ich finde, du solltest erst einmal in Ruhe darüber nachdenken, wie eine Scheidung rein rechtlich abläuft.«

Kayla hob fragend die Augenbrauen. Sie ahnte, worauf Ally hinauswollte. »Du meinst, ich sollte mir einen Anwalt in Stornoway nehmen?«

»Genau das. Scheidungen in Schottland sind eine verdammt komplizierte Sache«

»Das klingt alles so schrecklich.« Kayla war der Gedanke, diesen einschneidenden Schritt zu gehen, mehr als unangenehm. Sie rutschte auf ihrem Sessel hin und her. »Aber natürlich hast du recht. Das einzig Vernünftige ist, den Stier bei den Hörnern zu packen. Ich werde heute Abend reinen Tisch mit Dalziel machen.«

»Ich verstehe, dass du jetzt, da dein Entschluss feststeht, es so schnell wie möglich hinter dich bringen willst …«, Allys Blick war ernst. »Dennoch würde ich erst einmal abwarten, was der Anwalt sagt. Du weißt doch, wie Dalziel ist. Er wird dir einreden, dass du die Schuld an allem hast und dir nichts zusteht.«

»Oh Gott …«

Ally sah sie mit festem Blick an. »Kommenden Mittwoch habe ich ein Gespräch in Stornoway mit dem zuständigen Beamten der Schulbehörde. Er kommt extra vom Festland herüber, um die letzten Details mit mir zu klären. Bei der Gelegenheit könnte ich, wenn du möchtest, bei einem Anwalt, den ich gut kenne, vorbeischauen und einen Termin für dich vereinbaren. Was hältst du davon? Wäre das nicht der bessere Weg?«

»Na schön«, seufzte Kayla. »Im Grunde kommt es auf eine Woche mehr oder weniger nicht an. Vermutlich ist es so nervenschonender.«

»Vermutlich«, gab Ally trocken zurück. Sie stand auf, nahm das Handtuch, das Kayla die ganze Zeit über auf ihrem Schoß gehalten hatte, und legte es zu der restlichen Wäsche. Demonstrativ nahm sie den Korb und ließ ihn unter dem Tisch verschwinden. »So, und jetzt haben wir uns erst mal eine Stärkung verdient.«

»Gerne!« Kayla fühlte sich durch das Gespräch reichlich erschöpft und seufzte. »Ein schöner Tee wäre jetzt genau das Richtige.«

»Tee?«, echote Ally und verdrehte die Augen. »Wo denkst du hin! Was wir brauchen, ist Champagner. Wenn mich nicht alles täuscht, müsste ich noch eine Flasche von Silvester in der Speisekammer haben.« Mit einem Lächeln machte sie sich auf den Weg.

Als Kayla drei Stunden später nach Hause zurückkehrte, fand sie Mr Mcadam in ihrer Küche sitzend, vor sich eine Tasse Tee, die er sich offensichtlich selbst zubereitet hatte. Das an sich war nichts Ungewöhnliches. Auf den Inseln musste man immer damit rechnen, dass unangemeldeter Besuch zu den unverschlossenen Türen hereinspaziert kam und sich die Wartezeit damit vertrieb, die durchgefrorenen Glieder bei einer Tasse Tee zu wärmen. Indes verblüffte Kayla der Umstand, dass sie Mr Mcadams Auto nicht in der Einfahrt gesehen hatte. Und noch etwas verwunderte sie. Es war der seltsam verlorene Ausdruck in Mr Mcadams Gesicht, der ihn älter und gebeugter aussehen ließ als bei ihrer letzten Begegnung.

»Hallo, Mr Mcadam«, sie setzte sich zu ihm und legte ihm zur Begrüßung die Hand auf den Arm. »Wie gut, dass Sie sich schon einen Tee eingeschenkt haben. Ich hoffe, Sie mussten nicht allzu lange auf mich warten. Wie geht es Ihnen? Ich habe Ihr Auto gar nicht draußen stehen sehen.«

»*Aye*«, er hob das Gesicht und blickte sie aus wässrigen Augen an. »Niall war so nett, mich mit Kaitlins Auto herüberzufahren. Ich glaube, ich hätte die Fahrt nicht alleine bewältigt. Niall ist drüben auf dem Friedhof.«

Kaylas Blick fiel auf den bunten Seidenschal, den Mr Mcadam mit beiden Händen umklammert in seinem Schoß hielt. Unwillkürlich verkrampfte sich ihr Magen. Er gehörte Fiona. Als Kind hatten die leuchtenden Farben und die chinesischen Muster für Kayla eine geradezu magische Anziehungskraft besessen. Oft genug hatte sie sich erbettelt, ihn umlegen zu dürfen. Dass Mr Mcadam ihn mitgebracht hatte, verhieß nichts Gutes …

»Oh mein Gott«, sie streichelte hilflos den Arm des alten Mannes. »Bitte sagen Sie nicht, dass …«

»Doch«, nickte er und sah sie aus feuchten Augen an. »Fiona ist gestern Nacht von mir gegangen. Der Herr hat sie in seiner allumfassenden Weisheit zu sich gerufen.«

Kaylas Kehle brannte wie Feuer. »Aber wie kann das sein? Bei meinem letzten Besuch wirkte sie so lebhaft und munter.«

»*Aye*, das war sie«, nickte der alte Mann, ein versonnener Zug spielte um seine Mundwinkel. »Sie ist friedlich neben mir eingeschlafen, wie jeden Abend, und dann nicht mehr aufgewacht. Das ist eine große Gnade.« Er lächelte weise.

»Es tut mir so leid für Sie«, Kayla legte impulsiv ihren Kopf an die knochige Schulter und drückte ihre Nase in den so vertraut nach Pfeifentabak riechenden Kleiderstoff des alten Mannes.

»Es ist alles gut.« Kayla spürte, wie er tröstend ihre Hand tätschelte. In den letzten Sekunden schienen sie eigenartigerweise die Rollen getauscht zu haben. »Ich habe meine Tochter, die sich um mich kümmert. Unser Haus in Aird Mhighe werde ich wohl oder übel aufgeben müssen. Zeit, Platz für eine neue Generation zu machen.«

Die Selbstverständlichkeit seiner Worte hatte etwas seltsam Anrührendes. Kayla musste schlucken und wischte sich mit der Hand die Tränen aus den Augen.

»Hier«, Mr Mcadam nahm den zerknitterten Schal und drückte ihn ihr in die Hände. »Fiona hätte gewollt, dass du ihn bekommst.«

Kayla nickte. »Danke, Mr Mcadam, er wird mich immer an Fiona erinnern.«

»Er wird wunderhübsch zu deinem dunklen Haar aussehen.« Mr Mcadam schob den Stuhl beiseite und erhob sich umständlich. »Ich muss los. Niall wartet auf mich. Dann sehen wir uns auf der Beerdigung?«

»*Aye*«, Kayla rang sich ein zuversichtliches Lächeln ab. »Das tun wir. *Thoiribh an aire*. Passen Sie gut auf sich auf, Mr Mcadam.«

»Das werde ich«, erwiderte er und hob die Hand zum Abschied. Kayla sah ihm leicht benommen hinterher, wie er das Haus verließ und am Küchenfenster vorbei Richtung Friedhof schlurfte. Sie fragte sich, wer die Frau, in deren Nachbarschaft sie aufgewachsen war, in Wirklichkeit gewesen war. Und mehr als alles andere fragte sie sich, welch tiefere Bedeutung in den Worten, die Fiona zum Abschied an sie gerichtet hatte, gelegen haben mochte.

Die Beisetzung fand drei Tage später an einem Freitag statt. Der Himmel öffnete seine Arme weit, um Fiona Mcadams Seele auf ihrem Weg zum Schöpfer zu geleiten. Ein breites, leuchtend goldenes Band aus Sonnenstrahlen begleitete die Männer der Gemeinde, welche abwechselnd den Sarg trugen, auf ihrem Weg vom Parkplatz aus hügelaufwärts über das wellige, sattgrüne Gras, bis hin zu der Stelle zwischen den Grabsteinen, wo sich frisch ausgehobene braune Erde neben einem wie eine Wunde im Rasen klaffenden Loch auftürmte. Die Luft war ätherisch, beinahe kristallen, ein zarter Duft von Blüten lag über den Gräbern, in der Ferne erklang der zwitschernde Gesang einer Seeschwalbe.

»Und somit übergeben wir den Leib von Fiona Mcadam, geliebter Ehefrau, Mutter und Großmutter, der Erde, in der Hoffnung, dass sie Gottes Gnade erfahren und auferstehen wird in sein himmlisches Reich. Asche zu Asche, Staub zu Staub.« Niall trat einen Schritt zurück und schlug ein Kreuz über dem Kiefernsarg.

Der Moment war gekommen. Kayla, die – entgegen der üblichen Tradition, welche nicht vorsah, dass die weiblichen Trauergäste sich an das offene Grab begaben – den Sargträgern gefolgt war, holte tief Luft, ihre Finger hielten sich an dem bunten Seidenschal an ihrem Hals fest, während Fionas Leichnam dem fruchtbaren Boden anvertraut wurde, der seit Jahrhunderten die Toten der Insel in seine kühle Umklammerung aufnahm. Zögernd stimmte sie den ersten Ton an. Überraschend rein und klar erhob sich ihre Stimme über das Geräusch bröckelnder Erde hinweg.

»Zu dir, o Herr, erheb ich meine Seele,
mein Gott, auf dich vertraue ich …«

Davidspsalm 25, Kayla hatte den Text Mr Mcadams Wunsch gemäß selbst ausgesucht und sie wusste, Fiona hätte sich gefreut, dass sie genau diese Zeilen für sie sang.

Fließend und weich, auf- und abschwellend, wie das Wogen der Fluten gegen den Strand, griffen die Stimmen der Trauernden den Vers auf und schmückten ihn aus, jeder für sich, auf seine individuelle Weise, aber dennoch zu einem wundersamen Ganzen vereint, und bereiteten Fiona auf ihrem Weg ein ebenso gewaltiges wie archaisch anmutendes Geleit.

Als die Gesänge verstummten, lag eine feierliche, beinahe zuversichtliche Stimmung über dem einsamen Friedhof am Rande der Klippen.

Während die Männer der Gemeinde sich daranmachten, das Grab zuzuschaufeln und mit der grünen Grasnabe zu verschließen, verließ Kayla den Friedhof. Am Ausgang wartete Ally auf sie. Zu berührt von der Trauer um Fiona, um Worte zu machen, drückte Kayla stumm Allys Hand

Ally strich ihr sanft über die Wange. »Ich habe dich gehört. Du hast wunderbar gesungen, Fiona wäre stolz auf dich.«

»Danke.«

»Brannan sicher auch«, fügte Ally nach einer Pause hinzu. Sie runzelte die Stirn. »Übrigens, schlechte Nachrichten. Ich habe versucht, einen Termin für dich bei meinem Anwalt für nächsten Mittwoch zu bekommen, aber wie es aussieht, kommt er erst in ein paar Tagen aus dem Urlaub zurück.«

»Du meine Güte, das zieht sich ja endlos.« Kayla warf das dichte Haar zurück. »Ich hasse diese Warterei.«

»Es lohnt sich. Du wirst froh sein, wenn du deine Rechte kennst und dich Dalziel nicht mit unsinnigen Drohungen einschüchtern kann. Vertrau mir.«

»Na schön, wie du meinst«, seufzte Kayla, aber wohl war ihr dabei nicht.

»Wieso bist du nicht bei der Beerdigung?« Tormod stand hinter seinem Herd und bemühte sich nach Kräften, die Flut an Bestellungen so schnell wie möglich abzuarbeiten. Die Calmac Fähre von Berneray hatte gerade eine Ladung hungriger Passagiere am Kai abgesetzt, die nun allesamt auf den Picknickbänken vor dem Bus saßen und auf ihr Essen warteten. Tormod wirbelte auf der winzigen Fläche wie ein Derwisch um seine eigene Achse, während er gleichzeitig mit Pfanne, Toaster und Fritteuse jonglierte. Seine hohe Stirn unter dem spärlichen Haarkranz glänzte wie ein mit Speck poliertes Hühnerei.

Dalziel saß, den Kopf in die Hand gestützt, vor seiner Tasse und blies Kringel in den Kaffee. »Was soll ich denn da? Es waren Kaylas Bekannte. Ich hatte mit den Leuten nichts zu tun.«

»Verstehe«, Tormod lehnte sich aus dem geöffneten Fenster und legte die Hände vor den Mund. »Wer von euch hatte Chicken Wings? Ihr könnt euer Essen abholen.«

»Ich hab zwar keine Bestellung aufgegeben, aber Chicken Wings wären nicht verkehrt«, kam Johns Stimme von der Treppe. »Wir sind ganz schön ausgehungert nach der letzten Fahrt, stimmt's, Brannan?«

Dalziel wandte missmutig den Kopf. John alleine war schon nervig genug. Dass er auch noch Brannan im Schlepptau hatte, machte die Sache nicht besser.

»*'S fhada bho nach fhaca mi thu,* Dalziel, wie geht's?« John trat neben Dalziel und klopfte ihm auf die Schulter. Eine Geste, die Dalziel ebenso großspurig wie aufgesetzt fand. Dass John genauso wenig für ihn übrighatte wie er für John, war ein offenes Geheimnis. »Wie lief es letzten Sonntag mit den deutschen Touristen, die ich dir geschickt habe?«

Dalziel blickte John schweigend an. Ihm war bewusst, dass er John einen Dank für das vermittelte Geschäft schuldete, brachte es aber nur schwer fertig, über seinen Schatten zu springen. Er rang sich ein Schulterzucken ab. »Ganz okay. Abgesehen davon, dass sie ziemlich nervig waren und mir stundenlang die Ohren vollgequasselt haben.«

Wenn John sich über Dalziels mangelnde Erkenntlichkeit ärgerte, so ließ er es sich zumindest nicht anmerken. Ganz im Gegenteil. Mit übertrieben großer Geste schob er die Daumen in den Bund seiner Arbeitshose und baute sich breitbrüstig vor Dalziel auf. »Fein. Könnte durchaus sein, dass ich in nächster Zeit öfters Aufträge für dich habe. Sandra rührt kräftig die Werbetrommel für mich, über mangelnde Auslastung kann ich mich nicht beklagen. Schade, dass die Urlauber nur schwerlich einsehen, dass ich sonntags nicht fahre. Schöne Stange Geld, die mir da durch die Lappen geht.«

Dalziel gab ein unverständliches Grunzen von sich und nippte an seinem Kaffee.

»Andererseits, was spricht dagegen, dass ich dich am Geschäft beteilige und du die Sonntagsfahrten übernimmst?« John ließ sich neben Dalziel auf einen Hocker fallen. »Vielleicht sollten wir uns mal zusammensetzen und über eine Provision reden, wenn ich dir noch mehr Kunden vermittle.«

Brannan, der bislang geschwiegen hatte, hob eine Hand. »Du solltest nicht zu euphorisch sein, John. Die Heringssaison geht dem Ende zu. Wenn die Wale das Gebiet vor der Küste verlassen und weiterziehen, wirst du weit weniger Ausflugsfahrten unternehmen können.«

»Ach was, das siehst du viel zu schwarz.« John beugte sich über den Tresen, nahm die Kaffeekanne von der Wärmeplatte und schenkte sich einen Becher voll ein. »Wer sagt denn, dass wir nicht zumindest ein paar Delphine auftreiben, um die Touristen bei Laune zu halten.«

»Mag sein, aber ich werde dann nicht mehr da sein«, gab

Brannan zu bedenken. »Du wirst dein Glück mit den Delphinen auf eigene Faust versuchen müssen.«

Dalziel grinste zufrieden in sich hinein. Die Aussicht, dass sich zumindest das Thema Brannan in absehbarer Zeit von selbst erledigen würde, ging ihm runter wie Öl.

»Wird schon klappen«, gab John schulterzuckend zurück. Er wandte sich an Dalziel. »Wie sieht es denn diesen Sonntag bei dir aus? Kann ich mit dir rechnen?«

»*Nae*«, Dalziel wischte sich mit dem Ärmel den Kaffee aus den Mundwinkeln. »Diesen Sonntag helfe ich meiner Frau, das Haus ihrer Eltern auszuräumen.«

Eine unmerkliche Sekunde lang hatte Dalziel den Eindruck, als würde sich Brannans Gesicht verdüstern. Im nächsten Moment wirkte er wieder völlig unbeteiligt. Dalziel zögerte. Hatte er richtig gesehen oder hatte das schräg einfallende Licht ihn getäuscht? Bevor er zu einem Ergebnis kam, unterbrach Johns Stimme seine Gedanken.

»Höre ich richtig? Das sind ja ganz neue Töne, Dalziel. Kann mich nicht erinnern, wann du und Kayla das letzte Mal gemeinsam etwas am Sonntag unternommen habt.«

»Meine Frau hat mich darum gebeten«, behauptete Dalziel und erhob sich. »Da konnte ich ihr den Gefallen schlecht abschlagen. Ich muss los, Leute, man sieht sich.« Er tippte sich zum Abschied gegen die Stirn. Als er an Brannan vorbeikam, fixierte er ihn mit einem scharfen Blick. Diesmal, so hätte Dalziel schwören können, hatte er sich nicht getäuscht. In Brannans Blick lag eine hintergründige Feindseligkeit, die ihn schwer ins Grübeln brachte.

»Wir freuen uns, dass du so gute Fortschritte gemacht hast«, der Arzt lächelte Logan von seinem Schreibtisch aus zu. Dann versenkte er den Blick wieder in die aufgeschlagene Patientenakte. »Laut unseres betreuenden Psychologen besteht kein Anlass, dich länger bei uns zu behalten.«

»Das freut mich.«

»Deinem Wochenende steht somit nichts im Wege. Ich sage der Schwester, dass sie deine Eltern verständigt. Sie können dich abholen.«

»Nicht nötig, Sir, ich nehme den Bus«, erklärte Logan mit ruhiger Stimme. Was ging es den Arzt an, dass Pádraig auch mit Engelszungen nicht dazu zu bewegen wäre, sich ins Auto zu setzen, um seinen Sohn abzuholen? Er hatte Logan im Laufe der letzten Tage telefonisch klar zu verstehen gegeben, dass er nicht die geringste Absicht hatte, den ganzen Weg nach Stornoway hinaufzufahren, um ihn wieder zurückzukutschieren. Wer sich selbst in Schwierigkeiten brachte, musste selbst zusehen, wie er zurechtkam, lautete Pádraigs Devise. Logan machte sich nicht sonderlich viel daraus, dass Pádraig kein Entgegenkommen zeigte. Alles andere hätte an ein Wunder gegrenzt und Wunder gab es, seines Wissens nach, nur in der Bibel.

»Du weißt, was die Bedingungen sind?« Der Arzt klopfte mit dem Mittelfinger auf die Tischplatte und warf Logan einen durchdringenden Blick zu.

»Klar. Ich komme einmal die Woche zur Therapiesitzung herauf. Sollte es Probleme geben, habe ich die Mobilnummer des Psychologen, der rund um die Uhr für mich erreichbar ist«, rezitierte Logan gelangweilt. Sie hatten ihm den Spruch so oft eingetrichtert, dass er ihm mittlerweile zu den Ohren herauskam.

»Denk daran, regelmäßig das Lithiumpräparat zu nehmen. Es hilft dir dabei, dich bald besser zu fühlen.« Der Arzt erhob sich und schüttelte Logan zum Abschied die Hand. »Hast du Pläne für die nächsten Tage?«

»Nein«, erwiderte Logan wahrheitsgemäß.

Das Gespräch mit dem Arzt zog sich unangenehm in die Länge, aber schließlich trat Logan mit den Entlassungspapieren in der Hand ins Freie.

Wenn er ehrlich war, hatte er nicht die geringste Idee, wie es jetzt weitergehen sollte. Alles, was er wusste, war, dass die Verletzung darüber, dass Kayla ihn bei seiner Mutter verpetzt hatte, sich in seinen Eingeweiden ausbreitete wie ein giftiger Pilz. Er mochte Kayla, zweifelsohne, aber die Sache mit der Gerechtigkeit, das hatte man ihm von klein auf eingebleut, sollte man nicht auf die leichte Schulter nehmen. Und gerecht war es nicht, dass Kayla ihm immer signalisiert hatte, sie wäre auf seiner Seite, um dann sein Vertrauen zu missbrauchen und ihm im passenden Moment in den Rücken zu fallen mit dieser Mütter-müssen-zusammenhalten-Nummer. Nein, er schüttelte stumm den Kopf. Gerecht ging anders. Etwas musste geschehen, aber was?

Weit bist du ja nicht gerade gekommen.« Dalziel stellte die Werkzeugkiste neben der Spüle ab und ließ den Blick schweifen.

»Es ist mehr Arbeit als gedacht«, erwiderte Kayla tonlos. Sie hatte das Gefühl, sich in einer Art Parallelwelt zu befinden. Sie ließ die Hand auf der Lehne des Stuhls ruhen, auf dem Brannan gesessen und mit ihr Tee getrunken hatte. Die Küche sah aus, wie sie sie verlassen hatte. Von dem Strauß Wiesenblumen auf dem Tisch regnete es Blüten, daneben erblickte sie eine von Mr Mcadams heruntergebrannten Kerzen und das abgebrannte Streichholz. In der Spüle standen die beiden Tassen, so, wie sie sie zum Trocknen hingestellt hatte, in der Erwartung, sie wieder mit Brannan zu benutzen.

Ihr Herz zerfiel wie welkes Herbstlaub. Nichts hatte sich verändert seit jenen kostbaren Stunden, die sie mit Brannan hier verbracht hatte. Alles war so, wie es sich in den letzten Wochen eingespielt hatte, und dennoch war alles ganz anders. Neben ihr stand Dalziel, nicht Brannan, und erfüllte die Küche mit seinem mürrischen Schweigen. Es fühlte sich an, als hätte man ihren Körper genommen und in ein gänzlich anderes Leben verpflanzt.

»Ich verstehe beim besten Willen nicht, weshalb du dir so ein Kopfzerbrechen machst«, hörte sie ihn sagen. »Den Krempel braucht doch wahrhaftig kein Mensch.«

Sie hob den Bick und sah ihn den Raum inspizieren, wie ein Zahnarzt, der eine komplizierte Wurzelbehandlung plant. Seine Stirn war tief gefurcht, seine Lippen bleistiftdünne Striche.

Er trat in den Gang. Sie hörte, wie er die Tür zu ihrem Zimmer aufzog. Alles in ihr erstarrte.

»Hier drin sieht es halbwegs okay aus. Nur dein altes Bett und ein morscher Schrank.«

Kaylas Herz klopfte wie wild.

»Was meinst du, soll ich das Bett abbauen? Wir können es in die Garage schaffen und …«

»Nein, lass es«, fuhr Kayla ihn an. Seine Worte schnitten ihr ins Mark. Sie kam ihm hinterhergestürzt und stand, um Beherrschung ringend, in der Türschwelle.

Verwundert über ihren ungehaltenen Ton, drehte er sich zu ihr um.

»Das ist mein Zimmer, ich kümmere mich darum«, schob sie hinterher und rang sich einen möglichst gleichmütigen Gesichtsausdruck ab, obwohl sie beim Anblick des verwaisten Bettes, das sie und Brannan geteilt hatten, in Tränen hätte ausbrechen können.

»Wie du meinst«, erwiderte er steif, aus seiner Miene sprach Unverständnis. »Ich wollte nur behilflich sein.«

»Vielleicht fängst du am besten mit Dads Schuppen an? Sicher gibt es unter seinen Werkzeugen etwas, das wir gebrauchen können«, schlug sie, betont versöhnlich, vor. Sie trat einen Schritt auf ihn zu und legte ihm die Hand auf die Schulter. »Es tut mir leid, ich habe es nicht so gemeint. Die ganzen Erinnerungen schlagen mir wohl aufs Gemüt.«

Er blickte sie an, als hätte sie ihm erklärt, sich der Vereinigung Schottischer Frauen zur Bewahrung des Sabbat anschließen zu wollen.

»Du solltest nicht so sentimental sein. Je schneller du einen Schlussstrich unter das Ganze ziehst, umso besser. Glaub mir.« Er gab ihr einen Kuss auf die Stirn und verzog sich nach draußen.

Kayla ließ sich auf das Bett fallen und drückte den Kopf in die Kissen. Sie hatte hämmernde Kopfschmerzen, zudem war ihr schwindlig, so dass sie Mühe hatte, sich auf den Beinen zu halten. Die ganze Nacht hatte sie wachgelegen. Es hatte ihr davor gegraut, Dalziel mit nach Aird Mhighe zu nehmen. Jetzt wollte sie die Sache einfach hinter sich bringen, ohne darüber nachzudenken, wie schrecklich alles war. Es fühlte sich an, als würde sie alles verraten, was zwischen Brannan und ihr war.

Logan stand, ein gutes Stück vom Haus entfernt, zwischen den Hügeln, das Fernglas auf die Gardinen von Kaylas Wohnzimmer gerichtet. Etwas bewegte sich hinter der Scheibe. Ein Lächeln spielte um seine Mundwinkel. Er war sich so gut wie sicher gewesen, dass sie kommen würde, und er hatte recht behalten. Gespannt wie ein Flitzebogen blickte er zum Haus. Jetzt öffnete sich die Terrassentür und …

Mit einem überraschten Keuchen ließ Logan das Fernglas sinken. Er konnte sich nicht erklären, was er da sah. Was tat Mr Gillan denn hier? Er hatte fest damit gerechnet, Mr Tait aus der Tür treten zu sehen, so wie all die Wochen zuvor, in denen er Kayla beobachtet hatte. Genau deshalb war er ja heute hierhergekommen. Was um alles in der Welt, fragte sich Logan, war in der Zeit passiert, die er im Krankenhaus in Stornoway verbracht hatte?

Er packte den Feldstecher weg, griff in seine Tasche und zog die Plastikdose mit den Tabletten heraus, die ihm der Arzt verschrieben hatte. Ohne nachzutrinken, schluckte er sie hinunter.

Dann setzte er sich ins Gras und wartete darauf, dass der Nebel in seinem Gehirn sich verzog.

Fieberhaft suchte er nach einer Erklärung. Dass Mrs Gillan mit Brannan Schluss gemacht hatte, hielt er für unwahrscheinlich. Die beiden klebten wie Kaugummi aneinander. Irgendetwas musste dazu geführt haben, dass ihr Rendezvous ins Wasser gefallen war, schlussfolgerte Logan. Das war die einzig logische Erklärung. Möglicherweise war Mr Gillan misstrauisch geworden und wollte herausfinden, was seine Frau Sonntag für Sonntag in Aird Mhighe trieb. Er rieb sich über die Stirn. Ob sich Mr Tait und Kayla einen anderen Ort für ihre heimlichen Treffen gesucht hatten?

Er erhob sich, klopfte sich den Staub von den Jeans und begab sich wieder auf seinen Beobachtungsposten. Was auch immer hier vor sich ging, er war entschlossen, das Rätsel zu lösen. Es war nur eine Frage der Zeit. Was er mit seinem Wissen dann anfangen würde, würde man sehen.

»Kayla? Dalziel? Wo steckt ihr?«, erklang Allys Stimme von der Veranda. Verwundert legte Kayla das Stück Zeitungspapier, in das sie gerade die Sherrygläser einwickeln wollte, beiseite und erhob sich vom Tisch.

Die Tür quietschte. Herein kamen Ally, Sandra und Kaitlin.

»Was um aller Welt macht ihr denn hier?«, kam es Kayla über die Lippen, als die drei völlig unerwartet vor ihr in der Küche standen.

»Überraschung«, meinte Ally leichthin. Sie nahm einen von Kaylas Äpfeln aus der Schale und warf ihn durch die Luft.

»Die ist euch gelungen«, sagte Kayla. Ihr Gesichtsausdruck schwankte zwischen Entsetzen und Erheiterung. Sie blickte ihre Freundinnen mit in die Seite gestemmten Fäusten an, als würden Rose und Jill, die Zwillingslämmchen, vor ihr stehen und ihre Mäulchen nach allem möglichen Essbaren ausstrecken. Sandras Stimme holte sie wieder in die Realität zurück.

»Meine Güte, was für ein wunderbares Stück«, sagte Sandra. Sie stand da, versunken in den Anblick der Anrichte aus dunklem Mahagoni, und fuhr mit dem Finger über die Schnitzerei. »Dieser Aufsatz mit dem antiken Geschirrbord ist äußerst sorgfältig gearbeitet. Wisst ihr schon, was ihr damit machen wollt?«

Ally zuckte die Schultern. »Meinetwegen kannst du ihn haben.«

»Wir klären das, wenn die Liste der Dinge, die wir weggeben wollen, vollständig ist«, ruderte Kayla, der Allys Entscheidung viel zu schnell ging, zurück. »Was führt euch überhaupt hierher?« Sie blickte zwischen den dreien hin und her.

»Das war Allys Idee«, erwiderte Kaitlin, stellvertretend für alle. »Sie meinte, nachdem du dich die letzten Wochen in schöner Regelmäßigkeit in Aird Mhighe vergraben hast, wäre es an der Zeit, dass wir mal nach dir sehen und dir die Arbeit ein wenig versüßen. Hier …« Sie nahm einen Kuchenteller aus ihrem Korb und stellte ihn auf den Tisch. »Karottenkuchen mit Cremefüllung, den magst du doch so gerne.«

»Wie lieb von dir, Kaitlin, das wäre doch nicht nötig gewesen«, erwiderte Kayla. Nachdem sie den ersten Schock über das Eintreffen der drei verdaut hatte, machte sich ein erlösendes Gefühl in ihr breit. *Beste Ally …* Sie hatte erahnt, wie furchtbar es für Kayla werden würde, allein mit Dalziel in dem Haus zu sein, das vom Fußboden bis zum Dach voller Gefühle zu einem anderen Mann steckte. Kayla hätte ihrer Schwester um den Hals fallen mögen, was bei ihren Freundinnen zwangsweise äußerst unangenehme Fragen aufgeworfen hätte. Also beschränkte sich Kayla stattdessen auf einen dankbaren Blick in Allys Richtung. Ally verstand und blinzelte wortlos zurück.

»Ach was, nicht der Rede wert«, winkte Kaitlin indes ab. Sie blickte sich suchend um. »Wo finde ich denn ein Messer? Ah da … Du weißt doch, wie gerne ich backe, und außerdem wollte ich die Gelegenheit nutzen, um dem armen Mr Mcadam einen Besuch abzustatten. Wie furchtbar, dass Fiona so plötzlich gestorben ist. Weißt du, ob er zu Hause ist?«

Kayla schüttelte den Kopf. »Nein, er fährt sonntags immer zu seiner Tochter.«

»Das ist gut für ihn. Trotzdem hätte ich ihn gerne gesehen.«

»Habt ihr Hunger mitgebracht? Soll ich Tee machen?«, warf Kayla einen fragenden Blick in die Runde.

»Gerne.«

»Seid mir nicht böse, aber ein ordentlicher Kaffee wäre mir lieber«, kam es von Sandra. »Seitdem ich schwanger bin, lässt mich mein Kreislauf im Stich. Ich fühle mich so schlaff wie eine Alge.«

»Kreislauf? Nette Ausrede«, stichelte Ally und grinste. »Gib es zu. Auch wenn du noch so lange hier auf den Inseln lebst, schaffst du es nicht, deine deutschen Sitten abzulegen. Kein Schotte würde auf die Idee kommen, Kaffee zu dieser Uhrzeit zu trinken.«

»Mag sein.« Sandra legte die Hände auf ihren Bauch und gab einen abgrundtiefen Seufzer von sich. »Das Kleine hier bringt mich durcheinander, obwohl es noch gar nicht auf der Welt ist. Der arme Tormod, meine Gelüste wechseln stündlich. Momentan würde ich Morde begehen für eine Leberkäs-Semmel mit süßem Senf und einem Weißbier …«

»Kannst du das bitte noch einmal ganz in Ruhe für mich wiederholen?« Kaitlin legte amüsiert den Kopf schief.

»Den Teufel werd ich tun. Davon wird mein Heißhunger ja noch schlimmer«, gab Sandra zurück. »Bescheiden wie ich bin, begnüge ich mich mit Tee.«

»Was ist denn hier los?«, hörte Kayla Dalziel mit verdrießlicher Stimme fragen, bevor Sandra und Kaitlin ihre Diskussion fortsetzen konnten. Sie hob den Kopf. Dalziel stand in der Tür, das vorsintflutliche Lötgerät ihres Vaters in der Hand, und blickte um sich, als hätte eine feindliche Invasion stattgefunden. Was ja irgendwie auch stimmte, dachte Kayla, und unterdrückte ein Grinsen.

»Hallo, Schwager«, erwiderte Ally mit einem lässigen Wedeln in seine Richtung. »Wir sind zu Kaylas moralischer Unterstützung hier.«

Dalziel kniff die Augen zusammen.

»Und zu deiner, natürlich«, schob Ally hinterher. »Ich sehe, du bist gerade mit Dads altem Werkzeug beschäftigt. Soll ich mit nach draußen kommen und dir helfen? Ich kenne mich ziemlich gut im Schuppen aus. Dad meinte, ich hätte handwerkliches Geschick. Daher durfte ich ihm bei allen möglichen Arbeiten helfen, die sonst nur Männer machen.«

»Spar dir die Mühe«, knurrte Dalziel. »Ich komme bestens zurecht. Macht ihr im Haus weiter.« Ohne ein weiteres Wort zu verlieren, machte er auf dem Absatz kehrt und ging zurück nach draußen.

»Hm, sehr erfreut wirkte dein Mann nicht, uns zu sehen«, stellte Kaitlin fest. Sie zuckte die Schultern und drehte sich zu Sandra um. »Nun ja … Wenn du einen guten Rat hören möchtest in Bezug auf Schwangerschaftsgelüste, ich habe letzte Woche rein zufällig mit Mrs Dowes geplaudert und …«

Kayla spürte, wie Ally sie am Ellbogen nahm und zur Seite zog, während Kaitlin und Sandra sich am Küchentisch niederließen, um ihre Unterhaltung in aller Ruhe fortzuführen.

»Mein Plan scheint zu funktionieren«, raunte Ally ihr hinter vorgehaltener Hand zu. »Dalziels Gesicht nach zu urteilen würde er lieber bis über beide Ellbogen in einem Hornissennest stecken, als unsere Gesellschaft eine Sekunde länger zu ertragen.«

»Ich kann dir gar nicht sagen, wie dankbar ich dir bin«, gab Kayla zurück und drückte Allys Arm. »Das hier ist ein einziger Alptraum.«

»Verständlich«, nickte Ally. »Ich weiß nicht, ob wir Dalziel ausreichend verschreckt haben, damit er in Zukunft darauf verzichtet, nach Aird Mhighe zu fahren, aber es war besser, als rumzusitzen und nichts zu unternehmen.«

»Wie ich meinen Mann kenne, dürfte sich seine vermeintliche Hilfsbereitschaft hiermit erschöpft haben«, stellte Kayla ungerührt fest. »Dennoch werde ich mich mit Brannan nicht mehr hier treffen können.«

»Das befürchte ich auch«, Ally bedachte sie mit einem mitfühlenden Blick. »Habt ihr eine Ausweichmöglichkeit?«

»Momentan nicht«, Kayla ließ die Schultern hängen. »Bei Brannan können wir uns nicht treffen, ohne dass es das ganze Dorf mitbekommt. Wenn uns nichts einfällt, enden wir noch in einem der verlassenen Schuppen, in denen wir uns als Jugendliche mit ein paar Flaschen Bier vergnügt haben.«

»Kein Grund, gleich schwarzzumalen«, ermutigte Ally sie. »Und …«, sie knuffte Kayla gegen die Schulter, »… es steht dir immer noch frei, mit Brannan durchzubrennen.«

»Haha.«

»Warum nicht? Du bist sechsunddreißig und das Leben liegt vor dir.«

Kayla biss sich auf die Lippen ob des eigenartigen Reizes, den dieser zugegebenermaßen draufgängerische Gedanken besaß. *Warum eigentlich nicht …?* Wie die Dinge standen, tat sie sich ausgesprochen schwer, ein stichhaltiges Gegenargument anzuführen.

Am darauffolgenden Dienstag stand Kayla im Post Office und sortierte Zeitschriften ein, während Sandra hinter der Theke damit beschäftigt war, die Briefe der Royal Mail in Fächer zu sortieren. Die Türglocke bimmelte und hereinspaziert kam Brannan.

»Hallo, Brannan, wie kann ich dir helfen?«, fragte Sandra. Kayla reckte irritiert den Hals und beobachtete, wie ihre Freundin sich das Haar aus der Stirn strich und Brannan zulächelte.

»Ist Kayla da?« Brannan kratzte sich die Schläfe. »Es gibt eine Kleinigkeit wegen der morgigen Probe, die ich mit ihr besprechen möchte.«

»Kayla ist da drüben, bei den Zeitschriften«, Sandra hob den Arm und deutete in ihre Richtung. Dann drehte sie Brannan den Rücken zu und vertiefte sich wieder in die Post.

»Brannan …«, murmelte Kayla tonlos. Sie war so überrascht, ihn zu sehen, dass sie nicht wusste, was sie sagen sollte.

»Wie geht es dir? Ich habe mir Sorgen gemacht«, seine Stimme verriet Anspannung. Kayla bemerkte, dass seine Augenränder gerötet waren, als hätte er zu wenig Schlaf bekommen.

»Was fällt dir ein hierherzukommen«, zischte sie, doch im Grunde war sie glücklich, ihn zu sehen. »Noch dazu, wenn Sandra im Laden ist.« Sie versuchte, an seiner Schulter vorbei nach Sandra zu schielen, aber mit seiner hohen, breitschultrigen Gestalt versperrte er ihr die Sicht.

»Wo viel Licht ist, ist viel Schatten«, gab er ungerührt zurück. »Nichts könnte unauffälliger sein, als am helllichten Tag zur Tür hereinzuspazieren und nach dir zu fragen. Bitte, ich muss wissen, wie es dir geht.« Seine Augen blickten eindringlich.

Ihr Herz hüpfte wie ein Tamburin. »*Ceart gu leòr,* aber nicht hier …«, sie strich sich das Haar aus dem Gesicht und überlegte. »Der Glockenturm der St Clement's Kirche in Rodel. Weißt du, wo das ist?«

Er nickte.

»In einer Stunde. Um die Zeit ist es dort wie ausgestorben, und falls doch jemand auf die Idee kommen sollte, die Kirche zu besuchen, sehen wir ihn rechtzeitig.« Sie versuchte, das Zittern in ihrer Stimme zu unterdrücken, aber es gelang ihr nicht. Gott, sie hatte solche Sehnsucht nach ihm! War es verrückt, deshalb ein Risiko einzugehen? Sie schluckte. Wirklich wohl war ihr bei ihrem Vorhaben nicht. In der letzten Zeit hatte sie des Öfteren das unangenehme Gefühl beschlichen, beobachtet zu werden. Was, bei Licht betrachtet, blanker Unsinn war. Wer sollte schon hinter ihr herspionieren? Dalziel nicht, das war ausgeschlossen, denn auch in seiner Gegenwart hatte sie die Blicke in ihrem Rücken gespürt. Ergo blieb nur eine Erklärung: Ihr Gewissen spielte ihr einen Streich, weil sie die Lügerei so verdammt satthatte. Wie konnte es anders sein?

Inzwischen war sie von ihrem Versteckspiel so erschöpft, dass sie bezweifelte, ob sie noch so lange durchhalten würde, bis sie mit dem Anwalt gesprochen hatte. In Gedanken nahm sie sich vor, dem Ganzen noch eine Woche Aufschub einzuräumen. Falls sich bis dahin nichts ergeben hätte, würde sie mit Dalziel reinen Tisch machen, so oder so. Egal, wie sehr Ally darauf drängte, sie müsse vorher Informationen einholen.

»Ich werde da sein, *mo gràdh …*«, er zog eine der Zeitschriften aus dem Regal und blätterte darin.

Sie warf einen Blick in Sandras Richtung. Als sie sicher war, dass Sandra ihnen nicht zuhörte, fügte sie hinzu: »Pass auf, dass dir niemand folgt.«

»Natürlich.«

»Tha gaol agam ort.«

»Ich liebe dich auch, *mo gràdh.*«

Mit einem Nicken verabschiedete er sich von ihr und ging, die Zeitschrift in der Hand, zu Sandra hinüber.

Kayla tat, als wäre sie in ihre Arbeit vertieft, und verfolgte aus den Augenwinkeln heraus, wie er bezahlte und sich auf den Weg machte. Als die Tür sich mit einem leisen Klingeln hinter ihm schloss, klebte der Stoff ihres T-Shirts schweißnass an ihrem Rücken.

Eine Dreiviertelstunde später erklärte Kayla, dass sie sich nicht wohl fühle und bat Sandra, eine Pause machen und frische Luft schnappen zu dürfen.

»Du Arme!« Sandra warf ihr einen mitfühlenden Blick zu. »Das passiert auffällig oft in letzter Zeit.«

»Tut mir leid, ich weiß auch nicht, woran es liegt.«

»Von dem verdorbenen Magen kann es nicht kommen, das ist zu lange her«, rätselte Sandra. Sie schüttelte den Kopf. »Wenn es nicht besser wird, solltest du einen Arzt konsultieren.«

»Das werde ich, versprochen. Aber fürs Erste versuche ich es mit einem Spaziergang.«

»Tu das. Bleibst du länger weg?«

»Nein«, Kayla biss sich auf die Lippen. Sie wägte kurz ab, hielt es dann aber für unverfänglicher, so nahe wie möglich bei der Wahrheit zu bleiben. Was, wenn sie in einer der Ausweichbuchten an der langen, schmalen Straße einem Auto begegnete, hinter dessen Steuer zufällig ein Bekannter saß und ihr freundlich zuwinkte? Auf Harris war es so gut wie unmöglich, mehr als eine Meile zu fahren, ohne dass die halbe Insel davon Wind bekam. »Ich nehme den Wagen und fahre nach Rodel. Vielleicht setzte ich mich ein paar Minuten in die Kirche. Die Atmosphäre dort hat etwas Beruhigendes.«

Sandra zuckte die Schultern. »Ich wüsste nichts Besseres als eine leere, mittelalterliche Kirche, um zu entspannen. Lass dir Zeit. Warte ...«, sie griff unter den Tisch und zog ihren iPod hervor. »Hier. Nimm das mit. Gregorianische Gesänge. Das hilft runterzukommen.«

»*'S math sin*«, Kayla lächelte schief. Inzwischen musste sie gar nicht mehr vorgeben, dass ihr übel war. Vor Aufregung fühlte sich ihr Magen an wie mit glühendem Torf gefüllter Haggis. »Bis später, Sandra.«

»Bis dann. Pass auf dich auf.«

Kayla trat ins Freie und atmete durch. Ihr Blick fiel über die Straße zu ihrem Wagen.

Da war es wieder, das merkwürdige Gefühl …

Jemand beobachtete sie.

Verwirrt drehte sie sich um.

Nichts. Kein Mensch zu sehen.

Sie hob die Arme und massierte ihre Schläfen. Guter Gott, so konnte es wahrhaftig nicht weitergehen. Wenn sie den Spuk nicht bald beendete, würde sie noch durchdrehen. Sie stieg in ihr Auto und warf Sandras iPod achtlos auf den Beifahrersitz. Dann steckte sie den Schlüssel in das Zündschloss und schickte ein kurzes Stoßgebet zum Himmel. Hoffentlich ließ sie der klapprige Motor diesmal nicht im Stich. Mit einem entschlossenen Ruck drehte sie das Handgelenk. Der Motor sprang auf Anhieb an. Erleichtert legte Kayla den Gang ein und fuhr los.

Dalziel stand als Letzter in der Schlange an der Supermarktkasse und trat ungeduldig von einem Fuß auf den anderen. Herrgott, was dauerte denn da so lange! Ausgerechnet heute. Wenn er auslaufen wollte, bevor der Wind auffrischte, blieb ihm nicht viel Zeit. Eile war der Grund gewesen, sich im Supermarkt eine Flasche Cider und eine Packung Chips zu holen, statt bei Tormod im Bus auf ein frisch zubereitetes Sandwich zu warten. Wenn er geahnt hätte, dass ausgerechnet heute so viel los war! Er durchbohrte den pickeligen Jungen an der Kasse, der geduldig dem Mitteilungsbedürfnis einer alten Dame mit Strohhut nachkam, mit wütenden Blicken. In diesem Moment hörte er eine Stimme hinter sich.

»Schön, Sie zu sehen, Mr Gillan.«

Er drehte sich um. Vor ihm stand der alte Mr Mcadam.

Dalziel streckte die Hand aus. »Mein herzliches Beileid. Wie ich gehört habe, ist Ihre Frau sehr überraschend gestorben.«

Mr Mcadam nickte. »*Aye, móran taing.* Den Lauf der Dinge kann man nun mal nicht ändern.«

»*Aye.*«

Mr Mcadam deutete auf den Korb in seiner Hand. »Nicht viel heute, nur ein bisschen Butter, Eier und Käse, um die kommenden Tage zu überbrücken. Ist wohl das letzte Mal, dass ich hier einkaufe. Meine Tochter holt mich nächste Woche zu sich.«

»Das ist gut«, sagte Dalziel und drehte dem Alten den Rücken zu. Er hatte beileibe keine Lust, sich in ein Gespräch verwickeln zu lassen. Verärgert stellte er fest, dass sich die Schlange in der Zwischenzeit keinen Millimeter bewegt hatte. Er spürte, wie der Alte ihm von hinten auf die Schulter tippte, und blickte sich gereizt um.

»Eine Frage, Mr Gillan, wo ich Sie gerade sehe«, sagte Mr Mcadam zögernd. »Ich werde Hilfe beim Umzug brauchen. Könnten Sie mir freundlicherweise die Nummer des Unternehmers geben, der bei Ihrer Frau zum Ausmessen da war? Er machte einen sympathischen Eindruck und vielleicht gewährt er mir einen kleinen Preisnachlass, als Nachbarschaftsrabatt quasi …«

Dalziel fühlte sich, als hätte man ihm den Magen herausgezogen und verknotet. Er drehte sich um, sein Gesicht war wie versteinert. »Was sagen Sie da?«

»Die Umzugsfirma. Ich hätte gerne die Telefonnummer, wenn es Ihnen nichts ausmacht.«

Dalziel musste heftig um Fassung ringen. Sein Atem ging stoßweise. »Wie sah der Mann denn aus, von dem Sie sprechen?«

»Schwarze Haare, Dreitagebart, groß, gut gebaut … Ein echter Hingucker für die Damenwelt, würde ich meinen. Warum fragen Sie?«

»Ich muss los. Wir sprechen uns ein andermal.« Dalziel drückte dem verdutzt dreinblickenden Mr Mcadam den Cider und die Chips in die Hand und stürzte grußlos zur Tür hinaus.

Brannan … Der Beschreibung nach konnte es nur Brannan sein. *Verdammter Mist!*, fluchte Dalziel, er hatte von Anfang an geahnt, dass etwas im Busch war. Rasend vor Wut warf sich Dalziel in seinen Jeep und jagte mit quietschenden Reifen Richtung Post Office davon.

Die einspurige Straße führte mitten durch die Hügel. Schnurgerade verlief sie von Leverburgh aus zur Südspitze der Insel, nach Rodel, ohne rechts oder links abzuzweigen. Insofern gab es für Logan keine Hast, auf dem Moped hinter dem Auto von Mrs Gillan her zu rasen. Irgendwo dort, wo die Straße endete und in die gewundene Golden Road mündete, würde er ihr Auto schon entdecken. Also ließ er ausreichend Zeit verstreichen, bis er sich sicher sein konnte, von ihr im Rückspiegel nicht entdeckt zu werden. Dann zog er den Gashebel. Das Mofa knatterte los.

Nach wenigen Minuten erreichte er die zwischen den Klippen gelegene, winzige Ortschaft, die außer der berühmten Kirche aus dem Mittelalter, einem ehemals glamourösen, mittlerweile aber in die Jahre gekommenen Hotel und einem malerischen Hafen nichts zu bieten hatte als ein paar einsame, meist baufällige Häuser und jede Menge Steine. Er drosselte die Geschwindigkeit und fuhr im Schritttempo die Straße entlang.

Kurz hinter dem Wegweiser mit der Ausschilderung *Tur Chliamainn*, St Clement's Kirche, sah er mitten in den sattgrünen Hügeln Mrs Gillans Auto in einer Parkbucht stehen. Er lenkte das Moped in eine Hofeinfahrt und stellte es hinter einen Steinwall, so dass es von der Kirche aus nicht zu sehen sein würde. Dann machte er sich zu Fuß auf den Weg zur Kirche und kam gerade noch rechtzeitig vor der steinernen Mauer an, um einen Blick auf Mrs Gillan zu erhaschen, bevor sie im Tor am Westeingang des Glockenturms verschwand.

Vorsichtig schlich Logan um die Mauer herum. Er reckte den Hals. Ein paar Meter die Straße hinauf parkte Mr Taits alter Ford. Leise pfiff er durch die Zähne. Was die beiden unbeobachtet in dem alten Glockenturm taten, konnte er sich denken. Es trieb ihm die Schamesröte ins Gesicht.

Unschlüssig, was er tun sollte, schob Logan die Hände in die Taschen. Mrs Gillan hatte ihn enttäuscht, aber ihr deshalb in den Turm zu folgen und sie bei ihrem heimlichen Stelldichein mit Mr Tait zu überraschen, brachte er einfach nicht fertig. In der Zeit, als Iain noch in Luskentyre gewohnt hatte, war sie immer nett und freundlich zu ihm gewesen. Wenn seine Mutter, bedingt durch einen Krankheitsschub, keine Kräfte mehr für ihn hatte erübrigen können, hatte Kayla stets ein offenes Ohr für ihn gehabt.

Und Mr Tait … er hatte Logan an jenem düsteren Tag im Moor vor einer riesengroßen Dummheit bewahrt. Im Grunde war es Brannan zu verdanken, dass Logan noch am Leben war. Er hob die Hand und strich sich das verschwitzte Haar aus der Stirn. Nach allem, was man ihm beigebracht hatte, stand er in Mr Taits Schuld, überlegte Logan. Selbst wenn das Abtragen der Schuld momentan nur darin bestand, Brannans Techtelmechtel mit Mrs Gillan nicht in die Quere zu kommen. Nun denn, er würde einfach Coolness bewahren und hier sitzen bleiben. Irgendwann mussten die beiden ja wieder aus dem Turm kommen. Vielleicht kam ihm ja in der Zwischenzeit eine Idee, wie er Nutzen aus der Situation schlagen könnte. Dann wären er und Mrs Gillan quitt.

Atemlos, den rechten Arm tastend von sich ausgestreckt, kletterte Kayla die ausgetretenen Steinstufen empor. Im unteren Bereich des Glockenturms war es stockdunkel. Die Luft in den meterdicken Wänden war feucht, es roch nach fauligem Holz und nach Moder. Im ersten Stockwerk angekommen, erlaubte sie sich einen kurzen Blick aus einem der schartenartigen Fenster. Da der Turm, anders als die angrenzende Kirche, auf einem Hügel erbaut war, bot sich ihr ein guter Überblick auf das umliegende Gelände. Mit zitternden Knien spähte sie hinunter in den Kirchhof, wo ein Tor in der Mauer auf die Straße führte. Erleichtert atmete sie aus. Ein paar Schafe grasten zwischen den Gräbern, aber sonst war niemand zu sehen. Sie drehte den Kopf. Von einem der Panele, die die vier Himmelsrichtungen markierten, starrten sie die Augen eines düster dreinblickenden Mannes an. St Clement, Bischof von Rom und Schutzheiliger der Kirche … Erschauernd irrte ihr Blick umher, auf der Suche nach der hölzernen Leiter, die von hier aus in das zweite Geschoss führte.

Schräg gegenüber, in einer dunklen Ecke des Raumes, befand sich, wonach sie suchte. Sie drängte den leichten Schwindel, der sie befiel, zurück und machte sich daran, die verbleibenden, fast senkrecht nach oben führenden Stufen zu erklimmen, in der Hoffnung, im obersten Stockwerk auf Brannan zu treffen.

»Wo ist sie?« Mit hochrotem Kopf und ohne sich mit überflüssigen Höflichkeiten aufzuhalten, baute sich Dalziel vor Sandra auf.

»Ich wünsche dir auch einen schönen Nachmittag, Dalziel, vielen Dank«, erwiderte Sandra und verzog mokiert die Mundwinkel. »Solltest du zufälligerweise von Kayla sprechen, sie ist nicht hier.«

»Wo steckt sie?«

»Sie fühlte sich nicht wohl und ist nach Rodel gefahren, um frische Luft zu schnappen.«

»Wie lange ist das her?«

Sandra zuckte die Schultern. Ihr Blick wanderte zu der Uhr an der Wand. »Keine Ahnung. Ich habe die Postlieferung einsortiert, dann war Brannan kurz hier … Hm, so alles in allem wird es wohl fünfzehn Minuten her sein, dass sie weg ist … Dalziel? Warte doch mal!«

Aber Dalziel hörte ihr gar nicht mehr zu.

Er war wie von Sinnen. *Brannan …*

Seine Frau betrog ihn. Mit Brannan. Womöglich trafen sie sich gerade. Jetzt. In dieser Sekunde. Seine Sinne waren überreizt vor Wut. Er sah Brannans dreckiges Grinsen vor sich, sah, wie dieses Schwein seine – seine! – Frau küsste. Sah, wie sich Brannans Hände in ihr dichtes, dunkles Haar gruben. Mit brennenden Augen riss er den Kopf in den Nacken und gab einen markerschütternden Schrei von sich, wie ein Berserker, der sich besinnungslos in die Schlacht stürzt.

Das Blut rauschte in seinen Ohren, das Licht vor seinen Augen flimmerte. Er riss die Tür des Jeeps auf, beugte sich nach hinten und nahm das Gewehr von der Rücksitzbank. Er lehnte es gegen die Beifahrertür, legte krachend den Gang ein und raste mit heulendem Motor die Straße hinunter nach Rodel.

Die Leiter, die in das dritte und letzte Obergeschoss führte, war nicht minder steil als die vorhergehende. Als Kaylas Finger sich über das Geländer nach oben tasteten, streckte sich ihr Brannans kräftige Hand entgegen und zog ihren Körper nach oben in das lichtdurchflutete Turmzimmer.

»Endlich …«, er wölbte seine Hände um ihr Gesicht und senkte seine Lippen in einem langen, leidenschaftlichen Kuss auf ihren Mund.

Schwer atmend ließ sie sich in seine Umarmung fallen. Eine ganze Weile tauschten sie engumschlungen Zärtlichkeiten aus, als müssten sie ohne den anderen vergehen.

»Geht es dir gut?«, fragte er schließlich, als sein Mund sich von ihrem löste. Er streckte die Arme und hielt sie ein wenig auf Abstand, um sie mit besorgtem Blick zu mustern. »Der Sonntag mit Dalziel in Aird Mhighe muss die Hölle für dich gewesen sein.«

»*Aye,* das war es«, sie senkte den Blick und betrachtete ihre Finger, die mit seinen Fingern fest verschlungen waren. »Zum Glück kam Ally zu meiner Rettung.«

»*Mo gràdh*«, impulsiv zog er sie an seine Brust und schlang schützend die Arme um sie. »Ich wünschte, ich hätte es verhindern können.«

Sie hielt die Luft an und biss sich auf die Lippen. »Ich werde es ihm sagen, Brannan«, zögernd hob sie den Kopf und blickte in seine dunklen, ausdrucksstarken Augen. »Ich werde Dalziel sagen, dass ich mich von ihm trenne, weil ich einen anderen Mann liebe. Auch wenn ich weiß, dass ich diesen Mann nie besitzen werde …«

Seine Hände gruben sich in ihr dichtes Haar, er bedeckte ihre Schläfen bis hinab zu der geschwungenen Linie ihres Kinns mit harten Küssen. Mit wachsender Lust erwiderte sie seine immer drängender werdenden Forderungen. Als er seine Jacke auszog und als Decke für sie auf den staubigen Boden warf, ließ sie sich widerstandslos neben ihn auf den Stein sinken. Im Schutz des heiligen St Clement liebten sie sich in einem Sturm aus Leidenschaft und Verzweiflung, bis sie erschöpft und mit zitternden Muskeln zurücksanken und nichts mehr die Stille des Ortes störte als das Knarren der Dachsparren über ihren Köpfen, das der Wind hervorrief.

Ihr Auto stand hinter einer Kurve an der Ausschilderung zur Kirche. Ohne Rücksicht darauf zu nehmen, dass er vorbeifahrende Autos damit jeglicher Möglichkeit beraubte, die Straße zu passieren, stoppte Dalziel den Jeep und sprang auf die Straße, das Gewehr in der Hand. Er sah sich um. Sein Blick raste über die schroffen Felsklippen, bis hin zu der zwischen den Hügeln gelegenen Kirche. Wohin mochten sie gegangen sein? Einer plötzlichen Eingebung folgend, rannte er die Straße hinunter. Keuchend nahm er die Kurve vor der Anhöhe, dann ragte die Kirche vor ihm auf, umgeben von Grabsteinen, die schief im Boden steckten wie die Zähne im Gebiss eines alten Mannes.

Logan erhob sich aus seiner kauernden Haltung und trat aus dem Schatten der verfallenen Gruft. Er hatte gesehen, wie Mr Gillan, das Gewehr in der Hand, den Hügel hinuntergestürmt kam. Unwillkürlich fragte er sich, welcher seltsamen Fügung es zu verdanken war, dass Mr Gillan sich ausgerechnet diesen Zeitpunkt ausgesucht hatte, um nach Rodel zu fahren. Es war keine Viertelstunde her, dass Mrs Gillan in dem alten Glockenturm verschwunden war, in dem sie tat, was auch immer sie dort mit Mr Tait tun mochte.

Obwohl das Adrenalin wie verrückt durch seine Adern jagte, zwang Logan sich, so gelassen wie möglich auf das Tor unten an der Straße zuzuschlendern. Er schob die Hände in die Taschen seiner Jeans und pfiff leise vor sich hin – zur Beruhigung seiner Nerven und um Zeit zu gewinnen, um zu überlegen. Zeitgleich mit Mr Gillan kam er an den Stufen an, die hinab zur Straße führten.

»Was tust du denn hier? Hast du meine Frau gesehen?« Mr Gillans Stimme klang, als würde sie ihm jeden Moment vor Wut versagen. Logan hob den Blick. Mr Gillan war kalkweiß im Gesicht, was verwunderlich war, wenn man bedachte, dass er den ganzen Weg gerannt war.

»Los, rede!«

In Logans Gehirn herrschte Chaos. *Sag ihm, was du weißt …*, hörte er eine Stimme in seinem Kopf sagen, während eine andere sich mahnend erhob: *Er hat ein Gewehr …* Schweigend starrte er in Mr Gillans zur Grimasse verzerrtes Gesicht, während er versuchte, der Zwietracht in sich Herr zu werden.

»Verdammt, muss ich es aus dir herausprügeln?« Mr Gillans Finger gruben sich fest in seine Schulter und schüttelten ihn.

»Lassen Sie mich los, Mr Gillan. *Aye,* ich habe Ihre Frau gesehen«, keuchte Logan.

Augenblicklich löste sich die Hand von seiner schmerzenden Schulter.

»Wo ist sie?« Mr Gillans Augen waren schmal, seine Stimme klang gefährlich leise.

»Sie ist da entlang.« Logan streckte den Arm aus.

»Na also. Warum nicht gleich.« Ein eisiger Zug spannte sich um Mr Gillans Mundwinkel. Ohne eine Sekunde zu zögern, machte er kehrt, raste die Treppen hinunter und auf den Weg zwischen den Klippen zu, den Logan ihm gewiesen hatte.

Dalziel stolperte den steinigen Pfad zwischen den Felsen hinunter. Blut troff von seiner linken Hand. Er war hart gegen einen Stein geschrammt, spürte aber keinen Schmerz. Dafür war er viel zu besessen von der Vorstellung, die in seinem Gehirn wie ein Kugelblitz wütete: Kayla, seine Kayla!, die sich halbnackt und engumschlungen mit Brannan im Sand wälzte.

Er spürte den Impuls in sich aufkeimen, Brannan, sobald er ihm begegnete, wie einen räudigen Hund über den Haufen zu knallen. Alles in ihm schrie nach Rache. Der Wind heulte in seinen Ohren. Als ihn die wirbelnden Sandkörner wie messerscharfe Miniaturpfeile im Gesicht trafen, schloss er die Augen und blieb stehen. Keuchend rang er mit sich, um das schreckliche Bild aus seinem Kopf zu verdrängen, wie er anlegte, zielte und Brannan mit einem Schuss mitten in die Brust erledigte.

Eine leise Stimme in seinem Hinterkopf mahnte ihn zur Vernunft. *Herrgott, gib mir die Kraft, dass das nicht geschieht …,* flehte er und verdrängte dabei vollkommen, dass er gar nicht an Gott glaubte. Verflucht, er hätte das elende Gewehr überhaupt nicht mitnehmen dürfen. Zum Umkehren war es nun zu spät.

Er hastete weiter. Der Weg verbreiterte sich und führte zwischen meterhohen Dünen in einer Art Hohlweg auf den Strand zu. Das Donnern der Wellen dröhnte in seinen Ohren. Das Meer war aufgewühlt und zornig nach dem gewaltigen Sturm, der in der letzten Nacht gewütet hatte.

Er legte die Hand zum Schutz vor dem heulenden Wind vor die Augen. Unwahrscheinlich, dass Brannan und Kayla sich bei diesem Wetter hier ihrer Lust hingaben, außer sie hatten einen windgeschützten Fleck gefunden. Er blickte sich um. Da …

Weit hinten, mitten in der schäumenden Gischt, erspähte er einen grauen Kopf und schwarze Knopfaugen, die auf ihn gerichtet waren. Wie in einer gigantischen Lichtshow brach die Sonne genau in diesem Moment zwischen den Wolken hervor und ließ das Fell des Tieres leuchtend klar schimmern. Dalziel erkannte den eigenartigen dunklen Ring am linken Auge sofort.

Es war die Robbe. Der Lachsdieb.

Entschlossen, wenigstens einem seiner Widersacher den Garaus zu machen, schulterte er das Gewehr und stapfte mit schweren Schritten die Sandwälle entlang, auf den tosenden Atlantik zu.

Die Robbe schien ihrer Hinrichtung gelassen entgegenzusehen. Sie kam aus den Wellen über den Strand auf ihn zugewatschelt, presste eine Flosse gegen den schräg in den Sand geworfenen Oberkörper und blickte ihn aus gemütvollen Augen an.

Dalziel sog die Luft ein, atmete sie aber nicht mehr aus. Er legte das Gewehr an und löste den Abzugshebel.

Im selben Augenblick zerriss ein gewaltiges Grollen die Luft. Dalziel blickte von seinem Visier auf und erstarrte zu Tode. Die Welle erfasste seinen Körper und zog ihn hinaus. Ein weiteres Krachen, von Knochen diesmal, ein stechend scharfer Schmerz. Ihm wurde schwarz vor Augen. Irgendwo, ganz am Rande seines Bewusstseins, bekam er mit, dass sein Leib wie ein Stück Treibholz gegen das Riff geschleudert wurde.

Im nächsten Moment trieb er wieder Richtung Strand. Röchelnd hob er den Kopf aus den Fluten und versuchte ein paar verzweifelte Schwimmzüge auf den sicheren Boden zu, doch da kehrte sich der Sog abermals um und zog ihn erbarmungslos mit sich hinaus in die eisigen Fluten des Atlantiks.

Dalziels Lungen füllten sich mit Wasser. Sein Trommelfell drohte zu zerplatzen, während er nur noch ein einziges Bild vor Augen hatte: Caitrionas Gesicht erschien in den grauen Wellen, sie lächelte ihm zu.

Mit dem letzten Atemzug, den er tat, bat er Gott um Gnade und darum, heimkehren zu dürfen zu Caitriona, die irgendwo, jenseits der unerträglichen Schmerzen, auf ihn wartete.

Kapitel 22

Brannan hatte sich aufgesetzt. Ein seltsames Flackern leuchtete in seinen dunklen Augen, als er an Kaylas Schulter vorbei zum Fenster blickte.

»Was ist?« Sie stützte sich auf den Ellbogen und berührte mit der Hand seinen Arm.

»Irgendetwas stimmt nicht«, murmelte er.

Sie schwieg, da sie spürte, dass die Worte mehr an ihn selbst als an sie gerichtet waren. Seine Gedanken und Gefühle schienen sich in den letzten Minuten von ihr entfernt zu haben. Gleich dem Windhauch, der durch das Gebälk strich, ließen sie sich nicht einfangen und festhalten. Sie entschwanden nach draußen, an einen Ort, der auf geheimnisvolle Weise mit Brannans komplexer Gefühlswelt verbunden zu sein schien. Nachdenklich betrachtete sie seinen breiten Rücken und sein schwarzglänzendes, schimmerndes Haar. Ein Teil von ihm würde ihr immer fremd bleiben, stellte sie mit Bedauern fest. Vielleicht war er sich selbst fremd in den Momenten, wo die Gabe der Hellfühligkeit ihn durchströmte und ihn von innen heraus erglühen ließ.

Er beugte sich nach vorne und knotete mit seinen langen, kräftigen Fingern die gelösten Schürsenkel seiner Sneakers zu. »Warte hier. Da braucht jemand Hilfe. Ich bin gleich zurück.«

Ein flüchtiger Kuss, dann hörte sie, wie er die Stiegen nach unten kletterte. Sie erhob sich und trat an das nach Norden gerichtete Fenster. Unter ihr erstreckte sich der sattgrüne Rasen des Kirchhofs mit den verfallenen Gruften und den verwitterten Grabsteinen. Auf dem sich schlängelnden Steinweg sah sie Brannan auf das Tor zueilen. An den Stufen angekommen, blickte er sich um und schlug dann den Weg an der Friedhofsmauer entlang nach rechts ein, der zu den Klippen führte.

Unvermittelt blieb er stehen. Erst jetzt entdeckte sie eine weitere Gestalt. Es war Logan. Was um alles in der Welt hatte er hier verloren? Von der Sorge getrieben, der Junge könnte erneut in Schwierigkeiten stecken, stellte sie sich auf die Zehenspitzen und reckte den Hals. Sie beobachtete, wie Brannan und Logan kurz ein paar Worte wechselten, dann ließ Brannan Logan stehen und rannte in die Dünen.

Irritiert sank sie auf ihre Fußsohlen. Es ging also nicht, wie sie zunächst vermutet hatte, um Logan. So viel stand fest. Aber um wen dann? Wessen Bedrängnis trieb Brannan in aller Hektik an den Strand? Gedankenverloren glitten ihre Finger über die Fensternische. In den Ritzen zwischen den Steinen steckten kleine, handbeschriebene Zettel, auf ihnen Sprüche mit Bitten oder Bibelversen. Auf dem Fensterbrett lagen in bunte Papiere eingewickelte Süßigkeiten zwischen Häufchen von Tabak. Sie musste unvermittelt schmunzeln. So beliebt Niall auch war und so sehr die Leute auf ihn bauten, so wenig konnte er im Grunde gegen die Sagen, Legenden und heidnischen Bräuche ausrichten. Sie waren auf den Inseln so lebendig wie eh und je. Einer schonungslosen Natur unterworfen, kamen die Menschen in ihrer Not hierher, um ihre Opfergaben in die Fensternischen zu legen. Zu wem sie beteten oder wer letztendlich in der Lage war, Unheil abzuwenden, ob keltische Gottheit oder christlicher Schutzpatron, vermochte wohl niemand zu sagen. Kayla selbst war noch nie auf den Turm gestiegen, um Votivgaben zu bringen. Jetzt aber wünschte sie, sie hätte wenigstens Zettel und Stift dabei. Das mulmige Gefühl in ihrem Bauch wurde mit jedem Moment größer.

Zusammengekrümmt wie ein Fötus saß Logan im Gras. Er hatte die Arme um die Knie geschlungen, sein Oberkörper wiegte sich mechanisch vor und zurück, während er darauf wartete, die beiden Männer wieder auftauchen zu sehen, die der gewundene Dünenpfad förmlich verschluckt hatte. Seit Mr Tait aus dem Kirchhof gestürmt war und ihn mit diesem durchdringenden und gleichzeitig erschreckend abwesenden Blick gefragt hatte, wo Mr Gillan steckte, waren über zwanzig Minuten vergangen. Logan runzelte die Stirn. Er fragte sich, wie Brannan überhaupt mitbekommen hatte, dass Mr Gillan aufgekreuzt war. Vielleicht hatte er ihn vom Turmfenster aus kommen sehen. Eine andere Erklärung gab es aus Logans Sicht nicht.

Logan erhob sich. Langsam wurde ihm die Sache unheimlich. Eigentlich hatte er gar nicht vorgehabt, *überhaupt* etwas zu sagen. Er wünschte sich, er hätte sich erst gar nicht so tief in die Angelegenheiten der Gillans verstricken lassen. Doch dann, als Mr Tait so plötzlich vor ihm gestanden hatte und Logan so etwas wie Panik in Mr Taits Gesicht gelesen hatte, waren die Worte einfach so aus ihm herausgesprudelt. Vielleicht hatte es daran gelegen, dass es Logan selbst unheimlich vorkam, wie lange Mr Gillan inzwischen wegblieb. In der Zeit seit seinem Verschwinden hätte selbst ein behäbiger Spaziergänger den Weg hinunter an den Strand und wieder zurück mühelos bewältigen können.

Sicher war es besser, wenn jemand nach dem Rechten sah, und Mr Tait war genau im richtigen Moment aufgetaucht. Also hatte Logan ihm berichtet, was er gesehen hatte, nämlich wie Mr Gillan den Klippenpfad hinuntergegangen war, der zwischen den Dünen zum Meer führte. Dass Mr Gillan ein Gewehr dabeigehabt und nach Mrs Gillan gefragt hatte, hatte Logan lieber für sich behalten. Warum, hätte er nicht erklären können. Es fühlte sich einfach richtiger an.

Logan hob das Gesicht und blickte hinauf zum Kirchturm. Dort oben, an einem der Fenster, stand Mrs Gillan, unbeweglich wie eine Statue. Ihr Gesicht wirkte aus der Distanz, umrahmt von ihrem schwarzen Haar, noch eine Spur heller als sonst, beinahe gespenstisch. Ob sie wusste, dass Mr Gillan in den Dünen war? Und wenn ja, um welchen der beiden Männer machte sie sich Sorgen?

Da er nicht riskieren wollte, dass sie bemerkte, wie er zu ihr hochsah, wandte Logan den Blick von ihr ab. Er drehte sich um, straffte den Rücken und starrte angestrengt auf den Küstenpfad. Immer noch nichts … Nervös blickte er auf seine Armbanduhr. dreißig Minuten. Scheiße. Er hätte Mr Tait von dem Gewehr erzählen sollen. Verdammt, weshalb hatte er nichts gesagt? Mr Gillan hatte schrecklich entschlossen gewirkt. Und wütend. Er wäre aber sicher nicht imstande, auf Mr Tait zu schießen. Oder doch? Logans Kopf dröhnte, er rieb sich die hämmernden Schläfen.

Just in diesem Moment sah er Mr Taits hochgewachsene, kräftige Gestalt mit den pechschwarzen, glänzenden Haaren zwischen den Klippen auftauchen. Gott sei Dank, Logan atmete erleichtert auf. Aber warum war er alleine? Wo steckte Mr Gillan?

Auch Mrs Gillan schien Mr Tait entdeckt zu haben, denn sie kam quer über den Kirchhof gelaufen und eilte an Logan vorbei auf Mr Tait zu. Intuitiv heftete Logan sich an ihre Fersen, beinahe gleichzeitig erreichten sie Mr Tait.

Mrs Gillans Augen waren dunkel vor Sorge. Fast hätte Logan damit gerechnet, sie würde sich vor seinen Augen Mr Tait an den Hals werfen, dann aber legte sie ihm nur die Hand auf den Arm. Was aus Logans Sicht die vernünftigere Wahl war.

»Mein Gott, Brannan, wo bist du gewesen?« Sie blickte einigermaßen konsterniert zwischen Mr Tait und Logan hin und her. »Was ist hier los?«

Logan sah, wie Mr Tait sich mit der flachen Hand über das Gesicht rieb, eine Geste, die ihn erschreckend ohnmächtig wirken ließ. Dann packte er Mrs Gillan bei den Schultern und drehte sie zu sich herum. »Ich fürchte, dein Mann steckt in Schwierigkeiten, Kayla. Logan hat Dalziel in die Dünen gehen sehen und ich kann ihn da unten nirgends finden.«

Mrs Gillans Gesicht wurde aschfahl. Sie schien etwas sagen zu wollen, brachte aber nur ein ersticktes Schluchzen zustande, bei dem sich Logan die Nackenhaare aufstellten.

»Ich weiß«, beruhigte Mr Tait sie.

Logan war schrecklich erleichtert, als Mr Tait den Arm um Mrs Gillan legte und sie festhielt. Sie wirkte, als würde sie jeden Augenblick zusammenklappen wie ein Taschenmesser.

»Bitte sag mir, dass er da unten am Strand ist«, hörte Logan sie mit erstickter Stimme sagen. Logans Arme hingen schlaff herab, doch seine Fäuste ballten sich vor Anspannung so fest zusammen, dass sich die Nägel tief ins Fleisch bohrten.

»Du musst mir glauben, dass ich wirklich alles versucht habe.« Mr Tait schüttelte den Kopf, seine ansonsten so gelassene Stimme bebte. »Das da unten ist ein Hexenkessel. Die Wellen sind meterhoch.«

»Oh Gott, was sollen wir nur tun …« Mrs Gillan presste die Hand vor den Mund, ihre Augen füllten sich mit Tränen.

Mr Tait griff in seine Tasche und zog ein Handy hervor. Sein Gesicht war zu einer unheilvollen Grimasse erstarrt. »Wir brauchen die Küstenwache. Und zwar so schnell wie möglich.«

Die nächsten sechsunddreißig Stunden verbrachte Kayla in einem seltsamen Dämmerzustand, ausgelöst durch das Beruhigungsmittel, das man ihr verabreicht hatte. Sämtliche Sinneseindrücke erreichten sie wie durch einen Nebel. Dass Ally sich um sie kümmerte und ihr Getränke einflößte und Brannan in unregelmäßigen Abständen kam und ging, erschien ihr genauso irreal wie die fürchterlichen Alpträume, die sie befielen, sobald sie in einen unruhigen Schlummer glitt.

Irgendwann kam der Moment, von dem sie wusste, dass er unausweichlich war. Brannan ließ sich auf ihrer Bettkante nieder und hielt ihre zitternde Hand in seiner.

»Wir haben ihn gefunden«, erklärte er mit unnatürlich ruhiger Stimme.

Kayla hob den Kopf und las den Ausdruck in seinem Gesicht. Sie wusste sofort, was los war. Obwohl sie in den letzten Stunden nichts mehr gefürchtet hatte als genau diese Worte, überfiel sie eine unerklärliche Gelassenheit. »Er ist tot«, flüsterte sie, ihre Stimme war brüchig und spröde. Seit Dalziels Verschwinden hatte sie kaum ein Wort gesagt.

»*Aye*«, er streichelte mit dem Daumen ihren Handrücken. Sie sah ihm in die braunen, ausdrucksvollen Augen, die von tiefen Schatten umrandet waren. Der sonst so gepflegte Bart um sein Kinn war üppig nachgewuchert, um seine Mundwinkel zogen sich graue Linien, die zuvor nicht da gewesen waren. Alles an Brannans Aussehen kündete von den Anstrengungen der letzten Stunden.

»Weiß man, wie …?« Die Worte erstarben auf ihren Lippen.

Er schüttelte den Kopf. »Nein. Ich war dabei, als sie seinen Leichnam gefunden haben. Man vermutet, dass ihn eine Welle erwischt und aufs Meer hinausgezogen hat. Der Gerichtsmediziner kommt morgen von Edinburgh herüber, aber ich glaube kaum, dass etwas dabei herauskommen wird. Alles deutet darauf hin, dass es ein Unglücksfall war.«

Sie nickte stumm. Da war noch etwas, was sie ihn fragen wollte, aber sie brachte es nicht über sich. Wie immer schien er ihr anzusehen, was sie bewegte.

»Du brauchst nicht zu fragen«, sein Blick verdüsterte sich. »Dort oben in dem Turm … *Aye*, ich wusste, dass er stirbt. Ich konnte seine Panik spüren …«

Fröstelnd wandte sie den Blick ab. Ihr wurde übel, die Bilder, die vor ihrem geistigen Auge auftauchten, drohten sie zu überwältigen. Welches Grauen mochte dieser stolze und unbeugsame Mann – ihr Dalziel –, der Mann, den sie einmal aus ganzem Herzen geliebt hatte, in den letzten Augenblicken seines Lebens durchlitten haben?

»… aber ich habe auch Erleichterung gespürt und etwas, das sich so anfühlte, als hätte Dalziel seinen Frieden gefunden«, schloss Brannan seine Ausführungen.

Kaylas Unterlippe zitterte. Ihr Schmerz und die Trauer um Dalziel waren zu frisch, um das Tröstliche, das in Brannans Worten lag, wahrnehmen zu können. Aber irgendwo, tief in ihrem Inneren, spürte sie eine feine Schwingung. Eine leise Ahnung, die ihr sagte, dass Dalziel sich an einem Ort befand, an dem es ihm vergönnt war, glücklich zu sein.

Schweigend hob sie das Kinn und sah in Brannans Gesicht.

»Du möchtest alleine sein, nicht wahr?«

Sie nickte.

Er küsste sie sanft auf die Stirn. »Ich bin da, wenn du mich brauchst. Du brauchst nur zu rufen.«

Als sich die Tür hinter ihm geschlossen hatte, rollte sie den Körper zur Seite und starrte mit offenen Augen die Wand an. Ihr Körper schüttelte sich wie unter Fieberkrämpfen, ihre Kehle war zugeschnürt, als müsste sie ersticken. Dennoch schaffte sie es nicht, eine einzige Träne zu weinen. Es war, als wäre ihre Seele abgeschnitten von ihren Gefühlen. Als ein dumpfer Schmerz durch ihre Lungen schnitt, musste sie allen Mut zusammennehmen und sich dazu durchringen weiterzuatmen.

»Mrs Gillan?« Zögernd, nachdem sie auf sein beharrliches Klopfen nicht reagiert hatte, schob der Police Chief Inspector den Kopf zur Tür herein. Ein hochgewachsener, hagerer Mann mit wachen, klaren Augen, denen kein Detail zu entgehen schien. Sie kannte ihn von früheren Besuchen auf der Polizeistation in der Church Street in Stornoway. Allerdings hatte sie ihn da wegen geringfügiger Formalitäten wie Beurkundung von Formularen aufgesucht.

»*Ciamar a tha sibh?*« Es war inzwischen später Nachmittag geworden. Sie blickte von der Tasse Tee auf, die Brannan ihr zubereitet hatte, bevor er nach draußen gegangen war, um die Schafe zu versorgen.

»Mein Beileid zum Tod Ihres Mannes«, der Inspector drehte seine Mütze verlegen in den Händen hin und her. »Ich störe Sie nur ungern, aber ich bin gezwungen, Sie zu befragen, damit wir die Akte schließen können.«

Sie nickte. »Natürlich. Bitte setzen Sie sich.«

Er nahm gegenüber von ihr am Tisch Platz und zückte sein Notizbuch. Kayla beobachtete, wie er mit dem Finger durch die Seiten blätterte, seine Augen flogen über ein paar handschriftliche Notizen auf den karierten Blättern. »Also schön. Wie man Ihnen sicher berichtet hat, deutet alles auf einen Unfall hin. Das bestätigt auch der Bericht des Gerichtsmediziners. Dennoch bleibt die Frage offen, was Ihr Mann, ein erfahrener Fischer und Seemann, in den Dünen zu suchen hatte, obwohl er wusste, dass extremer Seegang herrschte. Haben Sie darauf eine Antwort, Mrs Gillan?«

»Nein«, antwortete sie offen und geradlinig. Die Frage des Chief Inspectors verwunderte sie nicht. Sie selbst hatte sich die gleiche Frage schon hundert Mal gestellt. Immer ohne Ergebnis. Zwar hatte sie von Sandra erfahren, wie es dazu gekommen war, dass Dalziel nach Rodel gefahren war, aber weshalb er zuallererst in den Dünen nach ihr Ausschau gehalten hatte, war ihr nach wie vor unerklärlich.

»Sie können sicher sein, Chief Inspector, ich gäbe viel darum, wenn ich es wüsste.«

»Das hatte ich vermutet«, er nickte wissend. »Keiner, mit dem ich gesprochen habe, konnte mir etwas Genaueres zu Mr Gillans Motiven sagen. Die Dame, die das Post Office führt, wusste zumindest, dass Mr Gillan auf der Suche nach Ihnen gewesen ist. Das deckt sich mit der Aussage des Jungen – Logan –, er meinte, Mr Gillan habe nach Ihnen gefragt.«

Kayla hielt unmerklich den Atem an. Der Stift des Chief Inspectors fuhr über die Zeilen. »Da. Er sagt: *Mr Gillan kam die Straße hinunter und wollte wissen, ob ich seine Frau gesehen hätte. Als ich dies verneinte, wandte er sich um und ging über den Klippenpfad Richtung Dünen …*« Der Inspector klappte sein Buch zu. »Ich nehme an, dass Mr Gillan, nachdem er nicht wusste, wo Sie waren, an den Strand hinuntergegangen ist, um sich ein Bild davon zu machen, wie schlimm der Seegang war. Allem Anschein nach wollte er an diesem Nachmittag noch mit dem Boot auslaufen.«

»So wird es wohl gewesen sein«, murmelte Kayla dunkel.

»Darf ich Sie fragen, wo Sie selbst zur Zeit des Unfalls gewesen sind? Dass Sie sich in der Nähe aufhielten, ist unbestreitbar, Ihr Auto stand kurz hinter der Abzweigung zur Kirche.«

»Ich war im Glockenturm der St Clement's Church.«

Die Miene des Chief Inspectors erhellte sich. »*Ceart gu leòr*, die Votivgaben … Meine Frau stammt von Harris. Sie hat mir davon erzählt, wie sie in ihrer Jugend auf den Turm gestiegen ist. Wohl um Gott zu bitten, ihr einen guten Ehemann zu schicken.«

»Wie es aussieht, hat Gott Ihre Frau erhört«, meinte Kayla mit einem feinen Lächeln.

»Das nehme ich als Kompliment«, gab der Chief Inspector grinsend zurück. »Sie waren also auf dem Turm, um zu beten. Warum ist Ihr Mann nicht auf die Idee gekommen, Sie in der Kirche zu suchen?«

Kayla überlegte einen Moment. »Dalziel war kein gläubiger Mensch«, erwiderte sie wahrheitsgemäß.

»Verstehe«, der Inspector kratzte sich das Kinn. »Gut. Vermerken wir, dass Ihr Mann plante, mit dem Boot auszulaufen, und an den Strand gegangen ist, um sich einen Eindruck von dem Seegang zu verschaffen. Aber warum war Mr Tait zeitgleich mit Ihnen in Rodel? Waren Sie verabredet?«

»Nein«, log Kayla. »Es handelt sich um einen reinen Zufall. Mr Tait stammt nicht von hier. Wie Sie wissen, zieht eine mittelalterliche Kirche wie St Clement's viele Besucher an. Sie ist nach dem Kloster auf Iona die zweitwichtigste Pilgerstätte.«

»Das leuchtet ein. Ich denke, wir können die Akte hiermit schließen. Der Tod Ihres Mannes ist leider nicht der einzige Fall dieser Art, wie Sie sicherlich wissen, Mrs Gillan. Trotz aller moderner Systeme kommt es des Öfteren zu solchen Unfällen. Durch die Wetterextreme haben sich lebensbedrohliche Situationen in den letzten Jahren gehäuft. Im Kampf Mensch gegen Natur wird uns auch in Zukunft die beste Technik nur bedingt helfen.«

»Die See fordert ihre Opfer, so war es auf den Western Isles schon immer.«

»So ähnlich hat sich auch Donald MacArtair geäußert …« Der Chief Inspector warf ihr einen langen Blick zu. »Als er hörte, dass ich nach Harris komme, um mit den Angehörigen zu sprechen, wollte er unbedingt auch eine Aussage machen. Er meinte, Mr Gillan habe sein Schicksal herausgefordert. Haben Sie eine Ahnung, was er damit meint?«

»*Aye*«, Kayla schlang die Hände um die Teetasse, der Tee darin war längst kalt geworden. »Es ging um eine Robbe, die Dalziels Netze zerstört hat. Dalziel hat damit gedroht, sie zu erschießen, aber Donald hat ihn davor gewarnt.« Sie legte den Kopf schräg, unsicher, ob sie weiterreden sollte oder ob sie Gefahr lief, sich dadurch vor dem Polizisten zum Narren zu machen. Da der Inspector an ungewöhnliche Sichtweisen gewohnt zu sein schien, entschied sie sich, das Risiko einzugehen. »Es klingt vielleicht seltsam, aber Sie müssen wissen, dass Donald die See für ein lebendiges Wesen hält, welches zu Gefühlen wie Wut und Vergeltung durchaus in der Lage ist. Er ist davon nicht abzubringen. Die gälischen Legenden sind für ihn so wahr wie das, was in der Tageszeitung steht.«

»*Seadh*«, der Chief Inspector sah an ihrer Schulter vorbei, sein Blick wurde abwesend und verlor sich irgendwo draußen vor dem Fenster. »Wobei, wenn Sie mich fragen, ein Körnchen Wahrheit steckt tatsächlich in diesen alten Geschichten. Nehmen Sie nur das unselige Schicksal der Leuchtturmwärter auf den Flannans. Bis heute gibt es keine plausible Erklärung für das, was damals passiert ist.«

Bei dem Vergleich von Dalziels Tod mit dem schrecklichen Schicksal der Leuchtturmwärter lief es Kayla eiskalt über den Rücken. So gesehen erschien der Zwischenfall mit Iain und dem Schaden am Boot wie ein Omen. War Dalziels Tod wirklich ein Unfall gewesen oder hatte der zornige Atlantik, wie Donald behauptete, seine Finger im Spiel gehabt? Nachdenklich nippte sie an dem erkalteten Tee. Was Dalziel an jenem verhängnisvollen Nachmittag an den Strand geführt hatte, würde für immer ein Geheimnis bleiben. Ein Teil von ihr kämpfte damit, dies zu akzeptieren, ein anderer Teil war endlos erleichtert. Dass Dalziel nach ihr gesucht hatte, stand außer Frage, und dieser Teil der Schuld wog schwer genug. Doch nichts deutete darauf hin, dass er ihrethalben in die Klippen gegangen wäre. Selbst wenn er gewusst haben musste, dass sie ihm untreu geworden war, so hatte er nie erfahren müssen, wie endlos die Liebe war, die sie für Brannan empfand.

Dem Himmel sei Dank …, sie schloss die Augen, froh darüber, dass dem so war. Es erschien ihr wie eine gnädige Fügung des Schicksals, dass Ally auf Aufschub gedrängt und sie daran gehindert hatte, mit Dalziel reinen Tisch zu machen.

»Dann will ich Sie nicht länger belästigen«, die Stimme des Chief Inspectors riss sie aus ihren Gedanken. »Auf Wiedersehen, Mrs Gillan, und viel Kraft für alles, was vor Ihnen liegt.« Mit einem Nicken verabschiedete er sich von ihr und zog leise die Küchentür hinter sich zu.

Eine ganze Weile blieb Kayla vor ihrer Tasse sitzen und leerte schlückchenweise den kalten Tee, ohne dass ihr bewusst war, was sie da tat. Schließlich erhob sie sich, trat an die Spüle und erledigte, tief in Gedanken versunken, den Abwasch. Donalds Bemerkung und die des Chief Inspectors hallten in ihr nach und sie fragte sich, ob sie den alten Geschichten bislang zu wenig Bedeutung beigemessen hatte.

Als sie hörte, wie sich die Küchentür mit einem leisen Knarren öffnete, blickte sie, ohne den Kopf zu wenden, von ihrem Spülwasser auf. »Der Inspector ist vor ein paar Minuten gefahren. Falls du dir Gedanken machst, wie es mir geht, Brannan, das Gespräch ist den Umständen entsprechend gut verlaufen.«

»Ich bin nicht Brannan«, antwortete eine wohlbekannte Stimme.

Ein erstickter Seufzer entfuhr ihr und sie wirbelte herum. »Iain!« Mit weitausgebreiteten Armen und tropfnassen Händen eilte sie auf ihn zu. »Wie gut, dass du hier bist.«

Er beugte sich zu ihr herab und drückte seine lange, schlaksige Gestalt an sie. »Ich wäre schon viel früher gekommen, aber Allys Anruf hat mich erst gestern erreicht. Ich war mit Freunden in den Highlands unterwegs.«

»Es hätte nicht Ally sein dürfen, von der du es erfährst«, murmelte sie und spürte die Hilflosigkeit der letzten Tage wieder in sich aufsteigen.

»Schon gut«, Iain strich ihr tröstend über den Rücken. »Sie hat mir erzählt, dass die Beruhigungsmittel dich ziemlich außer Gefecht gesetzt haben.«

»Das stimmt«, sie biss sich auf die Unterlippe. »Wie lange kannst du bleiben? Die Beerdigung ist in zwei Tagen.«

»*Dè tha thu 'ciallachadh*?«, verständnislos schüttelte Iain den Kopf. »Ich habe nicht vor, wieder zu gehen, Kayla, wenn es das ist, was du meinst. Ich bleibe hier, bei dir.«

Sie legte den Kopf in den Nacken und blickte ihm fest in die meerblauen Augen, die so sehr an die seines Vaters erinnerten. »Bist du dir sicher?«

»Absolut.«

»Aber du wolltest doch unbedingt weg von der Insel. Ich möchte nicht, dass du meinetwegen auf ein Leben nach deinen eigenen Vorstellungen verzichtest.«

»Das tue ich nicht.« Er zuckte die Schultern und grinste ein wenig. »Auf dem Festland ist es längst nicht so toll, wie alle behaupten.«

»Oh Iain«, sie lehnte den Kopf an seine Brust, ihrer Kehle brannte wie Feuer. »Weshalb musste alles so kommen?«

»Ich weiß es nicht«, sie hörte das Herz in der Brust ihres Stiefsohnes hämmern, seine Stimme klang ruhig und deutlich erwachsener, als sie sie in Erinnerung hatte. »Wir schaffen das, Kayla, keine Angst. Irgendwie werden wir mit all dem hier fertig, das verspreche ich dir.«

Sie nickte. Plötzlich ließen sich die Schmerzen und der Kummer, die sich in den letzten Tagen in ihr angestaut hatten, nicht mehr zurückhalten. Sich gegenseitig Trost spendend, die Arme fest um den Körper des anderen geschlungen, standen sie da, Mutter und Stiefsohn, und ließen – endlich, endlich – ihren Tränen um Dalziel freien Lauf.

»Is e Dia fhèin as buachaill' dhomh, Cha bhi mi ann an dìth.«

»Der Herr ist mein Hirte, nichts kann mir fehlen …« Diesmal war es Niall mit seiner sanften, dunklen Stimme, der als Kantor den Vers für die Trauergemeinde anstimmte, nicht Kayla. Ein leichter Juniregen, den man fast als warm hätte bezeichnen können, fiel von einem tristen Himmel und durchfeuchtete den Haufen Erde, den man tags zuvor ausgehoben hatte, um Platz zu schaffen für den Sarg.

Wie üblich hatte sich die gesamte Gemeinde, gut vierhundert Trauernde an der Zahl, zu einem kurzen Gebet vor ihrem Haus eingefunden. Dann hatte sich die Prozession, bestehend aus den Männern der Gemeinde, in Gang gesetzt. Jeder Einzelne von ihnen erwies Dalziel die letzte Ehre, indem er den Sarg ein paar Schritte trug, bevor er von seinem Hintermann abgelöst wurde, zur Seite trat und mit gesenktem Kopf Spalier stand, während die Bahre, auf der der Sarg lag, weitergereicht wurde. Ein uraltes Ritual, von den Inselbewohnern »The Walk« genannt, der Weg, der einsamste und schwerste von allen. So ging es, eine einzige, fein abgestimmte, fließende Bewegung, aus der Haustür heraus, quer über den Parkplatz und von dort hügelaufwärts über das nasse, weiche Gras, bis hin zu der Stelle hoch über den Klippen, wo sich das Grab der Gillans befand. Entgegen den Gepflogenheiten, die keine Frauen am offenen Grab vorsahen, war Kayla in schwarze Kleidung gehüllt, gemeinsam mit Iain, Niall und den Kirchenältesten, dem Sarg vorangeschritten. Jetzt stand sie regungslos da und lauschte den Gesängen. Ihre Kehle war wie zugeschnürt. So sehr sie sich auch bemühte, sie schaffte es nicht, in den altbekannten Psalm einzustimmen. Hilflos schluchzend stand sie zwischen Brannan und Iain, den beiden Männer, die ihr die Kraft gaben weiterzumachen.

Niall verstummte und trat einen Schritt näher an das Grab heran. Es war so weit. Kayla wusste, was sie und Iain zu tun hatten. Sie waren nur zu zweit, vernichtend wenige, um die Aufgabe zu bewältigen, welche die Familie an dieser Stelle zu erfüllen hatte. Und so trat Dalziels engerer Freundeskreis aus der Menge hervor. Niall, Tormod, Seamus, Donald, selbst John und Brannan und die Kirchenältesten bückten sich nach den Bändern an der Bahre und senkten den Sarg mit Dalziels Leichnam in die Erde hinab. Mit zitternden Händen ergriff Kayla die Schaufel. Das Prasseln der Erde auf dem Kieferndeckel, mit dem sie die Vergänglichkeit allen Lebens besiegelte, zerriss ihr das Herz. Dalziels Sarg dort unten, in der dunklen Erde stehen zu sehen, schien mehr, als sie ertragen konnte. Dennoch war es noch nicht vorbei. Gestützt von Niall trat sie zurück und sah zu, wie die Männer, die zuvor den Sarg transportiert hatten, sich nun eigenhändig daranmachten, das Grab zu füllen. Der Regen fiel fast waagrecht vom Himmel. Schaufel für Schaufel schloss sich die Erde über Dalziel, wie es die Tradition auf den Inseln verlangte, wo der Tod ebenso selbstverständlich wie allgegenwärtig erschien und in aller Form betrauert und beklagt werden durfte. Eine tief berührende, seltsam würdevoll und trostlos zugleich anmutende Geste, welche alle Eitelkeit menschlichen Lebens bezeugte. Schließlich wurde der Rasen zurück an seinen Platz gerollt. Die Erde schloss sich über Dalziel, als wäre nichts geschehen. Es war an der Zeit zu gehen. Die Trauernden verließen den Friedhof. Nur Kayla blieb zurück. Den durchnässten Kragen ihres Mantels fest vor das Gesicht gepresst, verharrte sie schweigend, bis sie mit Dalziel alleine war. Sie bückte sich und legte einen Kranz nieder auf das nasse, frisch angedrückte Gras.

»So bist du also zu Caitriona heimgekehrt«, flüsterte sie sanft. »Gute Nacht, Dalziel. Schlaf gut.«

Sie richtete sich auf. »Ich habe dich geliebt«, sagte sie. »Wirklich, das habe ich.« Eine neu gewonnene innere Stärke leuchtete aus ihren Worten. Ihr Herz wusste nur allzu gut, dass es durchaus möglich war, zwei Männer, die nicht verschiedener hätten sein können, zur gleichen Zeit und doch auf sehr unterschiedliche Art und Weise zu lieben. Sie wandte sich vom Grab ab und machte sich auf den Weg zu ihrem Haus, wo die Frauen der Gemeinde sie erwarteten. Es würde seine Zeit brauchen, bis sie ihre Trauer überwunden hatte, dennoch blickte sie gefasst in die Zukunft. Es würde nicht leicht, die Croft über Wasser zu halten, doch mit Iains Hilfe konnte sie es schaffen.

Kapitel 23

Der Juni ging in einen schwülen Juli über. Kayla war seit vier Wochen Witwe. Ihre Trauer um Dalziel hatte in der Zeit kaum nachgelassen, aber der Schmerz hatte sich verändert. Am meisten bedauerte sie, dass sie nicht die Möglichkeit gehabt hatten, voneinander Abschied zu nehmen.

Gemeinsam mit Iain hatte sie angefangen, Dalziels Sachen auszuräumen. Dabei hatten sie sich lange und intensiv über die Vergangenheit unterhalten. Vielleicht waren es diese Gespräche mit Iain gewesen, die ihr geholfen hatten, den Blick weg von dem Mann zu wenden, der Dalziel geworden war, hin zu dem attraktiven, selbstbewussten und starken Mann, in den sie sich einst verliebt hatte. So kam es, dass sie sich, obwohl sie sich mit dem Gedanken getragen hatte, Dalziel zu verlassen, auf eine seltsame Weise mit der Vergangenheit versöhnt fühlte und aufrichtige Dankbarkeit empfand, sowohl für die guten als auch für die schlechten Zeiten, die sie miteinander durchlebt hatten. Gedankenverloren streckte Kayla die Hand aus und zog die Decke auf Dalziels Seite des Bettes glatt. Sieben Jahre lang hatte sie Nacht für Nacht neben ihm verbracht, und doch hatte sie nur selten das Gefühl gehabt, ihm wirklich nahe zu sein.

Wie anders verhielt es sich da mit Brannan. Vom ersten Augenblick an hatte sie eine tiefe Verbindung zwischen ihnen gespürt. Ein Vierteljahr war es nun her, dass er in ihr Leben getreten war. Jeder Tag mit ihm war ein kostbares Geschenk.

Es erstaunte und beglückte sie, dass er noch immer hier bei ihr war, obwohl die Wale längst in nördlichere Gefilde gezogen waren. Seit Dalziels Tod war er ihr kaum von der Seite gewichen, den bevorstehenden Abschied hatte er nicht wieder thematisiert. Dennoch spürte sie seine wachsende innere Unruhe.

Obwohl beide viel Zeit miteinander verbrachten, waren sie nach außen hin sehr zurückhaltend, um böses Gerede zu vermeiden. Oft geschah es, dass Brannan Kayla heimlich mit zu sich hinüber nach Northton nahm, wo die Abgeschiedenheit seines Blackhouse ihnen die nötige Intimität gewährte. Des Öfteren blieb Kayla sogar über Nacht, um von Brannan am Morgen mit leidenschaftlichen Küssen und viel zu starkem Kaffee geweckt zu werden.

Was die Arbeit auf der Croft betraf, war es ihnen möglich, freier miteinander umzugehen. Niemand nahm Anstoß daran, dass Brannan die junge Witwe nach Kräften unterstützte. Dass er und Iain einen natürlichen, unkomplizierten Umgang miteinander pflegten und sich offensichtlich auch ohne große Worte gut verstanden, war ein Umstand, der vieles leichter machte und sie mit Zuversicht und Hoffnung auf ihr neues Leben blicken ließ. Sie schmunzelte. Was Hoffnung anging, gab es konkreten Anlass … Behutsam legte sie die Hand auf ihren Unterleib, wo, unbemerkt vom Rest der Welt, ein winzig kleiner Astronaut durch ein pulsierendes Universum aus warmen Rottönen schwebte. Seit heute Morgen hatte sie Gewissheit. Obwohl sie nie im Leben damit gerechnet hätte, musste das verdorbene Tirmisu die Wirkung der Pille gerade so lange außer Kraft gesetzt haben, um eine Empfängnis zu ermöglichen. Zunächst hatte sie die ersten, eindeutigen Anzeichen verdrängt, weil der Gedanke schlicht und ergreifend zu überwältigend war. Dann hatte sie, verborgen unter ihren Ängsten, die leise Sorge entdeckt, sie könnte sich irren, ein Gefühl, das sich verstörend enttäuschend anfühlte. Daraufhin hatte sie gestern allen Mut zusammengenommen, in Stornoway bei der Apotheke Halt gemacht und einen Schwangerschaftstest gekauft. Das Warten auf der Toilette heute Morgen war ihr endlos erschienen. Fasziniert hatte sie beobachtet, wie die Feuchtigkeit des Urins langsam den Teststreifen nach oben stieg. Als zunächst das Kontrollfenster und danach auch das zweite Fenster dunkle Balken aufwiesen, hatte sie sich die Faust vor den Mund gepresst, um nicht aus Freude loszuschreien. Es hätte Iain, der durch eine Wand getrennt in der Küche saß, sicher sehr verwundert …

Natürlich musste es Brannan vor allen anderen erfahren. Sie hatte vor, es ihm heute Abend zu sagen, wenn das Fest vorbei war und sie für sich alleine wären. Nachdenklich kaute sie an ihrer Unterlippe. Ihre Beziehung hatte sich in den letzten Wochen gefestigt. Würde das Wissen, dass sie sein Kind erwartete, den entscheidenden Ausschlag geben, dass er blieb? Sie hoffte es inständig.

Die Landwirtschaftsschau wurde, wie jedes Jahr, mit der legendären Traktoren-Parade eröffnet. Zu den Klängen von *Scotland the Brave* setzte sich der Zug vom Gemeindezentrum aus Richtung Schule in Bewegung. An der Spitze fuhren die Oldtimer, allen voran Donald, huldvoll mit der linken Hand in Richtung der Zuschauer winkend. Kayla, die von Straßenrand aus die Parade verfolgte, drückte Brannans Hand. Sie musste unwillkürlich grinsen, als sie Donalds weißen Haarschopf hoch oben auf dem roten David Brown leuchten sah. Beide waren Originale, sowohl der Fahrer als auch der Traktor, dessen Vorderreifen noch aus der Zeit des Ford T zu stammen schienen und wie die Räder eines Puppenwagens wirkten. Im Vergleich dazu sah Pádraigs alter Massey Ferguson geradezu modern aus, ganz zu schweigen von Iain, der mit dem robusten lindgrünen John Deere seines Vaters das Schlusslicht bildete. Bei Iains Anblick auf dem Traktor zog sich Kaylas Brust zusammen. Eigentlich hätte Dalziel dort sitzen sollen …

Zum Glück ließ Brannan ihr keine Zeit, in Trauer zu versinken. Als Iain an ihnen vorbei war, nahm Brannan sie am Ellbogen und führte sie zu dem Festplatz hinter der Schule, wo eine aufgeregte, heftig mit einem Klemmbrett winkende Sandra sich auf Kayla stürzte und ihr eine gelbe Sicherheitsweste aushändigte, welche sie als Mitglied des Organisationsteams kennzeichnete. Von dem Moment an blieb Kayla kaum Zeit, um Luft zu holen. Unablässig gab es jemanden, der etwas von ihr wollte. Meist waren es Mütter mit hochrotem Kopf, die sie nach dem Weg zu den Toiletten fragten, begleitet von Kindern, die angestrengt die Beine zusammenpressten. Manchmal auch besorgt blickende Tierbesitzer, die sich erkundigten, wo sie ihre Lieblinge, sei es Huhn, Minischwein oder schottisches Hochlandrind, bis zur Prämierung unterbringen konnten. Einmal musste Kayla einen Streit zwischen zwei Croftersfrauen schlichten, der zu eskalieren drohte, weil die Damen sich beschwerten, dass die ausladende Dekoration der anderen im Wettbewerb um das schönste Ei zu viel Platz einnahm. Kayla konnte gerade noch verhindern, dass die beiden sich, unter den hämischen Blicken der Vorjahressiegerin, mit dem Inhalt ihrer Körbe bewarfen.

Gegen Mittag ließ sich Kayla auf einen Stuhl in dem hübsch dekorierten Cafézelt fallen. Verstohlen blickte sie sich um. Als sie sicher war, dass sie keiner weiter beachtete, streifte sie ihre Pumps unter dem Tisch ab, schlug die Hände vor das Gesicht und gähnte ausgiebig. Im Gegensatz zu Sandra war es nicht die Übelkeit, die ihr in diesem frühen Stadium der Schwangerschaft zu schaffen machte, sondern lähmende Müdigkeit. Außerdem spannten ihre Brüste durch die Hormonumstellung und ihre äußerst empfindlichen Brustwarzen fühlten sich durch den Stoff des Büstenhalters wie wundgescheuert an. Vorsichtig zupfte Kayla an ihrem Ausschnitt, um sich Erleichterung zu verschaffen, als sie errötend feststellte, dass Niall genau in ihre Richtung blickte. Er kam auf sie zu.

»Darf ich?« Er deutete auf den freien Platz neben ihr.

»Aber sicher«, sie beeilte sich, wieder in ihre Schuhe zu schlüpfen, bevor Niall etwas bemerkte.

»Wie läuft es?«, erkundigte er sich und stellte seinen vollbeladenen Kuchenteller auf dem Tisch ab.

»Abgesehen von ein paar wild gewordenen Hühnerbesitzerinnen ganz gut, denke ich«, beim Anblick der Köstlichkeiten auf Nialls Teller knurrte Kaylas Magen und erinnerte sie daran, dass sie in der ganzen Aufregung noch gar nichts zu sich genommen hatte. »Allerdings hätte ich nicht mit so einem Andrang gerechnet. Unser Konzept scheint aufgegangen zu sein.«

»*Aye*, das Fest hat inzwischen Tradition. Die Leute kommen von weit her, um Freunde zu treffen und zu plaudern. Hier«, Niall zauberte eine zweite Gabel hervor und reichte sie ihr. »Möchtest du? Ich hatte gerade die Ehre, Màiri den ersten Preis im Kuchenwettbewerb zu überreichen. Daraufhin haben die Gewinnerinnen der Plätze zwei bis fünf mich nicht ohne ein Stück ihrer Torten ziehen lassen. Vermutlich hoffen sie, dass das meine Entscheidung im nächsten Jahr beeinflussen wird. Als ob ich es mir leisten könnte, so viel Kuchen zu essen«, er klopfte bedeutungsschwer auf seinen Bauchansatz.

Kayla hätte beinahe geantwortet, dass sie Niall, was den Bauchumfang betraf, in Kürze deutlich überholen würde, verkniff sich dann aber die Bemerkung.

»Ich bin froh, dass Màiri kommen konnte. Sie wirkt viel entspannter als in den letzten Wochen.«

»*Seadh*«, nickte Niall und stopfte sich ein Stück Apfelkuchen in den Mund. Er verdrehte verzückt die Augen. »Köstlich! Hm, ich denke, Iains Einfluss hat dazu beigetragen, dass Logan und Pádraig zumindest wieder miteinander reden.«

»Ich kann dir gar nicht sagen, wie froh ich bin, dass Iain zurück ist.« Kayla pikste mit der Gabel in den Apfelkuchen. »Und noch mehr freut es mich, dass er sich für ein Fernstudium entschieden hat. Er ist ein viel zu kluger Kopf, um den ganzen Tag Schäfchen zu zählen.«

Er lachte über ihren Witz. »Iain wird seinen Weg gehen, da habe ich keinerlei Bedenken.« Niall spülte den Kuchen mit einem Schluck Tee hinunter. Sein Gesichtsausdruck wirkte verändert. Nachdenklich zerkrümelte er mit der Gabel den Kuchen.

»Was ist, Niall? Spuck schon aus«, aufmunternd tätschelte Kayla ihm den Unterarm.

»*Uill*, na ja«, er fuhr sich mit dem Finger unter den Rand seines Pfarrerkragens. »Ich weiß ja, wie viel Energie du in den letzten Wochen in die Proben gesteckt hast …«

»Das haben wir alle.«

»Richtig. Genau darum geht es …« Niall neigte den Kopf und sah sie mit seinen sanften Augen an. »Ich möchte nicht, dass du dich *unseretwegen* verpflichtet fühlst zu singen. Die Band ist sich einig. Es wäre absolut in Ordnung, wenn wir heute auf dich verzichten. Wir alle wissen, was du durchgemacht hast, da ist es nur verständlich …«

»Ich singe«, unterbrach Kayla ihn bestimmt.

Niall runzelte zweifelnd die Stirn. »Bist du dir sicher?«

»Ganz sicher. Ich lasse euch nicht im Stich!« Kayla straffte die Schultern. »Du bist übrigens heute mindestens der Zehnte, der mich darauf anspricht.«

»Ehrlich?«

»*Aye.* Ich finde es rührend, dass ihr euch meinetwegen solche Gedanken macht, aber mein Entschluss steht fest.«

Schweigen.

Nialls fragender Blick ermunterte sie weiterzusprechen. Sie wippte gedankenverloren mit der Gabel. »Dalziel zu verlieren war für mich, wie in einen tiefen, dunklen Brunnenschacht zu stürzen, obwohl, wie du ja weißt, die Dinge zwischen uns nicht zum Besten standen ...«

Er nahm ihr die Gabel weg und fasste quer über den Tisch ihre Hand. »Ich weiß sehr gut, in welch schrecklichem Dilemma du gesteckt hast. Als umso belastender musst du die Umstände von Dalziels Tod empfunden haben.«

»Das ist richtig. Und gerade deshalb werde ich singen, allerdings ein anderes Lied als geplant«, sagte sie mit Nachdruck. Sie lehnte sich zurück, nahm die Hände vom Tisch und verschränkte sie vor ihrem Bauch.

Pause. Niall gab ein kehliges Geräusch von sich.

Sie hob den Kopf und blickte ihm gerade in die Augen. »Ich werde *An t-Eilean Dorcha* singen, Die düstere Insel. Das war Dalziels Lieblingslied. Ich singe es für ihn.«

»Das ist eine wunderbare Idee!«

Kayla fing Nialls Blick auf. Da war noch etwas, das er ihr sagen wollte, das spürte sie, aber bevor es dazu kommen konnte, stürmte eine ziemlich aufregte Ally das Zelt. Sie trug das Clownskostüm, in welches Sandra bedingt durch ihren Leibesumfang nicht mehr gepasst hatte, über ihre Wange zogen sich türkis- und rosafarbene Streifen Glitzerschminke. Allys Blick flog über die Köpfe. Als sie ihre Schwester erspähte, stürzte sie wild mit den Armen rudernd auf sie zu. »Mein Gott, Kayla, wo steckst du denn? Ich suche dich überall!«

»Was ist los? Und wieso bist du nicht beim Kinderschminken?«

»Vergiss das Kinderschminken«, erklärte Ally unwirsch. »Die indischen Laufenten von dem Typ, der die Vorführung mit dem Hütehund macht, sind ausgebrochen. Jetzt sitzen sie zwischen dem preisgekrönten Gemüse und dem Kuchenbüffet und fressen alles, was ihnen vor die Schnäbel kommt. Eine von ihnen konnte ich gerade noch aus einem Korb mit Salatköpfen retten, bevor Moses sich auf sie stürzen und Entenhaschee aus ihr machen konnte.«

»Oh mein Gott«, rief Kayla aus. Sie tupfte sich mit der Serviette die Kuchenkrümel vom Mund und kämpfte verbissen gegen den aufsteigenden, hysterischen Lachanfall an.

»Dann lass uns die Biester schnellstmöglich einfangen.« Niall, der ebenso mit dem Irrwitz der Situation zu kämpfen hatte wie Kayla, sprang auf und schob resolut die Ärmel seines schwarzen Jacketts zurück. »Auf in den Kampf.«

Brannan hatte das Durcheinander, das die Enten veranstaltet hatten, aus der Distanz verfolgt. Er lehnte, die Hände tief in den Taschen seiner Jeans geschoben, an einem der Metallgatter, die man für die Tierschau auf dem Rasen aufgestellt hatte, die Zähne so fest zusammengebissen, dass seine Kiefermuskeln unter der Haut hervortraten.

Auf der anderen Seite des Rasens, in einiger Entfernung, entdeckte er Kayla. Sie stand mit dem Rücken zu ihm und versuchte gerade, eine aufgeregt gestikulierende Croftersfrau zu beruhigen. Ihr dunkles Haar wehte im Wind, ihre Hände hielten eine lautstark protestierende Ente im Griff. Nachdenklich beobachte er sie. Wie hatte sie sich seit ihrer ersten Begegnung verändert … Sie war schon immer eine der schönsten Frauen gewesen, dic cr je zu Gesicht zu bekommen hatte. Jetzt aber besaß sie eine Ausstrahlung, die alle anderen Frauen wie Wiesenblumen rund um eine Rose wirken ließ.

Nein, verbesserte er sich, *verändert* war das falsche Wort. Kayla hatte eine regelrechte Metamorphose durchlaufen. Die Frau, die da drüben auf dem Rasen stand und die er aus ganzer Kraft liebte, ähnelte nur oberflächlich der Frau von einst. Er beobachtete, wie sie die Arme hob, das Kinn ein wenig reckte, die Haare entschlossen im Nacken anhob und wieder fallen ließ, eine für sie so typische Geste … Jede ihrer Bewegungen strahlte Anmut und Eleganz aus, und gleichzeitig Kraft und Stärke. Ein Lächeln spielte um seine Mundwinkel. Aus der Frau, die anfangs so in sich gekehrt und traurig gewirkt hatte, war eine Kriegerin geworden, deren eiserner, geradezu unbezwingbarer Wille sich in ihren keltisch blauen Augen spiegelte.

Ihre Wandlung, vor allem aber die tiefe Verbundenheit und Leidenschaft zwischen ihnen, hatte auch ihn verändert. Er machte ein gurgelndes Geräusch. Es war qualvoll. In ihm herrschte Gefühlschaos, doch mehr als alles andere sagte ihm sein Verstand, dass das fragile Gleichgewicht aus Nähe und Distanz, welches er in sich errichtet hatte, zu kippen drohte, wenn er länger in Kaylas Nähe bliebe.

Um ehrlich zu sein, er hatte Angst. Angst, das Leben, das er bisher geführt hatte, hinter sich zu lassen. Angst, dass der unbeherrschbare Drang in ihm nach Freiheit und Weite die Liebe zu Kayla zerfressen würde. Angst, die falsche Entscheidung zu treffen. Angst, sich in ihr zu verlieren. Angst, *sie* zu verlieren.

Es schmerzte, sie dort stehen zu sehen, ihr klares, schön geschnittenes Gesicht wie ein Scherenschnitt scharf vor dem hellen Hintergrund abgegrenzt, und zu wissen, dass es das letzte Mal war. Er spürte, wie aus dem feinen Riss in seinem Herzen eine klaffende Wunde wurde.

Es war Zeit. Wenn er jetzt nicht ginge, würde er es nie mehr über sich bringen.

Eine seltsame Ruhe ergriff ihn, er stieß sich von dem Metallgatter ab und ging auf den alten Ford zu, den er sich von John geliehen hatte. Er blickte über seine Schulter. Als er sicher war, von niemandem beobachtet zu werden, öffnete er das Verdeck und zog seinen Seesack unter der grauen Plane hervor. Er hatte ihn dort heute Morgen nach dem Aufstehen verstaut, als Kayla noch geschlafen hatte.

Er hasste Abschiede. Hasste es, das, was man verlassen würde, noch einmal zu betrachten, in der grausamen Gewissheit, dass der Mensch, den man zurückließ, mit der Zeit zu einem Schatten verblassen würde, der einem zusehends entglitt. Wütend zerrte er den Gurt seines Seesacks fest. Gott, wie unerträglich waren Abschiede … Und dann dieser hier, der so viel tiefer ging als alle Abschiede zuvor. Und doch war gerade dieser unumgänglich.

Am besten, man machte es so kurz und schmerzlos wie möglich.

Er schulterte den Seesack und ging, ohne dass jemand von ihm Notiz genommen hätte, abseits des Trubels auf dem Festplatz, hinunter an den Pier. An der Anlegestelle der Fähre blieb er stehen und sah sich um. Dort, der Stapel alter Reifen neben der mit grünschillernden Algen verkrusteten Betonwand … Genau dahinter verbarg er den Seesack. Sein Magen zog sich zu einer glühenden Kugel zusammen, er straffte die Schultern und machte sich auf den Weg zurück. Der schwerste Teil lag noch vor ihm.

»Hast du eine Ahnung, wo Brannan steckt?«, wandte Kayla sich an Sandra. Es war über eine Stunde her, dass sie seine hochgewachsene Gestalt mit dem dunkel schimmernden Haar am Rand des Festplatzes hatte stehen sehen. Sie erinnerte sich deshalb so genau, weil der Chief Inspector aus Stornoway zeitgleich eine beeindruckende Vorführung mit seinem Drogenhund, einem zotteligen Bearded Collie, abgehalten hatte.

Sandra ließ die Hand über das helle, noch unversiegelte Holz eines sich aus einem Baumstamm windenden Delphins gleiten. Sie schüttelte den Kopf. »Keine Ahnung, ich habe ihn nicht gesehen.« Sie trat einen Schritt zurück, den Blick nachdenklich auf die mannshohe Skulptur gerichtet. »Meinst du, das würde sich gut vor dem Bus machen?«

»Keine Ahnung«, Kayla zuckte die Schultern. Sie hatte der Aufführung von Kettensägen-Clyde zugesehen und mit angehaltenem Atem beobachtet, wie der grobschlächtige, rauhbeinige Mann den Kiefernstamm wie ein Berserker mit der Kettensäge bearbeitet und innerhalb kürzester Zeit die Form eines springenden Delphins aus dem Inneren des Baumes gelöst hatte. Das Aufheulen der Säge jagte ihr jetzt noch Schauer über den Rücken. »Aber wenn sich je kanadische Touristen hierherverirren, werden sie begeistert sein. Das Ding sieht aus wie ein Totempfahl.«

»Unsinn«, Sandra ließ den Blick versonnen über das Holz gleiten. »Bei uns in den Bergen stehen überall solche Schnitzereien. Allerdings keine Delphine, sondern Pfeife rauchende Männer mit Hut. Diese knorrigen Gesichter sind faszinierend.«

»Na ja, wenn dir so viel dran liegt, könntest du Kettensägen-Clyde bitten, dir so etwas anzufertigen. Vielleicht steht Donald für euch Modell?«, schlug Kayla vor und hob die Hände. »Du könntest ein Foto davon ins Internet stellen. Wenn sie Donalds furchterregendes Grinsen sehen, kommen die Touristen bestimmt in Scharen.«

»Hm«, brummte Sandra unentschlossen. »Ob sich Donald als bayerischer Bergschrat zwischen Tormods Wimpeln und der Leuchtschrift wirklich gut machen würde? Vielleicht lass ich es lieber bleiben. Sieh mal«, sie legte Kayla die Hand auf den Arm. »Dort drüben kommt Brannan.«

Kayla wandte sich um. Brannan schlenderte von der Anlegestelle auf das Festgelände zurück. Beim Anblick seiner vertrauten Gestalt zog es Kayla vor Sehnsucht die Brust zusammen. Ihre Hand tastete instinktiv nach ihrem Bauch. Plötzlich verspürte sie den drängenden Impuls, ihn zur Seite zu nehmen und ihn mit der frohen Nachricht gleich hier, auf der Stelle zu überraschen. Warum auch nicht? Alle waren guter Stimmung und vielleicht wäre später Gelegenheit, ihre Freundinnen einzuweihen. Kayla blickte sich um. Die Menschen in den Zelten und an den Verkaufsständen unterhielten sich miteinander und hatten Spaß. Bis auf ihren Auftritt in einer Stunde gab es keinen Programmpunkt mehr, den sie zu betreuen hatte. Alles war entspannt, die Menschen um sie herum gelöst.

Sie verabschiedete sich mit einem Winken von Sandra, doch diese war schon wieder in die Betrachtung des springenden Delphins versunken. Kayla umrundete die Viehgatter und schlängelte sich an den Menschenmassen vorbei. Sie reckte den Hals. Neben einem Berg aus Krebsreusen und Kisten sah sie Brannan stehen. Zögernd blickte sie zu ihm hinüber. Er war nicht alleine. An seiner Seite stand John, die Schultern gebeugt, den Blick fest auf Brannan gerichtet. Wie es aussah, waren die beiden in ein wichtiges Gespräch vertieft. Kayla beschloss, nicht zu stören. Vielleicht sollte es so sein … Nach dem Auftritt der Band wäre sicher der bessere Moment, um Brannan die aufregende Mitteilung zu machen.

»Dann fährst du also noch heute?« John spielte nachdenklich mit der Schnur an seinem Hals, an der er die Brille befestigt hatte.

»*Aye.*«

»*Obh obh*«, John gab einen gedehnten Laut von sich, um seiner Bestürzung Ausdruck zu verleihen. »Das kommt plötzlich.

Ich dachte, wir würden in der nächsten Woche die Tour zu den Shiants miteinander machen?«

»Leider nein«, Brannan musterte John mit gesenktem Blick. Natürlich hatte er damit gerechnet, dass John enttäuscht sein würde. Trotzdem tat es ihm leid, John im Stich zu lassen. »Ursprünglich hatte ich vorgehabt, schon Anfang des Monats zu gehen, das weißt du. Aber dann …«

»*Aye*«, seufzte John und kratzte sich den Nacken. »Ich verstehe. Dann ist es wohl so. Reisende soll man nicht aufhalten. Weiß Kayla schon davon?«

»Nein«, Brannan presste die Lippen aufeinander. »Ich warte noch auf den richtigen Moment …«

»Wenn ich du wäre, würde ich damit keine Sekunde länger warten. Wie ich Kayla kenne, reißt sie dir den Kopf ab, wenn du sie vor vollendete Tatsachen stellst.«

Brannan runzelte die Stirn. »Ich weiß schon, was ich tue.«

»*Ceart gu lèor …*«

»Mir … fehlen einfach noch die richtigen Worte«, schob Brannan wahrheitsgemäß hinterher. Verdammt, eigentlich gelang es ihm immer, passende Worte zu finden. Nur diesmal nicht.

»Hier, die Autoschlüssel«, er drückte sie John in die Hand.

»War ein prima Sommer mit dir, Selkie-Boy«, sagte John in ehrlicher Anerkennung. Er zog ein paar Geldscheine hervor und rückte sie Brannan in die Hand. »Dein restlicher Lohn.«

»*Tapadh leat*«, bedankte Brannan sich.

John verlagerte das Gewicht von einem Bein auf das andere. Er fuhr sich über den kahlrasierten Schädel. »Weißt du schon, wo es hingeht?«

»In den Norden.«

»Zurück auf die Shetlands?«

»Möglich, das entscheide ich spontan.«

»*Aye*«, John warf ihm einen wissenden Blick zu. »Du bist keiner, der sich gerne festlegt. Trotzdem eine Frage …«

Brannan schob die Hände in die Taschen. Natürlich wusste er, was kommen würde. Mit der gleichen Frage hatte er sich seit Tagen beschäftigt. Er richtete den Blick aufs offene Meer und holte tief Luft. »*Aye. Dé a th'ann?* Worum geht es, John?«

Kayla stand neben dem Aufgang zur Bühne und beobachtete, wie die Mädchen der Tanzgruppe die Beine schwangen. Was für Fortschritte sie in den letzten Wochen gemacht hatten, überlegte Kayla. Sie konnte sich gut erinnern, wie sie die Teenager im Schein der untergehenden Sonne am Strand hatte proben sehen. Heute, in engen Miedern und Strumpfhosen, mit sorgfältig geschminkten Gesichtern, wirkten sie selbstsicherer und reifer als noch vor ein paar Wochen. Kayla fragte sich, ob es ausschließlich am grellen Schein der Bühnenbeleuchtung liegen mochte. Vielleicht aber war sie auch nicht die Einzige, die dieser Sommer von Grund auf verändert hatte.

»Alles klar mit dir?«, sie spürte Brannans warmen Atem an ihrer Wange. Er legte ihr unauffällig die Hand in den Rücken.

»Ich wünschte, ich müsste nicht gleich da rauf«, gab Kayla zurück, den Blick ängstlich auf die Zuschauermenge vor der Bühne gerichtet.

»Hab keine Angst, du wirst wundervoll singen, *mo gràdh*.«

»Ich wünschte, ich wäre mir so sicher wie du«, sagte Kayla, die sich durch Brannans Nähe nicht gänzlich frei von Lampenfieber, aber dennoch beruhigt fühlte.

»Dann bin ich mir eben für uns beide sicher«, hörte sie Brannan mit fester Stimme über den einsetzenden Applaus hinweg sagen. Begleitet von anerkennenden Pfiffen und der einen oder anderen frivolen Bemerkung, verließen die Tanzmädchen die Bühne.

Gespanntes Murmeln.

Mittlerweile hatten sich auch die anderen Mitglieder der Band an den Stufen zur Bühne eingefunden. Kayla bemerkte, wie Brannan, auf einen auffordernden Blick von Seamus hin, einen Ton zupfte und die Saiten seiner Fiddle stimmte. Tormod und Niall wirkten angespannt, aber bereit. Kayla konnte ihren Puls bis in die Fingerspitzen schlagen fühlen. Ihr Atem ging gepresst, ihre Knie waren flau. *Unmöglich, ganz und gar unmöglich …* Keinesfalls konnte sie da hinaufgehen und sich den erwartungsvollen Blicken aussetzen. Sie wusste, dass sie keinen einzigen Ton würde singen können. Sie hob die Hand, um Seamus mit einer abwehrenden Geste zu signalisieren, dass sie es nicht schaffte, aber Brannan war schneller. Bevor sie wusste, wie ihr geschah, hatte er sie am Ellbogen gepackt und einfach vor sich her die Treppe hinaufgeschoben. Jetzt stand sie mitten auf der Bühne, während die Band sich hinter ihr auf Hockern niederließ. Jemand brachte ein Mikrofon und stellte die Höhe ein, so dass ihr Kinn beinahe das kühle silberne Drahtgitter am Kopf des Mikros berührte. Der Bühnentechniker tippte mit dem Zeigefinger probehalber gegen das Metall. Als der Schall sich gleichmäßig von den Lautsprechern aus über die Köpfe der Zuhörer verteilte, nickte er zufrieden. Dann verschwand er im Hintergrund.

Kayla stand alleine am Mikro.

Das Murmeln der Menge legte sich. Kayla blickte in die Gesichter zu ihren Füßen. Die Menschen standen dicht an dicht, trotzdem hätte man eine Nadel fallen hören können, wenn denn in dem Gedränge Platz dafür gewesen wäre. Kayla rückte ein wenig näher an das Mikro und umklammerte hilfesuchend das Gestänge mit beiden Händen. Sie hatte keine Rede vorbereitet. Jetzt aber überwältigte sie das Bedürfnis, ein paar erklärende Worte an die Zuhörer zu richten. Sie räusperte sich.

»Hallo …«, entsetzt blickte Kayla sich um. War das ihre Stimme, die da so merkwürdig dunkel aus den Lautsprechern hallte? Anscheinend, und anscheinend klang sie für alle anderen nicht anders als sonst auch, denn von den Umstehenden kam freundliches Nicken.

»Hallo, Kayla«, rief ein rundlicher Mann in Fischerstracht zurück. Kayla kannte ihn gut, er stammte aus dem Nachbardorf und kam gelegentlich im Post Office vorbei. Er formte die Hände zu einem Trichter. »Leg los, Mädel, hier unten stehen ein, zwei Leute, die dich hören wollen. Wir sind extra wegen dir hier!«

»*Aye!*« Bestätigende Rufe rundum.

»*'S math sin*, großartig«, Kayla versuchte ein Lächeln. Sie strich sich mit der Hand eine Strähne hinter das Ohr. »Ich habe auch gar nicht vor, große Reden zu schwingen«, hob sie an. Aus den Augenwinkeln blickte sie zu Brannan hinüber, er nickte gelassen zurück. Kayla spürte, wie sich ihr Pulsschlag unter seinem Blick beruhigte. Seine Nähe vermittelte ihr das Gefühl von Sicherheit, wie ein Fels in der Brandung. Zum wiederholten Mal fragte sie sich, wie sie die letzten Wochen ohne ihn hätte überstehen sollen.

Sie wandte den Blick nach vorne. »Eines aber ist mir wichtig zu sagen, bevor es losgeht. Ich kann mir vorstellen, dass der eine oder andere es vielleicht merkwürdig findet, dass ich heute hier stehe und für euch singe …«, sie biss sich auf die Unterlippe und versuchte in den Gesichtern zu lesen, was die Leute dachten. Vereinzelt erspähte sie zustimmendes Nicken, die meisten aber zuckten nur verlegen die Schultern.

»Wie ihr alle wisst, habe ich vor vier Wochen meinen Mann verloren. Womöglich empfindet ihr es nicht als angemessen, dass ich unter diesen Umständen heute mit euch feiere und auch noch auf der Bühne stehe«, sie verdrehte die Augen, womit sie die Menge zum Lachen brachte.

Pause.

»Aber ich bin heute hier, weil ich ein Anliegen habe. Die meisten von euch haben Dalziel gekannt. Sein Lieblingslied war *An t-Eilean Dorcha.* Ich singe es heute für ihn und ich möchte euch bitten, mich dabei zu unterstützen.«

Zustimmendes Murmeln. Einzelne fingen an zu klatschen. Kayla sah aus den Augenwinkeln, wie Brannan schräg hinter ihr die Fiddle ans Kinn setzte. Sanft strich der Bogen über die Saiten und entlockte dem Instrument die ersten langgezogenen, melancholischen Töne. Kayla konnte spüren, wie Brannans Gefühle förmlich durch die Musik hindurch zu ihr flossen und sich mit ihrer Trauer um Dalziel mischten. Sie öffnete den Mund.

»Away to the westward I'm longing to be …«

Die Töne stiegen klar wie Kristall über die Köpfe der Menschen hinweg in den Himmel.

»… where the beauties of heaven unfold by the sea …«

Kayla senkte die Lider, vor ihrem geistigen Auge sah sie Dalziel in den Klippen vor ihrem Haus stehen, das Profil vom Licht der untergehenden Sonne beschienen.

»… Where the sweet purple heather blooms fragrant and free …«

Ihr Herz wurde weit, sie spürte Dalziels Gegenwart, als stünde er leibhaftig neben ihr. Frei strömten die Gefühle aus ihrer Brust.

»… on a hilltop high above the Dark Island …«

Sie schloss die Augen und wartete die winzige Pause ab, die dem Refrain vorausging.

»Oh, isle of my childhood
I'm dreaming of thee
As the steamer leaves Oban
And passes Tiree …«

Als die Stimmen der Menschen ringsherum in den Refrain einfielen, hob sie tief bewegt den Blick. Für einen winzigen Moment fürchtete sie, von ihren Gefühlen überrollt zu werden, dann hatte sie sich wieder im Griff und sang tapfer gegen das Brennen in ihrer Kehle an.

»… Soon I'll capture the magic
That lingers for me
When I'm back once more upon
The Dark Island«

Sie verstummte, während Brannans Fiddle, begleitet von den anderen Instrumenten, den Refrain nochmals aufgriff und so gefühlvoll variierte, dass Kaylas Augen feucht wurden. Sie hob das Kinn und ließ den Blick über den Sund von Harris schweifen. Von dem sattgrünen Marschland aus über den Machair, wo die Schafe grasten, hinauf zu den sanft geschwungenen blauen Hügeln, deren Rücken im Licht der Abenddämmerung rot glühten, bis hoch in den Himmel, wo ihr Blick sich zwischen breit gefächerten, dunkellila schimmernden Wolken verlor.

Sie wusste nicht, ob Dalziel in diesem Moment irgendwo da oben war und zu ihr hinunterblickte, aber sie fühlte sich ihm tief verbunden, wie damals, als sie sich in ihn verliebt hatte. Als die Zukunft noch vor ihnen gelegen hatte …

Die Augen fest auf das seltsame Schimmern der Mittsommernacht gerichtet, legte sie den Kopf in den Nacken und schickte ein stummes Gebet hinauf zu den Sternen, von denen sie wusste, dass sie dort oben waren, obwohl sie sie nicht sehen konnte.

Die letzten Noten des Instrumentalstücks verklangen. Kaylas lupenreiner Sopran erklang.

»True gem of the Hebrides bathed in the light
Of the midsummer dawning that follows the night …«

Alle Ängste und Zweifel fielen von ihr ab. Für diesen einen Moment war sie so eins mit sich und mit den Menschen um sich herum, dass ihr alles, was sie umgab, wie in ein kostbares Gleichgewicht getaucht schien. Noch nie hatte sie sich so erfüllt und so glücklich gefühlt wie in diesem Augenblick, als die Welt um sie herum stillstand.

»… how I yearn for the cry of the seagulls in flight
As they circle above the Dark Island …«

Die Stimmen der Menschen um sie herum formten einen gewaltigen Choral. Als der Refrain zum zweiten Mal erklang, war es auf Gälisch.

Totenstille, nachdem der letzte Ton in den Abendhimmel entschwebt war.

Dann brach tosender Jubel los. Kayla war wie in Trance. Sie bekam gerade noch mit, wie Arme sie ergriffen und im Handumdrehen nach unten, mitten in die Menschenmenge beförderten, wo Freunde und jede Menge fremde Menschen sie umringten.

»Mein Gott, du warst großartig«, jubelte Ally, nachdem sie sich den Weg durch die Menge mit den Ellbogen freigekämpft hatte. Sie schlang die Arme um Kaylas Hals und küsste sie auf die Wangen. »Brannan muss unglaublich stolz auf dich sein.«

Kayla reckte den Hals und sah, wie Brannan dort oben auf der Bühne stand, die Fiddle sorgsam in ein Tuch einschlug und sie in den Geigenkasten legte. Er ging auf Seamus zu und klopfte ihn kameradschaftlich auf die Schulter. Dasselbe tat er bei Niall und Tormod. Kayla erblasste. Es sah aus als … Nein, überlegte sie, das konnte nicht sein! Brannan würde sich doch nicht ausgerechnet den heutigen Tag aussuchen, um die Insel zu verlassen?

Sie beobachtete, wie er die Geige schulterte und ein letztes Mal grüßend die Hand in Richtung der Band hob. Sein Gesicht war unergründlich, um seine Mundwinkel hatte sich eine feine, schmerzliche Linie eingegraben.

Oder doch …?

Alles in ihr erstarrte. Sie löste sich aus Allys Umarmung und versuchte, sich zurück zur Bühne zu kämpfen, aber die begeisterte Menge versperrte ihr den Weg.

»Brannan!«, wie betäubt hob sie den Arm, um ihm zu signalisieren, wo sie war.

Er drehte den Kopf und blickte in ihr Gesicht. In seinen dunklen Augen lag ein flehender Ausdruck, dahinter flackerte Verzweiflung. In diesem Moment wusste sie es. Sein Blick, der bereits nicht mehr ihr gehörte, verriet alles. Seine Sinne waren schon vereinnahmt von dem, was vor ihm lag. Es kam Kayla vor, als hätte sich Brannan innerlich abgewandt. Als folgte er einem geheimen Lockruf, der ihn zu sich rief und ihn mit Geschichten von Walen, Delphinen und der grenzenlosen Weite des tosenden Atlantiks mit seinem Bann belegte.

»*Mo chreach!*«, sie kämpfte sich ein paar Schritte nach vorne in Richtung Bühne. »Bitte nicht, Brannan, nicht jetzt …« Ihre Stimme kippte.

Unmerklich schüttelte er den Kopf, seine Kiefermuskeln spannten sich an, während er unfähig schien, den Blick von ihr zu lösen. Ein Gebärdenspiel, so widersprüchlich, dass es ihn seltsam ohnmächtig wirken ließ. Kayla schluckte. Jedes Detail in seinem Gesicht trat mit einer plötzlichen Klarheit hervor, als wollte es sich ihrem Gedächtnis in allen Einzelheiten einbrennen. Die Adern an seinen Schläfen, die hohe, stolze Stirn, umrahmt von den locker fallenden, schwarzglänzenden Haaren, die schönen, beinahe melodiös geschwungenen Lippen, das kleine Muttermal oberhalb des hohen Wangenknochens, das energische, von einem kurzen Bart betonte Kinn.

Ein Ruck ging durch ihn hindurch, als hätte ihn ein Windstoß erfasst.

Kayla fühlte sich, als würde sie vom Rand einer Klippe gestoßen. Hilflos musste sie mit ansehen, wie seine Lippen einen Kuss in ihre Richtung formten. Ein Nicken, ein Blick, der mehr ausdrückte, als Worte zu sagen vermochten, dann verschwand er in den Hintergrund der Bühne und aus ihrem Blickfeld.

Kraftlos ließ Kayla die Arme sinken. Sie wusste, es wäre falsch, ihm hinterherzueilen. Er hatte diesen Abschied bewusst gewählt. Er war in ihr Leben getreten, so überraschend, wie der Sturm über dem golden glänzenden Strand von Luskentyre aufzieht. Genauso überraschend ging er auch wieder. So schmerzlich es für Kayla war, ihn gehen zu sehen, verstand sie doch, was ihn bewegte.

Er konnte nicht anders. Er musste gehen. Alles andere würde ihn zerstören.

Schützend legte sie die Hand um ihren Bauch. Nun würde sie stark sein müssen für zwei, dem Baby zuliebe.

Sie straffte die Schultern und machte sich auf den Rückweg zu Ally. Ihre Schwester, die den Blickwechsel zwischen ihr und Brannan mitverfolgt zu haben schien, empfing sie mit einem verblüfften Kopfschütteln.

»Was war das denn gerade? Wo ist Brannan?«

»Auf der Fähre«, sagte Kayla, erstaunt darüber, wie gefasst sie klang.

»Auf der Fähre?« Ally hob die Hand vor die Augen und spähte hinunter zum Pier, wo das Heck der Calmac-Fähre hochgezogen und der Anker gelichtet wurde. »Wo in Dreiteufelsnamen will Brannan denn hin?«

»Zurück zu sich«, antwortete Kayla schlicht.

»Wie? Meinst du, zu sich zurück nach Hause? Auf die Shetlands?«, fragte Ally stirnrunzelnd. »Ich dachte, er würde bei dir bleiben …«

»*Aye*, das hatte ich gehofft, aber er konnte nicht anders.«

»Oh Kayla!« Ally legte die Arme um Kaylas Schultern und drückte sie an sich. »Es tut mir so leid für dich. Anscheinend war seine Liebe zu dir doch nicht so groß, wie es schien.«

Kaylas Augen füllten sich mit Tränen. »Oh doch«, flüsterte sie kaum hörbar. »Das war sie. So groß, dass sie nicht in ein einziges Leben gepasst hätte. Deshalb musste er gehen.«

»Was sagst du? Tut mir leid, *a ghràidh*, aber bei dem Lärm hier versteh ich dich nicht«, sie spürte, wie Ally ihr sanft über den Rücken strich.

»Nichts weiter …«, sie schüttelte den Kopf. Über Allys Schultern hinweg beobachtete sie, wie die Fähre langsam Fahrt aufnahm. Sie ließ den Hafen von Leverburgh hinter sich und steuerte aufs offene Meer hinaus.

Nach und nach wurde sie von dem seltsamen Mittsommerlicht verschluckt.

Epilog

Der Himmel wirkte wie schwerer, an den Rändern ausgeblichener Brokat, die Umrisse von Taransay erhoben sich schemenhaft im Licht der Dämmerung vor dem Türkis des Atlantiks. In sanften Bögen rollten die Wellen auf den Strand von Luskentyre zu, die weiten Sandflächen schimmerten golden im Glanz des Abendlichts.

Kayla stapfte, in Regenjacke und Gummistiefel gehüllt, den Weg durch die Dünen ans Wasser hinunter. Der Südwestwind trieb ihr feine Sandkörner ins Gesicht, in der Luft lag ein Hauch von Frühling, nach einem langen, dunklen Winter. Sie blieb stehen, atmete den Geruch von Salz, Seetang und Strandhafer ein und lauschte. Da war es wieder. Sie hatte sich nicht getäuscht. Das Bellen der Seehunde drang über das Rauschen des Meeres hinweg an ihr Ohr. Sie hob die Hand und schirmte die Augen gegen das Licht der untergehenden Sonne ab. Schließlich konnte sie sie erkennen. Unweit der Küste erhoben sich sechs, sieben graue Köpfe aus dem Wasser, die schwarzen Knopfaugen neugierig auf sie gerichtet. Kayla spürte, wie ein Moment des Glücks sie durchströmte. Sie hätte nicht sagen können, weshalb sie ausgerechnet heute Abend an den Strand gekommen war, oder warum der Anblick der Seehunde sie derart überwältigte, dass es ihr die Tränen in die Augen trieb. Vielleicht war die Hormonumstellung schuld daran, dass sie so nahe am Wasser gebaut war. Immerhin war es keine drei Wochen her, dass der Kleine zur Welt gekommen war. Die langen, schlaflosen Nächte hatten sie trotz allen Glücks erschöpft. Vielleicht aber, überlegte sie und wischte sich mit der Handkante eine Träne aus dem Auge, war es auch ein seltsames Gefühl von Bestimmung, das sie bewogen hatte, trotz aller Müdigkeit einen Spaziergang an den kilometerweiten Strand zu unternehmen.

Etwas zog sie magisch an. Den Blick in die Ferne gerichtet, strich sie sich das wehende Haar aus der Stirn. Ihre Gedanken wanderten zurück zu jenem merkwürdigen Abend vor einem Jahr, als sie alleine an den einsamen Strand gegangen war. Sie konnte sich noch gut an den Schmerz und die Verzweiflung erinnern, die sie in jener Nacht verspürte hatte. Iain war, dem Streit mit Dalziel geschuldet, von zu Hause ausgezogen und sie hatte sich so einsam, wütend und missverstanden gefühlt wie nie zuvor. Ebenso hatte sie noch vor Augen, wie sie Tränen des Zorns vergossen hatte. Die Seehunde hatten sie damals ebenso aufmerksam beäugt wie heute.

Seitdem war viel passiert, die Erde hatte sich ein ganzes Jahr weitergedreht. Sommer, Herbst, Winter und wieder Frühling … Es kam ihr vor, als befände sie sich am selben Punkt einer riesigen Wendeltreppe wie im vorhergehenden Frühjahr, nur ein ganzes Stockwerk weiter oben. Vieles wirkte aus einer höheren Perspektive ähnlich wie vor zwölf Monaten, und doch war alles anders. Die Jahreszeiten schraubten sich weiter und weiter, in einer endlosen Spirale, so lange, bis auch Kayla, irgendwann, die letzte Stufe erklimmen würde, so, wie es vorherbestimmt war.

Die einsetzende Flut ließ immer größere Wellen gegen ihre Füße schwappen. Kayla schalt sich für ihre düsteren Gedanken und wich zur Seite, um zu verhindern, dass das Wasser in ihre Stiefel lief. Sie begann zu zählen. Die Fischer behaupteten, es wäre die siebte Welle, die höher war als alle anderen, aber sie war schon immer anderer Meinung gewesen. Als die neunte Wellte ihr bis hoch an die Knie spritzte, verzogen sich ihre Mundwinkel zu einem zufriedenen Lächeln. Also hatte sie doch recht. Zwei Wellen später als gedacht. Manche Dinge brauchten einfach ein wenig Zeit …

»Kayla!«, eine wohlbekannte Stimme hallte über den Strand. Als sie sich umdrehte, sah sie Iains lange, schlaksige Gestalt auf sich zukommen. Ihre Augen leuchteten auf vor ehrlicher Zuneigung bei seinem Anblick. Ohne den Jungen hätte sie die schwere Zeit nach Brannans Abreise vermutlich kaum überstanden. Ihre kleine Patchworkfamilie war seit der Geburt des Babys noch ein Stück näher zusammengerückt. In ausladenden, aber zugleich behutsamen Schritten kam er auf sie zu, das winzige Stoffbündel aus dichtem, buntgewebtem Tweed sicher gegen seine Brust gedrückt.

»Es tut mir leid«, entschuldigend zuckte er die Schultern und reichte ihr das dick eingemummelte Baby. »Ich hätte dir gerne ein paar Minuten Ruhe gegönnt, aber er wollte sich einfach nicht länger von mir beruhigen lassen.«

Lächelnd nahm Kayla das Bündel in ihre Arme und wiegte es sanft hin und her. Augenblicklich hörte das Geschrei auf. Der vertraute Geruch nach Muttermilch hatte den Kleinen mit einem Streich besänftigt. »Schon gut, Iain, er hat wahrscheinlich wieder Bauchweh. Abgesehen davon ist es ganz gut, dass du kommst. Meine Stimmung war gerade an einem Tiefpunkt.«

Iain neigte den Kopf und warf ihr einen forschenden Blick zu. »Du hast heute mit John gesprochen, nicht wahr?«

Sie nickte. Ihre Finger fuhren sanft unter den Rand der Decke und streichelten die seidige Wange ihres Babys.

»Die Wale sind zurück«, er senkte den Kopf und vermied es,

sie anzusehen. »Du machst dir Sorgen wegen Brannan, nicht wahr?«

»*Aye.*«

Sie spürte, wie sich seine Hand um ihre Schulter legte. »Er wird kommen, du wirst sehen. Ich bin mir ganz sicher. Er hat John versprochen, dass er zur Walsaison zurück ist«, fügte Iain hinzu. »Sicher ist er nur aufgehalten worden. Er steht zu seinem Wort, du wirst sehen.«

»Das mag sein. Aber …«, hielt Kayla dagegen, »… wer weiß schon, was ihm in den letzten Monaten passiert ist?« Sie verstummte, weil sie nicht auszusprechen wagte, was ihr durch den Kopf ging. Was, wenn Brannan tatsächlich vorgehabt hätte zurückzukommen, sich aber dann in seinem Leben plötzlich von einer Sekunde auf die andere alles verändert hätte? Wenn … er einer anderen Frau begegnet wäre, sich verliebt und Kayla darüber vergessen hätte?

Der Gedanke war so schrecklich, dass ihre Hände das Baby vor Anspannung viel zu fest gegen ihre Brust drückten. Die Reaktion kam sofort – ein empörtes, herzzerreißendes Wimmern. Sie schlug die Decke ein wenig zurück und blickte in überraschte, keltisch-blaue Augen über einem winzigen, fein geschwungenen Mund. Zärtlich strich sie mit dem Finger über den schwarzglänzenden Haarflaum unter der Mütze. Er war seinem Vater wie aus dem Gesicht geschnitten. Ein kleiner, entschlossener Krieger mit hohen Wangenknochen und einer olivfarbenen Haut, nur die blauen Augen hatte er von ihr.

»Jetzt sieh dir das an«, hörte sie Iain sagen. »Man könnte fast meinen, der Kerl kommt extra heraufgerobbt, weil er dir etwas sagen möchte.«

Sie hob den Blick und sah, keine fünf Meter von ihren Füßen entfernt, einen Seehund mit silbrig glänzendem Fell. Sie wusste nicht, was sie dazu veranlasste, aber sie machte unwillkürlich einen Schritt auf das Tier zu und ging vor ihm in die Hocke. Der Seehund ließ den seidigen Körper zur Seite fallen, seine Flosse schlug ein paarmal in den nassen Sand, dann reckte er den Kopf und gab ein langgezogenes Bellen von sich. Er war so nah, dass sie fast den Arm hätte ausstrecken können, um ihn zu berühren. In seinen dunklen Augen spiegelte sich die Weite des Meeres. Eine ganze Weile rührten sich beide nicht, sie sahen einander einfach nur an. Dann machte die Robbe kehrt und ließ sich in die Fluten gleiten. Kayla erhob sich und ging zurück zu Iain.

Er empfing sie mit einem Kopfschütteln. »Unglaublich, das war ja fast wie … Magie.«

Sie lächelte schweigend. Ihre Gedanken kreisten um die alten Geschichten, die sie von ihrer Mutter und Donald kannte, und die, so fantastisch sie auch waren, mehr Wahrheit enthielten, als man im Allgemeinen denken mochte.

Wunder konnten geschehen. Sie hatte es selbst erlebt, und eines der größten Wunder hielt sie gerade in ihren Armen.

»Lass uns zurück ins Haus gehen«, sie schenkte Iain ein liebevolles Lächeln. »Wir werden morgen jede Menge zu tun haben.«

»Wieso?«

»Ich möchte nach Tarbert fahren und Farbe kaufen, damit wir das alte, leerstehende Zimmer herrichten können.«

»Was willst du denn damit anfangen?«, fragte Iain verwundert.

»Es liegt an dem kleinen Kerl hier«, Kayla drückte das Bündel gegen ihre Schulter und klopfte ihm sanft den Rücken. »So entzückend dein kleiner Bruder auch ist, ich bin sicher, Brannan wird sich freuen, wenigstens ab und zu ein paar Stunden schlafen zu können.«

Iain war zu verdattert, um etwas zu erwidern, aber sie las in seinem Gesicht, dass er keinen blassen Schimmer hatte, woher ihr plötzlicher Gesinnungswandel rührte.

»Brannan wird kommen«, erklärte Kayla mit Nachdruck. »Sehr bald sogar.«

Mit festen Schritten, das Baby sicher in ihren Armen geborgen, marschierte sie auf das Haus zu.

Weiterführende Literatur

zu den Hebriden, ihren Bräuchen und Legenden

1. http://www.weingartdesign.com/TMaS/Stories/tmas1-SelkieBride.html
2. McClosky, Keith, Lighthouse, The History Press, 2014
3. Thomson, David, Seehundgesang, marebuchverlag, 2005
4. Thomson, David, The People of the Sea: Celtic tales of the Sea Folks, Canongate Canons, 2011
5. Stephen, Ian, Western Isles Folk Tales, The History Press, 2014
6. Swire, Otta F., The Outer Hebrides and their Legends, Oliver and Boyd LTD, 1966

Danksagung

Mein überaus großer Dank gebührt all den Menschen, ohne deren Hilfe dieses Buch nie entstanden wäre.

Zunächst all den leidenschaftlichen Menschen bei meinem Verlag, die mich so überwältigend unterstützen, allen voran der großartigen Christine Steffen-Reimann mit ihrem Team. Meiner wunderbaren Lektorin, Dr. Clarissa Czöppan, meinem überaus umsichtigen und engagierten literarischen Agenten Markus Michalek von der AVA, der mir mit Rat und Tat unermüdlich zur Seite steht. Meiner sehr lieb gewonnenen und überaus geschätzten Beraterin Silvia Kuttny-Walser.

Katherine Macfarlane, fabelhafte Freundin und Poetin, die mir die Idee zu der Figur des Selkies geschenkt hat, und die ihre Gefühle für diese Geschichte in ein einzigartiges Gedicht gegossen hat.

All den Menschen, die mir so viel ihrer kostbaren Zeit für meine Recherche geschenkt haben. Nicola Jane Kulesza, Zoologin, mit ihren überragenden Kenntnissen über Wale und Delphine. Emma Mitchell, die nie müde wurde, meine Fragen zu beantworten. Den begnadeten Fotografen Marcus McAdam und James Mccormick, die mir mit ihrer Leidenschaft für Fotografie eine neue Welt erschlossen haben und deren Einsatz es zu verdanken ist, dass nun auch mit meiner Kamera leidlich gute Aufnahmen der phantastischen Landschaft entstanden sind. Dan Gough, dem ich die Inspiration zu einem der Charaktere dieses Buches verdanke. Mit tiefster Freude und Dankbarkeit erinnere ich mich an die einzigartige Begegnung mit Donald John Mackay aus Luskentyre, dem Mann, der die Geschichte des Harris-Tweeds wie kein Zweiter geprägt hat und dessen weiser, offener und geduldiger Charakter mich zutiefst beeindruckt hat. Dank auch an die überaus talentierte und offenherzige Rebecca Hutton, Weberin in Northton. An Iain Macdonald, der mir einen unvergesslichen Tag auf den Shiant Inseln geschenkt hat und es mir ermöglichte, den Strand zu besuchen, an den Annie Campbells und Ailein Duinns Leichen gespült wurden. An Adam Bully, fabelhafter Musiker aus Edinburgh, und Sigrid Dähms-Giertzuch, Musikpädagogin, die meine Kenntnisse über Fiddlemusik erweitert haben. An Eilidh MacLeod von BBC Gaelic Radio, die mich in meinen Bemühungen um die gälische Sprache unterstützt hat. An Shona Morisson, Leverburgh, in deren B&B ich mich stets wie zu Hause fühle und die den besten Porridge der Welt zubereitet. An Sally Lessi, Inhaberin des Anchorage, die stets fabelhaftes Essen und den schönsten Tisch am Fenster mit Ausblick auf den Sund und einen unvergleichlichen Sonnenuntergang für mich bereithielt. An den Pfarrer und die Kirchenältesten der Freien Schottischen Kirche in Leverburgh, die mich so freundlich in ihrer Mitte aufgenommen haben und mich die unvergleichliche Kraft der gälischen Psalmen erleben ließen. An alle die großherzigen, freundlichen und unvergleichlichen Menschen auf Harris und Lewis, deren nie endende Hilfsbereitschaft mich aufs tiefste berührt hat.

An meine Freundinnen und Testleserinnen, Eva Maria Engelhardt, Ruth Albert, Sandra Budde, Heike Führ und Tanja Übelmesser.

An meine gesamte Familie, die mich während aller Hochs und Tiefs meines Schreibens geduldig ertragen hat, ganz besonders an meine erwachsenen Töchter Svenja und Helen, die ihrer konstruktiven Kritik am Text nie müde wurden und mich stets anspornten, das Beste zu tun. An Stefan, Cassandra und Finja, die oft genug auf mich verzichten mussten und mich dafür mit literweise Kaffee und Tee versorgten. An meinen Bruder, Professor Dr. Manfred Engel, der mich als Kind Genauigkeit und die Liebe zur Literatur gelehrt hat.

Dank an alle, die hier unerwähnt bleiben und doch für das Gelingen unverzichtbar waren.

Alle Unzulänglichkeiten des Textes sind auf mich zurückzuführen und nicht auf falsche Informationen oder unzureichende Unterstützung durch die hier aufgeführten Menschen. Der Roman spielt auf rein fiktionaler Ebene an überwiegend real existierenden Schauplätzen. Alle Ähnlichkeiten mit lebenden Personen sind unbeabsichtigt und rein zufällig

Euch allen gebührt mein enormer Dank. Die Begegnungen mit großartigen Menschen waren der schönste Lohn für die Arbeit an diesem Roman. Ich trage euch alle in meinem Herzen.